谯城文艺丛书

主编 李 彬 张超凡

河流与乡村

主　编 • 张超凡

副主编 • 宋 卉

中国文联出版社

http://www.clapnet.cn

图书在版编目（CIP）数据

河流与乡村 / 张超凡主编 . -- 北京：中国文联出

版社，2017.9

ISBN 978 - 7 - 5190 - 3095 - 7

Ⅰ.①河… Ⅱ.①张… Ⅲ.①散文集—中国—当代

Ⅳ.①I267

中国版本图书馆 CIP 数据核字（2017）第 235464 号

河流与乡村

作　　者：张超凡	
出 版 人：朱　庆	
终 审 人：奚耀华	复 审 人：蒋爱民
责任编辑：胡　笋	责任校对：傅泉泽
封面设计：中联华文	责任印制：陈　晨

出版发行：中国文联出版社

地　　址：北京市朝阳区农展馆南里 10 号，100125

电　　话：010 - 85923039（咨询）85923000（编务）85923020（邮购）

传　　真：010 - 85923000（总编室），010 - 85923020（发行部）

网　　址：http：//www.clapnet.cn　　http：//www.claplus.cn

E - mail：clap@clapnet.cn　　hus@clapnet.cn

印　　刷：三河市华东印刷有限公司

装　　订：三河市华东印刷有限公司

法律顾问：北京天驰君泰律师事务所徐波律师

本书如有破损、缺页、装订错误，请与本社联系调换

开　　本：710×1000		1/16	
字　　数：458 千字		印　张：25.5	
版　　次：2018 年 1 月第 1 版		印　次：2018 年 1 月第 1 次印刷	
书　　号：ISBN 978 - 7 - 5190 - 3095 - 7			
定　　价：78.00 元			

前　言

如果从"楚灭陈，下焦邑，筑谯城"算起，正是春秋五霸互露峥嵘的岁月，距今已有三千七百多年历史。

作为连接黄河与淮河的重要枢纽，涡河文化，参与了黄河文明对中华文化的缔造，涡河，无疑是华夏文明的摇篮之一。座落在涡河上的谯城，曾经三为国都——汤都亳，魏设都于谯，小明王"大宋"都亳；曾经历为重镇。谯、亳之名，多次转换。良风厚土，蕴育了文明，亦滋长了文学，从"八斗之才"曹植被奉为谯亳文学泰斗之后，才人辈出，不胜枚举，在华夏文学天宇上，星辉屡现，璀璨史书。

继承和发展，历来是文学艺术的叶脉；灿烂的文明，是火把，把薪火递下去，是传承。

在"十三五"开局之际，谯城区文联、区作家协会和各文艺团体，不甘平庸，以发展经济的急迫感，共同编辑了这套《谯城文艺丛书》，集中展现了谯城当代文学艺术界的阵容和成就，有选自新中国成立以来谯城著名老作家的散文，有当代谯城作家的担当用心之作；有书法绘画作品；有民间曲艺的茁壮身姿；有民间故事、歌谣吟唱的史诗；有民间的艺术积淀；有折射社会生活的摄影镜像……，这些作品，基调昂扬，主题鲜明，既有丰沛的艺术元素，又激荡着社会良俗的主旋律，是谯城文学艺术的佳作代表。

由于时间紧迫，编选工作未能尽善尽美，留有很多缺憾，或者存在一些失误，这些，都留给时间检验和方家批评吧。

编　者

2016 年 12 月

目 录
CONTENTS

01

河流

河边的语境

人类的起源大约诞于水,有水族进化之说——谁又说得准呢,姑且存疑。但人类的繁衍,确是与水有关——先民沿河而居,逐水草而生——这是毋庸怀疑的。

谯城的水在古代,是很丰沛的,至少到清朝,还有一方四十多里大的湖泊——清油湖。后来,水,逐渐退化,终于定型为涡河水系。围绕涡河,南有"油、洺、赵",北有"武、杨、包"。而这些水,也在一天天萎缩,河床在一天天干涸,大地在一天天焦渴。这些水,去了哪里?

关注民生,是一个写作者最基本的素质。谯城作家协会从 2009 年起,利用每年的国庆长假,组织徒步考察谯城河流,连续七年,走走来来的,共有十几位作者,足迹印遍了谯城每一条河流的边边岔岔,他们晓行夜宿,背着背包,啃着干粮,住着路边小店,考察民风,留心民俗,考校水系,印证水源,发表了大量的走河文章。《亳州晚报》记者跟踪采访,写下长篇通讯,多家媒体进行了刊载,受到社会广泛关注;他们写下河流考察报告,受到水利部门高度重视,存为文献。

时过境迁,岁月荏苒,现将这些河边徒行的文章结集出版,以纪念河流对人类的哺育之恩。

张超凡　于 2016 子月

滴水如"油河"

油河岸边的步行者

油河散记

超 凡

（一）平实的河流

我们的民族文化中，几乎所有的传奇，都离不开山和水。那些山精水怪、龙族神祇，都诞衍在大山之中，或者大水深处。甚至那些小一些的传说，也离不开山水的滋养，不然，就失去了神秘。

生活在平原之上，视线所及，无限广远，于是，那些神奇，就只能诞生在水里。

在油河源头采访村民

可是，很令我们失望，我们徒步的油河，既没有赵王河中深潜龙潭的神龟，也没有龙宫中的龙女去赶庙会。没有神奇吊着胃口，落在河边的脚步，就有些单调而乏味。

可是，看见河水安静而潺湲地流淌，河边不时闪现隐约在矮树丛中垂钓的阳伞，还会偶尔有羊群安静地吃草，这些，还是让人心旷神怡。

节气打从前年就已经推迟了，十月一日，过去的亳州乡野尽是秋收的繁忙，收割豆子，手掰棒子，杀芝麻个子，还有的平整土地，趁着墒情播种冬麦，男女老少，都在抢——抢时间，季节不等人。可是这两年，老皇历有点过时了，十月一日还是那个日子，农村却不见秋忙，满目的黄黄绿绿的色彩，展示的是成熟的绚烂和收获后的苍茫单调，似乎还很遥远。

采访敬老院的耆宿遗老，期望能听到一些传奇，譬如油河名字的由来之类，可是，只听到几句老掉牙的传说，龙拱河。在中原大地，几乎每一条河流，都能听到龙，差不多都是龙在地上拱出新河，造福黎民，当然，也有少数恶龙、孽龙，最终也会被镇压在某个东西之下。没有新意的故事,就变得平实无奇,无法调动深究的劲头。和老人们作别,沿河前行。

坎坷不平的堤上小路,突如其来的支流岔道,连小路也没有,脚步深浅蹒跚,脚上的水泡,消耗了体力和意志,小镇上简陋的小旅馆,乌黑发霉、气味可疑的被褥,不能洗澡的忍耐,渐渐地麻木了人的挑剔。而渐渐引起大家注意的是盘旋曲折的河道,几乎不间断地出现一个一个的大 S 形的弯道,不管是人工修浚,还是自然冲击成河床,这样的弯曲都是不可理解,我们不能不对老人们一再提起的传说产生质疑——这样的弯曲,真的像是一条龙在地下盘旋蜿蜒的形状,我们走过很多河流,真的没有见过这样奇怪的弯曲,真会是龙拱出来的河床?科学告诉我们不是,可地上的河道不理会科学的解释,于是,我们有了多个选择,各行各道。

四天的艰苦行走,我们目睹了河道由粗变细,最终消失在涡河边上的全部过程,探究的结果,抵消了身体上受到的折磨。但令人欣喜的是,上游的水质,却比下游好,这是出乎我们之前的想象的。下游的污染,就在我们境内,需要我们亳州自己面对。

亳州人,敢于面对吗?

2012 年 10 月 5 日晚匆草

(二)通灵的铁神

关于油河名称的来历,二十年前编辑《亳州传说故事》的时候就已经知晓。可是,不知为什么,我对这个简单的传说一直不满意,或者不满足。龙拱河,过于俗套,过于琐屑。一条河,流淌成百上千年,漂浮了多少故事啊,怎么会如此简略?苦于搜求无果,却也无可奈何。

坐在敬老院里,听一位百岁老者讲一个"铁神爷爷、铁神奶奶"的故事,即刻觉得很提神。虽与油河来历无涉,却与油河集密切相关。

中国的每一个集镇,都是文化的结晶。再小的集镇,也要具备系列的商业元素,旅店、饭铺、神庙、贸易,都是缺不得的。油河集北头就有一座大寺,名为"广云",一十八尊罗汉,两尊大佛,照其规模判断,应该是一座"龙天常驻"的寺院。这也不奇,稀奇的是,集南头有两尊铁神,来历神奇。

一个贩卖棉花的商人打北地买回一车棉花,那是他的全部身家。不想夜里被响马追赶,油河集以北是个一路上岗的坡地,卖棉花拉车的马再也跑不动了,瘫死在地上,眼看着响马就要追上,棉花商想死的心都有了,正在这时,路边冒出来两个人,说,我帮你拉,架起车拉上就走。一口气飞快地跑了五里地,进了油河集,响马们一看车子进入集镇,不敢再追,只好扫兴撤退。棉花车到了油河集南头,四处的公鸡开始打鸣了,车子停下来。卖棉花的一夜困顿,以为停车休息,也就倚着大车睡着了。打盹醒来,天已大亮。棉花商想起夜间惊险,心中万分感谢拉车救命的恩人,从车后赶到车前申表谢意,吓了一跳,车前并没有拉车人,向路边一看,有两尊黑铁铸成的铁人,一男一女,盘膝而坐,有四尺多高。棉花商以为神明保佑,磕头谢恩而去。

自那以后,每年总有不知名的客人,为铁神像换一身新的衣服,有人猜测是棉花商所为,有时,没有布匹衣服,也要换领新的芦席,从没有空过。

和几个老人探讨铁神的名讳,老人们一致说,就叫"铁神爷爷,铁神奶奶",没有大庙,只有一间路边小庙,受领香火。既然是"爷爷奶奶",我们发表意见说,应该是道家的神仙,不是佛教的神佛——佛家是不结婚的,不会有单独的一男一女的塑像。老人们很同意,认为在理,小时候经常去看着铁神玩儿,没在意是佛是道,现在想来,应该是道家的神仙。

这对铁神,香火虽然不是特别旺盛,却很有灵异,和很多大庙的铜铁佛祖罗汉塑像命运不同,竟躲过了那场大炼钢铁的空前灾难。1958 年,为完成"三年赶英,五年超美"的目标,全民族大炼钢铁,到处土法上马,把家家户户里的铁锅、铁农具、铁饭碗,全部砸烂烧炼成铁疙瘩。几乎所有寺庙里的铁佛像,全部毁于那把大火,佛,终究抵不过人的力量。

那对铁神却没有被炼成钢铁,一夜之间,突然消失了。人们一边惊奇,一边认为铁神爷爷奶奶,就该具备这样的神力,人间有难,就飞到神仙洞府修炼去了。

现在想来,这对铁神真神,神在人心。可以肯定,它们没被炼成铁疙瘩,如果进了炼铁炉,油河集的人都会知道。那么,铁人估计不会腾云驾雾,应该是本村有修养的村人,觉得毁灭文物,诚是可惜,就在夜里偷偷埋藏在秘密之处了。之后,我们国家经历了一场亘古绝今的大灾难,三年的饥馑,油河一代村民饿死十之六七,有的整村饿死,有的整户饿死。也许,那几个藏铁神的村民竟为饿殍了吧? 铁神的下落就此断音。

也许吧,过不了几年,因缘降至,随着建设的脚步,突然哪一天,就把铁神从地底下请了出来,也未可知。

人心回归了,神,也就归位了,神佛,其实就是良善的人心映照而已,圣人不也说,以神设教,教化人心而已的嘛。

（三）化为风景

有一句歌词耐人寻味:你站在桥上看风景,别人在窗口看你。仔细想来,此语深含禅意。在你的眼里,河流和桥树,是一道美景,你似乎超然景色之外,可在窗内的人的眼里,你又成了风景中的一部分,可谓景中有人,人中有景,人与景,景与人,浑然不可分割矣。因与果,看似遥远,其实离开的,只是一线之间的距离。

一行人如一行白鹭翩然飘飞在油河大堤上。路是土路,油光韵滑,踏上去,有种韵律感一般的弹性,那是一种和城市水泥路面截然不同的感觉。太阳透过摇曳的树影,洋洋洒洒地晃动在我们身上。露水还很重,把秋草洗成墨绿一般的颜色,角度遇巧了,露珠折射了朝阳,晶莹璀璨,使人怀疑草丛中隐藏了宝石。

秋天的色彩,这时候最慷慨地展现给你,那是最伟大画家也无法完整描摹的彩色,大块的豆田,叶子是一种黄金般的色泽;红薯的藤蔓却还绿着,一种深绿,深沉得近似凝重;大块的辣椒田——一种朝天生长的朝天椒——完全是一种深红,很像冬夜里远方的火塘,温暖而热烈;掰掉了果实的玉米地,玉米秆子还茁壮地一排排站立着,等待农人的检阅,叶子的色彩复杂而多样,浅红,浅黄,浅褐,绿中加黄,色彩难以调和;偶然的,一块被犁铧翻开的土地,新鲜的土层是一种褐色,于浓烈之中糅以凝重;农人们养了一河的白鹅,数以万计,远远望去,就是一片镶嵌在画框中的白云,给一地的浓彩,装饰包裹了一道边幔。

打破安静的,就是我们沙沙的步履,没有了城市的嘈杂,没有了汽车喇叭的聒耳,没有了叫卖假货的"大处理、大减价"的喧嚣,躁动不安的心,慢慢安静下来,我们终于和匆忙道了晚安,紧紧地拥吻了久别的安闲。闲闲慢慢地行走,有一个目标,我们把它当成遥远的追求,不急,慢慢到达。钓鱼的儿童偶然投来探问的一瞥,又被我们的悠闲感染,把目光收回,又投向悠悠的浮标,连树上的喜鹊也是悠闲的,颤颤地晃动尾羽,半天才懒懒地唱出一声——喳。想起早起的新闻,由于高速路开出了免费午餐,有车族蜂拥而上,一时间,几十条高速拥堵瘫痪,驾车的,不得不放弃风驰电掣,站在应急道上打网球、踢毽子,而西岳华山峰顶因为长久拥堵,终于崩溃了耐心,游客被刺之以匕。假期,本为休闲而设,叮是,这还是悠闲吗? 你不承认也罢,我们的社会,已经浮躁得失去自我了。

进入河南省境内,田野里几乎全是褐色了,不过相隔几十里,季节竟然两重天,收割早已完毕,燃烧秸秆的冲天火光里,大块的田地被纵横的拖拉机来来往往地犁起来,播种小麦时拌种的农药味弥漫在田野里。河堤上,农民们正忙,一块一块的农田,被侍弄成一方一方的格子,一个长方形接着一个长方形,很像儿童们摆弄的积木。

儿童们放了假,正是出笼的鸟儿,结队骑着车子在河堤上游戏。看见我们背着的五花八门的行囊,好奇地围上来,问我们是干啥的。我们调侃说,打工的,回家种麦子呢。他们笑了,不是不是。笑问为何不是,答曰:打工的咋穿恁好?我们不由得相视而笑,大家穿的实在是最平凡的行头,那么,还是和农民有鲜明的记号。我则暗暗佩服这些孩子,他们的鉴别力或者审美力,实在超过了他们的年龄,因为第一年,河边的农民们就把我们认作打工返家的农人,几年后,我穿的还是那一套衣服,肯定更为破旧,可孩子们还是认出了差异,这就是进步吧——农村的进步。

河边的堤上落满了树叶,踏上去喳喳作响。令人惆怅的是,过去,树叶下藏满了蚂蚱、蟋蟀,踩上去四散奔飞,今年,树叶下是安静的,不见了那些忙碌飞迸的蚂蚱,是生态环境又恶化了吗?是农药使用得更加严厉了吗?

带着这些惆怅和忐忑,我们走着,既看河边的风景,也被路人当成风景,一路逶迤而去。

2012 年 10 月 6 日上午

(四)红衣仙庙

磕磕绊绊地走在河边,最使人纠结的,莫过于突然出现的河汊,本就无路可走,突现的水沟看似几步之宽,却需绕道三五里,耗费一小时,才能重新找到河堤,这样的里程,根本无法计算。

为躲避村民告诫的连续河汊,一行人有了小小的分歧,于是分为两路,一路贴着河堤一探究竟,一路走上大路,避开河汊。减小的队伍显得单薄许多,弯曲的林带,顿时隔断了同伴的身影,空旷的田野,很快产生了孤单感,再行三五里,大声呼唤,杳无回音,竟有了一丝恐惧。恰好,遇一座小闸,水势延展,正是汕河的汉子,猜测,另一队人必循此绕道,于是卸下行囊,静等会合。

小小节水闸十分破旧,青砖发暗,起码是五十年以上的建筑,闸面南边的河道里,横卧着一棵巨大的老树,想是年深日久,朽烂倒伏,树干不知为何横在水面上无人打捞。小闸东旁,却有一间很新的瓦房,檐下有两根通红的廊柱,不类民间建筑。细看门楣,描有字迹,一看之下,叫人横生趣味,四个红字:红衣仙庙。

平时读杂书,对宗教略有涉猎。但本土宗教中,不论佛道,似乎都没有这样的宫观。怀疑是土地庙,走进门去,香案上却摆着四尊神像,从右向左,依次是:观音,龙王,白玉奶奶,财神关羽。观音大士和财神,在民间信徒最众,观音菩萨救苦救难,财神关羽脱苦拔困,都是民间最为需要的神灵,寄托了底层人民最基本的生存愿望。

可是,龙王,白玉奶奶的塑像,就令人费解和生疏了。这二位神灵,和这座题额为"红衣仙庙"的建筑,有什么关系呢?

很多人对白玉奶奶这尊神不是太熟悉,民间却有许多信徒。这尊神灵,来源于神话传说《白蛇传》。昆仑山的白蛇修炼千年,成了正果,带着青蛇在西湖游玩,邂逅了青年许仙,演绎了一曲仙凡恋爱的绝唱,盗仙草、水漫金山、雷峰塔、老法海等等故事,颠倒了众生。白蛇成仙,在河南安阳一带流传颇广,修建了白玉奶奶庙供奉香火,还有白仙洞等遗迹供人凭吊。因为国人普遍怕蛇,白蛇化成的女人再美,一联想到蛇字就让人心生畏惧,肌肤栗栗,于是,民间称其为"白玉奶奶",感觉慈祥多了。

那么,这座小庙里既然供奉了白玉奶奶,为何又称为"红衣仙庙"呢?红白两色,差别甚远。无人可问,只好猜测。

其地或有红色大蛇,年久通灵,民间或有所求,心愿得偿,视为灵异,就为它建立一座小庙,供奉香火。因为还没有神化或者人化的形象可以供奉,就塑了一尊龙王的形象供奉香案,飨以香烟,助其修行。民间一直认为,龙蛇近似。蛇,修行的终点,就如跳过龙门的鲤鱼,终化为龙。民间甚至传说,蟒蛇修行到一定地步,会生出四爪,长出双角,化为龙族。村民对红蛇寄予厚望,期望它成龙。

这些猜测,自思过于荒诞,一笑置之。待抽时间再去访问,也许,民间有许多我们十分生疏的文化存在,我们自作聪明,也未可知。

2012 年 10 月 12 日

平野步河

王 飙

平原广野,虽不见山岚云岫的雄丽,但也不失河曲泊明的秀美;生长于斯,若时常能与三五知己,浴一缕清风,步一岸烟景,且行且赏,且歌且吟,亦无疑是我们生命中最富有诗意的浪漫和风流了!

这不,难得中秋、国庆双节相连有七八天的休闲,我和几个朋友相约,决定徒步城南的油河,在探源溯本中,尽享两岸的旖旎风光。

吃了中秋节的月饼,赏了中秋夜的冰轮,"十一"那天的清晨,我们便乘车来到油河入涡处的三闸口,由此拉开了四天的徒步序幕。

人行岸上,满目灿然,秋色如诗,秋景如画;河中水平如镜,倒映着白云蓝天;田野遍地金黄,呈现着一派丰收的景象;微风吹过,送来成熟稼禾的馨香;脚下的落叶似毯,踏上"沙沙"作响,虽然单调,却是人与自然共奏的旋律,心灵像一个跳动的音符,正是在这旋律里融入了自然之曲中……

河流本身,就是一道充满梦幻色彩的风景线;一湾有一湾的神奇,一滩有一滩的美曼;有时芦花飞雪,银光灿烂;有时一岛独出,别有洞天;有时群鹅相嬉,歌响一湾;有时舟横空明,诗意绵绵……走不尽的路,赏不尽的景,享不尽的风清气朗,脚下虽累,但心意舒旷。

徒步的第三天,我们在休息的时候,一个朋友通过看手机新闻,告诉大家,这几天,全国各大旅游胜地,无不爆满;华山、黄山、峨眉等名山人满为患;长城、故宫、兵马俑等景区游人接踵摩肩;与其说是观景,倒不如说是看人;各条道路,都不堪重负,特别是高速,都拥堵成了停车场。听听这样的消息,看看我们徜徉其间的空旷大野,一种逍遥自在的快感,顿然贯通身心。风景并非只存在于名山大川,比如我们眼前的秋水漾漾,秋云兀兀,秋野莽莽,触目所及,爽心悦目。能够让人畅然自怡的风景,才是真风景。何必追大求奢,扎堆趋风,自寻烦恼呢?我想,被塞堵在华山险道上无奈无助的游人,一定最能深切地体悟到我这话的个中三昧吧。

其实,对于我们这群徒步河曲的朋友来说,源头在哪儿,并不太重要,重要的是,我们走出了洒脱,走出了快乐,壮了身,爽了心。我们用自己的双脚,在大地的琴弦上,弹响了醉人心魂的美之交响乐!

心灵,永远是绽放于大自然的花朵,走出了钢筋混凝土的禁锢,我们就能感受到她盛开的幸福和美丽;谁若说平原无风景,那就只能说他心灵里无风景罢了!

一路走河一路歌

张秀礼

盼望着,盼望着,国庆就到了。一行八人,背起简单的行囊,徒步去走油河。

徒步走河,是偶然,也是必然。四年前第一次走河,当时为一时激情所致——祝福祖国六十华诞,现在,却成了几个人一年一度的期盼。赵王河、洺河、武家河、油河、涡河的这些支流,我们一路走过。尽管每次徒步都有不同程度的脚伤,磨破了脚掌,挤脱了趾甲,累肿了脚踝,但大家始终不离不弃。是什么力量支持我们坚持到现在? 是心中执着的信念和彼此之间的鼓励,以及在此过程中只可意会的收获。

徒步走河,沿岸上行,顺堤而走,不知源头在哪里,不知行程有多远,不知夜晚怎安身,一切皆未知,就平添了几多神秘、几分刺激,仿若探险。聆听心灵的低语,感知生命的律动,享受人生的从容,徒步路上的感觉,总是值得长久品味。锻炼了意志,挑战了毅力,检阅了体能,加深了友谊,沟通了思想,何乐不为! 关键是那份在徒步中得到的闲适和安然,足以让人受用无穷,感觉所有的辛苦都值得。

徒步走河,远离城市的喧嚣,不见景区的局促,一切随意,坐卧休息,皆由自己,无导游催促之急,无摩肩接踵之挤,无路途拥堵之烦,更无排队等候之苦。大家一路上说说笑笑,互相照顾,互相激励,彼此开善意的玩笑逗趣,乐在其中。徒步第二天,脚板打泡了,步履跟跄了,折下一根树枝作杖,咬牙坚持,绝不言退缩。虽是中秋时节,但那情景,颇有"杖藜扶我过桥东"之感。一天下来,腿脚疼痛不堪,近乎崩溃绝望之时,拐过一道河湾,突于夜幕中望见小镇的灯光,感觉倍亲切、特温暖。和衣躺在八元旅店简陋的小床上,舒展开疲累的筋骨,彻底放松,那感觉,妙不可言。如果有浴池再烫个热水澡,解乏去疲,周身通泰,简直胜似神仙! 人对物质的欲望,原来竟然可以如此简单!

徒步走河,一路上,农人会暂时停下手中的农活,或远或近地望着我们,目迎我们走近,再目送我们渐远。也有在河堤上玩耍的村童,紧跟我们几步,终敌不过好奇之心,怯怯地问我们是干啥的。戏谑般答曰:要饭的,丐帮! 看着对方疑惑的目光,我们窃笑,得意地离去。"远看像要饭的,近看像捡破烂的,一问,是徒步走河玩的。"评价最高的,说我们是考古的。呵呵,让人莞尔! 走自己的路,让别人猜测去吧。

　　徒步走河,沿途的一花一草一野果,一树一木一桥涵,都被定格在相机中。徒步是枯燥的,却因拍照而活跃了很多,意外的惊喜发现,不时会让人激动一阵子。腿脚会走得发软,但情致却有增无减。年过半百者,临界不惑者,都放下了矜持。兴致来时,或吟诵几句古诗,或哼唱一段京戏,或讲述一个轶闻,或干脆放喉长啸,尽享心灵放松之乐,感悟诸多走河之趣。那是一种返老还童、返璞归真般的感觉。走在河边,天高、云淡、风清、气爽,叶落、鱼跃、雉飞、兔跑、蛙鸣……"观天之道,执天之行,尽矣。"道家所言,其实就是以人与自然融为一体、和谐统一为至高境界。眼前的乡野不正是大自然本真的体现吗? 触景生情时,记忆之河的闸门呼啦打开,瞬间就穿越到童年,回到家乡的小河边,回到小伙伴中间,人就萌生出了童趣,心跟着年轻了几十年。有如此心境,脚步似乎就变得轻快多了。

　　徒步走河,置身大自然,看天际辽阔、大地苍茫,感乡野风情、农人辛劳,心胸会开阔许多,烦忧会少却几分。"秋水才深四五尺,野航恰受两三人。"徒步曲折小径间,晨起踢飞几颗露珠,日落踩碎一脚落叶,任意吮吸着草木散发的淡淡清香,贪婪享受着秋阳的轻轻抚摩,用心倾听着天籁的微微声响,心情轻松地在周围展现着,才真正感觉到心的闲适。

　　徒步走河,把自己走成岸边一道风景,走出心中一份闲适,走过寻常一段日子。乡野的风告诉我,生活中不乏乐趣,就看你如何发现! 不是吗? 一路走河一路歌,一路歌声一路情,这份平日里难得的闲适,皆在这悠然会心的禅意里。

油河徒行笔记

杨　勇

（一）龙游之河

　　如是传说，或在晋时。僧人亦宽衣瘦影，于月下款款行，拓入了水墨，便是神人的风姿。那和尚已佚了法号，不知是谁，许是位不攀富贵独自修持的幽僧吧。尔时暮色环合，和尚独立在此，身后是小小的庙宇，四围是皖北平旷而墨绿的大野。他寿眉凛动，似在凝思，忽然举首西望，看墨雨横斜的天际搅动一泼石青色，江翻海沸金光迸，那是龙气风云呵！和尚已知，和尚不允——黑龙开河虽是天帝所命，但有庙在此，我在此，你须不得由此处径去了。好和尚，一拢袖，腾然间身后现有丈二高的虚影，这是罗汉身呵！虚影轻轻向前推出一个手指头，一点光便去了，光没入黑沉沉的龙云，须臾，长空而大地，大地而长空，尽皆訇响着凄厉的龙吟声，黑龙负痛，左一扭、右一扭，驭龙的铁索哪里还扯得住呢？河道便弯弯曲曲，从和尚的身侧入漳河去了。

　　走河、走河，已是第四年，第四条河了——这条河叫油河，奇特的名字，下游与洺河交汇成漳河，上游比邻于赵王河。这些熟悉的河流，都是我们走过的了。有时我想，脚下这一块土地，方不过一县之地，风物人情并无差别，水文地貌也极类似，反反复复，还有什么走头？年年竟乐此不疲，临近国庆，便掐着指头盼望，届时一呼即起，活像打了鸡血，中了魔咒，各种正事、闲事统统退让，各位亲人、朋友全欠奉陪。不管不管，一年就这几日，我且只为自己活着。

　　今年同行有八人，俱是同好的作协朋友，河道边上朝前奔，说说笑笑，高谈阔论也无妨，玩笑无妨，较真也无妨。路上，听他们在激烈地争论油河名字的来历，我趁机埋头快走。一步占先，后来难追，岂不快哉？便也不累。第一天中午，在油河集上吃过午饭，我们寻到了集上的敬老院，向那些历尽沧桑的老人问询有关这条河流的掌故，同伴们还在反反复复追问这个名字——是因为河水珍贵如油吗？

还是因为河水珍贵如油呢？或者是因为河水珍贵如油啊？可惜这些七八十岁的老人都太忠厚，不知道的事情绝不乱说。

我远远地坐着，心想，如油如油，还不如说既脏又稠好似地沟油。更像。但我明白，油河的取名，并非是几十年间的事情。为河流起名字的人，不会如此糟践自己，那并不是黑色幽默流行的时代。当然，相关的自然条件也还没有产生。

在敬老院里，初秋的午后阳光照在身上，半天跋涉的疲惫，饱餐后的慵懒，使我漫不经心。我只当是饭后的福利，这一会儿静坐，胃部会加紧运动，不至于立即奔波，腿脚来争夺体内有限的有氧血液。坐在边上散漫地听，一边还玩着手机——左手虚掩遮蔽着落在屏上的斑驳日光，卫星地图上的油河随着右手手指的拨动而上溯：大地浅绿，河流深绿，油河是大地的裂痕，它扭曲着，就像狂草书的线条。每一次，我都不知它还会朝何处弯，我手指的每一次拨动，不得不改向不同的方向。这条河，就像一条不停扭动绝不消停的活龙啊！

此时，八十五岁的张老人正在讲述这个黑龙开河的故事，我悚然而惊。油河——游河，难道是一条龙游之河吗？

（二）那些土匪

在油河边上行走，无论何时，你抬起头往前看，那河道总是弯曲的。每过一个河弯，就是两个隔河相望的村庄——李楼、李小庄；王楼、王小庄；纪楼、纪小庄……什么缘故？据辍耕老者的回答：同姓的原在一个村庄聚居，不知哪朝哪代治水，新河道需从此地径穿，有势力的人便拿出钱来，河道徒然一弯，绕过他们的田宅，把村庄割为两半，河流环抱的肥美之地称为"楼"，外缘的贫瘠之地就称为"小庄"。阶级，就是这样产生的吗？那些有钱的乡绅，并没有神僧的神通，但却有使河流改道的能力。

走完这些楼和小庄，河道弯弯曲曲就进了河南，河南第一个乡镇是郸城县的张完集。在这里，我们听到一个关于土匪的故事。

七八十年前，这儿来过一窝土匪，首领叫孙麻子，烧杀抢掠，无恶不作。因为在乱世，为了防护，各地多修有村寨，有一个村寨组织了有力的抵抗，结果被土匪击败，整村人惨遭屠灭了。另一个张姓的村寨则吸取教训，放弃了抵抗，村长将幼子送去做人质，然后大开寨门，请孙麻子一伙进来，一村人倾其所有，好吃好喝款待三天。村长说："孙大王，村里有什么看上眼的东西，您都能拿走！只要别伤人命就好。"就这样，虽然屈辱，一村人性命得以保全。张完集的"完"，有完整的意思，究竟是不是来自于这个传说？

掐指一算,我知道那位悍匪孙麻子是谁了,可是我得憋着不能说,那人太有名了,抢戏。我现在满心要写的是另一个土匪。

此匪姓蒋名聚五,绰号叫六秃子。他的根基就在油河的下游三汊口,我们徒步油河起脚的地方,现在属立德镇,那时叫三河镇。蒋六秃子——在民国年间的亳州城,那是可以止小儿夜啼的名字。亳州籍作家李亚先生今年入围茅盾文学奖的长篇小说《流芳记》中浓墨重写了这个人物。但他的素材来自口口相传,有几处讲错了。

第一,六秃子并不秃。土匪的绰号,有真有假。孙麻子有麻子,这是特征明显(他小时得过天花,我自然知道);张麻子(电影《让子弹飞》的主角,姜文饰演)则没有麻子。作为神秘而高危的职业,土匪们常故布迷障来隐藏身份,也是生存之道。六秃子不秃,这是张超凡先生告诉我的,张家祖上的"保和堂"医馆,在老亳州也属有名,医生只管治病救人,与六秃子打过交道。任何土匪都有不能伤害医生的规矩。

第二,六秃子是土匪的行径,却有"官家"的身份,抗战一起,他的队伍就被国民政府收编了,故解放时的定义为"土顽"。

第三,通常说六秃子死于佛君庙围歼战之后,事实上,此役之前他已经被击毙了。

今年以来,我因写作《亳州近代人物散记》系列文章,对本地民国史料多有关注,这次徒步油河,随身带着几份没看完的文献档案,恰巧就有关于蒋六秃子的,当晚入住八块钱一位的村间客店后,泡了脚舒坦,却因门外三犬对吠,臆想似乎是狗和尚抢了狗道士的狗师太,惹动轩然骚乱,叫嚣中夜,令人难以入眠,便躺在床上翻看资料消夜。我计划要写的人物中,需要有正的"能量",因此未能列入蒋六秃子的篇目,但这样闲闲翻看着,脑海里已形成了关于他的一篇小小传记。

蒋聚五,民国亳县悍匪,绰号六秃子。1931年中原大战后,因收得溃兵遗落乡间的枪支,遂拉起人马祸乱乡里。此匪伙抢劫绑票无所不为,尤因在抢劫中不恤伤人、绑票中不恤撕票而闻名,亳城殷商富户多受其害,故谈之色变。1938年日寇侵占亳城,蒋聚五趁乱在三汊口将人马扩充为一个大队,曾帮助国民党军收复县城,后亳县县长熊公烈叛变,蒋聚五随同投降汪伪,但因吸食鸦片,为伪军长张岚峰不喜,后借故脱离,复归于国民党,任国民党鲁苏豫皖边区游击挺进第三纵队二十九支队支队长,旋改称第十一支队。1942年腊月,奉何柱国将军令,挺进队配合正规军会攻淮阳,蒋聚五因为烟瘾,且怯战斗,托病不去。十一支队五百余人奉命阻击太康县方面鬼子援军,血战三昼夜,不料淮阳方面的日伪出动大批兵力,前后夹击,致十一支队全军覆没,归来亳县的只有一个班长、五个士兵。解放战争时,蒋聚五在国民党县政府的支持下东山再起,就任古城区区长,重聚七八百人枪,开始与解放军殊死为敌,但凡捉住的共产党,一律枪杀或活埋。对帮助过共产党的群众,很多也施之以枪杀或活埋,同时,在县政府的允许下,疯狂对普通民众施以烧杀淫掠,无所不为,恶行令人发指。1948年正月,解放军五克亳城之役,蒋聚五被击毙于县城西门外,余残部四五百人由其侄蒋献之统领,旋被我龙山部队击溃于佛君庙土寨。

佛居庙的土寨,我也曾探访,那儿多树,四下郁郁苍苍的,风水很好。土寨三面环水,背依村庄,拱起来一座十来亩的高地,高地四围至今可见砖石垒起工事的痕迹。平原上的村寨,并无太多地势可借,张完集上的村寨,结构也许是类似的吧。我也曾以为佛君庙就是蒋六秃子战死的地方,但现在看来,他总缺席于他应该在的战场。

相对来讲,我其实更加看重的是蒋六秃子所缺席的另一场战斗,十一支队与日本鬼子的那次战斗。蒋六秃子固然是一个彻头彻尾的坏蛋,但他带起的这支队伍也曾与侵略者血拼,那惨烈,在亳州抗日史上是罕见的。"队伍打光了,只回来六个人。"——匪首蒋献之如是回忆。我不由想起在湖南凤凰古城听到的故事:1937年11月,湘西的土匪们响应号召投入抗日战场,在淞沪会战中,靠落后的武器与日军血战七昼夜,战死三千多,一时间凤凰城家家挂白幡,户户戴孝帕——没料想,我竟在我所生活的城市也看到了这样的纪录。打家劫舍的是这些人,为国捐躯的也是这些人。一切活着并死去的生命,这就是历史的真实。

所有的牺牲都是勇敢的,不是吗?是不可以否认的,不是吗?所谓土匪,原本也都是朴实的农民,那些深受顺服教育的封建中国最温顺的农民啊,是什么让他们变成了猖狂的土匪?

出东门,不顾归。

来入门,怅欲悲。

盎中无斗米储,还视架上无悬衣。

拔剑东门去,舍中儿母牵衣啼。

……

——《乐府诗集·东门行》

在油河边上行走,你会看到河道陡然一弯,从某年某月开始,河流已将村庄割为两半了。阶级,就是这样产生的吗?那些拥有能使河流改道的能力的乡绅上流啊,你们独占肥美,剥夺劳动,赐予贫瘠。你们按欲望制定了秩序,而欲望又让秩序腐朽,当最终,秩序无法容纳欲望时,终于有一把野火将秩序烧尽,然后在灰烬中缓慢地诞生新的秩序。当然,这一切会有一个缓慢的、演进的过程,漫长的,甚至能够让人躲过去。但你的历史知识会告诉你,一切将要发生的,不外如是。河流无语,百年千年,它以忍受的态度,背负起弯曲的历史,这样的大戏已看过了几轮回?

我们沿着弯弯曲曲的河道走着,远离了蒋六秃子,又遭遇了孙麻子。土匪,在秩序崩坏的乱世里,还真是处处茁生犹如野草啊。然而只事毁灭,不事建设,他们只能带来野火,带不来一点希望的力量。想着当年破寨屠村的凄惨,想一想被迫引匪入寨的屈辱,心中不由感叹着:宁为太平犬,不做乱世人。

在离开张完镇的当天晚上,我们错过了宿头,直至夜晚九点还在路上赶。上午出发时,安徽境的豆地还是一片金黄,进入河南后,大地已有多处焦黑,也许是农作物的不同吧,河南地面已经在焚烧秸秆了。焚烧秸秆总在夜晚,如果不是走入黑夜,你实在难以想象那种烈火满布人间的震撼场面。黑沉沉的天宇之下,到处是火,河两岸是火,后面是火,前面也是火。那火,如火蛇,结为火网;如火网,布为火墙;如火墙,流为火河;如火河,聚为火海。是谁撕裂了天穹,让这活火熔炼人间? 浓烟纠聚,黑沉沉一团团,被风推着,地气乱了,风便也乱了,烟团就乱去了,四散地侵掠着,虽然人站在河岸上,又怎能躲得开呢? 当我们不幸陷入一团浓烟中时,不能视物,无法呼吸,唯一能做的只是不顾脚下的道路,拼命向前奔,拼命挣及一口空气。在喘息中,在浓烟红火中,我听闻有人在狂笑着,有人在哭泣着,这样的野火,也会勾动人心中的野火吧。这样想着,身后仿佛忽然追杀来一队土匪。是六秃子,还是孙麻子?

我知道的,在这样大规模的焚烧中,每年总会有点火人陷在火场之中,四面浓烟逼迫,却跑不出来,终于窒息而亡。这样的悲剧是不必要发生的,事实上,我们已经有了新的方式收拾大地,我们应该吸取那些好的方式,以野火来烧尽大地上的野草与枯秆,我们一再地宣传,这种陈旧的方式是要摒弃的。

(三)两个庙

从古城镇到双沟镇,有两个庙。沿河道蜿蜒走过来,上午听说的一个,叫铁神庙;晚上看见的另一个,是白娘娘庙。

白娘娘庙不足为奇,是近年来新修的小庙。庙名其实叫"红衣仙庙",不知为何起这么个名字。庙内方不过丈许,供着四尊神像,依次为观音、龙王、白玉奶奶、财神关羽。大家看了都笑,有人说,这叫"综合庙"啊。乡间的"综合庙",就像乡间的杂货铺,供需两便,要啥有啥,最为实用不过,近年来流行得很。只是,这间庙将白素贞白娘娘坐中间,倒也稀奇。中国的仙鬼神圣的等级,以真灵位业图为依据,共分七级,中国人处处讲规矩,得依序排次,先大后小,马虎不得。如今也真是乱来了。谁还管呢? 白娘娘既然敢坐,人就敢拜,我们也都进去施了一礼。看看也就罢了。

倒是铁神庙有名气,在《亳州志》上有记录,其相关传说亦载入《亳州民间故事》,但这个庙现在已经没有了。倚着豆垛,我们坐下来听村里的老人说故事。说,有一个货郎为赶早集,每天半夜得拉货行走乡间,苦得很。而这一趟只觉车子特别轻,一路疑惑,待天亮才回头看,只见车后有两个人还在帮忙推着车哩,因货郎的目光,或是初晨的阳光照来,两个好人顿化为两个铁人。货郎惊异,便将铁人载上车,四下宣传,四乡八里也都以为是异事,于是募资起了座铁神庙,供起这两尊铁神来,货郎自然管理这庙,遂为大富。我玩味这个故事,只觉得痕迹太重,清人笔记中似曾见过这样的骗局的。如果这个事件有个剧本,编、导、演,都是那个得利的货郎啊。相较于百十年前的懵懂村民,我们这帮城里人已经饱受各种骗术洗礼,真算是见多识广,已经太聪明了。

你一言,我一语,在我们的分说下,顷刻间"铁神"的来历已不足为奇了,说话的老人目瞪口呆,愣过半晌,仍坚持着把传说讲了下去。

说,解放以后,还保留着铁神庙,并且还有香火。然后就到了大炼钢铁那一年。好家伙,铁神好大两坨,怎也绕不过啊。指示传达到村一级,当天下午就开会,村里也要放卫星,哪找啊? 就瞄上了铁神。革命了,谁还相信鬼神呢? 这是村中大事件,谁不要看? 次日天刚破晓,铁神庙前已聚满了人。这时,庙里的和尚早跑没了,门虚掩着。队长一声令下,大家一拥而进,冲开庙门,殿门也是一脚踹开。突然,当先那人"哎呀"一声就不动了,后面的人急问怎么回事怎么回事,就挤,挤,然后大家都鸦雀无声了,大家都看见神坛上那两个空空的坐印了,顷刻消息就疯传,传遍四乡八里,传了五十多年,一直传到了今天,传到我们的耳朵里。怎么了? 大殿中间的两尊铁神不翼而飞了。

"唉,神仙自有趋吉避凶之神力,他们合则来,不合则去,回天上去喽。"时隔五十多年,讲话的老人仍然固执地相信这是神迹,讲到这时,落寞不已。他太老了,只相信眼中所见,或是心中所信。他的价值判断从此而来,一双浊眼虽看不破迷雾,但心上有神灵安在,这让他能宁静。

在一片宁静中,我记忆中的几处片断忽然亮起。我们这几年所看到的,观堂镇谯陵寺旁枯井里不是打捞出铜钟吗? 芦庙镇真武庙旁边不是挖出来石人吗? 也许这儿的铁神们也只是被好心人藏起来了,现如此还静静地躺在哪块土地下面呢。这才是最合乎情理的解释。

对我的猜测,老者不以为然,说,藏了铁神,不是坏事,后来政策好了,也没见人站出来讲。

是啊,谁知道呢?这些保护文物的好人,在动荡过去之后为什么没有站出来?据我所知,之前的铜钟和石人也并没有人讲,都是村里在搞工程时无意中挖掘出来的。八十年代末才淘出来铜钟,新世纪以后才挖出来石人。挖出来时,没人知道是怎么回事。

于是我们继续讨论。

大炼钢铁之后就是"三年自然灾害"吧。

我问老人,这儿遭灾的情况怎么样?回答说,和其他地面也差不多,少数的村是饿死一多半,有的村是饿死一小半。那个时候,神都不在了,并不保佑好人就能活,而是,胃口好的能活下来。

牵着秋风沿河走

唐贵芳

钢筋森林里的我们
从博弈和采购中逃离
徜徉于绣满淡淡野花的荒野边缘
听林间鸟儿鸣叫
看村落炊烟袅绕
遥想
闲来垂钓碧水间
静守落日醉夕阳

依稀闻老者讲古
神话抑或传说
都穿越了时间的流
与韶华未尽的你相逢
我们痴迷在金色的秋日里
走走
停停

你神秘的容颜
魅惑了我们的心
牵着灵魂的探寻
飘忽劳苦与荆棘
躯体
或许柔如藤蔓
坚毅

女性岂容怀疑?
漫天流霞
稀释云翳
暮色将至
赶路忙
莫须道远
前方尚有一抹阳光

脚步把情丝慢慢抽短
梦想看见那最终的蚕
眼前
疯长的野草霸占了你宽大的河床
水波清流的喧响早已化为风子
消失得无踪无影
唏嘘
叹息
唯愿自然的魔力
能让原野的绿,潮涨潮退
能让涓涓碧水,流来流去

油河
那个豆田金黄的季节
我们来过
空旷多年的河床
见证了我们追寻的足迹

油河行记

宋 卉

（一）为河行走

近来常觉得自己心灵蒙尘，不洗为患，总需一次历练，磨出一块清朗晴朗的心空来。我是个优柔寡断又不够勇敢的人，却对未知的事物怀有太多想象，希望去尝试。闻几位作家又要趁国庆假期去走河，终是经不住那条河的诱惑，问了些诸如"方便的事方便吗"之类的问题，在最后关头整理行装，然后倒头睡去，直至第二天早上五点钟爬起，赴徒步油河之约。

终于还是出来了，终于背上行囊走上了想走的路。彼时感觉，前一晚来与不来的纠结是多么可笑：不出发，你永远不知道前路怎样。站在临行的油河大堤上，看晨光熹微，秋露浅浅，油河水波潋滟，金黄的豆田和碧绿的红薯地铺展开画卷，脚下的羊肠小道沿着油河逶迤伸展……一切都是那么新奇，那么诡异。

堤岸上的路忽宽忽窄，时有时无。丛生的杂草被人踩下去，路就呈现了，有的油亮，有的艰涩，油亮的，厚重坚实，踏在上面有种放松的感觉；艰涩的，或可以挑战下探索的步伐，也并不觉得难走。每每行到路的深远处，便有种感觉：这路好长啊，可以通到我的童年了。

行走的步伐一路变化着。初时雀跃轻快，想一步跨到终点；再走，脚底磨出明光光的水泡，沾地就火辣辣地疼，于是尽量变换着力点，脚步就有些蹒跚，走姿便开始婀娜。每天傍晚都累到极限，脚底的水泡麻木了，酸疼的腿脚适应了，脚步是沉重的，身形却是轻缓的。眼盯着脚下，每一步踏下去，尽量避开那些在脚下穿行的硕大的黑蚂蚁、肥胖的蜘蛛之类，生怕踩疼了它们。同伴们的体力真好，走在他们身后，越发显得自己瘦小。于是感叹：这是一群我奔跑着都不能望其项背的行者，我需努力，我需坚持！一路上，大家相扶相携，鼓励共勉。探讨关于创作的话题，交流生活的体验和感悟，开着不算俗陋的玩笑，一会儿放声高歌，一会儿开怀朗啸。累了就保持沉默，也没有谁觉得不妥，此时，只听得同伴背包上的铁环坠得吱吱呀呀，踩在脚下的枯叶窸窸窣窣。

　　沿路走来的油河变成了清水河，我们的脚步也从安徽迈到了河南地界。被勤劳的中原农民犁起准备种麦的河堤越发难走，被采砂船掠取的河床越发陡立，沿河的水流渐小，河流甩起的大弯渐多，不知道它会消失在哪里，不知道我们走到哪儿才找到源头。未知的路虽觉得长，一行人的脚步却更坚实。也许前人定居时都有规律可循，每每行到晌午该吃饭时，总会在沿河不远处找到有饭馆的村落；每当行到黄昏要住宿时，总能在河沿不远处找到有旅馆的集镇。有一顿饱饭可餐，有一榻简铺可宿，真的是莫大的幸福，再若能住到有浴池的地方，那感觉真的赛过神仙了。于是，三夜中有两晚我们做了神仙，泡个通透的热水澡，用创可贴安慰下脚底的水泡；赶走蟑螂蚊虫，把自己撂在床边，双腿高高支在墙上，揉揉自己酸胀的腿脚，岂非乐事，岂不快哉！

　　终于溯到源头时，已是行走的第四天。眼见着河床变窄，河水干涸，河底杂草绿棵满目，渐觉苍凉荒芜……这便是我们追溯的源头了？却原来越是发源地越是不见奇，星星点点，越蔓延越开阔，越铺展越博大，直至成型成态成规模，然后奔赴更博大的江河湖海。河如斯，这几位作家发起的走河活动是否亦如斯？

　　回来了，休息了这三天，脚踝仍肿胀着，两脚的大脚趾甲紫中透白，怕是要脱落。但此行不悔，此心不累。喜欢张爱玲的话，"走过平湖秋月，岁月山河，那些历尽劫数、尝遍百味的人，会更加生动干净"。我深深觉得，走过这条河，我的心空澄澈了很多。

（二）走河小记

　　晨光熹微，朝露浅浅，
　　秋风里油河水波潋滟。
　　大叶杨吟咏飒飒清歌，
　　黄豆田铺开金色画卷。
　　背后的行囊催我们上路，
　　羊肠小道在脚下逶迤伸展……

　　喝一口凉水就能走十里，
　　肚子饿了只需一碗清汤面。
　　住的是简陋的木板床，

热情的蟑螂来陪伴。
要是能洗个热水澡呵，
倦客的欢喜赛神仙，
哪管前路迢迢又漫漫。

窸窸窣窣是枯叶铺就的地毯，
吱吱呀呀是背包磨动着铁环。
脚掌上渐生出明光光的水泡，
小腿骨的疼痛使步履变蹒跚。
一枝枝木杖握在手，
且吟且啸且徐行，
又何惧路远水长日西天！

这是一群走河人，
出离繁华寻简单。
城市的喧嚣抛在脑后，
用脚步丈量心路长短。
沿途的美景尽收眼底，
心灵的浮躁彻底荡涤。
循着河床探访一段故事，
逆着水流追溯一个渊源。
四天三夜的纠葛，
两百里路的执着，
没有退缩和抱怨，
揣起梦想啊，
一路高歌一路欢。

（三）这条河，我走过

这条河，我走过。
扯着风的衣角，
看春天像雪一样融化。
秋天悄无声息，

偷袭了果实累累的园子。

这条河,我走过。
用一团乌云,
蒙上太阳的眼睛,
我与他赛跑,
看他踏进这河里,
我则越过树梢。

这条河,我走过。
扶着月光,踩着云朵,
身下是蒸腾的火。
我不懂涅槃,
只看见天依旧蓝,
我不是我。

(四)群贤聚

群贤聚,
约漫步油河旅。
秋色曳金循浦溆,
游龙随路去。

弱女英男携侣,
竹杖芒鞋无虑。
尽溯渊源知所处,
便天涯怎惧。

洛　河

和洛河岸边的老村民采访后合影

抚摸洺河

张超凡

都说智者乐水,其实,又有哪一个人不喜欢水呢?生命起源后,各种动植物都追随水,古人类也缘河而居,繁衍生息而成部落。以致今天的人类,依然为水的争夺而战争不断,都足以说明这样一个事实:岂止智者乐水,几乎所有的生命,都离不开水的滋养!

既云乐水,就不是浅层的挑逗,而是泅入身心的弥合。对家乡亳州的河流,就难免如数家珍。

亳州老城的水系,环绕涡河,形成南北各三的分布,"南有油、洺、赵,北有五、洋、包",共有六条河流。涡河南边的三条河,我们用双脚丈量过赵王河,今年的中秋长假,我们选择徒步另一条河流。

走洺河,完全是一种"率意"行为,行前,四位写作者计划行走的是与洺河并行的油河,可是,站在晨露凝白的河堤上,当地的向导告诉我们,洺河,是"老包"的运粮河。大家怦然心动,一致认为:如此"文化"的河流,如不走上一遭,实在"憾莫大焉"!于是,临时动议,放弃了原先的计划路线,从城父古镇西边的三岔口西行,岔入了洺河的大堤。

虎年的秋,比往年晚来了整整一个节气。往年这个时候,已是秋收已毕,冬麦已播。今年不同,中秋节已过十天,田野里方才弥漫成熟的气息。旷广的大豆田,豆子叶青青黄黄,不肯就熟。刚刚从漳河分出来的洺河堤,杨树排排伟岸,绿意盎然——毫无秋意,如一道绿带缠绕着一垠黄色豆田,色彩驳杂又似有规律。河床不宽,水流平缓,水质还算清洌。让人起疑的是,这样一条并不起眼的河流,而且人工染指的痕迹如此之浓的小河,怎么会承载得动超越千年的文化蕴含?叫人很费解。可是,沿河的遗老言之凿凿,又不由人不信。

在最下游的城父蒋槽村,村中耆老讲述说,这是当年"老包"的运粮河,当年,包相爷在此河行过船呐。故事如下:

大宋朝龙图阁大学士包拯相爷奉旨查办陈州赈灾案(陈州,今河南淮阳县),发现国舅爷私吞皇粮,克扣灾民,饿死了许多百姓,虎头铡杀了国舅,却已无粮可放,赈灾无着,只得带人驾船从陈州出发,沿着洺河到亳州城父梁庄户找"梁老婆"借粮。包相爷借到数船粮食,心中安慰,临行前向梁老婆弯腰行礼致敬时,不小心将揣在怀里的"照妖宝镜"滑落河中。这宝镜是块阴阳宝镜，能前照五百年，后照五百载，神奇无比。赈灾要紧，包相爷不愿意耽搁时间，率船而去。引得一个姓朱的财主起了贪念，雇了大批的渔夫、船户，天天在河里打捞。一直捞了三年，终于捞了上来。朱财主急于知道自己前生是什么"托生"的，用袖子一擦镜面上的泥，就照了起来。一看之下，大吃一惊，吓得失手又把宝镜扔进了河里——原来，镜面上显像的是一张龇牙咧嘴的老驴脸——从那以后，再也无人捞出过那面照妖宝镜。

沿洺河大堤西行三十里，到了古城地界的"油河集"。在这里，洺河与油河分开不久，油河还没有掉头北去，两河平行西进，相距不远，油河集坐落在两河之间。仅仅三十里的距离，作为运粮河的洺河，借粮的主角老包没变，故事则发生了大的变异。

我们站在两河之间的石崇殿遗址上，在叶子苍黄、深及腰际的豆田里，听村老讲述另一个版本的"老包借粮"——

洺河北岸有个小朱庄，小朱庄的范丹和石崇是好朋友。范丹很穷，石崇很富，心里想周济范丹，就在范家的庄稼地里埋了几块金砖，又怕范丹不要，在每块金砖上刻了一行字：天赐范丹一锭金。范丹锄地时搂出了金砖，看了一眼，添刻一行字：外财不富命穷人。扔到了地头的路上，不再理会。石崇从范丹的人品开悟，就此得道成仙。

到了大宋朝，包相爷陈州放粮，照妖宝镜一照，亳州宝气冲天，带着船来到亳州朱庄码头。还未下船，石崇已经迎到了河边。看着走下船舷的相爷，石崇拱手致礼："相爷远来辛苦！"包相爷躬身施礼："仙人怜悯百姓。"不待相爷上岸，石崇就跳上船头，从怀里取出一个小布袋，向船队发米，大船三粒米，小船两粒米，亲手放进船舱，并盖紧舱盖。一个船夫看石崇神神秘秘，如同儿戏，缠着石崇给自己船上多放一粒米，石崇再三不许，无奈被缠不过，只得给他多放了一粒米。叮嘱船夫："不到陈州，切不可打开船舱验看。"说完一摆袍袖，一阵风刮起，船队向西起航。刚离码头不久，那个嘎咕球子船夫向同伴说："牛鼻子道人装神弄鬼！一个大船舱一粒米，闹着玩吧？亏得相爷相信！我是不信！我偏要看看到底有何玄虚！"说毕，伸手掀开了船舱盖。不料，方才还空空如也的船舱，突然咕突咕突朝外冒白米，再也盖不住舱盖。白米越冒越多，船舱再也承受不了，咕咚一声，一只大船生生被大米压沉，一船人也落入水中。喊叫声惊动了相爷，包拯看着一船白米沉入水中，而陈州百姓还等米救命，连叫"可惜"。弯腰查看沉船，一不留心，揣在怀里的照妖宝镜滑落河中。相爷不让打捞，扬帆向陈州赈灾去了。

这则"老包借粮"的故事主角，换成了石崇，而我们就站在石崇殿的遗址上。

村中耆老给我们指点着当年殿堂的规模,何处是山门,何处是大殿,何处是偏殿,庙中有几个和尚,仿佛时光刹那间倒流了几十年。这座石崇庙躲过了历代兵燹,甚至躲过了日本人的炮火,但是,它,还是衰败在"大跃进"的炉火中,许多石碑被拉去焚烧为石灰,大树也被锯倒,最后,在"文化大革命"中,销声匿迹。如今,一片茂密的庄稼,遮盖了所有的历史信息。

我问村中耆老,石崇是谁? 石崇庙里供奉的是谁? 庙里的神像老人们倒是记得,不是石崇。至于石崇是谁,老人们只是笑笑,回说不很清楚。自小住在庙旁边的人,居然不清楚是什么庙,让人疑虑重重。

秋风起处,苍黄的豆田泛起一层金浪,仿佛翻开一页页史书。凝思之下,似乎有了推断:石崇,当然是那个历史上与"邓通"齐名的大富豪,石、邓二人富可敌国,但二人品格都有问题,邓通是汉文帝的宠臣,虽有"铜山"可以铸钱,但最后竟然饿死;石崇是晋人,做过太守,当过黑道,杀人越货,黑白通吃,巨富无疆,骄奢淫逸,后来被司马伦所杀,人品既不佳,名声也不好,只是曾经暴富罢了。这样一个人,还有谁会为他立祠纪念? 除非有一种可能——石崇时代,是在司马氏从曹家篡夺政权不久,曹魏时期,曹操的老家谯县,曾经是魏朝的四座国都之一,经济发达,商贾云集,石崇,作为一个富商,在四大都城肯定都设有商号店铺,谯县,也有石崇的商号,靠近洺河的码头,估计会建有别墅会馆,蓄有家人仆从。司马伦突然乘乱兵之际杀了石崇,石家人为了保命,隐姓埋名,将别墅会馆改作庙宇,躲避追查——后来晋朝南渡,时过境迁,便改作"石崇庙"。不然,谁会为这样一个名声颇烂的人立庙纪念,何况还是在极重名节的封建时代? 除非是石崇的子孙,才会编造出这么一个大众认可的"包相爷"交往石崇的故事,替祖先脸上贴金,而且,石崇还成了忧国济民的神仙。翻遍了史书,也翻遍了野史、神仙转之类,从未见过石崇成仙的记载,甚至在民间,敬奉的财神中,也没有哪一尊是石崇——尽管他生前富可敌国。那么,就只有一种解释,离庙最近的朱庄,守着这座庙的香火,可能就是石崇的后人,这里,就是石崇的祠堂。只是变姓埋名的时间久了,加上历代战乱,时间的沙漏里掩盖了历史的真相。

没有资料能证明这些猜测的真实性。因此,这只是猜测。考证的猜测,有时要大胆,但求证还是要小心为是。

洺河告别了亳州后,进入河南省郸城县,从亳州双沟镇顺着河堤,就到了郸城的白马驿乡。这座名扬古代的著名驿站,以曾经养过的白马,驰名中原,如今,已经没有人还记得它的荣耀。洺河在这里,河道逐渐收缩,说是一条河流,如同我们看"三江源"说它是"江"一样,心中总有一丝勉强。它就是一条稍微宽一些的水沟,流过镇子边时,还有些"理所当然"的生活污染,漂浮着文明和科技的"产物"。

然而,询问故老,这就是洺河,就是"老包的运粮河"。这条河经过了六十年代的大力疏浚、河堤规整,即便如此,这样的水面宽度,当年的运粮船是怎样通行的? 时间不过一千多年,世间就发生了沧海桑田的巨变?

人力也能改变山川,也能让山河巨变。

站在"黑茨河"边,我们都发出了同样的感叹!

如果按习惯,中国人愿意把一条河比作一条龙——但洺河这条小龙被人斩杀了。当年,东西走向的洺河,在这里与南北走向的黑河十字交汇,形成水网,但在二十世纪九十年代初,河南、安徽两省边界的周口、阜阳两地区,联合兴修水利,把黑河整修了一番,修了一座桥,树了一座纪念塔。如今,黑茨河大桥已经破败不堪,不锈钢纪念塔犹然闪着金属光泽,然而,洺河却被这次"水利"害得拦腰被斩。在张胖店村边,洺河戛然而止,被一道大坝截住——设使当年如此,包相爷一定会焦急得一夜白头。过了黑茨河大桥,再翻过一道大坝,洺河河道再次出现。可是,她还是洺河吗? 比如一个人被肢解、截断的那条腿,还能称作人吗?

走在河边,每一个行走者的心情,都复杂而沉重。

我们异想天开,把这段河流命名为"西洺河"。

第二天夜幕降临之时,我们到了郸城。

方志记载:老子李耳在洺河之畔立鼎炼丹,丹成仙去,留下丹炉遗址,"丹成"便是今天的"郸城"。可见,在先秦典籍里,洺河就有了身份,也许,当年她就是一条宽阔的河流——就像古籍里的云梦泽,与洞庭湖齐名的大泽,今天不是也了无痕迹了吗? 她的滴水不留、无影无踪,既证明沧海桑田所言不虚,又说明人类对自然破坏改造的力量巨大,也使乐水的智者深深地恐惧——今天的洺河穿郸城而过,已经细如一线,污染得不忍叙述。河边的气息不欢迎人类停留,我们匆匆赶路。

第三天的下午,我们到了西洺河的尽头——汲冢。汲冢镇西头,西行的洺河留下一片河床痕迹,犹能看出古时的河道,新挖的一条水沟扭头西北,叫张新庄沟,绕了一个大弯,接上公路边上的水沟,当地仍然叫作洺河,但谁都知道,它不是。令我们没想到的是,这里仍然流传着老包放粮与照妖镜的故事;又没想到的是,一路上作为路标的"汲冢",竟然是西汉名臣汲黯先生的墓地;更没想到的是,汲黯先生墓竟然还相对完好,高大的孤堆,青青的墓草,还有一个自愿守墓的老人。汲黯是汉武帝时的铮臣,晚年身体不好,武帝派他到治安不好的淮阳郡做太守,他以不能起床奏辞,皇帝特许他"卧衙而治",留下"卧治"的美誉。他病死在淮阳,本应归葬家乡濮阳,可是淮阳百姓感念他的清正廉洁,苦苦留他,就葬在了这洺河之阴。今天,还留下一个地名以资纪念。

河滩之外,秋阳温热,拖拉机轰鸣着翻起黑色的土地,这里正在秋种大忙。望着已经变为良田的隐隐约约的洺河古道,望着高大的汲冢,有一种情绪纠缠不休:从洺河的最下游,我们就追着"老包"运粮船的印迹,到了洺河的最上游,汲黯冢结束了洺河。两个人,一个是两千年前的清官,一个是一千年前的清官,一条不算宽大的河流,从头到尾流淌的,都是"清官"的符号。清官或者气节,是我们这个民族文化得以流传的根本,知识分子的崇尚与追求气节,是中华民族独特而有别于其他民族的骨髓。由于清官稀缺,人民的清官情结就越结越深,几千年来,阴魂不散。这是我们的骄傲呢,抑或是我们的悲剧?

我们呼唤清官,我们需要清官,可是,事实是,"清官"不死,民主与法治就无从谈起,我们的民族无法屹立于世界民族之林,我们需要树立这样的意识。

2010 年 12 月 26 日

徒步一条充满传奇色彩的河流

王 飙

一

国庆放假前,作协张主席提到一条当年与老包(包拯)陈州(今天的淮阳)放粮有关的河流——洺河,又被称为运粮河,说源头在淮阳的城湖,而河尾就在我们亳州油河集附近的三岔口,全长大约有二百华里,其中还有许多迷人的传说。于是,我们决定徒步洺河,沿岸寻幽探奇。

我们一行五人,于十月二日清晨,乘车到三岔口,即洺河、油河在此汇入漳河。我们的徒步也由此拉开序幕。

相传,当年陈州大雨连下月余,城湖泛滥成灾,百姓淹死饿死无数,皇上派两个国舅运粮去放赈,结果,出了开封,两人便开始沿岸私卖赈粮,老包知道后,急马追至太康时,粮食已差不多被两人卖光,气得包拯当场就把两国舅铡了。然而,此处离陈州已不到三百里,这粮食到哪里弄去呢? 老包站在船头向东南一望,发现亳州境内的油河集(洺河、油河在这里相距二百多米)一带,仙气氤氲,别有光景,知道那里可以募到粮食。没想到他把船刚通过漳河的三岔口驶入洺河不久,岸上已有一个鹤发童颜的仙翁等在那里,他拱手对包拯说:"早知包大人来此借粮,石崇已在此等候多时矣。"包拯闻言大惊:石崇乃西晋富可敌国的人物,因一美妾绿珠而被族灭,怎么会在此成仙? 石崇似乎已看透老包的心思,便呵呵一笑说:"天机自有定分,天意亦有定数,就像你我在此相遇一样。"说着,石崇便从身上掏出一小口袋米,他在大船舱里放两粒,小船舱里放一粒,然后,吩咐把船舱盖好遮严,到了陈州,自然会有粮可放赈。

老包告别石崇之后,一路西行,谁知刚离开油河集不远,便有一船夫好奇,以为是那老人故弄玄虚,便拉开遮盖船舱的油布一角向里看,结果,只见米粒见光便一粒变两粒,两粒变四粒,四粒变八粒,眨眼之间,那米已堆满舱,船夫盖舱不及,大米顺着揭开的口子往河里流,老包大惊,见白生生的大米流入河里,好不可惜,弯腰就想把流米的口用手堵上,结果,这一弯腰,上衣口袋里的照妖镜掉进了河里,因为急于去救陈州的灾民,也就顾不得去打捞了。

正行间,突然前方顶头刮起了强劲的西风,粮船根本无法行走。焦急的老包抬头看见岸上一座很大的庙宇,一问当地人,说是石崇庙。老包马上下船登岸拜谒一番,霎时,西风骤停,东风忽起,一路把老包送到陈州。

二

因为这些年的河流治理,洺河水清澈明丽,水草丰腴,鱼儿时跳水面,野鸭浮游清流,两岸的桐树白杨挺拔直立,脚下的落叶踏而成声,田野里待收的大豆叶如黄金,行走其间,真是秋色迷眼,秋风爽心,秋叶飘飘,秋水粼粼,秋景空明,秋意盈魂,秋游之人,不亦乐乎。虽是农忙时节,亦有农人暂歇地头,有时向他们打个招呼,有时向他们打听一些风土人情。特别是有几个疑问,一直萦系着我们的心:一、石崇庙在哪儿?二、石崇祖籍渤海南皮(今属河北省沧州市南皮县),生于青州,为什么这里会有石崇庙?三、石崇为官以劫掠致富,骄奢淫逸,又因富而灭族,名声并不咋地,为什么在这里会被人立庙奉为仙人呢?四、老包的照妖镜的命运如何?

带着这些疑问,我们沿着河岸一路西去,有说石崇庙就在油河集旁边的,寻访老年人,都说有,可具体的位置说不清,问他们为什么会在这里建石崇庙?他们也说不清。当第二天到河南郸城地界时,走到一个叫张庄的地方,一问,一个七十来岁的老人,竟然告诉我们,就在离庄有一里多路的洺河岸边。他非常热情地把我们领过去,果然河边立着一座近年刚建的小庙,他说这是前几年建的石崇庙,而原址在庙后二十米的地方,并且还告诉了我们当年的规模。当问到为什么在这里为石崇建庙时,他也说不清。但是,他却告诉我们一个故事,说石崇就住在离庙不远的大朱庄,他最好的一个朋友叫唐且,住在小朱庄。他说:当年他去赶集,有一个走江湖卖艺的,在丁集卖艺时问了大家一个很奇怪的问题:"谁知道晋朝最富的人是谁,最穷的人是谁?"没有人能答上来,他说:"最富有的人是石崇,最穷的人是唐且。"等人散尽,他对卖艺的说:"你知道石崇、唐且是哪里人吗?"卖艺的摇头说不知,他告诉卖艺的说:"就在我们张庄旁边的大朱庄和小朱庄。"卖艺人听了大惊。

接着,这位老先生还给我们讲了石崇与唐且的故事。石崇是这里最富的人,家财无数,而唐且家无余资,常空四壁。石崇与他相好,怜他家穷,送他钱财,一分不要。后来,石崇把三块金砖刻上字,埋到唐且的地里。一天,唐且刨地,"当"的一声，扒出金砖一块，上写："天赐唐且一锭金。"唐且看了，笑了笑说："外财不富命穷人！"随手把金砖抛到了地沟里。如此三次，唐且对金砖毫不动心，弄得躲在附近草丛里的石崇感慨万端。石崇觉得送钱他不要，那我就常常请他的客吧，因为是朋友嘛，唐且当然也不好拒绝。请客之时，富人免不了有夸富的心理，便常常向唐且炫耀他的稀世珍宝。唐且想，我不能总是吃人家的吧？于是，也用自家种的各种菜蔬请一次石崇。唐且有四个儿子，他在一棵大树下请石崇喝酒。随着树荫的移动，唐且一次次地吩咐四个儿子一个人抬一个桌子脚把桌子移到树荫里。这也算是一种炫耀吧。当时的石崇虽富有，却还没有儿子，于是，无比感慨地说："我家虽富，可都是死财，你家虽穷，却有四个活宝啊！"

故事讲完了，张主席问："石崇是生在山东省的青州，他从没在此处生活过，为什么会有他在朱大庄生活的故事呢？"老人家一摆手说："这就找不着了，我也听上一辈讲的古。"张主席说："可能是这样的，当年石崇被灭族时，肯定是有一支石崇的后人逃亡到这里，为了躲避追杀，从此改姓朱，并在此为石崇立祖庙，所谓仙人者，先人也。后来，晋朝灭亡，便公开祭祀起了石崇。这就是石崇仙人庙的来龙去脉吧。"

三

告别了那位讲故事的老者，我们继续趟着岸上的荒草野荆前进。一河两岸上的杨树虽然多，但叶子差不多都已落光，再也挡不住正午阳光的热烈，背着沉重的行囊，疲惫渐渐地爬上了身体。但是，只要看一看田野里劳作的农人们，他们有的在忙着割豆子，有的伏在地上点种着什么，有的压在拖拉机带动的耙上在耙地……便觉得我们这点累算不得什么了。

在河边遇一正在拉土的老人。张主席觉得他一定有故事，便招呼说："老人家，可以歇会聊聊吗？"老人家笑意盈盈，一脸春风，停下来说可以。张主席问："老人家贵庚？"答道："虚度七十有五。""老人家真是好身体，请问贵姓？""免贵姓马。""马老先生，请问这条河为什么叫洺河？"马老先生摇了摇头说，这个真不知。

张主席问："那你知道老包运粮的故事吧？"马老先生听这一问，马上兴奋地说："知道！听上一辈传说，老包的照妖镜就掉在我们一带。因为急着去赈济灾民，也顾不得打捞。后来，一个被人称赵大户的财主听说了此事，当他知道老包的照妖镜不但可以识别人与妖，还能从镜里看出人的前生后世，于是便雇人在此打捞。他用了三年的时间，拉网式地把这一带的河底都挖了个遍，终于找到了此镜。当他站在船头接过还沾满淤泥的镜子，得意地拂镜而照的时候，却看到镜里映出的是一头咧嘴而笑的驴,差点把魂都惊飞了,镜子一脱手又掉到了河里。从此,他再不也提打捞照妖镜的事了,后来也有人想打捞,皆没有成功,从此这口宝镜就永远沉没在了洺河之中。"

告别马老先生,此时已是夕阳西沉,黄昏正飞快地降临。当我们经过一座桥时,简直被眼前的景色惊呆了:只见洺河的流水平静如镜,水上一个金黄的太阳,水下又有一个金灿灿的太阳与之对映,满天的红霞,被这面镜子映照出两个世界,两岸迷迷离离,草木影影绰绰,哪个是虚幻,哪个是真实?可怜手中的相机,镜头被我拉得长长短短,快门被我点得咔咔嚓嚓,却无法得到我想要的效果。看来纯美的还是立体的大自然,而非扁平的图片啊!不行走在大自然中,哪里能得到这份美透心灵的快感?

四

第三天清晨,我们便早早地出发。清晨的阳光,把大自然装扮得美轮美奂。河水碧蓝如洗,水草闪着金光,河阴绰约,河阳明亮,眼前的芦苇色彩变幻,远方的树影烟雾迷蒙。摄入镜头的景色,不亚于瑞士的风光。沿河而行,心情好不舒畅。当我们走到郸城白马乡的张胖集,却突然发现明河在此被截断,在张胖集的西边,便是一条河宽流急的大河,一问才知道叫黑河。原来明河是穿越黑河而过的,二十多年前在治理黑河的时候便把明河堵死了,从此,当地人便把黑河东边的部分叫下洺河,黑河西边的部分叫上洺河了。看到这种情景,我们极其可惜,为什么要堵死而不修河闸呢?

过了张胖集,洺河因为被截,河水不流,河床淤积渐窄。过了郸城,洺河虽在,但实质上已是一条死河。当我们走到离郸城四十里处的回龙集,洺河故道已经被平,原来发源于淮阳城湖的洺河在此消逝。

但是,这个回龙集却让我们惊奇不已,因为去年我们的赵王河徒步是开始于百尺河的回龙大寺,而我们这次的洺河之旅,看来就要结束于洺河尽头的回龙禅寺了,两寺又是一道一禅,这是巧合,还是存在什么机缘?哈哈哈,只是说说而已,不可当真!

在集上问一卖水果的老者,此处为什么叫回龙集?老者说,不知是何年何月,这集的西头有一菩萨庙,庙里住着一个以偷吃供果为生的脏兮兮的女孩子,衣衫褴褛,泥污满身满脸,是谁家的孩子也不知道,庙里和尚看她可怜,也不管她。有一年,年轻的皇帝登基后,因不满后宫的颜色,便想到民间去亲选一个可心的女子。皇帝请宰相找人算了一卦,说郸城城西四十里处有一菩萨庙,内有一无根之女,天下曼美无双。于是,皇帝千里迢迢来到这里,看到的却是一个其臭无比、其脏无双的女子,不禁恶心地退去。回到了宫中,就要斩算卦的人,谁知算卦之人大喊冤枉,并大声问道:"为什么不让此女沐浴熏香之后再见陛下?"皇帝一听有理,便急忙带着浴具又回到菩萨庙,命那女孩沐浴熏香,并换上干净的衣服,来见皇帝。皇帝大惊,以为是仙女下凡,便把此女带到宫中,后立为皇后。从此,这庙也便改为回龙禅寺。因为与龙有缘,此庙当年曾盛极一时。

　　关于此女还有第二个版本:说皇帝初见此女后,以为受骗,掉转马头就走。谁知还没走一里路,忽然大雨滂沱,急回庙里背雨,此女却在倾盆大雨中戏耍。皇帝进了山门,天上打了一个闪,"唰"地把那女孩通体照亮,皇帝以为遇到了天上的仙女,大惊!原来大雨洗去了女孩脸上身上的尘垢,现了本色。这便是回龙禅寺的由来。

洛河散记三则

杨 勇

石崇殿

南有油、洺、赵，北有武、洋、包，说的是怀抱古城亳州的六条河流，虽不比八水绕长安那般至尊气象，却也似六抬大轿，花团锦簇，拱月而出，恰好符合了这座汤都魏府，垂四千载历史的重镇身份。

徒步一条河流，特别是在去年走完赵王河之后，苦累并且回味，念念在斯，果然，当有人再次发起时，完全难以拒绝。无关美景，无关传说，只是觉得，又一年过去，心上沾了多少灰土呢？悲喜还那么真切吗？也许只有将身体放逐于大野，捡拾心灵上生出的油油绿色，以此才能证明尚未迷失的自我吧。

所以，走哪一条河并无所谓，然而，最终选择徒步洺河，仍然缘起于一个传说。

三闸口，又名三岔口。洺河、油河迄油河集徜徉结伴，在此处并为漳河东流，站在卡在"丫"型脖颈的桥面上，晨雾从河面上升起来，一只白耳狗无虑地在我们脚边跑来跑去，并不妨碍我们倾听村书记谈兴遄飞。这就是当年包青天"陈州放粮"的运粮河啊！一千年前，包公自开封府沿漳河上溯，到了这个岔口上，接着发生了一件神异的故事。

这出包公案，铡的是国舅爷，传说的亳州版本是，当年共有四个国舅为害，包公发怒说："跑了一个就是神仙。"究竟跑掉一个，后来成了八仙里的曹国舅。贪官铲除了，可是粮食也被倒卖光了，拿什么来救济灾民呢？包公夙夜兴叹，苦无良策，只好启用仙人所赐三宝之中的阴阳宝镜四面照去，发现陈州以东亳州辖内财气冲天，于是便带着空粮船队沿河而来，到了石崇殿，从已成了仙的石崇处借来了粮。

我们沿着河岸上溯，揣摩一千年前粮船的故迹，水波不兴，思绪却早已被通透的林风摇动了。遥想当年，水且宽，浪且急，包公独立船头，手持宝镜照开河道浓浓的晨雾,却见远处石渚上有一青衣羽士控襟独立,人影清晰之时,天地间的水雾突然都消尽了。那道人手玩一只红珊瑚,即近即近,忽然含笑一揖,已在船上,言道:包相远来辛苦,石崇久候了。于是各有言语,临别,石崇指着空粮船说,我在这大船上且放两粒米,小船上只放　粒米,布缦严实,行至陈州方可打开,切记了,切记了。可恨人心终究有妄想,当晚船队泊于白马驿,船夫偷看,一股白米喷泉般涌出把他打落,枉有一身好水性也死在河中。那米狂涌不止,不一会儿竟将这艘船压沉了。包公心疼也,弯腰叫苦:哎呀呀,救命米啊。不想宝镜从怀中滑落,竟遗失到河水里去了……

　　我们现在知道,即使是一些离奇的传说,背后也会深藏一些历史的真相。亳州油河集上,的确是有过一座古老的石崇殿。细细思量,实在令人惊异。石崇是什么人呢?三国归晋之际,此人富甲天下,却担着大大的恶名。一则出身不正,靠着任荆州刺史时劫掠过往客商而发家;二则骄奢凶狠,斗富、杀姬之事,矫舌发指;三则结局凄惨,"落花疑是坠楼人",他因绿姝肇祸,身死东市,亦可谓不辜。古人重节操,岂有为这样一个不仁、不义、无礼、无智之人建造殿庙祭祀的道理呢?

　　同行的张超凡先生有他的推论:亳州,是魏武帝曹操的家乡,魏晋时期是国家五座都城之一,以石崇的为人,狡兔三窟,在此建有别院当属正常。晋廷八王之乱,石崇被问斩抄家,或有一支族人避祸到此,改姓埋名,这石崇殿就是他们的家庙啊。

　　如果假设成立,传说竟似也有了解释,谁会宣扬石崇借粮?那正是其后人行善,却假托祖先之名,这是赎孽呢;又所谓成仙了道,不正是隐恶且扬名么。自古英雄羞名桧,我来坟前愧姓秦,类这般心迹,岂能逃出有心人的眼底呢?

　　下午时分,我们在当地老人的指引下,终于来到传说之所在。远远的一间红砖小庙,新得不成样子。小庙四面,都是豆子地,这豆子叫"八月炸",农历八月下旬,恰是成熟的时候,一片片、一堆堆,眼里都是豆叶的黄金色,我们戏谑着说,这分明是当年的金谷园啊。独有庙前卧倒一棵枯树,枝如虬龙,筋劲似铁,据说还是拆庙时期的遗存。

　　据村人讲述,拆石崇殿是在 1958 年左右,那时石崇殿的规模还好大,有三进院落,主殿塑像玉面堂堂,衣冠而坐,有四立像陪侍。殿后还有牛栏,四围有柏树林,一年四季郁郁森森的。大殿四围几个村子都姓朱,陶朱公的朱。他们已不晓得是不是石崇的后人,但凡姓朱的老人,都曾在这个大殿里烧过香的,连现在这间寒酸的小庙,也是朱大庄村人集资建造的。但这能怎么样呢?豆子苗壮地生长着,一茬茬,一年年,一切经营也都成了遗响。

　　都逃不出时间啊!时间让一切有价值的、没价值的,都腐朽去。晋至于宋,变迁了多少呢？五胡、五代……宋至于民国，变迁了多少呢？元屠、清屠……哪怕隐着姓，吞着声，背负着永远丢不开的包袱，又当如何呢？一点一滴做在眼前，不背离，不放弃，是一种什么力量支持着这种传承呢？中国人苦苦守的，是祖牒啊！我未生时谁是我，我死之后我是谁？古人，怕回不去呀！

时间，又是最可笑的。若轻视它，还真是一钱不值呵。在距遗址不过一华里的墙上，赫然刷着这样一幅巨大标语——"距离 2008 年北京奥运会开幕还有 89 天！"，这可能是史上最速朽的东西了。

汲黯冢

我们在第三天的中午赶到了汲冢镇。冢是大坟，历史上姓汲的大人物太少，那里埋葬的会是汲黯吗？打尖在镇上的一间拉面馆，老板是个小伙，没精打采的，竟摇头说没见过什么大坟头，心下一沉，会破坏得这么干净吗？闷闷吃面时，谁不小心夸赞了老板娘漂亮，身为作家，可是拥有官员以外世上第二张生花妙嘴呀！于是，老板被赶进了灶间做菜，于是，我们如沐春风。在老板娘莺歌一般好听的话语中，我们欣喜地获知大坟头尚在，而坟里埋葬的，的确是名臣汲黯。

稍稍多聊了一会儿。一名同伴在店内结账，其他人兴致勃勃地站在店门口继续听老板娘讲汲黯墓的传说。可惜，现在的坟头只有原来三分之一大小了，听老人们讲，这坟头四角上各埋有一只金鸡，村人挖土时都跑了出来，有人打死了一只，拾起一看果然是金的，结果发了大财。我听了心中沉痛，这传说其实是大墓被盗的隐喻啊。

结账的同伴出来悄悄说，老板多算我们十几块钱。我们说值。一得一失，接受自然的法则，不亦快哉。按照老板娘指示的方向，还要沿公路走两里多，公路上尘土飞扬，不似清幽的河畔小道，让人疲惫。好在有同行的黄凤云女士给我们讲汲黯的故事。汲黯是汉武帝时的大臣，反对严刑峻法，反对劳民伤财，他性格孤高刚直，对位高权重的丞相田蚡、大将军卫青都是一揖行礼而不叩拜，对以言辞、刑名而得宠的公孙弘、张汤更是视如仇敌。汲黯屡次顶撞汉武帝，却被武帝称为社稷之臣。

因为不存希望，所以也无所谓失望。由一块"汲黯冢遗址"的横石处拐进向西的土路，抬眼看见了短短相别的洺河水，一个残破且满布洞穴的大土丘耸立在我们的右侧。这土丘，高约三米半，东西长约三十米，南北长约十八米。丘上杂草半青半黄，也不茂盛，上下左右乱长着一些细树。靠路的一方，一堵砖墙象征性地遮掩了一下，里面一间红砖房，上着锁，似是庙堂，两边各有青砖围成的长坛，靠里的坛子中间插着根桐木条,半尺长两指宽,就是神主位了,坛里积满了厚厚的香灰,四下,是一堆堆的红炮皮。这里还有很好的香火。

大坟旁边,找到了守墓人张允庭先生。

这个大墓啊,说起来可真叫人心疼。据记载,原先四下还有汲黯祠、卧治阁、清风亭、四间楼,还有一块宋代的石碑。可是啊,现在只剩半个土丘了。明末李闯过淮阳,张刚南、张刚北兄弟守土作战,失败后被堵在汲黯祠里烧了,连带烧毁了清风亭;抗日战争时期,汉奸刘小孩献媚,把石碑拉去烧石灰为日本人修炮楼,村人都敢怒不敢言,幸好有一个老秀才偷偷把碑文抄写了下来;解放初期,建新小学,要造课桌,一个姓魏的校长带人放倒了坟顶上的那棵大紫檀,那可真是一棵好树啊,那么粗,我们八个小孩拉着手都抱不拢。这件事是错的,政府要求魏校长写了检查。可是后来谁还管呢?卧治阁拆了,四间楼拆了,七十年代修河道又把坟头土挖走了一大半。

听惯了,听厌了,风雨千年,一朝毁灭,毁弃的是历史,也是人心。站在丘顶,站在二十一世纪边上,一阵风来吹动草木,仿佛一声长长的叹息,又似不忍闻的呜咽。真是愚昧啊!我忍不住说出声来,内心充满羞愧。愚昧是不识字吗?愚昧是不富裕吗?愚昧是不了解自己,是不懂得敬畏,是无知地使用权力。

公元前121年,匈奴浑邪王率部众降汉,汉王朝功业辉煌,武帝为显大国气派,下令发两万辆车接运,国家无钱,就从民间征马,民力有限也不愿配合,武帝因此要诛杀长安县令。汲黯说,长安县令没罪,你只要杀了我汲黯,百姓就肯献马匹了。但是有必要为了一时的威风而让天下骚动吗?武帝默然。后来汲黯又劝告武帝说:百姓是国家的枝干,为树叶而伤害枝干的做法,是不对的。他的直谏,有时甚至到了愚直的程度,一次他竟当面对武帝说:陛下心里欲望很多,只在表面上施行仁义,又怎么能真正仿效尧舜呢?说这样的大实话,人主肯定不喜欢,所以汲黯始终不得重用,后来竟以九卿之位任用于地方,汲黯不甘心去,说我有病,武帝说,你躺着也得去,这就是卧治的由来。然而,面对暴戾嗜杀的汉武帝,汲黯能苟全性命,并善终在淮阳,不也是他的幸运吗?

失之东隅,收之桑榆。汲黯晚年卧治淮阳,政令不作更张,于是淮阳大治。卧,是一种行为,也是一种境界。一个官员,谁能在殁身两千年后还享有百姓的香火呢?

这个道理,说透在柳宗元那篇《种树郭橐驼传》里。种树者不要强为妄作,不要过度干预,其实就是道家的治政主张。汲黯好黄老之术,他在淮阳的成功,只是懂得把执政者过度的、难以约束的权力关到笼子里去,这样,人民就能像树木一样适性地生长,并结出华美壮硕的果实。

告别汲冢,天色渐暗,我们继续在路上,忽然想起黄庭坚的一句诗:汲黯不居中,似非朝廷美。

太昊陵

沿河道进入淮阳后,口中便念叨着《诗经》中那首《陈风·泽陂》:"彼泽之陂,有蒲与荷,彼美一人,伤如之何。"在漫吟声中,岁月不觉流过三千年。仿佛遥见那古时的陈都宛丘,万亩城湖,清风徐来,将蒲荷清气,于乾坤吹彻,而美人隐于莲船间静静地等候着谁的到来?

我们徒步沿河上溯,寻着脉络攀缘历史的足迹。洺河的起源,据说是从东湖,东湖再西,就是龙湖,龙湖之侧,还有两个大湖,淮阳县就漂浮在这一座连一座大湖之上。三千年过去了,一切都没有改变,这城,犹然以其绝异特秀的水乡之姿,凭空留驻在苍莽中原之地。只为守护着一个人吗? 若从九天之上俯瞰,几块湖水青碧一杯,细看又如丰腴的臂膀,怀抱着一块小小的陆地,那里就是人祖伏羲定都与长眠的地方,如今有个名字——太昊陵。

洺河就像一个向导,将我们一步步引来,只是在步入淮阳境内,我们才忽然醒悟到此行的意义。小小的苦旅,竟是拜谒中华文明起源的神游啊。而作为向导的洺河,也以它的身体演绎着历史的沧桑。我们起脚处是一道多么宽广的大河啊,追索上行,却见它先断于张胖店,又断于回龙集,仿佛数百年一次中华文明的大劫难,每当这样的断续,下游看见上游,有所余幸,上游看不见下游,却是何等绝望的历史时刻啊;在云交这个村庄,河道又折开,仅以一渠勾连,似是历史被人为地篡改,历史的故道究竟在何方? 近处尚有遗迹可考,太远则已杳不可察;进入淮阳县以后,水流纤细,河边村人,为出行方便,每每填河为路,圈河为塘,各为一块天下,如上古部落,虽然是各自的历史,却都是中华文明的渊源。最后,我们怅然站在一片新耕的田野远伫东湖,西去已无水可援,考证的历史已至山顶,而传说中的人祖如在天外,山顶望天,知其所在而不可触见,似乎犹能闻得到晚风中吹来的缈缈荷香,看得见湖畔楼阁的巍巍尖角。人祖创造文明,却又匿身于传说之中,化身符号,化为神明,似乎久驻人间,惚惚恍恍,又似隔绝人世。河流不达,我以何来见你?

十月五日清晨,我走进太昊陵,其时大雾漫天。天地相接如太古,浑沌一片复希夷,古柏森森,撑起眼前天空,绰绰约约现出巍峨宝殿的形状。穿越一重大殿,又是一重大殿,三重殿后,方是一座大陵。于是放缓脚步,一炷香用素心捧起,叩首、礼毕、起身。上石阶,抚览模糊的石碑,依稀是"太昊伏羲"四个大字,心中感动,于是退后三步,在满是尘埃的石地上跪下,再拜。

画八卦、定姓氏、制嫁娶、兴礼乐、造衣服、刻书契、造干戈、结网罟、养牺牲、兴庖厨,最后定都宛丘,以龙纪官,诸夷归附。这都是伏羲爷的留给世人的功德,有了这些,人方异乎于禽兽。

绕陵一周后,心下轻松,圆满了。此时大雾已渐渐消散,于是看石碑、看展览,闲闲游观。印象深刻的有一物、一园。

物名泥泥狗,又名陵狗,为护陵之物。据说是人祖爷伏羲人祖奶女娲抟土造下的。说是狗,其实天地万物,甚至想象之物无所不能取材,造型高古诡奇,荒诞抽象,难以言状,有一种万物皆灵、神人合一的意境,观之有大惊异,仿佛回到那风雨雷电、人兽并存的洪荒世界。

园名独秀,创始人王殿一先生,曾为吴佩孚和孙中山的花匠,其父子所培育松柏造型堪称绝妙。曲如椅,圆如盖,散如兽,簇如亭,不由惊叹人的智慧与手段真是无穷无尽。

看罢若有所悟。

从泥泥狗至独秀园,差着几千年,人有喜好不同,但从艺术而言,却难分其优劣,这是时代标准的不同。伏羲为五帝之首,他的造像还身披树叶,及至黄帝,已是衣冠冕旒。但是没有伏羲,哪来的黄帝?

艺术的创造,在于世事的永不完美以及人们对完美的追求。而社会的进步也在于此。我们现在看到山林之间的野猴,餐果实,饮清泉,难道过得不快活吗?人不进步,至今尚与猿猴同游呢。人的可贵,就在于进步。苟日新,日日新,又日新,人类最初的经典里,无不刻下这样的痕迹。在人类演进的漫漫长河中,确有无数可以休憩的港湾,作为懈怠者,激流中的礁石也未必不能容纳一生的醉乐,然而总有些人,即使是盛世的荣光也无法迷惑他的内心,他们继承着人祖如炬的目光,背负的是历史,看透的是未来。

每年二月二,并一直延续到三月三,太昊陵这里有着名的大庙会,据说香火鼎盛,临近几省的人们都自发来祭拜。显仁殿的基石上有一个直径约2.5厘米、深度约有一指的小洞,叫"子孙窑",无论男女都用食指探摸窑洞,寓意者生。生生者不息,不息者进取。于此新千年一阳来复之时,人祖爷慈祥而坐,赐予众生希望。要以进取见伏羲。

（写于 2010 年）

徒步洺河

黄凤云

一、徒步洺河

　　七天的假期,说长,难以和暑假相比;说短,难以和周末相比。开学以来,因为带了高一的班主任,便一天到晚地泡在学校里,几乎忘记了学校以外的世界,七天的假期对于我来说就是一个难得的休闲了,但如何安排,我却犯了难,蜗居于室,未免对不起这秋高气爽的天气。出去旅游,人山人海让我望而却步。正在不知如何是好时,我们学校的工会主席、谯城区作协会员王飙老师告诉我,作协要组织几个人去沿河徒步考察,如果我愿意加入,他可以介绍,我一听,没有丝毫的犹豫,当即表示要参加。他告诉我,可能很累,但是我骨子里有股傲劲,有股挑战精神,越是说难我越是要参加,于是,没有意外,我顺利通过第一关,加入了徒步者的行列,后来我才知道很多作协的会员尤其是很多男同志都有畏难情绪,不敢参加,而我的加入也确实让作协主席张超凡吃惊不小,一个女同志竟有如此大的勇气,其实,从要加入的那一刻起,我根本就没考虑过累啊、难啊之类的问题,只是觉得很好玩而已。

　　匆匆准备好一个不太重的行囊,我出发了。当时,我并不知道要到哪里,怎么个走法。但我知道:只要脚下有路、身边有河,只要行走在自然中,我就会快乐,就会坚持。只要是他们男人能走的路,我也一定不会落下。十月二号早晨,六点三十分,我准时到达水利局门口,发现已有几个人在等候了。然后,我们坐上一辆车,这时,我才发现原来加上我去的总共只有五个人,除我是女性外,其他都是男性,我不管,既来之则安之。坐在车上,向一个我并不知道的目的地进发,一路上,我迷了方向,分不清东西南北,但我的心情是愉快的,有一种从牢笼里放飞的感觉,大约一个小时的路程,我跟他们一起下了车,来到一个叫三闸口的地方,也就是三条河流交汇的地方,听当地人讲,三条河,一条叫油河、一条叫洺河,这两条河共同汇入一个叫漳河的河流,这其中的洺河一直通到河南的淮阳(过去叫陈州),关于这条河还有一个有趣的传说故事:当年,包公到陈州放粮时,由于粮食被当时的国舅贪污挥霍,发放时就不够用了,当时,掐指一算,在东南方向有一富户可以解决此难题,于是,驾船去取,得知此人便是有名的富户石崇。此时,石崇已经成仙,见到包公的运粮船,便从布袋中取出一些米粒,大船两粒,小船一粒,并嘱咐路上不要偷看,结果,路上有一船夫好奇心过重,掀开船布偷看,结果,米粒突然增多,把船压沉了。这一传说激发了我们极大的兴趣,决定更改原来设定的走油河的路线,改走洺河。

　　我们五人在张主席的带领下,沿河岸前行。十月,渐进深秋,空气清新,阳光很好,河边的大杨树已落下大半的叶子,剩下的几片替我们遮挡住强烈的阳光,洒下斑驳的影子,脚下,落叶满地,踩上去"哗哗"有声,犹如大地弹奏的一曲优美乐曲。右边,河水清澈,微风轻抚,河水缓缓流淌,满湖的波光犹如洒下的碎银,水中时有鱼儿游动、水面上白鹭翻飞、野鸭自由地在水面嬉戏。左边,大豆已经成熟,遍地金黄,时有农民穿梭其中,望着成熟的果实脸上露出满意的笑容,偶尔与他们打个招呼,他们个个会以最真诚的微笑绽放满腔的热情;抬眼远望,大片的树林下,绿色最浓处,一定是一个个古老的抑或年轻的村庄,时有青色的、红色的瓦房或者白色的小楼掩映在绿色中显得安详而温暖。在张主席的建议下,我们情不自禁地唱起了歌:"我们走在大路上,意气风发斗志昂扬,张主席领导革命队伍,披荆斩棘奔向前方,向前进! 向前进! 革命气势不可阻挡……"虽然歌词我们记得不很准,但我们唱得依然很带劲。看到美景,再时不时地停下照几张照片来珍藏。其中,王飙老师为了能照到河的全景,想到河下面去拍摄,脚下一滑,整个人便倒了下去,引得我们一阵惊呼,亏他反应快,一个鲤鱼打挺"嘭"地站了起来,否则,后果真是不堪设想。到头来,又引得我们"哈哈"大笑起来。

　　在徒步中,我结识了几个文友,他们博学多才,开朗幽默,既增加了知识,又开阔了眼界,还在战胜一次次困难中,锻炼了身心。

　　徒步,使我爱上了一条河!

二、洺河边,那一只受伤的鸟

　　出了汲冢镇,我们打算沿河走到回龙镇,已是下午,太阳依然很好,灿烂地挂在空中。此时,田里的豆子已被农民收割完毕,不时有拖拉机来回翻动着田地,身边散发着新鲜的泥土的气息。不多时,空气中突然传来烟雾的气息,越来越浓,已能遮蔽太阳的光辉,我们几个人也被呛得咳嗽流泪,向远处一望,我们发现,原来是农民们在田野里把一堆堆的豆叶、豆秆点燃所致,随着大火"哔哔剥剥"的声音,浓烟便滚滚而出,以至弥漫了整个天空。

在穿越一个河汊的转弯处,走在前面的杨勇突然惊呼起来:"快来看,一只小鸟。"我们几个人匆忙跑去,果然,在杨勇的手里有一只斑鸠,我很奇怪:"它怎么不飞?""你看,看它的翅膀。"杨勇拎起翅膀让我们看,这才发现,它的翅膀已被大火烧焦了不少,连尾部那几根漂亮的羽毛也有烧焦的痕迹,已经飞不起来了。杨勇把它托在手里,我看到了它的眼睛圆圆的,发着亮光,但却有点儿怯生生的。我们看着都很心疼。张主席接过小鸟,捧在手心里认真地端详着,记者许发夫赶紧取出背包里的茉莉花茶,拧开瓶盖,把水倒在瓶盖里送到了小鸟的嘴边。小鸟一开始不敢张嘴,只是怯生生地望着我们,可能是看到了我们这群人脸上善良的表情,便勇敢地把嘴伸进了瓶盖里喝了起来。我们都高兴地喊:"快看,快看,它喝了,它喝了!"真没有想到小鸟一下子就喝了满满四瓶盖的水,有了精神,拍拍翅膀,眼神里的胆怯不见了,露出了感激。我们商量怎么办。带它走吧,前面的路还很远,天色已晚,而我们最终的目的地是城市,那里更没有它生存的空间;把它留下来,它的翅膀已经被烧坏,还能再活下去吗? 犹豫不决,我们拿着它走了一段距离,找了一个僻静的没有人的地方,轻轻地把它放在地上。我不禁暗自说:"小鸟啊,小鸟,这都是我们人类的错,但希望你一定要坚强地活下去。"然后,我看到小鸟站在地上,深情地望了我们一会儿,钻进了草丛,而我们也是一步三回头地望着它,直到它最终消失了那娇小的身影。我的心很痛,鼻子酸酸的,眼泪差点儿掉下来,我不知道,等待着这只小鸟的命运到底如何。

同行的许发夫又向我讲述了去年徒步赵王河的时候,也遇到过一只小鸟,也是只斑鸠,那是一只误食了农药的斑鸠,被他们发现时,也几乎是奄奄一息,他们给它灌水洗肠,小鸟有了精神,然后把它放了,也不知道它现在怎么样了。

听了这些个故事,我的心更痛起来,难道我们人类为了自身的一点私利,就非得来破坏大自然中比我们更弱小的生命吗?

我不禁想起了几年前的三中附近的那个小游园。我刚来三中上班时,那里还是绿树成荫,鲜花盛开。我经常在劳累了一天之后到那里去,看栀子花今天又开了几朵,听听枝头的鸟鸣,看看脚下的草丛里蚂蚁忙碌的身影,烦躁的心情顿时安静了下来。找个石凳坐下,不时会有几片落叶飞舞到我身边,向我诉说生命的轮回,于是我便尽情地享受自然之美,觉得自己是一个很幸福的人。那时,我很喜欢史铁生的《我与地坛》,看到那句:"也许地坛就是为了等我才存在了四百年。"我不禁泪流满面,也许这不大的游园也是为了等我而存在这么多年吧。可是好景不长,当我在三中工作的第五个年头,那是一个本应该很安静的春日傍晚,我如约来到游园,却发现面前是惊人的一幕,四五台拖拉机正在"嗡嗡"地工作着,转眼那个古色古香的围墙就轰然倒地。接着我就看见几个刽子手拿着现代化的电锯,冲进了游园,一阵"刺刺啦啦"的噪声过后,那几棵枝叶繁茂的大树就流着泪躺在了地上。接着是斩首,分解肢体,那几棵曾经无偿地给人们荫郁的大树就眼睁睁地在我的眼前消失了。接着,推土机上场,那几棵正开满栀子花的小树就被活活地碾死在了车轮的下方,我看到:眼泪流满了地,花瓣在风中飞舞,小鸟们惊慌地鸣叫着四散而逃,蚂蚁惨死在车轮下,好一场惨无人道的人类大屠杀。我很想上前去制止这场悲剧的发生,可是我的声音很快便消失在"隆隆"的机器声中。

再过几天,一切都消失了,公园变成了一个小广场,上面铺满了冷冰冰的水泥,在太阳的炙烤下,散发着浮躁的气息。渐渐地那里成了广告家的乐园,一天到晚,高音喇叭响个不停,有时还会上演几台以做广告为目的的拙劣的演出,严重地影响了在校园学习的孩子们。

我又想起了刚刚离开的汲冢,那里埋葬的是汉武帝时以正直善良、敢于直谏著名的汲黯。在他死后,当地的百姓为了纪念他,曾给他修建了一个很大的坟墓,并且历代都有人去祭拜他。而现在,因为老百姓建房没有土,就去汲黯坟上挖,现在,汲黯冢已成了一个小土堆了。更令我难以忘怀的是,守墓的老人告诉我,原来这墓地上曾有过一棵六人都难以合抱的紫檀树,但在"文化大革命"中,当地一个学校的校长因为学生没有课桌,就把大树伐去做了课桌。现在,那里只剩下一个不规则的土堆,难以和历史上鼎鼎有名的汲黯联系了。

想到这里,我无言,只好默然前行。

赵王河

大杨镇赵王河董林窝子水面

从神秘归于平淡的河

张超凡

（一）神秘的河

旭日初升，水面被一片金光笼罩。赵王河的入涡口波纹起伏，金蛇乱舞，开阔而远大。站在河堤上，不由人不生出神秘和敬畏之感。

从最下游回首西望，岸北是一望无涯的秋田，岸南，是名气大于内容的"廻龙大寺"。从寺到河口的距离，古尺恰百，于是，这一段河床以及岸上的这座村落，就顺水推舟的，叫作了"百尺河"。

说廻龙大寺名大于实，是与传说有关。故老们言之凿凿，说当年皇帝赵匡胤修通此河，乘船试航，至百尺河时，问前面汇入的河名，地方官告之是"涡河"，赵匡胤急令停船，当晚就驻驾在南岸高岗之上。近臣问故，赵说，我乃真龙，焉能入"锅"？次日，转驾回京。地方官为拍皇上马屁，就在皇帝驻跸之地建了一座寺院，这就是廻龙大寺。因为皇帝御驾驻此，还附会出一些传说，如廻龙大寺附近有一席之地，蚊虫不进，夏天不张蚊帐也没有蚊子叮咬；赵王河的蛤蟆（青蛙）不会叫唤，只会"干鼓肚"，那是怕惊了圣驾，等等。无非是拉开皇帝与人民的距离，把他说成半人半神，皇权天授，叫老百姓甘心俯首帖耳罢了。可是，老百姓心里并不买老赵的账，所以，廻龙大寺的香火一直不死不活。按说，一座千年古寺，起码也应该有明确的偶像啊，其实不然，此寺供奉颇杂，以前是道家的道场，现在诸佛并进，搞不清到底是哪个神佛的香火了。

可见，世间万物，神秘到了极处，就成了不可理喻的芜杂。

沿河西行，河水渐深。深不可测，就成了神秘的根源。赵王河的最神秘之处，在清水河汇入口之东三里，其地叫"董林窝子"。窝子，是淮北一带的方言，是说大河的极深之处，如同海之极深处称海沟一样。董林窝子一带，赵王河河面骤宽，河床极陡，河中心处，旋涡丛生，不知深浅。古老相传，这个窝子，是涡河龙王的龙宫，曾有龙女变化人形去赶大杨集三月十八的庙会。传说绘声绘色，十分逼真。

村干部却讲了一则现代版的"神话"。说他当生产队长那一年,恰逢大旱,赵王河河水变得很浅,为了使用大型抽水机,就带人在窝子之西二里地河中挖一眼大泉,一直挖到砂礓盘之下。泉水深有两丈,阔有一丈,足够抽水之用。可是,第二天中午带着村民去洗澡时,却发现泉眼已经淤平,只有三尺来深,八个男人站在浅水里洗完澡上来,发现洗澡的泉眼突然下陷,又变得深不见底,隐隐约约有一只乌龟,顺着河底向东爬去,所过之处,整条河气泡泛起,如同开锅沸腾。村民吆喝着沿岸追赶,一直追到大杨桥卜水深处,才不见了踪迹——回思洗澡场面,原来,泉眼并非淤平,而是浮着一只大龟,八个壮劳力是站在乌龟背上洗的澡!

村干部活灵活现的讲述,一下子让人想起赵王河的源头,那是一个叫作"玄武镇"的地方。思绪顿时遄飞起来。玄武,会不会与这只巨大的河鳖有关? 中原地区老百姓的观念里,龟和鳖,差别不大。玄武,是传统文化中的四种灵兽之一,东朱雀,西白虎,南青龙,北玄武,北玄武就是镇守在北方的神龟。赵王河,恰好是西北东南流向,源头在北方,正好是玄武镇的方向。难道说,当年有一只大龟从涡河中游入赵王河,沿河居民发现了这么一只体型巨大的神鳖,故而把源头之地起名为玄武? 而这只神鳖,因为长寿的关系,沿着河水渐渐向下游浮动,它越长越大,越传越神,由于体型巨大的关系,浅水处已经无法生活,最后就定居在河水最深的董林窝子一带?

这种推想,有许多合理的成分让人兴奋,于是想起,许多的考古发现,有时都是来源于一些奇思妙想,再一步步求证,最终,一些实物证实了猜想的合理。于是,历史,就在现代人手里重现本来面目。

看着如镜的河水,心里却为自己的妙想掀起滔天的波澜。

几日的艰苦跋涉,终于又疲惫又兴奋地瘫坐在赵王河的入河口。然而,进入河南省鹿邑县赵王河的上游后,当初的想法极度地动摇了——赵王河到了这里,化名为白沟河,河身变得纤细起来,河床并不宽泛,河水也非常之浅,那么,设想的这样一只神鳖,根本就无法在这样的河水里优哉游哉。难道,几百年的时间,赵王河竟发生了像神女麻姑所见的沧海桑田之变? 一时间,心旌摇摇,不可自主。

询及土著和查看相关资料方知,玄武镇是座古老村镇,当年是魏武帝曹操训练水军之地,随着水势减退,当地人用木栅筑堤,筑成一座集镇,叫"观武镇",意思是观看军队练武之地。后来到了唐朝,李世民改元贞观,当地为避皇帝之讳,不敢再叫"观"字,乃改"观"为"玄",遂有玄武镇之名。原来,它与神龟没有一点关系。想起当初颇为得意的遐想,不禁哑然失笑。再推敲思想深处的发展历程,它由无限神秘,终于归于平淡,由缥缈的天宇,落于坚实的土地,想通此节,独自会心莞尔。

然而,赵王河的源头,毕竟与亳州人曹操有关,念及,还是让人颇为振奋。

2009 年 10 月 8 日

(二)行走河边

再麻木的心灵,最底层总会有一块柔嫩的肉,碰一碰,还是会哎哟的。要说谁丧失了敏感,我是不信的。但是,对某种死水一潭的生活状态产生厌倦情绪,那是普遍规律,人人皆有。把死水搅动,给自己的生活平添一些乐趣,恐怕是人同此心,可却非人人可致,因为,那是需要生活的智慧和生活的勇气的——我们已经在浮华的城市生活太久,在五光十色中迷失太久,对所谓"文明"生活迷恋太甚,惯性之大,想从城市的享受中脱离出来,并不容易。

没想到,文友们以决绝的态度响而应之,一行人,遂于某日清晨会与赵王河畔,开始了寻觅朴质生活的这次远足。当然,"旗帜"是悲天悯人的,但那是写作人的自我标榜,在外人看来,那是很可笑的谈资。

露水很重,裤管很快打湿。清晨的野外乡村,清新的空气到处弥漫,那是深秋的晨气,混合着成熟的味道;收割过的豆田,被犁铧翻过来,散发着收获后的香气,一如成熟女性身体的气息,吸引着鼻翼;土地很暄,把脚陷得很深,每踏一步,都要付出不少的体力,久蓄的勇气和体力正旺盛着,没人在意这些。没有河堤,没有羊肠小道,却在意料之外。崭新的环境让大家新奇,于是,照相机多吃了许多的劳累。

很快,"审美"就吃得饱了。

这时,大家才发现,"路",是这样难走。田头就是河边,杂草丛生,野枸杞果成串成串鲜红的迎风摇曳,固然养眼,可是,它的旁边就生有苍耳子,土话叫"枪枪头棵"的植物,结的果子满身是刺儿,见衣就挂,还有一种土"葛针",扎得你满裤管都是——它就靠这个把自己的子孙繁衍到他乡。这些草的果实,长着针,生着刺,隔着袜子,隔着裤子,挠着你的皮肤,不仅痒,还有些疼,毅力面临的第一道考题,不觉间就摆在了面前。

这些小小的烦恼还没有适应,新的更大的问题写上了题板。

出现了岔河。

赵王河的支流都不大,看着宽不过几米,浅浅的河水盈盈不足一尺,但运动健将也是跳不过去的,要么脱掉鞋袜蹚水而过,可是,在对岸无处可以濯足,洗脚穿鞋这些很平凡的琐事,此时都成巨大障碍;不得已选择绕行,等沿着支流找到小桥,再回到赵王河堤,你会发现已经走了几里,明明只有十几米的直线距离,已经耽搁你多半个小时。几个支流绕过来,你的膝盖里,不知不觉间,已经灌了一瓶陈醋,发出咯吱咯吱的酸。

而太阳,已经在你不经意的时候,转到了正南。秋日曝暄,写出来句子挺美,实际上又累又渴时,太阳晒着你很不舒服,有些火辣辣烤人的滋味。然而,使你感觉"物有所值"的迷人的色彩,却在此时漫天遍野地逼过来,将你的疲累稀释尽净——

阴绿了一夏天的棉桃,突然良心发现,祖露了洁白的心怀,整块的棉田,铺成了一片白云,红衣摘棉的少妇就显得格外扎眼。与棉田为邻的,辣椒地,一块红火的色块;豆田,一块姜黄的色块,色彩的对比如此强烈,却又如此协调,任何画家的调色板,都显得僵死而苍白。

这时,赵王河绿色的河水,映着岸边的绿柳,有一棵柳树巨大而孤独,几个人歪歪斜斜地散走在它身边,你回身一望,疑惑顿生:怀疑自己走在了一幅西洋的风景画里。

强烈的疲倦和散了架一样的感觉,在六小时长途奔走后渐渐袭来。裤脚的泥土和倦意,使你忽略了对清洁的选择,看见了一片杨树丛和地上一层落叶,使你生出媲美席梦思的念头,重重地放倒身子,呀,躺在地上真好!

感觉出奇地敏锐起来。树叶下,窸窸窣窣,是蟋蟀爬动的声音;蚂蚱从干叶上起飞的声音像轰炸机一般的响亮;林中的浆果,散弥着浓烈的甜香;河中的游鱼发出泼刺的水声,混合着鸟类的啼叫,使人幸福地昏沉;慵懒的四肢,感受着来自大地的温热。这些物事互相搅拌着,宛如温柔的呻喃,让人一层一层地跌落在朦胧之中。

仰面朝上,眼睛看到的是四维的树梢,把天圈成一眼井;白云缥缈,无限高远,你会有些畏惧、有些甜美地遐想着,前面,还有很远的路要走吧,大概?

2009 年 10 月 11 日晚 11 点草就

(三)刘湾的炮楼似"玄武"

赵王河有一条支流,叫"急三道"河,位置在鹿邑县之东,亳州城之西的侯桥一带。河的传说虽优美,但委实荒诞不经。说是大唐宰相魏征梦斩私改雨簿的泾河龙王,本来唐王李世民已经答应出手搭救,午时前把魏征留在皇宫下棋,不想魏征迷迷糊糊做梦追赶老龙王,老龙乘云跑到亳州,被魏征赶上,老龙无路可逃,急得在地下紧拱几拱,拱出一条河来,在鹿邑县西铁窗户棂子旁边拱不动了,还是被魏征兜头截住,把龙王斩了。老龙拱得急,那条河连拐几拐,就叫"急三道河"。

急三道河,我见过,是有几个急弯。但是看了赵王河的几个急弯后,急三道河就没有出奇之处了。

赵王河在大杨镇之西的大吴楼村后接受了清水河的汇入,向西,就分成了两股,西南的一支,是清水河,西北去的是赵王河。西行不久,就连拐了三个急弯。这三个弯都很急,几乎都是九十度,不仅拐得急,而且水面宽阔,水流很急,河水很深,河堤垂直,很有些大河的味道。这三个弯中,接连三个村庄,分别是朱湾、王湾、刘湾。大河环绕村庄,绿树翠竹掩映,使这几个村庄占着极好的风水地势。

这样远离市廛非常适合陶渊明一类隐士居住的村子,忽然有了"炮楼",是极令人惊骇的。

这就是刘湾炮楼。

穿过一大片竹林,走进窄窄的村口,我们都感慨于岁月的力量——不过六七十年光景,时光已经完全销蚀了战争的痕迹,不经健在的耆宿故老讲解辨认,我们几乎不敢设想那是战争的产物。

可能因为背依大河,当初的国军刘纯一部在此修筑据点,从规模和设计看,很可能是亳县城陷落后,为新县政府修建的临时办公地,因为那些工事,都是永久性的。后来,也可能因为刘湾村距离县城不过三十华里路程,城里的日军随时可以骚扰,才再一次南移,将国民亳县政府迁在了古城集,一直到抗战胜利。

但这座据点修建得甚是科学。南负赵王河,成为天然的屏障,环村挖了一圈深沟,引赵王河之水灌入其中,唯有西门留了一座吊桥,夜里悬起,就是一座环水的寨堡。沟深坡陡,无法爬越;寨堡四角筑有四座炮台,如同动物的犄角,凸出于尖角之外,炮台高有数丈,台上建有厚土夯筑的碉堡,由于四座炮台凸出,俯瞰之下,就像一只乌龟趴在地上,四只脚就是四座炮台。碉堡三面留有瞭望孔和射击孔,可以发现侧面进攻之敌,还可以火力支援,没有观察死角和射击死角;寨内,挖有纵横交错的交通壕沟,士兵可以通过战壕随时支援需要支援的据点。

从刘湾炮台的外形看,极似一只乌龟,它的头应该是弱点,可是放在了水深且急的赵王河边,头枕大河,变弱为强。乌龟,古称玄武,此炮台,是不是根据古兵法所列的"玄武阵法"构建的呢?可惜,猜想设计者早已作古,无从问起了!

据当地士老回忆,刘湾炮台建成后,没有使用,国军就撤走了,没有发挥抗战的作用。后来,反被土匪蒋六秃子利用,负隅顽抗,牺牲了许多解放军战士。

不过,岁月沧桑,风雨树木,早已掩埋了战争的痕迹,后来者所能凭吊的,只是几座越来越小的土堆罢了。

徒步神秘河流

王 飙

说她是一条神秘河流,是因为她是一条有着传奇故事和神秘色彩的河流。

十多年前,我就常常在假日或周末,呼朋唤友,来到这条河边钓鱼,享受着她绿岸夹流水的清丽和宁静如处子般的秀美。但是,让人百思不解的是,在她距汇入涡河河口仅几十米远的高岸上,竟赫然醒目地雄立着一座千年古庙——回龙大寺,并且,从回龙大寺到入涡口这几十米长的河段,竟然不再叫赵王河,而是改名叫百尺河,这里面究竟暗藏着什么样的玄机呢?还有,她为什么叫赵王河呢?她的源头在哪里?谜,一直萦绕于我的心头。

在国庆长假来临的前夕,作协张主席打电话说想约几个人一起徒步赵王河,来个探秘探源之旅,问我去不去。一提赵王河,我顿时来了精神,毫不犹豫地答应了。

看罢国庆盛典的第二天清晨,我们一行六人在张主席的带领下,首先乘车直取回龙大寺。寺庙的管理者一听说我们此行的目的,连声说好,并且很热情地带我们进寺参观,给我们释疑。他说:"此庙建于宋朝。当年,宋太祖赵匡胤巡察天下时,曾从河南境内的白沟河乘船走水路东去,当龙船眼看就要驶入涡河的时候,宰相突然大叫停船。赵匡胤急问:'为什么?'宰相答道:'前面就是涡河,陛下贵为龙体,岂能入锅(涡)?'赵匡胤暗思:'我一入锅(涡),岂不就是煮龙了吗?这可是大不吉利。'于是,掉转船头,打道回府了。亳州的地方官便在此建回龙大寺以志纪念,并且把此河命名为赵王河,皇帝未走的那一段,叫百尺河。"

从寺中出来,由百尺河走向入涡口时,寺庙管理者出语惊人地说:"这是一段最清静的河流,在这百尺之内,蛤蟆不叫,蚊子不飞,小鸟不鸣。""是真的吗?"他肯定地说:"当然是真的了!因为要迎接真龙从此而过,当然要静河了,直到今天这段河流还在等待着赵皇帝呢!"大家一笑,也不再追究真假。来到入涡口,只见汤汤涡水奔流而东,一条渡船正行驶在河心。七人在此合影留念。告别了寺庙管理者,我们六人由此踏上徒步的征程。

此时,正是农忙时节,地里的大豆、玉米基本上都已收尽,翻耕土地的拖拉机,正在不停地奔忙,三三两两的农民都急着赶在拖拉机未开来之前往地里撒着化肥,空气里弥漫着新翻土壤的气息。我们一会儿行走在河滩长满荒草的小稍路上,一会儿行走在灌木丛生的河岸上,一会儿又不得不行走在农民的靠近河岸的地头上。我们六人,走出了城市的楼群,来到了自然的怀抱,真的都像是一只只归山的猛虎,奔腾跳跃,谈笑风生。那河水里的每一声鱼跃,都仿佛是一支歌,美妙的旋律,伴着一圈圈的水波,在我们的心里荡漾;那岸边的树丛中,被我们惊飞的每一只野鸡,仿佛都是一首诗,随着它那扇动的翅膀,把大自然的美丽颂扬;水在缓缓地流,云在慢慢地飘,风在轻轻地吹,树在微微地摇……在阳光明媚的赵王河边,唯独我们的脚步踏在欢快的节奏上。

第二天,当我们踏着朝阳上路的时候,两条腿在休息了一夜之后便有了感觉——沉重和疼痛。但是,体力体能的元气未伤,尽管有人的脚上已经打起了血泡,上路后依然手握相机,不放过任何一个拍摄河流景色的最佳角度,不愿意放弃欣赏鲜红的太阳带给大自然美妙的色彩变幻。人在河边走,心在画中游。虽然这里是一望无际的广阔平原,但是,一条曲折婉转的河流,足以让她平添许多的灵气、秀气和变化之美。河边基本上没有路,荒草丛生,杂树纵横,清晨的行走,露水湿透裤腿。一近中午,堤岸上的厚厚落叶再无半点水气,一脚踏上,"沙沙"有声,六人的脚步,便汇成了一支踏碎赵王河静寂的进行曲。然而,中午一过,我们再也承受不住又渴又饿又累的重压,一坐下休息,便赖在地上不想起来。下午四点,到达河边的梅城,吃了饭,才五点,本来还可以再赶个十多里到达河南省鹿邑县的王皮溜乡休息,但是,其中两人强烈提议,今天就在梅城休息吧,结果,竟然不再有人反对,呵呵,大家都累了。

第三天清晨,刚一上路,小杨便如挂不上挡的摩托车,远远地拉在了队伍的后面;小张的两只脚上打的十多个血泡悉数被磨破,每迈一步都痛得直咬牙;最惨的是杜老师,走着走着,突然膝盖钻心般地痛起来,一瘸一拐地跳着走。我们三人中,数许记者最厉害,依然还是行走如风,并时常翻开本子记着什么。张主席是我们此次徒步的灵魂人物,虽然大拇脚趾甲都被鞋子挤掉了,但他没叫过一声苦和累,总是大声地讲笑话,鼓励着大家。进入鹿邑境内五六里的时候,杜老师实在是走不下去了,只好走向大路拦车先去宿营地打前站了。在鹿邑境内,赵王河叫白沟河,沿河的堤岸上有路,好走多了,但是,这天农民都在焚烧秸秆,整个大地之上,到处都是烟火乱冒。天上太阳无光,空气烟雾弥漫,我们被呛得眼也痛,喉咙也如火燎般地难受。在这种情况下,再也没有了赏景的心情,只是赶路而已。这天,我们一天走了十多个小时,直到晚上近八点才到达宿营地赵村。这天,也正赶上赵村的一家澡堂开业。热热的水池,往里一跳,啊,舒服极了,幸福极了! 人生最大的快乐,莫过于此了!

住在赵村,张主席仔细地打听,才知道此去源头尚有三十余华里,张主席掐指一算说:"估计我们明天下午两点可以走到源头,有信心吧?"大家一听,也不顾得伤痛和劳累,齐声呼喊:"有!"张主席诙谐地说:"三十六拜都拜了,哪里还差这一哆嗦? 明天带足水和干粮,我们一鼓作气,直冲到源头!"

第四天,经过了一夜的休整,再加这是最后的冲刺,所以,一上路便走得相当轻松。空气中的烟雾也已散去,朗朗的朝阳,挂在树梢;嘤嘤的鸟鸣,回荡耳边;清清的流水,映在眼前;惊跑的野兔,竟然泅水逃向对岸。也许是心情好的缘故,直走了近两个小时才停下来休息一会儿。再往前走,河边便没有了道路,河滩野草没人,岸上杂枝横陈。只得拨开草丛树枝,慢慢地前行。有时,只得行走在农民新翻的松软的田地里。草丛里,竟然发现一只受伤斑鸠,张主席说可能是吃了人们下的药,他用绿茶给它灌了一阵子,说是能帮它解毒,最后,我们又把它放在草丛之中,都默默地祝愿它能康复,回归大自然。

下午一点四十分,我们终于到达赵王河(白沟河)的源头,大家高兴得连声高喊:"胜利了! 胜利了!"原来,她是发源于涡河,几经周折婉转,在中原大地上流了二百多华里之后,最后又注入了涡河。站在赵王河的河口,望着滚滚流淌的涡河,我们心里抑制不住地涌起一阵阵的自豪感:四天里,我们不仅尽赏了一河两岸的美景,而且还经受了人生中的一次对自我的挑战!

神秘的赵王河啊,在我们经过了两百余华里的徒步探索之后,她终于为我们揭开了自己神秘的面纱。

点亮眉前那盏灯

张秀礼

　　在没有徒步溯源之前,身处乡间一隅的赵王河于我而言,只是有所耳闻的一条河流的名字,仅此而已。在决定考察之前的一天,我才真正开始关注它,在地图上寻找它的身影,它是那么微不足道,一条短短的绿色的细线,印象仍然很抽象。

　　我们一行六人于早上七点半来到了赵王河入涡处。虽是中秋时节,两岸垂柳依依,依然满目青绿;两河交汇,虽没有百川入海的雄浑气势,但目光所及之处,宽阔的水面仍让人激动不已。这是初识其面的激动,这是第一次亲密接触的激动,我们就要从这里上路了,未来几天将与它朝夕相处。站在河南岸观望,入涡处距离脚下不过百米之遥,河面静缓,几乎不见流动。波光粼粼,朝阳升起,洒落水面无数碎金;雾霭蒙蒙,水汽氤氲,一艘渡船正由涡河左岸慢慢驶向右岸,留下行人一串串笑声。赵王河,正从沉睡中苏醒,开始了它新的一天。在当地行政村书记的介绍中,我们参观了依河口而筑的回龙寺和新建的百尺河节水闸,了解到百尺河的来历、赵王河及回龙寺的一些传说故事。古老的传说印证了赵王河的久远,沧桑的古寺叙说着过往的云烟,现代的水闸见证了文明的脚步,我的思绪开始穿越历史的时空去寻寻觅觅……

　　在秋日的朝阳中,我们从百尺河节水闸上由南岸过到北岸,沿着河堤迈着轻快的步伐,踏着晨露上路了。紧靠岸边,杂树相生,灌丛密布,一团团,一簇簇,枝枝叶叶上写满了秋的凉意。鸟鸣啾啾,只闻其声,不见其踪;秋虫唧唧,忽远忽近,若即若离。这些天籁之声,把乡野的早晨衬托得更加寂静。各种野草野花沉浸在秋露中,如水洗般纤尘不染,如果不是我们走过,它们或许还正在做梦!河堤上是高耸的杨树林,枯黄的叶儿在风的摇动下,不时脱落,默默地扑向大地的怀抱,好一张乡野风情画;间或路过沿岸的村庄,但见炊烟袅袅,只觉鼻翼弥漫着地锅饭的甜香,我的心头就复苏起一种久违的熟悉记忆,二十年前,我一直生活在这样的农家小院里。橙黄的大柿子悬于枝梢头,金黄的玉米棒挂在树丫间,火红的小辣椒缀于院门侧,鸡犬之声相闻,好一幅农家丰收图!

河道宽阔,水流平缓,鹭鸟贴水而飞,野鸭嬉戏游弋,不时有鱼儿呼啦一声跃出水面,激起一圈圈涟漪,引得我们一串串惊呼。沿河蜿蜒的岸边小径是农人踩出来的,若有若无,时断时续。人迹罕至处,路径全无,我们便如原始丛林中披荆斩棘的探险勇士,踩倒没膝的茅草,披开挡路的灌丛,拂去扑面的蛛网,彼此牵拉,相互鼓舞。我们无心地踩着落叶前行,发出细碎的声响,草丛中的野雉常被我们不经意地惊起,展翅咯咯地飞向远处。途中最喜偶遇三两片竹林,悦目娱心。皖北的竹子不似南方的那般粗壮高大,粗者若酒盅口,细者则如手指,渐浓的秋意给它们染上了一层淡淡的白霜,竹身更显笔直,竹节更显层次分明,竹叶也更显青翠。

日头渐高,行程渐远,脚走痛了,人走累了,就地或坐或躺于厚厚的落叶上小憩,看树梢上斑驳的阳光如何亲吻自己和同伴的脸,一种返璞归真的感觉悠然升起。暮色四合时,赶到某个集镇落脚,恰能找到浴室洗个热水澡,尽管条件简陋,但满身疲惫退却后,那种幸福感无以言表,胜过在城里洗桑拿千万倍。每每这时,我就强烈地意识到,置身自然,卸掉面具,去除硬壳,原来人是这么容易满足,心中某个曾经坚硬麻木的角落便敏感起来,柔软起来,细腻起来,我知道自己长途跋涉要寻寻觅觅的究竟是什么了,是一盏灯,一盏心灯,它就在眉前,吸引着我的魂儿。越往前走,这种感觉越强烈;越往前走,曾经浮躁的心就越平静。相较而言,旅途之苦算得了什么呢?想起超凡主席的话来:我们这次徒步之旅的主旨就是放松心情,走进自然,了解风土人情,关注民生。

沿途可见不少年老的农人依旧在辛劳,作为土地上的主人,他们执着地坚守着,而年轻人多半都到城市淘金去了,村庄因此寂静了不少。收获后的大地,赤裸裸的一望无际,让人不由想到了母亲,想到了产后疲累的母亲。我又想到了艾青的诗句:“为什么我的眼中常满含泪水?是因为我对这土地爱得深沉。”或许我们每个人心里都有一种关于土地的情结。是啊!上推三代,有多少城里人不是土地的后代呢?一路的所见所闻,对于蜗居城市,为责任奔波已久的我来说,一切都是新奇的。看惯了灰色的水泥建筑,乍一看到这原生态的农村景象,紧张的心的确放松了不少,犹如出笼的鸟儿一般。在与同伴们的说说笑笑中,我突然就想到了刘禹锡的“无丝竹之乱耳,无案牍之劳形”,想到了陶渊明的“久在樊笼里,复得返自然”。

智者乐水,仁者乐山。在山水面前,人就会知道自我的渺小,心也会因此变得洁净。这条赵匡胤下旨开挖的曾经专为帝王服务的河流,如今早就千舸散尽,运粮的帆影消失于历史深处。铅华洗尽,一切归于平静,千百年来,它滋润着两岸的沃土,哺育了沿河的百姓。短短几日的溯源之行,我的内心早已得到了一次洗礼,疲累的是身,喜悦的是心,点亮的是心灯。忽然发现,早就隐遁于身体某处的童年的顽皮,正如惊起的野鸡,呼啦啦就飞出来了。一路上,看到走跛了脚的我们,很多人好奇地问我们是干什么的,甚至有人把我们当作没有挣到钱走着回家的落魄打工者,还有人把我们当作吹响器的艺人……我们几个大老爷们不置可否,掩口窃笑。

当四天后走完全程,看到赵王河的源头时,尽管累得几近瘫软,但我们放飞的喜悦心情无以言表。此次徒步之旅,每个人的毅力、耐力、体力都得到了一次检阅。

人在旅途,容易琐务缠身,忙则心亡,心亡则忙。不妨暂且放下,出去走走,给自己点亮眉前那盏心灯。

赵王河徒行笔记

杨 勇

（一）柔软的力量

基本上,亳州人是不大看得起作家的。偶尔碰到而有介绍,当面赞叹两句,又每每透露出不以为然或言不由衷的敷衍来。每当这时,我总会感到很不好意思,有种自外于群的生分,因此牵连而暗地里埋怨起这样介绍我的好心人来。

我从来不觉得能写几笔有什么高贵,当然也不会以文字创作为低贱。流俗所重与所轻,自有大势来左右,不是个人所能争得,要是为这个外物牵扯得心神不定,就不是写作的自我。于是有个解释:写作——不过是一件玩意儿罢了。就像钓鱼,就像下棋,并没有什么区别。爱它,但不以它生活;它又有足够可爱之处,能使人自适其间而不厌倦。

总而言之,大家,都互认俗人好了。

连绵数年的徒河之旅,起初,也只是玩儿,户外有氧运动而已。说实在的,国庆假期太长了,拖家带口往外随便一走就得大大地花钱。几个作协的朋友结伴,徒步溯源本地的一条河流,走完全程,足够消磨三四天时间了。这个选题,苦中作乐,却也并不寒碜。能有这样的想法,说明身为作家不以经济实力为能。这种窘迫,可不是我个案,而且颇有公论。沿路走过多少个村庄,波摇烟柳,弦荡秋风,多美呀!却禁不住一声声的议论钻入耳朵,"你看这些打工的,没钱坐车,溜地走回来的!"想想样子挺傻的是不是?嘿嘿,掩笑而急遁吧。

经济上弱势,更可悲的是,作家们的体力也不具实力。长期以来的案头劳作,大肌肉都明显退化了。二百多里的河岸,虽然地形够差,也没想到走下来竟是如此的艰难。一人膝盖处旧疾复发,一人的两个大趾甲脱落,一人脚掌、趾头严重受伤,六个人的队伍,"折损率"高达百分之五十,却依然坚持到了最后,仅有一人掉队,和平时代的行军,这结果已可谓是惨烈了。这不免让人失笑,作家们想彰显体力,尤如运动员搞表演,官员们搞经济,只能在较低的层次上进行吧,不具观赏性,有点娱乐性倒说不定。

以上用两点实证了作家的弱小,但是相对于作家,总有更为弱小的存在。

堤林中落下一只大斑鸠,我悄悄地接近,猛然挥动手杖向它砸去,它果然觉察了,乍了一下翅膀,却趔趄着没能奋飞。我心生诧异,手杖划过的弧线便缓,落下时轻轻地压在它的背上,它竟立即跌倒了。

我轻握双翅将它提起,看着它无助且悲哀的眼珠,乌溜溜的有光,又总被无力垂下的眼睑盖住了,生机似乎正慢慢地离它而去。同伴掰开那小小的喙,闻了闻,说:"这鸟儿误食农药了呀。"

于是,不约而同,对鸟儿的救助开始了,仅存两瓶水,大家分出一瓶,灌肠、清洗,一遍又一遍,直至吐尽有异味的黏液。许久,鸟儿似乎好些了。我们总要离开的,此时只好放它在草地上,前行几步,总又挂念,折回头来再抱起,再三思量,藏它在一个人迹罕至的所在。

打杀了烧烤,或牵了绳作为战利品带回家去给孩儿耍——城里人难得在乡村的路上遇到一只稀奇的鸟儿,这是难免的想法吧。我那急急挥舞的手杖毫不掩饰我的本心呵。野味与野趣,对于我等作家,更有着出奇的诱惑呵。可是伤害与救助,心态与行为的转变却是如此的自然而然,起因唯在"对象"——对那只鸟儿弱者身份的确认。对此,我且有一个直白的解释:对弱者的怜悯,对强权的反抗,对自性的不断认知与坚持,三者乃是作家根性之所在。而怜悯,更是一切创作的基石。

无仁慈,不创作,创作的本心必然是柔软而善良的。年初,村上春树赶赴以色列去领取耶路撒冷文学奖,致辞时却对颁奖的这个国家加以责备,忘不了那个题目是:永远站在鸡蛋一边,又翻译作"与卵共存"。这句话理解起来很难,我想:之所以要如此,因为相较于鸡蛋而言,石头并不需要作家的保护。

是的,当鸡蛋与石头发生矛盾时,顶着作家的名头,却坚定地站在石头的一方,必然可恶而可笑。这种价值的判断无关于作家本身所处的石头或鸡蛋的阵营,于是,我们可以理解老托尔斯泰晚年孤独地出走了。万幸的是,我们当代的作家终于滑落在鸡蛋的阵营里了,这且使我们不必有托氏自我否定的困惑与决然。尽管如此,我们大部分的作家们依然做得不够好,不是吗?作家们,实在怨不得世俗之眼轻略的。

在这个崇尚力量的时代,可还有作家在低声细语?有一种柔软的力量,它躲在哪里呢?

（二）姜桂题的顾虑

徒步河流，最怕出现支岔，一旦绕起来真不知道有多少冤枉路要走。为节省路程，带头大哥张主席(作协)奋勇涉水背人不幸失败的惨痛教训挥之不去，让我们每回警醒，遇事先寻尾巴夹住，老老实实绕路吧，并不议论。心怀光明前途，但道路还是曲折的呀。

赵桥镇以西岔出来的这条横沟可太长了，高高的坡道上，张主席手中蝴蝶翅膀般迎风飞舞的两件衣裤都吹干了，才看见一座通向对岸的小桥。这时，大家停下来喘口气，箕坐横躺，心游壕上。只见沟沿土坡宽而且直，土坡拉紧河沟一路向南，远远地被天地线一抹绿树挡住，认不出尽头到哪儿，却分明透露出人工开凿的痕迹来。我们此行也有记录地理水文的任务，于是扬声问田野里耕作的乡农。

"大爷，这是什么沟呀？"

"这是铁路沟呀。"

"哪个铁？哪个路呢？"

"铁路的铁。铁路的路。"

名字起得突兀，必有缘由。与农人攀谈，不料竟探究出了一段《亳州志》不载、一行文人不知、几近掩埋于历史的旧事。

原来，这里真的是修过铁路的，就地取土成沟，这一道长长的土坡就是垫好的铁轨路基，遗迹赫然就在眼前。"因为姜老过不让修，怕扰民，工程就停住了。"这么一算，竟差不多是一百年前的事儿了。

姜老过，大号姜桂题。幼年贫寒曾乞讨度日，因力大又顽皮，常做错事，故亳州人惯叫他"姜老过"。检点他的一生事迹，曾为捻军的叛将、左宗棠的勇将、慈禧太后的忠将、袁世凯的重将。在清朝，庚子后迎銮驾回京，深得太后老佛爷的喜爱，官做到加尚书、太子少保衔，授紫禁城骑马、赏穿黄马褂；在民国，作为北洋系的元老，又深得袁大头的信任，做到热河督统，昭武上将军，其墓志铭为大总统徐世昌亲手撰书。

姜桂题此人有一桩好处，乡土情结最重，得意之时并不忘本。凡有亳州老乡来投奔他的，必要亲自接待，一听口音，二询地理风物，只要这两样能对上号，都能赏一口饭吃。我的老太爷爷，就曾跟着他混过铁杆庄稼，甲午年间颇随着弃甲曳兵过几回，老太爷爷后来被委了给避暑山庄看守鹿场的美差。皇亲、大人们要割鹿茸进补，我老太爷爷就有口鹿血喝。世事如烟，吃鹿茸的天皇贵胄们一个个早都湮灭，喝鹿血的小兵却活到一百零一岁，还能在八十年后津津乐道当年惯打败仗的经历,在我少年的心中,与爷爷所讲共产党领导的人民军队战无不胜的故事形成强烈的对比。这都与正文无干,打住不提。

姜桂题馒头大的字不识一斗,一生行事,颛愚保守,凡近代史上有影响、有定论的大事件,他多旗帜鲜明地站在腐朽的、反动的一方。可见"老过"这个名字,叫得实在是不冤。这里不谈。作为政府重臣,于亳州一地,他的威望确是无与伦比的,修铁路这样的大事,虽然不归他管,但他的确有一言决策的能力。那么,姜桂题为什么不让在亳州修铁路呢?

此事却也不难猜度,当年天下不太平,姜老过无非是怕铁路修成将为老家引来兵乱罢了。

亳州一地旧时以发达的水运之力沟通南北,码头栉比,客商云集,繁华号"小南京"。至今泯然于众皖北地级市之间,虽说是天道有常,一人一事一地都有其兴衰气数,不得强求,但从历史的角度看,姜桂题的保守逃不出一声责问。铁路,于一个现代城市的发展而言,关系实在是太大了。

姜桂题没有守土之责,此事牵连的官声与政绩于他无关,他的过问,是基于多年戎马生涯的体会,其心拳拳,是真的为老家人着想。他就像一位包办婚姻的家长,坚信自己所能理解的好处,不必顾及儿女自己的打算。让我们的脑海中闪过无助的百姓陷于兵祸之中的困苦画面吧,如果能够避免,谁愿让它们发生呢? 姜桂题的这份苦心使企图指责他的血性之人显得浅薄。回顾亳州近代历史,虽然也曾土匪猖獗,国、共、日寇三方拉锯争夺,但终归没有形成过大的战场。

写到这里,我们其实遇到了一个大的难题,即发展与代价的矛盾,这似乎是一个永远的悖论。先苦后甜的辩解无法交代先期承担损失之人的痛苦。如果换位去想,我就活该为后几代人的幸福让我现在的生活陷入悲惨吗?

这样的难题没有答案,只能实证。一退一进间,高度发达平稳的社会当取其前,因为他们已经足够好,不值得牺牲;贫瘠薄弱的社会当取其后,因为环境不好起来,怎么也难过好。当今的中国,社会问题已不那么尖锐,而行政的力量又太过热切些,如此,两方各退一步,怎么样?

(三)深潜的大龟

为了追一个"龙女出游"的传说,午饭后我们又匆匆赶了十里路。接头的行政村书记指着一片绿汪汪的河水娓娓而谈。这个故事是爷爷的爷爷的爷爷辈,还是个光腚小子时听到并传下来的,无非说龙女出行时被俗人发觉而受困,脱身后怒斩了探路的鱼精。由此看来,神灵早已是忌讳显迹在人间了。

我们笔录着传说,心中满意,其实事先掌握的资料已大体如此了,这原本就是一个有名的故事。但民间故事就是有这点好处,每一次复述,都或有一些细节的不一致,可以参证,但记录者不必考究哪个更为真实,因为他们也会进行一次复述,他们会遵从这不一致的原则,并加以升华。

书记意犹未尽,接着又说了一段,却让我惊喜。这个水窝子很深啊,里面藏着一只大龟的。

书记说,我今年快七十了,我十八岁那年当生产队长,一天劳动后和几个队员在河里洗澡,完了后坐倒在河湾的一个小沙丘上休憩。我心里还想,这个沙丘昨天还没有啊,怎么一晚上就淤出来了?

我一惊,失声问:是大龟?

是哩,能散着坐五六个人,怕得有一间房子大小了。当时我们都不知道,在龟背上反闹,我跌了一跤,又过了一会儿,那大龟才忽然下潜,人就都陷在水里了,我们惊慌地在水里定住,眼睁睁看着大涡流一路向东去,整个河道就像烧开了锅似的,大浪向两边翻滚。大龟一动起来,一条河都在颤抖啊。我们回村一说,原来有七八十岁的老人也见过这只大龟的,这一算,莫不是朝前推五六十年这龟也现过一回世?

书记发誓所言无虚。讲述人亲眼所见,这就不同于传说了。而且我知,中国之大,深掩藏埋,什么样的事情没有呢?只是不敢相信这样的神异竟发生在这条小小的、让人忽略的河流。原来我们的身边,竟还存在着一位"大隐"啊!

我攀树拨草,渐近于深碧河水,一眼望去,波光粼粼,绿树环合,河水在此处陡然一宽,仿佛大龟拾掇住处闹腾出的痕迹。龟,也愿住大房子啊。

我存疑于大龟的壮硕,但不怀疑它的长寿,并且相信,五十年前出现的大龟就是一百多年前出现的那一只。龟能导气修行啊。《史记·龟策列传》有载:"南方老人用龟支床足,行二十余岁,老人死,移床,龟尚不死。龟能行气导引。"《文选》李善注:龟与蛇交曰玄武。这个交字,一说是二物缠绕,另一说是交合而生。但玄武的原型,就是一只大龟。这玄武,为四灵,又称玄冥,为司水,司生,司命之神。如果放之江海,兴云布雨号令水族,于其不过寻常事业罢了,却又是何等的快意呢?大龟,生活在这样一条小河,实在是太委屈了。

龙游一去不复返,此地空余大老龟。这条河,始于涡水,汇入漳水,漳水东流,总归于大海。大龟,它是从涡水迁居来此的吗?如果是从涡水顺流而下,它的目的地是大海吗?如果是从漳水逆流而上,如此雄壮的灵物,不去大海反向沟渠,所求又何来呢?我不知道。我念念不释于大海,也许是在为它哀叹吧。也许,它却浑不在意。在于斯,又如此大,犹能曳于污泥而自足,如此看来,外物于它,又有什么干系呢？它的境界，又怎么能被我这样的世俗之人轻易理解呢？不与世俗相拮抗，寂寞深潜以自足。这就是大龟的哲学吗？知其身于世无补，便自晦以求永年；不愿立异于世，于是索居以自传。曲指算来，五十年乃一现于世，最近哪一天，它忽然会出来晒晒太阳，让人们再留下五十年的传奇吗？

董林窝子附近的渔民，因为河水污染，连续几年都赔到血本无归了。人民富裕的成果加诸河水之上，未必就是好事。称舜日尧天，海清河晏，大龟啊大龟，您的身受，可都在这一道河水里。您虽深潜，生命又怎能不受到戕害呢？想一想此时的大龟呵，在暗流深处的寂静淤泥里，并没有传说中的宫殿，您藏首伏足，机息不起，若亡若存，犹如土泥顽石一般久矣不动，身躯生满青苔水草以及绿螺，但绝不腐朽。大龟啊，您在沉睡吗？我相信您能不死！天秉神异，又岂在意这水流的一时清浊呢？您的生命力顽强犹如，中华的文明每回摧折至尽尚能复苏，只因为记载精神的文字永在。大龟啊大龟，您的背上，驮负的可是河图啊！

然而，天地间又怎么能有长生不死的事物呢？神龟虽寿，犹有竟时。腾蛇乘雾，终成土灰。老骥伏枥，志在千里。烈士暮年，壮心不已。这块土地是魏武帝曹操的家乡，他就是在这里吟下这首《龟虽寿》，其时是否也曾有一只大龟在他的眼前游曳而去呢？也许，他所代表的建安精神的进取，与大龟的哲学并不相同，但不矛盾，就像孔子路遇接舆一样，作诗，各有自勉的意思吗？

2009 年

有种行为不为"利"

许发夫

得知徒步考察赵王河，累得"凄凄惨惨戚戚"，乡下的母亲十分心疼，急忙追问是不是领导安排的活路或是参加什么比赛。当得知我是自愿的也不是为参赛拿奖金时，母亲很意外，说，你这不是自找苦吃发神经吗？母亲的话，既有对付出只是为了吃苦没有回报的不解，更多的是对"儿行千里母担忧"的诠释。母亲不识字，不理解我的行为，有谅可原，但当社会上一些"精英"也视我们的行为为"异类"时，我心里阵阵悲哀。但我很快就释然了，在这个"问路都要讲价钱"风气盛行的时代，费了那么多劲、吃那么多苦却没任何酬劳，不是"吃饱了撑的"又是什么？也是在众多不解的目光中，我发现这个世界上有种行为不为"利"。

生活在熙熙攘攘的市廛里，面对声色犬马，面对生存压力，我们的神经很容易变得麻木变得迟钝，不知今夕是何年，同时我们也为一些"俗事"变得脆弱：我们会为一次应得未得的奖赏而不平，会为仕途应升未升而愤懑，这种"功利化的生活"让我们身心憔悴。当我们走在赵王河畔，这一切蓦地变得遥远变得陌生了，看到因排污变臭的河流，望着因采砂倒塌的河床，听着群众何时治理赵王河的呼声，我突然感到，除了名和利外，我们是不是还该有其他的追求？

坐在办公室里，每天面对电脑，面对公文，面对永远做不完的工作，我们为人际关系的复杂而郁闷，为日复一日的重复而寡欢。走在赵王河畔，与潺潺东去的河流对话，和岸边舞姿婆娑的垂柳合影，我们的身心为之一爽，这是一种发自本能的愉悦，每日蒙在心灵上的尘埃也在不觉间遗落。这让我感到，回归自然，才知不是每次付出都会有收获，不是每次价值都能获得首肯；回归自然，我们才能体会"人定胜天"的理念是多么的狂妄和无知；回归自然，我们才会知晓要实现人和自然的和谐是多么的任重而道远。

每天骑车上班还嫌累，每天山珍海味还说无味，每天坐办公室还觉身心疲惫，徒步在赵王河畔，感受因长时间徒步带来的伤痛，面对没有热茶熟饭只能席地吃点快餐，体味坐下就是最大享受的满足，我们深知什么是身在福中不知福，才知我们每天抛弃着本该珍惜的,埋怨着我们本应好好享受的,才知什么该珍惜什么是幸福什么是我们该做未做或不该做却仍在做。

　　从徒步赵王河,记者想到了那些登山者探险者,那些人类极限挑战者,这些人的举动和徒步赵王河一样没与"奖金"挂钩,没和名利联姻,但他们在挑战自然的同时,更是对人类极限的一种探求。也就因有了这样一些实践者,我们人类才会走得更高更远;也就因做了常人未做的事,他们的行为才崇高。

赵王河流润

杜振华

当人们日夜地用生命消费着功名利禄,攀比着无聊的关系和虚意的应酬,心像风潮中吹扬的羽毛,浮沉飘荡之时,有多少人还能放鹿青崖间,寄情山水中,有多少人还有那"一笑寂寥空万古"的情怀。车在混浊和喧嚣中疯狂地往前穿行,我的笑藏在很深的忧愁中,带着疲倦的灵魂,往前,往前……一遍又一遍地重复着赵王河你还有多远?!

突然一条如带的绿色,亘在我的从眼角到眼角的所有的视线中。哦,赵王河!你躺在这里已经永远,但对于我是一种精神和祈盼。我动情地扑进她的怀里,一种从没有过的轻松,滋养着我的灵魂!苍绿从河岸伸向西边,逶迤在视线的端底,像"亳"字最后一笔折向天际!于是我运足了所有的气力,大喊:赵——王——河,你到底从哪里来? 只有旋涡不时抖出的水声,却再也没有听到一丝回音!

车子把我们放在古老的回龙寺脚下,据说这是当年赵匡胤带人把赵王河挖好后,想从此入涡,被大臣劝止后而修的一个庙宇,至今寺内香火旺盛。我知道,我们一行六人要在未来的几天里,要用意志寻找答案。

当那小鸟的第一声鸣叫,从对岸深处的树枝间传来的时候,赵王河用多情的嗓音把我接纳;当第一滴露珠被秋风从树尖轻轻地吹落在我面颊的时候,我品到了她的纯情;水晶般的入河口嵌在涡河美丽的腰间,水与水相互呼唤着流向了未来。我们像飘浮在天河里,我醉了,醉在了赵王河的清晨!

河岸上铺堤的秋草,点缀着各色的种子,昭示着一秋的自豪。赵王河静静地躺在那里,如少女优美的体线;乳白的乡村水泥路,搭在苍绿的河的腰肌,飘在晨风里,这一绿一白的长线嵌从金色的谯城大地一抹西去。多情的农家妹爽朗的笑声从田野向我扑来,她们正用巧手收获着金色的果实,我们一行便溶在这一天一地的幸福中!

清晨,我们沿河而上,把身心交给了这柔水,用执着去叩问古老的赵王河,你到底沉淀了多少历史,记载了多少变迁,凝聚了多少苍茫。你引领着亳州大地一天天、一年年,日夜嘶鸣!我不禁为水的坚持而喝彩,她用这柔弱陪伴着大地。生的短暂放在这水的永恒的坚持里,世之浮躁放在这柔水和大地间,顷刻急功近利的焦急如曝光的胶卷一片黯淡!

　　跟着流水,我们走过了回龙寺、吕家店、董家窝子、赵桥集、十河镇、梅城,一直到河南鹿邑的王皮溜、赵村、玄武……我仿佛从梦中启程,开始了一场精神的远足。赵王河的悠长拉伸着我们的意志,第一天、第二天、第三天……我们的极度疲惫与轻松的流水成反比攀升着。到了第三天,我有着旧伤的左膝盖骨,锥刺般地疼痛,每一步都记录着艰难。我在出梅城不久,便步若老者。当我躺在张超凡主席的背上,当地把我背过一条支流的时候,主席因体力不支,"失身"在赵王河里。我们一起用欢呼"救起"主席,笑声挤满了河谷,我猛然想到"五百年修得同船一渡",该有多少载能修得这"官民背一回"啊!我们快乐得像一群孩子,跟着赵王河嬉戏,牵着她的手,询问着一串又一串的故事!

　　我不是超人和先哲,找不到时间的隧道,追溯铁戈兵马的大宋,我只能从赵王河的底片中,冲洗出历史的点滴。了解赵王河承载的古远和厚重,她是中华腹地浓缩的一块晶莹的化石,透视着远古的繁华和先人生生不息的抗争;她是豫皖大地上的一张名片,烙印着沧桑和文明。我总想从曲折的河道中读懂她的过去,我总想从曲绕的流水中听见她的回音。

　　二百里赵王河,盘踞在豫皖大地的腰间,滋养着豫皖广袤的沃土。赵王河,你谦虚地躺在这大地,默默千百年,亦然如此美丽!

　　喧嚣于我无,躲进仙境中,我醉了,醉在了赵王河的秀美里。

武家河

武河入涡口,走河的队伍从这里溯源而上

梦廻武河

张超凡

　　最早步行本地河流的想法,或者说初衷,基本上是出于一种娱乐化、休闲化的心态。几个文友电话里一商量,利用长假,远足一回。大家长期坐班,身心俱疲,况且人至中年,焦虑杂沓,工作、生活压力,来自四面八方,平时不得不端着一张脸,本性藏得太深,活得很累。能和几个文友放飞一回,远离城市,远离喧嚣,呼朋引类,本性尽展,何等快慰!大家基本上是一拍即合,立即就成行了。最早走的是赵王河。两年前,大家背着背包,携着干粮,沿着河岸,鸟儿出笼般扑棱而去。看到的一切都是新鲜的,没有虚浮,没有应酬,没有假话,渴了,喝一回,饿了,啃干粮,内里急了,就地解决,赤裸了本性,把压抑尽情地释放了。沿途的河水,一会儿清了,一会儿浊了,一会儿污染了;河岸,一会儿陡峭了,一会儿被掘平了;河中,盗沙船一会儿游弋了,一会儿隐藏了。走着走着,大家在身体严重疲伤的情况下,精神上不知不觉地诞生了一些东西,开始是模糊的,一经议论,大家都明白了,那就是责任,责任感。文人忧国忧民的本性从灵魂深处冒了出来。沿途的生态,沿途的文化遗存,沿途的水文变迁,沿途的民俗延展,尤其是水的污染,把大家的心灵震动得七零八碎。我们走的是涡河——我们亳州人称为母亲河——的重要支流,那些污水全部排放在涡河里,渗入地表,那么,我们及我们的子孙,无一例外地都要受到污染。推而广之,其他的支流,情况怎么样呢?大家觉得有责任考察一番。

　　这样,从最早的"远足放飞"开始,我们不自觉地把自己禁锢在了"责任走河"的惯性之中,目标是涡河的六条支流。每条河自始至终步行一遍,把变迁情况记录下来,留给子孙一份责任。

　　走武河,已经是第三年。"南有油浲赵,北有武杨包",涡河的六条支流中,我们已经走了南边的两条。今年,大家想走走北边的河流,小范围内吹吹风,想去的人十分踊跃。稍微一排,超过了十个,赶快敛迹。因为这种行走,吃住条件十分艰苦,完全是随遇而安,人数多了,在小镇上,住宿就比较困难。约定了时间,定下了路线。某日早晨,我们赶行几十里,就站在了涡河边。溯流而上,去找武河的源头。

与前两次的徒步相比,这次的行走不算特别艰苦——第一天除外。一般情况,初次徒步,体力充足,第一天行程要走得远些。可是,我们的计算出了点错误,加上贪看路途风景,绕一个大弯拜访了曹操的精舍"谯陵寺",回到河边不久,黄昏就骤然降临。问了几次路,距离宿营地是越问越远,把大家的意志弄得越来越弱。天完全黑了,河堤上密密的树林忽然莽苍起来,恍惚怖人。林间小路忽然消失,高一脚低一脚,绊在灌木上,踩在树叶上,发出吱吱声响。偶然的,身边扑棱棱飞起一只鸟,把人惊吓得好半天回不过神来。我们都产生了绝望情绪。这时,同行的新文友——第一次加入的涡阳女性张梅,再也坚持不住她的矜持,崩溃了情绪,抽泣起来。我们慌乱了,尽管体力都在挣扎,还是争着背了她的算不上多重的包包,互相劝慰,调侃逗笑,竭力把她从崩溃里捞出来。

夜月高挂,直到朋友把我们接到镇上,直到热汤热水把胃滋润起来,我们才灵魂附体。果然,张梅提出连夜回家,她不想再走了。

小镇的夜晚我们睡得很香。天明时,令人很意外的是,张梅竟没有走,且已精神抖擞,俨妆待发。我很震撼,女人,真的是令人刮目的。

武河之行,我们走了四天,令人欣慰的是,我成了队里的唯一全人——都脚上挂彩,连专业水平很高的王飚也脚上打泡,我却毫发无损;令人沮丧的是,全程污染的武河,令我们心情很沉重,尤其上游,水黑如墨,气味熏人,这样的毒水,就一路流来,流入涡河,再流入淮河。我们国家治理淮河污染投进去的上百亿资金,或成了污吏的饕餮,或成了商人的珍馐,而淮河水,依然呜呜咽咽,污染如故,颟顸的治河官员依然熟视无睹,年年预算。这样的日子啊,就年复一年。

回来后,大家都写了文章。几个月过去了,也许因为事情多,也许因为心情沉重,写字的笔,一直沉重莫举。多少次梦里醒来,都是那黑漆漆的武河水。我知道,我们一万人的沉重,也顶不了一根手指头的分量,多少篇文字,也轻飘飘渺如云烟。

前几天,欣闻有个地方要治理武河了,不由精神一振,提笔写下此文,作为走武河的小结。愿我此后不再梦见那满河的黑水,不再听见那隐约的叹息。

2012 年 3 月 3 日

徒　步

王　飙

　　"徒步"二字,是一个非常激发人想象力的词,如果让你无意间联想到了中国的十大徒步路线,那你就在祖国的雄山丽水的大美之中陶醉一番吧!然而,国庆期间虽为长假,但毕竟也只有七天,所以,我们只能选择沿着一条河的逆流探源之旅。

　　当然,我们的探源与水利无关,只想沿着河流,在宁静安详的原野上,听听流水的歌唱、秋风的吟诵;看看天空的明朗、秋收的景象……

　　10月2日清晨七点多,我们一行五人,从沙土集的武杨河入涡口处出发,由此拉开了徒步的大幕。我们沿着河岸前进,虽说已过了中秋,但许多的植物还绿意浓重,甚至还有许多花朵在草间绽放。唯有满岸的杨树,正用它的落叶做音符不断地谱着秋歌逸韵。行走的脚步,在铺满枯叶的大地上奏着曼妙的自然之曲。"沙沙"之声,不时地惊飞草丛中的野鸡与河中的野鸭,不时地还会有一只只野兔从脚边窜出,从而惹起我们一阵阵的惊叫……

　　然而,河边的徒步,毕竟不能等同于花园里的漫步,本来打算中午到五马集吃饭的,可到了一点多钟的时候,向路遇的村民一打听,竟然距五马集还有近三十华里。此时,特意从涡阳县赶来参加徒步的张梅,已经累得有些举步维艰了,但是,身在大野,何处找归路?只得拖着沉重的脚步,茫然赶路了。我开心地对她说:"知道意志是怎样炼出来的了吧?即使到了极限你也不能放弃坚持,这就是意志啊!走吧,相信你能战胜自己!"她木着脸说:"知道会这么苦,我就不来了。"走到天黑的时候,还没看到五马集,她几乎有些崩溃地拉着哭腔说:"我来时,我妈就不让我来,不管怎么说,明天我是不再走了!"这一天,我们走了大概有六十华里。

　　在五马集,我们经过了一夜的休整,精神大增,特别是听作协张主席说了今天的路只有四十来华里的时候,张梅又来了劲头,决定和我们一起继续走下去。

　　一河两岸的秋作物都临界成熟,大片大片的豆叶,金黄灿烂;晚熟的玉米,还有着一望无际的青纱帐;有时,也会有成片的辣椒,透红似火;庄稼地的尽头,便是一座座林木掩映的村庄。在经过芦庙镇的时候,我们还特意拜访了谯陵寺,据说这里当年曾是曹操年轻时苦读诗书的地方。下午五点来钟的时候,到达河南省的营廓镇。在镇子的正中心,是一座花木兰的戎装雕像,镇子的西北角上,是一个很大的木兰广场,一边是很漂亮的木兰祠,一边是她的陵园,广场中心是她的跨马迎敌的石雕,非常的气派。我们亳州的魏园本来是花木兰的出生之地,二十年前,亳州的活历史李绍义搜集许多有力的证据,但是,终因当时的领导不够重视,致使木兰成了河南营廓的人了。若是木兰有知,她是否会认这个家呢?

徒步虽苦,但是,那种战胜自我的快感却让人陶醉。走到第三天的时候,尽管每个人的脚上都血泡连连,但无人再生退却之意。我们有时高吟古诗,有时放声歌唱,有时纵论天下,有时互相开心逗乐,有时对路上听来的传说故事求根索源,有时拿出相机把旷野的美景摄入镜头……

到了第四天,我们终于在中午的一点来钟的时候,走到了武家河的源头。胜利的喜悦,回荡在我们每个人的心头。张梅兴奋地说:“明年,我还要与你们一起徒步河流!”呵呵,看来徒步让这个在福窝里长大的年轻女子走向了成熟!

徒步武家河记

张秀礼

（一）徒步走河之思

古人有训:读万卷书,行万里路。这是获取新知的两个有效途径,读书与行路互相补充,长见识、增智慧。然而在当下,随着现代交通工具的日益发达舒适以及生活节奏的加快,为了赶时间,人们用双脚行路的机会越来越少,很多人甚至已经不习惯步行了。这对于直立行走的人来说,不能不说是一个遗憾。

生活在淮北大平原上,一马平川,道路四通八达。只要想走,尽管去走,到哪里都可以,但我们却选择了走河。俗话说,一方水土养一方人。水是大地的血脉,水是生命的源泉。因此,人们常常把养育一方的河流称为母亲河。对于一条条纵横相连的河流,我们实在应该心存感恩和敬畏才是。这,或许也是我们一次次沿河探源并乐此不疲的原因吧。

从古至今,水一直浸润着芸芸众生的生命,孕育着绵延不绝的文明,点化着芊芊莽莽的自然,不断赐予人们物质的收获与精神的启迪。从远古的大河文明,到近代的工业文明,从筑房定居的农耕文明,到逐水草而动的游牧文明,从原始人栖身的聚落,到现代人居住的城镇,从来都离不开河流的润泽。一条纵贯南北的大运河,繁荣了两岸多少名城古镇,演绎了多少才子佳人的凄婉故事,见证了多少兴衰更替的世事变迁,积淀了多少多彩多姿的运河文化。谁能说运河不是隋朝以后中国历史的缩影呢?

一个国庆长假,说长不长,说短不短,留两天休息的时间,正好可以用来走河。置身于大自然的怀抱,远比到那些人满为患的人工雕琢痕迹过浓的景点要有趣和轻松得多。平日出行天天遭遇拥堵,心里够闹的了,何必再去到另一个地方添那个乱呢? 不如走河去,开心,提神,惬意,自由。

仁者乐山,智者乐水。我们这些走河的人,算不上智者,但却有共同的喜好,这就够了。千百年来,水一直是智慧的象征,它以川流不息的执着显示智慧,表达张力。子在川上曰:逝者如斯夫! 每一条河流,其实都是一部流动的书。沿河徒步,一步步向前,就是在一页页翻读这本内涵丰富的无字之书。只有用心读它,你才能体悟到什么是稍纵即逝;只有亲近它,你才能纯净自己的灵魂;只有与它朝夕相处,你才能知道两岸农民对它的一往情深。

平原上的河脾气是柔顺的,秉性是坚韧的,性格是善良的,品行是谦逊的,有张力却不张扬。我们此次所走的武家河源于河南省商丘南郊,接古宋河,在涡阳县闸北镇境内入涡河,全长大约三百余里。《水经注》卷二十三载:"谷水自此东入涡水。"这里所说的谷水,就是现在的武家河。两千多年前,一代圣哲老子就出生于谷水之畔。后来,老子作五千言《道德经》,第八章首句即曰:"上善若水,水利万物而不争。"老子认为,上善的人,就应该像水一样,润物细无声。水造福万物,滋养万物生命,却从不与万物争高下,从不因此骄纵,这才是最为谦虚的美德。正如古人所言:"到江送客棹,出岳润民田。"凡是能利物、利人之事,水都尽力去为,故天下最大的善行,莫如水,谓之"上善"。

沿着河走,晨起出发,秋露沾衣;途中打尖,暖阳照人;日暮住店,晚风拂面。回归自然,心融自然,天人合一,不需要诗意,就这么走下去就行了,只要愿意,很简单的事。

沿着河走,河无言,水无声,耳静心清远。目力所及处,斑驳的渔网,搁浅的木舟,残破的小桥,空落的村庄,兀立的孤树,产后的大地,悠闲的白云……都成为私家收藏的风景。

一次走河,也就那么三四天时间,一段"独乐乐不如众乐乐"的生活,一个向自我毅力和体能挑战的旅程,也是一次躬身向水学习的过程。走河是短暂的,但归来之后那种成功的喜悦与自豪,那种灵魂的澄明与通达,却值得久久地珍藏。细细回忆在路上的每一个细节,慢慢咂摸在路上的每一种感觉,一切都是那么值得品味。走河,一切在心。

想起某个场景,不觉莞尔,就会觉得走河路上所有的辛苦都是值得的,心中便对下一年的走河充满了热切期盼,更对下一条河流寄予了无限遐想。

(二)徒步走河之乐

我一向是个喜静的人,周末不上班,又没有其他必须要做的事时,便可以一整天窝在家里,看看闲书,陪陪家人,摆弄一顿自以为味道不错的饭,怡然自乐。没有想到有一天自己会徒步走河,并且喜欢上了这种简单的户外运动。

　　第一次徒步走河是在前年国庆长假,几个文友相约一起走河,邀我参加。当时觉得新鲜,就一口答应跟着去了。亳州的母亲河——涡河在谯城境内有六条主要支流,南有油河、洺河、赵王河,北有洋河、包河、武家河,滋润着一方黄土,养育着两岸生灵。我们那次走的是赵王河,一人一背包,从入涡处出发,徒步沿河上行,一直走到源头,就这么简单。

　　喜欢上走河,是因为每一次徒步都如同一次人生之旅,可知中蕴藏着未知,准备得再充分,都会有意外。走河的心灯在眉前点亮后,河源就在前方招手,遥遥地等待着我们,心在呼唤,水在召唤,那注定是一场生命与生命的约会,欲罢不能。一次次沿河徒步,让我享受到走河之乐,感悟到走河之趣,体验到走河之苦,感受到走河之痛。其中况味,非亲历不能知,非亲为不能及。

　　走河之乐,源于那种心灵的彻底放松。生活在城市的水泥丛林之间,时间久了,心就变得粗糙起来;匆匆碌碌的日子多了,心似乎就忙丢了,常常有种喘不过气来的感觉。沿河徒步,置身于广阔的原野,远离了喧嚣的城市,双脚踩在坚实而又松软的大地上,人就逐渐踏实起来,心也慢慢充盈起来。那是接了地气的缘故,是与自然交融的结果。累了,席地而卧,躺在厚厚软软的落叶上歇息,秋日的阳光暖暖地照在身上,那滋味妙不可言! 夜晚,躺在小旅馆的床上,疲累的四肢尽力舒展开来,然后香香甜甜地睡去。少了平素工作没有干完的担忧,没了往日的辗转难眠之苦,岂不是人生一大乐事! 一连几天的徒步走河,可以看到许多平日难得一见的乡村景象,还会有让人意想不到的惊喜和收获。看着被谁突然一嗓子大叫惊飞的野鸟落荒远去,听着几天来朝夕相处的这条河的优美传说,还有沿河村民猜测我们身份的不解目光,这种在许多外人看起来是吃饱了撑的“自虐式旅行”,让心灵得到彻底的放松,累并快乐着。

　　徒步走河之乐,在于那种濒临绝望的感觉。没走河之前,先查看了地图,不就是那么一条细细短短的蓝色曲线吗? 伸手一量,不过一拃而已,小菜一碟! 可真正走起来,就不是那样轻松了。出发前,盯着地图商定当天夜宿的目的地,估摸着一天要行走的里程数。遇到较为平坦的沿河小径,速度就快些,日落前到达,自然乐不可支,终于有得休息了! 然而,当一个对现代交通工具产生依赖的人真正完全要靠双腿沿着坎坷的河堤走完几天的路程时,那就需要意志和毅力做支撑了,当然重要的还是体力。沿河行走,大自然随时都会给徒步者带来事先想不到的困难。很多时候,河堤上是没有路的,要靠我们在齐腰深的荒草中一点点地趟行,遇到河汊子,就要绕行很远才能到达对岸,这就会额外消耗体力,影响速度。细汗不停地渗出,两腿不时地发软,脚上磨出的水泡痛感也更强烈,退出的念头不是没有萌生过。天黑了,人累极了,就会产生那种濒临绝望的感觉,后悔不迭。拐过一个河湾,突然看到了集镇的灯光,心一下子温暖起来,柳暗花明般地轻快起来,庆幸自己没有当逃兵。一夜过后,又是兴致盎然地上路,更美的风景在路上,就像人的一生,不要轻言放弃!正是这来自灵魂的挑战,才激励人不断地向着梦想进发。

徒步走河之乐,还在于彼此的互助、交流的和谐。一行几人虽然同在一城居住,早就互相认识,但难得有机会终日在一起,即使偶尔照面,也是匆忙中打个招呼就擦肩而过。因为一个共同的爱好,大家聚到了一起,仿若战友,一路互相悉心照顾、细心关怀,前呼后应,上坎儿伸手拉一把,下坡儿扶一下,手心儿是暖的,心窝儿是热的,感觉是厚重的,一个和谐的集体。行进中,一行人谈天说地,吹牛神侃都随意;论古讽今,嬉笑怒骂皆自由,气氛融洽,关系单纯。一个随意的话题、一个善意的调侃,一个无伤大雅的玩笑,让人轻松愉快,何乐不为!即便是什么都不说,单是聆听那脚踩枯叶的细碎声,就是一曲天籁之音。

我走河,我快乐!

走河去,给自己一个寻找快乐的借口;走河去,给自己一个制造快乐的理由!

武家河行记

杨　勇

题　记

南有油、洺、赵，北有武、洋、包，说的是怀抱古城亳州的六条河流，虽不比八水绕长安那般至尊气象，却也似六抬大轿，花团锦簇，拱月而出，恰好符合了这座汤都魏府，垂四千载历史的重镇身份。

自2009年开始，市作协的几个朋友相约，利用国庆的较长假期来徒步丈量亳州的河流。先后已行走了赵王河与洺河，今年，我们从涡河北岸选择了武家河。

武家河起自河南的古宋河，在进入安徽后水分两股，分别在谯城区和涡阳县注入涡河。此次的徒步是从谯城区的入涡口开始的，在地图上标识为武洋河，又名黑风沟、九女河，而当地人最通常的叫法是大洋河。

沿河上溯，在张店乡时攀上了武家河的躯干，再经五马镇、华佗镇、芦庙镇一路向北，在踏过一座亳州、商丘、虞城分界却"三不管"的烂桥后进入了河南省，自此一直到商丘市睢阳区南郊的源头都叫洋大河。徒步全程约二百里。

以下是缘此次徒步而写的几篇散记。

高阁闸上

农村人的"里大"，且不靠谱。上午十点问路，距离五马镇还有二十里，中午时再问，竟又有三十里了，河岸上的路不好走，一"气"走一个小时，总也有五里多吧，连走三"气"，再问，还有二十多里。悲啊！终于来到传说中距离高阁闸最近的方庄了，田间地头问路，老乡一指向北："沿河道走还有两里半。"令人振奋，可是走啊走啊，总也走不到头，四里半也该有了吧。天色渐渐地黑下去，继而全黑，涡阳来的新同伴张梅眼泪打着转儿，对于"养尊处优"习惯待在电脑前的她来说，连续十来个小时的沿河徒步是太难了、太难了。眼前突然又横亘来一条涧似的深沟，杂草过腰，手电的微光勉强照着下脚，她该知道，这时谁也没有退路的。王飙老师鼓励着,张超凡先生搀过来。终于过了这条沟,一抬眼,我们的正前方现出车辆的微光来,河面方向有人在吹着口哨。到了,终于到了。

我奋起余勇大步向前,第一个走上高阁闸,看见"一只狐狸"正笑嘻嘻地站在那儿。把身体摔到车里,我斜倚着和他说话,"老兄,我步行七十里地来看你,心诚不诚? 你拿什么好酒招待我?"

预计在五马镇蹭的是午饭,午饭却挨成了晚饭,这对我们来说是一个教训。这条武家河在谯城区沙土镇注入涡河,早上八点钟看了入涡口,一行人从那儿起脚上溯,地图上看去,距离五马镇不过三十多里,队长张超凡先生的意思是:头一天满体力,多走少歇,下午一点或两点,总也走到了。所以提前联系了午饭。事实证明,还是盲目乐观了,"深具"经验的我们早该知道,徒步河流的变数实在太大。

这已是第三次徒步考察亳州的河流了。按照计划,一年走一条河,那么一条涡阳、六条支流,全部走完要用七年。依然利用的是国庆的假期,但第一次徒步时有六个人,第二次就少了一个,这次只拢来四人,走河的人心里都还存有念想,但有人累残了,有人累怕了,这也难怪,确实辛苦。就像今天所走的七十里,多一半河岸上是没有路的,只能在杂草荆棘中开辟小道。有些河段,庄稼挤到水边,每前进一步,都要小心地分开玉米秆的青纱帐,或仔细尖利而杂乱的豆茬别伤了脚,或是不要陷进新犁的疏松黄土里去;有些河段,河水里长满水草,与河边的杂草连接成一片绿色,远远望去,并无分界,只有走到眼前,直视脚下,才能约莫分辨出陆与河之间隐藏着一条蜿蜒的线。你要不想一脚踏到河里去,总要万分的小心。

无论如何,四人吃尽了满背包的干粮,喝尽了水,晚上六点半左右,总算走到了高阁闸上。我也见到了想要见的那只"狐狸"——本市著名的网友"君子狐"蒋建峰先生,不久前《民主与法制》杂志对他作了专访,他是因网上议政而被吸纳为市政协委员的三人之一的。

为什么会使用"君子狐"这个名字? 蒋建峰自己的解释是:以野狐之诡异,行君子之周正。既是自污,又是自得。但我却不以为然。狐吗? 诡诈的人怎会给自己贴上标签? 只有好人,才会把"千万别把我当好人"挂在嘴边,作为自我保护的一层甲壳。君子吗? 他并非周正的中行君子,典型的刺头式风火脾气,只能算一介狂狷。身为乡镇干部,蒋建峰曾带领农民上访,一身走到队伍最前,"狐狸"之道怕是早抛到九霄云外去也;市委书记召集网友开会,蒋建峰手指头一个挨一个戳着在座局、办的大领导较真,激动时拍起桌子,也并非君子的风范,倒是个诤人。今时今世,如此诤人难能可贵,也算是一位奇人了。

就这样,第三次走河之旅的头一天晚上,我们来到了五马镇,并且见到了蒋建峰,在这个特殊的时间、合适的地点,正好做彻夜之谈呢。

想念炉火

　　吵着要酒喝,半杯却醉了,身上感到非常的冷,这是身体透支的状况。在五马镇上的一家小旅社里,我用被子把自己裹得严实,依然挤不出透进骨头的寒意。不由得回想起滇南家家户户的烤火盆来。滇南最冷的天气,只是皖北中秋前后的样子,最是舒爽,当地人却还要从火盆中寻求温暖,怎不让人嘲笑呢? 而此时,我与蒋建峰相对而坐,却非常想念那温暖的炉火。

　　当然,这个时节是找不来炉火的,但有一样东西可让人温暖,对的,是心里的热情。我于是对蒋建峰说:西汉人枚乘作《七发》,连举七事,听了能让人涩然汗出,霍然病已。你能为我做这样的事吗? 蒋建峰笑着说,他可以试一试。

　　蒋建峰说,你们沿着武家河走,经过观堂镇时,可去看一看谯陵寺了吗? 那可是当年曹操隐居的地方。曹孟德治世之能臣,乱世之奸雄。他担任洛阳北部尉时,制五色棒,打击豪强,可惜棱角太强,为世所不容,便主动辞官还归故里。他在《让县自明本志令》里回忆这段生活时写道:"于谯东五十里筑精舍,欲秋夏读书,冬春射猎。"这谯陵寺,就是精舍的遗址所在啊。你如果从那儿经过,站在那儿追慕曹公,想念一下当时的曹公,潜龙勿用,暗自韬晦,却通过读书和习武来磨砺自己,始终不掩那颗滚热的救世之心啊。

　　我说,我们确实专程绕道看了那个地方。两千年来,精舍故迹早演变为寺院,以此受着香火,承载着后人对先人的悠悠追慕。但现在的谯陵寺只是八十年代以后所建的一间小庙了,旧日的连云古宅早在"文革"时毁尽。我还听说,浩劫来临时,住寺的和尚将一口铭文古钟投入井里才让其免于砸毁,后来打捞上来,成了历史唯一的留存。可是我们四下寻觅,却发现寺里是没有这口钟的,追问古钟的下落,谁也说不清。有人冒了一句说是被某某人收藏了,追问被谁? 又三缄其口。古物未毁于动乱,却失于太平,怎不令人叹息呢?

　　尽管已没什么可看,我还是坐在门前的土堆上抽了支烟,怀念了一下曹操。曹操这个人,头角峥嵘,固然做不成好干部,于是乎闲居在这武家河傍,与你蒋建峰比邻,可算有缘呢。此时的曹操,尚对汉朝抱有幻想,隐居的本意是"待天下清",还要去做"能臣"的,但天下终究没有"清"起来,大丈夫立世,等不得了。以这次的隐居为分界,从此曹操的人生两样了。再一去,山高路远,杀人如麻。

　　蒋建峰摇了摇头,带着自我解嘲的笑,他接着说:

　　若说不介意自认奸雄,毋宁说曹操是以自己的方式来救世。明天,你们将沿五马镇向北,很快会经过神医华佗的故乡。古人说:不为良相,即为名医。曹操与华佗，是在同一个时代被武家河孕育而生的两位伟大者，为了普世的福祉，各以自己的方式求索着、奋斗着。历史的功过评价，总嫌太早，即使盖棺了两千年，依然人人心中有个不同的曹操。在礼崩乐坏、民不聊生的末世，救一国？还是救一人呢？曹操用翻天覆地手，灭敌国开时代，行事至刚至阳，却不惜以至阴的权谋之术佐辅；华佗施春风化雨术，活死人肉白骨，为技至精至柔，却始终以大爱仁心来主宰。与曹操遭受的争议不同，华佗其人，不为王者医，要治天下病，他的仁心仁术却是千古公认的。

我哂笑一声，说，灭一国与救一人孰轻孰重？这是无从比较的，一个是政治，一个是人文。追念三国时期那段黑沉沉的历史，得明白，不能没有杀人的曹操，也不能没有救人的华佗。不杀人，怎匡邪氛？不救人，谁生希望？但是，于今而言，我们的怀念是否真的有意义呢？

固然，在这个充斥着功利与虚假的世界里，曹操的才干与真性情得到人们最大的认可，推崇他的同时，让人不吝将面具变薄一些。但是，社会就不会再改变了吗？或者有一天，这个世界变得有洁癖，曹操还会再度被翻案吗？如果未来的可能性中存在这么一个有洁癖的世界，我们是否应该期待着它的到来呢？况且，华佗于今，也只不过是一个符号罢了。人们在纪念他时，是在纪念他，还是在纪念附着在这个符号上的功利呢？谁还在静下心来体会他当年的情怀与热情呢？你若不信，可以去市区看一看华佗纪念馆的对联。正确的读法是"橐钥无传一卷伤心狱吏火，户枢不朽片言终古活人方"。官方网页上却把"橐钥"误认为"素论"，"终古"误认为"终在"，竟能连错三个字，结果被蒙城的邵健先生看到，当他告诉我时，我这个亳州人只有无言且无颜。

沉默良久，蒋建峰的声音才缓缓响起。

看看你的身后，武家河的下游分成两条支流，另一条直到涡阳县的天静宫才注入涡阳，那是争议中老子出生的地方。武家河，是一条道家的河流啊！说到道家，人们只看到道家的出世，未看到道家的进取啊。老子所称道的"功成而弗居，天之道"，弗居也是在功成之后。你看曹操也好，华佗也好，无论是隐居，还是辞官，不都是道家的进退吗？进也好，退也罢，或为救一国，或为救一身，铆着的心劲儿，并非是功利，而是梦想与热情。把这些丢尽了，大家一起去追碌那些与世浮沉的东西，这个世界，即便修再多的马路，盖再多的高楼，我们能从冰冷的繁华普世的庸碌中看到什么样子的未来呢？

由于身上冷，征求了蒋建峰的允许，我裹了被子躺倒了说话。怕影响隔壁人的休息，因而声音放得细小。

此来的路上，在张店乡的河面，我惊异地发现了天然形成的太极图！两大块水草如阴阳鱼般环抱,阳中有阴,阴中有阳。大自然的造物真是神奇,武家河,是一条神奇的河流啊!几千年来,武家河以及它的母河涡河,为我亳州,又为我们中华贡献了多少传奇般的风流人物呢?没有这些人,甚至可以说中国的历史就不完整,我怎么能不为之骄傲呢?你看我掰着手指数一数,老子、庄子、陈抟、张良、曹操父子、花木兰,这一连串的人物,历史的记载上都有凭有据,是宝贵的财富,而非负担。可是这二十年来,有哪一位名人的归属没有被邻省努力侵夺呢?我们又做出了什么有力的反制了吗?历史尚且保护不了,又遑论精神的传承?

夜已深。寒冷,让我渐渐丧失了谈论的兴味。蒋建峰把他的被子给了我,说他可以回镇政府去睡。我欲眠,君且去,复有暇,抱琴来。因为冷,我并没有起身送他。恍恍惚惚里,在一张太极图的缓缓转动中,不知何时我已进入了深沉的梦乡。

第二天破晓,蒋建峰送我们起行。没有炉火,虽然捂了一夜,我身上依然带着没驱尽的寒意。我明白,走凉的身体,也许只有靠继续走才能重新温热起来。

蒋建峰指向河道的前方,说,不远就是华佗镇了,那儿有个小华庄,就是神医华佗的乡梓。你们在行走中可能会发现,亳州是药都,但本地自产的中药材还是密集于武家河两岸,这难道不是沿袭了两千年来的传统吗?如果说华佗也曾有过潜龙勿用的日子,那时他正在躬下身来,汗水洒在地里,他正在一棵棵地教授乡人们辨认和种植治病活人的药材啊。

清风的醉

虽力劝蒋建峰与我们同行,但乡镇事务冗杂,武家河畔的逍遥,对他而言只是梦想罢了。失望之余却有惊喜,第一次徒步的同伴张秀礼先生克服了困难,赶来与我们会合了。

出五马镇后,那一段河道很好,两岸种满了桃树。想象中若行走在四月的晴日,将是何等的惬意呢?一片艳霞流彩,四处桃花笑人,却招摇着蜂儿蝶儿匆忙,不暇与我们看顾。忽然一阵好风吹散,似美人薄嗔,揉碎打来,正扑中了脸庞,心下生气,伸手尽力捉它些些,却不想早已满河香雨流红了。又或六月间,蜜桃已然成熟,一个个像粉嘟嘟的孩儿,不愿再被翠绿的叶子呵护,向着行人尽力地挣出身体,把枝儿都低低地坠了。然而,此时走过,料知不远处的角落必定隐着一个看守的农人,心下自然惴惴,谁也不敢伸手,不敢张望,不敢停留,唯恐犯了瓜前李下的嫌疑,可是,谁在心底不在赞叹着孙猴儿在蟠桃园的勇敢和幸福呢?而如今已是初秋的天气,谢了花,尽了果,桃树行子只剩下肥叶油油,摇曳婆娑,不来诱惑,亦无乞求,任我们随意行走。走出汗时,拣一块浓荫席地野餐,或箕踞,或跌脚,或仰卧,舒舒爽爽,谁也管我不得,似乎是人生更大的幸福呢。

这个时节,徒步河道,眼前的风景又何止是桃林呢?十月的田野,是五彩铺陈的大地,辣椒的红,玉米的青,棉花的白,各自抱成团儿,憋足劲儿,撒着欢儿,奔向你,又躲着你,其实它们只是骄傲地恣意伸展罢了,任着你多情,任着你谋杀着相机的数码,它们只是和风儿"沙沙"地说笑。然而,它们还都不是大地的主角呀。这个季节的土地上,称霸的是豆子。豆子熟透了,豆子秧的金黄色接天连地,谁能与之匹敌呢?亳菊花尚未开放,细嫩的小叶片层层叠叠,密密匝匝,不费力就把深沉的墨绿色涂实在旷野的画布上。有它们在时,甚至能将豆秧军阵逼迫得透不过气来,它们仿佛在对豆子们说:我是鲜活的,你是老朽的;我是自由的,你是没落的,不信,看看谁能撑到深秋?

折一支木杖,我们健步如飞。都走快时,并不簇成一堆儿,有人前些,有人拉后些,但隔不太远,相互说话,不必吆喝。如果不是靠近乡村,路上多是无人,我们肆意闹腾也好,不怕人见笑。天清地朗,忽然间意识到所有的束缚都不存在时,谁不勾动心底久违的欢快呢?年轻的人唱歌,年长的人唱戏,还有人背诵着自己得意的诗作。因为有女士在列,过辣的笑话都没人愿讲,但偶尔开些无伤大雅的玩笑还是不以为忤的,偶尔玩笑重了些,逼仄得张梅女士脸上泛红,大家便哈哈地笑。有时,忽然会有一只黑狗跑上坡来,瞪视着这一群放浪形骸的人,怯怯不敢上前,不止是担心我们的手杖,在它有限的几年生命里,也许从未有过突然遭遇如此"猖狂"人类的经验吧。

笑话,张秀礼老师是从来不说的。我们笑得打跌儿时,好男人张秀礼也总是默默地听,浅浅地笑。这是一个多么纯朴、腼腆、顾家的男人啊!在我们放飞心灵的时候,他心里惦记的总还是妻子和儿子。然而,在这清风吹拂的河畔,谁敢保证自己不会忽然沉醉呢?

在一块铺满银色落叶的白桦林间,我们稍稍驻足等候拉下的队友。我忽然惊奇地发现,站在前面不远处的张秀礼老师正在用手杖向张梅演练猴棍呢,技术竟然还不错。他居然还会和家里以外的女人玩这个!真是令人感慨。我于是忍不住向身边的王飙老师大声赞叹:"只要是男人,一旦有与美女单独相处的机会,就免不得要卖弄骚情,即是如秀礼老师这般老实人,也往往不能免俗啊。"张秀礼老师听清楚了,脸色立刻通红,张梅没听清,就问他。此时我正向他走过去,听他正厚着脸皮解释说:"雅不知说我要锻炼身体了。"

一张戒牒

芦庙镇上的朋友杨芳民带我们看了一座玄帝庙,坐在庙前的石阶上,我们见到一张民国时期的戒牒。

始建于明代,玄帝庙原是个大庙,但毁坏后再重修就不足为奇了。平时大门紧锁,大门一敞就能看见大殿的神像,格局不大。大殿里,看庙的王老人从供桌底下搬出三个泥塑的头颅来。大的如面盆,神态雍容,眼光柔和,有两撇气派的胡子,是真武大帝;小的可以单手拿起,一个女子,一个老者,都是笑容可掬的模样,和合二仙吧。虽是神仙,极富人味。王老人说:"这是当年砸庙时我爹爹藏起的几个烂头,现在的神像就是比着这个样子塑的。"我们对比看了,新塑像虽也笑呵呵,却少神韵,匠气,都说可惜了。

小小庙中,可看的还有两件物什。一件是明代万历年间立的石碑,字迹约略可辨,见证了庙宇的历史;一件是新近才出土的一个石人,高约四尺,通体黝黑,双目摄人。我们都认不出他的来历,触摸后背仿佛有字,但出于对神明的敬意,未敢移动观看。听王老人说,乡人们都尊他为石王爷。

惦着赶路,就要离开。杨芳民忽然对王老人说:"这位张超凡先生是专家哩,把你爹爹留下的'宝贝'拿来鉴定一下?"

已经走出庙门了,又被勾起了兴趣,就让王老人快去拿。我一屁股坐在尘土满布的石阶,背包落地,砸得尘土飞扬起来。作家"善坐"。这一路上,能不走时,不拘何处,逮个空我也定要坐下的。我刚刚解释了古人"打尖"的意思——王飙老师说打尖不就是找店吃饭吗? 我说不对不对,古人出门,路上哪有那么多店家让你歇,累了就席地箕坐,腚必是尖的,杵在地上,就叫"打尖"。我们也很有古风嘛。可女士张梅,坐下前总还要铺张报纸。

坐等一会儿,东西来了,是一个布包,张梅又拿出两张报纸来铺在石阶上,布包放在报纸上。打开摊看,原来是一堆旧书。抛开一些建国后的小说不论,王老人的先父传下来的,只不过是些民国年间印制的《禅门日颂》罢了。

所谓《禅门日颂》,就是和尚们早晚念经的读本。我好奇地问:"令尊以前做过和尚吗?"王老人说:"是啊,离了寺还吃着一辈子长斋呢。"说着,他从一个小黑布包里掏出一张"大纸"摊开,足有一米来长,密密麻麻印满了字迹。报纸不够铺,王老人就蹲在前头举着"大纸"的前端,以免沾上土灰。农村人就不"打尖"。很好,善蹲。

"哎呀!"张超凡先生很兴奋,说,"这就是白衣律院的戒牒啊!"

王老人喜而笑,抬头说:"是呀,是呀。"

南有九华,北有白衣! 白衣律院是民国时期亳州城头一名伽蓝,更是全国四大律院之一,辖着华东七省一百多家寺院的庙规、律法事务,鼎盛时有大殿一百多间,僧尼一百多人。张超凡先生曾撰文记述,律院三百年来,先后藏下三件重宝,为智能禅杖、梵文贝叶经、翡翠玉佛像,一一都有故事。建国后律院改建为粮食仓库,三件重宝亦下落不明。

张超凡先生那篇文章里写道:按照佛教成规,并不是每一座寺庙都有权剃度传戒。特别是从清乾隆皇帝废止"度牒"后,国家不再发放"僧人身份证"——度牒。因此,地方寺院的传戒就益发重要起来……亳州白衣律院,就是江北有名的可以受戒的著名寺院。

张超凡先生和两任律院主持相熟,但还从未见过保存下来的戒牒。

我们且来看这张戒牒。右起第一行大字是:"古亳白衣律院戒坛"。这个"古"字用得讲究,透着亳人对历史身份的认同与自豪。以下通篇是僧人戒律传承的由来,首称圣旨,肇自唐朝,絮絮叨叨不必赘述。中间一行是周正的手写体:"亳县人法名旨亮字圣修于本县达摩寺依心明师出家发心于十一月一十日受沙弥十戒十二月初二日进比丘戒本月初八日圆菩萨大戒永传。"看这受戒的次第,方知做真和尚是真不易! 左中,落的款是"大坛询法传戒和尚岫云",类似于大学毕业证上的校长签名。

是岫云啊。张超凡先生叹了口气,神情显得哀伤。

"这位大和尚啊,就是白衣律院的当家和尚,民国时期有名的高僧。可惜文革时,造反派们赶僧尼出寺院,硬迫着他与一家尼姑庵的主持师太结为夫妻,想是心里受折磨,没有多久就死掉了。"

一时寂静,心下凄然。

将岫云的名字尽力挥去,来询问这位旨亮和尚的事迹——还俗后依然食素、温和而固执、每天总要翻看那些旧书,但从未读出声过。外人都看不明白的"大纸"被特别珍视着,在朝不保夕的年代里,连姜桂题上将军赠予的名贵字画都失去了,旧书和"大纸"却完好无损。

还俗的和尚,修行之路并非断绝,在家持戒,称为居士。该改个称呼,称之为旨亮老居士吧。

看着这张历经六十年风雨的"大纸",怎能没有感触呢? 对佛的虔信,有多少还留存在那新修的大殿里、缭绕的香烟中、喧嚷的佛事上? 对此我不想评论,但这张父子相传的"大纸"上是一定有的。

末法时代,以"戒"为师。虽不度人,足以"自了"。旨亮老居士,你是一个痴人啊!

拍拍裤子上的灰土,作别了玄帝庙和王老人,我们得继续赶路了,杨芳民送我们到河边。

杨芳民说,向前不到六里,就到"三不管"拉,过了三不管烂桥,就是河南地了。我问他:"什么叫三不管?"不想这无心一问,惹得他脸色顿时难看起来。

"原来你没看我送你的那本书啊。"杨芳民是作家,那本书指他创作的小说《学殇》,写的就是"三不管"附近的人和事。书送我有小半年了,可我插到书架子上,还没来及看呢,这一接话就露出了马脚。我明白过来,心下好笑,这位芳民先生也是一位痴人啊。

我的笑,并未有任何嘲讽的意思。我还听说过有的作家曾在地摊上淘到自己的书,写清楚缘由"再赠"了朋友一次。文人的迂,就是固执地看重某些事。芳民兄的不满我很能理解。

但我确实对不起芳民兄啊。杨芳民和王老人是世交,教书和念经都是家传。王老人看庙的辛苦我们看在眼里,一个乡镇老师,自费出本书又谈何容易,送给我是对我的看重。我的失礼让我开始不快活起来。不快活让我不说话,只是低头行走。

这几年,我们一次又一次跋涉在河道上,要看,要记录的是什么? 这个世界的上总一些人,所坚持、追逐的,与世俗的风尚南辕北辙。河畔的野草,有时忽然会开出令人惊喜的小花。花落无人识,照水自芳菲。

他们不都是大野间的芳草吗?

涡水有神,武家河有神啊。那是一位文化之神么? 在他转身离去时,却向河水的两岸颁下了多少张文化的"戒牒"呀!

> 古道终究要人去
>
> 其中不涉相思
>
> 原来都有一些痴
>
> 清怀林色里
>
> 冷翠重人衣

这是一阕送别的词,我当初是为谁而作的呢? 已记不得。过了"三不管",出了安徽界,我忽然把这几句高声吟唱了起来,一遍一遍,一声大过一声,仿佛要把心头的郁结唱碎。

谯陵寺的古钟还在吗? 一张戒牒又能传上几代呢? 拼命留下来的种子就会被珍惜吗?

在身后这条古老的河流边,我曾仰望着曹操父子文宗北辰,聆听着"竹林七贤"清音遗响,而站在这块浮躁的大地上,我们能回报河流的,也许只是萤火流光。微小的光亮是否还有意义?我并不寻求答案。但这不正像我们徒步的河流吗?几年的徒步中,我们见惯了水流因地势或人为而几近断绝的地方,但只要还剩一渠勾连,源远终在,上下可攀大河大江,以至汪洋。便痴些,又有何妨呢?

况且,即使脑汁绞尽,华发滋生,并不为世人理睬,谁知我已自得了第一等的快乐与逍遥呢?

补记

武家河的徒步结束已有两周。有时我会想,如果我们不是从沙土镇的大洋河,而是从武家河流经涡阳县的那条支流开始走,面前的文章该是另一番笔墨吧,那里是丹城镇,河畔有太清宫——争议中的道祖老子的诞生之地。清虚冲淡的气息是我喜欢的。从那边走过——一种与世无争、恬然自得的愉悦,空气中都会有。怎么可能感受不到?

可我没从那儿走,注定我从大洋河走到了洋大河,这是一种缘法,不仅仅是字面上的轮回,或者预示着一种变化中的回归,回归中的变化。刚刚看了《人民日报》署名"任仲平"的文章《文化强国的"中国道路"》,所谓"任仲平",是"人民日报重要评论"的缩写,但我情愿理解为"任众人评说"。

该文章的开头这么激情地写道:"2011 年 10 月 1 日,美国纽约时代广场。大幅户外显示屏上,水墨动画形象的中国先哲孔子,与熙来攘往的人群融为一体。中国与世界、传统与现代,在这里交汇。

这个特殊的场景,正可看成孔子背后的五千年中华文化在新世纪所处的方位。在世界的横轴上,一个古老的民族在全球化时代确立了自身的坐标。在历史的纵轴上,一种伟大的文化历经了盛衰荣辱的磨难,在复兴之路上正扬帆起航。"

也许是一场盛宴啊!可以进入狂欢吗?我仿佛听见很多人在窃窃私语,跃跃欲试。那是他们的舞台。

但我这么一个还带着走河疲惫的人,"善坐"在书斋里,苦茶啜时,秋雨已来。我能知道。

文化不是盛宴。美是难的,任何时候,文化都是个人的折磨。

2011 年

杨　河

杨河岸边的密林小径

杨河笔记

张超凡

（一）约会杨河

盛春时节,我们赴了杨河的约会。

时令早过了"雨水"节气,可是却"春雨贵如油",眼见得春作物和应季当开的花卉,都望雨眼穿。可当我们计划周末徒步杨河时,春雨却做了不速之客,夜里淅淅沥沥下个不停。徒步河边的脚步,敌得过沉重的泥泞吗?

迟疑了很久,还是下了决心:走!

站在河边,才知道,夜雨,不仅瞒人润了花,而且浸软了河边的泥土,无声之雨,竟然不小呢。

一脚踩去,柔软而弹性的河边小径就像一根思念许久的琴弦,铮的一声,就引发了心灵的共鸣:呀,原来是盛春了! 平日里,我们困在水泥堡垒一样的城市里,早已没有了季节转换的坐标,在这里,春的明媚,忽然就照亮了幽暗枯寂的心扉。

天阴沉着,心开朗着,雨嬉戏着,快乐滋生着。树林被雨洗过,不仅挺拔,色素愈加沉着,褐色的树干,碧绿的枝叶,延伸着无际的远方。

亳州老水系中,南有"油、洺、赵",北有"武、杨、包",我们六年前就和杨河定下了生死之约。那年秋天,从赵王河边启动艰涩的脚步,每年徒步一条河流,都选在十月里寻觅和收获,寻觅自然与人类沟通的密码,收获内心的安详与静谧。多少次为自然界变迁的美而感叹,多少次为自然环境的破坏而愤怒,多少次为盗砂船的掠夺而锥心,都记不清了。五年,我们走过了五条亳州水系的河流。

最后一条河的行走,本该郑重其事的,按文友的说法,收官之作嘛。可我们按捺不住,一旦心不安分起来,春天的撩拨就愈发的诱惑难挡。

小雨如丝,宛若为杨河披上了面纱,迷蒙的河面,平添了几许开阔与辽远。这时候,我们才读懂了杨河排序的理由——为什么一条不长的河流能名入水系? 名下无虚士,平凡的经典——有名气,就有成名的理由。

白鹭从水面飞起,如仙人振袂而舞,纱幕之中,很有仙境况味。小路上落满了去冬的枯叶,还没有被冬雪春雨腐尽,旁边又生出许多的野草野花,一副"落红本是无情物,化作春泥更护花"的自然境界。

河道拐了一个弯,现出一片缓坡,疯长着各种野生植物,肥硕的车前子,叶片绿得发黑,这是中药;野薄荷葳蕤茂盛,这是可以腌着吃的清热药菜;茶花已败,已经看不出如火如荼的气势;鱼腥草盘踞在水边,与水鸟为伴。这是大自然之手搅拌在一起的生态融合,多样,多元,多姿多彩。

雨丝停了下来,空气清新得让人忍不住想打喷嚏,天空渐渐明朗,景色调也明快起来。河岸上,大块的农田显现了春天的本色,一直绿到了天涯。走在亳州的河边,你就明白了药都的意义。大块大块的田地,在这里,已经不能叫作农田,应该叫作药田,而在这个季节,叫花田似乎更为传神。你见过洛阳的牡丹,那些惺惺作态的名种,数十棵一畦,已是难得,而这里,浅红粉白的牡丹花竞相怒放,延绵数百上千亩,极目望去,就是一片花海。沿河地头,一树一树紫色泡桐花,如同紫色的画框,空气中弥漫着浓烈的药香和花香。

这就是春天的杨河之滨!

穿过 311 国道,杨河向西拐过一个大弯儿,在吴小阁水闸再拐一个急弯,转而向北。前行不远,河道虽然开阔,河里却断了流水。干涸的河床裸露着,长满了阔叶的杂草。再行数里,河底被开垦成了农田,种上了绿油油的冬麦,真的有沧海桑田之慨。而在河坡上,则堆放了一片片的生活垃圾,成了垃圾场。这很让人疑虑:这条传说与杨家将有关的河流,如果任由垃圾充填,一旦雨季来临,这里岂不成了地下水的污染源头?

询问土著,杨河在这里,已经八年断流,没有见过水了。河底葱茏的麦苗让人惊悸不安:杨河,你的宿命,也是消失吗?

(二)杨河吴小阁

春迷雨蒙之中,信步杨河之畔,河转林尽,一片新村入目。询之,是吴小阁新村。蓦然记起村支书刘瑞德是人大代表中的老熟人了,遂循路访之于村委会。

所谓吴小阁,今人多不明其意。此地吴姓人家蕃盛,接连好几个村落,皆姓吴。历史上户大财广,自然免不了建祠堂、立庙宇,做些功德之举。所建之庙,坐落在吴家地盘,吴家出资,自然叫作吴庙。从名字看,参考中国丛林制度,似乎是子孙庙,也叫家庙,但无资料可证,无法断定到底是九方禅林还是子孙院。吴庙规模颇大,有的说占地百亩,有的说占地几十亩,现已片瓦无存,庙毁于"文革",菩萨无言,只能立此存疑。不过,吴庙虽不存,庙会却延续下来,每年二月十五、九月十八,均逢庙会。从会期测考,似与佛历中观音菩萨庆日相合,推算,吴庙主神可能是观音大士。

吴庙以东不远,以前曾有一小庙,两进院落,一间阁楼,供奉观音,规模比之吴庙,小了许多,也是吴姓家庙,为别于吴庙之大,取名吴小阁,这就是来历吧。至今,吴小阁之"阁"早已荡然无存,惆怅之外,有些莫名其妙——其实,类似于此的狗血地名,多了去了,大家熟悉的:一步三庙街,何曾有一庙? 王小庵街,哪里见小庵? 柳湖街,滴水皆无,何论柳? 何论湖? 最令人哭笑不得的还不止于此,机关单位中的干部一人两名者,亦不乏其人,都是学籍惹的祸。可是,整日讲实事求是,有关单位依据事实改过来又有何难? 老不改,让被改名的人情何以堪? 这也算中国特色中的一大特色吧。

吴小阁虽名存"阁"失,但新村建设却极有特色。中国的村庄,经过几千年的沉淀,已经固化成一种文化范本,村人团聚而居,两条路横贯全村,前有池塘蓄水,后有小河灌溉,广植杂果,宜于居住。在新一轮猛烈新村规划中,古老的村庄文化面临灭绝。所建新村,只是微缩的城市,水泥路,不见树,无处养鸡,没地喂兔,连一捆柴火都没地方存放,那些农机、农具、收获后的杂物,无处安身,有的沿一条公路蜿蜒而建,早已没有了村庄的魂灵。

吴小阁新村则保存了村庄文化的核心,村中修建了一个不小的广场,沿着广场,错落有致地分布着一层层民居,房屋虽是楼房,但自成院落,门前广植果木,院内缀撒青蔬,果红菜绿,瓜豆满架,不乏农家风味,很好地保留了村庄文化的内核。最为点睛之笔的,把流经村头的杨河疏浚了,挖出了多年淤泥,淘出一河清水,两岸修堤,沿堤广栽果木花卉,做成沿河公园,是个纳凉赏秋的好去处。

村书记刘瑞德六十开外,他的记忆里,村庄就是这个样子,所以,按这个村庄之魂打造了新村,新瓶装旧酒,瓶也好看,酒也好喝,搬迁农民个个笑逐颜开,没有一户闹矛盾的。

杨河在吴小阁村北折了一个大弯,形如一只老蚌,新村,就成了老蚌所含的明珠了。

桃花林中吴小阁,好风水啊。

出发，寻找河的方向

蒋建峰

　　"走河"这个词，出自于作协的一帮雅士，大致的意思就是从一条河的下游，溯流而上，一直走到河的源头，沿途对流域内的风土人情、历史渊源进行一番考察。于我而言，"走河"始终是个新鲜玩意儿的。乡居久了，我一向觉得，河最大的存在是水，而水是一切生灵的孕育者，水里有长辈们讲授的精灵或水鬼，可以主宰生命的存与废，所以河是必须要尊重的，要像母亲或者先人般敬仰，甚至拜祭。如果用我的两条泥腿子踏上去，自己掂量了一下，觉得实在有点亵渎的味道了。

　　走河的那帮人，却是文人，四位全是省作协会员，是有十足雅致的妙笔圣手，是有情且有闲的名流。我不是，且自以为近年来常"沉沦湮灭于琐细中"，所以没好意思去凑那个热闹。于是错过了武家河、漏过了包河，直到他们走到了最后一条收官的河——杨河。

　　这次，亳州名流雅不知先生盛情相约我，周末去走耳熟能详的杨河。再端着，就有点不好交代了，我于是暗自下定了决心，放下一身的琐细、两耳的聒噪，尝试着回归到曾经充当过的步行者角色。

　　被车放在了下游出发点的桥上，五个人微雨中起步走，脚底泥泞也罢，雨意微凉也罢，总之，我与他们开始一路向北，沿着河的方向，向着河的尽头走去。

　　这是一条美丽的河。

　　早晨的河岸上，杂树丛生，浅草隐忍，微雨的氛围中没有了春阳直射的灿烂，那春意却也别有一番韵味，如果说要描绘这种春意，总觉得水粉画是比较适宜的，但即使妙手丹青，却也难以调配出这种至深至纯的绿来。这绿来得纯净天然、这绿呈现得不事声张，没有丝毫的造作，你来与不来，你看与不看，它都自由自在地绿着，那种无挂无碍、无拘无束的自然状态，随时随地让人心动着。前行的路或隐或现，铺陈点缀着不知名的绿叶植物，肆意地贴着地面生长，那种绿，让人实在不忍下脚去踩踏。很多地方，我宁愿让鞋底粘上厚重的泥巴，也尽量闪避着这些绿叶，以免一脚踩下去，便又是"零落成泥碾作尘"的煞风景。毕竟我们只是个过客，它们,才是这里的主人,我要向它们鞠躬致歉的,因我们的行走,不经意间就打扰了它们安然静谧的生活。

绿色之外,还有白色常常地闯进步行者的思维。原野里广袤的牡丹汇成花的海洋,弥漫的微雨与洁白的花朵、叠翠的绿叶是极相和谐的。此时,水珠就停留在绿的叶面、白的花瓣上,圆圆地坠着,却也不滑落,仿佛时间和空间都静止在某一个节点上,没有我们这些过客的惊扰,似乎它们就能保持着永远的姿态。

在杨河的原野里,牡丹是田野的主人,泡桐却是一个十足的隐者了。土褐色的树干,最大限度地融入黄土地的背景中,不修长也没有条理的枝条任意地生长,本不会被人注目,但此时的杨河两侧,总有一些满树花朵的景象让人感慨:平日里一向淡然宁静的泡桐,却选择了在自然界所有色彩中最为华贵的紫色来开放,不经意间那满树的泡桐花极为绚烂地展示着美丽的内涵。泰戈尔说"生如朝花之绚烂,死如秋叶之精美",这绽放的泡桐花用来诠释名言的真谛,是再合适不过了。本就是它绽放的季节,哪怕有点短暂,却一点儿也不辜负阳光与雨露的美意。"况阳春召我以烟景,大块假我以文章",这满树拼尽全力绽放的紫花,加上若隐若现、若即若离的淡淡芳香,想来只有把这眼中的泡桐花当作是烟雨景致中的"大块文章",才足以配得上我对这满树桐花的敬意。

遇树林就穿行、逢草蓬就寻路,虽然沿路不断有分歧的沟渠次第误导步行者前行的方向,但我们还是能及时作出正确的选择,指引我们前行的,是水。水是自由的,水是最有方向感的,一条河,就是一个方向,一个远方。行走在朝着远方去的路上,甩开了膀子,迈起了大步,走得兴起时,暗想如果吼上一嗓子的"妹妹你大胆地往前走哇,往前走,莫回呀头……"抑或大喝一声"想当年,我比现在年轻多了"的俗谚俗语,那种舍我其谁的劲儿,倒是久违了的。

渐行渐远、渐行渐浅,过了杨河闸,杨河就有点与"名流"地位不相匹配的感觉了。一路走去,从左岸到右岸是二十米,从右岸到左岸同样是二十米,杨河便只束缚于这二十米宽的流域内,不声不响的。自从十多年前的那场大水之后,杨河大多数时候就是静默的,不再有叠水奔流的畅快、波涛激荡起的激情,或许此时的它,也如我般的惰性与沉沦,把所有的高调都渐次消融在岁月的记忆中?行走路途的天籁中,能听到的,除了偶尔一两只水鸟的啁啾和脚步的沙沙声,就只有河堤上挺立的杨树间或滴落些许水珠,砸在覆盖着青苔的河面,引起杨河微微荡漾,似乎是轻微呓语般的喃喃之声。从细细的小溪,到浅浅的水洼,从满坡的茅草到一床的麦苗,景致的轮转,杨河渐次失去了作为一条河存在的所有征兆。

没有了水,自然就没有了方向。虽然河堤还在,虽然岸柳依然,但杨河,开始褪变为原野的配角。在岁月中佚失了所有关于水鬼与精灵的古老传说,斑驳了乡村童话故事里的所有色彩,它在乡村故事开始不再那么神圣。它好像已经垂垂老矣,正在昏昏欲睡……

这是一条行将消失的河。

"生命没有了,灵魂他还在;灵魂渐远去,我歌声依然;一路西行一路唱;唱尽了心中的悲凉;我生来忧伤,但你让我坚强……"那是歌手郑钧的低吟,与杨河的沉默无干,与杨河的悲伤无干,更与步行者无干。

走河的意义,或许如同人生的意义,就在丁我们随时随地都准备出发,向着下一个方向。

或许走河本就是一件不可能求得圆满的机缘。

或许出发本身,就是方向……

为走河留一个念想

张秀礼

　　上周四在合肥开会时,先是杨勇打电话,接着是王飙老师打电话。因为教育厅领导正在讲话,我又坐在领奖的前排,赶紧按掉后,偷偷回了短信:正在开会,会后联系。

　　散会回电话,原来是周六要走杨河。跃跃然,心欢喜。然而,我最终没有去成。只好自己安慰了:水满则溢、月满则亏,残缺也是美,为自己留一个念想吧。话是这么说,心中还是有些遗憾的。

　　油河、洺河、赵王河在亳州城南,包河、杨河、武家河在亳州城北,都是涡河的支流。六条河,我走了其中四条。洺河没有走,那年国庆节我在家劳务,新房装修几个月,都是妻子一个人操持,我内心过意不去,国庆七天假,就在家做清洁,善后装修垃圾。这次没有去成,因为驾校教练临时通知要去测试。

　　一转眼就是第六个年头了,第一次走河,除了杨勇,我还是比较年轻的一个,如今已经是两鬓白发生了,不由人不感慨,岁月如霜啊! 不忘老朋友,结识新朋友。走河这几年,队伍基本恒定,总体壮大,超凡老兄是发起人,为我们一帮人提供了一年一度一个朝夕相处、晨昏相伴的机会。真正的老当益壮,还当数王飙老师。一直学习他们的精气神,且老且珍惜。

　　在徒步中感悟劳顿,在劳顿中感悟收获,心情如水,趟过岁月的河。

　　从驾校出来,在公交车上给超凡老兄打电话,问到哪儿了,答曰已经到家。出乎意料,没想到杨河如此短。具体地说,是有水的河段短了,断了流,没了水,河便不再是河。上游河堤河床不分,都被附近的村民开垦了种庄稼。这么一想,遗憾似乎少了些,对比之下,对洺河的遗憾倒是多了起来。

　　忘不了那几条一步步丈量过来的河,忘不了那一个个走河中发生的事,一路的相扶相携,一路的谈天说地,都将是一生的铭记。走赵王河时临近赵村镇前那段夜行后的近乎虚脱,走武家河时被一位老者误认为是不走正路的坏人,走油河时因鞋子不舒服挤掉了双脚的大趾甲,走包河时到达临涣镇后解渴的大碗茶,都记在心里了。

　　先看了王飙老师的杨河照片,再看了超凡老兄的文字《杨河之约》,又看了宋卉的走杨河照片,刚才看了杨勇"驴窝"里的杨河笔记之一,估计还有之二、之三、之四……他向来话多,最能白话! 这一年多没有开笔了,大约就是留给杨河的。看干老师空间里的那张照片,估计这位走河小兄弟那天冻得不轻,穿得少,穿得俏,农历四月的雨还是颇有寒意的。宋卉大姐走河文字中"可怜的孩纸,冻惨了",怕是指的就是他了。他们在雨中,在两岸盛开的芍药花中走完了这条名为杨河的短沟。

　　留一个走河念想在心头,留一个念想给自己,也给洺河和杨河。

　　自五年前开启走河模式之后,每年刚过了"五一"就念想着"十一"。今年国庆,我们该如何度过呢?

2014 年五一缺位徒步杨河后记

杨河笔记

杨　勇

一、杨河之约

定在周六去徒河,周五下午王飙老师打来电话,还去不去? 怎么不去呢? 定好的。说话时我正好走到窗前,目下街道都是举伞的人们,水气弥漫,城市早就浸透了。

原来春雨已经淅淅沥沥地下了一天了,我竟然都不知道。楼里日月长,吃饭、休息、工作,都在这座办公楼里,还用关心那天时、地理、世事吗? 我一咬牙,走吧! 心下想,再不走走,人又快被放臭了。

未必人人有我这般迫切,电话里犹豫着,雨,是很好的理由,说等等,看明晨的情况;即使不下,地面也是湿透的,能走? 我试着劝说,走吧,顶多会毁一双鞋子,脏一条裤子,或者跌上几跤,算什么呢? 又问,地面全是湿的,连个休息的地方也找不见啊! 我说,我带了塑料布。这样解释着,依然不来集合的,我便不催。集合的,有五个。

这次要走的是杨河,又叫大杨河,似乎兴唐传里秦琼被魏文通追赶就被拦在大杨河边,贾家楼的兄弟们不来救,那次二哥就死了,他死了没有人救李世民的驾,大唐朝也就开不了国,中国历史也就改写了。当然,两条河肯定不是一条河。秦二哥从潼关跑到大杨河花了一夜,他想过去,挣命要自由;我来到大杨河边,花了六年,没人说不给我们自由,但岁月,让我们渐渐老去了。自由,还用得着要吗? 老,原来是可以解决问题的。

回头看,六年一霎,如在昨日,张超凡主席提议要走亳州六条河时,没谁想肯定会走完,都是抱着走一条是一条的想法。那时,张主席儿子还没结婚,现在,孙子都满地跑了;那时,王飙老师开始用帽子护头发,现在,帽子只是他的着装习惯罢了;那时,杜振华的腿脚还好,张梅还不是领导干部,张秀礼家的小子还是个小胖孩,现在嘛,还是个小胖孩子。而我的女儿已经长大了,她会越来越好,但会离我越来越远的。

那时,都还不认识宋卉和唐贵芳,唐花好,还是宋卉香,就未被引申为议点。若说唐花是牡丹,宋卉便是莲花了;那时,只觉许发夫走路快身体好,以为是重心低的缘故,还未发现他日复一日面对朝阳方向习练排裆功的秘密;那时,总听李丹崖说他的老师是王飙,而黄凤云却在骄傲地说她的学生是李丹崖,对不上榫头啊。现在,经过多次一起吃饭后,加上我的劝,李丹崖已经认命地接受这位身材姣好的美女老师的说法了;那时,我只觉中国的乡村暮气深深,只有老人在晒太阳,小孩们在穷疯,还未见识到乡村小店老板娘的殷勤、朴实与风情,菜是那么的实惠;那时,总会为晚饭吃肉还是吃素与队长张超凡主席抬杠,其实,吃素是对的,那时,因为没亲眼看见田野间河流的颜色,以为野鱼好,不知道鸭子坏。

尽管看见了,但仍然是人吃啥,我们吃啥。能不吃吗?

好吧,我们还是回过头来说杨河。杨河很短,地图上,大杨河与武家河有个交叉,以交叉为界,杨河的下游被称为武杨河,武河则一脉东南流,到了涡阳天静宫。这几处,都走到了,走到了,才弄清楚。作为六条河的收官之行,我们只需走高阁闸以北的上游,据蒋建峰说,上溯不远,河就干了,因此,拿下这条河,不需要大长假,周末的时间足够,甚至我们可能都不必在乡村留宿了。

时值孟春,五马镇的桃花已谢了,仍是看花的好时节。紫桐花,白牡丹,红芍花,是亳州有名的三花,不知开了几样了。

再见桐花

周六上午,雨并没停。毛毛细雨,偶尔还会着急一阵,能打得树林沙沙作响。四月中旬的天气,衣服原可以乱穿的,我因信赖"墨迹天气",没拿伞,没穿外套,顶着一件长袖T恤,走上几百米便湿透,冻坏了。

以往徒河,都在国庆节,也就是阴历的八九月,是赶秋的初爽,这次,算是去抓春的尾巴。谷雨,谷雨,果然连绵下雨,这也许是春天的最后一阵寒雨吧,人怯寒,但这雨对植物是好的,是暖的。茶经上说,谷雨后,江南茶的叶子便肥大了,便不堪惜了,要采茶,再无须香舌与茶芽的厮磨,漫山采茶的少女们便休息了,换为了妇人。这世上,没有留恋温柔而不肯长大的茶树,也没有长存于枝上不肯凋零的花朵。植物们只管趁雨茁壮,哪知身价,哪管人们喜与不喜呢?

一路走在寒雨中,我们看见了桐花和牡丹。久不见桐花了,忽然看见,于我是个惊喜。这话也许不太准确。比如现在是清晨五点多,天已放亮,我从城市的某处九楼往下看,右手就有两树泡桐,前面远远的还有几树,泡桐树在这个城市从未绝迹而去。我细细分辨树的分布,不在街边,不在公共绿化区里,那满树的花盛放着,只是开给庭院的自家人看的。高楼林立,这种老式的庭院很少了。

久不见桐花,只是说大片大片的泡桐林子不见了。记忆里,亳州有的是泡桐,十来年前,满城、满街、满村、满野,都是泡桐;河边,地头,路口,院里,都是泡桐,除了杂树,就是泡桐。泡桐花长如手指,形似长号,趁季节开放起来,满树挂着,彻地连云,人们满眼都是淡紫色的流岚。泡桐花期长,把人看饱,便自落下,泡桐花落时,刷刷地像下雨一样。于是,亳州城里处处是"紫云路",扫了堆起来,家家有"紫香冢"。小孩子还会将花托用绳串起,当挂链一圈又一圈地绕在脖子上,这沉甸甸的豪奢,也是孩儿们心间弥足珍贵的夸耀呢。

曾几何时,泡桐少了。城里乡下,多的是杨树。据说杨树好生,成材快,又冲天长,适合密植,便卖钱多。引进树种的领导宣传:种杨树,发杨财。于是伐净了泡桐种杨树。说起这段,蒋建峰张嘴续了一句:遭杨罪。过去落泡桐花的季节,如今满城飘的是杨絮,颇有人对杨絮过敏,对此是厌憎的。

亳州人是有泡桐情结的。蜗居城里,不大听作物的变迁,平时徒步,未值花期,眼里的树林子绿油油也没甚区别。偶然听到农人抱怨,在说今年的杨树又卖不上价钱了,还不如泡桐好。我想,怪谁呢?是谁抛弃了高贵的伙伴!泡桐木自古是制琴的好材料,杨树条子能做什么?杂料罢了。

如果不是在四月间徒河,看见了这成片的桐花,我还不会意识到泡桐的归来。当然,与以往相比还是有区别的,十多年前的乡间,多的是合抱的泡桐老树,如今河岸边与杨树一簇簇对峙着的泡桐树,大多还没碗口粗,仿佛是新募而尚未成形的军队,据说,它们还面临着树种退化的担忧。人一短视,便要折腾。把好东西丢弃容易,找回来却难。亳州要重新做回"桐城",也许还得二十年。

亳州的牡丹

何人不爱牡丹花,占尽城中好物华。疑是洛川神女作,千娇万态破朝霞。这是明人写亳州牡丹的诗句。我们沿杨河一路看牡丹花,欣喜却又叹嗟。

据说,如今亳州乡间共种植着六万亩牡丹,沿杨河一带又是密布,割据了我们三分之一的视觉版图。远远近近,层层叠叠,如白云落在大野,空闲处又被麦苗的绿浪、桐花的紫岚涂满,处处都在入画,这是眼睛的福分啊。人非无情,又怎能不欣喜呢?

四月中旬看牡丹,正是花的盛期,无一朵不开放,又朵朵各不同。春风之下,枝叶轻摇,因方经雨而瘦,洗却粉脂,存留的都是自然风流。花庞犹带春水,垂首恰若凝思,现出少妇春睡足的慵懒来,这妇人,拥着绿衾,或迷思,或缱绻,或惊起、或低回,各有风韵看不足。人非无情,又怎能不欣喜呢?

快快拍照吧。贪取眼前景,羡煞未来人。急忙将美图传去旧游同伴,短信随之而回,真的在羡慕,真的在遗憾,真的在因没能加入而悔恨。读之再三,真令人神清气爽,不亦快哉!又兼天公作美,雨已停歇,天清气朗,且身已走暖,裤脚已脏到限度,不能弄得更加脏了。困难渐少,欢乐正渐多。人非无情,又怎能不欣喜呢?

却有农人,径入花丛,手持刀镰,刈那花头,一束束随意零弃在河沟田埂。心里便苦,雨一停,这就到日子了吗?赶上去看,河沟里果然已堆满了花朵。看那些花儿色犹鲜浓,并未现出颓谢的苗头,非为残花,弃如败柳,在泥水里现出一种挣扎的情态,真如美人命舛。便知道,再过三五日,天气放晴时,枝上的牡丹会越来越少,地上的牡丹会越来越多,人非无情,又怎能不叹息呢?

古人说大煞风景,叫焚琴煮鹤,说不通风情,叫牛嚼牡丹。我们却没法用这话来责备农人。只有我们这些徒河的闲人才将地里的花儿当成珍宝吧,虽爱也不肯采摘,又因着怜爱而痛惜。我们难道能够呼呵农人们停止吗?农人们却是在正经地劳作。亳州人种牡丹,原不为看花的,花根才是药材,一家人的生计都在这几亩药田的地底下。农人任牡丹开放,只为其授粉的功能,开开也就罢了,花开精彩,是要夺去根的养分的。牛嚼牡丹吗?嘘,千万可别让他们知道这个成语,看着扔满河沟田埂的牡丹花,因无用之故,红销香断,犹葬于天地之间。牛儿们爱吃牡丹吗?好啊!无用变成有用,农人们岂不要试上一试?果断就喂了。呜呼,我宁见牡丹葬于天地之间,不忍其葬于牛腹。反刍来,反刍去。想见那惨状,人非无情,又怎能不叹息呢?

去年的这个时间,我曾去菏泽看牡丹花会。花会的牡丹都是复瓣,开得如绣球一般。又呈五色,红、白、绿、粉、黑,都有,大小数十个品种,尽态极妍,雍容富贵。与之相比,亳州的药用牡丹已是小门小院,倒也顶着花王的名号,却只是单层花瓣,不过白、粉两色,是遮不住的寒碜。我沿河徜徉而行,看花不酒而醉,这实在是没有道理的。没有道理吗?但情感是真的,就像是在爱自己的孩子。即使在牡丹之都菏泽,也要在展览厅里清楚地写着牡丹花的源流,由洛阳而陈州,由陈州而亳州,由亳州而菏泽。亳州的牡丹,曾经天下第一!

那是在明时正德年间,薛凤翔在《牡丹史》中记载,亳州城共有二百七十六种牡丹,薛凤翔又凭借他的绘画天才,将这二百七十六种牡丹一一图谱,载入花史,香国功业,于斯为盛。后人研究牡丹的,都要找那《牡丹史》里的图案证据,哪一张画的不是亳州城里的牡丹呢?恍然古今,人非无情,又怎能不叹息呢?

锦园处处锁名花,步障层层簇绛纱。斟酌君恩似春色,牡丹枝上独繁华。这是薛凤翔咏牡丹的名篇。历史上,亳州一地士风、民风务实,不尚斯文,多的只是豪杰和实干家,幸尚有薛凤翔一人。春色堪比君恩,细细斟酌,浩荡君恩,功名利禄,尚不如这满园春色啊。薛大人于是辞京官不做,归居故里,终其一生只爱牡丹。他是真正的雅士。

散伙饭

以往徒河,短则三天半,长则要五天,谁料想这次走与之齐名的杨河,当天就走完了。事实上,在乡间小店吃过午饭,我们就开始朝大路返程,那么,真正走这条河,我们只花了半天的时间,不过三十来里。

这顿午饭,是六年徒河的最后一顿路菜,是散伙饭,吃得很好。虽然是乡间小店,除了年轻的老板娘外,菜也格外迷人。有老板自制的叫花鸡,此外,我还点了一条四斤多重的草鱼,这鱼最鲜,上午刚刚宰杀,腌好了入味,堆在大盆里晶晶亮。客人一指,老板轻巧地拎出那条最为肥大的,上炭火烤,烤了再烧,佐以洋葱、豆芽、香菜,大铁盘端上来,热气四溢,把人吃得神魂颠倒,欲罢不能。饭后,依照公推,最具威望的张超凡主席为散伙饭买单,五个菜,一个汤,计九十元。

三十多里路,为找这家店,着实走了近十里。上午十二点许,杨河已走到尽头,彼时彼地,集镇尚远,保障的车辆未来,要发感慨且留在以后。要紧事儿,就是就近寻一家饭店了。我们奔着成片的瓦房走进一个村庄,逢人便问,问第一个人是个老太,说不清楚;问第二个人还是老太,说得不清不楚;第三个,是老太先问我们,两相说不清楚;问到第四个人,是个老头,就问到了,说出村一路向北,左拐进另一个村庄,右拐出庄,再行一段的路边上,有一个饭店是有名的;问第五个人,还是个老头,把这信息确认了。

从进庄到出庄,只见了老头和老太,还有一个八九岁的小女孩,远远地盯着我们看,待我们走近,就跑掉了。今晨回味美食的感觉,并借着这一股劲儿码字,忽然念起那女孩怔怔的眼睛。留守儿童的眼光与城里孩子是不同的。那眼光,是孤寂的。

徒河后的一周内,我知道了一个叫李建英的女孩。女孩生长于贵州的苗乡。在贵州的大山里,有一种吃稻花长大的鲤鱼,叫稻花鱼;有一种会能在岩壁上行走的小鱼,叫爬岩鱼。在八月,女孩在村口盼回了在三千里外广东打工的父母,因几亩苞米的收割与琐事的处理,他们可以在家中待足半个月。回家第一天,母亲扎回苗人的头巾,为女儿从稻田里捉回了稻花鱼,包裹着甜米风干了;父亲跳入溪中,从岩壁上摸回了爬岩鱼,用独特的香料腌起了。在这样做时,女儿都在一旁看着,笑着。鼎鼎有名的雷山鱼酱要腌足十五天,需要耐心地等待。因为,只有用这鱼酱去烧风干的稻花鱼,才是出人意料的美味!而这道菜,除了妈妈的柴火灶,一辈子,没谁再会给你做的。

这是一款关于美食的电视节目。烧鱼大菜即将上桌,我忽然热泪盈眶,情难自禁。这是盛宴,也是一顿注定分别的晚餐。这顿晚饭,只听见爷爷和爸爸在絮叨、碰杯,妈妈里里外外忙活着,而女儿,只是默默地吃着,一句话也没有。并非烧鱼绝美的味道让她忘却了半月来的快乐啊。在这别离前的晚上,她更要做一个懂事的乖乖女儿。她没有办法把人留下来,她要是忍不住哭了出来,妈妈也会哭的。

节目提到,中国有六千一百万留守儿童,相当于全英国的人口。让我向《舌尖上的中国2·脚步》致敬吧!作为一个美食节目,它并没有追问,当十年、二十年以后,当这六千一百万人走上社会,他们将持何心态,以何面貌与他们的同龄人相处?面对着这个给予他们何等样童年时光的这个社会,他们将以何等样的感情回馈呢?

我是有女儿的人,我知道,我,和她的妈妈,对此时的她的重要。我清楚,每一个父亲都是一样的,父母在孩子的生命里是不可能被取代的。那孤寂的眼光,谁也没办法拯救。

唉,这毕竟是一篇关于徒河的文章,我还是回过头来去写杨河吧。地图上的杨河还要向北,一直到河南省商丘市境内,如依据这个,杨河与我们之前徒步的五条河长度是相当的。但我们行至五马镇丁大楼村时,河床已经干了,再往北,进颜集镇,河底已种满了庄稼,还有多年生的泡桐树和牡丹。据说,三十年前河就干了,二十年前发大水时,河道里积过一次水,很快又干了,一直到现在。我们在杨河故河道里走了一阵,以示功成。在四下拍照时,我在泡桐树树根旁发现了很多螺蛳壳,也许在多少年后,这些螺蛳壳也将成为化石或遗迹吧。树木会生、会长、会长大,河流会病、会老、会消失。一切都有个开始与终结,沧海桑田,小而化之,亦复如是。

看完螺蛳壳,就是散伙饭。据说,这是一家有着三十年历史的饭店,老汉已把手艺传给了儿子,悠闲地坐在门口的板凳上抽烟,一边在驯狗;怯生生的儿媳妇在大厅里抱着小孩摇晃,小孩很快就睡着了。因等待烤鱼,我站在门口和老板说话。天还阴着,但烤炉边的热气很大,年轻的老板在烤炉边挥汗如雨,边回答我的问题,生意的确不好啊,也是没有办法的事。等明年,等孩子断了奶,还得带媳妇到广东打工去。

微雨·杨河

宋 卉

从立春到雨水,从惊蛰到清明,林花谢了春红,太匆匆。

郭子鹰说:"生活可以是任何样子,但唯独,不是你想象的那个样子。"是的,这是个多事之春,烦琐杂乱的日子,潦草无绪的牵绊,老人的意愿,儿子的前程,未知的时日,难卜的未来,头疼。群里走杨河的召集令应时而至,与其坐在家里杞人忧天,不如跟同伴走出去寻一份清净。

一春无雨,这两日细雨纷纷。明知道一夜淅沥,草木披雨,道路泥泞,也无挂无碍,欣然出行,做好了冒雨的准备,更有踏泥的豪情。虽无阳光,内心却分明被一种情绪照亮。

田野间,紫叶的芍药含苞,麦苗的青翠与药牡丹的雪白铺开嫩生生的水粉;夹岸处,桐花仍妖,杨树正绿,洋槐伸展着沧桑却遒劲的身躯;小路旁,狗尾草挑起旗帜,车前子刚刚吐蕊,蒲公英、苣荬菜和野薄荷沐浴着微雨。偶有雉鸡在田野的隐蔽处啼鸣,间或倏忽从眼前飞过。也时时有不知名的水鸟扑棱棱拍着翅膀掠过水面,投入一丛丛水草的荫庇里。一行人将将贴在额头的发丝,擦擦眼镜片上的水滴,短暂的驻足中,感受大自然神秘的气息,不敢惊扰它。

河如苍龙,盘旋环绕,在雨中,我竟失去了方向感,不辨西东。只好跟着同伴的脚步,低头前行。

其实,在这个春天,我早已迷失了方向,像没头的苍蝇,在日复一日里踟蹰独行。梅在短信里说,时间好快啊,转眼儿子就长大了。是啊,很多往事随着儿子的长大而消失,又有许多往事随着儿子的长大而浮现,可那些被我们蹉跎的岁月,终不会在我们的生命里复现了。我没能尽到为人母的责任,引导儿子走上学业的坦途,待高考日益逼近,他很焦虑,我也揪心,有种手足无措的茫然——彼时,我在一步一步地走,儿子是否在百米线上拼命地奔跑?那短暂的以秒为单位的时间里,他又能夺回多少光阴呢?临行前,母亲嘱咐我,要一边走一边加些意念,助力孩子考试如愿。我在行走,忘了祈祷,如同匆匆而过的一整个春天,思虑过多,忘了静下心来,找找自我。

我在春天丢失了淡泊,儿子在青春里遗失了快乐。我们需要在不同的时空里找寻自己。我会告诉儿子,等这场考试结束,就算希望渺茫,也不必再有压力,要走的路还长,更多的考试得经历。等一切归于平静,我们吃最简单的饭食,穿最朴素的布衣,过最平淡的日子,这,都没有关系,只要我们在一起!

光阴不管道路,道路不问行人。彼时,师大的操场有雨,考试的气氛正紧,儿子在考场上奔跑,奔跑是人生的继续;彼时,杨河的新绿正好,四野的春雨正柔,我在堤岸上行走,行走就是目的。

包 河

包河下游风光

包河风月

张超凡

当年的一个冲动,竟有了五年坚守。

那年的十一长假前,厌倦了凡庸日子与怠懒的一群,呼朋引类,有了赵王河的徒步考察之行。那次行走,多数人对户外行走没有多少了解和知识,凭热情走去,竟坚持着从河尾走到河源,当然,代价也不小,一个文友膝上痼疾发作,半途退出;其他人或是脚掌血泡连连,或是步履蹒跚,还有人走脱了好几个脚趾甲。

如此苦痛,没有吓倒享受红尘的一群,竟成了引人入胜的媒因,大家约定,每年走一条河流。队伍加加减减,基本骨干还在;宗旨抱定不放,留意民瘼民生;书生一群,非无缚鸡之力;无分性别,艰苦大家同享。一走五年,我们又聚在了包河边上。

包河,是我市北部一条重要的过境河流,她北起商丘,一路逶迤东南,在濉溪县临涣汇入浍河、淮河,算是淮河支流。

每一条河流,不管是发源喀喇昆仑的黄河长江还是其他,其源头都让人沉思。包河的源头在资料上是商丘谢集镇尚楼村,新版亳州志说是张祠堂村。站在久已干涸的河床上,你有理由怀疑资料的苍白。所谓河源,当是河水滥觞之地,自当有水源补充,可此地,已三十年无水了,河源,还有真意?然而,面对沧海桑田,人类真的很无语——与包河平行,不远处,就是古黄河大堤,虽被人挖得千疮百孔,但其龙腾之势,犹可想象当年的壮观。而一条黄河,又几乎浓缩了一部华夏史。唐宋以降的明清列朝,无不在与黄河的搏斗中风雨飘摇,在河上投入大量的人力财力。然而,大堤愈筑愈高,决堤之势就愈猛愈烈。河患不仅猛于虎,河患引发的苛政更加猛于虎,治河——贪腐——肃贪——,成为一个环绕封建社会无始无终的圆环,死于筑堤、死于决堤、死于肃贪屠刀的尸骨几乎交相叠加,以致无法析分。然而,黄河还是咆哮一声,改道而去,从东北拐向济南入海。开封以东的大段黄河,就成了"黄河古道"。黄龙一般的大堤矫健苍老,任人凭吊。

包河有水处始于辛正阁水闸,南行,穿商丘东郊,水臭刺鼻,令人生出"此水只应茅坑有"之感。不平愤懑都无用,这就是源头之水!不管商丘市投入多少金钱,把河堤装扮得多么奢侈,最本质的水,还是汇合了城市污染而成。出商丘十几里,经过几次"闸涵",包河有了水沟的模样。进入亳州境内,经过两岸丰茂的绿树和植被的疗治,河水慢慢清亮起来,再经过张店水闸的蓄储,包河才有了一条河的姿容,一路行来,此段风景独美。

过了泥店,进入河南永城卧龙乡,河床骤窄,水量剧减,置换水量的不足,使地下水污染之害令人吃惊,临河的顾场村民唏嘘而言,井水煮茶都是红色,短短几年,村里死于肠癌、胃癌的,已经十几人。

如果忘掉现实的不快,走在河边,秋阳微醺,田园风光还是娱目怡情的。风是暖热的,很温馨;秋树高耸,树下虽有枯叶索索,枝头却还有茂密的树叶,一大部分被秋阳染成红黄色,那种纯粹的明黄,艳丽而温暖,在碎金般的阳光空隙里,惹人无端地喜爱。田野被大片地翻犁过来,大块的褐色,如同画板上恣意的一抹,与明黄的树叶,金黄色未及收割的豆田,红黄斑驳的大堤野生植物,共同构成一块自然的画板。行走其间,蠕蠕而动的我们和劳作的农人,也成为画中的一小部分。

故事的结局总是最美的。一条河流,下游也是旖旎所在。包河自涡阳县石弓镇水闸进入下游,这几十里的包河,如同一个蜕去青涩的少女,转眼脱蛹化蝶,结束了平庸。

拐过一道急弯,河面逐渐宽阔,充沛的水量浸润了两岸,形成小片的湿地。因了水的滋润,岸边小路也鲜活起来,在丰茂水草的遮掩下,时隐时现。柔柔的水草遮盖了水,不觉间就湿了脚,好在不深,被水洇湿了鞋帮,滋滋润润的,倒不觉得难行。一只白鹭飞起来,带动几只苍鹭飞起来,落在了远处的鸭群边,竟然和谐无间。

深秋的天气,天空暂时摆脱了尘霾的纠缠,露出湛蓝的面孔,朝阳初生,光芒尚且柔和。这时,天空中竟然见到了月亮!所谓的日月同辉。在这河边,在这晨光中,在这远离城市秋风掠过的田畴中,我们和这太阳、月亮不期而遇,真是一个无名的惊喜。

包河入浍河的最后十几里,不停地甩弯,尤其是接近临涣的一段,更是陡弯急转,如同一条被按住了头的小龙,连扭身躯,一连九个超过一百度的陡弯,甚至被当地民众诩为"九曲神女河"。这些弯度,减缓了流速,增加了水量储存,因了河水滋养,芦苇、滩涂植物,堤边树木,益加的繁茂,吸引了鸟儿的流连。大自然的循环,造就了这偏居下游的包河风光,其静谧幽绝处,远远超过了一些五A景区的人头攒动。多矣。

东坡说过,明月本无价,唯有闲居之。何止明月? 这包河边的风月,何其幽绝,唯远离红尘喧闹者得赏,如此而已。

2013 年 11 月 3 日

走过一条没有故事传说的河流

王　飙

　　十一长假里,徒步一条河流,在空旷的原野上,我像风一样,一连几天,行走在河谷里,曾试图向沿岸的老人搜寻一些关于河流的故事传说,可他们却说,她本身就是一个秀质绝伦的处子,何必还要再编什么传奇来为其增色? 老人们对流经乡土的清漪的深情和爱意,溢于言表!

　　踏过岸边的青草,掠过滢滢的碧波,当朝阳升起之际,我迷恋于那波光之上烟岚雾霭的美丽;当黄昏降临的时候,我又醉心于那倒映水中的虚灵晚霞的诗意……

　　在我的心里,这条没有故事传说的河流,真的就像一个还不懂世间风情的清纯女孩,我似乎感受到了藏在她心底美丽的梦想,看到了她脸上绽放的如莲花一样鲜净的笑容;那冲向岸边的翠浪,仿佛是她微启的莺唇,在她那喃喃的细语中,我听懂了她燃烧心底的渴望……她让我想起自己曾经的初恋,想起那个曾经让人心疼的少女,想起那些和她一起走过的岁月……我开启了她心中的那扇情缘之门,却没能走进那扇我渴望走进的门里;我谱写了她生命之中第一个浪漫的故事,却最终只是一次浪漫而已……

　　感伤吗? 凡是能直透灵魂的美,都能唤起人们心中淡淡的感伤的诗意,凡是曾经失去的,都在我们的心灵深处染上了一层神圣的光芒,不管是那个曾让自己寝食难安的初恋的少女,还是那些曾经透着我们初心的梦想……

　　我走过了一条没有故事传说的河流,她竟然就这样唤起了我对初恋与初心的回忆;一起徒步河流的朋友问我:"如果这条河流是一条时光隧道的话,你愿意通过它穿越到哪个时代?"我毫不犹豫地回答说:"我愿意回到我的少年时代,我依然还愿意听听那个初恋少女呢喃的话语,轻轻地抚摸一下她瀑布一样流泻的长发……如果当年,我像今天这样成熟,我想,我一定会成为她爱情舞台上缠绵故事的主角吧!"

当然，这一切都只能是幻象！在岁月的河谷里，我们都是从没有故事传说的稚嫩少年，走到了今天灵魂里已装满了秘密的春秋盛年，可叹也，可赞也？

在这个夏韵犹在、凉意未彰的秋天里，我走过了一条没有故事传说的河流。我想，我走过了，会不会成为她的一个故事或传说？

以走河的名义

张秀礼

年年走河，今又走河。

国庆节，以走河的名义，与好友集结，与自然拥抱，与幸福握手。

有人曾疑惑不解地问，好容易盼来个长假，不好好在家歇息一下，花几天时间徒步走河，苦行僧一般，为哪般呢？自己也曾追问，走得双脚起泡，趾甲脱落，这么辛苦，却乐此不疲，到底为什么呢？

以走河的名义，我们轻松出行。抛开终日厮守的电脑网络，放弃快捷方便的交通工具，做一回背包客，带上水和食物，甩开膀子，迈出步伐，离开城市，告别喧嚣，无高速拥堵之苦，无景区挨宰之虞。一行人志同道合，径直走向大地深处，徒步流经家乡的一条河——包河，开始一场用眼睛追逐自然之美、用双脚接受大地考验的未知旅程。要的就是这种感觉，寻的就是这种刺激。出行，如此简单。

以走河的名义，我们投入绿色的怀抱，拥抱自然。出了城，迟钝的心变得活跃起来，混沌的目开始明亮起来。原来，每个人在内心深处都有撒欢儿的欲望，都有调皮的念想，只是暂时没找到释放的地儿罢了；原来，徒步走河的魅力就在于发现美、追逐美，在于用心去发现那种源于自然的淳朴之美，用心去感悟那种来自灵魂深处的别样享受，用心去聆听那种发于旷野之间的天籁之音。或放肆地吼上一嗓子，或随意地高歌一曲，什么都可以做，什么都可以不做，只默默地行路。徒步走河，我们累并快乐着。快乐，如此简单。

以走河的名义，我们对自己的身体进行一次检阅。现如今，五谷杂粮吃得越来越少，酒肉之物填入胃囊越来越多，"三高"之苦频频光顾；交通越来越便捷，走路的时候越来越少，安坐的时间越来越多，颈肩之痛屡屡来犯。大腹便便、体态臃肿，面容暗无光，身体亚健康。来一场徒步之旅吧，对腿脚、对脏腑都是一次检阅。去年走河前我顾忌膝盖难撑，今年走河前我担心肺疾未愈，一条河走下来，一切皆好，嘻嘻。于是，服药十个月来的忧虑全都放下。我有一颗坚定有力的心，还有一双坚强有劲的腿，这就够了。幸福，如此简单。

以走河的名义,我们挑战着自己的意志和耐力。徒步走河,亲近自然,第一天还比较轻松,从第二天开始,就脚步踉跄、步履蹒跚了。因为沿河堤而前行,有的地方根本无路可走,翻沟岭,越河汊,过田地,连续几天行程下来,脚掌起泡,趾甲变黑,脚踝酸痛,直接挑战人的极限,不只是累,还有伤痛。没有坚强的意志和足够的耐力,是不行的。走友互相勉励鼓劲,克服困难,你给我挑破水泡,我给你涂抹药水,患难见真情。既然踏上行程了,就要坚持下去,绝不中途退却,这种锻炼使人变得更加坚强。回想起走河中的那些苦累,生活和工作中的苦累就不值一提了。满足,如此简单。

以走河的名义,我们更加体悟人生的意义。一条乡间小河,在一些人看来,就是一条默默流淌的河,没有什么稀奇之处。可是,一旦走近她,与她朝夕相处几天,你就会有新的发现,沿途不管什么风景,都是独一无二的。同一条河流,同一个地方,你可能下次没有机会来了,即便有机会再来,你走过的路线、看到的景色也一定绝不同于这次。我们留下的照片,每一张都是绝版。河岸边,一根收获后的秸秆,一棵枯萎的秋草,一片飘落的树叶,都是生命的历程,都曾经美丽过,都曾被这条河滋养过。这,如同人生的旅程,如同人生的意义,因此,在走河的过程中,我们用心,我们专注,我们执着,向田野里劳作的农人微笑,向被惊飞的水鸟微笑,向水中飘摇的水草招手。生活,也需要用心和专注。追逐美丽,是人生的意义,我们用最原始的运动方式体验生命的原汁原味,更加珍惜当下的一切。感悟,如此简单。

以走河的名义,与好友集结,与自然拥抱,与幸福握手。

下次走河,就在明年国庆。

包河徒行笔记

杨　勇

还华山

一

　　去年徒步包河,回来未着一字,如今忽提起笔来,只觉推不动笔头。当时的笔录随写随扔,难以找到,勉强回忆在路上所遇到的人和事,只剩下些模糊的影子。什么是值得记忆的,什么是隽永的? 一般来说,应该有个道理,但往往并非如此。比如,我记得住石弓镇政府招待我们的那顿晚饭,但记不得那满桌的菜,唯有一道酱狗肉是上了菜单的,由于店家的疏忽,忘了端上席面,这成了我仍记得的唯一的一道菜。很奇怪,我是不吃狗肉的。记性随人,总也犯轴。

　　还记得这家饭店名叫"桃花岛"。皖北平原的集镇上,怎么会有这么一处四面环水的孤岛呢? 当车开过一座长长的堤桥,岛就是农家乐。到达时,天色已晚,短信联络一下,镇长主人公还在开会,我们便借着傍晚的霞光在竹廊上拍照。照片里,趁着几天的散漫,我的下巴上已生出一抹微髭。在我翻看相册时,这张照片被办公室的姑娘们看见并嘲笑了。我也笑,心下却不以为然,如在古代,我早已是蓄须的年龄了,我会否有一部美髯呢? "大须自有"——是我见过的一块汉砖的刻字,我曾站在博物馆的橱窗前,左手不觉在颔下虚揽,如与两千年前刻字的汉子相见。他在用和我一样的方言说:须眉茂盛方是男儿么。于是,我被这种情怀感染了。然而,受剃刀每日教诲,我的这位胡兄弟从未在我脸上苫生过,它却悄然出现在这一张照片里,我只能指着它对姑娘们说我老了。这便是当时的记忆与今时的唯一联系。可是,这些与河流有关吗? 又或说,未必是徒河,其实我们每天都在行走,在感受,而我用颇足珍贵的笔墨,总爱记下琐细,又有什么意义呢? 如要信马由缰,笔下难保会跑出一个拿着剑四处游荡的大胡子,野性洋溢,烂漫欢叫,抱打不平,但会与我有关吗?

二

　　好吧，既然提到石弓镇，其实这个地儿做开头蛮不错，虽然它已处在我们五天行程的第四天上。

　　石弓镇是名镇，石弓也是山名，有人说，因遗履于张良的黄石公而得名，因山形似弓而讹；有人说，与陈抟先生有关，希夷先生住此山时，有一驴一石弓为伴，蹇驴一嘶先生去，却遗了石弓在此。如此说，石弓山的得名，不在汉时，就在宋后了，年深事久，早难以考究了。石弓山古称有八景，我百度到的这个八景，确乎有几处在与村人的谈话中提到了。如透龙碑，说山上有黑石一方，石质细腻，光滑如镜，天晴时，阳光斜射，镜面可见三十里外的龙山之影；如万宝泉，又如一步两井……这些只是耳闻，我们并未看见。当然，遗履桥和黄石公洞的记载一定是要说张良的故事，对此，我难以置评，对李白那首诗的记忆太深刻了"……我来圯桥上，怀古钦英风。唯见碧流水，曾无黄石公。叹息此人去，萧条徐泗空。"诗题分明是《经下邳圯桥怀张子房》，下邳就是现在的睢宁城，在江苏呢。

　　这些有讲究的人文景观，在皖北的大地上散若星辰。攀附先贤、引为名胜的行径，古人已雅好为之，但同样是攀附，论地道，甚讲究。从历史上的一句记载、一个传说，或者一个道理，能发人幽思，便逗时贤题咏，先刻石，又起殿，当植下的树木长成古木，名胜也就长在了人的心里。长成一个名胜要千百年，千百年来，建筑毁了修，修了又毁，就在某个方方丈丈的地面上，前走几步，后走几步，哪儿不沉淀着厚厚的历史呢？有一个地名是老的，就有灵秀，有一块地基石是老的，就有精鬼。口口相传，代代相传，你且去问乡人，谁不能念叨上两句呢？念着远去的人和事，早成为一方人处事上的归依了，早成为一地人性情中的骄傲了。所谓的人杰地灵，土地和人民，是相互映照的光芒，是生有大德的相契，你中已然有我，我里自然有你。我们说：我就是哪儿的人！我那儿有什么什么！这是再也割舍不开的。

　　在石弓镇，八景只见了一景，是"陈抟卧迹"。在徒步之前就灌满耳朵的是"陈抟卧迹"。视而不见谓之希，听而不闻谓之夷。希夷先生陈抟是亳州人，在苦难多过太平的中国古代，他是善睡的神仙。身子一倦，两眼一阖，阴阳自然吞吐于呼吸，天下就处处是他的睡场。老祖还乡，看家山秀美，怎能不好好睡上一场呢，便留下这么一处睡迹。这是块一丈见方的大石头，东高西低，光滑如砥，稍倾斜，上有侧卧的人形痕迹。村人指给我们看，何处为首颈、何处为躯干、何处为四肢，清晰分明。身下还有一条弯曲的小沟，似有水流过。是啊，人能睡那么久，但怎能憋得住尿呢？

　　在我们纷纷爬上石头装模作样曲肱而枕之做熟睡状拍照留念之前，石头上已扒着几个小孩在玩,村人便赶。石头虽不太高,小孩子乱爬还是有危险的。石头放置在集镇里街一条深巷内的空地上。是镇民聚居之地,无门无院,小孩儿难免来玩,屡禁不止。对着卧迹石,穿过对面那条叫作仙人巷的窄街,就是包河了。神仙睡闷也会醒来,一睡几百年,醒来后下河洗个澡去,霍然一清,真乃人生快意。这水快活了神仙,神仙岂会薄他? 因留下了仙人尘屑,风清水凉,几千年了,这一段河不生蚊虫,独有蛙声。

现在看着,卧迹石到仙人巷,再到包河不过百米,但我曾听说,卧迹石原本是在石弓山上的。我不由四下张望,山呢?

三

很多年来,我总以为皖北平原是没有山的,后来听说涡阳县有个石弓山,且有很多遗迹可看,这成了我的一个念想。这一天,我到了。可是,山呢?

村中的老者却仍在说着卧迹石的故事。这块石头千古传名,近年来却遭受两次劫难,能保存下来,也属奇迹。一次是在"破四旧"时,石旁原来有块古时留下的碑记,被砸碎烧成了石灰了。大石头却结实,砸不烂,商量着还得炸掉。你们看石头上这两个洞眼,当时要炸石头时凿的。插好雷管,震天一响,石头没事,把人崩伤了。一位曾教过私塾的老先生乘机有话说,神仙显灵了。说得一群人胆寒害怕,便不敢再碰它。

再一次就是几年前,相关部门把石弓山整个儿卖给了企业。当时争议就很大,但终于还是卖掉了,一座积累了几千年传说的山,文化的山,游子回望的家山,被几百万卖掉了。并非开发,全是开采。我查看网络,这件事是有记录痕迹的。百度百科上"石弓"一条,在历数石弓山八景后,忽然兴致勃勃地写道:石弓山石质坚硬细腻,色青有光,内含白色花纹,可作石板、石臼、石磙、石槽等物,若烧制石灰,黏性亦强,经鉴定为优质青色大理石,已建厂开采。我不知此词条是何时编辑,何人编辑,我之来时,山已开尽,落个平地茫茫真干净。这里,已经没有山了。石弓镇,已经没有石弓山了。既然如此,皮之不存,毛将焉附呢? 山没了,还谈八景作甚? 没有廉耻吗!

近年来徒河,沿河看去,名胜也真太多,被毁坏了的名胜也真太多。开始,我们总情愿绕上十来里路去看一座小庙。去了呢,当地人用手指一圈,哎,都是。好家伙,一眼看去,都是豆地。苍凉落日,人烟走马,不胜唏嘘,徒惹心痛而已。这时,骂娘是一种发泄。有时,我们先骂,农人陪骂;有时,农人先骂,我们更骂;有时异口同声地骂,骂完握手,合影留念。骂娘的人后来没有成为悲观主义者,还在看,还要写,还在挺着腰走着河,因为我们私底下有一个相信:念念不忘,必有回响。可是当根脚上的土地没了,山丢了,我们还上哪儿去找那回响呢?

或者是因为这几天走河茧生出了胡子的缘故,我心神激荡,难以自已。或者因为胡子还不够长,我须臾间即给出了一个解释。山丢了,毕竟"卧迹石"保存了下来;也许这些以后都会消失,但传说总还在。时隔一年,当我此时重新来记录一条走过的河流,触碰此处,我的内心依然纠结满布,写下的话仿佛自我安慰。我梗着脖子在说,有些物或事,是怎么也丢不开,忘不掉的。

真是吗? 而我不想用的一个比喻是:只是因为没了,才会让人惦记吗? 就像桃花岛上的那盘狗肉?

四

看完卧迹石,时间恰好,就要去赴镇政府在桃花岛上安排的招待晚宴。听说,这是位新任的年轻的镇长,因为胡子的缘故,我很想和他谈一谈。当我们走出仙人巷,返回镇中心大马路,边走边等待迎接的车辆时,我的面前,乃至一年后现在的记忆中,展现出一幅清晰的画面——在马路边上一块空地上,有一座假山,这是一座多么差劲的假山啊! 用的不是太湖石,结构也未展丘壑。是谁在私搭乱建? 政府居然不管。我因好奇,独自走上前细看,这山三米见方,高约三米,只是碎石拼接而成。心想,不会是捡拾石弓山开采后的废料吧。这山唯有的好处,是它的高耸,能挺立的,便凛凛有凌云之气。我转了半圈,转到了正面,终于看清楚了,那山体的正中赫然刷着两个红漆大字——"华山"。

原来,这是还给陈抟老祖宗的一座山啊!

最后的石碑

石弓镇前后,沿包河十五里内有三座石桥,年代最老,看着最好。

好在哪儿呢? 一是用石粗壮,二是雕刻精细。年深日久不见破损,已隐隐透出势将沐风栉风于历史长河里的意思来。三座桥头上均刻有名字,一座是斗资桥,一座是反修桥,最后一座已接近临涣镇了,名叫红太阳桥——也的确是足以流传千百年的名字。

时隔半个世纪,现在来读这几个名字,像看故事了。年深事久,所有的人和事,仿佛都在一场大梦之中。人活在梦里自然不是好事,醒后会虚脱,所以有种心情,叫不堪回首;梦里心无界,有梦可做,譬如登高望远,下山来依然超脱,因此有个回忆,叫燃情岁月。此或彼,都是他们生命的烙印,我的父母的烙印,与我有关也无关。晚生了几十年,躲过去,我似乎自由了、快乐了,所以在厌恶着集体之恶,崇尚着个性之美,事实上我却早已无法自拔于世俗的庸碌了。我们也一样,我们现在可以轻易去修更多的桥,但你看包河上后来修的那些桥,聪明人的小把戏啊!才几年,就已经纷纷烂掉了。

当年故事里的人们,心底如雪。他们要为故事达成一个完美的结尾,于是在第三座石桥的旁边立下一块石碑。这块碑高约两米,底座三十厘米,两面刻得满满当当。正面顶头一个大五星,左右有一联,是正楷体字,上文是:领导我们事业的核心力量是中国共产党;下文是:指导我们思想的基础是马克思列宁主义。正当中,上半部为隶书,内容是著名的"四个伟大",即伟大的导师伟大的领袖伟大的统帅伟大的舵手;下半部为最端庄的宋体大字:毛主席万岁!碑的背面,是全文的《为人民服务》。

果然,我只是个俗人罢了,关于这块碑石,我要说的只是——刻工真好!

大凡写字的人,都宗碑石。概中国浩劫频仍,墨本极难传世,石头则不易毁掉。话说唐代欧阳询骑马经过晋代书法名家索靖所写的石碑。忍不住回马观赏,赞叹不已,看之再三,徘徊不舍,干脆在碑前铺上毡子,在碑旁坐卧了三天方肯离去。说到碑石,古人有"三绝"之称,一是碑上所记人、事重要,二是撰文者名高,三是书写者字好。刻工显然是被排除在外了。在技、艺、道的三个层面上,显出古人对工匠的轻贱,但并非是刻工不重要。

书家有言:要从刀痕看笔痕。可见,刀痕与笔痕往往是不能一致的。书法好,也要刻工好。刻工不好,真味就难以解索。但如果有好的刻工,不但刀痕与笔痕能合而为一,又因刀痕的凝练,足以使笔痕展现出更多的完美。盛唐那些最好的碑石就达到了这一点,刻字在那个时代,已近乎艺矣。如被称为"天下法书名碑第一"的《怀仁集王羲之圣教序》,碑的最后是"文林郎诸葛神力勒石,武骑尉朱静藏镌字",勒石指将法书钩摹到石上,镌字即刻字。碑石落上刻石人的名字,这是一种荣耀。

碑上刻字,是一件专门的手艺。石弓山自古产好石头,自然传承着好碑匠。一个好的刻碑匠该是什么样的呢?我没有见过,关于这一点的想象,来自许辉老师的那篇著名的小说《碑》。

上了山王,看"盘腿坐了一个人……那人坐在院里洗碑……他洗的时候,左手是錾子,右手是锤,也不急,也不躁,也不热,也不冷,也不快,也不慢,一锤一锤,如泣如诉……春阳日暖,万象更新,雀鸟苏醒、飞翔、游戏、鸣叫、盘绕,像是一刻都止不住,人在此时此刻能想些什么,该想些什么,各人都是不一样的,各人也都是只按着自个的路子走的,惟这破院里的这一个麻脸匠人,像是不知,也像是不觉,木呆呆地坐在亘古的石头旁边,一锤一錾,洗了几十年,也还是不急不躁,不去赶那些过场,凑那些热闹,真叫人觉得不容易!"

我在想,石弓山的刻碑匠在凿红太阳碑时是个什么样的情境呢?

他也该盘腿坐着,挖河建桥的人们热火朝天都立在太阳下,他在树荫里;大家要唱歌,一声起,万声和,他只是"丁、丁、丁",谁也不理;人们干活起了兴,衣衫湿透,索性脱了,扔成一堆,赤膊挥动时,亮晶晶连成一条活龙,他在不缓不急地向石头吹气,一吹,眼前腾起一朵小云,笔画便蓦然清晰了,而小云直朝向他的衣上落去,他也不闪,也不避,只是看向下一笔。笔道凝时,是碑匠在想;笔道逸时,是碑匠在欢。然而,碑匠从来不笑,这些心思都藏起来了,藏在字里,伟大的红太阳碑里,已住下一个碑匠了,千百年后,会有人看出来不?大喇叭通知,半夜有最高指示来,人们都放下手里的活计点起火把在河边等,碑匠便也放下了手里的锤和錾子,靠河边站着,人看见他来,定了一定,招呼他,给他烟抽,他接了,点了,想跟递烟的人说句话,却忽然语塞,不知从何说起,他的背有点驼,想立直点,也不可能,面向大声谈笑着的人们,便觉寡然,就转眼去看那河水,那水还像小时候般静静地流着,往着临涣集的方向流过去。

恍惚间,这水又流了半个世纪了。刻碑这一行已有了新刀笔,不再需要匠人了。有一次因为公务,我满城找能刻碑记的匠人,在烈士陵园的后院找到一家,他带我看了他的工场,他的石头和机器。于是谈好内容,看他从电脑中选字体排版式,打印出一张纸来,蒙在石头上,电脑控制的钻头搬来就刻了。整件事,一下午就全办好了。刻碑这件生意,真的已经不再是一门手艺了。

我看着钻头在石上走着,忽然起了恐慌。从石弓镇到山王,亘古有着一个刻碑匠,但我再也找不到这个刻碑匠了。红太阳碑是我看到的最后一块碑了。这个世界上,呆板的事情越来越少,呆板的人越来越少,还怎么了得?

老味茶

一

我从上大学后才慢慢懂喝茶,二十年来,先后觉着龙井、毛峰、瓜片好,后来都不那么好喝了。以前曾听说,一芽两叶叫旗枪,已是茶中一品。后来,一芽一叶都不稀奇,乃至纯芽茶这种传说中的贡品都铺满大街了,可茶,怎么就不香了呢?现在都没有雨前茶这种说法了吧,取而代之的是明前茶,谷雨、清明,差着一个节气呢,为赶这个时代,悠然于南山的茶树也透出急不可耐的心气来。

包河的尽头是临涣镇,临涣镇的茶馆大大的有名,行前在网上找找,一些文章写得很好,把一些落伍的人和事放在历史与时代的背景下审视,特显出意味非比寻常。临涣是我们此行的最后一站，从石弓镇到临涣不过二十来里，我们可以晚晚起来，闲闲行去，悠然去赶这个茶场。心情一变，和风凉爽，一路的景色也更显得清幽起来，农人也都不管我们了，河汉子也不来拦我们了，只有鸟儿在叫，母鸡在跑，而雄壮的公鸡永远站在村前的木架子上，审视着赶去喝茶必经长路上过往的人们。

赶茶场，这三个字深耐咀嚼。据说，临涣集附近村镇的老人家，不拘五里、十里，还是十五里，每日间像我们这般走过去，去赶这个每日都开，不定时限的茶场。人生有很多事要赶，唯独赶这个茶场不必着急，你一步一步地走过去，茶场必然会到，必定在开，到了那个固定的茶场，一眼瞅见，某某已经来了，某某还没来，踱步过去，于是叫上一壶茶慢慢地喝，聊上一通，一日就尽了，这样做着，也不知有五年、十年还是十五年。某一日忽觉，一起喝茶的人怎么就少了呢，而新朋友又聊不到一块去，慢慢地，自己也就去得少了，竟久不去了。忽然间某一日，叫起儿孙来，拉我去临涣喝茶去，去了，老友见了高兴，自己也红光满面。走时拉扯着手，都看出对方眼里的不舍来。人生在世，就像一壶茶水，拎上桌来，有热时就有冷，也快不得，也慢不了，一步又一步且走实了，没有享不尽的福，也没有遭不完的罪，没来由弄什么虚玄。

二

到下午两点多，看了包河与浍河的交口，此行功德圆满。绕过一座桥，就是临涣集了，左右打听，寻见最有名的南阁茶楼不难，身子一放，五天来的疲惫一股脑儿涌上来。于是一路的讨论，至此方解——关于这个地名的答案，临涣临涣，是濒临于涣散吗？团团坐下，点了茶，连尽三杯。真是舒坦。

临涣的茶按位算钱，只要不嫌寡淡，可以不限量续水，一位客有一块钱的，最高的也不过五块，我们点了五块钱一位的，掀开茶壶盖看看，也是棒棒茶。棒棒就是茶叶梗，一般而言，制茶的原料是先芽后叶，以细嫩为贵，以粗老为贱，临涣有水路通皖西，棒棒茶就是六安茶的下脚料——六安瓜片，全不用梗，"去梗"是工艺的一道重要环节。我嘴刁，如果不是在茶镇临涣，怎么会有兴趣喝棒棒茶呢？

但这棒棒茶泡出来的味儿还不错，加上畅快地喝，就算好了。朋友偏追问我这茶好在哪儿，想想回答：应该还是老味。这样回答的深层意义是，在种种名茶都渐失面目的年代，忽然有个老味可以尝到，能让怀旧的人热泪盈眶。不免想起我的饮茶经历中遭受过的一次重创。几年前在北京开会时，有一位贵州的女小说家，本职是位镇长。饮茶聊天时听她说起，她的镇子里都是茶山，一到茶季，安徽的、湖南的、江苏的客人都到山上去，却只买茶青，拿回去仿冒中国十大名茶。这个秘密的揭开一时间令我口中的茶水都没了味道。好吧,既然都是贵州货,多年来追逐的那些所谓的名茶又有什么意义呢? 而棒棒茶是没有什么牌子的,没有牌子就是它的牌子。人弃我取,我想,只有在远离暴利的角落,才能古风长存!

喝得舒坦了,我转眼去看街景。临涣镇上最有名的是南阁茶楼和怡心茶楼,两家门脸儿连在一起,坐南阁门口,怡心也一览无余。临涣集果然是有名的。不但茶客多,腾腾满座,色友也多,喳喳满街。色友即摄友也。摄影师这个身份,如今很难区分专业或业余,很多官员都是摄影家,很多宣传部长、文联主席也是摄影家。机子好,穿个口袋多的马甲就是摄影家了? 倒也未必。起点忒低了点。不像模特,模特对人的自然条件有所要求。

比如,我们眼前就有一位。在怡心茶楼最烂的一面墙前,摆着一张最旧的桌子,四五架大炮筒子相机对着一位老汉。这老汉,穿黑褂,人也黑得出众,也不知是油黑,还是自然黑。一把乱糟糟的花白胡子,左手托着一根又粗又黑又长的烟枪。大炮筒子们叫他喷烟,他就喷烟,烟很白,喷出来能像云一样围在身边;大炮筒子们叫他端茶,他便端起茶壶做势,茶壶很重,举久了手在抖。

我问身旁的茶婆,说是给了钱的。什么行价? 二十块任拍。嘻,可不算贵。老模特儿形象谈不上高古,但胜在离奇。我没什么蹭镜头的兴趣,只看他们表演,但摆来摆去就那几个姿势,我的注意力慢慢地就被另外的几个老头吸引。这几个老头还要更老,坐在一旁,并不专心喝茶,只是盯着黑老头看,目光不屑且反感。我知道了,这也是"蹲活"的吧? 黑老头如此受欢迎,其他人的生意怕是难开张了。同行就是冤家,难怪难怪。黑老头专心工作,全然不管,你们不服气又怎么着? 你们没我黑得光,没我丑得靓,能奈我何?

我收回目光,安坐喝茶。我不去蹭镜头的原因是,我觉得黑老头这根烟枪玩得并不好看。那么,什么才是好看的呢? 古龙小说里天下第一的孙老头玩烟袋想来好看,电视里纪晓岚纪大烟袋好看,多年前在广东的一家书店,一个老外恬然地坐在沙发上,衣衫考究,他边阅读边抽一根长长的银白色的水烟枪,好看。好看的,还有周大烟袋。

周大烟袋是网名,以写楹联见长。又有个朋友,叫杨柳困,以词曲闻名。因取名奇特,好事者攀附,衍生出周大烟嘴、周大烟枪,乃至周大烟囱,统称为周大兄弟;杨柳困之后,又有杨柳倦、杨柳病、杨柳伤,乃至杨柳死,结为杨柳一族。清一色都是高手的马甲。结伙就是为了争斗,一日间不知所为何事,就摆下擂台来,文斗诗词曲联,你来我往,不亦乐乎,热闹又好看。一场仗打完,没结下仇气却逗动了热情,当事人成了好朋友,网络走进现实,换场子天南海北地找着喝酒去了。这件事是我所历网络万事中的一事,时隔多年,当时拆招的细节都记不清了,只记得其中有一对联:墨雨笔尖青鹤,茶烟衣上白云。佩之书斋尚觉可喜。此联作者后来改名雅不知,写散文去了。这是闲话,扯远无益,打住不提。

我为什么要这么扯呢?我是想劝那几个老头啊。大家都是好朋友,置什么气呢?不就是二十块钱吗?还不值半辈子情谊呀?叫他请喝茶嘛!

三

喝茶时,人是散漫的,话是散漫的,念头也是散漫的。

我想,那个黑面老者不该成为摄影师追逐的代表。如果明白,你来临涣要拍的是什么?你就不必这样猎奇。不就是厌倦了城市的虚假与浮躁吗?不就是想捕捉到一些本真与遗存吗?黑而丑之中岂有大美,顺而佞之中岂有大德?拍这些,还不如去拍为我们服务的那位殷勤的茶婆,她的身旁几米远一座高大且高尚的茶楼正拔地而起,想来开业后不会再卖棒棒茶,里面的铁观音、碧螺春自然是一客几十、几百论价的,茶婆却一点儿也不慌,安然地在自己的轨迹上,不急不慢地挣这几角、几块钱。

逆包河而上,临涣之前是石弓。石弓之前是丹城,在丹城镇西的桥头,有一间低矮的青砖小房,小房周围,没有杂草,没有落叶,房前小小一块菜园,整齐地一畦豆角。待我们走近,见有春联一副悬于破旧的木门两侧,竟是瘦硬的柳体正楷。有一老者推门而出,问询我们从何而来,请我们坐,给我们茶水,与之相谈,听其娓娓讲述古镇的过往,丹城镇原叫舞羊城……

礼失而求诸野。数年前我所立意走河,心中所念八个字:大野之上,必有芳草。芝兰处幽谷,不因无人而不芳。大野中自有一些芝兰般的人物,发现他,接近他,你自然会有所感悟,但切莫要去打搅他们。

丹城镇再上溯四十里,是永城市的裴桥镇,裴桥是包河之行的第三个晚上,落脚客店的店主是一位高大硬朗的老者。住好了就要吃饭,先要询问店主,店主放下手里的木工,腰杆一挺,一字一顿地回答:"有一家老店,做得好,我知道。我带你们去。"

没法不去,当然要去。出街口拐个弯儿就到了。这是一家夫妻店,里里外外,老夫妻二人,再无其他人帮手。大厨这位老先生个头不高,一身蓝布褂,不系围裙,干干净净的,洗刀洗菜,切菜炒菜,身上一点油污甚至一个水点都见不到。服务员是老太太,黑色绒布褂,胸前绣着一朵素花,腿脚扎着,头发挽成髻,梳得一丝不乱。忙前忙后,擦桌摆布,脚步稳稳当当,却一刻也不见停。

这家店,没有菜单,也不需要点菜,你只说想吃什么即可。说吃丸子,上来的就是一碗烩丸子;说吃土豆,端上来就是一盘清炒土豆丝。但你要是说吃肉,或鸡或肉或鱼,老先生会追问一句:炖还是烧?我们点的都是素菜,饶有兴趣地看老先生用刀,切干丝,切土豆丝,一刀接一刀,不快也不慢,切出来都是极细的。这时你要叫他,他会先放下右手的刀,再放下左手的土豆,然后转过身来,正面对着你然后说话。问他今年高寿,他伸出手指,比个七,又比个四,说七十有四了。问他开饭店多少年了,说自十四岁起给父亲帮厨,干这家饭店已经整整六十年了。六十年悠悠一杯茶。这时老太太已给我们每人斟上了一杯茶水,是干净的瓷杯,茶,是可口的茉莉花茶。

朴素,严整,净洁,温婉,岁月在清清寂寂里散发出幽香。

我们又何忍打搅他们呢?他们比我们更加明白生活的本质,生活的本质是慢的。

慢并不是不快,而是说不要着急,生活自有其应有的节奏。说到生活的节奏,四川人令我心生敬仰,有那火锅煮星月,煮混沌;还有那一杯茶水泡开无数故事,号为摆"龙门阵",仅仅想象,就已是安逸之极。最有名的当然还是成都,"天府之国"岂是虚名?安逸是福,人生在此地,已先有幸福傍身了;大俗即雅,人活在此处,已是大雅之人了。何其忍去破坏掉这个城市的节奏呢?事过境迁,我读到了一则旧闻,说当年成都市也要搞大建设,在一次特邀的座谈会上,有台湾来的龙应台并未遵命也无必要去唱赞歌,她当面质问时任成都市委书记的李春城:成都还像成都吗?在接下来的发言里,她忧心忡忡,身为一个局外人,"咸吃萝卜淡操心"地担心我们的城市会将成为"没有记忆、没有过去、没有性格的城市"。但当时的李春城是有雄心壮志的,他哪里听得进去别人的话?这些一方能员,做起事情来号称谁也挡不住!还记得当年的唐福珍自焚案吗,宇内沸沸质疑拆迁,又岂动摇了李大人改造城市的决策了呢?但后来他终究被扯着蛋了,也许真与步子太快有关。

呵呵。茶凉了,走吧。

该回了。

2014 年

与河蜿蜒前行

唐贵芳

在诗人的眼里,河流是苍茫大地上的一位丽人。

她以坚毅的脚步从远古行至现代,砥砺岁月风霜,穿越浩渺时空;她以柔荑的躯体从巍峨山脉奔向广袤深邃的平畴沃野,踏平坎坷羁绊,滋养万物生灵;她以淡泊的情怀从繁花似锦的盛春步入苍凉悠远的深秋,静观世事变迁,体悟人生流转。

于我来说,河流是未知的亦是神秘的。带着对你的无限向往,我再次背起行囊,挥别凡尘纷扰,满怀希冀地穿梭在这个缤纷的秋色里,欣欣然奔向你——包河,以祈用我浅薄的心灵触碰你的脉搏,读懂你的心跳。

出发了,沿河而走。走,走,一步一步前行,一百七十六公里的路途是坎坷而艰难的,但内心却是谦恭和自励的。既然,心中有河,河贯心中,如此,那些坎坷又算得了什么呢? 又何愁没有足够抵达终点的脚力呢?

秋日的远空下,大片的芦苇诗意地立在似碧的河流里,洁白的芦花随风摇曳,轻灵、雅致,一种静谧而荒凉的气息幽幽地浸入你的心底。波光潋滟的水面上三五只黑白羽毛,撒欢儿似的飞来荡去,时而轻点水面,漾起层层涟漪;时而直飞云霄,御风而行,当你刚举起相机,它们已瞬间飞远,在镜头里只简略成一个小小的黑点儿。它们像是来自远古的一群精灵,欢乐而执拗地守护着包河的清丽。

然它们的力量怎抵得上"聪明"的人类呢? 瞧去,那一片片被铲平的堤坝,裸露出龟裂的伤口,似在哀鸣着什么;那一棵棵被盗伐的树木,裸露出清晰的年轮,似在怒视什么;那一段段被污染的水面,发出咕咕的声响,似在控诉什么。

一路走来,我目睹了你的清丽、你的疮痍,更见证了你的坚毅。当啸傲不羁的大水在河床中左冲右突,怂恿着水的内力,变迁了你的形貌,巨大而繁多的 S 形弯道无声地诉说着你的多舛。历经磨难的你,顽强地绵延着不屈的脚步,最终安详地静流于大地之上。你似乎是在暗示逐水的人,其实人生亦是蜿蜒的。道路的险阻、河汊的旖旎、方向的迷失、心灵的困顿都会让我们的旅程艰涩曲折,或许我们可以像河流一样秉持坚韧、平静、从容的品质,默默地流淌,最终抵达那遥远绮丽的人生之海。

　　沿河而走,你可以看见时光在河水的蜿蜒中渐行渐远,可以想见岁月的匆匆;沿河而走,你可以看见或明或浊的流水仿佛人生的起伏,可以想见暗流的未卜和凶险;沿河而走,你可以看见倒影中已日渐式微的青春,可以想见日落长河的晚景;沿河而走,你可以感受到河流的畅快和艰涩亦如人生的哀乐怒喜。河流映照了人生,只是比人生更久远。

　　暮色已渐渐笼罩河水流淌的方向,但我知道那里一定是大海的方向。我决定与河流一起蜿蜒前行。

包河无语

黄凤云

　　沉默是一种高度,当看惯了尘世的喧嚣与落寞后,悄然低首,含笑面对岁月带给自己的沧桑与无奈,包河,我想听听你的诉说。在这样一个黄叶飘飞的季节,我用最原始的方式接近你,想要聆听你的过往与现在,想要探寻那些曾经发生在你身上的故事,包河,你能告诉我吗?

　　漫步在你的岸边,我想知道有多少人曾向我一样,用这种方式接近你,聆听你。我想知道,你什么时候来,什么时候去? 你历尽了多少沧桑,看过了多少人间的悲喜? 你身上曾发生过多少动人心魄的故事? 可你,一直带着满江的秋水默默向东南方向流去,没有给我们留下任何可供回忆的感叹的故事,难道在你的心里,我也只不过是个匆匆的过客而已?

　　初次靠近你,是在那个落日斜晖的午后,商丘,一个有着丰富历史的古城,一下车,我兴奋地奔向你,想一睹你的芳容,但当我来到你的岸边,你带给我的却是失望,我看到的是飞扬的尘土,闻到的是刺鼻的臭味,一个个排污口如张着大口的恶魔向你扑来,满河的蚊虫在你身上爬行,而你,依然安详地躺在夕阳下,带着浑身的恶臭静静地流淌,包河,你为何无语! 你为何不诉说、不反抗! 我知道,你早已存在这里,在过去的年月里,这里是不是水草丰美、碧波荡漾,你曾经托起过人们游玩的花船,曾经养育过满池的荷花,曾经看到过采莲姑娘羞涩的笑容,曾经看到过少年对岸抛莲子的美意,曾经看到过鱼戏莲叶间的悠然,那时你用清澈的河水托起人们对未来生活的美好畅想,而今,你怎么变成了这副模样,是岁月的无情,还是人们的贪心。

　　出了城区,我看到,在你的堤岸上,人们砍去了树木,拔掉了野草,用怪物一样的机器肆意地在河岸上翻动着土壤,你像一个历经风霜的老人,明眸善睐的眼神变得浑浊不堪,开满鲜花的外衣褪掉了,裸露着黑褐色肌肤。包河,你为何不反抗,不哭泣,难道这样的屈辱你都忍在了心里。

　　终于,在包河沿岸的一个村子里,我听到了村民的诉说,他们村井里打出的水都是黏稠的,散发臭味。一个村里,只去年一年就有七八个人死于癌症,经查,都是水质不合格引起的。包河啊,在你的沉默中,我听到了你愤怒的呐喊、你强烈的反抗。可是那些生活在你身边的人,他们知道这是你的反抗吗?

　　但你并不是恶魔,当我们跨进安徽的地域内,忽然发现一切都变了,高大的杨树遮天蔽日,地下的落叶踩上去哗哗有声,像是在给我们演奏乐曲。岸边的草地上开满了鲜花,水变得很清澈,河面上会不时荡起圈圈的波纹。清早,红得似火的朝霞印在河面上,一片片鳞波美丽动人,让人心旷神怡。小河好像是一条碧绿的玉带,静静地流过小桥,流过小村庄。河边的草丛中时有野鸭飞过,惹得我们阵阵惊呼。于是,把好久不用的相机拿了出来,记下了包河美丽的瞬间。在你的尽头临涣,人们从河水中汲水烧开,泡制茶叶,普通的棒棒茶,经包河的水泡过之后,浓香异常,南来北往的客人慕名而来,到小镇上要上一壶水,看看周围的人打牌、唱戏,品味一下悠闲的生活。于是,小镇成了远近闻名的百年茶都,这里的经济在人们悠闲的生活里变得繁荣。包河,这是你对人们爱护你的回报吗!

　　包河无语,包河不正在诉说着什么吗!

走河是一种修行

宋 卉

我能细数生命里的幸福和感动,也常常体察内心的浮躁和杂芜。当感觉积郁满怀、灵魂无处安放时,我知道需找个端口,释放这满腹的凌乱。

国庆假期又去走河了,包河,一条过境河,源头在河南商丘市梁园区谢集镇张祠堂村,跨两省、四市、五县区、十五个乡镇,于淮北市濉溪县临涣镇汇入连接黄河、淮河、长江的浍河,全长一百七十五公里。用脚步丈量这里程,算是一场苦旅吧,伙伴们却乐此不疲,宁可走到脚底打泡、掉趾甲,走到精疲力竭。

改变以前溯源而上的走河线路,这次,我们顺流而下,去探访一条未知的河流。

包河源头处是黄河故道,因泥沙淤积,几乎不见河床,杂草丛生处,干涸龟裂。前行,则见河流的轮廓渐渐清晰,隐隐有浑浊的水流。及至商丘市区,人民公园内,包河倒也宽阔,只是河水严重污染,乌绿中泛着白沫,臭不可闻。沿岸大大小小的排污口水流哗哗,与那高耸的粉红"商"字标志建筑极不协调。

沿途偶有河闸,河床时窄时宽,包河水也时浅时深。进入安徽亳州境内,水污染渐轻,两岸陡立,夹水穿行,俨如深沟。沿河行走大半旅程后,河面愈加开阔,在阳光照耀下,水波荡漾,光影粼粼。到了濉溪境内的包河下游,河面更宽阔了,水质明显清冽了许多,清风抚过,水流澹澹,微润的空气里裹着水草的香味,让人陶醉。

进入临涣,呈西北东南走向、一路懒洋洋、直挺挺流淌的包河突然换了容姿,数次以 S 形线路陡转,甩出了美丽的曲线,蜿蜒回环,逶迤而去,令人心旷神怡,欣喜不已。

两河交汇口,深邃浩渺的包河溶进宽广博大的浍河,形成一片三岔口水域,深度不可测,神秘未可知,让探究的心欲罢不能,脚步迟迟不忍离去。

想来,这河,不也是人生命的河?那窄浅直白干涸枯竭的河床正是生命之初的本真,是母亲的肚腹,孕育着即将成形的胎儿;那逐渐涨起的水流在河床里左冲右突,肆意撒欢儿的河段是人的少年,遵循着规矩又打破着规矩,向往远方也正奔赴远方;那渐宽的河床里水流平缓、波澜不惊的状态正是人到中年,没有强烈的希求,也没有高远的心愿,沿着生命的轨迹前行,秉承着一贯的执着。

我不能理解、也没去考证包河在最下游为何会那么急转直下,连连甩弯,那浩大深邃的水流何以在弯道中散发出神秘莫测的气息?只是在心底暗暗问自己,人生,要经历多少挫折、多少困顿才能觉醒?人生要经历多少失落、多少磨砺才能顿悟?人生又要经历多久的跋涉才算功德圆满?眼见着包河以安然的姿态偎入浍河的怀抱,如同仙逝的老者带着一生的心灵财富安详地步入时光隧道,进入下一个轮回,始觉得,唯其经历磨难和挣扎而日显坚定从容,人生的终结才算完美才算圆满吧。

如此,走河,便经历了人生,而走的过程其实是一种修行。

人生本就是一场苦旅,溯源而上,探寻生命的本真,追求人生的极致,苦;顺流而下,拓展生命的宏阔,积蓄坚定和从容,亦苦。脚下的每一寸土地,土地上每一处坎坷,坎坷里每一次趔趄,都让我们警醒——行走在宽阔笔直、坚实平坦的大道上固然安泰,跋涉在崎岖坎坷、蓬草丛生的河堤又何必仓皇!若非走河,怎能看到沿河的美景?若不跋涉,怎会获得人生的丰盈?走过,苦过,生命才更加充实,内心才更加纯净!

急三道

急三道河已经被考察者的双脚征服——接近了源头

龙河,急三道

张超凡

凝望·浊流

今年的天有些作怪,本该秋高气爽的暮秋,却连日骤雨,把土地都泡烂了。清晨,空气湿度很大,草叶上凝聚着浓重如霜的白露。

太阳初升,浅浅的黄色光晕里,日头胆怯地钻出来,弱弱地窥探醒来的世界。河面上,笼罩着一层水汽,像盖了一层纱布。水草就显得深沉而朦胧,影影绰绰之中,极似秋山远眺的林莽,有些坚硬,叛逆了柔弱灵动的水的本质。

一行人站在河边。

我们从几十里外赶来,这群男男女女,几年来,从一条河的源头溯流而上,走到河的另一个端头,寻寻觅觅,为什么行走? 已经说不清楚。历史早已跨过欧洲的骑士时代,也早已远离了战国的游侠时代,我们也没有徐霞客鼓鼓沉沉的银囊,徒步行走河流的理由,实在复杂难言。

站在河边,我们屏住呼吸,禅僧入定般,空除了心中的欲念,凝望这条笼罩传说神光、充满神秘气息的河流。一时间,历史和现实,传说和具象,交杂着闯入我们的视野。

如梦·屠龙

大唐贞观八年,李世民皇帝内振朝纲,外化诸番,几千天的休养生息,终于国泰民安,万邦来朝。

这内中,有赖于一位忠贞多谋的大臣,宰相魏征。这位魏丞相,不仅正直敢言,直谏皇帝的为政之失,而且是一位下凡的星宿,天资超人,上知天文,下知地理,上朝安邦定国,下朝广求民情。为察民意,他每每于退朝之后,扮作道士,在市井之外设一处卦摊，卖卜打卦，接谈三教九流，广察乡野民意。以魏丞相的能耐，摆摊卖卜，那真是百占百灵，金口铁牙，一时间，名动江湖。都传说有个魏老道神算。坊间纷纷传言，早惊动了东海龙王的三太子。这小龙心中十分好奇：以自己神龙天资，真仙口诀，多年修行，尚且不能事事前知，他一个凡人，怎么可能预测将来？越想越不服气，跳出东海，化身一个白衣秀才，决定前去试探一下魏老道的深浅。

魏征的卦摊设在郊外，搭一间茅棚，棚外就是郊野，开垦有数十亩瓜园。时在暮春初夏，天气已经奥热，太阳八分毒辣。已经半月无雨，土地十分干涸。

魏征正在种瓜。小龙在云中定住身形，见田间一个农夫正在播种。只见这农夫一身粗布道装，衣袖挽得老高，三绺长须随风飘动，头上挽一个道髻，插一根荆条发簪，面色红润，虽是粗衣旧衫，却是气宇不凡。细看他播种更是奇怪，一般农人播种，要么趁雨后的墒情湿土，要么提一桶水，土里刨坑，丢下种子，浇一瓢水，再埋上土，让其滋润发芽。可这魏征，并没有带水桶水瓢，只在干土窝里扒个浅坑，丢下瓜种，双手一埋了事。这等天气，万里无云，什么样的种子埋到土里，得不到水的滋润，也会迅速枯干，发不出芽来呀。小龙见这农夫不合道理，晃动身形落下地来，手摇折扇来到地头。正好魏征播完一垄，抬头见一秀才，拱手问好。小龙拱手还礼，神色却颇高傲。魏征问："先生是要问卦吗？"小龙说："本来是要问卦来着，见你种瓜有趣，就不问卦了，改问种瓜！"魏征说："怎样问瓜呢，是问今年种瓜的收成呢？还是卖瓜的价钱高低呢？"小龙傲然说："不需！不需！只看你如此种瓜，三日后，瓜种干枯，苗都不会出，哪里还问得着收成嘛。"

凝望·浊流

露水很重，不一会儿便打湿了我们的裤管。雨后地湿，踩上去两脚泥巴。再过一会儿，下半截不仅可称"湿身"，简直就是泥巴浆衣了。

身边的急三道河，是一条古老的河流。光绪年的《亳州志》记载："急三道河在城西三十里，自鹿邑斑竹簾寺入境，迳光武庙东入宋塘河。"光武是东汉刘秀的庙号，这座光武庙早已不存，只留下一个地名，称十二里庙，后来简称"十二里"，"庙"字就彻底湮灭在了历史的烟尘里。从地理位置推测，我们站的位置，大约就是光武庙了。我们穿过南北走向的宋塘河，沿着东西走向的急三道河，一路西行。

没有路，河堤也荡然无存，沿河居民多年河堤取土，接连在河岸上挖出大大小小的泥坑，雨后积水，无法行走，只能穿行在草丛之中。坑坑洼洼，当然也无法种植农作物，长满了品种繁多的杂草、灌木，一株被神医华佗用作麻药的植物"曼陀罗"，长成了一棵不大不小的树,结出了累累的果实;苍耳子成熟了,不停地用钩刺儿把果实强行缝缀到人的衣服上;最亲近人也最恶作剧的,是一种叫"鬼柯针"的野草,把它针状的果实偷偷钉满全身上下的衣服,一个女作者穿的是羊毛衫,被黑色的柯针钉得密密麻麻,不知得花多少工夫才能摘除干净——想想都让人犯愁。可是,疲劳很快就战胜了审美,三个小时的草丛泥地的跋涉,久蓄的精力很快就见了底,爱美的女士也忘记了时装和泥巴的不和谐,大家如释重负地坐在了湿地上。

劳累后能休息,感觉真好。

如梦·屠龙

魏征拍了拍手上的干土,定定地看着白衣秀才,语气坚定地说:"你怎知三日后瓜种干枯,不会出苗?明日有雨哩!"噗,小龙忍不住笑了,朝天指了指:"你看看天上的太阳!明日会有雨?哈哈!哈哈!"

"明日定然有雨!"魏征虽含着笑,口气却硬如石头。

"明日几时有雨?"

"午时一刻。"

"何等风?何等雨?"

"和风细雨!"

"雨量大小?"

"一百八十三点!"

哈哈哈哈,小龙再也忍不住,仰头大笑起来:"魏老道!你以为你是谁?就算你是东海龙王,也不敢夸这样的海口!你是玉皇大帝吗?哈哈,哈哈,笑死我了!"

"有何可笑?"魏征正色说道,"是不是有雨,是不是和风细雨,是不是一百八十三点,明日午时,不就知道了吗?"

"明日无雨如何?不是和风细雨如何?不是一百八十三点如何?"小龙也收住笑。

"如果不如贫道所说,我扒掉瓜庵,摘了卦布,从此不再算卦!"

"好,好!若我输了,任你处置。咱击掌为誓,到明日再找你说话!"

魏征"嗯"了一声,又埋头种瓜去了。

三太子回到东海,刚刚坐定,只见父王从空中冉冉而下,手捧金册。忙离座请安,问父王辛苦。老龙王把金册供在几案上,说:"三儿,正好你在,玉帝刚刚降旨,明日某地行雨,其他龙王都有差值,这场雨,你去施布吧。"小龙答应了,翻看金册雨簿,一眼之下,如一瓢凉水兜头浇下,当下呆立不动。只见雨簿所颁风雨形态,行雨时刻,雨数多寡,与魏老道所言,一字不差。如若这时,小龙心存敬畏,认个输,也就罢了,便没有后边的故事。偏是年少气盛,便在雨簿上打起了主意。

次日午时,三太子点起水族兵将,驾云来到京郊。心里说,雨数我便不改,时辰提前半刻,却能胜了老道。但我把和风只吹在十里之外,细雨只下在三里之外,瓜田一带,偏给他狂风,雨数总量不改,三里外只下八十三点,瓜田里,我偏给他二百八十三点暴雨,这叫总数不差,看人下菜!一声令下,瓜田一带恶风拔树,暴雨倾盆,就把魏征种的瓜子儿,全砸在了泥甲之下,庄稼人称此情形叫"庄稼被雨拍了",不能出苗。

雨收云散,小龙遣散水族,自己按落云头,摇摇摆摆来会魏征。

恍惚·还魂

二十世纪九十年代初的一天,似乎是仲春时节,河岸上开满了蒲公英的黄花,茅草花也开得很有气势。河两岸连绵不绝的高大杨树,逶迤蜿蜒,如两条绿色长龙,车前子肥厚的叶片上,踩着四只穿着布鞋的脚。

一个僧人,一个道装。道人手持一方黑木壳罗盘,指点着罗经上的红字说:"道兄请看,这条龙从东南方潜地而来,振须摇尾向西而去,这里正是腰眼。"见僧人面色木然,指着河道解释说:"这里地属中州,一马平洋,只能从理气上看龙,道兄虽然深得峦头派真髓,但平洋看龙,还得遵循祖师心法,不能再按发祖山、祖山、辞楼下殿、穿峡过溪这一套法门,不然,中原大地,广袤平展,沃野千里,就没有龙脉了!平洋之地,以水为龙,这就合乎祖师心法了。"

僧人有些动容,接过道人手中罗镜,单膝跪地,双手捧镜,左看右看,转了一个大圈,点点头说:"这里河道连转三个急弯,用我峦头派的法诀,也就是穿峡过溪、下地结穴的意思了,地是好地,龙脉也活泼可喜,唉,只是美中不足。"

"师兄是说,前面少一'案山'吧?的确,的确,龙、穴、砂、水、向,这砂,不够圆融,不过,以兰老板的能力,可以在西面三里远的河岸,做一座山,一方面当案山使用,一方面还可以当成'旗砂'使用,力量就大了!你看如何?"

僧人点点头:"道兄高明,远超贫僧。我们这就回去告诉兰老板吧。"

一僧一道缓缓消失在急三道河的堤岸上。

一个月后,急三道河北岸的袁庄,来了一支施工队,在河岸边修筑了一座圆圆的水泥墩子,说是水利工程上的水位观测点,矗出岸边好几米高,又圆又大,倒像是天文台上的观察站。而在前方三里远的地方,当地乡镇政府的一把手亲自带队,在河边上施工修建了一座大花园,垒了假山,叠了高台,广植苍松翠柏,绿化极好。茂密的花园绿树占地十多亩，点缀在河岸上，虽远离村庄，但也颇有一些闲散村民前来休闲玩耍，成为一道风景。

圆墩和花园落成之日，来了一队长长的黑色车队，县乡两级领导毕恭毕敬地陪着那位兰老板视察工作。"兰老板"不是企业的老板，而是那个时期地方主要官员的尊称。兰老板本是这个县偏远乡镇的一个孤儿，传说他的母亲本是京城大户人家的丫鬟逃难而来，落户当地。父母双亡后，兰老板艰苦奋斗，很快从一个临时工升到了领导岗位，不过十年，竟当上了这个县的书记。

凝望·浊流

远远地，我们看见了那三棵参天大树。

平原之地，大树本少。研究当地树木史可以发现，除了少数有"灵异"又偏处乡野的大树能幸存外，大多数的古树均毁于那次大炼钢铁运动，亳州城的古树则毁于"蒋冯大战"时的战火。民国十九年，中原大战爆发，盗墓土匪孙殿英最先投靠冯玉祥，当上军长，驻军亳州，与蒋介石部队对抗两个多月，土匪们把城里大部分古树都锯倒，做了煮饭的柴火！自此，古城亳州很少古树的衬托和灵庇。

这三棵树，上撑青天，下探九泉，与急三道河相引相伴。都是黄楝树，走近去，个个身上都披挂"红袍"，最大的一棵，树干上还裹着金黄的绸缎，俨然黄袍加身的皇帝。秋风舞动缠树的红绸，树下成堆的香火残灰，无言地述说着老树的灵异和神通，又似乎凝结了一堆民众对自然界的膜拜和敬畏。我们不知道，许多的神异背后，有多少是"信则灵"，有多少是"敬鬼神而远之"，有多少是"宁可信其有"，有多少"疑心生暗鬼"，又有多少是"神而明之，彻照九幽"？这是复杂的情感，绝非唯心和唯物这么浅显的课题可以囊括。

河里的水质很差，一如几年来见过的所有河流。河道很逼仄，记忆中，这三个急弯，水面很宽，气势如巨蛇受惊，猛烈扭曲，而现在，秋水潺缓，却没有明净，没有渺渺之感，使人忍不住老想一个旧问题，我们的河流怎么了？

走上了一座新桥，遇到一大群羊和一个放羊老汉。牧羊老翁告诉我们，这座新桥没修之前，这里有一座高台和一座假山，栽满了松树柏树，前面三里远，是兰省长家的老坟，他娘就埋在这里，从前有人守墓的。前几年兰省长被判死刑，他娘的坟墓也荒了，守墓人也早就远走他乡了。

站在桥上向远方凝视，有一层薄雾笼罩其上，村庄和沿河的林木，都有些朦朦胧胧，烟笼雾罩，看不真切。

如梦·屠龙

"老道,你认输了吧!"秀才得意扬扬地指着地上七倒八歪的树木和泥水对魏征说。

"哼!你胆子不小,竟敢私改雨簿,犯下天条!你站在这里和我算账,还不如多摸一会儿脖子上的龙头,明天晚上也许就摸不着了!"魏征一边用瓜铲重新挖坑下种,一边冷冷地说。

小龙突然打了个冷战,一股寒意从脚底下升上来。顾不上搭话,化一阵清风消失得无影无踪。他跪在父王面前的时候,老龙王已经是涕泗滂沱,眼泪把胸前的胡须都打湿了。膝上摊开的金简上写着:私改雨簿,罪无赦,明日午时三刻由人曹官魏征监斩。小龙一下子瘫坐在地上。老龙爱子心切,豁出老脸,夜梦中向唐皇李世民求救,李世民满口答应,说明天把魏征绊在宫里,叫他抽不开身子去监斩小龙。

次日,魏征遵旨进宫,李世民问东问西,一直问到巳时,又让太监摆上棋枰,要和魏征下棋。魏征虽然满腹心事,但不敢抗旨,只好奉命下棋。到了午时,魏征一手举棋尚未落子,突然打个哈欠,趴棋盘上睡着了,眨眼工夫,突然满头大汗。李世民顿起爱惜之心,魏爱卿太辛苦了,拈起一把蒲扇为魏征扇了几下。魏征突然睁眼而起,跪地磕头谢恩。

这时,宫外飞报:午门外从天上落下一颗龙头!

据魏征后来说,他当时做了一个怪梦,梦见玉皇命他监斩东海龙王三太子,他挥一柄宝剑,那条龙扭头钻到地下,潜行而逃,他紧追不舍,小龙逃得急,在地下连拐三道急弯,眼看就要逃到涡河岸边李老君的太清宫下,如果他藏身老君宫中,就不好再动武力了。正在这时,皇帝陛下助我三阵清风,我赶到小龙前面,在地下埋下一面铁窗户棂子,拦住了小龙的去路,无路可逃,小龙只好束手就擒。

恍惚·还魂

兰老板的车队走后不久,他视察过的松柏林木益发茂盛起来,几场大雨之后,河床中蓄水量大增,阳光普照,水雾蒸腾,两岸绿树隐隐,庄稼长势喜人,一派风调雨顺。半年后,兰老板升任地委副书记,不久,升任专员,几年后,再升地委书记。又过几年,因和副手发生了龃龉,厌倦了地方工作,就升任了副省长,不再管地方上的鸡零狗碎,到省里工作去了。

　　这一年的这一日,老羊倌放羊困倦了,一任羊群在河岸林中吃草,自己倒头睡在了半人高的深草丛中。半睡半醒之间,听见远处草声沙沙,有两个人小声说话,一个苍老的声音语气温和但很凝重地训斥一人:"为师多次告诫你,不可贪恋富贵,妄动无明! 我等出家人,超然物外,怎能妄取世间钱财? 你自以为深通玄空之学,自命不凡,妄动地气,又怎知天机难测,大道幽渺? 这条河,虽是平洋之龙,但却是一条死龙! 你妄加点缀,企图僵尸复活,但此地元气已经斫丧,纵然做成案山,点缀砂水,徒然拔苗助长,以催其死罢了。别看眼下那人一路升腾,但不出五年,必有杀身之祸。是你鼓动他人贪念,这杀孽,你也有份啊!"

　　咕咚,另一人跪地的声音:"师父,兰老板为人厚道,可有法解救?"

　　"种瓜得瓜,各有所得。虽然你有大错,但那人不顾生民之困,一心虚功邀宠,不顾百姓艰难,这是自种灾田,与他人无关。此局已成,祸福已肇,如轮盘转动,止不住了。你如知错,随我回山思过去吧。"草声沙沙,二人远去了。

　　老羊倌如梦似幻,惊出一身冷汗。想想那人话语,似懂非懂,好像与兰省长家的老坟有关,又似与此河的龙脉有关。那二人说话文白相杂,不像生活中的活人说话,倒像说书人的口气。老羊倌掐了几下自己的腿,生疼,看着身边羊儿安静吃草,怀疑自己做了白日梦。

　　此后五年,兰老板与他人死磕,遭人拼死举报,被中纪委查处,后以索贿罪被起诉,两年后被执行死刑。这是 A 省建国以来第一个被执行死刑的高官。

凝望·浊流

　　这是一条小河。尽管它名载方志,充满故事,仍然不能掩盖它的苍老,它的青春早已逝去,当年的泉眼早已淤塞。失去了源头活水,河,便患了癌症,找不到还魂仙草,生命便会远去。

　　我们走在断断续续的堤坝上,堤坝被惜土如金的农人开垦、挖掘,不断出现断崖式的深坑,走出十里八里,会有一座桥,大多青砖三孔,砖色老旧,一望而知是二十世纪六七十年代的建造,斑驳陆离,很有文物价值。偶尔的,也会有一座新桥,老羊倌给我们讲故事的时候,就站在新桥上,他指点着远处,说有兰老板家迁来的、如今荒芜的坟茔,指点着脚下原来是花园假山的新桥,给人一种穿越时空的感觉。

　　光绪《亳州志》记载,这条急三道河曾两次官方疏浚,一次在乾隆十一年(1746),由知州率众疏通;另一次在乾隆二十二年(1757),国家出资,由蒙城县令率工疏通,花费帑银 11430 两,竣工之后,河面宽六丈,修堤 48310 丈,三里多长,应该是亳州与鹿邑交界处的一段。

一路走去，确有几里路河面较宽，两岸堤坝完整高阔，不知是不是乾隆年间修河的遗存。

河水浑浊，岸上的树木却葱绿异常，丝毫看不出暮秋的逼仄。树下却积了厚厚的枯叶，踩上去嘎嘎作响，似乎在不停地提醒我们，秋苍，就是秋苍，一如人之衰老，再好的化妆，扮出来的也是假象。那么，世间有真相吗？史书记载的是真相吗？民间传说的是真相吗？说不定，都是一团糨糊！史书是胜利者的粉饰，老百姓有自己的好恶。譬如，急三道河斩龙的故事，吴承恩在《西游记》里说是袁天罡的故事，而老百姓喜欢忠臣，就把它归在了魏征名下。一名白发苍苍的老者，还指着不远处的土堆，虔诚地告诉我们，那里从前有座"安瓜寺"，就是魏征当年种瓜的地方。前方这条河的尽头，就有一座村庄，叫作"铁窗户椽子庄"，就是当年魏征堵截小龙的地方。

夜幕沉沉之中，我们从一个城市走到另一个城市，又在太阳初升的次日，寻觅到了那个叫作"铁窗户椽子"的地方。一位双手摘菜的老太太，腾出一只手，指着脚下残破的一座又老又破的小砖桥说，喏，这就是铁窗户椽子呀！

浑浑的水，浅浅的，连接的可能是一座城市的某个排水管道，我们找到的，只是一个传说故事的结尾。

这时，我真的希望能穿越，不是回到魏征斩龙的大唐，也不是回到大修水利的大清乾隆，而是回到河底的泉眼里，回到汩汩冒出明亮水花的年代，那多豁亮！

2014 年 10 月 13 日

徒步急三道河记

张秀礼

（一）在行走中跟灵魂来一场对话

　　国庆小长假结束,和别人聊起假期生活,我说自己其他哪儿也没去,就参与了一次徒步走河活动,一天近四十公里,脚掌磨出几个水泡。沿着一条乡间名不见经传的小河,一行人走啊走,从亳州城南一直走到鹿邑县城。闻者都摇头,似乎觉得不可思议:亳州到鹿邑,乘车多方便啊,半个多小时就到了,何必要走着遭这份罪呢?再说了,乡下的河流有啥风景可看,又不是黄河长江!

　　和区作协的文友们徒步走河,已经是第六个年头了,今年走的算是第七条河流,中间我因事有两次缺席,留下些许遗憾。世事从无圆满,自古难全,就对那两条河流保留一份美好的念想吧。

　　这条叫急三道的河流是我走过的河流中最短的一条,要说有什么风景,一时还真的无法圈点。荒草萋萋,杂树相陈,藤蔓横生,落叶遍地……似乎是暮秋这个季节乡间河堤上普遍的景象吧。景由心造,境由心生。心中有佛,看谁都是佛;眼中有景,处处花满径,一切只可意会了。于是,想起了《庄子·秋水》中惠子"子非鱼,安知鱼之乐"与庄子"子非我,安知我不知鱼之乐"的对话来,不觉莞尔,嘻嘻!

　　外媒评价,一到长假,中国的景点其实就只有两个:一个是人山,一个是人海。扎着堆地去名山,结果呢?上山看的是人头,下山看的是人腿,到处是因拥堵带来的闹心,没地儿停车,没地儿吃饭,没地儿住宿,这样的旅行还有什么好心情可言?在乡间行走多好啊,不用担心被堵而挪不动脚步,想怎么走就怎么走,只要你有力气、有毅力。走累了,在河堤上就地休息,或坐或卧,然后从手机上看各景点人满为患的报道:华山之大,却拥堵得连一个求婚小伙子单膝下跪的地儿都没有。呵呵!

　　之所以沿河而行,其实图的就是一份宁静,静听秋风拂过面颊时的天籁之音,细看果实收获后的大地之美。晨霭轻若纱,落日红似火;秋露如珠,秋月如珪。泊一盏心灯,悠然前行;携几分闲适,独自领悟。徒步出行,身与自然融一体,可以俯下身子,用不曾尝试过的角度,细细观察身边的一花一草木;源流而上,心如河水向远方,可以放缓脚步,慢慢感受途中的一念一想法。每个点滴,每段路程,都会让你有新的发现:这是一个不一样的世界。

走的路长了,看了更多不同的风景,你就会越来越觉得,河流、野草、树木、农作物,都是大地赐予我们的最好的礼品,值得一生去感恩。当然,在走河的过程中,我们也看到了很多让人心痛的景象,因人为采砂而坍塌的河堤,因环境污染而发臭的黑水,因焚烧秸秆而刺鼻的烟雾,因误食农药而垂死的信鸽……

沿河徒步,算不上正儿八经的旅行,只是脚掌踩在厚重大地上接地气的一段行走而已。在这个过程中,身子虽苦了点,但最大的收获是对自我的认知——我能!我的体能还行,我的毅力还行,故能坚持并将继续坚持,怀揣着一颗年轻的心大步走下去。

当下的世界,生活节奏太快,人心太过浮躁。行走,是让自己慢下来、让心静下来的最好方式。抽空来一场徒步之旅吧,和着路上的清风,跟自己的灵魂对话……

(二)致我们走过的河

又是一年国庆节,对于我们来说,这也是一个徒步走河的节日。当年一个不经意的提议,渐渐演变成一项约定俗成的集体活动,一个值得期盼的日子。当初的目标是要走完谯城六条河的,赵王河、洺河、武家河、油河、包河、洋河,一路走来,都遂了心愿。

按说该歇一歇了,可心里还是跃跃欲动的。国庆未到,走河诸友就互相问询打听了,今年还走河否? 走哪条河? 还有新朋友想加入我们走河的队伍,要试一试自己的脚力,尝一尝走河的况味。

于是,收拾起简单的行囊,再做一次背包客,迈开步子,踏上走河的行程。这次走的是一条名不见经传的河流,小到在电子地图上都寻不到它的标志,乡人叫它急三道河,据说与魏征有关。当年魏征受命捉拿一条触犯天规的小龙,在小龙逃亡的路上用铁窗棂布下罗网。情急之下,小龙入地潜行,慌不择路,便拱出了一条有三道急弯的河流来。我们此行的目的就是逆流而上,寻找那个铁窗棂村。进入河南境地,河流走向果然如此,三个连续的陡弯,一个比一个急,可以想见当时捉拿与反捉拿的激烈。当地的一位舒姓老汉说起这个传说,更是有鼻子有眼的。

每一条河都有自己的故事,这故事源于何时已无从探究,百姓口口相传至今,不乏美好的念想。

清晨,风微凉,散发着作物的淡香;乡野,露稍重,打湿了我们的裤脚。虽是暮秋时节,绿意并未全去,还有野花在开放,田中的玉米和大豆仍挺立在大地上,摇曳成秋天的风景,守候着这个季节的最后一抹余黄。堤上落叶满地、荒草及腰,水面波平如镜、寂然无声。

一行人沿河西行,前面一切都是未知,每个人心中都充满了因陌生而兴起的新奇和渴望。梦在前方,路在脚下,我们用心一步步丈量。挑战的不仅仅是意志,还有体能,少迈一步你都到不了终点。开始时步履轻盈、欢声笑语,半天后便脚步踉跄、互相鼓励了。不亲历一次徒步的极限,你根本无法体会到那种绝处逢生的幸福,那种疲累后仰卧大地上的舒坦。

回望这些年我们并肩走过的那些河,它们躺在皖北广袤的大平原上,流淌了多少年,无人知晓。它们缓缓东去,滋养着两岸的生灵和万物,利万物而不争,与身边的黄土和两岸野草一样朴素,生生不息。水在流淌,树在成长,人在生活,都是生命的存在。一年一次,我们离开城市,置身乡野几天,很近地接触大自然,走着,感悟着,累着,快乐着,生命中一些原生的东西就会回归聚拢。这,或许就是我们乐此不疲的原因吧。走河,其实是给自己坚持走下去的一个借口。

在城市里生活,各种无形和有形的压力会让人产生孤独。但这些河从来都不孤独,有日月星辰相伴,有花草树木作陪。走在河边,疲累的是身骨,放松的是心灵。感谢一道走过的那些河,给了我们修补灵魂的机会。走过那些高低不平的河堤,越过那些人迹罕至的地方,回首看身后深深浅浅的脚印,忽然明白,人生因坎坷而多味,生命因挑战而丰盈。再曲折的路,再远的行程,只要目标既定,只要心不松懈,一步步终能走完。

其实,我们都是人世间的过客,无论在叶落处,还是在花飞时,都要坦然淡定,心怀感恩。胸有皓月常皎洁,心无束缚方悠然。

岸边的野花,水中的鸭群,天上的白云,地里的农人,都能带来一份久违的慰藉。世事纷扰中,不妨抬起脚来,出去走几天,与一条河来一场美丽的邂逅。

关于急三道

宋　卉

（一）传说

　　唐贞观年间,宰相魏征微服私访行至某地,信手卜卦,得知次日有雨,便在路边的浮土中种下瓜籽。变作凡人下界游玩的小白龙见状,嘲笑魏征,说浮土里的种子怎可能生根发芽?魏征胸有成竹地说,一场和风细雨之后瓜苗自然成活。小白龙不信,跟魏征打赌,愿以性命作注,一争输赢。

　　小白龙回宫后,翻看司雨簿,大惊失色。为了不输给魏征,他偷偷将司雨簿上"一天一夜的和风细雨"改为"三天三夜的狂风暴雨"。那场暴雨直下得洪水泛滥,民不聊生。玉帝大怒,追查下来,召见魏征,命其斩杀小白龙。小白龙急忙向唐皇求情,请唐皇在某日某时某刻设法阻止魏征出宫,唐皇诺。

　　那一日,李世民特邀魏征对弈,防其离身半步。棋中,魏征突然熟睡,一时满头大汗。唐皇找来扇子给魏征扇凉,扇子挥动处,只听魏征大喊:"杀,杀,杀!"原来魏征此时在梦中追杀白龙,正追得急,累得汗流浃背。眼看白龙甩头摆尾,嚓、嚓、嚓急转三个弯,在平地上拱出一条河来,就要遁形而去,忽有一阵风吹来,魏征随手从一户人家摘下一扇铁窗棂,凭借风力,掷向龙颈,白龙立刻身首两处。

　　小白龙恼恨唐皇不但没有阻拦,还扇出狂风来帮助魏征,这才又引出"白龙大闹唐皇宫,唐皇地狱游三界"的故事。而小白龙逃命时拱出来的这条河就是现在的急三道河了。

　　这个故事是小时候母亲讲给我的,现在看来,与《西游记》第十回"老龙王拙计犯天条,魏丞相遗书托冥吏"颇有异曲同工之处。现在问母亲是从哪里听来的,她说,大概是说书先生讲的吧。故事与这条河的名字一样,不免乡土、俚俗,但它的确在我的记忆里生了根、发了芽,给了我无穷的想象。

　　我出生在离急三道河边百余米的那个小村子。

　　记忆中的急三道河床宽阔,水流款款,河水碧蓝清澈。河堤上有我家三四分一块地,冬种小麦,夏栽红芋,我跟着母亲下地劳作时,常对着河面张望,琢磨村里人传说的水中精怪会不会突然出现。

　　夏天,到急三道河边割草,我常常忘记装草的篮子还未满,摘来苍翠硕大的泡桐叶遮阳,手握镰刀,席地而坐,看人们捉鱼摸虾。运粮用竹编的鱼罩捉鱼。皮肤晒得油亮,站在鱼罩中,双手握着罩边,提起来,像现在的女孩提着长裙,找到有鱼的地方,狠狠按下去,然后伏下身子,在鱼罩小小的空间里一阵摸索。有时能举出一条半大的黑鱼,有时会握着一条小鲫鱼,还有时会捉出一条扎手的汪子来。立功地向远处号呼:"看看看,我逮到一条大黄鳝啊!"待我拿出水面,才发现是一条水蛇,人吓得跌入水中,水蛇被甩出老远。胆小的姐妹们也会挽起裤腿,走到水边,摸螺蛳、河蚌和小虾,有时也能摸出我们叫作黄目条子的小鱼来,小如指头,不用去鳞,挤出内脏洗干净,拌面炸焦鱼,是一道美味。

　　有一年清明前夜,父亲从单位回来,跟我堂哥一起从下午就做准备。天一擦黑,他们就提上罩子灯,拿着网子和水桶去急三道了。母亲说,清明前夜,虾子出来产卵,是最容易捕的。果然,第二天我起床时,院子里有满满一大笸箩小虾。母亲将小虾米在锅里炒了,晾晒起来,红彤彤、亮堂堂的颜色铺满了院子。在物资匮乏的年代,那些来自急三道的小虾米着实给我们解了馋。

　　急三道是美好的,有时竟也可怕。遥远的记忆里,年幼的我扯着妹妹的小手,随着奔跑的人流跟跄在急三道的河堤上。他们说我哥掉河里淹死了。我们赶到时,那个九岁、名叫宁的男孩正被人脸朝下放在牛背上。牛被人赶着,迈动四蹄绕着缰绳打转。而牛背上我那唯一的哥哥再也没有睁开眼睛。那是条让我母亲疯癫过、憎恨过、诅咒过的河。可我们改变不了任何现状,它依旧在秋冬季沉默,在春夏季喧嚣,依旧不休不息地向东流淌。

　　我所熟悉的河段不过是我家附近两三公里长的地方,它来自哪里,流向何处,一直是童年时我小小脑瓜里难解的疑问。这个国庆假期,有幸跟同伴徒步去探寻这条河的源头,内心是快慰的——至少,我探得了它的源头。尽管它荒凉、潦草,名不见经传,尽管它普通、平淡、深受污染,我还是觉得,它是生长在我心里的,时光长流,却容颜未老,依然是几十年前的模样。

（二）村居

　　午后,几个人赤脚涉过急三道的一条小河汊,主席跟渔翁竟跟我们走散了,若非此,我是想请朋友们去看看我的村子的。

每年我会回村子两趟,一次是清明,一次是十月,祭奠父亲,看望乡村。

清明节前,村外的麦田油绿,青色的苗尖麦芒似露非露,探头探脑;白芍紫色的嫩芽刚刚展开,像豆蔻之年的少女;药牡丹已经开枝散叶,早熟的,花苞都显了雏形。田间地头再没有别的农作物。婶子大娘们荷锄站在陇间,不说话,便是最美的表达。

村子里,杨树哗啦啦摇响大蒲扇,洋槐正孕育着一场花事,苦楝树的花瓣已经零落成泥,大榆树依旧枝繁叶茂,粉色的泡桐花在枝头吹响喇叭;谁家的炊烟绕过房顶飘散在天空,卖菜小贩的吆喝声打乱了大黑狗的清梦。几只白鹅踱着方步大摇大摆走在村子正中心的路上,仿佛它们才是这村子真正的主人。

十月一到,气候就等不及春红薯的叶子老去,一场霜就摧残了它们年轻的容颜;春小麦的嫩芽在风中瑟瑟地抖,蛐蛐和它的伙伴们也都噤了声。

杨树叶落了,榆树叶落了,洋槐叶落了,苦楝树、泡桐树的枝头还残留着两三枚叶子,旌旗一样在风中招摇。树桩上拴着的羊儿斜身坐在地上,嘴里嚼着干草,像无所事事的小青年悠闲地嚼着口香糖。

我不想说那遍布村子的竹林,春天来,它是翠的,秋天来,它仍翠着。那片去年被我妹妹偷偷掰掉一大抱竹笋的园子,也不见竹子稀少。穿过竹林间窄窄的小道,如同在时空里走过一个轮回,有屏息不敢走神的庄严,有喜悦却觉短暂的悠然。

可是,此时,同行者没能同路,便错过了我想带大家去看的景致。这也没有什么,村子依旧在着,我们继续走着。

看到河边牧羊的人了吗?那是我邻家的老叔!想当年他的肩膀能扛起整麻袋的玉米粒或黄豆,他的腿脚带他去挖过淮河和茨淮新河。如今你看,只有他笑起来一口牙还白着,他的身板早就老了。多好啊,夕阳下陪伴他的除了这群羊还有别的呢:那个挥着鞭子赶羊的,是他的老妻;那片长着金黄大豆的,是他的土地!

我们这群走河的人什么都没有,像风吹一样,路过这段河堤。

(三)夜行

那天,太阳从我们背后赶来,又从我们头顶划向西天。它是从树梢上越过的,像被人追着,跨过高高的树顶,从树枝间探出半张脸。掠过玉米梢头,掠过大豆梢头,挨近沉沉的地平线——想起经年,十月过半,霜冷露寒,站在学校院墙外一条河的岸边,身边是一株蓬乱的桑苗,黄得透亮的叶子飘摇欲坠。痴痴地遥望远处,巨大的落日如悬挂的鼓面,浸透了胭脂,红得娇艳。我把它比作一颗大大的相思豆,写进诗里。诗还留在记忆里,那样美的落日,几十年来,我却再也没有看见过。

今儿的太阳急匆匆的,忙着赶路,紧张得脸都红了,被紫色的烟霞蒙了眼,一个不小心,便陷进遥远的暮色里。我们追不过太阳,在距离源头还远的荒野里,同身边的急三道一起被抛弃在越来越暗的空间。

走了一整天,眼睁睁地看着太阳被拉进青黑色的帷幕,到明天,它还会被魔术师从鱼肚白的幕布里托出来吧,我们从这条河边走过,是否会从另一条河边走回来?若是,那也是时间的河吧。能销几度落,已是半生来!

多年没有走过乡间的夜路了,因途中找不到落脚点,我们选择摸黑赶路,夜宿鹿邑县城。

那晚,周围是灰蓝色的,天空是灰蓝色的。月亮刚刚张开细小的弦,星子还不曾睁眼。同伴们相互照应,身影跟着身影,低头前行。四野里响起虫鸣,仿佛有一场盛大的音乐会,在我们所经之处巡演。脚下的路把我带回从前。

农活儿多的时候,白天总是短暂。加上母亲要代课、我们要上学,地里的活儿大多是夜晚做。父亲工作在外,家里没有劳力,犁地总是要请人,还得等人家把自己的活儿干完。天将黑了,五叔套上我家的老黄牛帮我家犁田。老牛伸着脖子攒足了劲儿拉犁,五叔手中的鞭子随着吆喝声、斥骂声在夜空里起落,吱吱呀呀的虫鸣伴着老牛的喘息,唤出苍穹里点点的星光……那晚的虫鸣又回到耳边,那晚的星光却不再重现。

六七岁吧,夜半醒来,不见了身边的母亲,跟年幼的妹妹一声接一声号哭,牵着手出门寻找。哭声惊动了邻家婶子,她说天要下雨了,我妈去地里拾红芋片子,哄着我们去她家。执意要去找母亲,两个小人儿手扯手哭着往地里摸。天好黑啊,四处都是鬼影子,哭声丝毫也赶不走它们。

母亲捡拾了晾晒一地的红芋干,用架子车拉着回来,车子歪倒在路边的深沟,母亲摔了一跤,闪了腰。天宇漆黑,红芋片皎白,撒得满地都是。收拾起撒在地上的红芋片,母亲拉上车子,带着伤痛往前挪。我跟妹妹伸出小手,在后面推着走。那晚的路悠悠长长,因是跟在母亲身后走,那么多的鬼影子都不可怕了。

对黑夜充满恐惧,除了怕潜伏在暗影里的妖魔鬼怪随时来害人,也并无别的原因。中学时,看错了大挂钟上的时间,起床去离家十几里的地方上学。天空呈黎明前的漆黑,乡路幽暗,骑着大架子飞鸽,密密的高粱丛夹道,秋虫呢哝,黑夜望不到边,年少的心啊,孤独比黑夜更深远……

如今多好啊,母亲再不用黑夜里劳作,我们再不必黑夜里惊恐。八位同伴相互帮助,谈笑风生,四野有秋虫奏鸣,这晚竟奢华,供我们享用。

（四）虫心

急三道是我跟同伴们走过的第四条河,也是最小的一条河。错过了家门口的赵王河,错过了疑为古谷水的武家河,错过了不知风景别样同的洺河,想必是那时与它们缘分未到。但与这几位文友,因连年的国庆走河,已结成亲密的伙伴。我坚信,这世间总需相遇的人、事、景、物,必将一一遇见。而错过的,也许会在某一个轮回里依然重逢。与急三道,便是如此。

走河四年,溯源而上,总有一个枯竭的源头赫然在目;顺流而下,眼前的河流多是奔向了一个更浩大、更广博的水域。当西天被烟霞染得殷红,当夕阳将殷红洒向河面,河床里流淌的分明是血液,眼前的急三道俨然是一条柔软却坚韧的血管——我恍然而惊——河流不就是地球母亲的血管吗!它时而直驱向前,时而弯曲旋绕,那或清澈或污浊的液体缓缓地流着,来自它来的方向,去向它将去的归宿。河水中混合着泥沙、枯叶和污物,正如同血液里运输着氧气、血细胞和二氧化碳。一条一条的河流在千回百转之后,将会在某一处与更宽大的河流交汇,如同无数的毛细血管将动脉血管与静脉血管连接,动脉血管负责将血液运向各处,又经由一条条静脉血管输入心脏……这世上枝枝蔓蔓生长的河流,就是地球母亲遍布全身的血管啊!或粗大、坚实,弹性十足;或细小、脆弱,不堪一握。

兰斯敦·休斯写道:"我了解河流,我了解河流和世界一样古老,比人类血管中的血还要古老。"我是浅薄的。我不知道亚马逊河有多神秘,不知道尼罗河怎样孕育了古埃及文明,我甚至还不甚清楚长江黄河是如何穿越中华大地,如何播种了中华文化,成为中华民族的主动脉,成为中华民族的血之源流。我却清楚地知道,这条细若丝线的急三道曾经哺育了生活在沿岸的祖祖辈辈,放牧过成片的牛马和羊群。这里曾经有鱼虾自由自在,鸭鹅成群结队,水鸟展翅掠过水面;这里曾经水流款款,孩童嬉戏,村妇捣衣,汉子们撒网捕鱼,小河旁洋溢着欢歌笑语……不过几十个年头,这条河就与地球母亲一起老去。就算我一厢情愿地赞美她依然年轻,事实却证明她已经历了沧桑巨变。

如今,岸边的紫花地丁、三棱草、酢浆草和野薄荷等绝迹了,遍地是刺刺秧和鬼圪针;岸边松软的沙窝窝板结得坚硬如铁;生活废水和工业污水顺着埋在地下的管道流进河里,本应洁净的血液就成了酱油色。鱼虾和贝类销声匿迹,再没有野鸭和白鹭临水照影,怡然扑翅。采沙船将河底抽成了黑洞,河床塌陷,两岸千疮百孔……

倘若有水,总还叫作河流,可我们亲眼所见的,分明是干涸枯竭的油河源头杂草丛生,断流的杨河河床里硕大而繁多的死螺蛳与成堆成片的生活垃圾……

河流的变化是工业文明开创的现代世界里最可怕的改变,而所谓征服自然、改造自然所获得的胜利,都被事实证明——将遭到自然的狠狠回击。过去人们说"大河没水小河干",而事实是,小河没水大河干,小河污染大河遭难。当大大小小的血管变得脆弱不堪,当循环流动的血液变得黏稠污浊,我们地球母亲的健康岂非岌岌可危!

我知道我不过是一个寄生在地球母体的微生物,蜉蝣一般,然"道心惟微,虫心惟危":

蜉蝣之羽,衣裳楚楚。心之忧矣,于我归处。

蜉蝣之翼,采采衣服。心之忧矣,于我归息。

蜉蝣掘阅,麻衣如雪。心之忧矣,于我归说。

当我扪心自问"我是谁? 我来自哪里? 我归于何处?"时,关于河流,关于急三道,我想,她们、她,已经成为编织我前世命运的经纬。

"拐子河"随想录

杨 秋

太多的繁俗、太多的无奈、太多的慵懒,犹如杂草般逐渐荒芜了心智,冷漠了情感。让人原本的清澈与敏锐走向混沌与麻木。于是,便渴望一次洗礼,涅槃重生。

好友说,10月2日,跟我们一起走河吧,你会得到你希望的东西,便惴惴然上路了。只记得好友说走的是什么急拐弯的河,没往心里去,随口给这河起了个名字——拐子河。

我们一行八人,早上七点由城南王河口沿河西行,在第一座老桥上拍了一张集体照作为始发纪念。这是一座残破不堪的桥,斑驳残缺的护栏、泥泞逼仄的桥面,似乎都在默默诉说着它的老迈与落寞。仅以此桥的年龄判断,我们所走的"拐子河"——急三道河,应该是一条老河。但让人不解的是在网上却查不到任何与此河有关的信息。超凡主席说,这条河可是有来历的。传说小白龙私自兴云布雨,违反天条。天帝大怒,命魏征前去斩杀。魏征一路追杀,白龙以头拱泥拼命西逃,眼看就要追上了,白龙却连拐三个急弯,又拉长了距离。魏征便使法术在前方设铁窗棂以阻之,白龙头触铁窗终于被擒。于是,就有了今天这条河——急三道河。我们此行的目的就是穷其水源,寻找源头铁窗棂村。

有了这个传说做底,我们兴趣大增,就想及早与浸在古水中的巨闸似的铁窗相见,亲看那带有故事的流水从棂缝间汩汩而出。

好友说,你初次走河不知道,走河是慢功夫,要有一种闲适的心情,到达目的地是此行的结果,但不是唯一,沿途的风景不容错过。于是,就有两个熟知地理的伙伴带路暂时偏离急三道河,进入南部一大片水域。这里停歇着两三片形状不同的湖泊,是天然而成还是人工挖掘的,无从知晓。只知道这些年从未见过如此清澈湛蓝的湖水,竟像孩童无邪的眸子,不染纤尘。湖面微微的水汽袅袅升腾,坡上的卢荻和着这似有还无的白汽轻轻摇曳。很自然地让人想起"蒹葭萋萋,白露未晞。所谓伊人,在水之湄。"这唯美的诗句。

我们都噤了声,怕这梦幻般的仙境回归了天界,轻轻拍了几张照片,便悄然前行。此时地处两河口,杂草丛生,没人头颈,苍耳子、鬼圪针、黄黄蒿、舒筋草,正值结种的时期,它们举着挟刺带针的种子,四处张狂着。我们小心翼翼地用脚踩出一条小路,尽量向上拉长形体,侧身而行,尽管如此,当我们带着满身黄的苍耳子、黑的鬼圪针,拖着湿到膝盖的裤腿,从深草中走出去,依然吓着了路人。他们睁大的眼睛、吃惊的表情,似乎都在问:恁这些人,弄啥的?

走了一个多小时,再见到成片的庄稼,才知道我们已偏离急三道河十里有余,便折头往北拐。沿急三道河走了一段发现,这条河远没有想象得那么富有诗意。水面很窄,杂生着水草。两岸坡很缓,草黄叶稀。几乎不能算是河,说是沟渠似乎更恰当些。沿河的南岸北岸走,都是这个样子。倒是两岸长长的、突出的高岗,上面密植的杨树与树下厚厚的落叶,却是有些意思。一行人逶迤着踏着黄的灰的落叶,在这拍张相,在那望望云,自是成了秋的景致。越往前走,村子越稀,因为这里的土地更为广袤。大面积的豆子已收割,偶尔剩下一块,也很可爱,一律光光的,几乎不见叶子,挂着满身的豆荚在地里张望。玉米的叶子自是焦了,干干地在风里摇。收割机长着硕大的嘴巴伸过去,地上就留下碎了一地的秸秆。不少人在烧秋,火苗很欢,在风里舞蹈。所有这些带给我们的都是扑面而来的秋味。

行至鹿邑董门楼,太阳似乎倦了,不愿再陪我们这些无聊的人,就蹲在杨树梢上迟疑。而这一刻,恰恰让我们领略了别样的风景:苍茫的紫雾,大而红的落日,直直的孤烟,暗了眉眼的农人……急三道河呢,仿佛也对前半生的笔直平庸有了微词,打董门楼到谢庄连甩了三道弯,方平复了心情,又端端地向前流去。

复前行,夜色更重了。野地里的雾气浸泡着每一个人,我们都感到了深秋的凉意。不敢靠河太近,只沿庄稼地的小路默默地走。今儿是农历初十,天上只有半月,却也朦胧颇有意境。

等赶到鹿邑,已是晚八时许,便下榻至尊宾馆。次日早起去寻急三道河的源头——铁窗椇村。在鹿邑老子广场东,我们见到了两天来急奔的目的地。这里没有想象的铁窗,也没有喷涌的河水,只是一座单孔的砖桥在源头伫立,看上去那桥孔的青砖确实有些年头。我们在此拍下一张照片作为终结。

想想,急三道河也好,走河的人也罢,都像是传说,又像正在讲述的故事。从始发到结束,有趣的是过程,不变的是人生。

小洪河

小洪河入涡河水口,风光绮旎

芦荻苍苍

——洪河漫记

张超凡

老亳州水系有六条河：南有"油、洺、赵"，北有"武、杨、包"。

七年前禅悟一般，忽然发愿：和文友们徒步考察一遍。回忆起来，走第一条赵王河的时候，自觉暮气尚少，苍生在念，提出的口号是：心系苍生，考察民风，记录河流变化，放飞心情。大家意气风发，说走就走了，

小洪河进入河南省后改名大沙河。走在河床边的考察者。

可以说是毫无野外徒步经验，伤了膝盖的，脚上打泡的，几乎不免，我更是走脱了两个脚趾甲——想起来挺恐怖，实际上不像想象的那么痛苦。晃眼之间，我们用自己的双脚，走完了六条河流，谯城区水务局对我们的考察，甚至给予了很高评价，使我们甚为自负，好像我们这些书生，为天下百姓做了多大贡献似的——其实是浅薄的书生愚见罢了。

刚进下半年，作协的文友们就开始"怂弄"我，说今年走洪河吧。我知道，对于徒步河流来说，洪河很长，在境内又很短，不太适合行走。然而，我对洪河有一种骨髓里的探究欲望，哪里撑得住"怂弄"，三说两说，就约下了日子。"十一"的早上，一行人从不同方向赶来，集结在了洪河边上。

晨风猎猎，大地上一下子布满了"秋"的味道。如水的凉意，渗过夹层衣装，抚摸着被夏天烘烤了一季的肌肤，一下子有了沉重的质感。苍苍的蒹葭，叶子却还绿着，映着澄碧的秋水，搅和成一种新的"秋的鸡尾酒"，苍凉的主题下，混合着许多不易分辨的味道。

这是一条令我们吃惊的河流。宽阔而丰沛的河水，甚至超过了她的干流涡

河,清澈浑厚的水面,使我们羞愧对她的忽略。站在晨曦蔼蔼、若有若无的薄雾里,看对岸的景物都有些朦胧。

真的是一条不容忽略的大河。

想起《左传》,"宋楚战于泓"。宋襄公"伐郑"(攻打今日郑州),楚国出兵"救郑",两军相遇于"泓河"——根据地理形势分析,当日的大战,就应该列阵于这条河边吧?宋襄公严格遵守古代君主的战争底线:"古之为军,君子不重伤、不擒二毛、不以阻隘、不鼓不成列。"这在今天也完全符合战争人道主义,可是,他忽略了"战争诡道"的"进化理论",提前遵守了"国际契约",遇到"诡道"的楚国流氓,宋襄公的下场只能是"伤重而死",而且被后人嘲笑为"蠢猪式的仁义"。

我们真不该忽略这条名垂千古的河流。

在古井镇政府的热情向导下,我们下午时分走到了亳州边界。在三台楼村的北面,我们又一次瞠目结舌——宽阔的水面,戛然而止,只剩下倍显空旷的河床,那些水,忽然消失得无影无踪。

断流的河流,满目疮痍,苍耳子长得发疯,成片成片的野草,足有一人来高,羊倌们任凭羊群在草丛里穿梭放牧。

情绪很低,我们无言疾走,想躲避这无水河流的压抑。一直到次日,才见到令河水驻足不前的包公庙大闸和王桥大坝——居民的理由更加叫人无语:竟然是,两道大坝拦断水流,为的是"亳州好"。前几年当地盲目发展工业,那些"五小企业"朝河里排污水,每年汛期,污水走到亳州,都要"毒死"几十万斤网箱养鱼,每年都要通过诉讼,赔偿亳州渔民损失。打坝拦水,自己污染可能加重,却可以省下赔偿款子。于是,两道大坝,使洪河水,断流了三十多里。

一路行来,心情忽轻忽重,一直到洪河的最上游。如果加上这段十里长、穿越黄河大堤的"干渠",这条河一共有三处断流,"河"而无流,她的命运只能是"悲怆",我们还能找到更为贴切的形容吗?

洪河的最上端汇入了"商丘干渠",当地居民都称它为"黄河故道",然而,交汇处已经干涸,河底龟裂成大块大块的泥团。有几只手掌大的河蚌被晾在泥上,未能"相忘于江湖",大约还想"相濡以沫"。用手摸一下,还很沉重,似乎没死,捡了几只大的放在背包里,把它们背回亳州,期待亳州的水能使它们起死回生。

上善若水。但愿"上善"们能拆除上游"因噎废食"的大坝,统筹解决洪河断流问题,使洪河宽阔的河床不因缺水显得寂寞空旷。

我为背包里的几只河蚌,一路祈祷着。

2015 年 10 月 5 日凌晨

穿越洪河谷

王　飙

　　国庆长假,如期而至,到哪里去走走呢? 我们生活的大平原,虽无山陵峰岳的起伏蹲跃,但从不缺乏河奔川流的迂回曲折;大自然风流蕴藉,曼美无处不在,行走之处皆风景,于是,我们几个驴友决定,不去凑假日里山川名胜的比肩接踵的那份热闹,而是沿着一条在我们家乡境内注入涡河的洪河河谷,寻流探源,徒步穿越!

　　秋风微凉,秋色宁朗,洪河入涡处的水面,晨曦映波,一片空明;我们从这里出发,逆流而上,由此拉开了我们人生中的一次很可能是孤版穿越之旅的序幕……

　　据传,洪河是黄河尚没有改道之前,泛滥的洪水留下的杰作,冲刷出来的河谷有二三百米宽,这恐怕就是洪河之名的由来吧。虽然黄河改道都已经一百五十多年了,但许多河段的河谷依然还是原始之貌,人行其间,自有一种沧桑之美,润泽心魂!

　　早晨,河谷里清雾氤氲,河床中水平如镜,澄波潋滟,偶有水鸟划破青碧;朝阳辉洒,两岸飞红如染;虽是深秋时节,依然有一些小花灿然而放。有驴友说,她们是迷失在了季节里,我说,不,她们是陶醉在了自我之美的赏识中,虽然她们将错过果实,但是,一次淋漓尽致的绽放,终将不负平生!

　　午时来临,秋阳依然似火,让徒步者一个个汗流浃背;满河谷的杨树林,依然高挑着一些稀零的黄叶,精心为我们撑起一片片的树荫。地上是厚厚的落叶,它们像一个个大自然的音符,在我们的脚下,奏着欣快的秋天交响诗,那"唰唰"的鸣响,正是天籁之声啊! 这让我不禁想起了青年作家李丹崖文章中的一句话:"落叶如佛能渡心";是啊,读懂了落叶,也许,我们就读懂了一份人生的洒脱和风流。

　　黄昏里,夕晖落照,和柔的光线,透过树林,斑斑驳驳地流泻于河谷;晚风中,芦苇摇曳,鱼戏于旁;鸟宿高枝,群起而唱,在这一天最后的时光里,用歌喉挥洒着生命的激情……

　　就这样,在假日的几天里,经历了诗一般的行走,虽然有些疲惫,但是,我们最终到达了洪河的源头,尽管黄河早已改道,可在故道中还有一条叫商丘干渠的流水,依然滋润着洪河。

　　我们穿越的是河谷,我们穿越的更是沧桑的地球史;我们寻找的是源头,谁又能说我们寻找的不是自己内心的那份宁静和激情呢?

欲哭无泪小洪河

张秀礼

　　如果河流也有情绪的话，我觉得小洪河一定在日夜泣诉。这是七年来我们徒步溯源的第八条河，也是一条最让人欲哭无泪的河。

　　国庆节，谯城区作协一干文友用三天半时间徒步小洪河。从亳州的谯城区到商丘的民权县，从郑店子小洪河入涡处，到程李庄终点，我们溯流而上，探寻源头。

　　出发那天早晨，恰雨过天晴，西北风烈。驻足于小洪河入涡处西望，只见波光粼粼，宽阔浩渺，水势甚于涡河。在谯城境内入涡河的几条河流中，从两河交汇处的水势和宽度看，小洪河是最可观的一条。

　　时值仲秋，农事正忙。天空明朗高远，天边微云漫卷，令人目宁气爽，心旷神怡。沿河堤左岸上行，放眼处，秋水静默，白鹅游弋，孤鹜戏水，野草婆娑，蒹葭苍苍，一派祥和景象。真希望此行一路如此，皆是好风光。

　　然半天过后，越往上走，水面渐窄，河流愈瘦。过古井镇北三台楼大桥后，小洪河水面宽不盈丈，状如小沟。至鹿邑县宋河镇，中间多处断流，不时可见废弃的抽沙装置和坍塌的河堤，村庄处则是成堆的生活垃圾。破损的河堤上满是杂生的灌木丛，倒是河床上的杨树陈列如阵。我们行走在宽阔的河床中间，脚下是齐腰深的鬼葛针和簇生的苍耳棵，带刺的种子沾满裤腿衣襟。碗口粗笔直的杨树如同一支支利剑刺入小洪河的心脏，又如暗器一样击伤了我的瞳孔。

　　徒步在断流的河道中，每一脚踩下，焦干的树叶都会发出清脆的破碎声，我的心也一次次应声而碎，这里本该是鱼虾的乐园啊！目之所及，是龟裂的河底，是干涸的河滩。小洪河，当年那丰满妙曼的美丽女子，因何沦落于风尘，哭泣于荒野？当年那善舞轻盈的如波水袖，因何委坠在埃土，失去了灵性？鱼，只剩下森白骨骼；蚌，只留下干瘪躯壳。失水的小洪河，在这里只剩下一个名字，徒劳地延伸向远方。夕阳拉长了我们的身影，寒气渐升，衬托出无限的苍凉。

　　我一直在恨恨地想，为什么会是如此？这曾经哺育了两岸生灵的河水哪儿去了？干河滩上牧羊的老汉说是上游宋河镇南有水坝拦水所致。又问因何拦水，言几年前两省打过水官司,河南那边就不放水了,再问则语焉不详。

第二天,从宋河镇继续向北,至睢阳区包公庙乡,河道近十公里皆无水。打探农人,知包公庙乡有大闸,便暗怀希望,河道这么宽,想必此闸上游一定蓄水丰盈。近了才知仍是一厢情愿,上游干涸依旧,荒草丛生。细问行人,再上游五里处有土坝截流,这座建于二十世纪七十年代的红旗闸已弃之不用。想当年,这座水闸该是何等风光?如今没有了水,不过是一堆破败的水泥罢了。一坝一坝再一坝,坝坝拦水;一步一步又一步,步步失望。

原来早在七年前,亳州境内的小洪河便遭遇过灭顶之灾。河南企业超标排放含砷废水,导致下游河水受到严重污染,亳州渔民损失惨重。为免除官司之虞、赔钱之忧,河南地方政府便筑坝拦水,当时约有三百万立方米砷超标河水"横"在包公庙闸上游河段静待消砷。企业发了,河流病了,百姓遭殃了,真是让人欲哭无泪啊!当下,这恐怕不是个别现象吧,广袤的中原大地上,还有几条不受污染的河流?又有多少河流哭干泪水后遭农人开膛剖腹?

自红旗闸向上,小洪河改称大沙河。大沙河一路逶迤,经宁陵县西南郊向西北,穿民权县城,在城北大约十公里处与黄河故道的一段干渠相接。我们一路辗转到源头,中间河道时断时续,让人最终失望的是,源头依旧是干涸无水。

小洪河,一条伤心无泪的河。好在下游古井镇境内大郑庄处有洮河汇入,小洪河才不致亡去。

走向心灵的自由原乡

唐贵芳

　　参加区作协组织的徒步河流活动，已是第三次。起初走河的心境，多半是去看看乡野的风景，放松下紧张的神经。及至把它视为精神之旅时，已是三年后的今天。对于这弥足珍贵的感悟，我总小心怀揣着，以祈她能给予我更多的人生启迪。

　　今年徒行的河流是小洪河，全程约九十公里，源头在河南省商丘市民权县。十月一日早七点，七文友集结而行，开启了探源小洪河之旅。

　　晨曦中，鸟儿翩翩飞过平野田畴，衔来薄薄的雾霭罩住水面，给小洪河披上了朦胧的面纱，我们逆流而上，忘却劳苦与荆棘，去探寻她神秘的容颜。河岸边，蓝紫色的夕颜散漫地攀缘于高杆野草上，葳蕤盛放。穿上橙色袍子的柿子也挂满了枝头，犹如一个个袖珍灯笼，不经意间点染了秋意。此刻，我们从世俗中携来的一身喧嚣与疲累，在此一一抖落。

　　脚步把路途渐渐抽短，小洪河的容颜亦如电影画面般帧帧上演。丰盈处，河水浩浩汤汤，左奔右突，填满宽阔的河床，处处呈现出强悍的生命力；瘦削处，河水细若游丝，甚至大段大段地干涸，绵延数公里之遥，看上去是那样的羸弱。何以如此？这是上苍对人类的戏弄，还是对世代拥有澎湃河流的人类漫不经心的虚掷的惩戒？龟裂的河床上，杂乱无章地躺着许多河蚌的尸体，这古老的软体动物记录了小洪河曾经生机勃勃的华年。我不知道那些裸陈的河蚌有无诘问命运的残酷？我不知道河滩的底部还有多少这样的精灵？我不知道多年后有谁还记得它们的存在？但我知道这惨烈的事实仍在无休无止地上演！

　　于河流而言，比人类更懂得守护意味的物象，莫过于芦苇。"蒹葭苍苍，白露为霜，所谓伊人，在水一方"，似乎自《诗经》开始，芦苇就成了河流的一种唯美意象。茎秆中空，叶子翠绿，风里歌唱，并开出美丽的芦花，翩翩若雪。她就这样安静而执拗地守护着河流，守护自己的家园。握住一片芦花时，我会想起一句话："人是一根会思想的苇草。"这是法国哲学家帕斯卡尔说的一句话，在我看来，这是人类最伟大的一个比喻。思想是什么？思想是身体里的河流,载着我们在人生的河流里驰骋。把河流定位为风景,把思想定位为归宿,向内探索,行走不歇。从风景走向归宿,从源头走向未来,走向心灵的自由原乡,走向人生的至善至美。

　　小洪河,自入河南省境内便改称为大沙河,其源头在民权县城北约十公里处与黄河故道的民睢干渠相接,现已干涸。站在黄河故道边上,我眯着眼远望,恍惚间,一片清凌凌的瀑布正从天奔来。我知道,这是幻觉,可我,多么希望她是真的!

风从耳边穿过

黄凤云

久在冰冷的混凝土里生活,只有从身边人衣服的更迭中,感受季节的变化。自由的飞鸟,盈盈的秋水,金黄的大地已渐渐远离了自己,我的生活烦琐而僵硬。

那是一夜秋雨后的清晨,打开窗户,有凉风夺窗而入,是一种久违的清新和淡淡的忧伤。楼下茂密的梧桐树,树叶正如断翅的蝴蝶,飞舞着一个季节的美丽,在纷纷扬扬的坠落中,那些细微的声响,汇成了宁静。

秋天,用绚丽铺展着奔向十月的路途,召唤着我前行。于是,收拾起久违的行囊,告别熟睡中的儿子,毅然奔向聚合的地点,与几位文友踏上徒步探源小洪河之旅。

初入河口,河水宽阔而丰盈,飞鸟在水面盘旋出欢乐的姿态,心情很好,朝霞下,我们一路踏歌而行。

我天真地以为,一路走去,丰盈的秋水定会秀出它最妩媚的姿态,洗涤我凡世的尘埃。

但是,向上游走去,发现河水越来越少,越来越浑浊,直到古井镇西边的三台楼村,河水终于流干了最后一滴泪。河底下杂草丛生,不时有农人在河下放牧羊群,时至傍晚,夕阳西下,清辉铺满河床,衰草在风中悲鸣成一曲曲哀歌,白发苍苍的芦苇摇曳出满河的沧桑。放眼望去,当年修筑的大坝依然宽阔雄伟,依稀可以想见当年河流的气势。询问当地人才知道,这里是河南与安徽交界的地方。每年,上游河南境内的水顺流而下,总是恶臭逼人,沿途会毒死大量鱼虾,连沿岸的百姓生活都受到极大的影响。为此,两省没少打官司,为了避免麻烦,河南那边干脆修一个闸,把水截断,于是下游慢慢地就干涸了。

一路唏嘘着前行,我不禁对上游充满了想象,大坝的那边一定是浊浪滔天,奔流不断,等哪一天河南人治理好了,定会再还回一条雄阔的大河。于是,前行的脚步依然铿锵。可让我失望的是,直到最后,我们几经磨难找到的源头竟然依然是一片干涸的土地。虽然中间有几段河流也算是水草丰美,但一打听才知道大都是当地人违反国家政策偷偷开采河流中的沙子所致。

更让人心痛的是,源头的河水是最近一个月才枯竭的,河底的土还湿润着,低头看去,一些牡蛎的尸体静静地躺在地上,呈现出当年茁壮的生命迹象,有几只牡蛎,把自己深深地插入干裂的还有些湿润的缝隙中,以汲取最后一滴水来做最后的挣扎。仔细搜寻,还能发现几个有生命迹象的牡蛎,杨秋和宋卉老师又返回去捡拾一些扔进旁边的水沟里,希望它们能活下去,可是这样救出的又能有多少呢?满目的苍凉让我禁不住想掩面而泣,这一次挣扎的是牡蛎,下一次挣扎的又何尝不是我们人类呢?

人类啊! 你们什么时候才能停下伸向自然的魔掌,给自己、给子孙后代留下一点生存的空间? 抬头仰望,污浊的天空中云正在悄然滑过,仔细听听,风正在从耳边穿过!

被缚的河流

宋　卉

商丘睢阳区境内,距大沙河一千多米处有座微子祠。殷商时期,纣王无道,微子数谏皆不纳,遂逃离。武王灭殷后,封微子于宋。宋氏以国为姓,从此发散开来。微子死后,葬于此地,宋氏后人修微子祠以祭之。历史仿佛久远,却又如此真切。坦荡如砥的大平原上,铺展开寥廓沙场,烟尘四起,鼓角争鸣。顺人者昌,逆世者亡,百姓归于明君,民族沿河而居,耕织劳作,生息繁衍,一代代流传。我的先祖、我们的先祖要寻觅更好的生活,于是顺流而下,沿古宋河,沿大沙河,沿纵横交错的河流漂荡,漂荡,像沙粒或水草一样,被带到四面八方……那时的河流是自由的,它们或咆哮奔涌,或澹澹流淌,或寂寂沉默,养育着水中的鱼群、贝类和水草,养育着两岸的人畜,哺育着人类文明。

如今,亳谯境内小洪河即将入涡段,神秘辽阔、深不可测的幽蓝水流溢满宽大的河床,在猎猎西风中泛起清波,像憨厚壮实的汉子,照料着两岸青葱的茂林,用宽厚的胸膛拥抱着水中自在生长的鱼群。然而,豫皖两省交界处一直到源头,千疮百孔的堤岸,荒草密布的河床,横亘在瘦小水面的生锈采沙船,纱网围起的鸡鸭鹅养殖场,晾晒于龟裂焦土的贝类,无不显出这条河的苍凉。

苍凉,源于堤坝。堤坝,起于人心。再没有筑于人心里的堤坝更具有防御的功能。

人与人争利,与河流争利,与鱼虾争利,戕害泛滥,两败俱伤。河流不再像河流,鱼虾消失于河流,人死于污染的河流。不足百公里河段内,人们筑起一道又一道堤坝和水闸,像是一道道捆缚在河流身上的绳索。

堤坝拦截的是上游被重度污染的河水。干涸的河床上,水闸已失去原本的作用。无论是堤坝拦水,还是水闸控水,都是"人胜于天"的真实写照。可是,人真的胜天了吗? 这条上游叫大沙河、下游叫小洪河的河流,被束缚的躯体痉挛着、扭曲着、煎熬着、压抑着。它本该自由向前,舒展流淌,从西北流向东南,从春天流到秋天,从快乐流到快乐,从安详流到安详。但,它被捆缚着,被绑架着,被人心的堤坝防御着,人,又得到了什么?

　　我深信,河流的灵性和智慧远优于人类。它总是像母亲般隐忍,用宽容和深邃的眼神注视着我们,而我们永远都不能猜透她的内心。或许,她也有自由的灵魂,如同我,带着旅途的疲累,在民权县城的一家小旅馆里,做着香甜的梦。梦里,我是一尾鱼,游弋在蔚蓝浩瀚的水中,时光静止,空间无限延伸,仿若虚空,如如不动。

无语，泪流

杨　秋

对于洪河，我一直心怀敬畏。

这种心理缘于小时见闻。村里曾有位十五岁少年，坐在洪河边戏水，被水草缠住了双脚，生生淹死。于是，老人们说：小洪河子紧（邪气大），有白鱼精要生吃小孩子。结果，这话如刀，一下一下刻到我的心上，一刻就是几十年。

此时，站在那男孩曾经蒙难的水边，发现：记忆中立陡石岩的岸和幽黑一团的树，都因岁月的洇染而改变了模样。洪河也如她的母亲涡河一般，宽阔而慈祥。

秋水伊人，结伴而行。天蓝云淡，西风猎猎，河水宏阔，点点跃金。一路风景旖旎。

行至古井西，洪河折头向北，如突遭横祸，丰美的洪河此时枯瘦脱形。水浊河臭，水面逼仄，几近断流。至三台楼村，河床干涸，滴水全无。疯长的苍耳子、牛瓣草和鬼圪针，趁机挤满了河床。

小洪河死了！我们一步一步地丈量着，眼看着洪河由生机蓬勃到病魔缠身到生命终结。有一种悲怆与疼痛在心底蔓延。

河床上，一位老人在放羊，一边听着豫剧《打金枝》。面对我们的询问，老人如是说：上游打起了坝子，水过不来。一年多了，一直这样干着。言毕，咧嘴笑了。

我愣了片刻，忽然就理解和接受了老人的欢乐。那是一种悲哀的欢乐、底层的欢乐、无奈的欢乐，如果没有这些欢乐，这些沿河而居的人就无法生活下去。

于是，我们期盼着见到水闸，期盼着那浩浩汤汤的大水充盈于天地之间。然而，枣集大坝、包头集红旗一闸、睢阳区李口镇大坝、民权县断堤头大闸，一条条的坝，一座座的闸，一次次的希望，一阵阵的失望。大闸的两边依然是焦土片片，河水依旧细若游丝，时有时无。其间，洪河几番挣扎，几经更名易主，从谯城的小洪河到睢阳的大沙河再到民权的民睢干渠，依然没能摆脱死亡的厄运。最终，在距离故土黄河故道几千米的民睢干渠，魂断香殒。只留下一只只手掌大的河蚌在干裂的滩上哭泣，等着日复一日的烈阳将它们晒死、风干。

纵观小洪河由生至死的过程,我忆起清华大学河流研究所教授王兆印的一句话:河流的消失死亡,不再是单纯的自然科学,也是社会学和哲学。

就小洪河的悲剧而言,上游一个个大坝和水闸的建立,把流动的活水变成了静止的死水。静止的结果造成原有物种的消失和河流生态系统的彻底改变。而严重污染,也是小洪河致死的罪魁祸首。虽然污染不会让洪河直接消失,但大量的生活垃圾堵塞了水流,犹如血栓阻挡了血液的脚步,从而导致血管的坏死。

腾讯上说,幼发拉底河正走向干涸,伊拉克人们备受煎熬。北京的永定河上游断流,只剩干涸的河床。这些,离我们有点远。我知道,我们刚刚经过的洪河的支流洮河,分手时还宏宏浩浩的,也只是向西走了几十米,便消亡在了一片水草之中。

内心不觉惶然、悚然,这些河流的命运到底该何去何从呢?

谁来抚慰受伤的河流

许发夫

　　几位作家徒步探源河流,看水系,访民生……笔者有幸与作家们一起走过几条河流。考察河流,本是水务工作者的职责,作家们却视为己任,看到污染的水面、满目疮痍的河床,这让本就比普通人多份悲天悯人情怀的作家大动恻隐之心,用手中笔记录河流受到的创伤,呼吁世人加强对河流的关爱与保护。

　　河流之于人类,意义甚大,可以说没有河流就没有我们人类,也没有人类的文明。远古时代,人们选择水草丰美的河流,缘河而居,农耕、放牧……靠着河流的滋养,我们人类才薪火相传,生生不息;河流像伟大的母亲,哺育了我们,人们也因此将母亲这个伟大的称谓送给了河流——母亲河。河流不仅养育了人类,还繁衍了人类的文明。世界上四大文明的发源地都与河流息息相关。尼罗河诞生了古埃及文明,幼发拉底河和底格里斯河养育了古巴比伦文明,恒河流域催生了古印度文明,国人熟知的黄河流域哺育了华夏文明。

　　随着社会的进步、生产力的提高,人们可不再沿河而居,与河流的关系也似乎没有洪荒时代那样紧密,但是河流之于人类的重要性并未发生本质的变化。人们生活和工作同样离不开水,离不开河流。只是急功近利思想的作祟,让人类一时被蒙蔽了双眼,变得忘乎所以,变得忘本。为了一己私利,人们开始将大量的工业污水直排到河里,让碧水变成一种梦想。这样的结果不仅戕害了河中的鱼虾,更害了我们人类自己。河流的污染,造成了地表水质不宜饮用,由此引发的各种疾病正侵蚀着人类的生命。有资料表明,现在群发的癌症村、癌症乡都与水质的污染直接关联。人类污染河流,看似伤害的是河流,其实是我们人类在自掘坟墓。

　　作家的笔触可以引起人们对河流的思考和关注,但要抚慰受伤的河流,作家所做的就显得无力苍白。只有我们整个社会都行动起来,视河流如生我养我的母亲,去呵护,去关爱,才能减少对河流的伤害。我们真的不能到了世界上的最后一滴水是我们的眼泪时,才去保护我们赖以生存的水资源,我们不能以牺牲河流为代价去寻求发展。发展为了人民,当发展的代价让人民都无法生存时,这种发展还是不要为好。

　　真的希望看到下次不再是作家一次次地徒步考察河流,而是我们的水务工作者经常去考察河流,我们的环保部门经常到河边走一走,只有我们整个社会都伸出关爱之手,去呵护河流,才不会让作家们发出"谁来抚慰受伤的河流"的哀叹。

涡　河

涡河札记

张超凡

一、凤凰河

　　科学家判断外星有无生命的重要手段,是对水的孜孜以求,所以当火星探测器传回可能有水的信息时,不仅美国的科学家欣喜若狂,全人类的科学家都为之雀跃不已。生命的源头在于水,人类的文明源于河,全人类都奉行这条金科玉律。

　　同黄河孕育了华夏文明一样,流经黄淮平原腹地的涡河,不仅滥觞了道家文化,哺育了涡河文明,而且诞生、滋养了沿河人民。千万年过去了,多少次沧海桑田的轮回,涡河,这条亳州的母亲河,依然忽而波澜壮阔,忽而静若处子,时而大智若愚,时而浑若无知地一直向东,把文明和愚昧,把富裕和贫穷,把幸福和灾难,流入淮河,注入大海。

　　涡河,亳州人民的母亲河!

　　人寿百年,已是奢望。以至于雄才如曹操者,在人生最为得意之时,也发出"神龟虽寿,犹有竟时,腾蛇乘雾,终为土灰"的感叹。

　　河,她,也会老吗? 每一念此,都令人悚然心惊。它令我不得不把审慎的目光,一次次地投向这条大河。心里头禁不住一次次地追问:涡河,你会老去吗?

　　每一次的追问,都令人心潮起伏。也许,把华夏文明追本溯源,就可以浓缩为长江、黄河文化,进而变形为"龙文化",那条吞云吐雾、呼风唤雨、变化无端的四爪金龙,简化起来,就是一条弯弯曲曲的大河而已。从这个意义上说,亚马逊河,刚果河,尼罗河,幼发拉底河,密西西比河,伏尔加河,这些世界著名的大河,这些孕育世界文明的蓝色之水,尽管哺育了不同肤色的人种,如果放在中国文化的投影仪上,都可以称为龙的子孙——哪条河不是龙啊,连长安城护城的泾河,都委派有"泾河龙王"管理呢。都是大河的子孙,还有什么高下之别吗? 中国文化的重要元素就有一条,不要有分别心。

那么,我们不可以敞开心胸地接纳,六十五亿地球人,都是龙的子孙吗? 作为黄河的分支,古老的涡河,承载了丰富的密码信息。她连接了黄河水域与淮河水域,促成了"河文化"与"江文化"的融汇,因此,也可以将她看成"两龙文化"(江、河)的连接点,鲜明的地域特点,为涡河文化烙上了鲜艳的印记。既有北方文化的苍凉厚重,从中产生胸怀大志的帝王和悲壮的"建安风骨";也有江楚文化的绵密哲巧,孕育降诞悲天悯人的哲人和拯世的"道家文化"。这就注定了,这块土地,这条大河,将成为华夏文明不可分割的重要组成部分。涡河流到亳州,已是中游,在亳州城西端和东段,她汇集了惠济河、弘河、宋汤河,以及油、明、赵、武、洋、包数河之水,河面变宽,水量骤增,浩浩汤汤,直向怀远县的淮河流去。因了涡河的灌溉,沿河两岸,绿野平畴,良田沃渠,梨香桃艳,历来为物阜赋庶之乡。西高东低的地理落差,在亳州,长期形成这样一句古训:"人不入涡。""涡"和"锅"谐音,意思是,人不可能掉到锅里,如果入了"锅",哪里还有命在? 延伸之意,涡河不会轻发水患,一旦涡河泛滥,"人入了锅",下游之地,不堪设想也! 然而,人世千秋,宇宙不过一瞬,涡河,你会不会老去,在我等凡夫心里,固然重若千钧,但在宇宙的那个制造者看来,似乎只是个有些荒诞、有点儿小儿科的问题。天意难测,非我辈可以窥知,但自商汤在涡河之畔建都开始,涡水沧桑,却是可以从史书的断简残编中,窥蠡参半地,了解她的部分信息。远古的不说,单是明清两朝,黄河水患波及涡河者,百次之多,现在的亳州城,已经不是秦汉唐宋元历代之城,那座千年之前的古城,已经静静地躺在黄沙之下,如同被深埋地下的庞贝古城。州志记载,现在的州城,是元代大将张柔所筑,当时,涡河溃堤,平地汪洋,城池不存。张柔率军,立巨木为栅栏,栅栏后堆土围坝,将涡河之水重新"舀进锅内",亳州人方才从水深火热之中脱离险境。把涡水束进河道之后,才在涡河之阴另筑新城,这就是今天亳州城的雏形。此事可知,所谓"人不入锅",只是亳州人期盼的理想境界,并不是靠得住的经验之谈。猜想那时的涡河,是不老的河流,因为年轻,她才性情暴烈,她才充满活力,她才不甘约束,敢于冲破堤坝的阻拦。是人类的活动,令涡河韶华骤失,青春不再,华发盈颠。可以想象,魏文帝曹丕当年率水军东下淮河,决战东吴,战船千艘,旌旗蔽日,涡河该是何等的宽阔? 水质该是何等的清冽? 工业化的推进,地方利益的割据,一条一条的大闸斩断了涡河的龙脉,涡河变成了浅浅的一湾,细细的一线,从一位丰满的少妇,蜕变为一个干瘪的老妪。我们痛心地看到,涡河,她令人心悸地老去了!五十年代清泉汩汩、水质甘冽的涡河,被一个一个的"五小"企业肆无忌惮地排放有毒污水,鱼虾灭绝,人畜堪饮!许多年过去,曾有的美景,已经成为孩子们的童话故事。世事难料,斗转星移。以人为本的理念,终于在我们心里复苏。国家开始治理涡河。有消息说,涡河里可以钓鱼了,这个平凡的消息,让多少人精神一振啊。赶到河边,站在大地桥俯瞰,河滩上长出了森森的芦苇,竟有了蒹葭苍苍的味道,挖土机在搬迁的居民区上忙碌,隆隆的机声第一次变得悦耳,河床在展宽,大坝在拓延,规划在实施,我们已经可以想象,治理后的涡河亳州城段,将是叫人脚步流连的胜景,将是亳州人引以为傲之处。期待的鸟儿,已经在亳州的天宇,翩翩地飞翔。华夏文明中,有一种不死不老的鸟儿,她叫凤凰。每当凤凰将要老去时,她就燃起一堆熊熊的大火,在火焰最盛时,她投身火中,在烈火中燃烧,烧尽之时,她又变成了一只年轻的、充满活力的凤凰,她在烈火中获得新生,这个过程,就叫作"涅槃"。老去的涡河,就要重新获得青春了,她的涅槃在即,亳州人也要面临一次"心灵的涅槃",涡河的子孙们,涡河既是我们的母亲,那,让我们做她孝顺的儿子吧,让我们爱护她,保护她,就像保护我们的母亲,当污染、糟蹋行为发生时,我们每一个人都说"不"吧。涡河,你就要获得新生之际,我无法准确表达我的感慨,只好笨拙地称您:您是一条凤凰河!

2008 年 9 月 20 日上午

二、水,水门关漫想

(一)

在说水门关前,先说说水。

水,是天使滴落人间的一滴喜泪。

对人类而言,水,忽喜忽悲,忽嗔忽怒,就像川剧里的变脸艺术,转瞬之间,就会从笑态可掬变为面目狰狞。可那个转变的机关,有时并不掌握在人类手中。

查考历史,所有人类的繁衍、存续,都是和水相伴而行的。不管是东方还是西方,不管是欧洲还是亚洲,研究其关于人类起源的传说,或者叫作历史——有些所谓的科学家将不能严密证实之事一律斥为荒诞的传说——都是和水密不可分的。在东欧或曰西亚,有诺亚的方舟,那个巨大无比的方形大船啊,将毁灭一切生灵的大洪水的魔咒,有力地消解了。想象那个时候,生灵们躲在方舟里,惊恐万分地惕听着船板外骇人的风浪、惊魂的雷电,在灵魂深处烙上对水无比敬畏的印记。基督徒们大多确信不疑,人类的确经历过那个艰难的磨折,洪水滔滔,万物毁灭,诺亚方舟拯救了宇宙生灵,这个,就写在《圣经·创世记》里。奇怪的是,中国的文化元素中,也洇染着水的印渍。翻开启蒙书,第一页就是"宇宙洪荒"。人类起源的传说,也和西方惊人地相似,但落脚点却和善恶报应产生了关联。

传说中国的先知或者天帝,化身一个老乞丐流落民间,考察人们的善恶表现。他发现世人作恶多端,大怒,动了灭绝人类的念头。一天,一个上学的善良儿童发现了老乞丐的可怜,非常怜悯他,把自己上学带的午饭——三个馒头送给了老乞丐吃。老乞丐吃完了,却不满足,要求学童明天多带几个馒头,学童答应了,并且遵守了承诺,每天如此,一连三年。到了这年的腊月,学塾快闭馆了,老乞丐问学童,你每天拿那么多馒头给我,家人不过问吗?年纪渐长的学童告诉说,家里只有一个奶奶,她知道我拿馒头是为了养活您,特意嘱咐要我多拿几个,好够您一天的口粮。乞丐说,真是良善的一家!沉吟一会儿,对学生说,你回家告你奶奶,要是有一天看见你家大门口的石头狮子的眼珠子流血了,就赶紧逃难,天要塌了,地要陷了,你们无处可去,只有你家西北墙外的一棵大槐树根部的大洞里可以逃难。记住记住。说完,慢慢地走了。学生回家把老乞丐的话说给奶奶听,老奶奶是个智者,对老乞丐的话深信不疑。过了几天,临近年关了,邻家的孩子顽皮,用写春联的红纸沾上水,把学童家门口石狮子的眼珠子涂红了,流血一样。老奶奶看见了,毫不犹豫,叫上孙子,带上仆女,赶到老槐树下,钻进了树洞里。一会儿工夫,外面风雨大作,洪水滔天而来,老槐树被连根拔起,像一只独木舟漂泊在水里。所幸,树洞里有一堆干粮,正是学生施舍给乞丐的馒头。几年后,洪水消退,人类得以繁衍。

中国的传说与西方的传说,在某些情节方面,惊人地相似,如洪水,如独木舟,如人类的灾难与繁衍。细节却迥然有异,西方传说里方舟里多了许多动物和一只衔回橄榄枝的鸽子。这些看似细小的观念,于今天西方的文明,西方人对于保护自然环境、保护动植物观念的确立,无疑具有密切的渊源。而中国的故事里,更多地突出了善恶报应。相比之下,人文情怀的缺陷是十分明显的,我们既没有把各种动物带进方舟,也就没有鸽子飞出去衔回树枝报告洪水退去的人文互动。我们过分强调了"人为万物灵长"的独尊作用,而忽略了对世界万物共生共存、相互依赖的认知。这,就是至今仍然弥漫朝野的,漠视人与自然和谐相处的人性本源吗?

(二)

安徽西北边城亳州,有一个地名十分怪异和奇特,叫作八步六条街。可是,你如果真的站在这个地方,阔步高脚迈出八步,却找不出六条街来,怎么数,都只有五条。外人难免疑惑,里人亦多存疑。只有耆宿元老们才会轻抚白髯,缓缓告诉你:那条街,就是水门关啊。这时,土著们就会恍然,这座水门关,一座石砌的房子,平时封闭,如果打开,直通河下,应该算作一条街啊。

水门关,这座古老的、坐落在涡河堤边、监测涡河水文变化、为城池水患报警的建筑,谁也无法测知,它历经多少水文沧桑,亲聆多少风雨波涛,目睹几许生死离别,见证诸多旗帜变换,它淡然矗立几百年,面对汤汤涡水,自己却波澜不惊。

水门关的设立,是为了涡河。

说到涡河,心头难免一震,不可遏制地生出许多敬仰。思绪就不由得转到本土文化的构成上。华夏文化,形状是一只宝鼎,鼎峙三足,儒释道三家共融一体。其中的一足,是舶来的佛,不过,经过互相撞击融合的佛教,已经不是本来的面目,中国文化的因子,使进口的佛"转了基因",成了中国的佛教。另外的两只脚儒和道,却是土生土长,是本土文化的本根,却与水,与河,密切相关。

在黄河岸边的鲁国曲阜,诞生了孔子,开启了儒家文化汩汩不绝的源头活水;而在涡河岸边,老子李耳的诞生,则点燃了道家文化千年不熄的绵绵火种。儒、道文化的这两只火炬,很奇怪,不仅被历代的老百姓捧在手里,用以规范人生的道路,而且也被历代的统治者奉为神灯:儒家的孔子被捧为"大成至圣先师",代代孔门后裔被册封为"衍圣公",官位二品,爵俸如仪,一直到民国政府溃败,才卷席而至台湾,偏安一隅,萎然势衰;道家亦同样幸运,道教的张道陵后裔,被奉为"天师",自北宋以降,代代天师,官二品,仪仗如规,直到民国末年,才和孔家一样,结伴而去海岛,捉妖降魔之术,想已式微矣!

他们的命运,似乎与河、与水有关。

黄河,历来被称为中华民族的母亲河。这位母亲,脾气却有些大,翻开史书,历代水患不断,常年的泥沙俱下,以致水色发黄。一碗水,半碗泥,人民失望之余,说出了"圣人出,黄河清"的抱怨。这句古训的诱惑力或许过大了,以至于有一位老人家产生了造福人民、勇当圣人的冲动。手笔很大,不亚那句满江红:收拾河山。动议修建三门峡工程,拦河澄水,再让澄清的河水滋润下游。然而,也许这句古训就是一句魔咒,为的是反证世无圣人的训言。一个叫作黄万里的专家力陈大自然经过磨合,已经规律化,力证"三门峡"工程的后患。然而,他面对的是七十名噤若寒蝉已经失语的专家,七十对一,结果可想而知,黄万里被打为右派,列为反党,惨遭批斗。另一个结果比黄万里的命运还要惨烈百倍:三门峡蓄水不久,泥沙淤积,河堤溃决,膏腴之地的八百里秦川被淹,毁坏农田八十万亩,二十万人民无家可归。圣人虽出,黄河未清,付出一笔"巨大的学费"。

黄河水肥沃异常,滋润了两岸良田,但也喜怒无常,吉凶多变。

就规模而言,皖北的涡河只是淮河的支流,比起黄河来小了许多。而她承载的文化信息,却似乎可与黄河匹敌。黄河以水色得名,涡河却与老子的自我批评有关。

《水经注》记载,发源于汴梁左近的涡河,原名阴沟水,又名"浪荡渠"。名字轻佻粗鄙,民间附会很多传说。其一说:武王伐纣时,天上神仙的截教教主因为门下弟子帮助无道的纣王残害生灵,有负仙界戒律,被罚下凡尘重修道德。太上老子不忍同门遭贬,为接引他早升仙界,自己先行降生在亳州地界修炼,等候接引截教教主。而心胸狭窄的截教教主以为老子抢占先机,大怒之下,落下一泡长尿,借黄河水势化作一条大河,直冲老子道场。老子怕水患伤民,以杖划沟,引水东去入淮,又将炼丹用的锅金掷入河中,镇住河妖,保住了一方百姓。此河因而得名阴沟水,又因截教教主的轻狂,俗名"浪荡渠"——传说嘛,查无实据,事出有因,记录在北魏郦道元的名著《水经注》上。事后,老子深深自警,认为自己道德修养不够,过失在于自身,乃为此河取名"过河"。后人认为过失不在老子,而老子的炼丹神锅失之河中,遂取名"锅河",又有术士推演五行,觉得此河金气过旺,又将"锅"字的"金"旁改为"水"旁,"涡"读音如"锅",就成了今天的涡河。恍然几千年,时间、空间如轮移换,世事转移,恰如掌管漆树园林的小吏庄周之梦,又如一眠千岁的陈抟之睡,那些黄黄白白的旗帜,包括曹操父子沿涡出淮的战舰,都随涡水而去,消失在迷蒙的烟波浩渺之中,多少王霸之业,岂可复寻?

然而,涡水却留下了老庄,留下了道家文化的骨架,也留下了为经济利益拼死争夺老庄故里的幕幕喜剧,那些口水夹杂怒目的官员和文人,也许根本就忽略了老子之为老子的道理,那个骑牛出关,"西被流沙,不知所终",不欲为世所知的隐士,如要争名争利,他还西去何为? 真人如此,何况附会?

(三)

水门关建于元代。

因了地理的原因,沿涡的地势西高东低,亳州历来有"人不入涡"的古训。然而元初的那一场大水,还是把亳州人"沦为了鱼鳖"。那次黄河改道夺淮入海,冲垮了固若金汤的亳州古城,厚厚的泥沙,把唐宋间的古城深深埋在了泥沙之下。从卫星遥感图片上,还能清晰地展示古城轮廓,想必有一天发掘出来,也能像庞贝古城一样保存本来面目吧? 一片汪洋之中,驻守亳州的大将张柔,率领山前八军,沿涡河以巨木矗地为栅,培土成堤,硬生生地把肆虐的河水约束进河床,重筑城池。今天的亳州城,就是元代张柔筑城的遗存。这个封建军阀的善政,亳州人一代代记在了志书里,而多少官员的名字都被忘记了。

为了警示河水对城池的威胁,在城市北门临河的堤坝上构筑了一座水门关,设计为只要水位不超过水门关的门沿,城市和人民就是安全的,否则,城市就会沦为泽国。

古时的人们对水的恐惧大约仅限于水患,对水的本质意义,却认为是自然的慷慨赐予,不需特别感恩的。古人想不到的是,几百年后,人们不仅对水从土地上逐步的消失而心怀恐惧,更因为江河湖泊的全部污染,几乎找不到一条洁净的河流而陷入更深的恐惧。想必古代的水过于丰沛了,就像家有金山银山的蓄积无需节俭花费,可是,才几何时,那个可与洞庭媲美的湖泊云梦泽,竟然消失不见,连一片水渍都没有留下;那个聚集上万好汉的八百里水泊梁山,也没有了战船的栖息之地;更近一点的,淹没泗州古城的一大片湖水,时间不过明代,竟然也梦幻般逝去,五十岁的汉子少年时还在湖边湿地里成筐地抓鱼,今天,却连一滴水也看不到了。

水,我们赖以活命的液体,到哪里去了呢? 缺水的城市越来越多,地下水位越来越低,那些村边可供孩子们戏水的小河和池塘,早已涓滴不剩;那些尚在流淌的河流,水质早已恶化;就连号称"珠城"的临淮城市蚌埠,也曾经好几次面临艰难的水荒,居民不得不抢购饮用水,而淮河里泛着泡沫的臭水,叫看见的人心神沮丧。

我们把水怎么啦? 水把我们怎么啦?

可以想见,水门关,这座古老的预警水患的建筑,由于涡河水位的降低,已经生不逢时,存在显得奢侈,让人产生不得不废弃的念头。

年岁高迈的老人却申斥后生的狂妄,老人们回忆说,二十世纪五十年代还发过一次大水,显出了水门关的重要。那次的水灾猛烈而突然,一夜之间,涡河变得宽阔无比,一片汪洋之中,波涛直逼水门关,胆大的孩子甚至可以坐在水门关屋檐上伸腿在河中戏水。县长站在堤上,脸色有些发白,决定撤民避水。可是,地势奇高的城市尚且如一座孤岛,又往哪儿避呢? 城中老人有言,城中大隅首的高度,与蒙城万佛塔尖,怀远禹山之尖高度齐平,此说假如半真半假,一旦亳州城沦入大水,那东去几百里的下游,岂堪设想? 犹疑之间,城中百岁长者来到水门关,看看水势,嗅嗅水味,欣然告诉县长,无碍,这水过不了城中。

那一场大水真的一夜之间退去了。水门关的屋檐下留有一道河水的印渍,老人们让后生们在那儿刻了一道印痕,告诫后人,水势只要不过此线,亳州城就很安稳。

令人半是欣慰、半是焦灼的是,此后的涡河再也没有了那样的脾气,原先宽展无垠的河滩,一天天被淤没,码头下高高的八十三级青石台阶,不知不觉间被淤沉泥下,代之而起的,是一个庋乱的年代,人们自由地在河堤上开垦,最多的是搭建房子,没人过问此等琐事。等到当政者想到时,涡河堤早已消失在杂七杂八的各种小房子之下。最无情的是河床、河水的萎缩,在著名古建筑花戏楼之东的河下区,曾经有一片名噪清末民国的红灯区,叫"王家坟",当时短墙相连,曲巷纠葛,如今,竟然连一点影子也没有留存。而涡河之水,更是叫人伤心,就像一个纯洁少女转身变为一身性病的娼妓。儿时,用小手在沙滩上挖个小窝,就会有泉眼咕咕冒出清泉,捧起来畅饮,甘润肺腑,如今,再也没有了泉眼,就连做太守的欧阳修写诗赞美的"涡河龙潭"也已经淤平了,再也不见那些莫测的黑邃。

变成死河的涡河,不时有臭水流过,有时一场大雨,河水会清上几天,但也许过不了多久,又会有一股臭水流过来,开始一波一波地轮回。

涡河边出生的老子,曾经说过一句经典:上善若水。如果反证一下,水如果坏了,那么善良会不会跟着崩坏?

诞生道家文化的涡河,不时流着不洁之水,很令人窒息。

(四)

一天夜里,睡梦中听见水门关被拆除了,晨起观看,它真的消亡在铲车的轰鸣中了。这座古老的小建筑,也许早已经失去了存在的价值。新的城市在崛起,国家投资十几亿的涡河治理项目需要一个崭新的面貌和舞台。新的大堤,新规划的大堤景观带,美轮美奂的夜景灯,吸引了成群跳街舞的红男绿女,给这个空前的盛世,增添了绚丽的光芒。

谁还记得水门关? 一座破败的水门关,因为水的无法挽回的消失,确认无用,消失,是必然的,也是顺应"历史潮流"的吧?

三、涡河的传说

涡河,是咱亳州的母亲河。她横贯西东,穿城而过,西有龙潭,幽深沉静;东有曲涡,嘉树晴明,给城池赋予了山水灵性;六条支流对称南北,南有油(河)洺(河)赵(王河),北有武(家河)洋(河)包(河),既像涡河巨龙的龙须龙爪,可以行云布雨,又似涡河依附的彩带,五彩缤纷。旱能蓄水灌溉,涝能排水入淮,使亳州自古以来,大多风调雨顺,丰年为多。涡河,养育了亳州人民,滋润了亳州大地。

关于涡河,自古传说故事很多,主要有两个。

传说一:
盘古开天辟地以前,宇宙一片混沌。鸿钧老祖修炼无数个混沌,历劫而来。

他教化了三个徒弟，分别是道德天尊、元始天尊和截教教主。道德天尊即为太上老君老子，他创立了道教。元始天尊盘古创立了阐教，手下拥有玉虚十二门人等弟子。通天教主创立了截教，手下弟子也有如雷公、电母等能人无数。

武王伐纣时，阐、截两教弟子多数参与了战争，截道弟子支持无道纣王，逆天而动，在战争中死伤殆尽。三兄弟也闹翻脸了——老师鸿钧老祖出面，教训了截教教主，批评他不该逆天行事，约束不力，支使门下弟子助纣为虐。老师罚他重新入凡尘修炼，并派太上老君下界指引师弟归入正路。

太上老君下尘后，暗自思量，师弟截教教主性格太过孤高要强，想煞煞他的性子，养性以修命，最终不辜负师父的一片苦心。就抢先一步，在截教教主历凡之地，涡河岸边，化成一座道观，等着师弟前来应化。

截教教主受到师父的教训，本来内心就郁闷万分，门下费尽心血教成的一众仙人弟子，被姜子牙的诛仙剑诛杀殆尽，怎不心疼？师父又偏向两个师兄，不但不给自己撑腰，反而要自己到尘世重新修炼，这口气实在咽不下去。满心委屈，出了三十三天，手搭凉棚，按师父的指引方向，看中了一块宝地，心想，就在这里建一座道观，静养几年吧。

等到他按落云头，在亳地上空一看，自己看中的风水宝地上已经建好了一座道观。再仔细一看，原来是师兄太上老君的道场！不由得勃然大怒，咬牙切齿地说道："李耳啊李耳，你的徒弟欺负我的徒弟，姜子牙这孩子一点儿不留情面，挥动诛仙剑斩将封神，大多数都是我门下的弟子啊！师父偏心，反而教训我一顿！这倒也罢了，你在师父面前说得好好的，不计前嫌，助我再修大道，乖乖，唾沫星子还没干就先下手为强，抢占了我的道场风水！这才一眨眼工夫，道院你都建好了！好，好！你欺人太甚，也不要怪我不留情面！我叫你抢占风水，待我淹垮你的道观，冲碎你的神像，叫你片瓦不存！"一挥袍袖，就要引黄河之水直冲下去。意念一动，思一更奇之法，拉开裤子，对着老子的道观撒了一泡长尿，以尿水为引子，行阴阳坎离之法，坎水生离火，离火生丑土，尿水混合了黄河之水，浑浑汤汤，从西北方向直冲而下。黄水咆哮，山崩地裂，平地冲出一条深河，大水直冲老子庙而去。

老子一看，坏了，师弟又误会自己了，眼看一场大水平地而来，不知道多少黎民百姓要遭罹祸患，急掐道诀，以指作剑，避开村镇，在老子庙旁划出一道深河，把滔天的黄水束进了河道，一直流到荆山脚下，入了淮河，进入海道。可是，水头虽入了河，浪涌仍如山高，呼啸不下。

老子无奈，只好取出自己炼丹的鼎炉，口朝下扣住了浪头，化去了截教教主的"坎离填补"之法。截教教主一看，法术被老子所破，脸色铁青，"哼"了一声，飞身而起，择地另修道场去了。

这条河,传说是截教教主尿溺混合黄水而成,所以,河里的水始终浑如尿汤,诨名"黄河"——最早叫这条河为"浪荡渠",写《水经注》的北魏郦道元,还称它为"阴沟水""浪荡渠"。

而老子觉得,这件事自己没有处理好,没有完成师命,思虑不周,提前修建道场,惹怒了师弟,才导致水淹十数县,是自己的过失,就称这条河为"过河",静思己过。

老百姓不这样认为,觉得老子为人谦让,以仙家法力巧妙化解了一场水灾,救人无数,为镇住水浪,还把自己炼丹的锅(鼎)镇水里了——圣人无过。只是丢了锅,未免可惜,就称这条河为"锅河",有饱学先生说,"锅"为金旁,金能生水,河水再生水,未免水气太过了,易生水患,不如改为"水"旁,是为"涡河"。

直到如今,涡河就一直叫了下来。

传说二:

亳州老城北边,原生有一条无名小河,只有几丈宽,水量不大,后来,因为亳州侠客王三哥为民除霸,擒住了为非作歹的黑龙,这条小河才慢慢变成了一条大河。

亳州自古繁华,殷商做过都城,历代富庶,商业发达。不知哪朝哪代,亳州城出了一个恶霸,姓洪,单名一个"非"字,欺行霸市,家财万贯。仗着有钱有势,就养了一帮打手,整日游手好闲,在街上窜来窜去,看见入眼的好东西,伸手就拿,看见美貌的女子就抢。因为买通了官府,洪非虽然长期霸女欺男,衙门里却装聋作哑,老百姓也告状无门。

那时节,北城门外住着一位侠士,名叫王三哥,自幼练武,行侠仗义,很得百姓爱戴。王三哥见洪非横行乡里,官府也不闻不问,早就动了为民除害的念头。

一日,王三哥进城买布,正碰见洪非带着一帮子无赖在街上调戏一个民女,很多人暗抱不平,却惧怕洪非,不敢出手相助。王三哥拨开人群,挤了进去,搭眼一看,一个妙龄女子站在街心,青布衣裙,干净利落,被洪非一伙人围在中心,皱着柳叶眉,圆睁杏核眼,一脸怒气,却没有胆怯之色。

这时候,洪非一脸淫邪,上前一步就要抓住女子的手。王三哥一个箭步上前,伸手叼住洪非的手腕,微一用力,洪非发出一声惨叫。一帮子流氓无赖一见主人被拿住,一哄而上,却被王三哥拳打脚踢,一会儿工夫,地上躺倒几个。其他人拥着洪非抱头鼠窜了。

被救女子上前施礼致谢,说:"我家住正东青龙山,姓青,叫青芝。壮士将来如有难处,我一定鼎力相助,为你解忧克难。"说罢飘然而去。

再说洪非,被王三哥坏了好事,还挨了一顿好打,心里哪能咽下这口毒气!唤过手下恶汉,趁着傍晚天昏,把王三哥回家路上的独木桥从中间锯断了,自己躲在桥柱下,手持钢刀,等待王三哥。只要他一落水,就给他个乱刀分尸。

当晚,王三哥在朋友家喝罢酒,趄着月明地回家,想着白天做的善事,心里痛快。踏上独木桥,刚走到中间,"咔嚓"一声,桥梁断了。王三哥人落空中,心里不乱,两手一抓,扣住了两头的木板,身子悬空却没有落水。洪非一见,跳起来一刀劈去。王三哥双腿一屈,避过刀锋,右腿弹出,一脚踢在洪非胸口上。洪非想叫还没叫出声,就扑通落在水里淹死了。

洪非死后,阴魂不散,变成一条黑色恶龙,潜在河底淤泥中,时时兴风作浪,祸害百姓。王三哥带领大家广邀铁匠,支起洪炉,打造了七七四百九十把几尺长的大滚钩,下到了河底。黑龙作浪时,被滚钩钩住了,疼痛难忍,爬到岸上喘粗气。大家手持刀枪,一拥而上。黑龙一见,吓得一扭身子,拼命钻到了深土中。

它伤了肉身,无法从地底下再钻出来,却毒心不死,化成一股黑色的泉眼,从土里咕嘟咕嘟冒涌出来。泉眼很大,有一搂粗,黑水打着旋涡往上冒,一夜之间,大水汪洋,淹了几个村庄。

大家着急上火怎么也止不住黑泉。人们根本靠不上边儿,隔着老远抛石头,连石头都能冲走。王三哥情急之中,忽然想起那个叫青芝的女子临行前说的话,"如有难处,我一定助你解忧克难"——那女子青布衣裙,举止不凡,肯定大有来历。值此难关,王三哥只好借一匹骡子骑着,一路打听,向青龙山奔去。

青芝正是东海龙王的女儿——小青龙下凡,早知亳州有难,已经在路上等着王三哥了。二人一见,青芝不等寒暄,就取出一件东西递给王三哥,说:"它是我家东海底的一口神锅,空中一抛,就能锁住黑泉了。"说罢,从头上摘下一朵黄花,吹了口气,变成一只小船,让王三哥和他的骡子坐上去,用手一指,呼呼生风,船飞了起来。等王三哥再一睁眼,已经来到黑泉上空。

王三哥拎起铁锅,对准黑泉,用力抛了下去,只见神锅滴溜溜迎风见长,变成了小山一般大,哧溜一声,扣住了黑泉。几人高的水柱子呼哧一声沉到水中,连同大锅一起不见了。

由于黑泉肆流,原来的小河变成了一条大河。老百姓不忘神锅的功劳,为河取名叫"涡河"——自古相传,涡河没有淹过城,叫"人不入锅"。

四、洪山庙窝子

亳州城西旧有涡河龙潭,水色碧黑,不知其深,传有龙王居住。欧阳修做亳州太守时,曾专门写诗歌咏过,诗曰:

碧潭风定影涵虚，

神物中藏岸不枯。

一夜四郊春雨足，

却来闲卧养明珠。

时间流逝了一千多年，许多山川地貌发生了巨大变化，令人无法置信，神话传说中的仙人麻姑三见沧海变桑田的故事，我们曾付之一笑的，可是，不过区区几十年过去，我们身边的许多河流，突然就干涸了，如同一口烧红的铁锅——其中的水，蒸发尽净。而亳州涡河龙潭，传说曹操少年时曾经斩杀过蛟龙之处，也早已隐藏于时间隧道里。

这么一处神秘的胜景，涡河龙潭，她在哪儿呢？自欧阳太守之后，再也不见于地方文字了。沿河考察，仅有民间指认的洪山庙窝子，与龙潭差相仿佛。

洪山庙，在亳州城西的涡河之阳。西面不远，奔腾而来的涡河在付庄旁边突然拐了一个急弯，扭头向北，又拐一个急弯，转而向东，画成一个大 S 形，本来不小的落差，拐了两个急弯后，宽阔的河面上形成巨大的旋流，迸发出坚韧的冲击力，年深日久，冲刷出一个巨大的深潭，旋流的裹挟，沙石大量冲刷而去，使潭底越来越深，最终不知深浅。此处之涡河，水面宽阔，蔚为壮观。河中心幽黑的深潭，常年翻卷着巨大的旋涡，神秘莫测。因为河北岸就是洪山庙，附近居民就称此处为"洪山庙窝子"，传说是涡河龙王的龙宫所在。也许，这就是欧阳太守称誉的"涡河龙潭"吧？

宋代以后，元、明、清三世，亳州频遭战乱，文化奄奄一息，往日胜景，十不遗一。龙潭一说，湮没无闻了。洪山庙及其"窝子"，因为历代逢庙会的缘故，老百姓还口口相传着。

洪山庙毁于 1949 年之后。"文革"期间，彻底夷平。询之故老，洪山庙并不是佛寺道观，而是一座龙王庙，这就印证了"龙潭"的推理。庙门前，是宽阔的河滩，每年六月十七，庙前逢会，十分热闹。因为"窝子"正对着洪山庙，就俗称为洪山庙窝子。

从洪山庙主供龙王和河中的"窝子"，到传说中"窝子"里住有龙王，可以印证，洪山庙窝子就是欧阳太守吟咏过的"涡河龙潭"。

关于洪山庙窝子，沿河有很多的传说，其中的老包打渔的故事，颇有意思。

渔民老包经常在"窝子"一带打鱼，卖了鱼，打了酒，总不忘在河滩上浇上一杯，说是送给"水下"的朋友。不想，自此后，每天都能打到许多鱼，一下网，好像有人朝网里赶鱼一样。一天，多喝了几杯，借酒壮胆，老包把一碗酒倒在河滩上，说："水下的朋友，请出来见一面。"哗啦一声水响，钻出来一个水鬼。因为赶鱼的缘故，老包也不甚害怕，邀他饮酒吃肉，结为朋友。自此，每天帮助老包赶鱼，老包的日子一天天富裕起来。

这一年,洪山庙会前一天夜里,老包打了一船鱼,二人喝了一壶酒,水鬼说:"老哥,从明儿起,我不能帮助你赶鱼了。"老包忙问原因。水鬼说:"明日我就要托生去了。时辰在正午,有个戴铁帽子的家伙做我的替身。"二人喝毕,天也快亮了。老包卖了鱼,信步来到河边,想看看谁是水鬼的替身。天近中午时,打正东顺着河沿走来一人,头上顶着一口铁锅。那人来到水边揭下铁锅,就要在河里试试新买的铁锅可漏水,老包一看,这不是河北郑庄的大牛吗?大牛才二十六七岁,家有贤妻,还有两个孩子。老包心想,只要大牛一沾河水,就得被水鬼拉下去做替身。想想他的两个孩子,好好一个家,马上就要散了,心中十分不忍。没等他走到河边,大叫一声:"大牛,河边去不得!"大牛一愣,停住脚步。老包赶紧快走几步,把他拉离河边,一五一十地告诉他真相,吓得大牛说不出话来——为感谢救命之恩,以后大牛认老包做了干爹。

自那以后,老包再也不敢打渔了,一来觉得对不起水鬼朋友,二来也怕水鬼朋友报复。

前些年,洪山庙窝子仍然深不见底。据老辈人回忆,大约清末的时候,亳州发生了百年不遇的大旱,涡河水大部分见了底,但洪山庙窝子,仍然泉水不断,流出的鲤鱼都有"铡框"那么长,还有锅盖大的乌龟。但没有人敢下去测量深浅。

二十世纪九十年代,修建外环桥时,勘探人员不明亳州地理,不知回避这处古迹,把桥桩定位在"窝子"旁边。打桥墩时,河边群众亲见,一车车的沙石水泥倒下去,如同倒进无底深渊,一点儿影子也不见。最后,经人指点,向东挪动几十米才施工成功。还有人说,施工人员向龙王烧了香、磕了头,才施工成功的,云云。民间流言,不足采信。

随着城市规模的无限壮大,我们的自豪感沛然而生。同时,许多的古迹,许多的文化符号,也消失在大厦之下,如同没有发生过一样。涡河龙潭恐怕也将融化在现代都市里。也许,随着新的西外环涡河大桥的修建,后人就再也找不到涡河龙潭和洪山庙窝子了,特意考证,录成小文,以补史缺,俾后来者求知欧阳修先生所咏"龙潭"在何地也。

五、大寺何存

亳州有一个名叫大寺的集镇,自古及今,不知叫了多少代。新中国成立后,一直是一个乡镇的建制,最近几年,不知哪级政府一拍脑袋,把该镇撤掉了。不过,大寺那道街,依然人往车还,并不因领导的好恶而存废,集镇上的生意,仍旧红火得很。大寺之名，颇可怪异。其得名之因，询之故老而不详，多方考证而不得。似是一桩悬案。然征之文献和俗传，亳州能称作大寺的，共有两处。一处在亳州城大寺巷口之北，其址原是咸平寺。《亳州志》中明代志、清宗能征志都说是创建于唐，原名崇因寺，占地阔旷，建筑宏伟，被誉为亳州第一伽蓝，1956 年从寺内出土了石碑，根据碑文记载，此寺初建于北魏，修缮于北齐，从纪年推算，应初建于公元四百多年，维修于公元五百多年，比州志记载的唐代初建，整整早了四百多年。可见，写在书本子上的东西，有时也是靠不住的，尽信书不如无书，就是这个道理。因为该寺是个数得着的大庙，俗称"大寺"，年久月深，咸平寺鲜有人知，大寺却是名闻亳州，以至于后来把那一条街也命名为"大寺巷"，一直传到今天。这座大寺，毁于"文革"时期，被造反派夷为平地。另一处大寺即今天的大寺镇。所谓的"大寺"，颇为费解。考之史志文献，亳州城以东，自古及今，以该寺为中心，共有这样几座庙，十九里左近，亳州城东二十五里，有"韩村寺"，旁边还有"张宽庙"，都在大寺以西，距现今的"大寺"数里之遥。大寺往东数里，有"东钓鱼台"，台上原建有寺庙，不知毁于何代，明清时已不存。钓鱼台之西，原有"谯令寺"一座，据《三国志·武帝纪》载：汉灵帝中平四年（187），曹操称病还乡，在城东四十五里筑精舍，春夏读书，秋冬涉猎。后在精舍上建谯令寺，备极弘壮。谯令寺距今天的大寺镇约有十里之遥。大寺之地，原有一座庙子，有记载的名叫"翟村寺"。毁于"文革"之乱。据老人回忆，翟村寺就是大寺，规模不小，但比之清末的白衣律院，颇有不如。它，为何就称"大寺"呢？年迁岁移，历史已被蒙上一层厚厚的面纱，只能笨拙地推测了。"翟村寺"，从名字可知，应该是座家庙，一村之家庙，并非"十方常住"的"隆天大庙"，其规模绝不可能大到哪里去，能称"大寺"，定有其他原因。猜想有几种：一是靠近谯令寺，或者就是谯令寺的和尚住持到翟村寺，谯令寺乃千年古刹，名头响亮，规模又大，和尚自感是大庙的僧人，故称大寺；二是附近四五座庙子，以翟村寺规模最大，村民又嫌寺名拗口，干脆唤作大寺、小寺，以示区别，大寺乃得俗名；三是该地是一座水陆码头，在公路尚不发达的古代，涡河还没被一座座蓄水闸截得七零八落，一条水路畅通豫浙，西可到开封郑州，东可入淮河达江浙，水运发达，货物山积，市井繁荣，贸易火爆，沿河定是人烟沸鼎，作为教化众生的寺庙，在此发达之区，一定规模不小，名副其实的是一座"大寺"。猜想毕竟只是管窥蠡测，大寺之寺现已荡然无存，只在文物图上，标有遗址字样而已，大寺，哪里去寻找？其实，和世上许多事物一样，大寺的消亡不可避免，许多东西有些活在文献里，有些，压根儿就像不存在一样，除了叹息，唉，你啊，还剩下叹息。

2008 年 9 月 23 日晚

附录1 河流考察报告

油河考察报告

油河,是我们作协会员自发考察的第四条谯城区境内大河。我们利用十一国庆长假,徒步考察了这条河流。"十一"日晨六点我们出发,徒步四天,约行二百里。基本情况,报告如下。

一、流经之处

油河在城父镇境内名为油洺河,最下游,称漳河。在立德乡三岔口村后,一分为二,左为洺河,右为油河。大体西北走向。溯流而上,先后经过城父镇、立德乡、大杨镇、古城镇、双沟镇,然后流出区境;进入河南省郸城县境内后,为张完镇,基本成为郸城县和鹿邑县的界河。在红河头村拐向正北,然后拐向西北,进入鹿邑县观堂乡,穿过铁冢乡、张店乡,流过试量镇,过唐集乡,进入柘城县安平镇——旧称铁关乡,近年合并安平,最终消失在前李楼村南。前后流经四个县区、十二个乡镇。河道弯曲,估计河堤长度有一百三十公里左右。

二、水质

油河整体水质较之我们走过的河流,差堪自慰,算是比较好的。在大杨油河闸以西,有部分河段浮萍较多,说明水质富营养化较重,属于轻度污染。进入河南省境以后,河边村庄较少,河堤明显高大,水质也比较清净,优于我区境内的水质。

一直到鹿邑县西边的唐集镇,水质才渐渐变坏,主要是沿河居民增多,生活污染所致。

油河水质没有大的污染,分析原因,主要是远离城镇,在我市境内,隔离了赵王河水系,离城市五十多华里;在河南境内,在鹿邑县以西,又隔离了白沟——赵王河水系,距城市三十多华里。可见,城市生活污染,是河流水质治理的重点。我区境内的污染,应该和酒精厂排污到赵王河,再经宋汤河入油河导致。

三、堤坝

油河的堤坝,整体完整,我市境内除少数村子过去有取土毁堤之外,近年保护较好,河南境内,堤坝完好率优于我市。不过,目前正有部分村民破坏堤树,犁堤耕种,前景堪忧。

四、河道及其保护

油河的河道,弯曲度是极其少见的。在我市境内,多有急弯,盘旋前行,但弯度不大。进入河南张完乡后,一直是大 S 形弯道,几乎一个大弯接着一个大弯,一直沿袭到试量镇,才有所改善。从试量镇正北后,拐一个大弯向西。一路走来,河道的宽阔度,河床的宽阔度,一直变化不大,两岸绿化较好,甚至到上游,河床也没有变得很窄,这是其他河流不及之处。

在我市境内,河道保护较好,只有在油河之西,才见到一两艘采砂船,而且没有作业,河道非法采砂,得到有效控制。但在河南郸城境内,非法采砂十分严重,一路有五十艘以上的采砂船在疯狂采砂,部分河堤出现塌陷。

五、源头

过去的亳州志书,一直把油河的源头定位为太康县境内。经实地考察,记载可能有误。源头者,发源之水也。此河在安徽境内,名油河,从双沟镇蔺楼村以西,过杨桥,进入河南省境内,名字为"清水河",一直到源头,都称为清水河。实际上,从唐集镇向西,过大王庄以西约一公里,河水已经干涸,早已断流,河底所植杨树已有三年以上树龄。可见,此处最少已断流三年以上(照片为证)。

此后,不时经过村子旁边才有浅水,只是相当于池塘的功能。在距离源头十多里处的柘城县"铁关村",河道断流无水,我们走访村民,经过座谈,此处断流已经有二十年左右时间,村民王志峰说,二十年前有半河水,深度约有两米,四孔桥都在水里,儿童们经常在河里戏水。后来河水干了。

按照常理,此处早已断流,没有水源滋养,油河的源头应该从唐集镇西头王大庄算起。

从河道上看,铁关村河床依然很宽阔,按照村民的指点,我们沿河道前行,一直到宋庄村西侧戴楼自然村,此处在涡河口有一座水闸,村民反映是五十年代(1958 年)修建。顺闸而下,是一条跃进河。向前,分出红泥沟一支,另一支接清水河,是清水河的补给水源处,可以作为油河——清水河的源头。可是,此水闸早已报废,河道早已无水,没有给清水河补充水源的条件。按照土著的指点,我们又考察了李楼村。此处村民指认,当年开挖跃进河时,兼并了清水河的河道,原清水河道穿过跃进河,前行三里,消失在田地里,一处坡滩,已经变成农田。清水河发源的那个村,叫“葛何谢”村,是三个小村合并而成,行政管辖区域,在柘城县安平镇。六十岁的村民李家德犹能记起当时的情景,老人们传说,此地“六拱”清水河,是龙王六次拱出来河道,源头是一片湿地,一个 S 形大水滩,叫河里湾,向下游流去,变成一条大河。现在只有三尺宽的一条小干沟,早已完全没水。

由此可见,葛何谢村,就是油河——清水河的发源地。卫星地图,也把此处作为清水河的终端。

更为详尽的考察,只能由专业人员开展了。

谯城区作家协会张超凡

2012 年 10 月 7 日

洺河考察报告

洺河是一条古老的河流,文化蕴藏很深。史载老子炼丹于洺河之滨,丹成,而著《道德经》。可见早在西周时期,洺河就已经被命名了。在丹成之地,后人建城,即今之郸城,取谐音也。

汉代,洺河仍然沿袭旧名未改,从汉武帝时名臣汲黯为淮阳太守,病逝于巡查途中,而百姓乞葬于洺河之畔的记载可知,汉代仍称为洺河。至北宋,传包拯到陈州放粮——今日淮阳县,曾在此河运粮,故称为"老包运粮河",包相爷洺河运粮的传说流传十分广泛,从城父镇蒋槽村一带的洺河下游(漳河上游)开始,即有老包向梁庄户梁老婆借粮而将照妖宝镜丢失于洺河的传说;至谯城区古城镇油河集一带,则为老包向仙人石崇借粮丢失宝镜的传说;直至最上游的郸城汲冢镇万庄一带,仍有老包在洺河内丢失宝镜及借粮的传说。可见,整条洺河,包容在一个文化背景之下。

考之历史,洺河上游的郸城设县在隋代之前的北周,之前其地一直属开谯郡苦县(今鹿邑)、武平县(西北之乡镇)管辖,而东汉末,又属于曹操的封邑,因此,地缘亲近,文化相连,传说连贯,也就不足为奇了。从我们徒步考察的实际情况看,洺河的现状如下。

一、在安徽省境内支流不多,而在河南省则水系发达

洺河在立德乡三闸口村北三岔口分出。三岔者,漳河在这里一分为两,分别并行西进,北面者为油河,南面者为洺河。

洺河西行,在谯城区境内经过立德、大杨、古城、淝河、双沟等乡镇,进入河南省郸城县,则流经白马镇、汲冢镇等乡镇。在谯城区境内,目前使用的有节水闸数座,洺河闸、铁佛寺闸等均是二十世纪七八十年代所建,沿途支流不多。而进入河南省后,仅在郸城县白马镇境内,就在河北岸建有五座小水闸,功能齐全,均为近

两年新建。有闸处皆有支流灌注,水系较为发达。

二、水流、水源情况

在国家版的电子地图上,洺河的源头均在郸城县汲冢镇。其实不然,据实地考察,洺河的源头可以界定为两个版本。

(一)现行源头

经过沿河徒步行走,洺河到郸城县白马镇西张胖店村尽矣。张胖店村是个小集子,处两省两市交界处。西临一条大河—黑茨河,过黑茨河大桥(河西),即为安徽省阜阳市太和县清浅镇,而洺河至茨河东岸的张胖店村两头的黑茨河大坝前戛然而止,已有十九年之久,因此,可以认定,洺河既然不与黑茨河相贯通,且已达近二十年,张胖店村就是现在洺河的源头。

(二)历史源头

洺河虽被黑茨河拦腰截断,但翻过黑茨河西岸不远,仍然有河道西行,与茨河遥遥相对,当地人仍然称为洺河。

我们沿着这条姑且称为西洺河道继续西行,发现这是一条界河,南岸为太和县清浅镇,河北为郸城县,界限分明。这里,河道明显减窄,水量减少。至清浅镇云交村北面,河道被土坝截断,没有涵洞相通,且河北岸被一砖窑烧成大片水洼,几成湖泊。从云交村西过南北水沟之桥,绕到截断之西洺河边,发现接口处几乎断流,只有一条小沟,断断续续,一直到郸城县城。

洺河从郸城内穿城而过,河面宽不过七八米,污染严重,有的河面全被垃圾覆盖,水质极差。

西行二十五里左右,是郸城县汲冢镇。汲冢镇之得名是因为汉武帝时的名臣汲黯,他晚年抱病卧床,被汉武帝任命为淮阳太守,命其卧而治之,终于病逝于斯。当地百姓感念其官清誉重,强行挽留葬于此处,千载之下,仍有大冢一座,洺河至此,即尽。虽有新水沟相接,但那叫张新庄沟。因此,也可以认定,电子地图所标示,洺河至汲冢而尽,应属实际状况,走访当地居民,一致认为,洺河到此为止。而且证实,曾在河边出土宋代墓群,上载:某官葬于洺河之畔,可证宋代洺河未改其名。

而从汲冢看,汉代其地属于淮阳,宋代属陈州,宋代的洺河应该直接淮阳东湖,几百年过去了,河道已改,变得面目全非。

(三)延伸源头

自汲冢之北的洺河向西北挖了一条新沟,为 V 形,至万庄村西头,将旧河道废除,而与郸淮公路沟接通,仍称洺河。至此,公路水沟矣,虽称洺河,已经不具备河的功能与特征了,径流很小。

自此西行,至回龙集西,公路沟入一南北水沟,名狼牙沟,接通黑河,也应该视为新洺河的源头,可是,公路沟一直时断时续,到达淮阳县城关镇的张庄则止,亦可作为新洺河的延伸源头。

综上所述,我们认为,洺河应命名为东西洺河,东洺河至张胖店村止,西洺河至汲冢镇西张庄村止。

此次考察历时四天,行程二百公里。

此考察报告仅供参考。

谯城区作家协会张超凡

2010 年 10 月 11 日

赵王河考察报告

　　赵王河是我区一条横贯东西的大河,是涡河水系的重要支流,横穿我区中部,流经五个乡镇,水文资料的流域面积为八百六十平方公里。

　　为实地考察这条大河的沿河文化、民俗、历史、文物分布、水系构成,谯城区作家协会利用十一长假,组织六位作家,徒步沿河走完全境,获得较为翔实的第一手资料。仅提供作为水利治理的参考数据。

　　赵王河在谯城区城父镇百尺河村汇入涡河,河口西百余步,有一寺,名曰“廻龙大寺”,从寺到入河口,总共百尺远近,故名“百尺河”,实是赵王河的最下游。传说宋太祖赵匡胤曾乘龙舟至此,因为听从“龙不入锅(涡)”不能“犯忌”的奏报,停舟不进,故建一座庙宇以作纪念,这就是“廻龙大寺”。若此说属实,那这座小寺应是千年古刹,历史悠久。

　　我们从入涡口出发,沿河岸西行。此处河堤全无,庄稼基本种到河边,但沿河皆种有树木,河面宽阔,水质清澈,游鱼搅波,野鸭游弋,白鹭翻飞,岸边垂柳成荫,白鹅阵阵,鸡犬相鸣,景色如画宜人,极具旅游潜力。

　　至大杨镇之西,河水骤深,河面骤宽,当地居民告说此处古代为著名的“董林窝子”,传说住有龙王,曾有龙女变作民女赶大杨集三月十八庙会的传说。居民说“董林窝子”深不可测,自古及今,不管天有多旱,此处的水从不干涸。

　　大杨镇西大吴楼村后,清水河汇入赵王河,赵王河转向西北流去,乘船渡过北岸,有几处急转弯,弯处有村,分别有朱湾、王湾、刘湾等,此处过去非法采砂严重,抽砂船抽出的沙子至今犹有一处沙丘,如同小山,致使河岸塌陷严重。好在现在已被制止,不再有采砂船出现。

　　赵桥乡之溜集村桥栏杆断毁,桥边出现裂缝,是安全隐患。

　　进入十河镇境内,河堤突现,两岸河堤高耸,杨树成林,鸟类繁多,时见野雉成群飞起。而到十河闸时,水质突坏,群众说是宋汤河来水所致,闸下水泛泡沫,气味刺鼻。

越过十河镇大桥西去,至梅城北赵桥村,中间有十八里镇侯桥村一段,此段河堤历史上损坏严重,有的被群众取土挖得沟沟壑壑。这一段非法采砂严重,不时可见采砂船游弋,两岸不断沙丘起伏。

从赵桥村之桥西行三百米,即进入河南鹿邑县境内郑集乡,第一村为程楼村,到此,河堤已时见沿河小路,不像梅城之东,几乎全在河岸边荆棘丛中摸行,披荆斩棘,衣、手不时为葛针挂伤。

赵王河进入河南,河水变浅,河面变窄,河水流量减少。再走十五里,至鹿邑县王皮溜乡,河面更窄,而污染骤然加剧,水质极坏,发出刺鼻恶臭,污染远超我市,有鉴于此,几乎可以肯定,我市的每次污染,给沿河养鱼的农民带来巨大经济损失者,污染源就在此处。

王皮溜乡东是赵王河的河明名界限,以东,为赵王河;以西,改名为白沟河。

而此处的非法采砂,已经到了猖獗的地步,几乎无人过问,采砂船鳞次栉比,马达轰鸣不断。二十里之间,就有四五十家非法采砂,鹿邑县政府几乎失控。

过了观堂乡八里村,白沟河陡转向北流去,河面变得更细,而水质变好,渐渐清冽起来。岸边的河路也较平坦,途经生铁冢乡、张店乡、赵村乡、邱集乡,进入玄武镇。

邱集乡的乔刘村有一座小闸,前行几百米即为"永登高速公路"(现称亳徐高速),边为大王店村,中国地图所标,白沟河至此终结。实际考察为,亳徐高速横跨白沟河,桥下水量变小,仅为几个细细的涵管引水,然而过桥之后,仍为一条河床颇宽的河流。中国地图标示错误。

从邱集乡北行,河的流向几乎向北,此处河堤破坏严重,有的取土殆尽,有一段全被群众耙平作为农田,甚至一直耕种到河下,一有水患,田地即进水,无堤阻水,此现象亦无人过问。

白沟河的入涡口在玄武镇西四里的时口村,有两座涵闸,一座两孔(新建),一座单孔(旧的),至此,赵王河全程告罄。

赵王河沿岸全程约二百一十华里(不精确),沿途约有支流河、沟(包括排水沟)共四十四条,节水闸七座,桥、闸(和桥连体)十四座;穿过 105 国道,亳阜高速,307 国道,311 国道,亳徐高速等重要道路。沿途有文物古迹十余处。

此次徒步考察,区水利局给予了大力支持,特此鸣谢。

此报告,仅供参考。

谯城区作家协会张超凡

2009 年 10 月 7 日

武河考察报告

　　武河是涡河北部的重要支流,是谯城区北部"武、杨、包"三条河中的一支。

　　区作家协会于 2011 年 10 月 2 日,利用十一长假,组织八名作家(有五人走到源头),历时五天,徒步考察了该河,访问、查看了武河的水文、水质、入河口、源头、沿河风俗人情、文物古迹、人文延续等情况,现将考察情况,报告如下。

一、河名的变化

　　武河系旧河改造,原系自然河道,加以人工改造而成。因此,名字众多,沿河一路下来,有不同的称呼。从沙土集以东入涡河口的最下游起,先叫九女涧、黑风沟,最先是一条小沟,有时断流,可以过大车,先后经过 1957 年、1958 年、1964 年三次大的疏浚,入河口已经变得较为宽阔,此处有节水闸两座:一座修建于二十世纪七十年代,已废;一座新修,名为"武杨河沙土闸"。

　　然而,民间却不称此河为武杨河,而称"大杨河",包括沙土、观堂、张店境内农民,均持此称。一直到张店乡境内的高阁闸,官方一直称为武杨河。

　　武杨河至"高阁闸"向北,一分为二,一条北上,称杨河;一条西北流向,经五马拐向西北,称武河——武河、杨河在高阁合二为一,取名武杨河,或源于此。

　　武河从五马集北头向西,流经颜集镇境内、芦庙镇境内,称为武河。自芦庙镇北去,进入河南省,经虞城县、商丘县、商丘睢阳区古宋乡,河南省境内,一直称为杨大河、大杨河等,未有武河之名。

二、水质与河床

　　武河的水质是历年来作协徒步考察的河流中水质最差的一条,是一条全流域全面被污染的河流。

最下游的入涡口在沙土镇的沙土村,此处的水质已经被污染,直接视觉,水色浅棕色,没有秋水应有的清澈。越至上游,水质污染越为严重。至河南省虞城境内,水量已然明显减少,水面萎缩,只生长浅浅的芦苇,水面浅黑。溯至睢阳区境内,水质更差,冯桥乡境内的段集村、王驸马村、许营村、陈子万村等十几华里的河道,流水乌黑,连最耐污染的野鸭子都已绝迹,尤其是从黄庄村头,河道转了一个直角弯道,成"丁"字形之后,河水臭同粪坑之水,色如墨汁,可以完全视为毒水,直至312国道,经小闸入古宋河,上游水质完全是毒水,然后一路下流,全程污染,注入涡河,然后再污染淮河。可以用"惨不忍睹"四字,形容武河上游之水。询问当地群众,说,近几年打出的井水也是又黑又臭的水质,无法饮用。

武河在亳州谯城的河床与河堤保护较好,除沙土集东边有部分取土毁堤建房,造成一部分河堤毁坏外,大部分河床与河堤保护完好,进入商丘市之后,河床渐窄,河堤渐细,商丘颜集乡的村庄,河堤夷平,更有部分村民把河床卖土毁堤,有的陷进去两米多深,一旦降雨,河水即倒灌,这一带桥梁稀少,除马庄有一座较大桥梁外,河里仅有几座简易的小跳板桥,两边围堤,中间搭板,把河水束成一线,影响了河水的径流量。

三、源头所在

武河是一条自然河,虽经多次修疏,但自然面貌依稀如旧,从沙土集东头溯流北上,流经谯城区的沙土镇、观堂镇、张店乡、五马镇、华佗镇、颜集镇、芦庙镇、河南商丘市虞城县、商丘县、睢阳区的营廓、沙集、坞墙、冯桥、颜集、古宋乡,入古宋河。

武河源头有二:

一是古源头。在商丘县许营行政村张文庄西头,此处有一座小型蓄水坝桥,桥西,水分为二,一支向北,拐了一个直角大弯,一支向西北而去,系杨大河原河,地方人传说,此河一直通到赵口村北地。但在张文庄自然村南边,河床已经消失,仅有一路绿化带作为河道的走向,一点水迹也没有,询问土人,说赵口村的河道早已扒作平地,已经了无痕迹。但这里,历史上确实是武河的源头,从栽种的树木走向看,仍可窥测当年河道走向的痕迹。

二是现在的源头。从张文庄村头的蓄水桥拐一个急弯,是二十世纪七十年代开挖的一条新水道,行至黄庄村,又拐了一个丁字形的直角弯,经陈子万庄,穿过312省道,进入睢阳区古宋乡九方村,经小闸流入古宋河。虽然小闸对面仍有延续,但古宋河是一条大河,对面的延续部分可视为古宋河的另一条支流,因此,此处确定为武河的新源头无疑。另外,古宋河水质严重污染,河堤上抽了许多粪便晾晒,奇臭无比,空气中弥漫有毒的物质。

四、存在问题

经过徒步沿河考察,发现存在的主要问题有:

一是河堤的保护需要加强。尤其我区境内的河堤,乡镇没有相应权力,需要水务部门加大执法力度,打击滥挖河堤或依堤建房。

二是桥梁太少且残破严重,两岸群众来往不便。观堂谯陵寺西北有几座群众自建的简易桥,有的只是檩条搭棚,没有护栏,来往群众没有安全保障,易发生安全事故。

三是水质污染严重,直接污染淮河,应将情况报告淮委,请国家层面协调治污,不然,直接危害我区十几万群众的饮水、灌溉及用水安全。

谯城区作家协会张超凡 2011 年 11 月 15 日

杨河考察报告

　　杨河上游发源于河南,下游至张店乡高阁水闸与武河汇合,而成武杨河,曲折流经张店、观堂、沙土三乡镇,在沙土集镇东流入涡河,为涡河北部的重要支流。

　　从武杨河流至张店乡,高阁水闸将武杨河一分为二,武河折而西北,杨河径向北去。此时的杨河,河岸植被丰茂,林木繁盛,河床较宽,水量充沛,穿过311国道和登宿高速公路,进入五马镇境内。至吴小阁新村东端时,杨河得到治理,淤泥得到清挖,两岸河堤得到绿化、美化,河面蓄水较多,水质较好。吴小阁新村将杨河治理纳入新农村建设的总体规划之中,治水的同时,依河修建了公园,硬化了河堤,栽桃种柳,环境得到了极大改善,水色清纯。

　　杨河自吴小阁新村东改变走向,从南北走向拐而向西,穿过五马至界沟公路上的吴小阁水闸,不久又转而向北。

　　自吴小阁水闸向北约四华里,杨河断水,河床干涸,滴水皆无。一直到丁大楼村西头,丁瓦房村一带,仍然无水。自此,河道折而向东,行至颜集镇之张庄,河道成东西走向。至黄营、史庄村北一线,杨河已趋于消失,河床、河道虽然仍有痕迹,岸树似存,但河底已被开垦,种上了小麦,村民证实,已经十年没见过河底有水了。再向东行六里至房庄一带,河坡不复存在,已被平掉,全部种上了庄稼。

　　因为再向上游追溯,已无河道可循,失去考察的意义,且已进入河南省虞城境内,考察组返回。

　　自张店乡高阁水闸至颜集史庄,谯城区境内的杨河段总长约有三十华里。下游河道宽阔,可以想见,古代的杨河应该是水量充沛、河道可以行船的一条不小的河流。上游,可能源于古黄河湿地。由于黄河改道,土地大量开垦,湿地消失,杨河失去了水量补给,仅靠自然降雨,已经不足以蒸发。所以,日渐干涸,只有下游十来里还有水,这一现象如不改变,杨河恐怕也将消失不存。

谯城区作家协会张超凡

2014 年 11 月 3 日

包河考察报告

　　包河是谯城区北部一条重要的过境河流,源自商丘市北部,流至濉溪县临涣镇入浍河而结束,全长约一百八十公里。

一、源头考察

　　2013 年 9 月 30 日,作家协会包河考察组一行赶到资料记载的包河源头——河南省商丘市梁园区谢集镇尚楼村。据《亳州志》记载,包河发源于此。经实地考察,此记载并不准确。

　　尚楼村向北约四百米,有一条东西走向的古黄河大堤,黄河未改道前,从此东流。与古黄河大堤平行,向南约四百米,东西走向的河床,就是包河。现在的包河仅有河床,经走访村民,证实:早在三十年前,此河已干涸断流。从尚楼村桥向西,沿河床前行约两公里至张祠堂村,从张祠堂村西南拐约一公里接宁陵县界,包河河床消失与另一条水沟相连。此处,应是包河古代的源头。

　　从尚楼村沿河床东行约十公里,有一座辛正阁水闸,至此,包河才见到水流。从此处,包河拐弯为南北走向,穿商丘市东郊向东南方向前行。如果以水为源头的话,辛正阁水闸,应该是包河新的源头。

二、河道变化

　　包河自商丘市出来,河床渐宽,至平台镇周家路口水闸,两岸宽度超过百米,虽有水闸蓄水,但水道较窄,水量较少。一直到谯城区颜集镇北赵庄村附近,水道才渐渐开阔,从一条小水沟变成河流模样。穿过颜集镇至张店乡境内,河道变得弯曲较多,水面愈发开阔。因为张店乡泥店村设有包河水闸,截流落差超过三米,水闸西谯城境内,水量充沛,河床宽远,河岸植被丰富,像一条大河。

这里,可以归为包河中游区域。

过了泥店村向东,河道变窄,河床陡细,很多地方几乎堤岸垂直下落,水量明显减少。前行不远,即进入河南省永城市卧龙乡。这一带,包河成为界河,南岸为谯城区观堂镇,北岸为永城市卧龙乡,北部亦有小部分为观堂镇的村子,两镇犬牙交错,地形复杂。但河道不宽,水量不大。

卧龙乡向东南,河堤已被全面开发,植被树木被砍伐殆尽,河堤全部被开垦为广阔的农田,已经不具备防洪抗涝的功能。

东行不远,进入永城市裴桥镇,此处正在建设一座蓄水闸。东行经马桥镇,进入涡阳县,包河重入安徽境内。

自丹城镇穿行入涡阳石弓镇,进入淮河委员会的"包浍河治理区",建有包河涡阳县石弓闸,自此向下,应该归为包河下游区域。

石弓镇与濉溪县临涣镇接壤,自石弓闸以下,河道明显宽阔,尤其是进入临涣镇境内,河道突然急剧弯曲,大的弯道均在二百七十度以上,水面宽阔,两岸坡度较小,长有丰茂的水草,为湿地型河流。在进入浍河之前,大的弯曲有八九个,当地居民称其为"九曲神女河"。

包河在临涣镇汇入浍河。

临涣镇现属濉溪县,清代之前,曾设临涣县,浍河入淮,因此,包河是淮河水系的支流。

三、水质变化

包河自商丘市北部谢集镇发源,自辛正阁水闸有水,实际并无天然水源补充,上游完全是商丘市区排出的污水汇集,进入商丘市区,水质极其恶劣,异味刺鼻,臭不可闻,无数排污口直接将污水排入涡河。在市区东南部,有一行水渠,汇集污水,建一水闸将污水直接排入包河。在连霍高速之北,建有较大型水闸,名周家路口水闸,水闸之南,水质略有改善。

至谯城区颜集镇境内,河面渐宽,由于泥店包河闸涵养了上游水源,水量增大,稀释了污水,河水质量明显好转,见到不少垂钓者,说明已有鱼虾生长。

至石弓镇而下,水质明显清冽,一是因为水量增大的缘故,另外,此后河道已远离城市、村镇,生活污水减少,污染概率变小,水质明显得到改善。

四、河道治理

包河上游的商丘市已经启动了包河治理工程,从人民公园向南不远的宋木林村附近,河岸被清理,修建栏杆、木栈道,启动标准较高的绿化工程,修建公园式的河岸。但从治理效果看,显然是表面文章,因为该市并未对河水进行任何净化处理,即使两岸绿树成荫,倘若河水臭不可闻,污染地下水严重,对改善居民乃至下游人民生活仍然没有任何意义。

出商丘市,包河治理工程量加大,估计为项目工程,两岸系大型机械平整开挖,修建了大堤"山皮"路,笔直整齐,一直修到芒种桥乡之南,全长约三十华里;开挖了河床水道,平整了堤岸,修建了大堤道路,但两岸树木植被被砍伐破坏已尽,一直到芒种桥之南,才能见到树木、植被。

从我市张店乡向南至永城市、涡阳县一路,河道采砂较为严重,现已得到有效管理,河床上、河道边,停放着许多采砂船只。这段区域因为省际交界、几县交界,纵横交错,给河道管理带来莫大的困难。而在永城市卧龙乡与我区观堂镇交界处,退林还耕现象十分严重,十几华里之间,河岸林木被砍伐一空,为防洪防灾带来极大隐患。

结束语

包河是我区涡河之外最长的一条过境河流,连接黄淮水系。最早成为"泡河",推演起源,当是从黄河边当年的湿地上滥觞发源,小水"泡"出来的一条河;后来,黄河改道,此段黄河水量减少,以致干涸,湿地消失,代之以无垠的草地。于是,好事者又改其名为"苞河"以"草"代"水"。大约到清代,居民在河道边大量开荒垦田,草地消失,于是,又把"苞"上之草去掉,改名包河。

沿河居民也有包河是老包运粮河的传说,当是附会。宋朝京城在汴梁(今开封),此河仅到商丘,且弯曲过多,迂回很长,如需运输,南有涡河、赵王河,北有黄河之便,包河不太具备运载功能。因此,可以推定,她更多的职能,只是一条水系,汇支流入淮、入海。但沿河有芒种桥、裴桥、丹城、石弓等集镇,均有优美传说,因此,包河不失为一条有文化意义的河流。

谯城区作家协会张超凡

2013 年 10 月 20 日

急三道河考察报告

按照共同商定,十一长假期间,谯城区作家协会组织了"急三道河"徒步考察活动,共有八名同志参加了这项活动。

考察组自宋塘河与急三道河相交之处的王河口开始徒步,急三道河成东西走向,最下游有一条大的支岔,名广连沟,是一条人工挖掘的排水沟,汇入急三道河。

据《亳州志》(清光绪二十年修)载:"急三道河在城西南三十里迳光武庙东入宋塘河"。考"光武"系东汉刘秀庙号,"光武庙"当是光武帝刘秀的纪念性庙宇,现庙已无存。从河道未改这一点推断,现在十八里镇辖区内所谓的"十二里庙"——现已简称十二里——当是光武庙。那么,王河口村以南,急三道河南岸一带,当是光武庙旧址。

急三道河历史上直入宋塘河,全长结束。但在1958年兴修水利中,又从宋塘河东岸与急三道河口相对之处,开挖了一条新的河道,东南而行,在赵桥附近入赵王河,这段新河名叫张河,算是急三道河的延伸。

自王河口而西,经十八里镇,急三道河进入河南省鹿邑县郑集镇,在郑集镇马埠集西数里,有一支流叫烂香沟,流往太清,鹿邑人称其为"老子出生地"。穿过郑集镇,急三道河进入鹿邑县城关镇,在鹿邑县东关旧城墙北段入护城河。拐角处有一旧水闸,青砖所砌,今已废,坐落在"铁窗户椤子庄",这就是急三道河的上游源头。现"铁窗户椤子"地名尚在,但已成乱居之城市,小水闸已废,而在闸西修建有"陈抟公园",河水与公园之水贯通。现代标注:急三道河东起我区宋塘河口西至鹿邑县陈抟公园水系,全长约六十五华里。

急三道河水量不大,水质轻度污染,河床不宽。据史书记载,曾在清朝两次疏浚:一次为乾隆十一年(1746年)由亳州知州杨遵时督民力疏通;第二次为乾隆二十二年(1757年)奉委蒙城县令许廷璋疏浚,"自境内闫家桥起,计长4831丈,宽十一丈,报销帑银1143两。"古时的坐标为:"自鹿邑斑竹廉寺进入我境"。

据统计,急三道河上共有桥梁二十一座,我区境内七座。水污染物主要来自城市生活污水,沿途均为农村,工厂的工业废水未见排入。

谯城区作家协会　张超凡

2014 年 10 月 30 日

小洪河考察报告

　　十一国庆长假期间,谯城区作家协会通过自愿报名的方式,组织了十人(其中八名作家),自费徒步考察了小洪河。沿途考察情况,报告如下:

　　10月1日,考察组从涡河与小洪河交汇处的北岸出发,穿过郑店子洪河大桥,从小洪河南岸沿河西行。先后在谯城区境内穿过花戏楼办事处、魏岗镇、古井镇等乡镇。小洪河在魏岗镇境内小郑庄分出一条岔河,一条向西偏南前行,当地人有的也称其为小洪河,但多数魏岗人称其为"(洮)赵河"——"洮"字读音为"赵";古井人则读音为"桃",称"洮河",实则读音应为"桃";另一条偏向西北前行,从古井转向北行。

一、境外情形

　　小洪河过古井镇西,拐一个急弯,转头向北,成南北走向。在古井镇三台楼村北、苗楼村东,进入河南省鹿邑县宋河镇小朱庄境内。先后穿过睢阳区包公庙乡的"包公庙闸",改称"大沙河",向北行在"吴耙齿"的地方分出一条岔河,右边的为大沙河。至此,南北向的河流再次转向,朝西北方向流去,拐弯处,称为"河里弯",进入商丘市睢阳区李口乡。

　　在李口乡车站南部名叫"小庄"的村子大桥西,小洪河(大沙河)又分出一支,向北的那一支,直入睢阳区的古宋;另一支继续向西北前行,仍名为大沙河。穿过"小庄"西边的张集村,河面再次宽阔。从李口乡清河口村大桥前行,是"睢阳区大沙河治理区",立有碑记,明确标明"大沙河在亳州入涡河,是涡河的重要支流"。进入宁陵县境,大沙河在宁陵县城东穿境而过,再过临河店乡,进入民权县"伯党回族乡",再过数村庄而至民权县城。大沙河穿过民权县城中心向北,过陇海铁路立交桥,在"断堤头村"村西,穿过"民睢干渠",穿过"断堤头分水闸",在民权县城关镇程李庄村北,进入"商丘干渠"——当地村民称此干渠为"黄河古道"。小洪河全程结束。两渠接口处，为程庄自然村土地——此处正在修建一条东西大路，地貌将有大的改变。

小洪河经过民权县、宁陵县、睢阳区、鹿邑县、谯城区五县区，十几个乡镇，流域面积725.4平方公里(河南省数据)。

二、水流情况

小洪河入涡河处，河面宽阔，水质清冽。过洪河大桥进入魏岗镇境内后，河面宽达几百米，目测宽度，超过涡河水面。水质优良，两岸环境优美，适合开展水上旅游项目。

在魏岗镇小郑庄，洪河分成两条，南面的一条叫"洮河"，水量较北面的小洪河水量丰富，河面亦很宽阔。至古井镇西，拐弯向北，水量骤减，水面宽度不足十米，从一条大河，变成一条小溪。

全长约一百二十公里中，小洪河有三次出现断流情况：

一处在古井镇北部的三台楼村之北，有一座大桥，桥北河床干涸，出现断流。再向北不远，有一处土坝，截断了河流。河床中长满了荒草。由三台楼村向北，一直到河南省鹿邑县宋河镇南，始有河水。此处断流约有六公里长度。

第二处断流出现在宋河镇之北，出镇不远，河水再次干涸，河床裸露，有的被农民开垦成耕地，播种了庄稼。断流一直到商丘市睢阳区包公庙乡之北的王桥大坝，这一段的长度约有八公里。包括包公庙水闸，闸门上下全部断水，河床干涸。王桥大坝以上才有水。一直到李口乡"小庄"村分岔，水量增加，河床宽广。

第三次断流出现在民权县城关镇"断堤头村"以西，此处河床已经变窄，成为水渠。在"民睢干渠"接口处，有一座节水小闸，过闸不远，水渠拐弯向西，出现断流，一直到城关镇程李村委会程庄村民组连接"商丘干渠"入口，全程干涸，此处约有三公里的断流——采访村民，说此处原先有水，因为铁路施工，断水才一个多月。

三次断流，总长度估计超过十五公里，严重影响了小洪河下游的水量补给。

在谯城区所有的河流中，这是一条唯一上游有水的河流，如果不断流，具有重大意义。

三、水污染及其他情况

沿途考察发现，各级政府治理"五小"企业污染问题比较彻底，工业废水污染河流的情况已大为减轻。

存在污染现象的地方有五个地段：

第一段为魏岗镇沿河村庄，许多养猪场、养鸡场非法建在河边，污水直接排入小洪河，有的甚至隔断河边道路，靠河修建养殖场，臭气熏天，黑水横流，严重影响河水质量，粪水排入河中，污染严重。

第二段为古井镇北，由于水量骤减，没有充分的水量稀释代谢生活污水，集镇人口又居住集中，此处水质有异味，轻度污染。

第三段为宋河镇周边的污染，情况与古井镇相同。

第四段为睢阳区李口乡接近古宋河段，河水被城市污水污染，有异味。

第五段为民权县城区内一段，河水被城市生活污水所污染。

河道中还存在少量的盗采河沙问题，在两省交界处，河中停靠有钢壳抽砂船数艘，由于水面不足十米，抽砂船仅能横斜水面。

四、建议

1. 启动小洪河至古井镇一段三十多里水面的开发利用。由于水面开阔，水质较好，两岸曲折，风景如画，如开展沿河水上旅游项目，估计投资少、收益多，是开展城市居民郊外一日游的优质场地，可以拉动地方经济，也可以作为花戏楼景区的延伸，拓展我区旅游新资源。

2. 清理花戏楼办事处至古井镇一线沿河修建的养殖场。没有污水、粪便处理设施的小场，坚决关闭，拆除污染源，不能因为个别人的经营行为污染了大的环境，进而使小洪河下游水质进一步优化——水绿，才能天蓝。

3. 通过政府行政渠道，向上级反映河南省商丘市筑坝截水、使小洪河断流十年的情况。河南睢阳区（毛堌堆附近）农业项目纪念碑文也说："大沙河全长119公里，注入涡河，是涡河的重要支流。"现已截断水源十多年，还能称为涡河的支流吗？应该上书水利部，由水利部责成商丘市破坝放水，保持小洪河全线贯通——现在沿途工业排污已明显减少，污染下游的风险已经降低，具备了通水的条件，更重要的是，中央深化改革领导小组已经发布建设生态的方案，政治条件也已成熟。河南省"因噎废食"的做法应该废止了。

谯城区作家协会张超凡

2015 年 10 月 8 日

附录2　走河实录（新闻稿）

看水系　观人文　察民情

——国庆长假五作家徒步溯源赵王河

许发夫

2009年10月2日至5日，我市五位作家徒步探寻赵王河，了解赵王河的人文水系、沿途的风土人情和民生情况。这是我市近年来首次有人徒步考察完一条河流。《亳州晚报》记者许发夫参与全程陪同采访记录。

为了了解家乡河流状况，关注家乡环境保护，10月2日早上七时，我市五位作家连同本报记者一行六人从赵王河最下游入涡河处——谯城区城父镇百尺河开始徒步考察赵王河，经过长途跋涉，于10月5日下午一点五十分到达赵王河的源头——河南省鹿邑县玄武镇时口村。

在近四天的行程中，他们徒步二百余里，穿越谯城区和鹿邑县十二个乡镇、一百一十多个村庄、二十多条支流，沿途走访村民上百人，考察文物十余处。在考察过程中，他们风餐露宿，忍受饥饿，在没有道路的河床上，披荆斩棘艰难前行。为此，有的人双脚被磨成了串串血泡，有的人双脚大拇趾甲脱落，有的人膝盖隐疾因长时间徒步突发无法行走，但他们克服了饥饿、劳累、疾病等诸多困难，最终顺利完成了考察任务。

通过考察，他们发现，从下游往上，赵王河河床逐渐变窄，由原来的二十多米变成后来的六七米宽，水质污染也越来越严重，尤其是进入河南省境内，由于污染，河面出现大量蓝藻。同时非法采砂也让赵王河不堪重负，其中在河南省境内一段不足五百米的河面上，竟有十多个采砂设备采砂，并由此造成河床严重塌陷。另外，他们还仔细问民情，察民生，了解沿途风物，掌握了大量的第一手资料。此次考察,为下一步治理赵王河打下了基础,也实现了这几位作家当初徒步赵王河"倾情家乡、了解水系、关注民生、磨炼意志"的目的。

据了解,赵王河是横贯安徽省亳州市和河南省周口市的一条重要河流(上游河南省境内称为白沟河,本文统称为赵王河——编者注),全长二百余里,流域面积一千八百平方公里。据说是宋朝开国皇帝赵匡胤为运粮而疏浚开挖的一条河流,它源于涡河,后又流入涡河,最终进入淮河。

参与徒步考察的这五位作家分别是市作协副主席、谯城区作协主席张超凡、亳州三中教师王飙、市交警支队民警杨勇、亳州第一职业中学教师张秀礼、谯城区芦庙镇中学教师杜振华。这五人皆为安徽省作家协会会员。

记者陪同五作家自费徒步赵王河

记者是在 10 月 2 日下午,偶尔从谯城区作协主席、谯城区人大内务法工委主任张超凡那儿得知,他将与我市的王飙、杨勇、张秀礼、杜振华等作家决定用三天时间自费徒步考察赵王河(上游河南社境内称为白沟河,本文统称为赵王河——编者注),问我是否参加。他还告诉记者,我们这次徒步考察,目的是"热爱家乡、了解水系、关注民生、磨炼意志"。作为职业的敏感,立即让记者意识到这是一个可以载入我市水文考察史册的一件重大事项,决定随同徒步采访。我们约好次日凌晨六点三十分在市区"一点方"相见,坐车到赵王河的下游入涡河处,然后开始徒步溯源赵王河。

回到家里,告知爱人,爱人很是担心,说你们这几人平时都是坐办公室的,平时上班走路都嫌累,要沿着没有路的地方走几天,你们能忍受得了吗? 爱人的话让记者犹豫了一下,说实话,自己也从没走这么远的路,能否顺利走到目的地心里真没有把握。还有,路上我们怎么住、怎么吃,遇到困难怎么办,心里都没有底。是否陪同他们去,也让我一时难以决断。但当次日闹钟的铃声响起,记者还是毫不犹豫地起来了,也许是对未来世界探知的好奇、对自身挑战的诱惑以及记者职业的责任战胜了我的惶遽,最终决定陪同徒步前往。

简单地带些洗漱用品和几瓶矿泉水,记者急忙来到指定地点。还好,人都还没到,与张超凡联系,称在路上。很快陆陆续续地张超凡、王飙、杨勇、张秀礼、杜振华他们都到了。由于来得匆忙,大家除杜振华吃了早餐外,都没吃,于是我们在一个地摊随便吃点包子稀饭,便坐上谯城区水务局提供的车辆,往赵王河的最下游谯城区城父镇百尺河村驶去。

一路上大家兴致很高,一点没感到对未来几天的艰难困苦的恐惧和不安。在车上,作为这次行动的发起者张超凡第一次郑重地向大家交代这次考察的目的和注意事项。张超凡说,我们这次考察是从赵王河的最下游处,徒步走到赵王河的发源地,目的是想了解我们家乡的水系,考察下赵王河这条河流的水质现状,还要了解沿途的风土人情。张超凡还大致介绍了赵王河的情况,他说,赵王河是宋代赵匡胤为运粮疏浚开挖的半人工河,横贯谯城区和河南省鹿邑县十多个乡镇,起源于涡河后又注入涡河,是涡河的重要支流,流域面积一千八百多平方公里,是中原地区农业灌溉和运输的重要河流之一。他还提醒大家,要做好吃苦的准备,要能经得住考验。并说,我们是亳州市第一次进行的徒步考察完一条河流,我们是开拓者,我希望用我们三天的辛苦能为亳州留下一笔财富。

在张超凡的介绍中,车子离开了市区,迎着朝阳向市区东南方向赵王河的下游驶去。

赵王河尽头"龙"回首

汽车行驶了大约四十分钟,早上七点三十分,我们一行来到了赵王河的最下游处百尺河村。

在此等候我们的百尺河村支部书记张俊方,带领我们前往赵王河入涡河处。在接近河堤的地方,一座古旧的院落横在了我们面前。

张俊方告诉我们,这个院落就是回龙大寺,与我们要考察的赵王河有关。他说,宋朝的都城汴梁,就是今天的开封,当时沿海的物产需要经涡河运至京都,一时涡河的营运压力很大,为减轻涡河的负担,赵匡胤下令疏浚开挖一条河流。这河就是现在的赵王河。

张俊方介绍,一次,赵匡胤亲自坐龙舟沿着赵王河查看粮食运送情况,龙舟来到赵王河的最下游,眼看就要驶入涡河,这时一位大臣急忙上奏,说,万岁,龙舟不可再行。赵匡胤惊问,我作为天子,怎么有不能去的地方?这位大臣奏道,说,万岁爷是真龙天子,而前方将要进入的河是涡河,"龙"入"锅"(涡),焉有命在?赵匡胤一听大惊,立即命令龙舟回头,没有前行。后人为了纪念这段故事,就在赵匡胤龙舟回头的地方建一寺庙,就是现在的"回龙大寺"。

赵匡胤是否来过此处,是否真的"龙"回头,事过千年,已不可考。但此寺庙的存在应该不会空穴来风吧。

我们随着张俊方来到寺庙内,之间是前后两进院落,前面是三间黄墙黑瓦的房屋,黄色的墙壁彰显着皇家的气派,黑瓦上的藓苔印证着这座房屋的久远。后进院落是并排两处房子,西边的是两层楼房,上面镶嵌着"回龙大寺"四个黄字,东边的是立有明柱的三间新盖不久的红砖黑瓦的房子,这前后两处房子没供奉赵匡胤,仅是在前院的房子供奉着观世音,让人感到有点门不当户不对。

大家在发了一番感慨后,走出了回龙大寺,来到屋后的河堤上。只见一条宽有二十多米的河流自西向东逶迤而来,在离回龙大寺东边不远的地方与另一条更宽的河流交汇。交汇处,河面更为宽广,河面上来往船只不断。不用介绍,我们就猜测到,这自西而东的河流就是我们要徒步溯源的赵王河,而与之交汇的就是涡河了。

来到赵王河尽头,大家心情都有些激动,不仅因为我们中很多人是第一次见到赵王河,更主要的是我们知道,从现在开始我们要与这条河流亲密相伴几日,结下不解之缘。

这时张俊方告诉我们,他们的村庄叫百尺河,也有一点说法。他说,从回龙大寺到赵王河入涡处有百尺,所以他们的村叫百尺河,他还告诉我们一个更为神奇的事,说是在这百尺的河段上,所有的青蛙从不鸣叫,说是怕惊扰了龙驾。青蛙不叫着实是件奇事,但与惊扰龙驾并提,多少让人觉得有点附会。但这青蛙到底为何不叫,要解开原因,怕要靠专业人士研究了。

赵王河畔建新村

辞别百尺河支部书记张俊方,告别回龙大寺,记者和亳州五作家一行六人开始了徒步溯源赵王河之旅。时间是 10 月 2 日早上八点十分。

此时太阳已经升至半树身高,我们徒步走在岸边的草丛里,露水很快就打湿了我们的裤脚,但大家都没有在意,都被一种探知未来的激情鼓动着,兴致很高地边走边谈着有关赵王河的事儿。岸边草丛中不时惊飞的野雉,更让大家感到一种新奇和刺激。尽管地面高低不平,有时还要借助手拨开草丛才能行进,大家的脚步依然可以用"矫健"来形容。但这种兴致并没有维持多久,在"矫健"一个小时后,大家的脚步明显地放慢下来,并有人提出能否休息一下。许是大家都感到有点儿累了,提议很快得到一致响应。我们找到一片相对干净的空地,作家王飙从包里拿出了一小块塑料布让大家坐,可惜人多布小,只能坐两人,其他人就只能寻干净点儿的地方坐了。如果大家知道,在以后路途中只要能坐着休息下疲惫的身躯,哪怕是坐在肮脏的地方也是最大的享受时,现在就不会为休息的地方是否干净而劳神了。

走了一个多小时后,我们进入了谯城区大杨镇地界。由于事前作家张超凡已与大杨镇政府联系了我们徒步走的事儿,得知我们到来的大杨镇镇长刘建阳赶来询问我们需要什么帮忙。当我们提出能否找来沿途的村干部介绍下情况时,刘建阳很快就联系了几位村干部。

在赵王河畔的大杨镇大杨村,记者看到有几台推土机在忙着平整土地和拆迁房屋。前来陪同我们的大杨村支部副书记王学诗向我们介绍说,最近他们村新农村建设开展得很好,目前正在进行旧村改造,实行新村规划。他说他们村仅仅张庄、薛庄、杨庄三个自然村通过改造旧村,就节约土地六百多亩,人均达八分地。

王学诗说,为了搞好新村建设,他们实行了"五统一":统一规划、统一拆迁、统一平整、统一设计、统一更新树种。王学诗还告诉记者,他们的拆迁工作已经接近尾声,新居建设已经启动,很多农户已经住上了两层楼房。可惜的是,由于所建新村离河畔较远,我们一行没能一睹"芳颜"。但我们还是为王学诗所叙述的新农村的美好前景而激动不已。

这时大家已经步行了两个多小时,快到十一点了,大家已完全没有了刚出发时的豪迈。这时我们决定休息下,吃完饭再走。在当地村干部的热情帮助下,我们一行六人在大杨集镇的一家小饭馆里就了餐。其间,我们向大杨村的另一位支部副书记吴绍堂询问,在大杨镇境内的赵王河还有什么可以考察的。今年五十四岁的吴绍堂说,我们村西边的赵王河董林窝里深不见底,而且那儿能通"龙宫",传说曾有人看见龙女坐着马轿车子出来过。大家按捺不住好奇,想早点儿了解这段故事,让吴绍堂讲讲怎么回事。一旁的王学诗说,大家别急,你们先吃饭,然后让吴绍堂带你们过去,到时再给你们做详细的讲解。

董林窝子通"龙宫"

可能吃饱了饭,身上有了能量,或许因董林窝子的传奇故事激起了大家的兴致,10月2日十二点十分,记者和亳州五作家再次走在赵王河畔,似乎又有了活力。

翻过一个河汊后,在大杨村支部副书记吴绍堂的带领下,我们来到了充满传奇色彩的董林窝子。

董林窝子在谯城区大杨镇境内的赵王河河床内,记者看到,董林窝子处,赵王河面变得愈加宽大幽深,宽达三十多米,深有十米以上。

在介绍了董林窝子的地理情况后,吴绍堂就向我们讲起了有关董林窝子的传说故事。

吴绍堂说,古老相传,某一年的三月十八日早上,在董林窝子堤岸的麻草丛中,一位起早的老者在此大便,突然听见不远处的赵王河面传来一阵水响,接着就发现原本平静的河面突然腾起冲天水柱,水柱之上屹立着一位身高过丈、浑身漆黑的怪物,这怪物上下左右逡巡了一番,似是在寻找什么,之后又随着水柱慢慢沉入水底。正在老者错愕之际,不大一会儿,刚才出现怪物的河面,再次传起一阵水响,这次出来的不是那个黑色的怪物,而是一辆装扮华美的马轿车子,车上载了几位俊男靓女。只见这辆漂亮的马轿车子越过河床，直奔东方而去。

讲到这儿，吴绍堂住了下，手指东边方向接着说，离这儿三里地，就是大杨集，那儿每年的三月十八日逢大会，商贸流通、唱戏杂耍，很是热闹。原来这马轿车子上坐的都是从龙宫里出来的龙子龙女，他们经受不住诱惑，想看看凡间的热闹。再说那老者，发现这一怪事后，也不大便了，急忙顺着马轿车子的方向追赶而去。到了大杨集上，果然见这几个龙子龙女坐在车上游览观看，龙子长得眉目清秀，龙女个个如花似玉。老者大饱眼福之余，将这一奇事告诉了别人。这事一传十、十传百地传开了，大家很快就知道街头游走的这辆华美的马轿车子上载的都不是凡人。好奇的人们将马轿车子围得水泄不通，车子再也无法走动。这时车上的龙子龙女已经知道天机泄露，急得团团转，却又无法脱身。这时一位龙女急中生智，对围观的人群说，我们口渴了，能否送点儿水来。就有好心人将一桶水送上，这位龙女将水往车上一泼，车上顿时升起一朵祥云，只见这祥云驮着马轿车子腾空而去。原来"龙"离不开水，现在有了水，他们就能借助水逃遁了。

"这还不算奇。"说到这儿，吴绍堂故意卖个关子，才接着说，人们第二天在赵王河董林窝子处，发现那儿的河面都被血染红了。在一片殷红中，人们又惊奇地看到一个硕大的黑鱼头。这时大家才明白，这只黑鱼头就是昨天出来探路的黑鱼，由于它探路不密，让人发现了龙子龙女赶会的天机，龙王因此震怒，将其斩首。

故事讲完了，沉浸在故事中的记者和五位作家还没有从刚才的故事中走出来，纷纷往河面上看，似是在寻找龙女出没的所在。这时对亳州历史颇有研究的张超凡说，这故事是虚构的，应没什么疑问，但这个故事也从一个侧面告诉我们，赵王河在董林窝子这地方，河床很深，甚至深达传说中的"龙宫"，却是事实。

抗战遗址刘湾村

依依离开董林窝子，记者和五作家又继续徒步探源赵王河，这时已是10月2日下午两点左右。从当日早上八点十分开始，到现在已徒步近七个小时，长期缺少腿部运动的我们，都感觉有点儿累了，脚步也明显地慢下来。

越往前走，路似乎越难走，许多地方连常说的羊肠小道都没有，皆是长满荆棘和杂草的高低不平的堤岸。我们几个只能披荆斩棘，艰难前行。影响我们前进的不仅是无路可走，还有那意想不到的河汊子。这些河汊子在与赵王河的交汇处没有桥，水深且宽，根本无法徒步涉过去，我们只能绕道而行，有时为了过一个河汊子，要绕行两公里多。

又走了一个多小时，我们来到了谯城区赵桥乡地界。我们向当地农民打听这附近是否有文物遗址时，一位七十八岁叫李先才的老者告诉我们，他们刘湾村有四个炮楼，说是抗战时期的遗迹。听到这个消息，本来有点儿疲惫的我们重又燃起了激情，不由加快了脚步。

在赵王河北岸一个翠竹环绕四面环沟（后来才知道是为阻击日军挖的寨海子）的村庄前，李先才指着村庄东南角的一处高台说，这就是炮台。接着李先才又带领我们来到村东北角的寨海子旁，指着又一处高台说，这是我们村保存最好的一处炮台。记者看到，在紧靠寨海子内侧是一个长满蒿草的土质高台，历经七十年的风雨侵蚀，高台已不再棱角分明，几近成了一个隆起的土丘。这时闻讯赶来的村干部向我们详细介绍了这个村炮台和寨海子的来龙去脉。

原来这个村子曾被国民党一个姓刘的军官带领部队占据过，该部队为阻挡日军的进攻，在刘湾村四面挖了又深又陡的寨海子，只留村西北角一个出口，出口处架有吊桥，进出村庄须经吊桥，之后他们又在村子的四角筑起四个高高的炮台。四炮楼可以互相支援，从而使整个村庄成了一个完整的战争防御体系。可惜的是，寨海子挖好了，大炮架好了，日本鬼子并没有到这儿来，因此这些设施当时并没有派上用场。但是，让人想不到的是，几年后，这些为抗日所挖的寨海子和所筑的炮台竟成了解放大军解放刘湾村的障碍。因为当时这个村被国民党地方武装蒋聚五（外号蒋六秃子）部把守着，解放大军前来围歼蒋部，由于蒋部据险顽抗，解放大军为避免更大的伤亡，主动撤出了阵地。后来蒋部在撤出了刘湾后才被解放军彻底消灭。

据李先才说，解放后，他们在炮台附近挖土，挖到很多子弹壳和了弹，可见当年这儿发生的战斗之惨烈。我们一行站在炮台前，谁也没有再说话，也许大家在遥想当年战争的惨状，在凭吊那些为解放刘湾而牺牲的革命先烈。是的，如果没有这些革命先烈用自己的生命换来新中国，我们可能还将生活在水深火热的旧社会，还在为衣食担忧，又怎么有精力和闲情徒步溯源赵王河呢。

革命先烈，你们的鲜血不会白流，我们会继承你们的遗志，完成你们未竟的事业，把我们的祖国建设得更好。大家怀着对先烈的敬仰，离开了刘湾村，开始了新的征程。

夜宿赵桥蟋蟀惊梦

考察完刘湾村抗战遗址，已是 10 月 2 日下午四点三十分。记者和亳州五作家稍作休息，就朝着我们今天的宿营地谯城区赵桥乡赵桥集进发。

这时大家明显感到了体力不支，走路的速度和早上相比慢了很多。刘湾距离赵桥集有十里路左右，按照我们每小时五里的速度走，要赶到赵桥集要两个小时，到时天也应该快黑了。谁知走了两个小时，太阳快落山了，仍没有看到赵桥集的影儿,我们中有人开始有点儿浮躁,就问在田间耕作的一位大伯,赵桥集离这儿还有多远,大伯回答说,两里地。按我们现在的行进速度,应该半小时到没有问题,谁知我们又走了半小时,还是没到。大家这时才明白过来,刚才大伯说的两里地,应该是指大路,他不知道我们是要沿河岸走。这时太阳已经落山了,天色已经暗淡下来。面对这似乎走不完的"两里地",加之大家有点儿饿了,便显出几分急躁来。事情往往是越艰难时,成功就在眼前。就在大家一步不想走时,赵桥集在一片灯火中出现在我们的视野里。

在赵桥乡政府的帮助下,我们吃上了一顿热腾腾的晚餐。该乡办公室朱主任告诉我们,说他们已经临时在办公室里为我们铺下了床,只是被褥不够干净,但被套已经被"突击"洗了。这时朱主任带领我们来到一家昨天才重新开业的浴池,让我们泡泡澡,解解乏。

听说能洗上澡,大家都有点儿兴奋了,因为经过一天的奔波,身上早已被汗水浸得黏糊糊的。

记者和这五位作家来到一家简陋的浴池,急忙放好了热水,躺了进去。这时作家杜振华一声惊呼表达了大家共同的感受:"太舒服了,长这么大,洗这么多澡,都没有今天感觉美好。"也难怪,徒步一天,又脏又累,热水既可增加血液循环,减轻疲劳,又将一身汗味洗去,这与我们平日的洗澡自然不同,这时让洗澡的功能发挥到了极致,所以大家第一次感到洗澡是这么令人激动的一件事。洗过澡,回到赵桥乡政府为我们准备的"寝室",已经九点多了。

"寝室"设在乡政府办公室里,很简陋,床是临时找来的,每床要睡两人。能有地方睡觉,大家已经感到很不错了,当然更不会计较"设施"如何了。记者和杨勇一张床,躺在床上,记者就闻到一股霉味,但是困意很快就来了,谁知当记者刚刚蒙眬入睡时,一只蟋蟀蹦到脸上,睡意一下子没了。

铁路沟旁话"老锅"

10月3日早上六点,记者一行就起来了。大家简单吃了些早餐就上路了。时间是10月3日早上七点三十分。

再次见到赵王河,大家都感到很亲切。沉睡了一夜的赵王河宛如一位娇羞的少女,也仿佛一位慈祥的母亲,静静地蜿蜒西去。路上,张超凡告诉大家说,今晚计划在谯城区十河镇梅城宿营。

走了一个小时后,大家感到有点累了,路过十河镇姬桥村时,我们向一位看上去七十多岁的大娘打探离梅城有多远。大娘说还有三十里左右。接着发生的一幕让我们大为感动。这位大娘见我们问过路后,没有朝她想象的公路走,以为我们走错了，就急忙追上我们，大声说，大路不在这。我们笑笑说，知道，谢谢大娘了，然后继续沿河堤走。

大约又走了半小时，突然前面又冒出一个河汊子。我们只好沿着河汊子寻找突破口。我们问一位在田间耕作的中年人，这沟是什么沟，怎么通过。谁知这位中年人竟给我们讲起了这沟的来历。

原来这沟叫铁路沟，是清末民初为修铁路所挖的沟。为什么只有沟没见铁路，这位中年人说，这事还要从清末民初亳州的"姜老锅"说起。

姜老锅，本名姜桂题，亳州城东东南姜屯人，乳名"锅"，人称"姜老锅"。清咸丰年间，姜父因涉嫌"通捻"被诛，母亲雷氏将其送至舅父捻军小花旗主雷彦处。清军统帅僧格林沁剿捻，姜随雷彦叛捻，投到僧格林沁麾下。姜因作战勇敢被授百夫长。后又因追剿西捻军有功，授总兵衔，后累至提督衔、毅军军统、热河都统等要职。据说当时的西太后慈禧十分欣赏姜桂题，曾赏赐其黄马褂，并恩准其紫禁城里跑马。

姜这人没有文化，也曾手沾捻军鲜血，但这人对家乡人极好，只要家乡人前去投靠他，都会得到资助。1921年，亳州遭遇水患，已任职闲散的姜桂题仍捐出大笔款子赈灾。就这样一位对家乡十分热爱的人，怎么会阻止老家修建铁路呢？这位中年人说，姜不让在家乡修铁路是出于"好意"。原来，行伍出身的姜桂题，知道兵灾匪祸的厉害，当得知政府要在亳州修建铁路时，他就依靠自身的影响加以阻止，他担心列车到处，兵患肆虐，害了乡人。知晓了铁路停建的原因，记者等一行六人颇感意外，但对姜桂题略有研究的张超凡说，这事应该是真的，姜没有文化，爱家乡心切，以他的秉性会做出这等事来。

作家杨勇说，这老姜真是目光短浅，如果清末民初时亳州就修了铁路，怕今日之亳州会比现在更繁荣吧。但也有作家说，如修了铁路，真如姜所说引来兵祸，也未必是好事。这几位作家围绕修不修铁路的事，开始讨论，当然最终的结论还是，这种闭关自守的"政策"对亳州的发展绝对弊大于利。不知姜桂题泉下有知，自己当初的"好心"竟为后人所诟病，不知作何感想。

千年古镇中秋夜

越过铁路沟，记者和亳州五作家继续沿着赵王河徒步溯源。10月3日十点四十分我们一行来到谯城区十河镇集上，补充一些水，问下路程，又继续西行。又艰难行走了一个小时，我们来到黄淮海三期项目十河抽水站处，这时离早上七点三十分从赵桥集出发已四个多小时，大家又饥又累，决定休息下，顺便补充点"能量"（吃饭）。大家拿出出发前从家里带来的食品，除少量水果外，大多是月饼。这时大家似乎才记起今天是一年一度的中秋佳节。而此时长途徒步带来的困倦,大大冲淡了佳节带来的愉悦。大家简单吃点月饼和水果,又上路了。

下午四点钟,我们终于来到了梅城集。这时大家已疲惫至极,按喜欢出游的作家王飙的话,就是"身体体能耗到了极限,腿部各种器官磨损到了拐点",可以这样说,最后这几个小时,大家是趔趔趄趄挪过来的。但当来到梅城集时,大家似乎又忘记了疲劳,纷纷探问这座有着三千多年历史古镇背后的故事。

陪同我们的梅城村干部向我们介绍说,梅城古为商代梅伯封国,世称梅伯国。梅伯为当时著名直臣,纣王时任卿士。他见纣王荒淫无道,几次犯颜直谏,纣王不纳。有臣劝梅伯,逆披龙鳞,会招致杀身之祸,梅伯不为所动,称:"文谏死,如果人人都不敢直言,朝廷要我们这些大臣干什么?"直谏依然。凡遇纣王无道,即当庭指出,纣王暴怒,就残忍地把梅伯剁成肉酱。一国之栋梁就这样被暴虐所杀。

在大家为梅伯的忠贞和纣王的残暴大发感慨时,村干部又向大家讲述了"梅城夜转亳州"的故事。说是古时候,梅城很兴盛,后来朝廷任命一位叫胡未的来做县官,这个被群众称为"胡来"的县官,在一个炎炎夏日上街闲逛,汗湿衣衫后,竟然下令以后不准白天开市,做买卖须到夜晚。这下可苦了那些靠种田为生的百姓。后来这事被玉皇大帝知晓了,很是愤懑地称,胡未真是胡来。就让巡天神趁人们睡觉时,将整个集镇搬到了涡河岸边的一块高地上,也就是现在的亳州城址上,从此梅城也就失去了往日的荣光。

传说固不可信,但梅城从此萧条,亳州自此兴盛确是史实。如今的梅城经过岁月更迭、沧海桑田,仅仅是十河镇的一个村部所在地。

大家又感慨了一番世事沧桑,待吃过饭,已是下午五点了,看看天色尚早,张超凡提议能否再赶些路程,因为如果今天在这休息,我们计划的三天徒步溯源赵王河就会变成四天。其他人说,四天就四天吧,今天实在走不动了。

张超凡见大家"住"意已决,也只好作罢。在当地镇政府和村委会的帮助下,我们寻了一间简陋的旅馆,住了下来。

晚上八点许,张超凡又叫起了歪倒在床上休息的作家和记者,说,今天是中秋之夜,我们虽然远离家乡,但我们几个相聚在这异乡,也要好好地过下中秋。他又让大家把尚存的几块月饼奉献出来。于是在这个简陋的旅馆里,围着一张找来的破桌子,大家吃着从家里带来的月饼,遥想家乡的亲人,开始了这个别样的中秋之夜。

初入河南意外连连

10月4日早上六点,记者和亳州五作家就起来了。由于梅城西边不远即是河南省地界,将要进入一个新的陌生的地域,大家都有点莫名的兴奋。张超凡说,到了那里,我们就人生地不熟了,大家要多带些干粮和水。我们随便吃点早点,便重新了新的一天的征程。

许是经过一夜的休整,也许是累到极限的身体真的开始出现"拐点",大家又有说有笑起来。当得知我们要告别的第一个村名叫赵桥村时,杜振华说了句"昨天早上辞别赵桥乡,今天我们又辞别赵桥村,真是太巧了"。不想这话竟勾起了擅长作诗的杨勇的诗情。他随口吟出了"歪歪的我走了,正如我歪歪的来,我无力的招手,作别东边的云彩"。尽管这诗是"学舌"大诗人徐志摩的《再别康桥》,但其真实和机巧仍能感到他才思的敏捷,同时也博得了同行其他作家的一笑。

就是在这笑声中,记者和五位作家很快进入了河南省鹿邑县郑家集乡境内。谁知就在进入河南省境内不久,竟然接连发生意外。

先是张超凡一不小心和赵王河来个"亲密全接触"。那是刚进入河南省境内,大家正兴致高昂地挺进,突遇一道河汊子。按说这不算什么,因为我们不是第一次遭遇河汊子,大不了多走几里路绕回来。如果说这个河汊子与别的河汊子有什么区别的话,就是水不深,也不宽,也就有四五尺宽,但这个宽度恰好超过了我们徒步跨越的程度,让我们觉得像先前那样顺着河汊子绕过来,又有些不甘,毕竟那样做费时费力,这对走了两天的我们来说,多走一米都是一种负担。这时张超凡提出背大家过。我们多不同意,毕竟超凡在我们几个中算是年纪较大者,怎么能让他背呢。最后决定让其背着因长途徒步造成腿部不适的杜振华过去,剩下的我们绕道而行。

背杜振华过去还算顺利,问题出在张超凡到赵王河上的石板桥洗脚时。因为背人过河,张超凡脱掉了袜子,过河后,他就蹲在石板桥上洗脚穿袜子,不曾想,等穿好起身,竟然头一晕,一下栽进了赵王河里。在旁边的杨勇率先看到这一幕,急忙惊呼"张超凡掉河里了"。待我们几个赶到,张超凡已自己爬了上来,好在水不是很深,他又会游泳。从河里上来的张超凡很快就镇定下来,当大家还处在惶恐之中时,他竟还能幽上一默:"我不仅徒步赵王河,还在赵王河怀抱里躺了一会儿,你们都没有我幸运呀。"说得大家大笑起来。

再一个意外是作家杜振华的退出。在张超凡落水后不久,我们发现本来一起走的杜振华,被我们甩到了后边。只见他艰难地一步一挪艰难地前行。等他赶到了,我们才知因长时间徒步,他膝盖部的隐疾突发,似有针扎,疼痛难忍,不能前行。见他这么痛苦,大家劝他不要徒步去了,这样下去,怕出什么意外。杜振华不肯,说,自己已经走了大半路程,怎么能前功尽弃。我们理解杜振华的心情,但到赵王河的源头还有百里,不是靠毅力就能走完的。我们就以刘翔做比劝他,人家刘翔在奥运即将开始国人都在翘首等他拿金牌时,因腿部伤痛不也退赛了吗,与之相比你这就不算什么了。何况,留得青山在,不怕没柴烧。在记者和几位作家的劝说下,杜振华最终同意退出徒步赵王河,但他提出,不能徒步去,坐车也要赶到赵王河的源头。后来杜振华真的如他所说,没有从那直接回亳州,而是坐车赶到了赵王河源头,此是后话不提。

接连发生的两件事,让初进入河南的我们,对未来增加了几分惶惑。但这一切并没有阻挡我们前进的步伐。

河南境内改姓"白"

应了否极泰来,在经历了张超凡落水和杜振华因病退出后,记者和余下的张超凡、杨勇、王飙、张秀礼四作家徒步溯源赵王河还算顺利。在 10 月 4 日上午十一时,我们来到了河南省鹿邑县的王皮溜乡。

为了解赵王河在河南省境内的情况,记者和王飙来到王皮溜乡政府打探情况。接待我们的是该乡党委副书记王磊。他首先向我们介绍了河南境内赵王河流经的乡镇和地理情况。他说,赵王河在河南省境内称为白沟河,流经鹿邑县郑家集乡、王皮溜乡、观堂乡、生铁冢乡、赵村乡、丘集乡,源头在鹿邑县玄武镇入涡,共流经七个乡镇,大约四十五公里。问其为什么河南省境内赵王河易名为白沟河,王磊不好意思地笑笑,说,自己还真不知道。后来记者还是从一位叫闫循善的乡间老者那里得知一个说法。

闫循善说,他们这一带有五条河,除白沟河外,另外还有四条带"色"的河,即青水河、黑河、红河和乌家沟。因有白、青、黑、红和乌五色,所以他们统称这五条河为五色河,白沟河仅是五色河中的一条。记者又追问这五色河的来历,闫循善也语焉不详了。由于记者一行步履匆匆,未能细察,只能留作以后待考了。

王磊虽没能告知白沟河的来历,但告诉了关于王皮溜一名的传说。他说,唐朝末年,有一王姓商人,贩卖皮货路经此地,到白沟河边洗脸,河水突然上涨,把货物冲走,商人便沿河向东寻找被冲走的皮货,走到一座桥旁,发现皮货被桥柱挡着。商人便将皮货从水中捞出,放在桥上晾晒,并在桥旁歇脚,叫卖自己的皮货,不想生意极好。此人便在白沟河桥旁安家,后人就称此地为王皮溜。

王磊还向记者讲述了另一种说法,说是经营皮货的商人不知道自己姓啥,也不知安身做生意的桥旁是什么地方,只知道自己所在的桥东西两边不远处均有一座桥,三桥被一条河连在一起,成个"王"字,商人便给自己取名王皮溜,自己做生意的地方就叫王皮溜集。

听了王磊的介绍,记者还是倾向于前一种传说,要说一个商人不知道自己姓甚名谁,这个观点恐很难让人信服。

　　记者和王飙从王皮溜乡政府出来,与"大部队"会合。按照王磊介绍的赵王河流经示意图,我们决定今晚住在距王皮溜乡三十公里的赵村乡。这样余下的十五公里路程,明天就能赶早完成。但这就意味着今天我们要徒步三十公里,这个数字超过了前两天的任何一天。而这时经过两天的徒步,大家已精疲力竭,更坏的是,此时每人脚上都打了水泡和血泡,其中张超凡双脚的大拇指颜色开始变紫,随时都有脱落的可能。作为这次行动的总指挥,张超凡没有过多地考虑自己,他知道今天要不赶到赵村乡,我们四天也不一定能完成考察任务。

　　大家在一起分析了形势后,同意了张超凡的建议。于是,记者和四作家拖着疲惫的身躯向赵村挪去。

豫东大地"遇"曹公

　　10月5日早上七点十分,记者和余下的亳州四作家离开赵村乡,继续徒步向赵王河的源头鹿邑县玄武镇时口村赶去。

　　昨天为了完成预定的行程,夜色茫茫中我们还在行进,脚上起了水泡、血泡,大家用创可贴贴上继续走;脚趾甲要掉了,用胶布缠上仍然赶路。累了,休息不再选择地方是否干净;饿了,就吃随身带的馒头和咸菜,大家的身体状况正如作家张秀礼即兴所描写的那样"坐下容易起来难,浑身无力脚趾残"(实为"歪改"唐朝大诗人李商隐《无题》诗中的两句"相见时难别亦难,东风无力百花残")。这时大家走路体力不再重要,完全被一种意志和信念支撑着:一定要徒步考察完赵王河水系,为以后赵王河治理留下宝贵的第一手资料;一定要记录下赵王河沿途的风土人情,给后人留下一笔珍贵的精神财富。就是靠着顽强的毅力和不屈的信念,到了晚上八点我们才在浓浓夜色中终于赶到了赵村乡。

　　也许马上见到赵王河的源头的兴奋冲淡了大家的疲惫,今天一早大家就起床了,开始做冲刺赵王河源头的准备。

　　在走了大约两个小时后,我们来到了鹿邑县丘集乡。这时一座遍插红旗的庙宇引起了大家的注意。当时谁也没想到,在这里我们会遇到一位一千多年前的"老乡"——魏武帝曹操。

　　起初大家以为这儿仅仅是一个普通的庙宇或景点,就是看到门楣上的"武平侯封地"时,也没想到这武平侯说的是曹操。直到看门的老者介绍后,平时自认为读书颇多的我们才知,经常被我们挂在嘴边的魏武帝曹操还有另一个称谓——武平侯。而眼前这个建有庙宇的地方,就是曹操因侯封地之所在,也是武平城故址所在地。

记者从后来查到的清代光绪版《鹿邑县志》上得知："武平城、汉县。《水经注》:涡水又东迳武平城故城北。建安元年(公元196年),献帝以(曹)操为大将军,封武平侯,以此城为封邑。考《魏书·地形志》,武平正始(三国魏齐王曹芳年号,240—249年)中,置有武平城。"

能在异乡见到故乡人,虽是古人,大家都很激动,同时也为自己因寡闻不识老乡而汗颜。我们一行走进庙宇,欲叩拜下这位武平侯曹操,但进来后发现,该庙宇并没有供奉武平侯,供奉的多是菩萨等一些神灵。失望之余,回首却见门楼东侧的屋脊上有一尊塑像,该塑像身披甲胄,骑马佩剑,威风凛凛,很是面熟,一问,竟然是武平侯曹操。

于是我们大家纷纷拿出相机,与这位一千多年前的老乡"合影",借以表达对这位老乡的敬意。

赵王河源头细成沟

"辞别"武平侯曹操,已是10月5日上午十二点多,记者和四作家继续向赵王河的源头作最后的徒步冲刺。

此时走在赵王河的河堤上,再看到赵王河,大家才真正体会到为何在河南境内称其为"沟"了,在亳州境内赵王河最宽处可达三十米,窄处也有十五米以上,而进入河南境内后,赵王河仿佛一位营养不良的孩子,一下子孱弱下去,变窄变浅了,最多也不过六七米宽,而且越接近源头,河面越窄,完全成了一条不起眼的水沟。如果不是亲自一步步这么看着赵王河变窄变浅,记者也不会相信,这么窄浅的沟发展到下游会形成深不见底的通"龙宫"的董林窝子。

在快接近赵王河源头时,一个突发事件再次搅扰了我们的行程。当时我们一行五人正沿着赵王河的河堤行走,感叹着赵王河上下游差别之大时,走在前边的杨勇看到了一只鸟,在地上"匍匐"前进,急忙上前捕住,细看之下,原来是只误食农药的斑鸠。见状,我们几人急忙展开营救。大家不顾疲劳,将随身携带的水为斑鸠冲洗肠胃,这样反复冲洗了几次后,这只不幸的斑鸠渐渐改变了恹恹的症状。见其好转了,我们才将其放在一片草丛中,离开。

河越来越窄浅,终于在下午一点五十分时,我们一行六人(不久因伤落伍的杜振华也坐车赶到了)终于来到了让我们苦苦徒步近四天的位于鹿邑县玄武镇时口村的赵王河源头。

记者看到,赵王河源头的河面宽有五米,河面长满了青萍。在源头赵王河分成东西两股入涡,分别由一孔闸和两孔闸控制。源头的涡河河面十分宏阔,与赵王河的细小形成鲜明对比。

经历了近四天的长途跋涉，终于实现了徒步溯源赵王河的目标，大家激动异常，一时忘记了疲劳，纷纷留影纪念。

排污采砂赵王河流泪

在四天徒步溯源赵王河的过程中，给记者感受很深的，除长时间徒步带来的疲惫外，就是一路上看到的非法采砂和排污给赵王河带来的伤害。记者从下游出发不久，就看到沿河很多砂堆，虽然不见采砂设备，但可想见当初非法采砂之猖獗。

随着行进，来到谯城区十河镇以西的地界时，记者不仅看到了成山丘般的砂堆，还开始见一些采砂设备在运转，尤其是进入河南省鹿邑县境内后，采砂活动更为疯狂，记者在一段不到五百米的河床上，竟看到十多个采砂设备。由于非法采砂，造成河床大面积塌陷，一些沿河的树木甚至因此歪倒在河床内。

如果说非法采砂让记者痛心，那么排污给赵王河造成的伤害更让记者揪心。记者发现，赵王河的水质从下游往上游越来越差，在谯城区十河镇十河集以东河段的污染源多是宋汤河排污造成，但进入河南省境内后，非法排污尤为严重，在河南境内，由于水质污染严重，出现了大面积蓝藻。河水黑如墨汁，发出刺鼻的气味，在谯城境内出现的网箱养鱼的画面再也没有出现。让记者非常担心的是，由于河南境内是赵王河的上游，他们的污染直接影响下游水质，即使亳州境内没有一点污染，河水也会受到严重影响。

记者在徒步过程中，经常有沿途的群众误把我们当成治理赵王河者，以为我们是在做治理前期的准备工作。从他们反复地追问"什么时候治理赵王河"中，我们能感到他们要求治理赵王河的迫切心情。从他们的迫切心情中，记者也真切感受到被严重污染的赵王河给他们的生产生活带来的诸多不便。

面对沿途群众的每次追问，我们只能报以一笑。在笑的背后却是一种发自内心的无奈和愤怒。

生产造成污染，污染影响发展。污染带来的损害往往比生产带来的效益大得多。然而可悲的是，这一怪圈依然在我们身边每时每刻地发生着。记者真切希望有关部门能把科学发展观落到实处，在发展经济的同时，给我们的子孙后代留下一片蓝天碧水。

亳州四作家徒步溯源洺河实录

许发夫

2010 年 10 月 2 日至 5 日,亳州四位作家利用国庆长假,徒步溯源洺河,考察水系,了解人文景观,体察民情民风。这是亳州作家继去年徒步溯源赵王河之后开展的又一徒步考察河流活动。《亳州晚报》记者许发夫全程陪同采访。

洺河运粮话包公

这次徒步溯源洺河是谯城区作协主席张超凡组织发起的。

出发前,张超凡已与谯城区水务部门联系好,由水务部门出车将参与徒步考察的亳州四位作家和记者送到洺河的最下游——谯城区立德镇三岔口处,然后四位作家开始这次徒步之旅。

10 月 2 日六点半,天刚放亮,记者便和张超凡、王飙、杨勇、黄凤云四位作家如约坐车朝三岔口驶去。

路上,对亳州历史颇有研究的张超凡向我们介绍了有关洺河的传说。张超凡说,洺河历史悠久,曾是包拯的运粮河。大家熟知的包拯陈州放粮的故事就与这条河流有关。张超凡说,宋仁宗年间,陈州(今河南淮阳)旱荒三载,朝廷派国舅前去发粮赈灾,谁知国舅到了陈州后克扣赈灾粮,灾民怨声载道。朝廷派人称包青天的包拯前去调查处理。铁面无私的包拯到了陈州之后很快将事情查个水落石出。虽然案子"结"了,但由于之前的赈灾粮已被国舅挥霍掉了,不够赈灾,包拯开始沿着洺河筹粮。传说,包拯手拿阴阳镜顺着洺河往东一望,发现亳州境内有一片富庶之地,那里有一位道人甚为富裕,于是驱船前往,这人就是传说成了仙人的石崇。见到包拯的运粮船,石崇从一个布袋中取出几粒米,大船上放上两粒,小船上放上一粒,用布盖上,嘱咐行船的人,路上不可偷看。船行不久,一位船夫出于好奇,偷偷掀开布,想看看究竟,谁知,刚一打开,就见滚滚米粮从船底涌上来,很快将船压沉了。

石崇是西晋时期的首富,富可敌国;包拯是北宋人,两人相距五六百年,包拯断然不能向石崇借粮,这多少有点张飞战秦琼的味道,但从这个故事中可以看出,在宋朝时,亳州已是富庶之地。张超凡这样解释。

听了包拯借粮的故事,大家对洺河产生了浓厚的兴趣,都想早点见到这条充满神秘色彩的河流。大约行驶了一个小时,我们便来到了目的地——三岔口。

三岔口因三条河流交汇而得名。从上游来的洺河和油河齐汇在这里,与漳河相连,然后经漳河流入涡河。记者看到,三条河流呈"丫"字形,主干漳河,两个枝杈,北边的是油河,南边的就是我们这次要徒步溯源的洺河。

在洺河尽头合影拍照后,我们即开始了这次徒步河流之旅。

石崇范丹千古情

初秋的早上,微微有点寒意。走在洺河岸边,看着蜿蜒不息的洺河,大家都有点兴奋,走起来步伐显得十分轻快。在走了三个多小时后,大家的脚步明显慢了下来,这时我们来到了谯城区古城镇朱大庄。没想到就是这个今天看起来很普通的村子,一千七百年前,竟演绎了一段首富与穷人的友谊。

据朱大庄七十多岁的朱殿明介绍,他们村之前有个石崇殿,是为纪念西晋首富石崇而设,这个殿在二十世纪五十年代才被扒掉。

朱殿明说,石崇当年沿着洺河经商时,与家住距朱大庄不足一里的朱小庄的贤人范丹相识,并成为莫逆。石崇富可敌国,范丹一穷二白,范丹虽然生活清贫,但为人豁达乐观,看上去很幸福。这让石崇很不解。一天石崇请范丹到自己位于朱大庄的行馆吃饭,用四个金元宝垫在四条桌腿下,以示富有。范丹后来回请石崇,将桌子放在一棵大树下招待石崇。吃饭时,石崇不时向范丹吹嘘自己的富有。因太阳的移动,原本在树荫下的餐桌眼看就要被阳光暴晒,这时范丹让四个儿子过来,一人抬着一个桌腿,将桌子重新移到树荫下。两人一顿饭吃了两个时辰,由于有范丹四个儿子搬动餐桌,太阳硬是没晒到他们。见此情形,石崇不由感慨道,我虽有良田万顷,珍宝无数,但我这些都是"死宝",你虽没有多少金银财宝,但有"四个活宝"(指范丹的四个儿子),我还是不如你。

石崇在历史上是有名的大款,但他以为富不仁名留后世。他一次宴请客人,让仆女陪侍,他竟因客人饮酒不尽兴,将劝酒不力的仆女杀掉。其荒淫残暴可见一斑。如此暴虐之人,后人为什么会在朱大庄给其盖庙宇供奉呢?据对此事专有研究的张超凡称,西晋八王之乱时,石崇与齐王结党,为赵王伦所杀。他死后,其后人可能流亡到朱大庄,并改姓为朱,后来石崇的后人就将当年石崇经商时的行馆改为石崇殿,供奉石崇。张超凡还说,如果真是这样,包拯向石崇借粮的事情也就有了"依据"。北宋时期,朱大庄一带乃富庶之地,包拯沿洺河到这里筹粮,石崇的后人就将粮食借给了包公。可能这些后人为了粉饰先人石崇,就将包拯借粮的事,说成是得道成仙的石崇所借。

时光已将这些往事尘封,真相也已隐没在历史的长河里,很难窥知。我们几位感叹着离开了朱大庄,继续沿着洺河行进。

两省阻隔几断魂

离开朱大庄,记者和四位作家继续行走。这时的洺河在正午的阳光照射下,泛起粼粼波光,并不时有白鹭从草丛中飞起,我们一行五人在晚上六点时赶到了谯城区双沟镇,并决定在镇上住下。

在镇政府的安排下,我们住进了一家小旅店,奔走了一天,大家都十分疲惫,很快就进入了梦乡。

10 月 3 日早上六点半,我们简单吃了早餐,就上路了。走了大约五里路,我们来到了一个叫王河口的小村子。经打听才知,我们已经进入河南省郸城县白马镇境内。

我们来到白马镇政府,希望了解一下洺河在河南省境内的情况,由于是假期,我们没找到要找的人,但在一个小餐馆就餐时,饭店的主人告诉我们,说白马镇之前叫白马驿,因养有一匹白马而得名。

洺河进入河南境内之后,记者发现洺河已没亳州境内清澈,污染开始严重。更让我们意外的是,当日下午三点多,我们赶到白马镇张胖店村时,发现一直流向正常的洺河突然到了"源头"。原来这里是安徽太和县与河南省郸城县的交界处。在这里洺河与河南省一条很著名的河流——黑水河交汇。二十世纪九十年代初,河南省和安徽省联合治理黑水河时,人为地将洺河从黑水河两侧截断。在黑水河治理结束后,本应修闸贯通的洺河因为属于两省交界处而无人问津,也就形成了洺河的"源头"在张胖店村的"事实"。

我们一行五人一边说地方保护主义的害处,一边感叹洺河的不幸遭遇。越过黑水河,又来到黑水河西岸被阻断的洺河旁,继续我们的徒步之旅。

让我们想不到的是,洺河被人为断流的境况并非张胖店一处。由于洺河有段河流流经河南省和安徽省的交界处,遇到需要架桥的地方,两地都不愿出资,就直接填土为桥,将洺河阻断。看着洺河多次魂断,几位作家十分心疼,并表示要将此事写成报告,呈有关部门,希望将洺河重新贯通,让断魂的洺河再恢复生机和活力。

洛河岸边"访"汲黯

10 月 3 日晚上六点多,四位作家和记者赶到了因道家鼻祖老子炼仙丹而得名的河南省郸城县县城,找了一家便宜的旅馆住下。次日一早我们又重新开始了第三天的徒步之旅。

走了四个多小时,我们一行来到了洛河岸边的郸城县汲冢镇所在地汲冢村。在洛河南岸,一个高大的坟茔映入我们的眼帘。来到坟茔旁,正好遇到守墓人张允廷老人。张允廷告诉我们,这个坟冢就是西汉时期官居主爵都尉、位列九卿、有社稷之臣之誉的汲黯的墓葬。

据张允廷介绍,汲黯系西汉初年名臣,景帝时为太子洗马,武帝即位后为谒者,并先后任荥阳令、东海太守、主爵都尉,位列九卿。汲黯为官正直,敢于为民请命,甚至为了民众,甘愿逆披龙鳞。一次河内(今河南沁阳)失火,武帝派他去视察,他到河南,见那里正遭水灾,饥民塞路,父子相食,饿死沟壑者不计其数,汲黯不畏矫制之罪,便以皇帝使臣的名义,持节开仓放粮赈济贫民,为人所传诵。

汲黯本是濮阳(今河南濮阳)人,怎么会葬在汲冢镇呢?张允廷说,汲黯因忠直敢谏,甚至多次冒犯皇上,仕途一直不顺,后因一点小过失,被罢官。汲黯暮年身体有病,当时朝廷实行币制改革,废除半两钱,改行五铢钱,不法之人多有偷铸。于是武帝召派赋闲在家身体有病的汲黯任淮阳太守,去刹这股歪风。汲黯以抱病之躯上任后,因疾病缠身,经常卧阁治理,却也把淮阳治理得政治清明,并留下了"卧而治之"的千古美谈。汲黯死于淮阳太守任上,其墓所即为他当年治水故渎之滨。

张允廷说,汲黯是一个直臣,也是个清官,当地百姓十分敬仰汲黯。他本人已经义务守护汲黯坟茔三十多年。在二十世纪五十年代,汲黯的坟茔遭到破坏,张允廷一直在为恢复保护汲黯的坟茔奔走呼告。他说,汲黯的坟茔应该得到更好的保护,以便让汲黯在九泉之下能够得到很好的安息。

洛河新篇到回龙

听说我们是考察洛河的,张允廷老人又热情地和我们一起来到位于汲黯墓旁的洛河。不想,张允廷竟然告诉我们,洛河到此村就到源头了。他说,虽然洛河从这里还继续西去,但那是二十世纪五十年代新挖的。张允廷的说法与我们起初掌握的洛河发源于淮阳的史实不符。哪一个正确呢?不久这个问题就有了答案。

我们告别张允廷继续顺着河流西走,不久遇到一个叫张焕伦的老人。他告诉我们,洛河最初是发源于淮阳城的东湖,后因历史久远原河道被淤平,现在只剩下一些低洼处。现在从汲冢村往西的洺河是后来开挖的。这说法也印证了张允廷的话。

尽管从汲冢村往西洺河的上游不再是故道,但它已经无可争辩地成了洺河的"今生"。四位作家经过商量,决定继续沿着河流前行。大约走了两个小时,快到洺河的源头时,我们来到了汲冢镇回龙集。

当得知这个地名时,我们都感到很惊讶,因为去年记者和亳州几位作家徒步探源赵王河时,赵王河的最下游也有个地方叫回龙寺。而今天我们探源的洺河的发源地竟然也有"回龙"二字,真让人产生梦一般的感觉。赵王河尽头的回龙寺是因宋太祖赵匡胤巡游赵王河遇到涡河,怕"龙"入"锅"伤命回头而得名。那么洺河源头的这个回龙集的名字又是从何而来呢?

在回龙集一位叫王学林的老人告诉我们,在很久以前,一位军师对皇帝说,在距淮阳东二十五里的齐王庙里住着一位命中该为正宫娘娘的女子,他要皇帝前去迎娶。皇帝率人前去,谁知到了庙里,却见一个污秽不堪、蓬头垢面的女子,认为这个疯疯癫癫的女子怎能入主正宫呢,就起驾回宫。谁知军师见了,复对皇上说,这女子就是你要迎娶的正宫,你这次带个金盆去,用金盆给她洗脸,就会发现这女子的本来容貌。皇帝听了,重新来到齐王庙,按照军师的话,用金盆给这女子洗脸,果然发现这女子长得天姿国色。大喜,遂接进宫中。据说这女子从小死了爹妈,寄宿齐王庙靠吃祭品生活,从没洗过脸,脏秽不堪就在情理之中了。这女子平时有点疯疯癫癫,口中常自言自语一个小曲:"柳叶青柳叶黄,我到宫里当娘娘;柳叶黄柳叶青,皇帝请我当正宫。"当时人们都认为这女子想当娘娘想疯了,想不到后来真成了正宫。齐王庙这一带也因皇帝回头接这女子,而叫回龙集。

补记:

10 月 4 日晚,记者和四作家赶到并入住淮阳县城,10 月 5 日,在看了洺河的发源地——东湖后坐车返亳。

看水系　观人文　察民情

——我市七作家徒步探源油河实录

许发夫

2012年10月1日至4日，我市张超凡、王飙、杨勇、张秀礼、黄凤云、唐贵芳和宋卉七位作家，利用国庆长假，从油河最下游徒步探源油河，这是继我市作家徒步探源赵王河、洺河、武家河之后的又一"壮举"。一路上，大家考察水系，了解人文景观，体察民情民风。《亳州晚报》记者全程陪同采风，记下了几位作家的"探源之旅"。

河冠"油"名因不易

这次油河探源之旅仍是由谯城区作协主席张超凡发起。

10月1日早上六点，按照事前约定，几位作家齐聚到谯城区水务局楼下，由区水务局出车将七位作家和记者拉至油河最下游处——谯城区立德镇三岔口。

兴许是国庆长假带来的好心情，一路上，大家有说有笑，话题也很快从各自工作转移到此次油河探源之旅上来。当然引起大家好奇的还是油河之名的由来：是因出产"油"，还是河水"贵如油"？起初大家纷纷发挥作家的想象力，表达自己的见解。最后对亳州历史文化有深厚造诣的张超凡告诉了油河之名的来由。

张超凡说，油河之名与油没有关系，但与华夏的一个重要图腾——"龙"有关。张超凡说，古老相传，中原一带发生了严重干旱，整整十七个月滴雨未落。专管地方雨水的小龙见百姓饱受干旱之苦十分痛心，无奈"布雨娘娘"不让降雨。一次他趁"布雨娘娘"设宴之机，私自降下雨来，因此触犯天条，被罚到民间受苦四十九天。龙离不开水，小龙被罚下民间后，躺在干涸地大地上动弹不得。村民知道小龙是为救大家才到此地步，纷纷救助小龙。四十九天很快过去了，按说小龙又能回到龙宫快乐生活了。但他没有，他知道如果这一带不挖条河流，仅靠"布雨娘娘"的施舍，百姓还是要受干旱之苦。于是他躬下身子，拼尽全力，想用自己的身体拱出一条河流来。成片的龙鳞被拱掉了，一段段的龙须被拱折了，一条弯弯曲曲的河终被拱成了,从此两岸的百姓不再受干旱之苦。大家知道这河来之不易,视河水为油,于是就把这条河叫作"油河"。

听罢油河的来历,汽车也在大家痛诉"布雨娘娘"的寡情、感叹小龙的仁义中来到了油河最下游三岔口处。

三岔口因三条河流交汇而得名。从上游来的油河和洺河齐汇在此,与漳河相连,后经漳河入涡河。三条河流称"丫"字形,主干漳河,两个枝丫南边是洺河,北边就是这次作家们要徒步探源的油河。

弯弯都有同姓庄

初秋的早上,寒意袭身。摆脱了城市的喧嚣,沿着河岸趟着草丛行走,虽然有时要披荆斩棘才能前行,大家还是很亢奋。步行不到半小时,就进入谯城区大杨镇境内。在走到大杨镇修楼附近时,无"路"可走了,河堤被一道道栅栏"封锁"了,原来这里被附近村民围成了鹅场。河面上游着成千上万只洁白的鹅。远远地望去,像一朵朵白云徜徉其间,场景十分壮观。

经询问得知,这是附近村民董召良和朋友饲养一起饲养的。据董召良介绍,油河下游水质较好,水草茂盛,比较适合养鹅。目前他们养的鹅有三万多只。难怪场面这么宏大了。

油河是龙拱出来的。张超凡讲到油河之名来历时,大家都明白这是美丽的传说,并没放到心上,但当行走了一段后,便感到这传说绝非空穴来风。因为大家很快发现,油河越往上游,弯越多,左右不停腾挪摇摆,就像一个蜿蜒的苍龙盘旋于中原大地上。更神奇的是,在谯城区大杨镇和古城镇境内,每个"S"弯处都有一个同姓的村庄,一个叫 A 楼,另一个就叫 A 小庄,如弯外有个村叫聂楼,弯内就会有个庄叫聂小庄,一连几个弯,都是一姓两村庄。对此曾做过专门考察的张超凡告诉记者,每个叫楼的村庄,应该是大地主的庄园,叫小庄的村便是这些地主雇工住的所在,也许当年在开挖油河时,这些有钱有势的财主,就让河道从其庄前拐个弯,所以叫楼的村庄都在弯外。真相是否如超凡所言,一时无法考证。但不管怎样,弯弯都有同姓庄,成了油河上游一道亮丽的风景。

油河集上两"铁仙"

作家们是早上七点十八分正式从三岔口启程的,在经过了大约四个小时的跋涉后,都有些疲惫,当听说河岸前面的村庄就是谯城区古城镇油河集时,大家的精神头又来了。油河集,一个以河流之名命名的集镇,应该装着油河更多的秘密。大家对油河集充满了期待。

但果腹之欲还是战胜了好奇。又饥又乏的作家们在一个小餐馆里朵颐了一顿后，才来到油河集敬老院——据说这里的老人知道一些油河的故事。

当然最想知道的还是油河之名的来历，老人们的所述没出大家预料，但作家们似乎余味未尽，追问油河集有没有其他奇异之事。这时九十一岁的修悦来老人向大家讲述了油河集上两铁仙的故事。

老人说，很久之前，一天夜里，有一对夫妇拉着一车棉花路过油河集，当时这对夫妻又饥又累，在走到集南头一个土坡时，怎么也拉不上去。不知道从哪儿走过来一对穿黑衣的男女，帮着推才迈过这个坡。当车达到平路，这对夫妻准备感谢这对男女时，却发现这两个黑衣人不见了，但在路两旁多出了一对黑铁铸就的铁人。这对夫妻才知道是这俩神仙帮了自己。

"这对铁仙来时神秘，失踪至今也是个谜。"修悦来说，这对铁仙在二十世纪五十年代时还在。1958年全国兴起大炼钢铁热。一天早上，集上的人们突然发现这对铁仙不见了。"是被人偷偷拉走炼钢铁了，还是被人藏起来了，抑或是铁仙自己走了，至今没人知道怎么回事。反正这对铁仙是夜里突然出现又夜里莫名地消失了。"修悦来说。

河南境内变"清水"

别了油河集，作家们一边感叹着这对铁仙蹊跷的出现和神秘的消失，一边又踏上了油河探源之旅。

中午的油河没了早晨时的清幽，岸边草丛上的露珠早被阳光蒸干。经过油河集的短暂休整，作家们体力得到了恢复，走起来依然兴致很高。晚上六点钟，作家们赶到了事前联系好的谯城区双沟镇，在这里度过他们徒步探源的第一个夜晚。

次日一早，作家们再次来到油河岸边，开始了新一天的征程。在步行了两个小时后，作家们来到一个叫蔺楼的地方，经询问得知，这里是亳州市的边界，走过这个村就是河南省郸城县张完乡境内。同时探知，进入河南境内后，油河之名也改称清水河（为了行文方便，河南省境内的清水河也称油河）。

早知道河南省境内有五条带"色"的河流，即清水河、黑河、红河、乌家沟、白沟河。但不知这些河流竟然与我市境内的一些河流一脉相承。2009年，我市作家徒步赵王河时，得知赵王河上游在河南省境内改称为白沟河，这次又发现原来河南省境内的清水河竟然是我市境内的油河。

踏入河南省境内，作家们被一种新奇激动着，尽管经过一天的徒步，一些人脚上开始出现水泡，但这丝毫没影响大家徒步的热情。作家开始对张完乡这个乡名感兴趣。后来经询问得知，张完之名的由来还有一段曲折的故事。

原来张完最早叫张寨,住的都是张姓人家,与其比邻的寨子叫谢楼。在二十世纪三十年代,一伙土匪前来劫寨。谢楼组织村民自卫,结果寡不敌众,被土匪攻破寨子,不仅财物被抢,人也多有伤亡;后来土匪攻打张寨,张寨的寨主自知不敌土匪,便吸取谢楼教训,没等土匪攻打,就让自己的儿子到土匪那当了人质,并告诉土匪,张寨人穷物薄,如果想要什么,尽管来拿。土匪进来后,寨主好饭好酒招待土匪,土匪也没动干戈,就将寨主儿子放回,大吃一顿后,便撤离了。就这样,张寨免受了匪祸,得以保全,从那以后,张寨又称张完。

幼女借车穿烟行

十月二日晚,经过一天的徒步,作家们来到了鹿邑县观堂乡,在一家小旅馆里住下。旅馆设施很简陋,让奔波了一天的作家们想洗个热水澡的愿望落空了。好在大家实在太累了,尽管屋内蚊子肆虐,被褥又脏,还是很快沉入梦乡。

三日六点时,作家们就起来了。简单地在地摊上吃了包子,就上路了。油河两岸秋天的田野里到处是成熟尚未收割的豆子。在一些田野里,记者发现,与我市境内不同的是,很多地方在焚烧玉米秸秆,尤其是进入鹿邑县张店乡境内时,田野狼烟四起,烟雾被风吹成一条长龙,飘过田埂,弥漫在河堤上,这令本就有些疲惫的作家们有种窒息的感觉。为尽快穿越烟雾,作家们不顾打满水泡的双脚,加快了脚步。

在路过一片秸秆焚烧重灾区时,记者被弥漫在河堤上的烟雾熏得睁不开眼,这时恰巧有一个十三四岁的小女孩骑着自行车行驶在河堤上的小路上。记者喊住她,希望她能"捎"过去这段烟雾区。本以为小女孩会很戒备地拒绝我,谁知这小女孩很愉快地答应了。这让生活在城市里每天担心会被讹诈的我们深为感动。

我骑上小女孩的车,让小女孩坐在车后,一阵狂骑,大约骑行了一公里,才将这段烟雾重灾区甩在身后。作家们就没有我幸运了,只能靠双脚疾步来穿越,待大家穿越过来时,身上落满了烟尘。作家们很是羡慕我,更为这小女孩很勇敢很仁义而感动。大家推测,如果在城里,向一个小女孩借车骑行,多怕被当作坏人而拒绝。

油河源头几探寻

鹿邑县试量镇是一个以所做狗肉鲜美闻名的集镇。当作家们徒步到这里时已经晚上七点多。经过三天的徒步,作家们身上都出现了症状,轻的脚上打了水泡,重的腿脚疼痛。沿街飘过来的狗肉清香,已经不能诱惑这些急需休息的作家。

还好,起码比在观堂宿营幸运,有热水澡可以洗,被褥起码没有异味。入住后,作家们谁也不想动半步,用方便面随便打发了晚饭。

四日一早,美美休息了一夜的作家们,体力恢复了不少,这次大家首先想到的就是吃试量镇狗肉。是不错,鲜、嫩、香,吃过仍不明白,同样都是狗肉差别咋这么大呢?

当然,作家们在品咂狗肉的同时,并没有忘记此行的目的——寻找油河的源头。其实进入河南省境内后,作家就开始边走边打探。但每次探寻的结果在经过一段徒步后,都被否决了。

从试量集镇出发不久,作家们发现,原本很宽阔的河道突然变窄,尤其是到鹿邑县唐集乡境内,油河河面仅有三米宽,且河面被绿藻完全覆盖,让人完全想象不到,最下游四十米宽的河竟是和这条窄窄的河是同一条河流。更让作家们想不到的,在进入唐集乡陈什庄西一公里处时,河突然干涸,河床上有的地方被种上了青菜和树。好在河堤和河道还在。向附近村民打探油河的源头,一位村民告知,应该在河南省柘城县安平镇前李楼附近。

沿着干涸的河床,作家们继续前行,当日上午十二点,作家们来到了前李楼村,这时油河已是一条浅浅的小沟,压根儿不能称之为"河"了,作家们又往前走了一公里,发现这条"小沟"与一条南北走向的深沟交汇。经询问得知,这条深沟是二十世纪五十年代才开挖的,名叫跃进沟,这条沟与涡河相连,旨在引涡河水注入油河。只是世事沧桑,如今这条深沟也早已干涸见底。

按说与跃进沟交汇处就应该是油河的源头了,起码是它新的源头。但是油河在与跃进河交汇后,其干涸的河床并没消失,而是在交汇后继续西行,只是变得更浅更窄,并被种上了庄稼。当地一位叫李家德的老者告诉说,油河河床应消失在距跃进河交汇处西五公里处的葛何谢庄。"那里应该是油河的源头。"

李家德所说的葛何谢庄,由于时间关系,作家们没能去一探究竟,但有一点可以肯定,和《亳州志》记载的油河源头在"河南省太康县马厂附近"不是一个地方。马厂应该还在葛何谢庄以西。油河的源头到底在哪里?只能请好事者前往再探究竟。

我市七作家徒步问流包河实录

许发夫

包河是经我市谯城区、涡阳县的一条自西北流向东南方向的过境河,也是我市北部的一条重要河流。2013年9月30日至10月4日,谯城区作协的张超凡、王飙、雅不知、张秀礼、唐贵芳、宋卉、黄凤云等七位作家,从包河的源头商丘市梁园区谢集镇张祠堂村开始沿河徒步,问流包河。一路上,七位作家察水系、看水质、问民情、访风物,掌握了不少有关包河水系的第一手资料。这是我市作家继徒步考察赵王河、洺河、武家河和油河之后,徒步考察的第五条流经我市的河流。此次走河考察活动,《亳州晚报》记者许发夫全程陪同采风。

一条干沟是源头

七位作家原准备十月一日开始徒步考察包河,此次活动的发起人、谯城区作协主席张超凡考虑到该河长达一百七十多公里,其长度超过之前徒步考察的河流,担心国庆长假时间不够用,便决定提前半天行动。

九月三十日,张超凡等七位作家吃过午饭后,搭乘谯城区水务局提供的车辆,向包河的源头驶去。顺便交代一句,之前亳州作家徒步的四条河流,都是从河流的最下游开始徒步探源,这次是从源头顺流考察。徒步走河之前,作家们从一些资料上得知,包河的源头在商丘市梁园区谢集镇尚楼村。到了尚楼村之后,作家们仅看到一条七八米宽、东西流向、长满蓬草的干涸的河床。拿不准这是否就是要徒步的包河,作家们向一位村民打听。大家从这位名叫尚向前的村民口中得知,包河的源头不在尚楼村,而是在距尚楼村西二里的张祠堂村。据尚向前介绍,包河的源头干涸已经有三十年了,在他几岁时,"曾在包河里游泳"。

告别这位热心的村民,作家们便开始了徒步问流包河之旅。

一河污水穿城过

虽然是中秋时节,一行人走在没有遮拦的河堤上,感觉太阳还是很毒。走了一个多小时后,包河的河床上才开始出现浅浅的水流。在出现水流的不远处,有一个水闸——新郑阁水闸。越过水闸,包河才开始呈现出河的模样,但是河水呈黑褐色,污染较为严重,老远就能嗅到刺鼻的异味,作家们纷纷捂鼻前行。沿河走到商丘市区时,天色已晚,市区段的包河已被人工开挖,两岸有工人在施工,约有五十米宽,但河水的污染更严重,异味更浓。见此,作家王飙不禁诗兴大发,随口吟道:"一河污水穿城过,不知市民咋生活?"

当晚,作家们摸黑选择离包河较远的一个浴场里歇脚。

十月一日早晨六点,作家们就起来了,随便在路边小吃摊吃点小吃就上路了。"走"出商丘市区,包河变得窄而浅,一些地方河床裸露,河水污染依然严重。作家们行至距商丘市区以南几华里的地方,看到一个巨大的排污口,很多未经处理的污水直接排入了包河,在入河处形成一圈圈白沫。这时,大家才明白包河上游污染严重的根由。作家雅不知说,包河上游的水源就来自这些生活污水、工业废水以及雨水,没有新的水源补充,其污染也就必然了。

一条少有传说的河

一路上,作家们除谈论河水污染严重的话题外,说得更多的便是包河名字的由来。对历史文化研究很有造诣的张超凡说,包河古称泡河,清朝时改称苞河,后来才叫包河。我们要了解包河的来历,就要知道最初为什么叫泡河。于是作家们边走边打听泡河的来历,但沿途问了很多人,却没有一人能够给出答案。于是,善于联想的作家们便开始发表自己的"高见"。女作家唐贵芳说,包河发源于黄河附近,可能是当初黄河泛滥时"泡"出的一条河流。大家都对唐贵芳的"高论"表示认可,认为"很有可能"。因为当初在源头时,看到包河北岸就是黄河故道,高耸的黄河大堤依然不减当年的雄姿。对此,作家张超凡又谈了自己的看法。他说,我们之前走过的赵王河、洺河、油河,河水都比较深,河水深才有神秘感,才会有传说,名字才会有出处。包河上游无水,且水浅,名字没有来历也在情理之中。

由于上游水源不充沛,包河河面宽窄变化并不明显,也就是七八米宽,远远看上去像一条"沟",直到走至河南与安徽交界的谯城区颜集镇时,才有点"河"的意味,河面渐渐变宽,宽处竟达三四十米,河水的污染也没先前严重了。

是晚,作家们宿营在谯城区颜集镇一家小旅馆。

一个个地名都有故事

10月2日一大早,徒步一天多的作家们开始了新一天的徒步问流之旅。在走到位于谯城区张店乡泥店村的包河河段时,大家才发现之前包河的河面变宽的原因,是一道包河闸将包河的水位抬高了三米多。过了这个闸后,包河又回到了七八米宽的境况。

　　徒步中,累了,作家们就随便在河堤上坐下休息片刻;饿了,遇到小集镇就吃些便饭,赶不到集镇,就途中吃点随身携带的月饼等干粮。当晚八点多钟,来到河南省永城的裴桥镇时,大家都累得散了架,其中张秀礼差点虚脱。大家找到一家每人十元的简陋旅馆夜宿。每来到一个地方,最能调动作家们兴趣的往往是地名的由来,因为地名往往是一个地方文化的根。如经作家们打探得知的包河的源头所在地梁园区,曾是西汉梁孝王刘武营造的规模宏大的皇家园林,当年司马相如客居梁园数年,临别时的一句"梁园虽好,不是久恋之家",已经成为千百年来人们惜别喜好之地时的一句经典话语;还有包河流经的虞城县芒种桥乡,说是隋炀帝经运河到扬州,在虞城县被一条河拦住,他下令停船造桥,当时正值麦收大忙季节,老百姓也不得不放下镰刀前来架桥,芒种桥由此得名;还有后面包河流经的涡阳县丹城镇,是因老子曾在此炼丹而得名。

一段凄婉的爱情传奇

　　那么这个裴桥集的来历是什么呢? 一位当地的老者给作家们讲述了该地地名的来历,想不到竟是一段凄婉的爱情故事。

　　相传,包河很久以前经常发大水。这一年,连续的大雨把包河桥冲垮了,很多人因此丢掉了性命,这其中就包括家住包河附近李庄的年轻后生裴文生的母亲。裴文生悲痛之余,决心为包河重修一座坚固的桥。正在为设计桥犯难时,包河中龙王的女儿为裴文生的行为所感动,扮成村姑向其倾诉了爱慕之情,并表示和他一起修桥。后来两人结为了夫妻。可是好景不长,龙女跑到凡间私自与人结婚的事被龙王得知。龙王大怒,趁裴文生不在家,派虾兵蟹将将龙女捉回了龙宫。龙女被带走前,挣扎着脱掉了绘有桥图案的鞋子。后来裴文生按照鞋上面的图案,修建了桥。桥建好后,方便了两岸百姓,可是裴文生耐不住思妻之情,不久跳河殉情而死。龙女得知真相后,也郁郁而终。当地老百姓为了纪念裴文生,就把他修建的那座桥叫裴桥,他所在的李庄村也改称为裴桥村,即今天的裴桥镇所在地。

一个永远的睡姿

　　10 月 3 日早上七点许,作家们感叹着裴文生与龙女的忠贞爱情,继续前行。此时,他们已经到了包河的中游,水面渐渐变宽,河水污染也不再那么明显。经过三天多的持续跋涉,作家们都疲惫不堪,脚上都打了水泡。在接近中午十二点时,作家们到了涡阳县丹城镇。在镇政府办公室,大家向值班的镇干部了解了一些当地的文化风物。吃过午饭后,作家们又继续前行,行至下午五点多,来到了涡阳县的石弓镇。

听说作家们是沿河考察的,镇上一位名叫陈凤军的老者热情地向作家们推荐镇上的一处古迹——陈抟卧迹。陈抟是五代宋初著名道教学者、隐士,谯城区人。听说陈抟曾在这里睡过觉,并留下了痕迹。作为陈抟的乡人,作家们的兴致一下子被调动起来,一天的疲惫也似乎少了不少。在陈凤军老人的带领下,作家们来到一个巷子的后边,见到一块突兀的巨石。老人指着石头上一个凹洼处,告诉作家,陈抟当年是怎么在这里"一觉睡了八百年"的。作家们也不顾疲惫和形象,纷纷睡在陈抟卧迹处,模仿当年大师睡觉时的仙姿。

一座古城茶飘香

十月四日一早,作家们告别了石弓镇,继续问流包河。在连续走了大约四个小时后,作家们进入了淮北市濉溪县临涣镇境内。由于这里已经接近下游,河面开阔,岸边水草丰美,长期居住在这里的人,绝对想不到这个水面宽达上百米的河流,其源头已经干涸多年,且上游的河面仅仅是条窄窄的细沟。

来之前,作家们从有关资料获悉,包河将在临涣镇附近汇入浍河。行走了四天多,马上就要到达包河的最下游,作家们都有点兴奋,一边欣赏包河下游的大美,一边谈论着临涣集的茶文化。

据张超凡介绍,临涣是一座具有两千多年历史的古城,其中茶文化已有六百年的历史。临涣的茶有名,得益于临涣的泉水。临涣的龙泉、金珠泉、饮马泉和龙须泉四大古泉,各具特色,很适合泡茶。临涣当地不产茶,用来泡水的茶棒取自安徽六安,这种茶棒是六安瓜片在处理过程中剔除的废料,因此临涣人把这种物美价廉的茶梗叫棒棒茶。神奇的是,这种几乎被人废弃的下脚料经临涣茶水的泡沏后能产生奇异的效果,其茶入杯,雾气结顶,汤色红艳,味道甘美,既带有丝丝蜜香,又蕴有淡淡苹果味,回味无穷。更奇的是,六安茶梗一经带出临涣,用别处的水沏泡,无论如何也没有这种味道。张超凡说,百闻不如一"喝",考察完包河后,他将请大家到茶馆一聚,作为这次徒步问流的收篇之作。

下午三点多,作家们在临涣茶的"引诱"下,终于来到了包河的最下游处,只见宽阔的包河与更为壮阔的浍河融为一体,继续东流而去。至此,作家们徒步问流包河夙愿实现,纷纷在此拍照留念。之后,作家们便来到临涣集一家最为古老的茶楼——南阁茶楼,开始细细品咂棒棒茶的神奇,"盘点"这次徒步之旅带来的收获……

我市七作家徒步探源小洪河实录

许发夫

起步郑店子

探源头、察水情、访民生……今年国庆长假期间,我市七位作家张超凡、王飙、张秀礼、宋卉、唐贵芳、杨秋、黄凤云,徒步探源小洪河。这是近年来我市几位作家继徒步考察赵王河、洺河、油河、武家河、包河、洋河和急三道河等河之后,再次探寻流经我市的河流。《亳州晚报》记者许发夫全程陪同采风。

2015 年 10 月 1 日清晨七时许,我市七位作家在市区大地桥北会聚,沿着涡河北岸开始向西行走。10 月的亳州,早上虽微微有些寒意,许是因刚踏上旅途的缘故,大家兴致甚高,走的步幅也很大,大约五百米处,就见宽阔的河面被一块陆地拆解成了"丫"字形,一条自西而来,一条自西北而来。

大家多为本地人,对此处地形较为熟悉,知晓那块陆地就是将要被亳州打造成景区的郑店子,自西而来的河流是涡河主河道,西北而来的则是作家们将要探源的小洪河。"郑店子是小洪河汇入涡河处,也是小洪河最下游。"徒步小洪河的发起人、谯城区作协主席张超凡指着西北而来的河流,对大家说:"我们这次徒步探源小洪河就从最下游郑店子开始。"

宋楚战于"洪"

对于新接触的河流,人们最先想知的还是这条河流名字的来历。虽然这七位作家多是典型的"亳州土著",但对这条河流为什么起名"小洪河"还是不明就里,就连对亳州历史文化多有研究的张超凡也对小洪河之名的来历语焉不详,但是他告诉几位作家说,有场很著名的战争就发生在这条河流上。

张超凡说,经他考证,《左传·僖公二十二年》记载的"宋楚泓之战"中的"泓"就是指小洪河。他说,春秋时期,宋国国君宋襄公讨伐郑国,郑国不敌,求救于楚国。楚国出兵宋国,以助郑国。宋楚两军在泓水两岸相遇。当时宋国已摆好阵列,而楚军尚未全部渡过泓水,见此良机,很多宋国大将要宋襄公趁对方立足未稳,"半渡而击"。但宋襄公认为自己是"商朝的后代",乃有德之人,不可乘人之危,未纳谏言,最终因错失战机而兵败。后人常以此事诟病宋襄公,说其"迂腐致败"。张超凡却认为,宋襄公之举是真正的君子所为,非有德之人莫能为之。至于为何说昔日的泓水就是今天的小洪河,张超凡解释说,宋国首都在今天的商丘,而亳州当时正属楚地,而这一带流传至今发"hong"音的河名只有小洪河,且地理与史载相契合,由此可知,"昔日泓水应当就是今日的小洪河了"。

河面陡瘦身

当天下午两点左右,徒步了近七个小时的作家们沿着小洪河堤岸,到达了谯城区古井镇,不免又饥又乏,在古井镇吃了午饭后,继续沿着河的左岸行进。

又走了不到一公里,来到谯城区魏岗镇大郑村附近,宽阔的河面再次呈现了"丫"字分岔,原来小洪河在这里有一条支流——洮河,小洪河主河道仍然朝着西北方向。但作家们发现,经过这一"分家",由此而上,本来宽达上百米的河面,锐减到只有十多米,且越走越发现河面明显地在萎缩,这让多次走河的作家们甚感诧异。从他们以往探源河流的经验看,河的下游都较宽广,只有快到源头时,河面才会逐渐萎缩,而这次刚离开源头尚未走出亳州境内,就出现这种状况着实鲜见。

见水面越来越窄,王飙提出到河右岸看看,正愁无桥可渡,忽见一废弃采砂船斜横在不足十米的河面上,且船的两端已经抵近河的两岸,正好可用以过河。大家跳上破船,小心地走过船身来到了河的右岸后,继续行走。走不多久,一个让大家意想不到的场面出现了。

因"噎"堵河床

沿着逐渐萎缩的河岸前行,当来到位于古井镇三台楼村境内时,作家们竟然发现小洪河到此已经断流,干涸的河床上长满了野草。难道小洪河不是《亳州志》(2010年版)上所载的全程长九十公里,发源于河南省民权县吗?看着野草丛生的河床,作家们既心疼,又满腹疑惑。这疑惑直到抵达河南省鹿邑县宋河镇,才被解开。

原来小洪河下游断流完全是人为所致。据宋河镇小朱庄村民朱开银介绍,小洪河断流才一年,至于原因,说是由于小洪河上游污染严重,每年夏天污水顺河而下,污染了亳州境内的小洪河、涡河,并造成鱼类大量死亡,每年亳州渔民都会向河南省有关部门起诉索赔。为免予被诉,河南省从去年就在其境内打了坝子,将小洪河截流了。

听了村民的介绍,唐贵芳非常愤懑,说,这是因噎废食,河南省这种做法有点不妥,他们应该想法治理河流,而不是通过这种截流方式来规避自己的责任。宋卉也说道,这样虽然不会污染下游了,但是让下游成了无源之水,且这种截流法,并没有解决根本问题。如将河流治理好,就是不截流,也不会造成下游污染,他们这种简单甚至粗暴地对待河流的做法,真让人心寒。

芦荻苍茫处

十月一日晚上七点多,作家们来到河旁的宋河镇,这个与一种河南名酒齐名的集镇成了作家们徒步后首个栖息地。尽管已深入河南省境内,小洪河依然处于断流状态,即使偶尔有成窝的水面,也是采砂后的"杰作"。

次日一早,作家们不顾疲劳,又开始沿着小洪河溯流而行,现在大家都有一个念头,就是想早点看到那个让小洪河下游干涸的罪魁——大坝。沿着河岸继续行进约四个小时,大家来到了河南省睢阳区包公庙乡境内(小洪河到包公庙乡已更名为大沙河,为行文方便,下文仍称该河为小洪河——作者注),在离包公庙"红旗一闸"上游不远处,终于见到了那个"绝命大坝"。宽厚的大坝将小洪河河床拦腰截断,一边是干涸的河床,一边是因被截流蓄积的河水,一条河流的生命就这样被"肢解"成两段! 越往上游走,河面越是宽阔,有的河面甚至宽达百余米,足以与小洪河最下游相媲美。

在商丘市睢阳区李口镇境内,宽广的河面上长满了芦荻。时值仲秋,芦花似雪,荻丛如织,十分壮美。看到因截流蓄积而成的宽大水面,和长势如此葳蕤的芦荻,作家们又在为下游因截流而干涸哭泣的河道哀叹。"如果河南省有关部门对小洪河不是截流,而是着眼于治理,那么下游定也会是河面雄阔、芦花飘雪了。"张秀礼感叹道。

魂牵断堤头

经过两天多艰难辗转的徒步,作家们一个个十分疲惫,体力近乎透支,但没有一人打退堂鼓。十月三日下午,大家终于赶到了《亳州志》所载的小洪河源头——断堤头村。在这里,小洪河又变成了一线浅浅的细流。一路走来,大家见证了这条命途多舛的河流,时而河水浩渺,时而河床枯竭;时而宽达百米,时而窄不盈丈。想到造成这种局面的竟是人力使然,作家们不禁唏嘘不止。

在断堤头村,作家们向当地一位八旬老者打探这个断堤头村是否为小洪河的源头时,这位名叫刘发贵的老人却说,他没听说过小洪河的名字,也不知什么是大沙河,仅知晓这条河是他们当地人 1958 年挖的人工河,叫民睢河(民权县到睢阳区)。其源头也不在断堤头村,而是距断堤头村约一公里处的程李村程庄。

经作家们推断,小洪河上游早已干涸无踪,人们习惯将上游开挖连接小洪河的民睢河一并称为小洪河(大沙河),以此来说其源头应在程庄,而非志书上所载的断堤头村。

十月三日下午三点,大家来到了小洪河的尽头程庄,只见小洪河与一条东西走向的河道相连,其交汇处就是小洪河的源头。经作家查实,这条东西河流是商丘干渠,与黄河故道相连。也就是说小洪河应该最初发源于古黄河,因黄河泥沙含量大,才造成其分支小洪河多沙,也许这是小洪河在河南省境内被称为大沙河的根由吧。

情暖徒步客

行笔至此,按说该回锋收笔,但是接下来发生的事,如不记录下来,也会让作家们心有不甘。

辞别源头,大家照例是乘车归去。但身处村野无车可乘,疲惫不堪的作家们顺路来到距程庄西不远的芦庄。在村中一户人家门前看到一辆农用柴三轮车,便问其主人能否用三轮车将大家拉至县城,并许诺付资酬谢。

这位四十岁左右的淳朴村民简单了解情况后,没有讨价还价,就将三轮车发动,带着大家启程。当得知作家们行程匆忙,没来得及领略黄河故道风光时,又带着大家绕道那里,让大家饱览黄河故道之盛景,然后才直奔县城而去。

到了民权县城郊,这位村民停下车子,告诉大家,他这种机动车不能进入城区,说着,他下车来到能进城区的一些营运三轮车旁,找到两辆三轮车,与车主谈好价格,并付了车费,让大家换乘。见状,作家们赶紧掏出钱,将原先说好的车费加上其所垫的车费一并付给这位热心的村民。谁知,这位村民说啥也不肯接受,作家们当然不想无功受禄,拦住柴三轮不放,"大老远送我们过来已很感激你了,怎能还让你倒贴钱?"见大家态度坚决,这位村民只好收下。谁知,将车发动好后,他一扬手又把全部的钱抛给了作家们。

带着这位好心村民的浓浓暖意和对小洪河的深深惋叹,作家们搭乘车辆踏上了归程。

02

乡 村

乡村的挽歌式叙事

谯城是农业文明较为发达的古邦。千百年来,农业、农村、农人,一直是谯城的重心,在史书上占有很大篇幅。

关注乡村人物,以女性独特的细腻笔触,写出乡村的人情世故,看似点点滴滴、琐琐碎碎,实是谯城两位女作家长期生活积累的爆发。她们把笔端深入人性底层,为人性的光彩而歌,为人性的灰暗叹息,为人性的丑陋愤怒,为人性的嬗变唏嘘。

这一组故事在《亳州晚报》发表以后,受到社会好评。现与"谯城河流"一起结集出版为《河流与乡村》,以向各界汇报文坛之讯,以飨谯城父老。

张超凡　于2016年子月

宋卉笔下的乡村人物

玉兰姐

　　我童年怪僻，看不上春英、心灵、傻俊等人敢跟破小子对打对骂的彪悍，也不喜欢小免、小启、小扣之流三脚踹不出一个屁来的木讷，能玩到一起的只有一个胡同住的玉兰姐。

　　玉兰大我五岁，在家排行老末，爹娘怕她受苦，十来岁才送她上学。我们上学时一起来去，不上学时一起拾柴火、割草、放羊。我常去她家看那本大书，一本线装古书，竖着印的繁体字我俩都看不懂，但书里一幅幅的仕女图我百看不厌。因为我觉得玉兰姐跟那些仕女一样美，身材清瘦高挑，麦皮肤色，漫长脸儿，细眉细眼，文文静静，所以我喜欢跟她玩。她用白纸临摹了那本大书里的所有仕女，一个个身段窈窕，发髻倭堕，裙裾飘飞，惟妙惟肖，栩栩如生。再用针线将一页页画纸缝制成册，每每拿出来玩赏，我都爱不释手。

　　她考上了初中，我们在一起的时间就少了。见面时她常讲中学里的事。西庄的王大方和南庄的李大寨是她话题里的主角。我们庄挨庄，这两人我都认识。王大方中等个，粉红瓜子脸，柳眉杏眼，一口整齐白牙，小学时就是玉兰姐他们班里出众的俊闺女儿，性情泼辣。李大寨是家里的独子，那时候还没实行计划生育，他爹妈竟然不再生个仨俩，也挺让人好奇的。李大寨身材细挑，一阵风都能刮倒他，白净子，浓眉大眼。从玉兰姐不断的讲述里，我隐约知道了王大方喜欢李大寨，托玉兰姐给他们传过纸条。再后来李大寨和王大方都退学了，李大寨家还托了媒人上王大方家提亲，成了。那以后，玉兰姐对上学也失去了兴趣，初二没上完也退学了。老生子闺女，爹娘待她娇，也没责怪她。却都觉得玉兰开始病病恹恹，吃得少、睡得多了。

　　那年初春，天还冷着，刚扫黑儿，喝了茶（农村人剁了红芋兑了水烧开，或是白水馏馍，就是晚饭，庄上人称吃晚饭为"喝茶"）。小孩子们又聚在庄子中心的空地上玩杀羊羔、打整子灰的游戏,喊叫声、欢呼声此起彼伏。玉兰姐来喊我出去玩。我们一路走谁也不说话,来到南地的稻沟边,席地而坐,面对着一地身子远的西庄,南边不到一里,就是李大寨他庄。稻沟是种改良稻子时为引水而挖的一条人工河,从广连沟挖过来,穿过李大寨的庄,流到我们庄南地。沟沿儿上长满了杂树,都还光秃秃的。乡下的夜来得早,从灰黑的暮色砸向村庄,到黑黢黢一片、四周的庄子全看不见,只半颗烟的功夫。一弯银钩斜挂在西天,满天星星懒懒地泛着光。

玉兰姐说:“今儿后晌,大方来找我玩了。”原来,王大方和李大寨的媒说成后,过年,李大寨就得去王大方家追节。年初三一大早,李大寨扛了个竹篮子来拜年,篮子装得也怪满,趁人不注意,大方揭开盖篮子的红花儿手巾,见也就两包果子两包糖,外加个一揸宽的礼条子,掂掂不过七八斤。大方立刻撇起了嘴:这方圆十里八乡的排场人家,第一趟追节,谁不得备齐鸡、鱼、肉和果子糖四色礼?这倒好,果子和糖算两样也才三色,那猪肉吧还嫩小一块儿,这不是看不起俺家么!大方找来钢笔,抽出篮子里包猪肉的红纸条,写上三个大字:“老鳖一!”塞进篮子里。饭后,大方不让她娘留东西,李大寨把篮子原样擓回去了。不用说,媒就这样散了。大方来找玉兰,把这件事当笑话讲给玉兰听,玉兰却没笑。

“你说,李大寨家又不穷,咋就拿那一点东西去追节呢?”我哪知道呢?

“你说,大方是不是太爱财了,你喜欢的是人还是人家的东西?”我觉得也是。

“大寨家再不对,也不能那样骂人家呀,有话不能让媒人传吗?大方的脾气太着板……”我嗯嗯啊啊。

她把手搭在支起的膝盖上,托着下巴侧脸对着南庄,目光幽幽地向前望着。“‘老鳖一’!唉,大寨该气死了吧?气死才好呢,一开始我就知道大方不是真喜欢他,他还托人去说媒,这不是自找难看么!好了吧,买个蜡不点,安了吧!”我听着她话里带恨,却在微薄的月影里,分明见她脸上含着幸福的笑意。

“你说,我可管叫俺大哥托人去上李大寨家提媒?”我只听说过男方主动托媒人提亲,没见过女方托人说媒的。但,这有啥不管的呢!“管!当然管!”我们那晚还说了些啥我就记不清了,只知道她一路教我唱朝阳沟“走一道岭来翻一座山,山沟里空气好实在新鲜……”在她甜美的豫剧清唱里,我们蹬着月的清辉,燕子似的飞回了家。

后来,我转到镇上去上学,跟她见面更少了。再后来,听说玉兰姐跟李大寨结婚了。还听说,李大寨当年去大方家追节不是没钱买四色礼,而是他爹妈买好了礼他故意不拿,想让大方主动退婚,因为,通过那段时间的了解,他发现大方其实不是他真正喜欢的人,玉兰姐才是。

几十年过去了,也不知道玉兰姐过得可好,好的话,她该在家抱孙子了吧。

茄子大爷

茄子大爷不叫茄子,叫锁柱,因为左眼皮长了个紫色小肉球儿,像挂了个茄子,所以,一庄人背后都喊他茄子。他家三辈单传,到他这辈儿,大闺女出生后,他就让她喊自己"大爷",后来沥沥啦啦又生了两男两女,也都叫他"大爷",而不是爹。

也许是因单传不需辈辈分家产,茄子大爷家道殷实,那一胡同人家,我家和我三个叔家四片宅子还没有他家一半大。房子是三间土墙瓦顶的高大堂屋,外加东西两座共四间厢房,院子东南角还有间磨坊。院子里靠近厨房的地方,是个圆圆的粪坑,粪坑边栽着几株石榴树。最让人眼热的是院子前面的那片竹园,两亩见方,株大如椽,冬夏葱郁,禽鸣鸟唱。因为竹园正对着我家大门,所以我也算沾了光。茄子大爷养尊处优,干完农活儿就提着鹌鹑笼子溜达,很少在家闲坐着。于是,从我记事起,每到傍晚,村子上空就会回荡起一声声他二儿子进粮哥悠远悠长的呼唤:"俺——大——爷——,回来喝——茶——"

茄子大爷不苟言笑,话少,但总能说到点子上,擅长以理服人,谁家有个红白喜事,一定先跟他商量请他当大总,事情也都能办得圆满妥帖。要是哪家两口子生气打架闹分家,只要有个三指高的小孩去通知他一下,他都会赶去劝架。有一个夏天,刚下了一场透雨,不能下地干活儿。人闲生事,前院翰林叔两口子又打起来了。翰林婶儿披头散发坐在院子的泥地上哭天抢地,高声叫骂:"翰林,你个孬孙! 你不打死我我就不是人做类! 老天爷啊,你睁眼看看吧,看看我过的是啥日子啊! 不能活啦,不能活啊!"茄子大爷闻声赶来,大声训斥蹲在墙根瓮声瓮气跟媳妇对骂的翰林叔:"你是弄啥哩,翰林? 可是闲类啦,啊? 脱坯打场类时候叫你累脱节,你再木有劲生气打架!"一边对着泥窝里坐着的翰林婶说:"孙大姐,这人吧,任性不能活,认命方可过,都跟翰林一个锅里挖勺子半辈子了,你还不知道他? 仨钱类出息都没有,你气他啥哩? 起来起来,你去做饭,我问问翰林他到底想干啥,小孩子吃不上饭,吓类哭爹叫娘类,你都不心疼么!!"还别说,最后这句话正挽住翰林婶的软肠子:要不是俩小孩可怜,早就跟龟孙翰林离婚了! 只听她更深更细地一声哀嚎,似乎要把所有的委屈一下子哭出来,然后,在邻居姑嫂的搀扶下站起来,拉过一双年幼的儿女,回屋换衣裳,给孩子做饭去了。不一会儿,翰林叔就在茄子大爷的开导下,蹭到锅底门口烧锅去了。

但是,就是这么一位德高望重的人物,却栽在一个人人喊打的老鼠身上。

茄子大爷的大儿子名叫小孩儿,开了一个打面机房,他偶尔去帮忙。那个夏天的一个夜晚,喝了茶,村里的几个妇女约好了似的换了短衣短衫,趿拉着鞋,用架子车拉着淘好的麦子、杂粮去打面、打料。面给人吃,料喂牲口喂猪。两间打面机房,一头是打面,一头是打料。儿子小孩儿给人打面,他就帮着打料。隆隆的机器轰鸣声夹杂着妇女们嘻嘻哈哈的荤素笑话,光着脊梁的茄子大爷好像啥都没听见,一心往机器里倒入玉米、红芋片儿之类,从机器上伸出去的长口袋里倒出饲料。这时候,不知谁喊一声:"哎哎哎,老鼠,快打!"只见一只肥大的灰老鼠快速在机房里逃窜,左冲右突,躲避着妇女们扔来的鞋底儿及挥来的扫帚、木锨,一眨眼就没影了。茄子大爷觉得不对劲,一团软乎乎的东西钻进他又肥又长的裤脚,几只冰凉的小爪子沿着他的小腿直往身上蹿,就呀呀直叫,伸手隔着裤子东一把西一把地攥也没抓住,手舞足蹈,又蹦又跳,又急又怕,脸涨得通红。忙不迭解下束腰的大带子,簸箩口般大的裤腰一下子滑脱到地上,老鼠趁机箭一样蹿出门去,只留下光着身子站在那里的茄子大爷和呆在那里的大闺女小媳妇儿。又是一瞬间,女人们轰地笑起来,也老鼠似的逃了出去。

机房里的打面机、打料机喘息着停下来,屋子里静得可怕,就听"啪"的一声,一个重物砸在铁皮上,茄子大爷从机房里走出来,推开门口的妇女,夺路而去,比刚才的老鼠跑得还快。

那之后,他大病了一场,可能是被老鼠吓的吧,也可能是被妇女们笑的。

再以后,茄子大爷拒绝给任何人家问红白喜事,更不再给街坊邻居劝架。听不到他二儿子悠远悠长的呼唤他回家喝茶的声音了,因为他很少出门,出门时也是低着头打胡同里过,袖洞里藏着那只他心爱的鹌鹑。

翰林婶儿

翰林婶儿年轻时自由恋爱过。七十年代,在豫皖交界处的穷乡僻壤,那是伤风败俗的。所以,在父母兄长的威逼之下断了前情,经人介绍嫁给了我翰林叔。

婶子并不喜欢翰林叔。相亲那天,翰林叔专门借了身儿蓝卡其布裤褂,穿了双黑条子绒尖口布鞋,除了头发长得有点儿像鸡窝,整个人看上去也还像样。可是一张嘴,那瓮声瓮气的说话声就让婶子产生了怀疑:这人不是个傻子吧? 就出题考他:"三只扁嘴子加两只鸡搁一坨几条腿?""恁家养了几只鸡?"诸如此类。翰林叔掰着手指头一一算来,也还勉强过关,说到家养几只鸡,翰林叔作难了:"鸡? 唔! 我得好好算算,三只黑三只黄,当中夹个长尾巴狼(长尾巴的公鸡)。这是几只? 你算算?"婶子哭笑不得,犹豫之下,勉强应了亲事,草草完了婚。第二年生下闺女巧云,两年后又生了儿子小海,也就儿女双全了。

日子真是比树叶儿还稠。家底子穷,生活紧巴,婶子省吃俭用,锅上一把锅下一把,也没饿着俩孩子。但神经兮兮的翰林叔整天疑神疑鬼,生怕如花似玉的翰林婶突然不辞而别,弃他而去,恨不得用三尺麻绳把媳妇系在裤腰上。

婶子善良,是个热心肠,庄上谁家有个大事小情,她一定相帮。每年夏初,小孩们都喜欢翻过墙头,爬上翰林婶院里的那棵大桑树摘桑葚吃。别的桑树结的桑葚都是紫红的,一吃,嘴巴染得像是生啃过死孩子。这棵树结的桑葚却是水晶样透明的白,硕大多汁,吃到嘴里,比水果糖都香甜。婶子看见,准会喊:"快下来,栽着喽咋弄!"边说边举起绑在长竹竿上的削镰子连枝带叶地削,一串串桑葚挂着降落伞飘到孩子们伸开的褂襟上,揪下来品,甜极了。

也是一个初夏,麦子灌满了浆,刚刚变黄,还不能开镰。晌午头,庄子躲在密密的树荫里,竹林在风中沙沙作响,小鸡仔儿扑棱着没扎全毛的翅膀跳出围栏,噪噪地在屋檐下觅食。翰林婶坐在院子里纳鞋底儿,那针脚细密匀溜,纳完的鞋底子瓷实又漂亮。俩孩子也在树荫下勾着头扒蚯蚓,准备后晌跟人去南塘钓鱼。卜隆隆,卜隆隆,一阵拨浪鼓的声音传来,货郎的吆喝声由远及近:"拿头发换针换线换江米糕喽! 塑料布塑料鞋拿来换钱啦!"

翰林婶儿站起身，从房门口的墙洞里掏出一团乱头发走出家门，俩孩子立即跟出来，"货郎挑子，过来，过来！"货郎循声而来，俩孩子扑过去，把头伸进打开的货柜里，那里面有七彩的绣花线，大大小小的钢针，各种形状的卡子和五颜六色的头绳儿、橡皮筋、玻璃球……装在盒子里的水果糖和那一大塑料袋子江米糕太馋人了，俩孩子吸溜着嘴，回头看着妈。翰林婶只用那团乱发换了个银白色的顶针子，扯了孩子就回家。货郎说："大嫂子，可能寻口凉水喝？"翰林婶走进厨房，倒了半舀子开水递过去。那货郎感激不尽，跑江湖的嘴吧啦吧啦谢个不停，还抓了把江米糕递给俩孩子。

正在这时，扛着粪箕子出去拾粪的翰林叔回来了。粪也不倒，铲子一撂，瓮声瓮气地骂道："啥屌人都能挂啦上，这个家早晚叫你败坏光！滚你娘家去吧，我也不要你了……"货郎见势不妙，挑起挑子走了。婶子心里发恨，明知道这半吊子不能搭理，就把手中的鞋底儿一撂，砸得鞋筐子仄歪了几下，扭身进厨房做饭去了。翰林叔不愿意，上去就打，两人撕作一团，全不顾俩孩子狼一样哀嚎。

等到大家听翰林叔叫"救命"赶来时，婶子已经昏死在地上了。蒙受了不白之冤又挨了翰林叔的打，婶子咋都想不开，拽了条绳子跑进堂屋，插上门闩，把自己挂在梁头上自杀了。傻翰林蹿开门，等割断绳子，婶子的脸都青了。

这次得感谢俺爷。俺爷从怀里掏出他那盒宝贝银针，一只只捏出来，扎进婶子的鼻子尖、鼻子下、嘴角和手弧口上，捻动针头，等一根根尖细的银针全扎进皮肉，婶子闷闷地哼了一声，抬眼扫了一下面前，嘤嘤哭了起来。

嫁错了的女人就像磨道里的驴，被人蒙了眼，一圈一圈地转，总也走不出那块地方，又怨不得谁套住了自己。

算命先生在她家堂屋后墙上镶了块石头，上刻"泰山石敢当"几个字。此后，婶子没再寻死过。

井要淘，人要熬。大半辈子跟着翰林叔吃苦受累，挨打受骂，婶子总算熬过来了。两个孩子长大后都有了出息。大闺女嫁了个二婚头，二十岁就成了俩孩子的后娘，两口子经营着运输、建筑和餐饮等多种生意，在城里置了好几处房产，日子过得很富裕。小儿也在西关买了个小院儿，娶了媳妇生了一男一女俩孩子。现在，我那花甲之年的翰林婶儿容颜并不显老，穿着时尚得体，负责接送小孙女上学，兼着照顾嘴里常骂的那个"老不死的"翰林叔，日子还在继续着。

大　姨

　　菜园子地处豫皖交界处,往东北四十里是亳州城,往西北四十里是河南鹿邑城,与鹿邑县郑家集的刘小庙搭界,地塪沟连着俩庄子。站在庄户头向四处远眺,村庄、树木、庄稼、坟头、沟河……一一掠过,广袤的淮北平原一望无垠,最远处天地相接,连成一线。开阔的视野成就了乡人豁达的胸怀,无极的视线造就了乡人博大的胸襟。

　　大姨就是这平原上少有的女人。

　　大姨是我母亲的姨表姐,嫁的是我没出五服的大爷,和我母亲算是妯娌。大姨是带着寡母嫁过来的。我姨姥命苦,早年丧夫,寡母熬儿,相依为命,大姨自然不舍得丢下老母亲。那时,大爷虽然是生产队的会计,却也没捞到啥好处,为养活五个儿子,大姨腰都累弯了。五个孩子上学可没少让大姨作难。大哥还好,初中毕业后在县城师范上了个速成班,回家来当了代课教师。二哥就不那么幸运了,初中三年上完,考中专时边都没挂上。凉桌子热板凳继续复习,经历"八年抗战",最终考上了阜阳商校。姨和大爷爹爹告奶奶四处借钱,我家还卖了头肥猪帮衬,总算让他上了中专,原指望毕业分配吃公粮,可还没上班就下岗了。剩下的这几个兄弟见跳农门无望,也都辍学各寻门路了。

　　大姨从不在人前叫苦,从不因为日子紧巴面露愁容。有人给儿子提亲,她认准一个理:相中家庭相中人你就嫁,嫌俺家穷就拉倒。好在五个儿媳相继娶进家门也没花几个彩礼钱。倒是盖那五座房子分出五个家让大姨驮了很多外债。但,熬过来了,现在五个儿媳妇没一个不尊重她、不孝敬她的。

　　那是十年前,大姨家的大儿子已经从民办教师转了正,是她家唯一一个吃公粮的人。我大嫂子娘家是当地的光贵户,奔着大哥这个国家教师身份,嫂子自己做媒,没要彩礼没办酒席就在我哥那儿住下不走了。大哥老实,面面筋筋类没个主见,啥事都听嫂子的,从不敢私下里贴陪爹娘一毛钱。有一天,不知道大哥咋得罪了嫂子,嫂子扑着身子就来到了大姨住的老院子,一屁股坐在地上,又哭又闹,祖奶奶三太太、老坟里的八辈子都被她骂到了,直骂得大姨家连老聒都不敢落。

大姨坐在屋里簸粮食,就像没听见似的。等大嫂骂得累了,她端着一碗茶,拎了个小板凳走出来,面带笑容,温和地说:"孩儿,累类慌了吧?来,喝口茶,坐板凳上歇歇,歇歇再骂!"大嫂子不知是累的还是羞的,面红耳赤,从地上爬起来拍拍屁股走了,从此再没跟我大姨红过脸。

大姨是慈母,更是孝女。

打我记事起,姨姥就驼背,腰弯成九十度。跟着大姨从梅城集南边的李竹园来到菜园子,在家里帮大姨洗衣做饭带孩子,喂猪喂鸡鸭猫狗。迈着裹过的小脚,颤颤歪歪地活动在大姨家三丈见方的院子里外。也是打我记事起,大姨就给姨姥做寿。每年农历的八月十五,大姨家就开始准备桌椅板凳馍筐子洗菜盆,开始打酒割肉杀鸡迟鱼买青菜,在八月十六姨姥生日这天办上几桌酒席。远远近近的亲戚邻居也都记准了这个日子,不请自到,扢篮子拎提包,带些瓜果梨枣、果子糖之类来祝寿。家境较富裕、关系又较亲的亲戚才会在果子糖之外割块礼条子壮篮子。这样的酒席是赔钱的,但姨姥高兴,大姨更高兴。无论多艰难的年景,借钱也要办寿宴,几十年从没间断过。这也是大姨家年年都驮账的一个原因。

姨姥的最后一个寿辰是在大前年过的。那年,姨家的几个儿子都撑事儿了,除了大哥在农村家里教书,其余的弟兄都在城里买了房干着生意,日子过得都还不错。给姨姥祝过寿,算是办完了那年的大事。几个弟兄一商议,兑钱给大爷家添了彩电、机洗衣机和冰箱几件电器,还买了辆电动三轮车,方便二老进城,也能拉着年迈的姨姥出门看看景。二哥条件最好,兑的钱也最多,二嫂并没有意见,她说:"各人买马各人骑,各人行孝各人地,多花点钱有啥!"

按说大姨应该更好过,除了管理十几亩地、养活老寿星,照护好自己的身体就行了,可就在那个秋后,大爷患了偏瘫,在市医院住院治疗一个多月。大姨要照顾大爷,老母亲还要下地管理那十几亩桔梗、白芍和牡丹,入冬后就病了,感冒,咳嗽。药也吃了,针也扎了,总是不见效。要是有闺女该多好,这床前床后也不是儿子媳妇长待的地方,大姨只好自己受着,一直到过了年。

前年开春,得一点温气儿,地里的黄毛蒿比麦苗长得都旺,桔梗地里的面叶子棵、气气芽、荠荠菜还有梭子草也都长起来了,大姨天不亮起床,到黑儿都不识闲。地里薅草,家里照顾刚能仄巴仄巴走路的大爷,还有年迈体衰的姨姥。到二月间,大姨实在受不了那停了好、好了停的感冒咳嗽,去郑家集的邢楼打吊水。走前做好饭看着老娘吃下去,再帮大爷收拾收拾,一去就得半天。连着好几天,大姨的病还没好,一百零三岁的姨姥可能是担心闺女的病,也可能是觉得自己老不中用,连累了闺女,再也不吃饭了。牛奶不喝,鸡蛋膏不吃,面糊糊都不再喝一口。三天后撒手西去,没留下一句话。

　　姨姥的家在李竹园，按说叶落归根，要葬进祖坟，可大姨不让："娘跟了我一辈子，吃苦受累也没享上福，要不是她，也没有俺这个家，她早就把根扎在这了，养老送终是我的本分，我咋也不能叫她回去！"又对赶来烧纸的娘家堂兄弟说："俺娘没有儿，我就是儿，俺娘没啥家业能请受，丧事我来办，扛油膜幡子摔老盆也都是我类事，恁几个请哭请吃就好！"大姨跟大爷一辈子兄妹相称，她拉过大爷的手，说："哥，这几天看着这一大堂的客，你拜管恁些事，该吃吃，该睡睡，照护好你自己，别让我跟孩子操心，啊！你放心吧，我叫咱娘安安生生地送到南北坑，咱俩这辈子的心也算操完了。"从姨姥过世到出殡，七天里，大姨粒米未进，头戴儿子才戴的香帽子，腰间和脚脖扎了麻绳，脚穿糊了白布的单鞋，哭丧守灵，迎来送往，主事着丧礼。

　　出殡那天，十二响的礼炮震得人心里发颤，一大挂鞭炮噼里啪啦好像放不完，唢呐悲嚎，催人泪下。姨一手举着油膜幡子，一手拎着安禅棍子，在两个舅舅的搀扶下跪在灵前，等待起灵。她丝毫不是七天不吃饭的绵软无力，精神抖擞地注视着罩了大红棺罩的棺木。大总吆喝道："请盆了哈！弯下腰啊，不要慌啊！慢慢起啊，跟我来吧！"大姨在棺杠前用力摔碎了老盆，起棺下地，一队人随着哀乐呜呜咽咽来到墓地。

　　墓地选在东地的一块麦田，那是姨家的自留地。地北头是一条东西土路，土路北边的田地高高隆起，再往北是蜿蜒的急三道河。新拔的坟地插满了小旗，女人是不能进地的，大姨例外。新坟地要跑穴，孝子领头，杠子手抬着棺木，绕墓穴连跑三圈才能下葬。大姨精神抖擞，不消别人架起，奋力绕着墓穴带着棺木奔跑，风吹掉了她的香帽子，满头白发凌乱不堪。三圈礼毕，棺木徐徐入穴，大姨捧起第一捧土放入坑内，伏地而卧，软在那里。被人架回家，大姨说："谁都不要叫我吭，我睡会儿。"这一睡就是两天两夜，第三天圆了坟之后大姨才喝了碗甩了鸡蛋花的稀面糊，然后渐渐回到常态，跟我大爷一起继续劳作，继续生活。

　　父亲生前曾经说过，俺这个大姨要是能有点知识学点文化，最少也得当个县长。是的，大姨没文化，她更不知道啥叫厚德载物，啥叫上善若水。但，她似乎生来就是老聃的弟子，守拙，坚忍，博大。前几日回老家给父亲上坟，正碰见大姨从鹿邑回来，她是虔诚的道教徒。五个儿子都在城里住，七十六岁的大姨和大爷仍住在四十年前的老屋里，守着不远处我姨姥的墓地，哪个儿子家都不去。鹿邑的老君台和太清宫却一个月至少去两次。

佟师傅

我妈真是有远见,几十年前,她就知道小孩得上兴趣班,占用我的课余时间,把我送进了一个武场子学捶,说我身小力薄,学捶能防身健体。别人家心疼一个月三块五的学费,整个菜园子就我一个人去了。

场子设在跟我家一河之隔的宋池子。每隔一天,到下午,不上学,我一路小跑,跨过急三道河上的那座桥,拐过宋池子庄前的海子沿儿,来到庄子中心的练武场,跟着大家在场子里耍。

师傅的教学也还正规,先教拳、勾、掌各种手型,再教马步、弓步、仆步、歇步各种步法,接着教大家学习套路,也兼着学踢打摔拿。两位师傅一替一场来教,一位是董文焕师傅(至今健在,已百岁高龄却鹤发童颜)。一位是佟姓师傅,五十多岁,个子不高,面容温和,不笑不说话。我不知道他的大号,只知道皮脸的师兄弟背地里叫他"花公鸡"。伸筋下腰时佟师傅教大家互相帮助,你帮我压腿,我帮你接腰;练习拳法时,他一招一式讲解,弓步怎么弓有力,虚步如何虚到位,歇步的左右脚动作与手的动作以及身体该如何协调。他还说,我们打拳要注意手眼身法步的配合,这样才能显示出武术的内外合一,有形有神。

我喜欢这种能调动全身各种器官、活络各处关节的运动,不论器械,单是拳法,耍起来虎虎生风、英姿飒爽的样子真使我着迷。那时腰软,下腰时,能倒折过去把头从两腿间伸出来,从腿后咬沙包、咬树叶、咬硬币,易如反掌。学套路也能快速掌握,招招式式都有模有样。佟师傅经常当着几十个师兄弟的面夸奖我,说我肯吃苦学得快。董师傅也经常指导我怎样出拳才有力,怎样运肘才灵活,但很少跟人谈心,练捶稍有差错,他那小眼一扫,不怒自威,而且从不夸人。相比之下,我还是喜欢佟师傅。私下里觉得跟两位师傅学拳,就像我学语文和数学:佟师傅是语文,不咋用功就能全学会,老师还没教就已经会了五六分;董师傅是数学,是我永远都头疼的进水管和排水管问题,没见他影子已经畏惧三分。心下对佟师傅的教法更感兴趣,他教的内容也学得更快更好了。

我好奇心极强,这德行在我九岁多、学捶第二年时就藏不住了。私下里我向大家打听:佟师傅不是女的,又不穿花衣裳不戴花儿,为啥叫他花公鸡?咋不叫花喜鹊花斑鸠或是花扁嘴呢?问了很多人,挨了很多白眼,大师姐小暖偷偷告诉我:"别再问了吭!以后也别叫他离你太近,他要是帮你伸筋下腰抬腿的,一定小心着点儿啊!"师姐的话我是听的,但打破砂锅问到底也是我的秉性。经我软磨硬泡,师姐才谨慎地说:"我也是听说哩,你可不能瞎传吭!他表面上怪和善,其实,他才转来,跟他兄弟媳妇有那个事……"我实在搞不懂"那个事"是哪个事,知道一定不是啥好事。不过,我并没因此而觉得佟师傅有多么可憎可恶,因为,对于教捶,他一直很认真又很有耐心,这也是大家有目共睹的。

两年后,我转学去镇上跟我父亲读书,周末才回我妈这儿,眼看学捶的事就要耽误了。佟师傅跟董师傅商议,把学捶的时间从原来的隔一天一次改在了星期六、星期日两天,专门照顾我,看准了我这棵苗子,想要栽培我。他还告诫我说:"练捶不能怕吃苦,你爸那粮站的大院子都是水泥地,多光溜,最适合练功!其实,拳打卧牛之地,就是在书房里,看书学习累了,也能耍几套拳,权当休息了。好好练,好好练啊!"我感激师傅们专门为我改时间,每到周末,也就积极地从十几里路远的镇上往家赶,认真学,辛苦练。

后来的周末,我回乡下去学捶,再没见过佟师傅。没等我问,师姐小暖就告诉我,佟师傅不教捶了。原来,叫他"花公鸡",是因为他那庄上有人经常见他去他弟媳妇家边上,有时是瞎转悠,有时是找个背静地儿呆坐着,就觉得这人一副花花肠子,连弟媳的主意都打。直到最后大家才明白,"花公鸡"的名字实在是冤枉了他。

他弟弟早些年因病去世后,弟媳没再改嫁,守着穷家破院,看着孩子生活。庄上总有些二流子来惹是生非。特别是大队书记李大头,年把了,老是借故来家,要么说该交公粮了,要么说该去挖沟打塘了,又说如何如何照顾了她们娘几个,要女人给点什么报答他。弟媳敢怒不敢言,怕得罪大队干部。佟师傅听说后怒从心头起,却也不敢轻易去惹那狗东西。一年多来,只好在空闲时间到弟媳家院子外面盯着,暗中保护那苦命的娘几个。

一天晚上,李大头哼着小曲又来了,隔着院门压低声音喊:"赵大姐,开门来,我有事跟你商量!"里面人应道:"他叔哇,俺都睡下啦,有事明儿个再说吧。""明个能办今个类事么?赶紧开门,不开我翻墙头进去了吭!"院里的女人带着哭腔说:"他叔,给条活路吧!"李大头做势要翻墙头跳进去,这时候,佟师傅从暗处闪身出来,怒视着李大头。李大头先是一愣,继而笑道:"怪不得人家叫你花公鸡,这下叫我逮住你了吧,大伯哥调戏弟媳妇,看我不把你绑起来送公社里去!"李歪头倒打一耙,明知道佟师傅会捶,却不把精瘦矮小的佟师傅放在眼里,仗着膀大腰圆,一个饿虎扑食就打了过来。佟师傅站在原地,等他靠近了,身子一蹲,一个扫堂腿,就把他扫了个狗啃屎。李大头哪肯罢休,翻过身子就要抓佟师傅的衣领,佟师傅一个鲤鱼打挺跃身而起,李大头扑了空又趴倒在地。佟师傅并不急着打,李大头站起身想要一拳封住佟师傅的眼,佟师傅一闪身,伸手反抓住他的胳膊,只轻轻一带,李大头就又摔了个仰八叉。看不是对手,李大头起身想跑,佟师傅一个箭步上去,双手拽住李大头的俩胳膊,向上一推再向下一拉,就卸了那厮的两条胳膊。李大头疼得哇哇直叫,跪地求饶。佟师傅说:"欺负孤儿寡母不算本事,你有种敢再来找事,就不会便宜你了,到时候我断了你的脚筋,看你还敢不敢作恶!"李歪头磕头如捣蒜,甩着两条脱臼的胳膊连滚带爬地逃走了。

这事并没有外人知道,董师傅是他多年的老伙计,他当然一五一十地说给了董师傅。他说:"就算有一身好武艺,家人受辱,却不能锄奸除恶,学捶练武有啥用呢!"然后,闭门不出,不愿再去教捶了。

场子里没有了佟师傅,我学捶也不带劲儿了。练了三年,终究是学了点花拳绣腿,落了个一瓶子不满半瓶子晃荡,如此尔尔。

得过嫂

　　得过嫂长得人高马大,粗腰圆腿,银盆大脸,要不是她经常穿着件粉红底儿小蓝花的的确良褂子,肩上耷拉着两条又粗又长的麻花辫子,从背后看,那架把子就是一副标准的男人相。跟老实巴交、个头矮小、瘦气卜楞的得过站一坨,根本就不像两口子。刚结婚那会儿,同村的妇女拿得过开玩笑:"得过,往后你可不敢能,打起架来新媳妇还不一屁股坐扁你!"得过立马窘得脸通红,吭哧吭哧说不上话来。倒是新娘子直爽:"要不你先过来,我给你一屁股试试!"说话的人见新娘子大大方方不羞不臊,也就晒着脸走开了。其实,得过嫂就是这么个人,说话大大咧咧,时常口没遮拦,因此,常招她公爹厌烦。

　　得过爹是个老古板,脾气又倔又暴,说话没个来回腔。看到独苗一根的儿子娶了这么个无知识媳妇,后悔当初没好好打听打听亲家底细。要知道儿媳妇是这脾气,就算儿子拉一辈子寡汉也不能要这样的女人,不管长辈晚辈,就知道嘻嘻哈哈跟人打哩嘻。可这婚也结了,再烦也得将就,再说了,儿子的脾气他又不是不知道,是个东说东倒、西说西流的货,憨实得石碾都压不出个屁来。媳妇这么敢说敢讲,不怯不颤,倒也是好事。得过娘也劝老头子:"咱儿老实,有这样的媳妇也能应应门面,少受人的欺负。儿媳妇不懂事的地方,咱多担待点,多教育点,嫁到咱家还不就是咱家的亲人?该说说,该吵吵,犟骡子烈马也得慢慢调教不是……"

　　得过结婚头几年也没分家,四口人都是壮劳力,家里地里都照顾得很好。地里打的粮食足够吃,家里鸡鸭猫狗喂得也齐整。虽然也有磕磕绊绊的时候,但谁家灶火不冒烟呢? 一家老小也都没咋放在心上。

　　有天晌午,正赶上饭时儿,一胡同子的男女老少各人捧着粗瓷大碗走出家门,倚着墙根席地而坐,边吸溜吸溜往嘴里扒面条、喝咸糊涂,边东扯葫芦西扯瓢。得过嫂耷拉着脸从院里走出来。心灵娘好事,问:"哟,脸耷拉类跟那啥抽类样,这是咋啦?"得过嫂头都没抬,嘟哝道:"我又挨熊啦!"

　　"哈,你挨谁的熊了?"

　　"得过爹的呗,还能有谁! 不就说错一句话么,看他厉害类跟驴踢类似的,抓住我吵一顿……"

茄子大爷等长辈拎起空碗站起身走了,喝咸糊涂的人笑得饭喷了好远,吃面条的人也一边笑一边伸脖子,差点噎着,只有得过嫂还愣愣的不知道大家笑啥。很快,这件事就被人当笑话讲开了:得过媳妇是真不会说话,自己骂自己都不知道!传到得过爹耳朵里后,老家伙暴跳如雷,对儿子破口大骂:"瞎了鼻子烂喽眼了,寻这么个半吊子!你就给我长长脸,打她一顿狠的,撵回她娘家去,咱不要她了中不中!"善良的得过娘不敢在老头子气头上张嘴,等得过爹消了气,劝道:"娶个媳妇不容易,不是赊个扁嘴子小鸡子,好不好以后再算账。孩子又没大错,真不能一起过,就给他一口锅,买上几个碟子碗,咱叫他分开另过。"

那以后,四口人分成两家,老两口住老宅,小两口住外宅一处。九亩六分地也五五开,两家各种一半。

有一年,午收大忙季节。一丝风都没有,火爆的太阳烤得大地像整子似的,光脚一挨就要被烫成烤猪蹄。庄子西头得过家的打麦场被石磙碾得溜光水滑,能照人影。场边上的松土里,得过五岁的儿子光着腚站在太阳底下,汗珠子冲开他脸上、脖子上的灰土直流到肚皮上。他两手叉腰,挺起肚子,学着大人的样子撒了泡尿,土里冒出一串白烟,水泡子鼓了几鼓,他两只脚随即在底下和起了尿泥。得过媳妇上身穿着灰不溜秋的白汗衫儿,下身穿了条长到膝盖的大裤衩儿,脚上踢啦着一双泡沫底儿鞋呱嗒子,正要把一大堆麦籽儿摊开。麦子再晾晒一个太阳就能拉回家装囤里了。得过爹扛着木锨、洋叉来到场里,不由分说就把得过家的麦籽儿往场角上拢。得过媳妇说:"爹,你这是干啥?"得过爹梗着脖子说:"我屯糠!你麦籽都晒干了,我麦糠还没屯!"得过媳妇说:"爹,你说是俺晒麦要紧还是你屯糠要紧?虽说场是你造类,可这场是打在俺家地头前,也不能说你想干啥就干啥吧!"得过爹真是越老越不喜颜人,脾气更犟,一下就恼了:"恁家地头前?哪是恁家?连得过都是我养类,你啥都跟我争,啥时候能长精细!看我不打死你!"说着举起木锨就铲过来。得过嫂闪身躲了过去,老家伙丢掉木锨,扑着身子又打过来,得过嫂终究不是对手,挨了公爹一顿拳脚。

在农村,婆媳打架是常有的事,不懂事的媳妇遇上缠嘴粘牙的婆婆,少不了一顿撕扯。可是,公公打儿媳却是没道理。得过嫂虽然没心没肺,却知道十里八乡也没见过谁家儿媳挨公爹的打,一时悲愤难当,不顾一旁小儿子惊恐的哭叫,嚎着骂着就回了庄,直奔公爹家的院子,一路走一路骂得过没本事,连老爹都打她,骂老头子吃屎喝尿长类,白活那么大年纪,不讲一点道理。骂着骂着,就来到庄子中间婆婆的家。见得过嫂披头散发又哭又骂地从场里回来,庄子上闲得急烧的小孩们有热闹看了。一窝蜂似的跟着得过嫂来到得过爹家。又恼又恨的得过嫂端开堂屋门,三步并作两步跨进去,一跃身子,要坐到公爹家的条几上狠狠咒骂那个不讲理的老东西。可能是早上没吃饭,也可能是松紧带太松,往上跳的一瞬间,她肚子一吸,大裤衩子竟然褪了下来,白花花的身子像颗炸弹,惊得看热闹的孩子们像马蜂一样哄的一声就跑开了。从那以后,得过嫂又落了个坏名声:这个女人太不孝顺,脱了裤子坐条几上骂她公公婆婆!

多年的媳妇熬成婆。得过嫂娶了儿媳妇之后,她深知做媳妇的不易,处处照顾儿媳,小心伺候着一家老小,大大咧咧的脾性改了很多。可是,稍有不称心,儿媳妇就会翻起老账本:“妈,白嫌我待你不是那样类,当年你是咋待俺奶俺爷类我又不是不知道,一报还一报,你自己好自为之吧!”架不住儿媳妇有事没事地掂老账,一个月黑风高的冬夜,得过嫂摸了瓶1605农药,蒙在被窝里偷偷喝下,四十五六岁就去了另一个世界。

也许,那里的人更讲道理,那里的唾沫星子不淹人。

老 林

老林快退休了,个子瘦高,走路慢吞吞的,一步踩不死个蚂蚁。眼角的皱纹蔓延开来,弥漫在整张古铜色的脸上,那张脸就成了个干瘪的麻梭子。办公室如果有刺鼻的劣质烟味呛得你睁不开眼,那一定是他抽的。

老林以前是民办教师,高中毕业就开始代课了。早些年教师队伍整顿时,他面临着清退。这,老林可不答应,他找到当时的政府部门,不反不闹,慢条斯理地说:"当年政府求我进学校代课时,我好比是如花似玉的姑娘,多好的相貌、身段儿啊,你们花轿一抬就娶过来了,嫁给了农村小学这样的穷汉。几十年熬过来,十七八岁的大姑娘熬成了奶奶辈儿,吃苦受累不拿钱不说,白白葬送了自己的好光景。噢,现在那个汉子有钱了,发达了,能再招得起年轻的了,就想休了俺? 社会主义社会啊,有门儿吗? 地方上不给解决,我就不信了,中央也不管管?"还别说,那以后,他不但没被辞退,还转了正,吃上了皇粮。

其实老林是个好人,只是他命不好。

老林上有八十多岁的老娘,据说他和老娘吵吵打打斗了一辈子,至今都不说话,老伴常年脑供血不足,身体极差。下有两个儿子,都是师范毕业。小儿子去了苏州,在一家合资企业打工,待遇不错,在当地买了房,娶了妻,还给老林添了个小孙女儿。大儿子性格木讷些,工作颇费了些周折,但最终考上了编制,成了正式教师,婚姻也算顺,找了个师范毕业的女孩结了婚。老田还在城里给大儿子按揭了一套房。按说,这也算是和和美美的一家人,该安享天伦之乐了。据说,那时老林在办公室可是神采飞扬,意气风发,大有扬眉吐气的快感,他给大家算账说:"俺这一家六口(老娘当然除外),四个人拿工资,地里庄稼还有收入,要不了几年我老田就是百万富翁啦!"

好景不长。两年前,大儿媳查出患了白血病。由此,老林的天就塌了。看这种病可是个无底洞,老林无奈,低价卖掉了按揭房,还了贷款后所剩无几,沥沥啦啦也都花在了给儿媳化验、治疗、化疗上了。因为没钱做骨髓移植,只能保守治疗,这得罪了亲家母,说是老林一家虐待病儿媳,不舍得花钱。带人来老林家砸了几次,抓住老林打了几顿。嫁鸡随鸡,嫁狗随狗,女儿嫁给林家就该林家治病,娘家是没钱可掏的。这还罢了,连气带吓,老伴犯病了,突发脑溢血,也住进了医院。人说病急乱投医,老林真是六神无主,钱光给儿媳看病都不够,已经借了不少外债了,老伴这可咋弄啊! 不怕不信神,就怕家里有病人,老林想到了求教风水先生,看看是不是有啥讲究儿。

他慕名来到百里外的河南郸城,刚站到算命先生跟前还没说话,那阴阳三儿半闭双眼道:"啥也别说,我都知道了! 你是好事成双,祸不单行啊!"尽管是有备而来,老林还是心下一惊。"你家俩儿子是不是一年娶的媳妇? 一年一家进不得俩花轿你不知道吗? 等着吧,你家人进得不多,坟可添得不少,六年里,你家三辈人只能剩仨,死的死、走的走啊⋯⋯"老林双腿打战,问:"那我这个老头子啥时候死呢?""你? 死不了! 你命硬,这些棺材还全靠你扛出去哩⋯⋯"饱经风霜的老林听得腿发软,他起身要给钱时,那风水先生只说不必了,就打发他走了。

好在那次老伴保住了命。最近两年都比较安稳,又常见老林品着烟,跷着二郎腿坐在办公桌边,说他的大儿媳病见好了,能吃饭,人也长胖了。

你说该不该信命呢? 离春节还有几天时,老田的老伴突然发病,不治而亡了。老伴去就去了吧,大家都劝老林想开些,老伴一走负担还轻了些呢。他似乎也想开了不少,春节在苏州的小儿子家过的,开学那些天,常听见他在办公室说苏州见闻。

进入夏天,一个上午,老林蹲在办公室屋檐下,手上的烟自顾燃着,一副愁眉不展的样子。原来,他的大儿媳又发病了,不停地发烧,身上又出现了紫斑。老林说,医生说过,任何病都有个潜伏期,前一段眼看着好了,那是潜伏着,这一下发病,恐怕是没治了⋯⋯

果然,还没到下午放学,学校墙外的大杨树上,几只老聒呱啦呱啦一个劲儿地叫。老林听着心里像长了草,起身骂道:"叫叫叫,叫恁奶奶个头!"推起他的大链盒,腿一迈就往家蹬,没到家就听庄上人说,大儿媳死了。

老田在心里暗暗数着:"一个,俩⋯⋯"

篾匠石墩儿

菜园子不种菜,种竹;没菜农,多篾匠。菜园子的竹园一大片一大片的,覆盖了大半个庄子,家家户户的麦秸顶土坯房掩映在翠绿的竹园间。竹园的主人多是巧手,编筐编篓编篮子挂在扁担头,挑到集上去卖,换油盐钱。

石墩儿是我二大爷,当年我爷和我奶就靠石墩儿编竹篮竹筐换钱。我奶奶做好饭,他就吃,吃饱了,就带上砍刀走进竹园,抚摸一棵棵粗大的竹竿,打量着它们的成色,太青的不能砍,没韧性,不成货。拣皮发黄的,挥刀贴着地砍去。不一会儿工夫,就见他拉着竹竿从园子里走出来,用刀背啪啪啪敲掉枝杈,一根根竹竿就赤身裸体地卧在他脚下了。他坐下来,用脚踩着竹竿,用手锯截成竹棍。在大腿上铺一块旧帆布,放上竹棍,左手往前送,右手拿篾刀往里磕,上下晃动刀子,把竹竿从中间剖开,磕成两半,然后四瓣,八片,十六根,三十二条……再用篾刀刮去多余的竹白,直到一根根丝线似的竹篾蜷缩在地上。

他一直很安静,是适合做篾匠的。要不是手一直在动,他坐在那就是一个石头墩子。可能是他比较沉静的原因,他编出的竹器总比别人的好。他可以一整天坐着,腿上垫着帆布,十指舞动,那些竹丝就在他指尖飘来荡去,像一丝丝被风吹乱的绿色长流苏。他半晌工夫就能编一个圆溜溜的馍筐子,一两天就能编一个精致的竹篮子。乡下老鼠多,野猫也多,食物总得有个放处。他就用细细的竹篾编气死猫篮子——平底,大肚,细脖子,小圆口,长提手,再加一个中间带纽的小盖子。不仅颜色漂亮,而且形状美观,轻便透气,最要紧的是把食物装进去挂在房梁上,偷嘴的猫干瞪眼也吃不着,差不多活活就气死了。

其实石墩儿心眼儿不够数,是个傻子。他不会干农活儿,不会喂牲口,不会洗衣服做饭,甚至走路都是迈着小碎步,俩胳膊高频率地甩着,否则就走不好。他不与人说话,也不会笑。但他嘴巴总是动着,常常念念有词,谁也不知道他到底在自言自语什么。他编好了竹器也会挑到集上去卖。他认识钱,记得住筷笼子、竹筐子、竹篮子、气死猫篮子的价钱。每隔一段时间,他就挑着一担竹器去赶集。

每次赶鹿邑的郑家集,都要穿过刘小庙庄。刘小庙庄西头路北有户人家,两

255

间茅草屋，倚着屋山墙搭了个趴趴屋做厨房。倒塌的土院墙被小孩子踏得光溜溜的。每次他挑着担子走过，都能看见一个姑娘呆呆地坐在院墙上。时间长了，那姑娘远远地就冲她傻笑，咿咿呀呀地给他打招呼。这一天，他赶集回来，正晌午头，天热得像下了火，下地的人们还没回来，刘小庙庄子里空空的。他刚走到庄西头，那傻姑娘就迎着他跑过来。姑娘二十多岁，乱糟糟的头发像一蓬稻草，脸上泥糊糊的。带大襟的汗褂子五个扣子扣错了仨，歪歪斜斜地挂在身上。她拽住他的衣裳，夺他的空扁担。他就怒了，立刻面露凶相，死死抱着扁担不放。傻姑娘见拉他不动，就折身回到厨房，两只脏手捧来水就往他脸上洒。一股清凉的感觉顿时穿透他的胸膛，还没回过神，傻姑娘又捧着一捧水递到他嘴边。他忍不住咂了一口，就一小口，那水就滋润了他冒火的喉咙。等傻姑娘再回身去捧水时，石墩儿抓起扁担，像小偷一样撒腿就跑，傻姑娘在身后哇哇地又笑又叫，他全不理。

回到家，他就呆呆地坐在木墩上。第二天，他砍来竹子，细细地剖，细细地刮，刮出半指宽的篾青，放在大腿上比画，编了拆，拆了编。等我奶喊他吃午饭时，就见他编出了一顶竹斗笠，圆顶，宽沿儿，小巧精致。这可是他从来没露过的手艺！我奶正想戴上试试，被他一把夺过去，高高地挂在墙上。

又要去赶集卖竹器了。他戴上那顶斗笠，挑上担子就出发了。走到刘小庙，远远地看见那傻姑娘坐在矮墙上，冲着上次他回来的方向张望。他走到她身边，摘下斗笠，放在她脚边，甩开俩膀子，鸭子似的飞跑。傻姑娘发现了，哇哇地叫着又想拉他。等他从集上回来的时候，她就戴着斗笠坐在太阳地里等他路过了。

那以后，每隔月把半月，他卖竹器路过刘小庙，就都给傻姑娘丢下一个筷笼子或是小竹筐，有时是一只用薄竹青编的大蚂蚱。

有人把这事跟我奶说了，我奶起初很吃惊，她不知道傻儿子还有这能耐。后来就很高兴，石墩儿都快三十了，傻里傻气的，能娶上媳妇还不是他的福？就托人说媒，截了几尺花洋布送过去。姑娘的父母也知道我奶家有个大竹园，我石墩大爷会手艺，这傻闺女在家也是只吃不干的货，就毫不犹豫地应下了亲事。我奶又赶集截了个洋布被面，配上老粗布里子套了床新盖地，石墩和傻姑娘就成亲了。石墩儿娶傻姑娘的那天晚上，几个半截橛子挤在我奶家那三间土坯房的窗棂下听房，想知道俩傻子咋样过洞房花烛夜，谁知道等了大半夜，除了两人呼噜呼噜的打鼾声，啥动静都没有。

娶了媳妇的石墩儿不喜欢干活儿了，想让他编竹器得催上老半天，干活儿也懒懒散散，十天半个月编不出几个筐子篮子。让他到集上去卖，他不等集散，担着卖不完的货就往家跑。跟傻姑娘一起坐在竹园子边上，你看着我，我望着你，傻姑娘还是嘿嘿地傻笑，他还是嘴一直动，念念有词，天天吃饱等饿。

　　我爷好脾气，心想，刚娶了媳妇的人都这样，不知道日子该咋过好了，闲就让他闲些时吧。我奶可不愿意，一个疯女子就让这傻儿子没了精气神，能耐倒还大了！她就不停使唤石墩：砍竹竿去！破篾子去！编篮子去……傻姑娘才不管我奶颐指气使的样儿，拉着石墩儿钻进竹园，捉落在地上的麻雀，扳着竹竿打滴流，刷跟头。我奶恨得牙痒痒，拎着擀杖子踮起小脚颤颤巍巍也钻进竹林，竹子太密，裸露的竹根把她绊倒好几次，擀杖子也总被竹子挡着抡不起来。不过，我奶有招，不给这俩傻吊做饭吃，饿死俩孬孙！后晌，玩够了的石墩两口子钻出竹林，回屋找吃的。锅里连刷锅水都没一口，气死猫篮子里也没一个馍花子。早些年的农村，人们是不吃晚饭的，大人总是哄孩子说："睡吧，床是一盘磨，睡下不渴也不饿。"

　　两顿饭都没吃，傻姑娘不愿睡，叽里呱啦地哭叫。石墩儿也恼了，他找出擀杖子，砰啪几下就把家里唯一的一口锅给砸了。我爷让我奶打石墩儿，我奶让石墩儿打傻姑娘，要是没人挨一顿暴打，这件事就不算完！我爷实在没办法了，就想跟傻石墩儿分家。我爸我叔他们早就分家另过了，现在石墩儿也娶了媳妇，该出圈的小猪都爱生事，分家！

　　分家，石墩儿第一次张口说话："要竹园！"我奶我爷都不舍得。全指望这园竹竿生活了，给了他，老两口指望啥吃？一个太想要，一个死不给，石墩儿急火攻心，真的疯掉了！他捞出砍刀，到竹园里猛砍一阵，一会儿，竹园里就横七竖八躺满了竹竿的尸首。回头又追着爹娘砍，要不是我四叔五叔六叔跑来得快，我爷我奶可能也成了园子里倒下的竹竿了。我奶对着我仨叔大喝一声："去，把他的刀夺过来！"我仨叔就拿棍的拿棍，拎铁锨的拎铁锨，像打疯狗一样把石墩儿给打趴下，缴了他的砍刀。家法不责外人，我奶命我婶子们把傻姑娘送回娘家，说明石墩儿发疯的事，并说，怕指不定哪天石墩儿的砍刀就砍傻姑娘脑袋上了，送回来也好跟娘家人一个交代。虽然闺女傻，总比没有强，娘家人情愿留下傻姑娘。

　　这边我奶家，一家人商量该咋处置傻石墩儿。这时候的石墩儿已经浑身是血，倒地不动了。经过一家人一天一夜的商量，大家决定石墩儿一醒来就砍去他的右手指，哪怕养活他下半辈子，也不能让他伤人！还是我爷仁慈，最后关头，他说，不管咋说也是亲骨肉，剁他的手指头不是剜我的心吗！等他醒过来再看吧！

　　石墩儿醒来后，眼里没有了凶光。他呆呆地坐起来，把被子披在身上，带着浑身血迹，钻进竹园，找来找去。摸到园子中心的那棵巨大的泡桐树，他伸开手去抱，抱不过来，转半圈再抱，还是抱不过来。他笑了，说出了平生的第二句话："就要这一棵，挖空睡里面，当棺材！"

小年儿

吃了清早饭,贵嫂拖着笨重的身子,坐在门槛上纳鞋底儿。天干冷干冷的,几只小小冲在院子里蹦来跳去找食儿,院子外的竹林里异常安静。雪白的棉线绳子没走几趟儿,贵嫂觉得身下一热,一股水涌出体外。她赶忙起身,把事先准备好的灰袋子垫在床上,欠身坐上去,裤子还没褪下,一个粉红的小肉团就顺着血水下生了。

又是个闺女!瘦小得像刚才纳的鞋底子。接生婆赶来时,贵嫂已经用火烤了剪刀口剪断脐带,用小铺地儿裹巴裹巴把孩子盖在被窝里了。贵嫂想,今儿是正月初八,这孩儿就叫小年儿吧。

小年儿的爹在淮北煤矿当工人,一年也不回来一趟两趟。头年三月间,因为害了场大病,贵嫂前去陪护,回来后就怀了这个孩子。贵嫂的爹娘不信:儿子病着,他们咋能怀上孩子呢?对刚出生的小年儿,老两口从来不用眼夹夹。自生自灭的年景儿,小年儿结结实实地活下来,长大了。

小年儿长得俊,粉嫩粉嫩的鸭蛋脸,细眉弯弯,双眼叠皮儿,眼睫毛又黑又密又长,像两道帘子,眼窝里汪着两潭深水。可她就是一小团空气,娘忙起来很少过问她,爹偶尔回来一次,她怕得要命,远远躲开。爹对她也像爷奶一样,斜着眼看她或者根本不看她。她常常给风说话,给蚂蚁说话,给猪给羊给鸡鸭说话。割草的时候,她能听见玉米叶子的嬉闹,喂猪的时候她能听懂猪们的欢喜,在海子边儿洗衣裳,柳枝上知了"去了去了"的聒噪让她陷入遐想:跟知了一起去,去哪里呢?

她记事起,爹每次回来都跟娘吵架,有时还会打起来,爹抓住娘的头发扇娘的嘴巴,娘撕破爹的衣裳抓烂爹的脸。每每这时,她就缩在墙角嘤嘤地哭。大人们赶来拉开爹娘,劝说一番后,大她几岁的娥子总是追问:"要是你爹娘分家不过了,你跟着谁?"这是个难题,她不敢想爹娘会分家,又怎么会想好跟着谁呢!多次被追问后,小年儿往娥子脸上吐了口唾沫,骂道:"呸,恁爹恁娘才分家哩!"娥子立刻就哑了。

庄上有个瞧病先生,论辈分是小年儿的叔,每次给小孩发宝塔糖、打预防针,挎个药箱子在庄上转悠,胡同里碰上小年儿,都觍着脸不怀好意地问:"小年儿,你娘在家么?"一开始,她总是怯怯地、老老实实地回答在或不在,先生就得意地坏笑。来来回回地碰见,先生反反复复地问,她渐渐听出他对娘的侮辱,恶狠狠地回他:"恁娘在家哩,恁娘在恁家喇叭着腿等你哩!"说完,瞪着喷火的大眼直视着他,先生变了脸,骂她"小杂种""野喆子",她就仰着脸跟他对骂,目光如炬。先生理亏,悻悻而走。

娘要照顾更小的孩子、干家务、种地,根本没空过问她,她在天地间游走,支棱着耳朵听风吹雨啸鸟鸣,听雪花飞舞枝叶婆娑月亮穿破云层;看闪电晚霞星空,看蚂蚁搬家蜘蛛接网燕子衔泥垒窝。

她兀自成长着,身边的世界仿佛与她无干。跟人相处,她像一只好斗的小母鸡,随时准备架起膀子应战。到了十六七岁,发育并不算好,身材瘦小,眼里满是羞涩和惊惧,一头黄毛也茼草似的没有光泽。

十八岁那年初夏的一天,小年儿突然走了,跟她一起失踪的还有碧成的二儿子黑忠。碧成家是菜园子的孤姓,六个儿子像六个猪娃子,地里见的粮食年年不够吃,三间草房七漏八淌,穷得叮当响。大儿子二十好几才做了人家的倒插门女婿,二儿子黑忠丑得不像样,都二十六了也没说上来媳妇。这情形,还不是他俩一起私奔了?小年儿娘哭天抢地,也没把闺女找回来。一个庄子的人都奇怪,小年儿咋能喜欢上黑忠呢?他俩啥时候好上的呢?他们跑哪儿去了呢?

七个月后,小年儿和黑忠抱着一个黑不溜秋的小毛娃回来了。小年儿爹扬言要打断他俩的腿,三辈子都不许姓碧的踏进他家门。碧成托出锁柱当中间人,好说歹说,又让黑忠跪在他家门口三天三夜,才给小年儿爹抹抹脸儿,勉勉强强认下了这锅熟饭。

娘家人渐渐缓和了态度,打掉牙和血吞了,碧家人懒惰自私甚至有些恶毒的本性渐渐暴露出来,黑忠听了家人的话:第一顿打要打怕她,她以后就听你的了。找碴儿痛打小年儿后,小年儿挨打就成家常便饭了。常常见小年儿鼻青脸肿,端着孩子的尿片下河去洗,遮遮掩掩,生怕别人看见,更不敢回娘家。

三年后,又是初夏,孩子满地跑,会往嘴里扒食儿了。晌午饭后,小年儿下地锄草,直到天黑也没回家。黑忠寻遍沟沟河河,娘婆二家,都不见她的影子。

有人说小年儿可能跑广东去打工了;也有人说,小年儿可能跑到哪个乱死岗子寻了短见。反正,她是不会死在菜园子的。

孙老师

孙老师教我的时候,四十来岁,瘦高个,头有点歪,小嘴,鼠牙,尖下巴。上课时一本正经,轻易不笑,一笑准有人要挨打。孙老师打人有他的秘密武器,叫疙瘩梨——他右手握成空心拳,中指朝外凸起,敲到谁头上,谁的头皮就会立刻起个大疙瘩。课堂上只要看见他举手握成空拳状,皮脸的破小子们都赶紧抱头。

那天上课,他一只脚蹬在第一排的泥台子,手拿语文书,胳膊支在大腿上,让学生用"即使……也要……"造句子。第四排靠边上的王广林正在打瞌睡,孙老师一喊他名字,所有的同学都转头看他。王广林迷迷糊糊地站起来,用袖子抹了一下嘴水,吞吞吐吐地说:"即使……也要,当我拾粪的时候,鸡屎也要。"大家笑成一团,孙老师一条腿没站稳,差点笑栽倒,上边的两颗鼠牙咬住下唇,走到王广林跟前,伸出右手,嚓嚓嚓,给了他一顿疙瘩梨:"你都一辈子在乡旮旯儿子里拾粪吧!""笑,你还笑!看你鬼哩给马虎样儿,不学习,长大吃风屙沫去吧!看我不再赏你几个疙瘩梨吃!"嚓嚓嚓,又几下,王广林刚才抹嘴水的袖子就抹起了眼泪。

孙老师教生字是很认真的,他一手掐腰,一手举教鞭,指着黑板上写着的"水",用方言带我们起劲儿地念:"匪!匪!喝匪哩匪!"学到"泽",他也会带我们大声地喊:"宅!宅!毛宅东哩宅!"一面是老师充满激情的领读,一面是学生伸长脖子、可着喉咙嚎地跟读,声音响彻云霄,惊走了门口皂荚树上探头探脑的麻雀。那些在学校教室后面干农活的乡亲们听得也真切,眼红得很:"当先生可不是小玩哩,那是一辈子哩饭碗子。咱晒得跟孬孙样,也挣不了仁钱儿,人家在学校屋里风吹不着雨打不住,照样挣工分拿工资!"

孙老师五十多岁时,政府又一次整顿民办教师队伍。直接转正,他不够条件,考试又没那个水平,于是他给领导写了份决心书,说:"大半辈子吃苦受累,献身国家服务社会。天命难违面临清退,功劳苦劳都无所谓。一颗红心两种准备,是去是留任党分配!"这么高姿态,感动了大队书记,清退在所难免,但是,村办企业砖窑厂正在搞承包,书记就给他打气鼓劲儿,让他承包窑门当老板。

庄稼人日子好过了,赚了钱就翻盖房子,窑厂里的红砖头烧不上卖,这边刚出窑还热着,那边就被人买回家垒到了屋山墙上。包窑门是个好出路,买台切砖机,觅几个身强力壮的劳力,搬砖坯子装窑出窑也不是难事,买主自己上门来买,老孙搬个老板椅坐那数钱就行了。不到两年,孙老师挣到了他在学校干二十多年都没挣到的钱。这时候儿子早就师范毕业当了教师。他给儿子在城里买了片地皮盖起了三间大瓦房,自己家的老房子也扒掉,盖成了明三暗五的大杼砂,四合院,黑油漆大门,气派得很。孩子都成了家,也有了钱,没啥顾念了,他就经常骑着摩托车东遛西逛,赶集上店。

钱是个邪怪的东西,装在腰包里,太多了,它就戳事儿。这不,小李庄的李二娃,嫁了一家又一家,最后还是独身一个,五十岁的半老徐娘,好吃懒做,吊儿郎当,养了一帮地痞流氓,黑吃黑喝,打砸抢都干过。经人介绍,跟孙老师打过一次麻将之后,就逐渐熟稔了,三天两头邀孙老师去家里,吃吃喝喝,打麻将,推牌九。这热闹刺激的场面孙老师经得可不多,年轻时只顾教书种地养孩子,前几年又忙着窑厂的生意,哪经过这样的花天酒地风月场!况且这李二娃经人无数,早就像个老妖怪,会各种黏人的法术。孙老师深陷其中不能自拔,儿子苦口婆心劝不了,老婆寻死觅活管不住。

又三年,忽一日,晨起赶集的人在路边孙家的老坟里,看见一个人匍匐在地上,旁边滚着个农药瓶子,走近一看,却是孙老师,脸色青紫,早已断气。爹娘的坟四周被踏出一圈剔明发亮的路,旁边散落着四个空烟盒和好几十个烟头儿,显然是思索了良久,徘徊了良久。家人赶来,翻开他的衣兜,掏出一张纸片,上写:"一世皆清白,三载陷魔窟。下亏欠子孙,上愧对父母!天下无良药,解我心中苦。一死百了之,从此无债主!"

有人私下里说,那李二娃败坏光了孙老师的钱,露水情义都不讲一点儿,逼他打下欠条,说下欠她十五万,限三年还清。

田如碧

田保长一怒之下把闺女田如碧嫁给菜园子老七的时候,断没想到闺女的未来会是那样。

梅城是田家的天下。田保长跺跺脚,整个梅城集就得抖三抖。偏偏生个闺女不省事,刁蛮泼辣,口赤牙长,脚不愿裹,头不愿梳,做事不循礼法。

田保长的把兄弟胡四,脑袋系在裤腰带上,从山西贩来一箱烟土,行至梅城集,天黑投宿田家。闻到一股诡异的香味儿,趁着夜深人静,十七岁的闺女子田如碧可着肚子长个胆,偷偷别开箱子,拿走了两包,藏在神龛上弥勒佛空空的大肚子里。那是四两烟土啊!虽然胡四不敢声张,田保长无论如何磨不开面子,查出来之后,把田如碧吊在梁头上用鞭子狠狠抽了一顿。伤还没好,就查听着把闺女许给了菜园子的老七。

老七在家排行老末,摸着娘的咪咪长到十多岁,还是个断不了奶的家什。二十岁了,老实得像块木头疙瘩,事事听家人安排,没有一点主意。娶了乖张霸道的田如碧,就是娶了个娘,对她言听计从,叫往东不敢往西。

田如碧丹凤眼,弯月眉,翘鼻子,薄嘴唇。枣红布夹袄,黑长裤,束起的裤脚下露出一双裹得半途而废的脚。齐耳短发上总是别着从地里掐来的各种花儿。生了一个儿子后,这女人仍然美得像朵大烟花,二十五六岁,脸盘愈加俊俏,身段越加丰满。

老七有个干儿子,不比老七小几岁,油头粉面,游手好闲。因着干亲关系,两家经常走动,一来二去,菜园子的人们觉出了不对劲儿,那个干儿子啥时候来家,老七啥时候出门,大门口溜达半天,干儿子离开,他才回家。经常这样,纸里也包不住火,传到家人耳朵里,老七才承认媳妇跟了干儿子。大伯哥老六卸下一口铡刀,蹲在自家院子里呼啦呼啦地磨,眼看着干儿子进门,老七从家里出来,那呼啦呼啦磨铡刀的声音响得更欢了。等干儿子拢着那蝇子上去都打滑的分头从大门里跨出来时,老六扑上去,一铡刀就砍下了干儿子先迈出来的左腿。从此,老六逃出家门,流落四方。田如碧安静如雪后的蚂蚱,老七更加缩头缩脑,僵尸一样在村子里移动。

杨老庄杨万浦早早死了爹娘,原本个兵痞,嫌部队上纪律紧,管得严,偷偷回到了老家。也没啥正经事干,纠集了一帮人当上了老大,干起了打家劫舍的勾当。不过,打的是地主老财的家,劫的是流氓恶霸的舍,从不伤害老百姓。

民国二十四年秋天,寒露日,杨万浦带人在鹿邑一带活动,不小心失了手,被人一路追赶来到菜园子。受伤的杨万浦钻进一家敞着门的院落,起初,女主人被这不速之客吓了一大跳,接着,就被这男人的气势给震撼了。虽然胳膊几乎断掉,但此人身材高大魁梧,面容彪悍俊朗,逃命之中眉宇间竟不失一股豪霸之气。这女主人正是田如碧。三十岁的田如碧怦然心动,这人才像个男人样儿啊!她急忙闩紧大门,招呼杨万浦坐进里间,帮他处理伤口。之后,就一日三餐伺候着,等杨万浦养好伤,一对野鸳鸯早就夫妻一般双栖双宿了,老七此时成了活死人。后来,杨万浦继续土匪的行当,田如碧俨然是土匪婆,帮忙出谋划策,随时坐地分赃,脸色日渐娇羞,竟也蓄起了长发。

常在河边走,哪有不湿鞋!两年后,终因撕了一个地主老财的票,杨万浦东窗事发,被抓了起来判了枪毙。田如碧受到牵连,爽快地认罪伏法,只为能和杨某人待在一起。

田保长明知闺女的脾气性情,对她这些年在菜园子的所作所为感到没脸见人。现如今闺女落到坐牢的地步,也不得不出面解救。以田家的实力,这点事办下来也是易如反掌,当爹的只要她一句话,和姓杨的划清界限,回菜园子照顾好儿子,和老七继续过日子。田如碧获释后并不领情,她告诉爹,只要枪毙了杨万浦,她必定要跟了去,生是姓杨的人,死是姓杨的鬼。

枪毙杨万浦的那天,方圆十几里的百姓赶集似的,都去看热闹。田如碧梳洗打扮一新也来到刑场,画了眉眼,施了粉黛,长发梳得一丝不乱,在脑后用银簪挽成发髻。大红小袄,枣红长裤,脚穿崭新的绣花鞋,一副新娘子的打扮。行刑之后,众人散去,田如碧怀抱杨某尸首,掏出剪刀,刺入自己的咽喉,两人的血渐渐汇成一片。据说无人收尸,两人暴尸荒野,一任日晒风吹,狗吃猫嚼,终消散于无形。

三　爷

　　三爷年轻时聪敏善良，多才多艺。会篾工，干过泥瓦匠，当过居长(大厨)。跟我太爷还学会了针灸，对人体穴位了如指掌。但这些都不算啥，他赖以安身立命的职业是牛经纪。

　　这得从太姥爷那辈说起。

　　太姥爷人称郭九爷，是远近有名的牛经纪，通兵通官通匪，很有能耐，附近的几个集市，有牛行就有他的身影，有牛上市，就有他的财源，"割耳朵"，"袖里吞金"，明捞暗替。

　　三爷年轻时跟着九爷在牛行里转悠，先是做他的管账先生，天天背着钱褡子不离左右。九爷手持短鞭，来到牲口行，遇到买主，问好想要啥样的牛，下地干活还是剥皮宰肉，看被毛皮色，四蹄五官，身形步态，就能判断牛的优劣，拉犁本事大小，出肉肥瘦多少。

　　三爷聪明，耳濡目染，就学会了牛经纪的本事。郭九爷像相牛一样很快掂出了三爷的斤两，这年轻人身量高大，眉清目秀，为人仗义，性情和善，学东西又快，就算没有大出息，一辈子也不会饿着。就有意没意地想招下三爷做女婿。要知道，九爷的老生子闺女年方妙龄，貌美如花，温柔贤淑，算是小家碧玉。上有两个儿子，只此一女，郭九爷视作掌上明珠。三爷可不敢有非分之想，九爷也知道，那时候三爷的儿子都十三岁了。

　　三大奶奶余氏生下一个孩子后受了风寒，成了病秧子，又听说郭掌柜有心招丈夫为婿，一时怨愤难当，整日郁郁寡欢。逢人便放下狠话："我破拓车挡住门前路，任她是九天仙女也进不来！"终归是命有纸薄，两年后含恨而去，死未瞑目。

　　1937年，三爷终于从郭庄娶来了三奶奶，那年，三奶奶十九岁。按说给人填房做后娘，对于年轻貌美的奶奶来说，是件不公平的事，她却是巴不得这样，嫁到菜园子才长舒一口气。太姥老爷郭九爷更是如愿以偿，也不知道是三爷哪一世修来的福气。此后，三奶奶生下七个儿女，迈着她的三寸金莲，只负责在家哺儿养女，一切生计全有三爷在外打理。

我记事的时候，三奶奶常坐在胡同里的碓舀子上笑眯眯地讲老故事，说，1960年咱这片饿死恁些人，咱家都木饿死一个，连咱庄饿死的人都少，就是你三爷的本事。

我只听说三爷吩咐儿子把一桩子黄豆埋在地下，救了一家人的命，他救全村人的事，我还是第一次听说。

1959年起，生产队食堂里的饭稀汤寡辣水，人们已经填不饱肚子了。冰噎响，萝卜长。但是饥民等不到天寒地冻萝卜长就饿得不行了，眼巴巴地望着地里的胡萝卜，希望能吃一顿饱饭。生产队派三爷和几个年轻人套上一具牲口，去地里犁胡萝卜。三爷抢着扶犁，一手挥着鞭子喁喁喔喔地赶着牲口，一手握着犁把，控制着犁铧的深浅。走三步五步抬一下犁，隔三趟两趟歪一下犁把。这样，地面上看不出什么，地下却留了很多半截子胡萝卜。夜深人静时，三爷发动村里的男女老少带上铲子，扤上篓头去地里刨胡萝卜。他能记住哪一截地没犁着，哪一段地下留的有半截头。大家有目的地刨，省时又省力，没多长时间就满载而归。回家小心存放，算作添加的口粮，真的救了不少人。

家大人口多，作为一家之主，对待儿女们，三爷一向明辨是非，一碗水端平，不娇宠哪一个也不作践哪一个。可是，他临终前的自白还是让人不由得叹息。

三爷死于二十世纪八十年代初，他八十三岁那年夏天。风烛残年，他一脸老年斑，眼角挂着两颗清泪，躺在堂屋当门的软床上，吐一个字喘一口气："我对不住小艾呀！"小艾是三爷的二闺女。第一次婚姻以丈夫病逝告终，艾姑带着年幼的儿子一起生活。三年自然灾害时，听说豫东的政策好，农民们有啥吃，三爷就动了心思。他做主，逼着艾姑改嫁到郑家集西南角的孙小楼庄。那里是鬼不生蛋的地方，偏僻闭塞，地广人稀，生活相对好些。艾姑是不愿意再嫁的，新姑父个头矮小，只到小姑的下巴那么高，瞎了只眼，人丑陋不堪，婆婆极其凶恶。但三爷摆事实、讲道理，软硬兼施，最终，收了男方的两斗小麦、五斗红芋片子，嫁走了小姑。孙小楼与菜园子相距四五十里，小姑经常背着恶婆婆步行往菜园子送些食物，接济娘家的生活。不知道小姑在那里过的是啥日子，生下一对儿女后，终因受不了婆婆的夹巴气，上吊自杀了，死时也才二十五六岁。

三奶奶在夸奖三爷没有饿死家人有功时，并没提起小姑做出的牺牲，想来，这也算是三爷的一大功劳——舍却我小姑的幸福，换得了一大家子人的活命。

三奶奶

　　九十二岁的三奶奶蜷缩在软床上，两天粒米没进了。她原本身体好，小脚杵在地上，走路嗵嗵响。这次发个烧，就着床不起了。跟了她六年的黑猫卧在腋下，眼珠泛黄，透着亮光，直愣愣地盯着她；她的眼睛干瘪萎缩，眼神浑浊，跟它对望，喃喃地说："小花咪儿，小花咪儿，你替我去死吧……你死了，我的大红油松棺材留给你睡……"黑猫喵呜喵呜应了几声，并不去死。倒是三奶奶，熬到三更天就去了。

　　菜园子方圆十多里就三奶奶一个人会拾孩子，有些人家三代都是她接生。这门手艺是天生的，她没拜师学习过。除了接生，她还会给人治蛇胆疮，给小孩叫魂儿。她也没读过书，瞎字不识一个，却能用天干地支推算出年年啥时候打春，哪一天立夏，几月几交九。

　　三奶奶接生，不分贵贱，不论贫富，更不管天气阴晴雨雪、昼夜冷热。有钱人家套个马车来接，她紧赶着去；贫穷人家光膀子来叫，她立马就到；邻居家来个四指高的小孩请她，她也欣然前往。主人家答谢的东西并不金贵，常常是一尺红洋布兜十来个红鸡蛋。好些的，裹上二斤红糖送给她算是谢礼。这些东西先不能吃，孩子满十二天喝喜酒的时候，人家来请，还要带过去，算是随一份礼。喜酒过后，主人家回上三两个红鸡蛋、一包红砂糖，还用那个红布包裹兜回家，这才算是接生的酬劳。

　　要说女人生孩子是过鬼门关，三奶奶拾孩子也是打虎打狼一样，跟阎王爷摽劲。

　　那年夏天，天热得下火，西庄李娃的媳妇生孩子不拣时候，临盆了才借个小车子来请三奶奶。三奶奶套上月白粗布褂扎，拎起小药箱就走。询问了产妇情况，知道是第一胎，就安慰李娃不要慌。车子吱吱扭扭，李娃推着三奶奶跑到家，板床上毛蓝粗布床单下，产妇耷着大肚子正在干嚎。有人烧了热水，她从药箱里拿出剪刀烫了，又捂了热毛巾，做好准备。产妇的痛一阵紧似一阵，哭叫一声紧似一声，俩手乱抓乱挠，满头满脸的汗珠子往下滚，眼泪一大把一大把地掉，头下的草席湿了一大片。三奶奶不急不忙,一会儿柔声安慰产妇:"谁让咱想当娘哩,想当娘哪有不受罪哩?忍住,忍住啊。"一会儿又大声呵斥:"不许嚷了!劲儿费完了指望啥生孩子!憋气,憋住气!"软硬兼施,稳住了产妇。要生了,三奶奶按压着产妇的肚子,大声给产妇鼓着劲儿。眼看一缕胎毛露出来,可那颗毛头忽闪忽闪就是不下来。三奶奶让人打开她的小药箱和屋子里所有的箱子柜子,口里念念有词:"开开啦,开开啦,领路的冤家出来吧。"双手从产门伸进去,托住婴儿的头,慢慢往外拉,嘴里喊:"使劲儿!再使劲儿……"产妇痛苦地大叫几声,那个小东西就随着羊水涌了出来。再看三奶奶,褂扎子水洗了一样,早就汗透了。

上了年纪后,谁家生孩子顺头顺脑的,就不再来麻烦三奶奶了。要来请,一定是有疑难。这时候,只要三奶奶到场,保准母子平安,从不会失手。小好来请她,就是这原因。

隆冬,奇冷。夜半时分,三奶奶家的木门被人擂得山响。儿子点亮油灯起身开门,小好一身雪站在门外,头上冒着白气,直喊三奶奶救命。三奶奶眼不花,耳不聋,知道这时候来请她,一定是有产妇难产,早就穿戴齐整了。儿子拦着:"娘啊,天恁冷,你不顾命啦?"三奶奶踮着小脚,颤颤巍巍站到门槛上,说:"怕啥哩,人命关天!"说着,让小好蹲下身子,她伏上去。小好背起三奶奶蹚着没膝深的积雪跑回了家。

产妇在床上翻滚嚎叫,被褥、布片踢腾得乱七八糟。年轻的接生婆手足无措,站在一旁干着急。三奶奶坐上床沿,一边安慰产妇,一边用手搭在大肚子上按压。她一摸一按,知道胎音是好的,可胎位不正,再加上产妇瘦得像个刀螂,劲儿都使到嘴上嚎嚎了,宫口没打开。三奶奶让人舀了半瓢豆籽儿,拎个簸箩过来,哗啦一声,把豆子倒进簸箩,吓唬产妇说:"你可想生个好孩儿出来?要是想,就起来,把豆籽儿一个一个拾到瓢里来!"产妇翻身下床,一蹲一站地拾。半瓢豆籽儿拾完,产妇躺回床上,就有一只小手从产道伸出来了。三奶奶托住小手,将那条小胳膊轻轻送回产道,一只手在里面摸索,过了一会儿,一颗小脑袋就滑将出来,等到孩子下地,竟浑身淤紫,是死的。三奶奶纳闷:"咋死了哩?咋能死了哩?"她拧了拧身子,棉袄里的小褂子汗津津的。

小好捧来的红糖鸡蛋茶谁都没喝,天就麻麻亮了。三奶奶又被小好背着送回家,到家后,就开始发烧。这一病,再没好过来。

殡走了三奶奶,那只黑猫跑到房顶上,喵呜喵呜连叫了三天三夜后,就不见了踪影。

麻子哥

　　跟麻子哥家邻居多年,我从没看见过他的笑脸,以致我绞尽脑汁都勾勒不出他笑起来的模样。麻子哥本来有名字,但他那张脸形象太鲜明,就喧宾夺主,成了他的代号——那简直不叫脸,叫抠光了籽的葵果头更合适。

　　麻子哥的爹叫金豆。金豆是被人们开大会斗死的,大家历数他的罪恶,欺男霸女了,偷占牲口饲料了,舔国民党腚沟子了等等。他们喊"打倒伪堡长金豆!"的口号时,不谙世事的我好像也学着喊过,这么算起来,金豆的死我也有一份责任(不觉倒吸一口凉气)。但是麻子哥从没跟我计较过,见面虽然不笑,也没凶过。金豆死时,麻子哥的三儿子已经会手捧孝柳,跪地哭爷了。爹的死让他在人前抬不起头来,一张麻脸整天阴沉沉的,更黑了。

　　麻嫂子是个老实人,给麻子生了仨儿一个闺女,过的却还是猪狗的日子。麻子不喝酒不找事,喝点酒就提着刀找事;麻子不敢找旁人的事,那刀是给媳妇准备的。其实麻子酒量很小,一盅酒灌下去脸就红了,两盅酒灌下去,脖子根儿到胸口嘴儿都是红的。没有下酒菜,他就剥俩蒜瓣,或是剥棵葱就着。三五杯过后,他就活像村头小庙里供着的关公,脸上的坑窑儿更像要蹦出来的火星子。他深一脚浅一脚地在院子里打转,口齿不清,骂骂咧咧:"小山娘,你个龟孙咋混哩! 你咋混不够吃哩! 我不骂你,你就不知道自己姓啥! 三天不打你,你皮肉就痒痒! 回来,回来我砍死你,炂炂下酒来!"麻嫂子必定得躲着他一阵子,说砍他可是要真砍。说是醉酒了,也是酒醉心不迷,要不,他老娘一吆喝,骂他真像他爹的种,一喝就多,一多就闹,他就像泄了气的皮球似的,乖乖地把刀一撂,四仰八叉地躺到软床上睡大觉去了。

　　麻嫂子背地里哭着说,那酒就是麻子的爹,他见了酒比啥都亲。生秦椒里边撒点生盐籽子捏巴捏巴,他也能喝下几盅酒去。那酒一进他的喉咙,就得把张麻脸染得通红。那张麻脸只要一红,嘴里就开始不干不净。骂着骂着,刀就提手里,四处找媳妇,要杀要剐了。

　　麻子哥也不是只会喝酒,不喝酒的时候还算是个好人。爹死了,娘还得招呼。

那个精瘦的小脚老太太真能活，金豆死了若干年后，她还能精精神神地骂人哩。一身黑条绒裤褂，柳叶似的尖口布鞋，拄着弯把儿拐杖，一双小脚在院子里踮来踮去，给鸡撒把粮食，给狗扔块馍头儿，骂骂儿媳妇，骂骂小孙女。最要紧的时候也能管住醉酒的麻子哥。在老娘跟前，麻子哥可是个孝顺儿。

一个大雪天，麻子娘坐在豆秸秆铺成的地铺上，铺地盖地溜溜薄，盖地头满是脑油。横裹竖盖还是冷，就叫麻嫂子拽把柴火来烤火。麻嫂子不敢不听，从麻子娘地铺下拽出一把豆秸点着了。豆秸有点潮，火没着起来，烟冒得不少，像熏黄哥狼一样。麻子娘恼了："你个败货精，烧我地铺上的草，还点火熏我，是嫌我不能给你干活了！不孝顺，叫老天爷打雷劈死你吧！"骂着骂着，又哭叫起来："我的儿啊，可管管这个女人头子！她想熏死我啊……"麻子哥闻声踢开堂屋门，不问青红皂白，劈头盖脸就打了媳妇一顿，把她搡进雪窝里关上了房门。被窝里的麻子娘再也不哭不叫不喊冷，哼哼歪歪蒙头睡了。

门口的麻嫂子蹲无蹲处，站无站处，冷得上下牙壳子直打架，浑身抖得像筛糠，偎在牛屋里的草垛里熬了一夜。

到底是喝酒坏了脑子，老年的麻子哥成了过街老鼠，人人巴着他死。庄子上谁家的鸡长得肥，他就拿了扫帚去扑，撵得鸡飞狗跳。地里见谁家的南瓜结的大、庄稼长得旺，他就抡起抓钩或铁锨，砸个稀巴烂、铲得枝叶不留。来到谁家，见到能拿的东西顺手就揣走了。除了他仨儿恨极了揍他几捶，断他几顿饭，别人都懒得搭理他。

麻子哥老两口的地匀给了三个儿子，三个儿子一替十天轮着管饭。麻嫂子身体坏了，病病快快，瘦得皮包骨头，不能下地走动，但在儿媳妇那里落得算好，轮到谁家，还能吃上一碗热饭。儿媳妇们看见麻子哥就烦，但他沾着麻嫂子的光，傍着边也能有碗饭吃。他最大的用处是能用小车推着麻嫂子，在村口站站、望望，麻嫂子临到哪家吃饭，他就跟着去吃。

夏天，邻居杀了西瓜给麻嫂子送去。大门是从外面锁着的，麻嫂子睡在门楼子底下的软床上。扒着门缝把瓜递进去，惊动了床边一片黑压压的绿头苍蝇，它们嘤嘤嗡嗡地围着床欢叫。也惊动了麻子，他扒着门缝问："可能给我个馍吃？十来天没吃饱，饿得快撑不住了……"

方老师

　　方老师从天目山昭明寺回来好几天了，夜儿个后晌俺打电话想关心她一下，问她老屋子漏不漏，在家忙啥，人家说："你就别挂念我，西间里漏我就不能住东间？我又不憨不傻。恁都各忙各的，我也有我的事儿，能下地干活我下地，不能下地我诵经！入门晚了，我这七十岁的人，时间紧张啊！"退休后，方老师接触了佛法，认定那是门博大精深的学问，深感缘分来得太晚，遂做了居士，每日吃斋念佛，四处拜山放生，常去居士林修行。

　　我且叫她方老师吧，她当过半辈子农村教师。

　　本来，方老师的娘多年不育，中年尚无子嗣。1942 年河南发大水，太康县一对姐妹逃难出来，流落到此地，方老师的爹给大的做媒让她嫁给了当地人，又把小的收留下来做了闺女。好心有好报，押子终得子。1944 年，娘怀孕生下方老师，两年后又给她生了个弟弟。

　　方老师的爹一生为人秉直，德高望重，是木业社工人，也常被请去做大总，给人问红白喜事，结交了三教九流的朋友，他不是重男轻女的人，疼要来的闺女，更疼亲生闺女。每次被请去问事，必带上方老师，背着、抱着、驼着，不离左右。小女调皮，若拿了瓷器玩弄，不小心摔烂了，爹就赶紧递上新的，哄着说："妮儿，摔哩真好听，给，再摔一个，再摔一个让爹听响儿！"娇纵之下，小时候的方老师性情自然豪爽虎式。有事为证。方老师在离家七里的镇中学读初中时，班上一小子仗着家在街上住，称王称霸，某一日，惹到方老师头上，方老师卷起袖筒子，高声叫骂："你个街痞子，狗仗人势力，姑奶奶我可不怕你！"跃身而起，跨过几张桌子，抢起耳巴子噼里啪啦就给了那小子脸上一顿抽，打得他从那以后再没敢逗过能。

　　二十一岁时，方老师嫁给了菜园子老三。老三当兵出身，从部队转业留在了无锡江宁机械厂当工人。婚后，二人生下大闺女，老三继续留无锡工作，方老师带闺女在家生活。初中毕业算是高学历，多多少少又有点本事，方老师就被公社招去做了名妇女干部。好景不长，无锡当工人的老三喜欢运动，练习举重不小心伤了腰椎，瘫倒在病床上。方老师丢下工作，把孩子送到娘家，远赴无锡照料丈夫，这一待就是三年。

躺在病床上的人不能动弹,又受着病痛折磨,脾气暴躁无常。时不时耍小性子,考验年轻妻子的耐心。方老师并无怨言,喂饭喂药,擦屎倒尿。这样的日子过着还好,偏偏在两年半后,一直没有音信的老家公婆远道赶来,嗫嗫嗫嗫地说:"老五说媳妇,女方家里要两身灯芯绒裤褂外加二十块钱彩礼……"方老师气就不打一处来,恶语相向:"我说您二老是来看看儿子死没死、媳妇拐了多少家财改没改嫁嘞!噢,弄半天又是乘车又是搭船千里遥远跑来,这是看俺两口子没死外边啊!老五说媳妇也来跟俺要钱,那还有老六嘞,也得俺这病汉子操持吗!"好在厂子里的干部们都是好心人,大家想办法凑了七十块钱才没灰了公公婆婆的面子。

等丈夫病好,再回到菜园子,公社妇女主任的工作早换了别人。

菜园子的小学校一直缺人手,于是,她就成了"方老师",重复起以前的日子,一边工作,一边劳动,一边照料家、养活孩子。

方老师就是一台机器,天明到天黑,开足了马力。除了把孩子们的肚子填饱,免得吱哇乱叫,她一秒钟都不闲着。锅上一把,锅下一把,孩子的屎尿一把;家里一趟,学校一趟,地里头干活一趟。就这样,每到生产队分粮食,她家不但落得少,还要往外拔钱。包产到户后,她更是没日没夜地拼命干。累了就骂鸡骂猪骂孩子,骂那个外地工作的男人,反正他听不见。

偏又娘家兄弟摊上了官司,她多少也算是识文断字,就跑上跑下,托人求情,替兄弟开脱。有一次,她到乡政府武装部找一个姓武的部长问情况。对方冷鼻子冷脸训了她一顿,她不示弱,问:"共产党的干部就是这样给群众办事的么!"武部长掏出手枪,啪的一声拍在桌子上,厉声威胁道:"敢给我能!你信不信,我歪歪嘴就能多判他个三五年!"她抓过手枪啪的一声也摔在桌子上:"我就要看看你武部长的嘴到底往哪儿歪!"终究是横的怕不要命的,武装部长再没说啥,倒是尽力帮着给了案子一个公正的判决。

一个倔强要强的女人得经历多少磨砺才能看破红尘嘞?方老师一辈子受过太多累,吃了无数苦,遭受过丧子之痛,生过瞎三门子的气。当她从临时教师转正为吃公粮的人后,当她儿女成家、自己退休、生活无忧无虑之后,偏偏又选择了信佛,十年来布衣蔬食,青灯黄卷,放生拜山,诵经参禅,生活竟也如水般平静。

雀儿哥

雀儿哥娶媳妇那天正摊下大雨。头顶上倒扣的黑锅不停地往下泼水,地上的黄泥汤都快没到腿肚子了。大家准备好了拓车,搬来一张软床,四腿朝上,用红麻绳固定好,在四条腿上绑上竹竿,顶上撑起一大块塑料布,软床上铺层红牡丹花盖地,又牵来老肥家最有劲的黑骡子和天明叔家的老黄牛套上,婚车就出发去接新娘子了。

亲朋好友等得跳急,巴着新娘子接回家来好开席,左等右等,拿灯盆儿的人才先回了,说是新娘子家非要二百块钱上轿礼,这头儿不封礼,新娘子不上轿。雀儿娘立马炸了头,二百块!连彩礼带这场事儿,一头牛钱花光,又借了五百多长腿儿的钱,咋还要啊!

雀儿哥一跺脚,说:"娘,你别愁,她不来,咱不娶了!给大总说开席,下恁大雨,叫亲戚吃了好回家!"又安置传话给接亲的人,让他们回来,这样的亲不结也罢。

新娘子那边,三姑六婆拦着门,任凭老媒红说破嘴皮子也不松口。正争执不下,新娘子闪身出了门,腿儿一迈,坐上拓车,给赶车的人说,走吧。新娘子的娘黄天黑地地骂:"娘哎,我咋领个不要脸哩闺女,怕寻不着婆家,成老闺女种可是啊!"姊子大娘就出来劝:"女大不中留,留来留去留冤仇。嫁出去的闺女泼出的水,随她吧,你也白哭伤了身子!"

再有谁说啥,新娘子是听不见了。她被拓车拉到菜园子,成了雀儿嫂。

阴天下雨加上这一闹,雀儿的婚礼清汤寡水没了味儿。因为误了时辰,连天地都没拜,污而八糟就过去了。

雀儿嫂心里有数,她撇下娘家人嫁到菜园子,图的就是雀儿人长得好,头脑灵活,有主意。那是她打听了好几个人,人家一致的说法。乡旮旯子里闺女找婆家图啥呢?只要嫁过门两人齐心合力干活,总有好日子过。

雀儿心里还是有个疙瘩。虽说媳妇自愿放弃上轿礼,叫亲戚邻居看不起来他家,可毕竟他是花了千把块钱的,邻居小好娶媳妇连三百块都没花到,自己这个媳妇就算是买，也太贵，这些钱没有三五年掏大力出大汗去挣，是咋也攒不出来哩。

娘说，知道娶媳妇恁不容易，就好好过日子吧，年轻，能打能跳，只要有力气，好日子都在后头。雀儿是个孝子，就听，闷头干活。雀儿嫂也是一把干活好手，家里家外一个人忙起来能抵俩。等到包产到户分了责任田，雀儿两口子更是有使不完的劲儿，接连生了一个闺女一个儿，小日子真就一天比一天好起来。

夏天，雀儿跟人去赶城，走到均王营子，见路边一块一块地里都种着紫梗、绿叶、红花药材，他知道那是花子，天明叔家院子外边种着几棵，三年才能收一茬。他第一次见有人种恁多。种恁多，收成了往哪儿卖呢？他拐进均王营子，向人打听行市。一问才知道，这药就咱亳州产，药市上的行情好得很，论收成，比麦茬豆、豆茬麦强万倍。

这一趟城赶得太值了。收了秋，雀儿就去均王营买花芽子，家里的七亩地留出三亩种麦，剩下四亩都栽上了花子。一庄子劳力都等着看雀儿笑话。留孩儿说："真不是庄稼人做哩，三年不种麦，等着发洋财，叫他一家子吃雪屙沫吧！"锁柱大爷摇着头说："这孩子不仿他爹，一点儿都不稳当。"娘也不放心，三年就指望三亩地种麦吃；一家大小四五口子，可得能吃饱饭！雀儿嫂就不这么看，雀儿的心劲儿高，眼力好，他认准的路子不会错！就跟雀儿说："舌头长在人家嘴里，爱咋说咋说，咱恁年轻，怕啥哩！"

三亩地见的粮食交完公粮后，还真没剩多少。紧紧巴巴地过了三年，地里的花子能起了。雀儿嫂从娘家请来四五口子人帮着刨，雀儿负责支了大锅烧水煮，雀儿嫂带着娘和孩子们找来碗碴儿一根一根剐。很快，雪白雪白擀杖粗的芍药晾在了撑起的大簸上。还没晒干，雀儿就上城打听行情。

傍黑儿回到家，雀儿进门儿就给媳妇说："杀个鸡炖炖，再炒个鸡蛋花儿，我买了一瓶古井玉液！"

雀儿嫂多精个人啊，她望着雀儿的脸，笑着问："咱的四亩花子能卖多少钱？"

"多少钱？说出来吓死你！"

"我又不是吓大哩，你快说！"

雀儿伸出一个手指头。雀儿嫂不敢张嘴了："一百？一千也不算多，种麦种豆子也比这合算哪！"

"一万！一万都得出去！"

雀儿嫂眼珠子差点儿没瞪掉："一万？真值一万？盖十间大瓦房都花不完的钱哪！"

很快，十里八村都知道菜园子雀儿发啦，靠四亩花子成了万元户，除了锁柱大爷跟留孩儿，一庄子人都来取经，剩下来花子狗头都成了值钱货，叫庄上近门儿几家买走了。

　　进了十月,薄霜洒满新犁起的黄土地。菜园子的人们四处去买花芽子,开始吊线打垄,家家都要栽花子了。雀儿把芍药卖了做本钱,在城里的药材街租了间门面,跑药去了。

雀儿嫂

　　雀儿去城里跑药,娘又生病过世,家里地里就雀儿嫂一个人操持,忙、累,可她心里滋润。雀儿的生意越干越大,又在湖北租了门面,供上几家大主顾,两边跑,没少赚钱。每趟回来都留下一把票子。火腿肠、方便面,菜园子有谁见过? 泡泡纱桃红色短袖褂子、黑色到脚脖儿的百褶裙子,十里八村哪个女人穿过? 就雀儿嫂不缺。

　　九月半头,麦苗刚刚钻出坷垃窝儿,青嫩,秀气。棉花的叶子快落完了,枝杈间挂着青棉桃,杵着花壳子。麦茬红芋青枝绿叶,等着一场苦霜。雀儿嫂下地刨了几棵红芋,揪了些嫩红芋秧塞在箩头里,傍黑儿时,用抓钩挑着回家。蹲在路边下五步棋、玩蛤蟆跳井的大人孩子不见了。坐在门口纳鞋底儿的进粮媳妇远远就喊:"雀儿嫂子,快回家吧,恁家来客了!"小好不怀好意,学着河南腔说:"黑(音歇)了黑(歇)了来个客(音且),赶紧回去烧茶吧。"雀儿嫂想是雀儿回来了,脆生生地回小好:"来且了怕啥哩,烧茶馏篦子,馍锅水尽他喝!"

　　家里大门是关着的。一群熊孩子撅着腚扒着门缝儿往里看。牛犊抱着红粱的腿,把他举到墙头上,脸憋得通红,急吼吼地问:"看见么? 看见么?"雀儿嫂拾起一块坷垃扔过去,骂道:"恁点子龟孙,弄啥来!"小孩们轰地跑开,大叫:"噢,回来喽,回来喽!"

　　雀儿拉开门,来接媳妇手里的箩头。院子里站着一个时髦女人,大红蝙蝠袖毛线衣,牛仔裤,黑皮鞋。烫发头,粉白脸,牛蛋眼,尖嘴下颏儿。见了雀儿嫂,不怯不颤,笑盈盈地迎上来:"姐,你回来了!"雀儿嫂回过神,应道:"嗯,来啦,上屋坐吧。"雀儿把箩头拎到猪圈边,红芋秧撒给猪,红芋倒进压水井边的石槽,呱嗒呱嗒压了半槽水,拽着媳妇的袖子说:"来,洗洗手,洗洗手。"

　　天渐渐黑了,竹园里群鸟欢唱,像是在演一场大戏。雀儿嫂家烟囱口的火星儿奔涌、跳跃、熄灭,炊烟柔软得立不住身子,袅袅升腾,丝丝地氤氲开来。家家户户的烟囱里炊烟滔滔,满菜园子都浸着烟火味儿。

第二天一早儿,雀儿嫂刚从柴垛拢起一抱柴火,猫婶儿就拦住她,问:"孩儿,客走了?"

"天一明就走了。"

"他没给你说那个女的是谁?"

"说了,是他湖北的朋友。"

清早的炊烟散尽,人们端着碗蹲在胡同口吃饭。有关雀儿的议论,像炊烟一样弥散在庄子里。

"雀儿真是有钱了,拐个大闺女回来,还长恁俊!"

"啥大闺女,你没看见那腚锤子杠杠哩,腰拧拧哩,明显是个媳妇!"

"咦,恁不知道,夜儿黑喽我趴门缝里,看见雀儿媳妇端喽热水,给雀儿还有那个女哩洗脚来!"

"听说他仁人睡一张床,雀儿睡当中,女人一边睡一个哩……"

"啧啧啧,要是小媳妇霸着钱,这娘仁就没日子过了!"

"咸吃萝卜淡操心,雀儿能是恁绝情哩人吗?"

话传到雀儿嫂耳朵眼里,她不哭也不笑,只说:"下坡哩石磙,顺风哩柳绵,挡也挡不住,随他吧。"

雀儿在家过了年,一整春就很少回来了。有人问起来,雀儿嫂就说:"春上家里没活儿,外头生意忙,是我不叫他回来哩。"

到了后秋,人家地里的活儿还没忙完,雀儿嫂却在家里忙开了。她打糨子,糊褙子,连天加夜做虎头棉鞋,绣花小单鞋儿。赶集弹了棉花、截来花哔尼布,套了小铺地儿、小棉裤小袄儿、夹肚兜、棉肚兜,肚兜还绣上了五毒。她让娘家妈过来照看俩孩子,说是雀儿捎信叫她上湖北。拾掇起一大包袱,背起来就走了。

确实是那个小媳妇临盆了,叫雀儿嫂去伺候月子的。

小媳妇生了个小小子。月子里,小媳妇顿顿要吃红糖打鸡蛋,一天能吃十好几个。雀嫂一心伺候着。她做了鸡鱼肉蛋大盆大碗地端给小媳妇吃,从不舍得叫小媳妇下床。小媳妇就自在地享清福,只管吃饭喂孩子。俩月过去,小媳妇胖得失了形,屁股像磨盘,腰粗成了石磙,下床走路都困难。

年关又近了,雀儿嫂一个人回了菜园子。

春暖花开,夏至小满,园子里的竹笋一夜间扎出一层来,刺啦啦直往上拱。雀儿抱着娃娃回来了。小媳妇突然得了心肌梗死,死了。娘家人使劲儿给雀儿闹,拉走了门面里的存货,又给雀儿要好些钱。不给,爷俩儿就得毁在湖北。给了,雀儿就啥钱也没有了。生意翻不开本儿,做不下去了。

　　门口的大槐树枝繁叶茂。雀儿嫂坐在树荫下,娃娃坐在她大腿上。她攥着娃娃的两只小手,一推一拉,一推一拉,轻轻哼着:"捞啰啰,扯汤汤。谁来了,大姑娘。拿的啥,拿麻花。叫娃撑哩满地爬,满地爬……"树下回荡着娃娃欢快的"ma、ma"声。

二 怪

二怪生来就怪。打娘胎里出来，就跟杀的样号号，直哭得红头酱脸，脖子里青筋暴多高。妈妈穗儿塞到嘴里，哑吧不出味儿，头一卜棱，继续哭。一个对时儿后，娘下了奶，喂给它，才止住腔。娘说："就叫他二怪吧。"

从小，啥事都得依他，谁都不敢给他打别儿。弟兄五个吃烧饼，一掰五瓣。大丑呜呜哈哈呜呜赶紧吃光，二怪一边大口吃，一边瞅着兄弟手里的烧饼。三胖四羔细嚼慢咽，五孩儿一个芝麻一个芝麻地品。等二怪吃完，五孩儿剩得最多，得再掰给二怪一半。三胖四羔要是还肉叽，不吃完，二怪抢过来就往嘴里塞。娘要是甩起耳巴子扇他一两下，他就立刻老牛大憋气，呼通倒地上，掐半天人中才能叫过来。

包产到户后，弟兄五个也都长大了。爷儿几个有劲儿没处使，就建围窑烧砖往外卖。一家人都还勤力，窑越烧越好，钱越赚越多。

二怪三十啷当岁，正是好时候。他想，围窑太小，产量太低，得想点子干大生意。跟兄弟商量，没人打拢。二怪就跟外庄几个人合伙，撑头给镇里协商，包下庄后头一搭子地，从山东请来师傅，建了座雷窑厂。

雷窑厂就是印钱机！鞋底子大的土坯装进窑，要不几天，就能出成捆的票子！到年底几个人一分，二怪能拿到七八万。

也就几年，二怪的腰粗起来了——钱多了，人也肥了，太师椅都坐不进去。藤椅就算硬挤着能坐进去，他也不敢坐，怕把四条腿压断。

那几年，要是你看见一辆红色雅马哈摩托车，驮着个百八十里都难见到的大老肥，风风火火地路过三棵大黄莲树，路过急三道河上的桥，穿梭在纵横交错的土路、砂浆路上，不要说，那就是二怪。

二怪给人和事，说话一句抵两句。要是哪庄出了得打官司才能解决的大事，想私了，只要请出二怪来说和，一准成。事办得圆算，少不了管酒。二怪喝酒，二斤都打不住砣，他那一身肉，可得能涠透！一时就威名远扬。要是吓唬哭闹的小孩"二怪来了！"都管糊得很。

十年好运不抵一年倒运。一天，二怪酒后骑摩托去要账，油门加得突突响，摩托喘着粗气,不要命地往前拱。走到黄连树下,一个妇女被摩托车的闷叫吓得不知往哪儿躲,左拐右拐,就被二怪撞飞了,拉到县医院,医生诊断说两三年都不一定能动弹。二怪存在银行的钱一把一把又都转到了人民医院。

烂眼子肯招灰。这时候,镇里通知,垄窑破坏土地资源,得炸喽还田。就像自己端了小半辈子的饭碗子叫人夺走摔了,二怪干恨没办法。

雷窑炸了,钱花光了。二怪东扒西挪又凑了十来万,给撞残的妇女私了了,才算脱清秧。

没有人再找二怪问事儿了,二怪就更想喝酒。

没钱买酒,赊账也喝。二怪喝饱了就抱着门口的泡桐树叫骂:"二爷这会儿不管弹了,孬孙都不认二爷了! 等喽吧,还得叫恁望喽我脸儿笑!"骂着骂着,解开裤带站在那里哗哗啦啦就尿。长布条裤腰带往往找不到头儿,不知道往哪儿系,就耷拉在裤腰上不系;摸到了裤带头儿,回回又连身子倚着的小泡桐树一起捆在腰里,干挣,就走不动,于是接着骂。

庄上谁家有酒场,二怪都会不请自到。三月三,村东头乐意家闺女传书。一大早,老媒红进门,酒菜摆上桌子,二怪闻着味儿就蹭过来了。往大板凳头上挤挤坐下,不要人让,大吃二喝,一点都不作假。

吃饱喝足,东倒西歪,非要送老媒红,爬到男方开来的机动三轮车上不下来。他那个身板子,谁也拽不动,几个人只好拉着他去集上。好容易搓弄他下车,把他送进澡堂子,想让他泡泡澡,醒醒酒。

一根烟工夫,二怪从浴池里上来。晃到大厅,抓起裤子就往身上套。一条腿伸进去,太紧。好容易套上两条裤腿,提着裤腰,使劲一拽一蹦,再一拽一蹦,浑身的肥肉直哆嗦,还是提不上去。脾气就上来了:"×他娘,来时候还能穿,泡泡澡就穿不上了!"再提再一蹦,再提又一蹦,提不上也不管了,裤腰挂在屁股上,皮带两头一拢,大摇大摆就要出澡堂子。一个人从里面撵出来说:"二哥二哥,你穿错了,那是我的裤子!"二怪脖子一拧,骂道:"屁话,你的裤子? 你叫叫看它可答应!"人家眼睁睁看他穿走裤子,暗暗心疼裤兜里装着的千把块钱。

傍黑儿,二怪醒来,见床上、地下乱得像猪窝。喉咙口干得冒烟儿,叫媳妇:"常英,常英!"也没人应声儿。他想起来了,清早自己是在乐意家喝的酒。他不喜欢跟人打酒官司。敬人酒,人不喝,他先干喽;人还不喝,他就端起人家的酒杯仰脖子一口再干喽。到底咋回的家,他一点儿都想不起来了。到处找裤子,咋也没找到。却见地下有一条男人的裤子,抓起来一看,这颜色儿,这样式儿,咋恁像邻居栓狗哩?裤兜里鼓鼓囊囊,还有一卷子钱!他腾地一下炸了头:栓狗! 狗做哩栓狗! 这是趁我不在家行好事来了呀!他恨不得一下抓住媳妇,一把搦碎了再嚼嚼咽喽。起身来到院外,舍着喉咙把栓狗家所有的女人都光顾一遍,拎起榔头砸开栓狗家的大门,进到院里,见啥砸啥,吓得栓狗家一院子鸡飞狗跳鸭逃窜。

菜园子人好长时间没见过恁热闹的事了,全围过来指指点点。常英下地回来,身后跟着俩生人。来人见二怪一脸凶相,怕得说话嘴唇直抖:"二,二哥,澡堂子,我那裤子,不值钱,不要了。钱,那千把块钱是我买人家牛的钱,等着还账哩……"

二怪一惊,愣了!俩手攥成铁拳,砰,砰,砰,砸向门口的泡桐树,人血跟树血一起滴滴答答往下掉。他还不解气,奔到厨房拿出菜刀,扑通跪倒,吼道:"常英,我要再喝酒,我是狗做哩!"啪的一声,他的左手二拇指随刀蹦到了常英脚下……

后记

半年后,废弃的窑厂被人用篱笆圈起来。空地被推土机推得平平整整,栽上了一垄垄、一行行白芍和牡丹。烧砖取土形成的几口大水塘里鱼儿直泛花儿。水塘边的花椒树下,成群的小鸡扑棱着翅膀,欢叫,觅食。窑厂东南角靠近官路的地方,新建了一座农家小院,门楼上黑漆大字写着"怪味小厨"(农家乐,休闲垂钓中心)。二怪既是老板,又是大厨,正忙里忙外,招呼着前来贺喜的客人。鞭炮声噼里啪啦,响彻天空。

蛮 奶

深秋,风寒露重。旷野静寂,启明星亮得扎眼。路爷挑着粪箕子拾粪,烟袋锅里的火明明灭灭,一会儿上,一会儿下。

八年前路奶病死,撇下四岁的儿子运粮。如今运粮能帮衬着干活了,爹娘却老了,一家人日子过得怪紧巴。

土路边上,沟壑交错,沟坡干得裂出缝来。沟底枯萎的黄蒿、蓍头子棵乱蓬蓬的,一丛一丛芦荻和茅草吐出雪白的缨子,在风里招摇。

路爷低头在沟里寻觅。突然,他打了个激灵:不远处有一团黑影,人形,却一动不动!他大声问:"谁?那是谁?"没有回音。他走过去,大着胆子用铲子勾了一下,却听见"嗯"一声长长的呻吟。原来是个女人,还活着!

女人三十多岁,中等个头,身体偏瘦,一头蓬乱的黑发胡乱在脑后挽着,长方脸,高颧骨,凸眉头,凹眼窝。一身破旧的蓝洋布裤褂灰扑扑的。

路爷迟疑了一会儿,背起女人回了家。

女人喝了一碗疙瘩汤,慢慢缓过劲儿来。一说话,又把人吓一跳,哇哇啦啦,外地口音!菜园子这片儿鬼不生蛋的地方,买来外地妇女当媳妇的往往也有,路爷却连想也没敢想过。问她从哪儿来,她不答话;问她去哪里,她也不说;再问她身上一道道鞭抽的红印子咋回事,她就直哭。一家人就由着她,不问,巴望着她身体好起来,没人找她,她也不说走。

女人果然留下来做了运粮的晚娘。她总是把鞋说成"孩子",把孩子说成"娃儿",说起话来叽里咕噜一大串,听不懂,大人们就喊她"蛮子",我叫她"蛮奶"。

蛮奶胖了些,脸色红润,人就俊了。看着天上掉下来的媳妇,路爷心里像吃了蜜一样,但也从来没放松过警惕。她出门,他就跟着。她在院子里活动,他就蹲在院子门口守着,生怕这突然出现在眼前的女人又突然从眼前消失。

蛮奶像个没事人,并不在乎背后的眼睛。她学着庄子上的女人们,用麦莛梃子编辫子、织草帽;用秫秸梃子砌锅拍。第三年初春,闺女下生了,路爷给她起名叫天意。

　　路爷还是小心着。她的嘴像封了蜡一样严实，从不提起过去，这让路爷有隐隐的担忧。她要是能敞快地说说前三十多年的任何一件小事，都能安慰他提着的心。她偏不。路爷的娘临死前嘱咐，这个女人，千万不能叫她抬头，不能对她太好。

　　天意一天天长大，蛮奶也变了样。人问："蛮子，你娘家是哪嘞？"她大咧咧地答："远呆不起嘞！"（远得很）见人也主动招呼："吃饭没的？"挑起钩担到深井里打水，动作干净麻利。担着水，身子直趔趔，手臂前后摆动，走在竹园子旁边的小路上，像青翠挺拔的竹竿在风里摇，叫跟在身后的运粮想念起了亲娘。

　　十年后，运粮娶了媳妇分开家另过，蛮奶也跟菜园子的人们打成了一片。跟妇女们一起下地干活，下河洗衣裳，端着饭碗蹲在胡同里跟大家一起吃，用尚有点蛮的口音跟大家说笑。可是，干活挣来的工分裹不住嘴，一家人几件衣裳洗来洗去都打了几层补丁，人家端碗出来吃的有馍有菜，她家人碗里一直是稀面糊糊、红芋或面瓜。总是有人不死心，问："蛮子，可能给俺讲讲恁老家的山是啥样哩？"她就莫名其妙地一声不吭，陷入深远的思考，一脸忧戚的表情。倘若有人咳嗽一声，她又会如梦方醒，慌乱地望着问话的人。

　　不管家里多急，每年夏天，路爷都会买来江米叫蛮奶做米酒。她用大麦和酸模叶子棵做酒曲。酒曲像花米团子一样穿成串，挂在窗檐下。做好的米酒半庄子人都能尝到，又甜又香。

　　那个夏天，蛮奶的米酒酿的时间特别长，馋嘴的孩子见了她就问："蛮奶，甜酒做么来？""蛮奶，甜酒啥时候管喝？"天意总是抢着回答："快了，快了，我尝罢了，还不很甜来！"

　　夏夜，蛮奶贴了一盘玉米面锅饼，掏出罐子里的十多个鸡蛋煮熟，只拿两个跟蒜瓣一起捣成鸡蛋蒜，其余的收了起来，让天意喊蹲在门口吸烟的爹回来吃饭。长凳上摆了黄腾腾的焦锅饼，臼子里的鸡蛋蒜泛着嫩黄的光，三大碗米酒晶亮喷香。路爷古铜色的脸上笑纹密布："呵呵呵，米酒能喝了。"蛮奶说："喝吧，快尝尝，今年的米酒才有酒味嘞！"多窖了这几天，米酒的甜香里有了老辣，真好喝！路爷把三大碗米酒喝完，红光迅速占领了他四十六岁的脸膛。

　　后半夜醒来，床上空空的，屋子里空空的。路爷慌了，唤着天意天意，跑到院子里，撵到庄子东头。旷野寂静，大块大块的玉米、高粱有一人深，像一张张巨大、高耸的青黑色网，撒在田野。一条条小路穿过玉米地，穿过高粱地，伸向远方。东天上的启明星默默地注视着他，却不告诉他蛮奶和天意的去向。

良 嫂

　　良哥是个老实人,命苦,自小就没了爹娘,二十六岁才娶上了良嫂。他把她捧在手掌心里过日子。媳妇让往东不敢往西,让打狗不会撵鸡。就这样,也还是不能让良嫂满意,想骂人,一声声地就骂起来,良哥从不还一句。

　　跟自己人闹气也就罢了,跟外人她也闹得厉害。单是因为地边子,她就挨了两回打。南庄户那儿是她家的口粮地,一大块,说是三亩二。东边是大高家的,西边是小六家的。每到种麦耩豆子,几家人都少不了叮当几句。因为爱骂人,被大高抹了一嘴大粪。再想想跟小六家置的那些气,叫人摔头找不着硬地,都没有活的门儿。

　　那年,家家忙着犁地种麦。良嫂在自家地头坐着,咋看那三亩二分地咋像少了,跟小六搭界的地墒沟里,桑界子也没了。良嫂认定是小六看她瞎,盘腿坐在那里,单骂小六的娘。小六可不是瓢茬,买个鏊子没有腿,专等着哩。他年纪轻,下手狠,抓着良嫂的头发,一边打一边骂:"叫恁家老老少少都上来,我一个一个毁喽!"良哥没在家,儿女两个都还小,良嫂自然吃亏。找生产队长评理等于不找,那是小六的亲叔,还能向着外人!良嫂拎瓶3911,想喝了躺到小六堂屋当门儿去,俩孩子抱胳膊搂大腿吓得鬼嚎,她才作罢。

　　良哥回到家,心疼是心疼,也还是埋怨:"咱要人没人,要钱没钱,瞎毛杆多长,一点儿地边子,他占叫他占去,还能饿死咱几口子?你跟人家置啥气哩……"话没说完,良嫂一把抓过来:"还不是跟着你这个瞎巴头落的啊!我搁外边受人家欺负,到家来还听你数白!你算个男人吗!"良哥的脸上立马现出几道血印子,恼得扭头扎床上睡去了。

　　都说这以后良嫂神经了,可能是真的。

　　这不,正摊割麦打场的大忙季子,良嫂啥也不干,两眼直勾勾的,坐在那里唱:"天光光,地亮亮,我是天宫里下凡的火神娘娘,哎儿哟,我不杀猪,不宰羊,单斩那小鬼儿小判儿,叫他没地方藏……"渴了喝点凉水,也不见她吃饭,硬是唱了三天三夜。良哥没法子,拉着她去找黄先生看。黄先生专治邪病,只要焚上香,搭眼一看来人,就能找到病根。哪知道,良嫂刚跨进黄先生家的大门,就破口大骂:"你毛都没扎齐,也敢开堂子审老娘?睁大狗眼看看我是谁!"

她嘴上骂着,手里就戳翻了香炉子,身子一纵坐到了八仙桌上。黄先生没敢吭气儿,任她闹腾一阵才罢。

自此,菜园子多了个开堂口的女先生。良嫂成了神人。据说,谁家要是有病人,南的瞧北的看都治不好,来找良嫂,她给一看就知道是啥病,她给一破,病就能治好。于是,来来往往的小轿车开进菜园子,几百里远的人都来请她看病。村里人倒不怎么信她,说,她要真是神,咋不把小六这样的仇人弄阎王爷那去,也好出出气嘞?反正良哥是没办法,她出门,他得跟着;她在家,他得伺候着。良哥很少说话,只会闷头吸烟,一天到晚吞吐的烟气,给良嫂制造了腾云驾雾般的仙境。好在,良嫂家再没断过鸡蛋、红糖、大金果子之类的吃食。

后来,良嫂的身体出问题了。先是犯晕病,不知不觉就晕倒了。后来就卧床不起,拉到医院检查,说是心力衰竭、糖尿病外加肺气肿。从那起,她就很少再给人家看病了。村里人见良哥忙家里忙外头,又当爹又当娘,拉扯俩孩子,怪可怜。都说良嫂活不了几年了,还说,只能等她死了良哥才不受零落,爷仁才能过上安稳日子。

俩孩子很争气,长成大人后,外出打工一年能给家里挣到五六万块钱。良哥张罗着在菜园子盖起了四间两层半起脊儿的小洋楼,比谁家的房子都敞亮。良嫂的病好了!她精神抖擞,红光满面,见人就谝闺女儿子能。日子眼见着好起来,忽然间,良哥就病了——肺癌晚期!

耗了三个月,良哥死了。良嫂的神位又附体了。她给良哥选了块坟地,说那是他们早就看好的,地平整,坐上去牢稳。儿子建议让爹进老祖坟,良嫂一听,命令儿子跪在她面前。儿子刚一跪倒,良嫂扑上去一口咬在儿子头当顶:"你爹俺俩就相中这块地了,他说他就高兴住那个!要是你胡埋八埋,他住不安生,今儿回来闹,明儿回来闹,碰见谁附谁身上,那人家张嘴不就得骂咱八辈儿!"儿子的头冒血了她也不心疼。

谁都说良哥是叫她给磨害死的,可她说,良哥是她最心疼的人。灵堂上,她点着火纸,一边哭一边唱:"俺那早死的公公爹,婆子娘,恁哩儿命咋嫩不强!一辈子也没享上福哇,叫俺孤儿寡母受灾殃。一男一女他给俺拉扯大,没有他也没有俺哩福享……俺哩爹,俺哩娘,恁在阴曹地府可要照顾好咱哩良……"

大老头子

这是个忙端午，一地麦焦巴子黄，麦穗儿耷拉着头，龇牙咧嘴，再不赶紧收，就得落籹地里。天气预报说，白天到夜里有雷雨大风，谁还顾得上包糖角子、炸糖糕呀！天刚冷冷明，全庄的大人孩子就布兜儿里裹几个凉馍，暖瓶里灌满井水拎着，又把扫帚扬场锨拾掇齐，拿镰下地了。

大老头子夜儿受了凉，肠子绞着疼，肚子里咕咕噜噜一阵一阵响，一步跨不到茅坑就现难看。大老婆子见他又捂着肚子往茅子里钻，笑着嘟哝一句："懒驴上磨屎尿多！"笼头里扎着几把镰，踮着小脚去割麦了。

茅子外边的竹竿园里正热闹，小小冲叽叽喳喳，欢蹦乱跳，黄鹂子比收音机里的常香玉唱得还好听，斑鸠咕咕咕咕唠叨个不停，阳雀子"豌豆饱鼓，割麦种豆；豌豆饱鼓，割麦种豆！"叫得嘴角子冒血也不停。

大老头子蹲了一阵子才起身。好像听见一阵慌乱的脚步声，从他家厨屋奔大门去了，大门咯吱一声响，耳边就又只剩下竹竿园的鸟叫了。怀疑是自己人老耳朵聋，听差了，就把敞开的厨屋门关严，房檐下摘来草帽子戴头上，扛起桑叉也下地了。

走到庄当中，听见麦囤的媳妇扯着喉咙吆唤："谁逮俺家的来行鸡了！偷了俺的鸡，咋不怕吃不下去噎死你，屙不下来憋死你啞……"大老头子听见，哭笑不是：看看，我拉稀，没噎着也没憋着。心里凉水一样自在，轻声哼着鼓书唱词："作恶的叫他作，你不要管，行善的受熬煎，天不亏人……"往地里去。

晌午歪了，西地的二亩半麦才都躺倒，就差往场里拉了。大老头子吩咐老婆儿："今儿端午哩，咱也吃点改样哩，你回家擀面条吧，多打俩鸡蛋，弄温汤面条吃，多搁点蒜，多倒点醋。"老婆儿也饿了，就拎着镰踮着小脚回家做饭。

打个卯的功夫，就听老婆儿骂着又来地里了："哪个孬孙恁得闲！看见俺家那一瓢好面半缸子脂油了！就你知道过节，留人家都隔到节外边！偷俺的面偷俺的油，你咋吃下去啞！"

来到地头，又冲大老头子咋呼："斗是你不锁好门！还想吃好面条，还想吃鸡蛋汤面条！一星子面都没留，都偷走了，指啥吃！"

　　大老头子想起清早院子里的脚步声，才明白原来是叫贼惦记了。开春后，青黄不接，过完二月二，就留了那一疙瘩好面，前几天闺女来了，老婆儿搓了点面烙了几个烙馍，还留点就等着过端午再吃。脂油更是过完年都没舍得吃过，一顿饭就用筷头儿蘸一点滴到锅里几滴子。被偷了？偷就偷吧，他嘿嘿一笑，说："谁吃不是吃哩！人家要是有，就不上咱家想办法了。磕磕面瓢，打碗糊涂喝吧，再不行，去张的姐家借点面，这不就接着新麦了么！"

　　老婆儿哭哭啼啼回家做饭。还没进门，麦囤媳妇就骂着跟来了："清起来我骂谁偷俺的鸡，晌午你斗骂谁偷恁，这不是吃热找茬吗！老绝户头子，恁大年纪了偷我的鸡吃，咋不怕鸡骨头卡死咹！"又提高了嗓门喊："看看吭，都来看看吭！俺的来行鸡鸡毛都搁哪来！"顺手抄起一把抓钩就往正爷粪坑里扒，这一扒，不光扒出来一团白鸡毛，还有一副扯扯捞捞的鸡肠子！不容老婆儿出声，麦囤媳妇提抓钩就进了厨屋，嘭啪几下就把锅给砸了。老婆儿吓着了，半天没进出气儿。

　　大老头子怕老婆儿迷见东西想不开，后脚就跟回来。庄上谁都知道麦囤媳妇手不干净，等她骂够了、闹够了，老头儿说："王的姐，你歇歇。我知道咱庄就恁家喂来行鸡，那也不是光来行鸡长白毛吧！就不兴俺家杀白鸡？再说了，你咋知道俺粪坑里有鸡毛哩？你啥时候上俺家来哩？"麦囤媳妇自不敢说来"借"面和油的事，可她家的来行鸡确确实实迷见了，她可是整天守着这只鸡的屁股门子等着拿鸡蛋换盐哩。她清早也确确实实在大老头子家的粪坑里看见白鸡毛了！再说，不就拿他家一点面一点油么，大老婆子可是在庄上骂了两遍啊！这气能白受？

　　老婆儿回过神，扑通坐在地上，手握脚脖子，号啕起来。

　　老两口没生儿，只有一个闺女。虽说他们在菜园子辈儿最长，但是要名要姓留给谁念想哩？所以，老老少少都叫他们"大老头子""大老婆子"。闺女嫁到河南地，日子过得也紧巴。麦黄芒，闺女瞧娘。前几天来看爹娘，带了只病快快的白母鸡。说是病死了再拿来就是个死鸡，本来怕爹娘忌讳拿一只白鸡来走亲戚像吊孝，又怕杀好了天热毁得快，就拿来才杀。这，咋就成了她家的来行鸡了？

　　麦囤听说了，赶过来，拽着媳妇的胳膊说："走吧走吧，人老还不抵狗哩。管了，给他留口气儿。吃了咱的鸡他也成不了仙，再活他也活不过咱！"

　　老婆儿病得起不了床。

　　大老头子赶着他那匹干瘦的毛驴，把地里的麦拉到场里摊匀，给毛驴套上石磙，手拿麻秸鞭子，却一次都没举起来。毒太阳烤着他的驼脊梁，也烤着瘦驴的凹脊梁，他们闷着头，一圈一圈不停地走，人拽着驴，驴拖着人，咋也走不出那个圈圈。

艾　姑

　　五月多雨,淋得人心里湿漉漉的。傍晚,十九岁的大文躺在床上嘤嘤哭起来。大文娘不知道闺女闹的哪一出,问长问短,大文都不理。

　　大文爹蒿叔心烦意乱进了屋。大文一下伸出手臂,直愣愣地对着他哭喊道:"俺哥呀,我心里难受啊!"蒿叔头发梢嗞棱一下就竖了起来:这是咋了?

　　大文又哭:"贵儿呀,娘对不起你啊!"

　　贵儿是蒿叔的妹妹艾姑的儿子。艾姑不胖不瘦,细腰长腿,粉白脸儿,柳眉凤眼,长得比大文还俊。饥荒年,没啥吃,邻近的河南地日子好过些。爹做主,收了人家的两斗小麦、五斗红芋片,叫艾姑嫁到了六十里外的鹿邑梁楼。俩庄离得远,也没细打听,就知道女婿小旺是个独子,跟寡母一起生活,比艾姑大了五六岁,人长得还算周正。结婚第七年,今春上,艾姑却上吊死了!

　　蒿叔不知所措,大文又冲着他哭叫:"俺哥呀,我一肚子苦水给谁倒啊!"

　　蒿叔大喝一声:"是小艾? 你跟俺不是一世人了,还瞎说啥!"大文也不睁眼,哭着说:"哥啊,你是亲人,我不给你说给谁说焉!"

　　大文娘厉声说:"她姑,你撇下爹娘孩子自己寻死找快活去了,你有罪! 走你的鬼道去吧,别来缠小孩! 再不走,我拿针扎你吭!"

　　"嫂子啊,你别扎,听我说完!"大文哀求,"恁些天了,我想回去看看贵儿,小旺在门头上挂了桃木剑,我进不去呀。"

　　"谁叫你恁傻,忍心去死嘞!"大文妈接着说。

　　"我也不舍得死,绳子都预备好长时间了。看小旺有个人样子,就是不正干。队长钟敲得轰轰响,也不耽误他睡到半晌午。人家一天挣十个、八个工分,他还挣不四个五个。人家有点闲空就喂猪喂羊挣点钱养家,俺家得俩妇女养着他! 有闲空还想凑凑牌场,家里攒下三块五块钱也都叫他摸走来牌了。你说,这样的日子我咋过啊!"

　　"人的命天注定。认命留个人,任性添个坟。有啥翻不过的火焰山,非得去死?"

"他的毛病都是他娘惯的,我认了。心里想,我劝他慢慢改,等有了孩子就好了。谁知道有了贵儿他脾气更孬了,怨贵儿抢了他的奶,抢了他的怀……这话说出来都丢人啊! 他三天两头摔盆打碗,骂我,打我。嫂子啊,我的命咋恁苦啊!"

"死东西,哪个女人不是这样过日子哩? 嫁鸡随鸡嫁狗随狗,一辈子就恁长,还不好熬? 就你撑不住!"

"干活累死我都不怕,我是心里苦哇! 女人也是人,也想有人疼有人顾。咱爹不疼我,叫我寻小旺我就得寻;寻了小旺,他只知道疼自己顾自己,根本没拿我当个人!"

"人要熬,井要淘,你再熬熬,等贵儿大了,他再老老,兴许就改好了嘞!"

"嫂子,我熬着。可我喜欢上了大华!"

大华是小旺的堂弟,村小的民办教师。嫂子恨得咬牙切齿:"噢,你不守妇道,恁丢人的事还有脸说! 赶紧走,再不走我拿针叫你钉墙上!"

"嫂子啊,听我说完。"大文眼也不睁,哭哭啼啼地说,"我要是不守妇道,自己作死也安心了。可,不是啊! 大华看我作难,放了学就来家给缸打满水;猪圈里粪满了,他就摸黑帮着出粪;他跟我说,别生他哥的气,看好贵儿,多心疼自己点,有啥重活都留给他干。这些年,他比小旺给我说话多……我喜欢他识文断字,懂礼懂事,喜欢他会心疼人……"

"你这是心高妄想! 你是有孩子的娘!"

"大华是个老实人,对我从来没有歪主意。我不会说出来,他也不会知道我的心思。就算俺俩挑明了,这世道会容俺么? 可是,这辈子要只能这样苦着过,还不如叫它变短点。要是有下辈子,我一定当好自个的家,过我自个想过的日子!"

"就因为这,你去死? 你一点都没替活人想想!"

"俺哥,嫂子,我不顾爹娘亲人,不顾孩子,自己寻死,是真有罪啊! 那夜小旺来牌输了钱,回来磨东磨西,我不搭理他,他就骂,说保不准贵儿是大华的种——这样的气我也得忍,不如死了好……"大文又嘤嘤哭起来。

蒿叔抹了把眼泪:"唉,你这死货子,死了就再也不能活了……你放心去吧,爹娘有俺照顾,贵儿那里我跟恁嫂子会常去看看。"

"哥,嫂子,我来就是想给恁说说话,说完心里就得劲了。爹娘和贵儿,以后就有累哥嫂了……"

蒿叔捂着煤油灯的火苗,来到村头的十字路口,烧了刀火纸,送走艾姑。

大文安静下来,额上的头发湿漉漉的,脸色煞白,筋疲力尽地瘫在床上,很快就睡着了。

第二天,一家人照常早早起床。大文像没事似的,梳头、洗脸,去厨屋帮娘烧锅做饭。

从那以后,艾姑真就没再来过。

长 安

长安推牌九十来九赢。谁都怯跟他来牌,怕裤子都输给他;又巴着跟他来,恋他能镇住场子的那股豪气。他到外庄,总有女人指指戳戳,说:"那不,他就是长安! 看,他腿里夹的洋车子,就是推牌九赢的,还是飞鸽的嘞!"听的人接着说:"可得管好咱男人,不能跟他来牌!"又有人生怕话巴儿落到地上摔碎了:"好来牌的男人你能管得了? 嚷嚷着再来就剁掉手指头的转种,天塌驴叫唤也不耽误他来牌!"

乡下人农事多,不到忙完秋种就闲不下来。等到粮食上仓、牲口歇桩、鸡猫狗种闲得打秧,庄上的农民也闲了。女人们纳鞋底做鞋帮,孩子们藏马屋挤尿床。男人们玩蛤蟆跳井不过瘾就打扑克,打扑克不过瘾就推牌九。汪子找汪子,嗝呀找嗝呀,赌钱的聚成窝。

年长日久,长安输钱的时候也常有,他都哈哈一笑。但凡运气特别背,来一整夜牌又输光了钱,就会趁着冷冷明儿,到侯桥去赶个露水集,在大孩儿的肉架子上赊条猪腿,拎回家,把门擂得咣咣响。媳妇开门,他递上猪腿说:"劈劈炸上! 夜里又坐个大庄!"然后回屋驹驹补上一觉,醒来大块吃肉,大碗喝酒。

媳妇从不敢大声哼哼。虽说长安十来九赢,却也没见他赢的钱在哪儿。这些年庄上都有人买摩托车了,他骑的还是那辆飞鸽,破得只剩俩轱辘,除了铃不响,啥都响。大肚子猪喂不起,媳妇就养了头老牛和俩羊——草好供应。长安的捶头子、耳巴子她也不是没尝过,可她想,总得拼死拼活捞扒几个,外头人不争气,自己不能叫人看笑话。

长安赢得最痛快的一回是那个下着大雪的夜晚,一屋子人聚在刘小庙瘸子家。屋外冰天雪地,屋里热气腾腾。长安吆喝一声:"想输想赢想够本? 想输的坐下来,想赢的开牌,想够本的靠后站啊!"色子掷罢,长安坐庄,他用右手中指狠狠挖牌,扣在左手心里,待三家都摸齐了,把牌举到脸上,双手遮严,大拇指和中指用力,一张一张小心错开,缓缓露出点子,立刻两眼放光。"啪"一声亮在桌上:"赢了! 上钱上钱!"想天九天九来,想地杠地杠到,没一盘儿失手。鸡叫过三遍,几个人又借了钱也都输给了长安,只好散场。

　　长安赢了一千六七！那可是侯桥集上三头牛的价儿！揣着钱,长安跟傻咬蹚着雪回家,一路走,一路拉。傻咬说:"安哥,你真有来牌的命！回回来回回赢,你都有啥招? 有透视眼?"长安摸摸鼓鼓囊囊的口袋,四下里望望说:"恁哥我没有透视眼,有顺风耳！前边有人过来了！"傻咬的头发梢"噌"地竖起来。前边就是乱死岗子,这大半夜的,谁还在雪地里走?

　　刘小庙离菜园子不足六里路,一个在河南边儿上,一个在安徽沿儿上,不一个省。两夹间是一马平川的大平原,却有一处洼地,二亩大小,竟叫乱死岗子。都知道这地方紧,一般人夜里不敢打这儿过。

　　长安胆子大,走在前头。傻咬腿直发软,伸手拉着长毛的大氅襟子。前边"咯吱咯吱","咯咯吱吱",声音越来越近。四个人出现在他眼前,火车头帽子遮住脸,看不出年龄长相。打头的牵着牛,牛拉着架车子,车子上摞着三个鼓鼓囊囊的麻袋。后面两人一个扶着车帮,一个在后边推,最后一个人拽着俩羊。相遇乱死岗子,两方都吓得没敢吱声,伸着头往前走。走出老远,傻咬上下牙打战说:"安哥,咱可是碰见鬼了? 这是鬼搬家吧?"长安不作声,心里想,那架子车,那牛那羊咋都恁眼熟嘞?

　　到家,大门敞着,院子里悄没声息。往里走,卧在地上的黄狗快被雪埋严了。牛羊不见了,屋里空空的。推开虚掩的堂屋门,雪光映亮了屋子。媳妇衣衫不整,自挂在梁头上,梁下是蹬倒的凳子。柜里的破衣烂衫撒在地上,麦囤、水泥缸里一个粮食籽儿都没了……

　　那是我记忆中菜园子发生的最可怕的事,幸亏长安俩孩子去了姥娘家没回来。记得清的原因还有,那夜的雪下得太大了,天明,庄上几家的草房子都被雪压塌了。

　　长安凄厉的哭号穿透大雪覆盖的菜园子。傻咬带着几十口子男人拎着杠子拿着刀往刘小庙方向撵。可是,路上的脚印早被雪盖得平平整整,不露痕迹。撵到刘小庙也没见一点动静。

　　案子牵扯俩省,成了两不管,不了了之。长安闷头呆在屋里,不停地绞着缠在右手中指上的线绳子。绳子一圈一圈勒进肉里,一天一天陷进骨头,那根中指就齐着手掌断掉了。

春　英

四月将尽,金黄的麦子在风里翻滚着波浪。"麦黄芒,闺女瞧娘"。春英骑着电瓶车,带着礼品回到菜园子。

回娘家,她必去村头的大林家看看叔、婶。

大林家门口停着一辆白色宝马轿车。一只小黄狗"汪汪"叫着冲出来,梗着脖子冲她凶。这条狗瘦小精壮,三角脸,尖嘴巴,俩圆眼黑得发亮,镶着黑边儿的小耳朵直梗梗向上竖,那长相,那劲头儿,咋就恁像二十五年前的大林? 这样想着,她暗自笑了。

二十五年前,她十八岁,他二十岁。暑假,下午,大林塞给春英一张纸条:"天黑我在庄头大柳树下等你!"春英心里发慌:大林前几天刚接到大专录取通知书,对象也谈好了,听说不光长得俊,成绩也好。他这是?

夜风清凉,弯弯的月亮斜挂在树枝间,地上铺着一片片枝叶的影子。大林站在大柳树下。春英说:"大林哥,有啥事么?"大林没抬头:"咱走走吧。"两人一前一后走出庄子,沿着一条蜿蜒小路来到大片的玉米地头。夜空幽蓝,银河横斜在天际,像一匹展开的白纱,只要人轻轻一抽,白纱上的银珠子就会哗哗啦啦倾落满地。

大林掐了两片泡桐树叶,铺在地上,两人坐下来。

"大林哥,可是你那个对象的事?"

"是,也不是。"

"到底啥事啊?"

"我去她庄找她,她不见我,叫她小弟给我一封信,要分手。她考上师范了,有人给她提媒,男方家有钱有势。人家拿了六千八百块财礼供她上学,还许她毕业后分到城里一中二中教学,她同意了……"

"她就不念恁俩的旧情,说分就分?"

"今个我又去找她了,她还是不见我。我看,俺俩是真毕了。"说着,大林哭起来,伸手拉春英,想搂住她。

春英和大林从小一块儿玩打鳖子灰、挤尿床、一块儿下海子摸鱼、林子里刨知了狗。一起割草时一边割，一边玩。大林掐来红芋梗一截儿一截儿掰断，做成链子挂在春英的耳朵上当耳坠儿；春英掐来野花捧在手里唱："恁哩媳妇我见过，南河坡里采薄荷，头上扎俩毛倒角，咯晃咯晃笑死我……"把手里的花往大林头上撒，咯咯笑着跑开……

春英原本可以很顺从，她是那样喜欢他。其实她早就不想上学了，可为了配得上大林哥，她中考屡败屡战，复习了三年，今年又没考上。但她能看出来，他的心思不在她身上。她挣开他的手，他紧追过来，扳住她的肩。越是挣扎，他越是用劲，整个身子压过来，把她扑倒在地上。

这是大林第一次这么凶对她。记得七岁那年后秋，春英家扒了老房盖新屋子。泥水匠挖好地基，捆了石碌打夯。大嘴叔亮起嗓子唱："弟兄们准备好呀——"四个夯手齐声和："嗨——哟——""使劲儿抬起来呀——""嗨——哟——""撂哩高高哩呀——""嗨——哟——""夯哩结实哩呀——""嗨——哟——"

……

孩子们学着唱"砸喽恁哩脚呀，恁得睡半月呀"，哄笑着跑开，一人从泥堆上挖来一块黄泥，坐在树底下摔凹凹。春英捏好泥凹凹，对着大林问："凹凹凹凹可透明儿？"大林检查一下说："不透明儿！"春英说："摔个凹凹你听听！""啪"，捏成盆样的泥凹凹口朝下摔在地上，底上炸出个口子来。大林赶紧从自己的泥块儿上揪下一团赔给春英。

正玩着，大林的爹娘吵吵嚷嚷冲到工地上，说是春英家占了他家的宅基，三尺的房檐滴水都没留够。说着说着，两家骂起来，骂着骂着，大林爹和春英爹就打起来，大林娘和春英娘也扭在了一起。大林和春英起初愣愣地不知所措，看大人打了起来，两人立刻起身，拉起架子攥起小锤头，茫然看着对方。春英先伸手，要抓，大林也一下伸出手，两双手十指相扣，举在半空，用力推向对方，两颗小脑袋相互抵着牛。大林不使大劲儿，不后退也不上前。两人被小伙伴拉开，用眼白狠狠瞪着对方。春英哇的一声哭了，大林才拍拍屁股去找爹娘。

此时，春英想用力挣脱大林，却动弹不得，就任由大林抱……开学了，大林去皖西上大专，春英不想复习了，一边去小学代课，一边帮爹娘干活。两家多年前就和好了，她也帮大林家干活。大林写信回来，提起暑假的那个晚上，说他喜欢春英。春英心里又甜蜜又忧伤。她渴望大林哥的惦念，却又隐隐觉得这感情不真实，不长久。

寒假，大林没有回家过年，他信里说跟同学一起去南方打短工。春英一边失望,一边盼望,她想,过年不回来,暑假就该回来了。时间过得真慢。村头的老柳树绿了。园子里的竹笋又冒出一层。遍地的麦子又金黄了。大林背着铺盖回来了。他被学校开除了。

大林都不知道自己啥时候学会了偷,他想起女朋友收到的六千八彩礼钱就憋屈,他想早晚他也能弄到更多的钱砸在那个对象的脸上!他偷同学的饭菜票、衣服、鞋,从没失过手,就大着胆去街上偷,把手伸进一个人的钱包时,被抓个正着。

他只说是因为跟人打架才被开除。爹娘恨铁不成钢,要打要捶,他跺跺脚又离开了菜园子。

大林走后,春英只收到他一封信,说是在温州跟人学焊水箱,以后不打算回菜园子了。春英捧着信偷偷哭了好些回,她想去温州找他,却没有足够的勇气。但,任凭谁来说媒,春英都不搭理。她想,大林哥不结婚,她就不嫁人。五年后,大林娘手拿一封电报来请春英念。大林要在温州开个焊水箱的厂子,想叫爹娘凑两万块钱给他寄去。春英知道,大林家砸锅卖铁也凑不到五千块,就说,大林哥报喜嘞,他要自己开水箱厂了。大林娘乐得合不上嘴,连说:"我就知道俺儿有出息!"

春英想起前几天推掉的东庄表叔提的媒。表叔家远房亲戚,在部队当兵时伤了腿,落个三级伤残,领了一笔钱退伍,想找个良善、有文化的媳妇,彩礼嘛,不少于两万。

春英这次应了,她接了男方两万块彩礼钱,很快就过门了。

春英出嫁前一天,大林娘又拿来一封电报叫春英念。电报里说,两万块钱收到,爹娘勿念。春英说:"婶子,大林哥说他厂子能赚钱了!"大林娘眼泪都笑出来了:"前些年扒房子撵老鼠才供他去上学,他不争囊气,这会儿不管他了,他倒有出息了。唉,树大自直啊!"跟上次一样,电报就留给了春英。

后来,春英听说大林娶的媳妇还是先前那个对象,离了婚又来找的他。大林的生意也干发了,在温州建了厂房、买了别墅,光小轿车就置了好几辆。

这是二十五年来春英第一次见大林。他胖了,头上有了白发,将军肚挺得老高。看到春英,他露出不自然的表情,欲言又止。家里人迎出来,一番客套。春英推掉大林娘的挽留,骑车回家。她总觉得鼻子发酸,眼泪在眼圈里打转。三年前丈夫得病,临死时还骂她心狠:到底不舍得把存了二十多年的那两万块钱拿出来给他瞧病!

田野里麦子金黄,一片丰收景象。春英想,自己也曾播种,收成了啥,自己心里知道就好。

瞎 狼

时值孟冬,朔风打着呼哨穿过光秃秃的枝丫。黎明,竹园里鸦雀初醒,叽一声,喳一声。不知是谁家的狗"哪哪哪"叫了一阵,一庄子的狗就跟着叫作一团。瞎狼锁上房门,犹豫一下,走到院子里,穿过前庭,朝路边狂吠的狗群扔去一块坷垃。狗群嘶吼一阵,散去了。

瞎狼走出菜园子,一路向西,去四十里外河南地李楼子岳父家报丧。

是的,夜里,瞎狼媳妇死了。

第二天傍晚,娘家人赶着马车来烧纸。还没进庄,男客们神情肃穆,女客们羊毛肚手巾掩面,哭声四起:"我苦命哩姐呀,操心哩姐呀……""狠心哩姑呀,你咋……"一边数白,一边往瞎狼家踉跄而行。

菜园子占地不足二十亩,前有山墙、寨门,东、西和庄后有海子。老祖宗当年在此地开枝散叶,留下七门儿、六十八户人家,聚居在四个南北胡同里。胡同把菜园子分成五份,瞎狼家独占正中心一份,前头抵着寨门,背后倚着海子。他家前庭是一大片空地,空地东南角有一口幽深的老井。往里去,两口深塘护院,塘间有丈把宽的土路伸向院子。水塘边遍植桃李和石榴,一年三季有花有果,引得孩子们天天伸头缩脑来蹍摸。花果深处的那个大宅院,却是小孩不敢迈入的禁地。

这次,机会来了,孩子们像树上的椿蹦蹦一样你拽我、我拖你,跟着烧纸的客人就进了那个神秘的大院子。

灵堂搭在堂屋门口。秫秸箔材抻在架子上做棚,棚下是供桌,桌上摆着供品。黑漆棺材放在堂屋正当门。死者没有一子半女,无人守灵。单见那棺材前头忽闪忽闪的长明灯,小孩们就不敢再往里钻,站在院子里看热闹。

女客们走进灵棚,跪倒,哭成一片。男客们在灵棚外作揖行礼,绕到棺材前,蹲下干嚎一阵,被人迅速拉起。

娘家嫂子再次询问:"他姑才二十六岁,平常也没生啥病,咋说去就去了呢?"瞎狼不瞎,只是常年眼边红肿溃烂,此时揉了又揉,眼泪止不住地落,看起来悲痛欲绝:"半夜里她吵着难受,胸口闷得慌,我要去请先生来给她瞧瞧,她不叫我去,说喝口茶就好。我去厨屋给她烧茶，一碗水烧开端来，她就……"泪水从火红的眼里滚落，像顺着檐壁流淌的暴雨。

咋说呢，姑娘嫁给瞎狼七年，没曾开怀，不孝有三，无后为大，这让娘家人张不开嘴。再说，平常也看不出姑娘在菜园子受气，每每接回娘家看灯、听戏，逢年过节往来走动，也没听她说过婆家的不是。兵荒马乱的年月，死人见多了，再亲的人殁去，也没多少眼泪好流。

娘家至亲到棺前见亡人最后一面，觉得死者除了脸色白得像纸，其他并无异样，就哀戚戚地叹息着离开。瞎狼嘱人迅速钉上棺口，心就放进了肚子。

出殡那天，哀乐齐鸣，鞭炮震天。临到出棺，瞎狼的姐妹姨婶扛来一捆秫秸横在棺前，递给瞎狼一把快刀，嘱咐道："赶紧剁断秫秸，剁断，你俩的缘分才能断！你年纪轻轻，往后不能不娶呀！"娘家人心里恨恨不平，都说人走茶凉，人还没埋进坟地，这就想着续弦了！

瞎狼低头展腿坐在地上，不接刀，也不答话，眼泪好像也淌干了。响器吹了半天催着起棺，女人们急了，拿刀往瞎狼手里塞，嘴里叫着："剁呀！剁呀！"娘家人也急，这要是剁了，从此一刀两断，姑娘连个孩子都没留下，以后还有谁记挂她？只能做孤魂野鬼四处流荡了！于是，放声大哭："姐呀，你死得太早了呀！""妹妹呀，你死了谁还可怜你啊！"……一时间号啕震天。瞎狼猛然起身，夺刀挤出人群，哐啷一声把刀扔到锅底门口，对大总说："出棺！"

十四个抬棺手早把棺杠放在肩膀头上，大总一声令下，瞎狼亲自摔了老盆，棺材离地，人们踩着秫秸，响器呜呜哇哇，就出了那阔大的院子。

第二年，瞎狼娶新妻。轿子停在前庭水塘外沿儿的老梨树下，新媳妇红绸裙子丝织袄儿，迈着三寸金莲，袅袅婷婷就进了大院子。谁都说，新媳妇又年轻又俊俏，比死的那个强到天上去了。

新过门的媳妇深受宠爱，瞎狼不知怎么疼才好。小妻子撒着娇问瞎狼："前头的姐姐咋死的？"瞎狼脸一寒，告诫她不许再问。

新夫妻恩恩爱爱，相敬如宾，一生养育三子二女。1989年秋天，八十岁的瞎狼临死时拉住妻子的手，一辈子负罪，非要道出实情——前妻一心想要个孩子，怀疑是瞎狼的毛病，就偷偷跟别人来往。瞎狼发现蛛丝马迹，苦苦逼问。妻子并不说出那人是谁。瞎狼发狠，捆了妻子，塞上嘴巴，削了根尖尖的竹楔子，扎进女人下体，直到血尽人亡，而并无外伤。

腌臜爷

白露一到，又该过鹌鹑了。腌臜爷的新笼子已经扎好，底座巴掌大小，用细如发丝的竹篾编成，油了红漆，锃亮。跟底座连着的毛蓝布袋子，袋口用白线绳穿了，提拉、松紧自如。旧竹笼里的两公一母鹌鹑，是他养了多日的老喳，留着逮鹌鹑时当媒子。

逮鹌鹑头天，腌臜爷熬喳，不让老喳睡觉。寅时，他套上蓝洋布过膝夹袄，紧了紧裤腰，白粗布大带子缠在腰间。用毡布将喳笼包裹严实，提着来到野地，扯开立网，棉田里插好场儿，喳笼背风挂在场里。天色将亮未亮，影影绰绰能看见自己夹袄的布丝儿。他掀开喳笼上的包裹，老喳迎风欢叫，漫野里响起"呴呴呴、呴呴……喀喀——"的声音。可是，守到天光大亮，一只鹌鹑也没落网。

白天，换成盖网去逮，明明看见鸟在眼前，腌臜爷蹑手蹑脚地扑过去，却是癞蛤蟆。如此反复，将近秋分，还是没逮到一只鹌鹑，腌臜爷的大眼袋像紫红的灯笼挂在脸上，小眼儿成了一条缝。要是以前，不管白天黑夜，把立网插在地头，张网以待，人拿根棍子在地里蹚，"哦呵呵……"一阵吆喝，鹌鹑就会自投罗网。现在真是邪怪了，咋就一只也逮不着？

胡同里吃饭，几个人闲话鹌鹑。一个说："我那年好容易逮了个花铃铛，一照就发，能连叫二三十嘴不喘气儿。拿去跟人斗，轮到我了，一看，妈的，被我压死了……"一个说："俺老表用盖网逮鹌鹑，扑扑腾腾捂一天，累哩不能活，逮到个红胡子，鬼毁了！鹌鹑把在手里，吃饭也不舍得丢，一手拿馍，一手拿鹌鹑。也是累了、饿了、鬼哩不知道咋好了，咬馍咬错，一口叫鹌鹑头给咬下来了……"

腌臜爷蹲在一边想他的心事，今年咋就逮不着鹌鹑呢？别说红、白胡子、九连灯，连个败狗子都没见影儿。

九里外杨庄有人下网逮鸟。逮到母鹌鹑、孬鹌鹑，就吃，"要吃飞禽，还是鹌鹑。"逮到好鹌鹑，就留着斗。十月天，腌臜爷听说这人逮到只百年不遇的鹌鹑，立刻赶到杨庄去看。

鹌鹑果然不孬。头大如杏，通体修长俊俏，毛红如火。腌臜爷看了还想看，天天往人家里跑。先是只看不说，后来没话找话："你逮鹌鹑都是几更起床？冷不冷啊？"主人说："五更天起来，你说可冷！"腌臜爷立马脱下皮袄，披在主人身上，说："皮袄给你穿，起来恁早，别冻着！"主人无奈地一笑，把鹌鹑递给腌臜爷，忍痛摆摆手说："服气您了。好物儿得配知音，送给您了。"

这鹌鹑并不认腌臜爷的手，缩着脑袋不肯出来吃食儿。他就把在手心，不时逗弄。没过二天，就又发了。

那天一大早，腌臜爷将鹌鹑装进袋子，挂在腰间，去了集上的斗场。河里没鱼市上看，场子里的鹌鹑个顶个好。一口大簸箩摆在堂屋当门，一屋子人围在簸箩边。屋内光线昏暗，人们鸦雀无声，看簸箩里两只鹌鹑翻转腾挪，飞上飞下，呴呴叫着，你一嘴它一嘴地斗。

其间一只鹌鹑，个头高大瘦长，背毛老黄，白眉红颏，嘴尖如锥，眼清如水，腿白如葱。正叨食儿间，看见对手也在吃簸箩底的谷籽儿，立刻冲上去，只三五嘴，把对方叨得反身逃走。

腌臜爷挤到簸箩边上，掏出鹌鹑，众人惊诧，有的说："这鸟不孬！谱上的丹山凤就长这个样！"有的说："丹山凤？多少辈子也难见的鸟，咱这儿哪有！"屡战不败的白眉被主人把在手心，不敢轻易撒手。看客们撺掇："斗个试试，斗个试试！这俩鸟遇见了是冤家路窄，叫咱看个稀罕也好啊！"

两主人蹲在簸箩边上，一手握鹌鹑，一手丢出几粒谷子，白眉发现新敌人，翅膀一下炸开，伸头猛地一扑就冲过来。两只鸟抖着膀子呴然鸣叫，厮杀在一起。叨了三十来嘴，羽毛乱飞，不分输赢。腌臜爷眼珠一动不动，紧盯着他的鹌鹑，却见这鸟突然回身，向簸箩外飞去，像是要逃。白眉并不罢休，飞身追来。主人本想各自捉住鹌鹑休战，还没反应过来，逃走的鹌鹑扭身俯冲而下，一嘴啄向追来者头顶，一块头皮连毛带血落到簸箩底，白眉再想走也晚了，啪嗒落在簸箩里。腌臜爷连忙伸手捉住他的"丹山凤"，抚着它被撕破的皮肉，饲了些谷粒，把在手心。

出了场子，寒风夹着雪片打在脸上，像刀割。腌臜爷打了二斤好酒，一撅一撅去了杨庄。他一路老泪纵横，好像这半年没逮到鹌鹑的憋屈一下子都释放出来了，又好像身上的毛蓝夹袄第一次让他觉得这个冬天冷得出奇——那件陪他过了好几个冬天的皮袄才真暖和。

杨秋笔下的乡村人物

保 民

保民长得很可笑,他那上小下大的脸极像一个坐在地里的红萝卜。头发打着卷往上长着,也能看作萝卜缨子。两只眼睛向外凸着,很亮。大嘴,厚嘴唇,特别喜欢笑。

保民胆很小。

小时候,保民喜欢找海滨玩,一天到晚粘到海滨家。海滨呢,又总是对保民呼来唤去的,不知道咋回事,保民从来都是言听计从。有一回,刚放了学,保民把书包往家里一撂,飞蹦子就往海滨家跑,跑到海滨家大门口,刚好跟领着一群小鸡仔正往外出的老母鸡碰了头,那个热闹啊,像炸了营,老母鸡张开翅膀咯咯地大叫着躲藏,小鸡仔四处乱窜。保民刹不住"车","扑哧"一脚把一只鸡仔踩成了肉饼。海滨看见了,就高声大骂:保民你个孬孙,可是瞎了眼,包俺家的小鸡,包,包。保民的脸又像是笑又像是哭,就像被孙悟空施了定身法,一脚门里一脚门外地定在了那里,走也不是,进也不是。海滨吗听见了,就吵海滨,一个小鸡儿包啥包,人家找你玩来。海滨悻悻地扭头进了屋,保民也跟着踏踏地走了进去。

从那以后,不管保民在哪个地方,不管正在干啥,只要海滨一生气,立刻就说:包,包,包小鸡。保民正在笑着的脸,立刻像花一样收了,似哭又笑地被定在了那里。这个魔法,一定就是十几年,成了保民的心病。

保民虽是胆小,却肯逞能,越夸越带劲儿。有一回,大家都坐在大槐树下吃饭,保民端着半碗面炒辣椒,拿着仁馍也坐在那里吃。有人就说:保民次(厉害)里很,最能吃辣了。保民一听,连一筷子至一筷子地刀(音,夹的意思),边吃边哈着气,厚嘴唇子辣得通红。蹲在旁边的张大爷夹了一点,立即吐了出来,骂一句:真是绝户头子种的辣椒，要人命啊。就吵那几个皮孩子：别缺他了，看辣出个毛病，他娘能愿恁哩意。大伙不听，嘻嘻哈哈地笑。说：你老头子别瞎说，保民次里很，最搁辣了，人家都管不吃馍，把辣椒吃完。保民看看老头，看看大伙，把剩下的俩摸往老头馍盘里一撂，淡嘴吃起了辣椒。一会儿，整个头脸，连眼珠子都红了，俩眼呼呼叫流着泪，还龇着牙往下咽。这时候，他妈老杨端着碗出来了。出嘴就骂：恁点子小鳖仔仔，可是又缺保民来，保民要辣出个好歹看我不骂死恁。又回头骂保民：你这个傻吊，人家叫你吃你就吃，辣死你！

结果，保民喝了三天的凉水，没吃一口饭。

其实，保民是太实心眼儿了，并不傻。有一年夏天，保民在河坡上放羊，村里几个闺女媳妇在河边洗衣裳。银芝的棒槌"出律"（音）一下，脱了手，掉进了河里。银芝就探着身子去捞，脚下一滑，一头栽了下去。银芝俩手扑打着一会儿露头，一会儿不露头，河边洗衣裳的妇女都吓傻了。保民看到了，飞蹦子跑了过来，边跑边脱衣裳，一头扎到河里。这时，银芝已经快扑腾到河中间了，只剩下几绺头发一会儿漂一会儿沉的。保民两个膀子甩开了，一会儿就扒到了银芝身后，一手拽住她的头发，一手托着她的嘴巴，用两只脚踩着水游上岸来。银芝得救了。

人们都说：这个傻保民，关键时候还真管弹（真厉害）！

……

傻也好，胆小也罢。时光的脚步悄悄挪移，不经意间回头一看，二三十年就过去了，没有一点声息。海滨自然不会再让保民包小鸡，而保民也不会再做淡嘴吃辣椒的傻事了，但银芝却一直都念着保民的好。

鲍方炳

民国二十六年,二十三岁的鲍方炳当上了县政府的师爷。上任当日,鲍方炳头发梳得是油光发亮,一身银灰色的官服笔挺笔挺的,脚下一双新式皮鞋乌黑锃亮。很气派,也很招摇。

几年后,鲍方炳的笔杆子越练越灵。写个榜文啦,拟个文件啦,写份报告啦,只要上司一个眼神儿,就知道该如何下笔。因而很得政府的器重,人称"红笔师爷"。对于一般人来说,有个言差语错,做事不当,触犯了当时的政府,有没有错,有多大错,判不判刑,鲍方炳一句话,大事管化成小事,小事也能变成大事,可不得了。

因而,街坊邻居有点事都想找他帮忙,平日里都望着鲍方炳的脸儿笑。这鲍方炳办事也有个特点,不管是谁,就算是亲爹二大爷找到他,也不能白水一道,都得出点血。所以,尽管鲍方炳也帮了不少人,但人们提起他还都是骂,说他见钱比见爹都亲。鲍方炳不管这些,每日里,背着个手,仰着个脸儿,踱着官步,在街上走来串去。丫鬟、伙计使几个。

有个年轻伙计叫穆二柱子的,常年给鲍方炳家打短工,专门负责给鲍方炳家挑水。那时候井很少,也没有自来水,吃水得到涡河里挑。大冬天,小伙计穿着草鞋,冻得哆哆嗦嗦,把水挑到鲍家,鲍方炳说挑的水不干净,说小伙计取水没走到水深的地方,一抬脚就把水桶踢翻了。小伙计抹着眼泪儿只好再去挑。等到了鲍家,鲍方炳看后才算过关。来回折腾几趟,小伙计的草鞋已经跟脚冻在了一起,裤腿上的冰像盔甲一样,一走路哗哗直响。鲍方炳的老婆田青花也不是省油的灯,每回小伙计挑水回来,她只要前边的那桶,说后边的小伙计放屁熏脏了。日子久了,小伙计就有了心眼儿,快到门口时就把前后桶换回来,糊弄她。

新中国成立后,鲍方炳从"红笔师爷"位子上退了下来,下放到东寨村,当了副业会计,这可是个肥差事。他一个人住在村西头一间屋子里(他老婆没下乡),常年使着煤油炉子,用小钢精锅熬稀饭,炖鸡蛋膏子,炖排骨。东寨村的人都说鲍方炳吃不愁,穿不愁,两嘴角子冒大油。夏天,蚊帐子挂的一个半劲,摇着个大蒲扇,听着小收音机,神仙一样快活。

六月天,队里割麦子,队长给他派最轻的活儿,割罢麦子后,让他用耙子搂落下的麦。你看看这"红笔师爷",勾着头,眯着眼儿,戴着宽边儿太阳帽,穿一身绸缎衣服,肚子撅多远,俩手背后拽着个耙子把儿,听着个收音机,一步踩不死个蚂蚁,走着走着竟然睡着了,这事在东寨村一直被传为笑谈。但瘦死的骆驼比马大这理儿谁都知道,尽管鲍方炳一年难得干几回活儿,照样吃香的喝辣的,两个腮帮子吃得嘟噜着。后来鸡蛋也不愿意吃了,说鸡屎烘子气。七十年代,农村人差不多常年吃不上好面,小孩子也不例外,因而大家对鲍方炳的做派很反感,说鲍方炳太作了,不兴说这过天的话。

鲍方炳在东寨村一蹲就是二三十年,这期间他的老婆孩子从没露过头,鲍方炳也不稀罕他们,一个人过得舒舒坦坦、滋滋润润的。有一年,鲍方炳在城里工作的儿子突然到东寨村把方炳接走了。东寨村的人都说,光说鲍方炳的儿子不孝顺,这不怪好来么,把老爹接到城里享福去了。

慢慢地人们知道了一些门道。原来单位分房子,多一个人能多给几个平方,鲍方炳的儿子就是为了分房子,才把他老爹接回去的。后来,有东寨村的人进城办事,见到了鲍方炳。说鲍方炳的胖冬瓜脸瘦成丝瓜子瓢了,两个坠肚子腮也没有了。见到熟人就要馍吃,说他儿子一点也不问他,有时候饿得拾红芋皮子吃。

再后来,又听人说鲍方炳一个人去解手,掉到了粪池里,弄了一身的屎。家里人嫌脏,用几块钱雇了个推三轮的,拿水管子给冲洗的。大冬天,连冻带饿,没几天,鲍方炳就死了。

他的儿子就把他埋在了东寨村的西地里。

陈氏桂英

陈氏桂英是城里的闺女。家住老街鸭鸭胡同。虽说不是什么大户人家,但父亲有正式职业,她又是家中的长女,自然也没吃过多少苦。

从头顶上被艾叶灼烧的痕迹来看,桂英很受爹娘的疼爱。桂英的上边有三个哥姐,他们出生没多久都得了四六疯,死了。桂英的母亲很怕桂英再死去,就请武先生在她的头顶用艾叶烙了一个记号。

十四五岁的时候,桂英出落成一个文静秀气的姑娘。常穿着一件蓝底白花的棉布长袍,编两条长长的辫子,因害羞两颊常常红红的。十六岁,桂英嫁给家道正在没落的大公子杨心阔,十七岁做了人母。后随夫下放到东寨村。

陈氏桂英,极为聪明。说她过目不忘,经耳不丢,一点不为夸张。那时候农村开设扫盲班让村里的文盲去识字,桂英也抱着儿子去。虽然小孩子一会儿哭一会儿闹的,但不管学过什么,她都能记得牢牢的,回家后还能用树枝子在地上把学的字都写一遍。扫盲班结束后,桂英还得了几支铅笔和两个本子,要知道,几个村子几十口子人只有桂英一人得了这荣誉。

后来,桂英就用在扫盲班学的字看大部子书。碰到不认识的就根据偏旁猜,或者问丈夫。如果有一段里不认识的字太多,她就先让丈夫读一遍她听一听,自己再读,竟然一字不差。这样,她磕磕绊绊地读完了《西游记》《红楼梦》《三国演义》《三侠五义》和《拍案惊奇》等大部头的小说。更让人惊奇的是,桂英不但自己读,还能把这些小说从头到尾说给村里人听。

每到夏夜人热得睡不着的时候,东寨村的男女老少都爱往桂英家当院一坐,听桂英讲古。男人吸着烟,喝着茶。女人剥着棒子,拉着鞋底。小孩子在人缝里穿来穿去的。有一回,讲《安郎送米》,说秦氏被婆婆逼得要跳井,她坐在井沿凄苦地唱:老天爷你给我一条明光大道——陈氏桂英那轻柔、无助、悲凉、绝望的音调,在夏夜里,颤颤地拨动着人们的心弦。女人一把拽住乱动的孩子,眼泪哗哗直流。男人“哼唉”一片,重重地吸了几口烟。

陈桂英跟村里的妇女不一样。她不会一边啃着窝头一边扛着锄风风火火地跑。她有自己的办法,每天早起一会儿,把家里家外打扫一遍,洗了手脸,头梳得光光的。用桂英的话说,这叫早起三光(头光、脸光、地光),晚起三慌(心慌、手慌、脚慌)。所以,每次村里的妇女扣着扣子,趿拉着鞋往外跑的时候,桂英已经悠悠地在前面走了。

妇女们喜欢一边耪地一边拉呱,因而就有不少小苗丧命在锄下。桂英看到了总要心疼半天,嘴里说着:可惜了。每逢给庄稼拦化肥,碰到特别黄弱的秧苗,桂英就会在离它稍远的地方挖一个小坑,多抓一把化肥放里面,用手轻轻碰碰禾苗的嫩叶,叫它们多吃些,长壮些。

在她眼里,一切都是诗、都是画,天地万物都有灵性。所以,每天下地桂英都很快乐,虽然每一回她拿的工分都最少。

冬日里农闲的时候,陈桂英就端出她的百宝箱——紫檀色的鞋筐子,往太阳地儿里一坐,照着鞋样子铰下两张老虎脸儿(就像大胡子的小猫咪),用一块纯白的布把虎脸绷得紧紧的,打圈锁上狗牙边,再用铅笔在虎脸儿上画出眉眼儿,接着就用长长的彩线绣开了。红眼、绿鼻子、白嘴叉,嘴叉两边缀两缕蓝胡子,虎脸上面再用大红缎子撮两只肉乎乎的小耳朵,最后再把带虎脸的鞋帮扎扎实实地上到鞋头上。多么可爱的小鞋子啊,笨笨拙拙、憨头憨脑中透出一股威武调皮的劲,不要说穿,就是看一眼都舍不得丢下。所以,村里的大闺女小媳妇,只要没事都喜欢到桂英家取经——跟她学做虎头鞋。冬日里的阳光暖暖地照着,这农家小院里热闹而温馨。

这个一生追求诗意生存的陈桂英,终因生活的艰辛和心脏病的折磨,在五十三岁的时候,悄然离世了。在她的棺椁里,家人放进了满满几十本子大书,这在当地一时被传为美谈。

崔　新

这事谁都不能怪,怪就怪在他们爱得太深刻、太纯粹、太痛苦。是单向,而不是彼此。

木向阳在小镇边界的"西伯利亚",一直是一株顶花带刺的玫瑰,既有勾人魂魄的美艳,又有令人心悸的尖刺儿。仰慕者众多。崔新,是其中的一员。

对于大伙的众星拱月,木向阳是不屑一顾的。偶尔把黑眼珠转移到小眼角,斜上一眼,那神情,仿佛是驰骋十里洋场的才女张爱玲,高傲而又冷漠。说实话,木向阳也确实有骄傲的资本。她的爸爸是小镇财政所的所长,家境良好。对比于那些靠父母在土里刨食的农家孩子来说,穿的用的,自然鲜亮了许多。在大伙都以家做的棉袄、棉鞋抵御严寒的年代,木向阳火红的滑雪袄和高腰的雪地鞋,晃花了多少男生的眼。再说,每回摸底考试,120分的英语,人家几乎能拿满分。而语文,回回都是全区第一,那作文,简直是妙笔生花。数理化虽说稍弱,但相对来说,还是超一般的好。用班主任訾炳恒的话说,木向阳这商品粮是吃定了。

看着木向阳的势头,众男生起哄的起哄,暗羡的暗羡,真正敢动心思的,没有几个。而崔新却一直仰视着,追随着,亦步亦趋的。这个来自东寨村的农家孩子,除了成绩,只剩执着。比如,他从小卖铺买来了纸,裁好了,用针缝结实,做成演草本,悄悄放到木向阳的抽屉里;晚自习打了开水,默默倒进木向阳的保温杯里;碰巧不喜欢的课,木向阳不去,他也悄然溜出教室……对于他所做的这些,木向阳别说产生回应,几乎是雨打枯木,没有一点萌绿的意思。

但崔新不退却、不沮丧。他的全部意义有两个:一是保证学习成绩拔尖儿,二是默默地、一如既往地关注并关心着木向阳。而木向阳满心都是魏冬雨,这个,班里的学生都能看出来。魏冬雨比一般男生都干净、秀气,打得一手的好篮球。只要操场上"砰砰砰"球声一响,木向阳的心都化了,身子就会被双脚带到操场上去。看着魏冬雨抢球、运球、突破、跃起、投篮,她的眼珠上上下下,左左右右,整个人都进入一种痴迷的状态。

高中三年,在这关注与被关注中,悄然而过。高考揭晓,木向阳和崔新考取了华东师范大学,魏冬雨进了武汉体院。有道是,男追女累个死,女追男隔层纸。木向阳与魏冬雨很快热恋了。每逢五一十一小长假,不是木向阳飞去武汉,就是魏冬雨飞来上海。他们意气风发,他们心花怒放,他们如胶似漆。崔新,站在一角,默默地、专注地望着木向阳飞来飞去,内心甜蜜而忧伤。

　　大三的一个五月,木向阳又去了武汉。几天后回校。崔新发现,木向阳不同于以往,似乎,她的魂滞留在某处,没跟随身体而来。两只原本黑亮的眼睛空洞而迷幻,常常走着走着头碰到东西,方迟疑停下,前后看一通,又孑然而行。对于别人的呼唤,三声两声才慢慢转过头来,以手指鼻,问:叫我?崔新不知木向阳此行发生了什么变故,但目睹木向阳种种,他心里有说不出的疼。

　　一日,通过同学的口得知,魏冬雨死了。木向阳这次去武汉,魏冬雨想在恋人面前秀一下他的游技,一个漂亮的鱼跃扎入大河,就再也没有泛出头来。两天后,在并排停放的船底,找到了魏冬雨的尸体。据说,他是无意中潜到了船下,找不到出路,活活闷死的。看着眼前面惨如纸、口鼻流血的魏冬雨,木向阳无法同那个生机勃勃的他联系起来。木向阳不相信这是真的,尽管她亲见魏冬雨陈尸河岸。她一直认为魏冬雨会像每一次一样,突然从大河的某个地方弹出水面,在她几乎绝望的时候,魏东雨会像小狗似的一边扑棱着头,一边咧着嘴对她发笑,白生生的牙齿在阳光下,晃得她心疼。

　　崔新怜惜着、唏嘘着、默默地关念着。但,木向阳的眼里似乎已抽去了昔日的灵光,所有的色彩,都化作灰黄,看每一个人都无二样,只是会走动,会说话罢了。至于说的啥,她全然不知。

　　因木向阳的状况,毕业后她被分配到家乡的一所农村中学工作。崔新为了她,放弃了留校的机会,也回到了家乡。两年后,他们成了家。于崔新而言,近十年的守候,终于有了结果。他感恩,感激,感谢。感谢命运之神的垂怜,此生有机会让他照顾心中的女神。冬天,滴水成冰。农村条件差,崔新就像小时候父母那样,把衣物烤热了,再让她穿上。夏日,木向阳经常半夜醒来,崔新还在为她驱蚊打扇。她感念他的好,也想和他鱼水之欢。但,闭了眼,魏冬雨就从水中跃出,闪着白牙对她笑。她不能,也过不去心里那道坎儿。这样,他们虽有夫妻之名而无夫妻之实,在一起生活了七年。七年里,除去对木向阳的照顾,崔新把所有的心血都倾注到工作中,区优秀、市优秀、省优秀、国家级优秀,崔新几乎囊括了所有的荣誉。木向阳也默默地为他骄傲。

　　七月七日,中式情人节。崔新炒了两个菜,斟了一壶酒,两人坐在葡萄架下喝酒聊天。契合了某种因素,天空竟落了小雨,打在葡萄叶上,窸窸窣窣地响。微雨的天气,总让人生出些许柔情,想寻找些温暖的依靠。他们抿口酒,说会子话,酒,喝着喝着就高了。话,说着说着就稠了。最后,不知是谁主动,他们疯狂缠绕,抵足而眠,有了他们此生的第一次,也是唯一的一次。

　　十个月后,木向阳生了个男婴。崔新为他起名叫崔中情。中情,钟情,是木向阳忠情于魏冬雨,还是崔新钟情于木向阳,抑或二者皆有吧。此后的日子,又归于平静。

戴 立

号称"独臂大侠"的戴立,早年在涡河两岸都很有名气。

据说,戴立的老家在老城区大厦门一带,那里店铺林立。人们弹个棉花、打个面、称个盐、换个油,都到那里去,是有名的繁华之乡。

戴立的祖上就以弹棉花为生,到戴立父亲这一辈已经历经了几代,因而家境颇为富裕。戴立从小就花钱大方,为人很仗义,因而,天天有一帮子小弟跟随在他的左右。

"文化大革命"那会儿,十七八岁的戴立,血气方刚,经常出去串联,还参加了造反派。一次,两个帮派因一件小事发生了争斗,眼看好友卫兵被对方一砖头闷倒了,戴立大叫一声冲了上去。此时的戴立年轻力壮,又会些拳脚,不一会儿就撂倒了五六个。戴立杀红了眼,正打在兴头上,就听到一声威严的断喝:住手! 戴立斜眼一瞅,是一个五六十岁的干瘪老头,哪里放在眼里,一个直拳打过去,老头不慌不忙,轻轻一拨,一下子就把戴立拨了个趔趄。戴立恼怒异常,挥拳又打了过去,老头伸手拽住了戴立的手腕往下一拧,就听"嘎嘣"一声,戴立"嗷"的一下就卧在了地上。从那以后,戴立的这条胳膊就算废了,一天到晚耷拉着,不能出重力了。日子久了,就有了"独臂大侠"的称号。

因着胳膊残了的缘故,戴立慢慢就熄了兴,不再到处乱跑了。一转眼戴立就到了二十大几的年龄,当初跟着混的小弟都成家过日子了,戴立八字还没有一撇。戴母心里着急,就托人到处给戴立说媒。但谁家的闺女愿意嫁给一个残疾人呢,没有办法,戴立就娶了一个名叫小素的乡里姑娘。两人在大桥北头盖了两间土里崴(音,浑泥的意思)房子,干起了买狗、卖狗肉汤的买卖。

别看戴立残了一条胳膊,夹狗捆狗却灵巧得很,两条好胳膊的也不如他。只要和主人谈好了价,戴立就摸摸素素从口袋里掏出一块夹着肉的馍,往半空一抛,那狗就仰脸去接,馍还没到嘴里,戴立的狗夹子就到了,一下子就牢牢钳住了狗的脖子。接着戴立顺手从车把上取下麻经子,用左手招呼着,右手三绕两绕就紧紧地缠住了狗嘴,然后单膝一跪,死死地抵住狗肚子,转眼之间就把它的四只蹄子捆在了一起,往洋车子后座旁边一绑,那狗就只有呜咽的份了。

戴立卖的狗肉汤,味道鲜美,再加上他为人实在,所以生意还不错。但架不住戴立太讲义气,又嗜酒如命,不论给谁,三盅酒下肚,酒也不要钱了,狗肉汤也不要钱了。一喝醉又买不成狗,生意就逐渐冷落下来,日子也就艰难起来。

过了几年,小素生了两个女孩。一家四口就指着戴立早晚卖点狗肉汤弄俩钱儿,无奈戴立仍然是逢喝必醉,卖十碗收不回两碗的钱。小素就有点抱怨。戴立不喝酒啥都好说,一喝酒就胡说八道,打骂小素。酒醒后又是赌咒又是发誓,但他清醒的日子实在太少,小素因此过得很是凄惶。

有一次,戴立出去买狗,又喝上了,酒醉与人发生冲突,洋车子被人扣了下来。没有了车子就没法买狗,一家人的生活就没有了来源。小素就找人家苦苦哀求,那时的小素又怀了第三个孩子,已经七八个月了,人家看她可怜,就把车子还给了她。结果到家被戴立大骂一顿,说小苏给人家相好,人家才归还了车子。小苏羞愧难当,就往大桥跑去。有人看见了就喊戴立,戴立说:她可敢去跳河,死了活该。

那是一个下午,阴着天,风很大,路上行人很少。等人们反应过来,小苏已经从残破的桥栏上跨过去,一头栽到了河里。人们就惊慌得大叫:小素跳河了!快来救人啊!小素跳河了!快来救人啊——老渔民滑稽和几个年轻人一猛子扎到水底,捞了半天也没找到。直到第二天中午,才在十里外的一个水窝子里,用滚钩把小素打捞上来。一起捞上来的还有两个离开母体的双胞胎男孩。

小素死后,戴立更是一日三醉。一天,他在一斤高度酒里,泡上了几支虱子棍,一口气喝干了,就烧死在了自家的板床上。

高葛蒇

葛蒇叔,俺家屋子漏了,俺大请你给俺插补插补。一进院,利民就大声嚷嚷。高葛蒇从厨屋里端着碗,慢腾腾地走出来,问:哪个漏?

堂屋,腰漏。

嗯。

高葛蒇倚着墙根儿蹲下来,吸溜吸溜地喝他的糊涂。等了半天把糊涂喝完,才慢慢站起身,抹抹嘴儿,拿起家伙什,腰卡卡(音,意为身子瘦弱,弓腰驼背的样子)地往外走。

到了利民家,高葛蒇瞅了瞅房子问:哪一片漏? 利民用手指着堂屋:嗯,靠东边,腰上滴水。高葛蒇就不声不响地沿着梯子慢慢爬上去,把东头屋脊打圈的麦秸草掀起来,就看到有一片地方的麦秸和箔都沤糟了,露出了椽子,太阳光直接就从破洞里射到屋里去了。高葛蒇就用箔把漏雨的地方遮盖好,再把用麦糠和好的泥在上面抹均匀,重新缮上新麦筒子,给打圈的麦秸接上茬口,就算插补好了。这时的房子,看上去极像一件破褂子上面打了一块新补丁,冒出一些傻气和喜气,看了就想让人发笑。高葛蒇也在主人呵呵的笑声中,从梯子上爬下来。

葛蒇叔,我说腰漏,你咋知道上屋脊上找呢? 高葛蒇还没站稳,利民就急着问。

脊漏到腰,腰漏到梢。不上屋脊上找,上哪儿找。高葛蒇塌目着眼皮说。利民服气地点点头。于是,高葛蒇洗了手,在主人家吃了饭,又拿起他的家伙什,腰卡卡地走了。

这高葛蒇大号高保华。常年穿着一条黑不溜秋的裤子,因腰太细的缘故,裤腰总提到心口嘴儿,披一件破得透亮的汗褂子,两个细胳膊向后支着,给人一副半死不活的样子。外面天塌龙叫唤,也引不起他的兴趣,也不会大步走路。一天到晚葛葛蒇蒇的,就有了葛蒇这外号。

高葛蒇虽然看起来像株快要晒死的草,干起活儿来却是又细又好,手艺还全。像支个锅,垒个猪圈,插补个房子,在行得很。

二十世纪六七十年代,农村很少有大瓦房,差不多都是草房子。经常这家的堂屋漏了,那家的厨房漏了,高葛蔫就成了大忙人。只要问清楚哪里漏雨,高葛蔫很快就能找到漏雨的地方,一会儿就插补好。有了这本事,高葛蔫常年四季都能吃上好的,到哪家去帮忙,最少要弄俩菜。但不知道为啥,高葛蔫依旧瘦得弓着个腰。村里人就开玩笑说,高葛蔫是柴狗不肥,枉搭东西。

别看高葛蔫一天到晚葛葛蔫蔫的,心里有数着呢。每逢队长家请他去插补房子或者垒个猪圈、支个锅,干完活儿高葛蔫从不在队长家吃饭,还常常带去半斤酒、一盒烟啥的,说这是给谁插补房子时给的,自己又不会吸烟,也不会喝酒,搁在那都白瞎了。这让队长很受用,日子久了,高葛蔫就成了队长眼里的红人。队长平时都给他安排轻活儿,像看个庄稼、记个工分,还自在,还不少挣钱儿。

有一年去挖茨淮新河,村上像高葛蔫恁大年纪里,都得耍大铁锨、挖泥、抬泥,只有高葛蔫在伙房里,给大厨打个下手,烧烧火,切切菜。每回回家还能拿回来几个又肥又大的白面馍。他闺女大文,只要高葛蔫一回来,第二天就好拿白面馍出来慢慢吃,急小孩。

高葛蔫的媳妇邓淑芝也很能干。天天头上绾着个大簪,卷着个袖子,拾掇得利亮的。丢了耙子拿扫帚,不使一会儿闲儿。下了工就去拾柴火,把拾来的树枝子整整齐齐地码好,搂的树叶子年年烧不完,小麦秸垛似的,看了让人感到踏实。感觉他家的日子很好过,不像别的人家,经常为烧锅发愁。一到阴雨天,不是没有树叶子引火,就是没有干柴烧锅,拉点湿树枝子,一烧往外冒白沫,烟得让人不能睁开眼。

因为高葛蔫两口子都能干,拿的工分多,所以年年使钱,日子过得很殷实,在东寨村第一个盖起了土墙瓦顶的三间大堂屋。下面摆着厚厚的砖碱,敦敦实实地站在村中间,着实让人羡慕。

……

后来,村里人生活逐渐好了,差不多都盖起了瓦房,就不经常插补房子了,高葛蔫也就慢慢闲了下来。他的身子板又枵薄,不能出重力,几个闺女出嫁后,日子过得就淡了下来。那原来让人羡慕的土墙瓦顶大瓦房,也就孤单地立着了。

狗　咬

　　狗咬的大名叫程茂根，因为小时候被狗咬花了脸，大家就狗咬、狗咬地一直叫下来了。

　　人常说，大耳朝怀，双手过膝的人有福。但狗咬俩胳膊一伸能到膝盖下边，这一年又一年的，也没看着福在哪儿搁着。关于狗咬的这俩长胳膊，说一件事能笑死人。有一年，不知道因为啥事，狗咬和他兄弟进福打了起来，狗咬一伸长胳膊，大手一挥，号令他的孩子：都，都给我冲——结果，狗咬和进福、狗咬媳妇和进福媳妇，还有两边的儿女，打成一窝家。只见狗咬伸着长胳膊，一阵乱抓，把个进福的脸挠得血瓜样。进福又蹿又蹦，只能挠到狗咬的胳膊弯子。

　　村里人看着是又好气又好笑，好歹把他们拽开了。狗咬呼扇着汗褂子，不住嘴地说：能，能得不轻，你再能也抓不住我的脸。

　　狗咬长这俩长胳膊，不光能挠人，还有一样绝活儿——摸鱼，捉鳖。人家打鱼要么撒网，要么下丝绺子。狗咬不，全凭俩长胳膊。夏天放了工，男人好到河里洗澡，狗咬拿头把绑着个鱼篓子，往脊梁上一背，也跟着（他每次下地都背鱼篓子）。人家都洗澡，狗咬却远远地离开人群，往水边一蹲，看着水发呆。那时候水清，只要看见浅水里有几绺子竖印出出叫往前伸，狗咬就飞快地甩掉鞋，弯下腰，伸开俩长胳膊，用俩蒲扇大手从前一截。一会儿，就看见尺把长闪着银光的"窜条子"，甩着一条条漂亮的弧线，扑扑踏踏落到岸上草棵子里。洗澡的人看见了，都跑过来，结果水混了，啥也看不着了。狗咬就叫人撒把桑条子，从里边围成一个"同"字框，一起打着水往外趄，只见水皮子一片混乱，像是有谁再闹海，乱动乱挤，晃荡不停。这样一直撵到水边，狗咬才让大伙弯下腰，伸直胳膊，张开五指，俩手并排在水底下按。不一会儿就有鱼慌不择路地撞到手上，哪一个倒霉鬼只要一碰到狗咬，那算是逃不了啦。狗咬那俩长胳膊大手，算是派上了用场。一只手上去一把拿住鱼头，另一只手扣着鱼鳃，鱼把尾巴打得是啪啪直响，就是挣不脱。一会儿工夫，就能摸好几条，鲫鱼、胖头鲢子、鲶鱼、咯吖，啥鱼都有。身边的人看得眼馋，就喊：狗咬，你别光顾着抓，对俺说咋掐住，这鱼滑得很，到手里出律（音）一下又跑了。狗咬就说:俩手一起下,一手拿头,一手扣腮,下手狠点、准点。大伙按狗咬的话去做,早晚也能抓住一两条,但都没有狗咬抓得多,就羡慕狗咬的俩长胳膊和大手。

入秋,水凉了,不能经常下水,狗咬就吸着个烟,蹲到水边看。太阳暖暖地照着。只见刮皮水里有一片鼓腾腾的稀泥,狗咬欢喜地把个烟袋窝搁鞋上磕两下,往腰里一别,鞋一褪,就趟了下去。先用一只脚将那鼓腾腾的地儿死死踩住,一只手下去扣头,另只手下去扣盖儿。不一会儿,一只馍盘儿大小的老鳖,蹬着四个爪子,顶着一盖子的稀泥,就露出了水面。大伙都说:这狗咬摸老鳖,多亏着俩长胳膊。别人一伸手整个头脸都没水里了,哪里还能摸到东西。狗咬就吹嘘道:用手捉老鳖,不是说,在东寨村除了我狗咬,连李文大爷也不行,这里面讲究大着呢。首先你的眼得会看,第二你的脚得用劲,第三下手得快。村里的几个年轻孩子给狗咬学着摸,结果不是叫老鳖咬住手了,就是被老鳖爪子把胳膊抓得稀烂。

狗咬说:你得用手指头扣住鳖头上面的窝窟,死死地扣,不能丢手。扣不准手指头正好送到老鳖嘴里,不咬你咬谁。那个手也不能闲住,得同时下去扣鳖盖子。不能正对着它的爪子,鳖爪子挠人厉害得很。大伙忽然就想到了狗咬挠进福的事,嘿嘿都笑了。

虽说狗咬一点也不藏奸,但到底也没几个人得到他的真传。夏天早晚还能摸个草鱼,但是老鳖,就很少有人能摸到了。

一年又一年,狗咬就用他的长胳膊大手,摸鱼捉鳖,有时也把鱼篓子一背进城,拿鱼和鳖换俩钱儿。但狗咬不勤快不贪心,够吃就齐,一辈子也没有大发势。

桂兰儿

村里的人都知道，白银的心思不在桂兰儿身上。他心里挂念着玉梅，玉梅呢，一心想着她家的北平，并不稀罕白银。

桂兰儿好像从不知道或者并不在乎这些，一门心思地伺候着白银和孩子，伺候着她的三亩地儿，伺候着她的鸡鸭鹅狗。

有一回，大家都在村后的马路上晒麦子，没想到老天爷忽然就变了脸。于是，大人孩子齐上阵。又是用落筲（音）拢，又是用木锨储（音），慌得气都顾不上喘。都想用最快的速度，赶在落雨前把麦子弄回家。桂兰儿只顾往袋子里装麦，一抬头，白银不见了，这火烧眉毛的时候能上哪儿去？抬眼一瞅，白银正在大西头帮玉梅往架车子上装麦，看样子北平没在家。桂兰儿心里一阵的难受，对着儿子大海嚷道：愣啥愣，不赶紧干活儿？大海不满地顶嘴：俺爸咋不干？除了敢吵我。桂兰儿就不再言语。

等装好了袋子，桂兰儿就让女儿小曼驾着把，她和大海往车上装。一袋子麦一百多斤，十一二岁的儿子帮不上多大的忙，桂兰儿几乎是连腰带胯都努着劲，才勉强把麦子搬到架车上。这时粗大的雨点开始往下落，桂兰儿拉起架车子，叫声：大海，小曼，赶快跑。就慌忙往家赶，架车毂轮刚进屋子，雨点就不分瓣了。

一会儿，白银顶着个汗褂子，缩着头，水鸡子似的，跑回了家。

你慌恁很，玉梅没管你饭么？今年你饿不住了，玉梅家的麦子够你吃的了。看见白银那狼狈样，桂兰儿讥笑道。

嘿嘿。白银不好意思地干笑两声，拱到里间换衣裳去了。

说了两句，白银嘿嘿一笑，桂兰儿也就没气了。她卷起袖子开始做饭。

这世上事啊，确实让人无法预料。身体强壮得像牛一样的白银，有一天，喝酒回来，快到家门口时突然跌了一跤，口吐白沫，昏死过去。送到县医院，说是脑出血。三天三夜，桂兰儿眼都不敢挤，一会儿摸摸白银的头，一会儿给他擦擦脸，一会儿给他换换衣裤。可白银到底没清醒过来，他瘫巴着身子一下子糊涂了十四年。

　　十四年里,桂兰儿一边拉把着三个孩子,一边招呼着地里的庄稼,一边还得伺候着白银,真没少作难。碰上好太阳地儿,桂兰儿就把白银抱出来晒暖儿,自己学着给他剪头,给他刮胡子。不管多忙,睁开眼,第一件事就是先把白银喂饱。刚开始的时候,白银不会说话不能动,但嘴知道嚼,把饭弄到嘴里,他知道嚼嚼再咽。后来也不会嚼了,桂兰儿就把饭嚼碎了再糊到他嘴里,再用稀的往下灌。每喂一顿饭,要用个把小时。桂兰儿不急也不躁,每回都像在喂一个小孩子:啊,张嘴儿,真能。咽,使劲儿。嗯,大口,真乖。白银没有了意识,跟小孩一样,吃一遍,屙一遍。每回吃过饭,桂兰儿都得给白银换衣服,擦洗身子。白银又高又壮,抱不动,就一点点地拽,一点点地挪。白银在床上躺了十四年,但浑身上下没有一点烂的地方。

　　日子久了,村里几个年轻孩子就跟桂兰儿开玩笑,说,白银哥这一睡十四年,快赶上陈抟老祖了。嫂子你一个人可急得慌,不如让兄弟给你再找一个。桂兰儿一听,脸一沉,说道:小啥,你没事陪你白银哥说话,我感谢你,要说其他的我不爱听,只要有你白银哥一天的眼儿,我就不会瞎想。几个年轻孩子尴尬地笑了笑,灰溜溜地走了。

　　这样还债似的日子,过了十四年零八天。白银在五十二岁过生日那一天,突然死去了。据当时在场的人说:神了,糊涂了十四年的白银,那一天忽然欧、欧、欧地叫唤,一双没有光彩的眼睛,紧紧地盯着桂兰儿看,好像很舍不得的样子。桂兰儿就说:老魔害,你想弄啥,啥时候能给你缠到头?白银欧欧几声,竟然流下了两行眼泪。

　　晚上八点多钟,白银在又一次欧欧之后,又对着桂兰儿落下几滴泪。桂兰儿拉住白银的手,长长地出了口气,幽幽地说:老魔害,你心里啥都懂,这一辈子,我也算对起你了。

　　白银听后,歪了歪嘴,就咽了气。

韩广年

"千千万万,我里楼。千千万万,我里楼。"韩广年俩眼直勾勾地盯着地面,手摆的荷叶样,跺着小碎步走了过来。

"唉,多精一个人儿,你看看到了啥成色。"看到韩广年,东寨的人都要惋惜地说上一句。

韩广年识文断字,打得一手的好算盘,是东寨村有名的精明人物。有一句老话儿说,他算账能算到骨头缝里去,人送外号"铁算盘"。烧饼脸儿、俩大眼儿、光秃秃的脑门儿、白白净净的,满脸写的都是"精明"俩字儿。

就拿种地来说吧。不管给谁家的地边子挨着,你甭打算让他吃一点儿亏,人家种地都是种到地线沟里边,两家这么一让,地线沟就宽宽绰绰、清清楚楚的。韩广年不,他今年收罢麦,再种豆肯定要点到麦垄子外面,人家一问,他就说我心里有数,这不种在靠我这地线沟里么,别人也不好再说啥,年年都是这样。就连地线沟里的桑界子,也像长了腿儿,一点点地往人家地里走。如果十年不动地,韩万年的地种着种着能多出一楼多。

一到阴天儿,韩广年喜欢给人来牌,来那种里面是骨头、外面是竹竿的简易麻将。韩万年来麻将,来得精,他知道人家赢啥,还能存住气。要是来点炮的,他一回也点不上,十来十赢。有一回,他又给几个闲员来麻将,下家报了停,韩广年还没有嘴,手里孤闲一张西风,他好像知道人家赢西风,就抓住不丢,磨了几圈,到底还是报停的打输了。把牌扳倒的那一刻,人家看到韩广年的牌,成铺成对的,就一张西风没有用,就质问他,你这西风八不沾九不连的,你留他弄啥。韩广年慢腾腾地来一句:我一打你不就赢了吗,我不得输钱吗?

这做啥事儿,韩广年都有自己的算盘,就是不能吃亏。韩家大儿子读高中那会儿,有人给介绍了一对象,是远乡里的,姑娘长得俊,关键是女方家里地合得多,常年麦子吃不完,那姑娘家人喜欢韩家靠城边儿住,男方又有学问。就经常赶着大车拉来成装子的麦子豆子啥的,姑娘也经常住在韩家干干农活儿,洗洗涮涮,很是勤快。韩广年也很满意。后来,韩家儿子考上了大专,吃了商品粮。韩广年就寻思，儿子好不容易才跳出农门，可不能再找一个泥腿子。姑娘再来他就使脸子，吵这个，骂那个，姑娘也不傻，看出了里边的端倪，就问韩家儿子，儿子说得好，听他爹的，姑娘就气得哭着跑回了家。老亲家就赶着大车来说理儿：俺闺女哪儿做错了，恁不愿意了。韩广年说，叫恁闺女来问问，我啥时候说不愿意了，我咋说的。老亲家没话说，回家问问闺女，韩家确实没说。姑娘再去韩家，韩广年还是老一套，摔碟子，掼碗儿，骂空。姑娘又哭着回了家。这事说也没法说，这婚结也没法结，老亲家高低忍不住，提出散了。韩广年就说：好好的咋说散就散了，俺又没说不愿意，这可是恁先提出来的。结果还赖女方家事多，毁了亲事。

八十年代，韩广年凭着自己的小聪明跑起了药材，单跑赤峰一线。像海螵蛸、鸡内金、龟壳、丹皮，人家需要啥，他送啥。成天价他媳妇、闺女帮着晒药，熏磺，翻炒，忙得不得了。一种药买多少钱斤，卖给人家多少钱斤，给人家说药如何难买，涨了多少，说价钱时提高多少，老韩心里明镜似的。回回他都能用最廉价的地方特产，加上一张能说会道的嘴，汇到合适的"口"，往往发货没几天，韩广年就拎着旅行包，背个蛇皮袋子回来了。哪一趟出门都能弄个万儿八千的。

这一回，赤峰的"口"给他联系，说要五百斤海螵蛸、五百斤鸡内金、五百斤龟壳。每一回都是零打碎敲的要几十斤这、几十斤那的，难得有恁大的买卖，韩广年慌忙把货买回来加工，打包，发货后，拎个旅行包就出门了。半月后，俩眼发直地回到东寨，说联系好的采购员不在那家医院干了，发去的药材人家不承认，到家倒头睡了仨月。再走出家门，看见人就俩手何撒（音）着说：千千万万，我里楼，千千万万，我里楼样——

恨天高

　　恨天高名叫王铁汉，因个头太矮，人送外号——恨天高。

　　其实，村民叫他恨天高，这里多少有点轻视的成分，因为恨天高太不孝顺。恨天高是独子，娘死得早，只剩下个老爹。恨天高嫌他没本事，没给自己说上媳妇，打骂老头是家常便饭。村里的干部也多次找他，他要么撒泼耍赖，要么暴跳如雷。

　　我打自己的爹，关恁屁事？谁再多管闲事，我就把老头拉谁家去。这一反一闹，谁也不敢再多嘴了。

　　一年冬天，恨天高的老爹一个人住在地窖子里，俩脚都冻烂了，走不了路，吃不上饭，恨天高也不问。过了几天，老头连冻带饿死了。出了人命，可不是小事，队里就把这事汇报给了公社，公社就派人把恨天高抓起来，送进了监狱。谁知道半年后恨天高大摇大摆地回来了，还领回来一个又高又俊的媳妇。

　　新媳妇叫大美，长得又白净又细挑，人们是出一屋进一屋地去看。有人说：这恨天高真是能耐人，蹲监狱还能蹲回来个俊媳妇。有人说：新媳妇是不赖，看这恨天高又矮又丑又穷，能跟他三天两后晌。

　　恨天高往屋角一蹲，龇牙笑笑，也不接腔。等人都走了，恨天高起身到南地撇把圪针条，回到屋把门一插，对大美咧咧嘴，说：叫衣裳脱掉。大美不知何意，脸羞得通红，慢慢脱掉了衣裳。恨天高突然举起圪针条没头盖脸地抽了下去，大美俩手捂着头，发出凄厉的嚎叫。恨天高呼呼哧哧打了一阵后，说了一句话：可知道我为啥打你？大美早已吓得三匹子魂跑了两匹子半，惊恐地摇摇头。恨天高咧嘴笑笑，又说了一句：不为啥，叫你收收心，息息性。

　　那些心里犯嘀咕的，看着大美一天到晚忙得脚底板不挨地儿，三顿饭应时应节的，很纳闷儿。见到恨天高就问：这媳妇恁听话，你咋教育的？恨天高挑着大拇哥说：老人说，教妻初来，教子婴孩。一辈子打三顿，保管她老实。

　　恨天高虽然下狠手打了大美，但自己也改变了不少，又能吃苦又能干。他一个人磕砖坯子，烧围窑，一年烧了几万砖，盖了三间浑砖的大堂屋，两间西屋和一间厨屋。恁些房子都是恨天高一个人慢慢垒的，上梁除外。他盖的房子，四平八

318

稳的,墙拐笔直,有棱有角的,很有大样。大美又在房子四周和沟沿儿上,种上金针菜,点了葵果。春天,一丛丛的金针菜叶,玉葱似的;秋里,葵果谢了花,勾下了沉甸甸的大脸盘。

东寨村的人都说:大美给恨天高带来了好运气。这时候,大美又生了一个白胖胖的男娃。正当人们羡慕不已的时候,恨天高又撇把圪针条进屋了。大美又一次鬼哭狼嚎之后,痛苦地哀求:你甭打了,我知道你的心思。你放心,我活是王家的人,死是王家的鬼。对你没有二心。恨天高这才住了手。

大美连疼带吓,结果回了奶,小孩饿得哇哇直哭。恨天高就到处给大美倒吃席剩的菜,上河里捞鱼,给大美投奶。但大美的奶水一直没回到原有的胀满。这让恨天高有点失望。

过了两年,河坡上多了百十只箱子,漫山遍野的蜜蜂嗡嗡直响。特别是洋槐开花的时候,每一嘟噜白花上都叮满了振动着翅膀、带着花粉筐的小蜜蜂。养蜂的汉子一个人用小煤炉在帆布棚里做饭吃,没事的时候就躺在河坡上吹口琴。那琴声,颤颤的,从河坡飘到岸上,飘到大美的耳朵里,很勾魂。

突然有一天,大美和养蜂人都不见了。只有河坡上蜜蜂还在嗡嗡地欢唱,大美种的金菜依然青翠着……

花　脸

　　花脸名叫马德云,在东寨村也算一个人物。

　　年轻时的马德云,瘦高挑个,细眉大眼,鼻梁端直,是三五个村都难找的俊媳妇。

　　一年盛夏,天热得要人命。村里人都到西场打地铺,男人睡东边,妇女和小孩睡西边。夜半,马德云就感到脸上像有条温热的舌头,在舔来舔去,他以为是儿子闹着玩,加之劳累,抬了抬眼皮,依旧昏昏沉沉地睡了。

　　天刚麻鸡眼儿,马德云被儿子海山的哭声惊醒。睁眼瞅了瞅天,生气地骂:大清早,就嚎,讨债鬼。儿子却没有像往常一样撒娇,反而哭得更凶了。边哭嘴里还含糊不清地叫嚷:怕怕,怕怕。马德云生气地拽过海山,劈头打了几巴子。

　　西场的人陆陆续续地睁开了眼。他们的表情都是一样的恐怖。大睁着两眼,半张着嘴,用手指着马德云。马德云就知道出了事,慌忙忙跑到家,拿起镜子一照,尖叫一声号啕大哭起来。

　　原来一夜之间,马德云漂亮的脸蛋儿,像是戏台上的小丑,白一块,褐一块,花瓜一般。村上有人说是啥尿的,有人说是獾狗子舔的,反正打那以后马德云的脸就成了那样。日子久了,人们都叫她花脸,而没有人叫她马德云了。她先是恼怒,后来也慢慢习惯了。花脸的名字就渐渐叫开了。

　　再说花脸搁家里躺了三天三夜,第四天早早起了床。她是一个闲不住的女人。队长吆唤今儿割麦,工分现发,多劳多得。她呼呼哧哧把四把钐镰磨得飞快,往胳肢窝一夹,拿着俩馍,拎一壶茶,就迈开大步向麦田走去。

　　到地头一看,已经有两个人在割了。花脸并不着急,把馍和茶一放,就拉开了阵势。左手"刷"地搂过一垄麦子,右手用镰贴地皮用力一拽,一抱子麦子就歪倒在怀里。轻轻地放好,三下两下,麦子就有序地躺倒了地上。花脸不像别的妇女,抓住一楼麦子一个劲儿地割,一直割到地头再从头起。她"刷刷刷"把亩把麦子全都割开头,就像是土狗划好了地盘,这才生猛猛地向前冲。别的妇女往往割了三五楼,就没地割了。这时的花脸才开始大显身手。就看麦海中那顶着白花毛巾的脑袋，像是蛙泳运动在戏水，一起一伏，一起一伏，不消几个时辰，花脸所占的那亩把小麦都乖乖地躺倒在地上。因这，村里人给她起了个外号叫"火车头"。

那时候没有煤，家家都烧地锅，因而柴火成了主贵的东西。不忙的时候，村里的妇女、孩子都拉着个耙子，到处搂柴火。村东头的泡桐树行里，每天都有人用耙子搂来搂去。这一年，天刚下过甜霜，花脸天不明就来到了泡桐树行，把满地的桐叶，从外围一耙耙搂一圈，整个树行又成了她的领地。然后举起长棍"哗哗哗"一阵猛挑，叶子该落的，不该落的，都扑簌簌落下。等到别人拉着耙子，打着哈欠来到树行，花脸已经把树叶堆成了一垛，用塑料布把顶一盖，一冬烧锅都不用愁了。留下来晚的人，木木地站在秃树下发呆。

这花脸不光干活儿是个行家，这手也巧着呢。在她的小儿子又一次叫嚷着饿死也不吃红片面面条时，花脸拿着一根小手指粗的白蜡条和一把秫篾子就有了主意。她先把白蜡条弯成圆圈，在接口处加个木把，用绳子缠紧。就用柔长的秫篾子，攀着圆圈编起来，你只看着细长的篾子在她手中飞快地上下跳跃，三五分钟的工夫，一只网球拍一样，上面倾斜地排列着粗细均匀洞眼的漏子就编好了。妇女和小孩呼啦一下围过来看究竟，问花脸，这东西做啥用？漏蛤蟆。花脸站起身，拍打着屁股上的浮土，响亮亮地说了三个字。

妇女们好奇地跟着花脸，来到她家的厨房，看她怎样漏蛤蟆。花脸不慌不忙地洗了手，系上围裙，把大锅小锅兑上水，吩咐大闺女烧火，小闺女剥蒜。她拿出小二盆儿搅半盆棒子面糊，面糊搅好一会儿，小锅开了，花脸就把面糊慢慢倒入水中，边倒边用勺子搅动，一会儿酱稠的棒子面糊发出了甜滋滋的香味。这时，大锅水也开了，花脸就用勺子把酱稠的面糊舀到刷干净的漏子上，用另一只手轻轻地击捶端着漏子的手腕，那些大脑袋细尾巴的"小蛤蟆"就从漏子的洞眼儿里"扑通扑通"跳到了锅里，眨眼的工夫，小锅里就漂满了挤挤挨挨的"小蛤蟆"。花脸利索地用漏勺一舀，这些"小蛤蟆"又跳进了盛着半盆井水凉的二盆里。花脸接过小闺女砸的蒜，浇上大大的醋，点上点酱油，滴两滴香油，天呐，一盆酸溜里、辣乎里、凉神儿里的漏蛤蟆就做好了，看着就馋死个人儿啊。

不多久，村里的人，都吃上这美味的漏蛤蟆了。

……

有时候，这命运啊就是只无常鬼。一生要强的花脸，在五六十岁上，左半边脸忽然就起了个紫红的肿瘤，去医院检查，说是皮肤癌。

从医院回来的第二天，花脸就在自家粪坑旁边的桃树上，上吊自尽了。

九　斤

　　九斤对于东寨村的人来说，好像是扑棱棱从天上飞下的一只俊鸟，在桐树上歇个脚又扑棱棱飞走了。留下根儿五彩的羽毛，在半空中飘呀飘呀不着地儿。

　　一下生，接生婆老魔气就咋咋呼呼嚷开了：我的个天，这孩子咋恁肥，足足有八九斤呐，我拾一辈子小孩，没见过恁肥里。人家小孩一下生都是脸儿枯楚（音）一把，像个小老头儿，你看看这孩子，呵，四大白胖的。真不知道崔的姐恁瘦，这小孩儿咋恁肥，嗯？

　　随着老魔气的宣传，东寨村的人都知道崔家添了个八九斤重的胖小子。这在一天到晚饿得俩眼发黑的二十世纪五六十年代，那可真是个稀罕事。

　　于是，九斤爹，崔平振就随老魔气的口，给儿子取小名叫九斤，大号崔浩天。

　　一转眼儿，九斤长到了两三岁。脸儿圆圆的，一双大眼乌灵灵的黑，没有一点白眼珠。一天到晚干净净的、乐呵呵的，从来不哭也不闹。李文大爷审了九斤几眼，悄悄给崔平振说，这孩子是个童子，你得紧招呼他，最好给他认个干答，迈个门槛儿。崔平振听从李大爷的提议，给九斤认了俩干答。一个叫杨德清，一个叫刘宗海。这一下四条腿站稳了，也留住了。

　　说话工夫，九斤就上了小学，成了小学生崔浩天了。小学离东寨村有三四里地，小浩天挎着个小书包跟着村子的大孩子一天跑几趟，也不嫌累。老师说没见过恁聪明的学生，上学给喝书的样，你说拼音、写字、造造句、读书，样样拿手。学过的书管从头儿背到尾儿，还不是唱仰脸歌子，随便指哪一个字，人家都认识，还能写出来。那算术应用题，又是出水管一天放多少水，又是进水管一天进多少水，又是出水管进水管一天同时出水进水，水池里有多少水。大孩子都被绕得迷迷糊糊的，你看九斤崔浩天，俩大眼忽闪忽闪几下，不慌不忙就算出来了。老师都说这孩子长大了不得了。

　　每天放学，别的小孩子都是打着、闹着往家走，浩天呢，总是挎着小书包东瞅瞅、西望望，看见干柴火、树枝子啥的就拾起来，拿回家让他妈烧锅。有一回，他们在回家的路上看到一大泡牛屎，别的小孩子都捏着鼻子跑开了，浩天伸手撇了两个大泡桐叶,用瓦碴子把牛屎弄到叶子上,捧着回家了。九斤的懂事让他妈隐隐不安,就告诉九斤,放学跟同学一块儿回来就行了,不要再拾柴、拾粪了,九斤笑一笑,还是照旧。

有时候,大伙一块儿去刨红芋,也都数九斤在行。他的眼好像能透过土层看到地下面的红芋,多细一个行条,撵撵、刨刨,一会儿就出来一块大红芋。别的小孩一看他在那扒出了红芋,一呼隆围过来,都挨在他边刨,一个个累得满头大汗,也刨不出一块小红芋头。九斤就说,刨红芋一要看行条,开头细不要紧越撵越粗,下面准结红芋;二要看土地,哪一片土冒骨堆,就说明下面有红芋。小伙伴们按照九斤教的去找,果然能刨到不少红芋。

慢慢地,九斤就成了小伙伴的头儿,在他的影响下,东寨村的那一拨小孩都是又懂事又知道学习。九斤也成了村里婶子大娘眼中的好孩子。

都说女大十八变,越变越好看。这九斤也是十八变,越变越好看。一晃九斤上了高中,长得是眉清目秀,高高挑挑。每天一个人挎着个绿帆布书包,穿着蓝咔叽中山装,不紧不慢地走着去上学,还是和小时候一个样子,见人脸儿红一红,笑一笑。村里人看到九斤的笑脸,感到天儿都是暖的呢。

一天,九斤放了下午学回到家,帮家里铡了草、喂了牛,吃了几块死面饼子就睡下了。半夜,肚疼难忍,他爹就去卫生所拿了几片止疼药,九斤喝药后感觉好了些,就让他爹睡下了。一顿饭的工夫,肚子又疼起来,九斤到底没忍住。崔平振就慌忙用架车子把九斤拉到县医院,医生说是肠叠连,现在已经坏死,来晚了。

因为九斤还没有成人,所以死后不能进村。听说九斤死去的消息,村里的妇女们大放悲声:九斤啊,好孩子啊,你咋就舍得走了——人们痛哭着出村接九斤,男女老少断断续续绵延二里多地。李文大爷悲叹一声:唉,真童子不过三六九啊。

九斤死时,刚好十八岁。

老　党

　　老党的大号叫刘登科。登科,登科,刘登科这一辈子不但没有登科,反而穷困潦倒地打发了。以至于人们常拿登科二字打诨,说:西方红,太阳落,东寨出了个刘登科。

　　刘登科,真寒酸,没有一件衣裳穿。

　　因这,全村的大人小孩都叫他的小名——老党,除了念顺口溜,没有谁管他叫刘登科。

　　老党长得实在是不能提。一张刀条子脸,头上的脑油多厚,还天天梳个大背头,风一吹,披头散发的。一咧嘴,嘴叉子到耳门子,大板子牙又稀又黄,一张嘴说话就是"是是是是是是是",不管说啥,不说六七个"是"字,出不来半句话。那声音也真难听,叫啥? 对,劈竹竿划拉破尿罐子。更瘆人的是,老党还长了六个手指头,第六指还有盖还有骨头。看一眼,吓死个人。因而,结巴嘴子,六指猴,都是别人送给老党的外号。

　　老党也知道自己的毛病,不逼到尽轻易不给谁说话,就知道一天到晚伺候牲口。队里的几头牛、几匹马,还有毛驴,都让他养得膘肥体壮的。

　　但只要老党把牲口赶到地里,手扶着犁把或往耙上一站,那就是另一番天地了。先是一个漂亮的响鞭"啪",接着就是优美的小曲"喔喔喔喔喔喔喔——"一个"喔"字唱成四个声调,又曲折,又悠扬,和着马儿的响鼻儿,在暮色苍茫的田野上飘荡,落日的余晖为老党做了个宏大的背景,连甩起的鞭鞘都带着一溜金黄,诗一般的美。那些牛啊、马啊,都识老党的号,不怕他结巴。只要老党一说:"喔喔——"老牛就抬起蹄子往前走,一到地头,一声"吁——"它们就乖乖地停了下来,有时甚至连这些简单的字都免了,只要老党用鞭杆轻轻碰碰领头的牲口,它就知道该拐弯儿或是该后退了。每当这个时候也是老党最快乐的时光了。

　　结巴嘴子老党一直到三十岁上才找了个媳妇,叫杜兰英。杜兰英吃得翻肥,没有一根儿眉毛,也没有一根儿眼之毛。东寨村的人都说她是白虎星。杜兰英自打为新媳妇时就不讲究,一天到晚踢拉个鞋,两只大奶子扑扑甩甩的,走东家串西家,就是不讲干活。不管咋说,老党算是有了个媳妇,也算有了家。

让老党没想到的是,过了几年他又多了一个"大善(骗)人"的头衔。说是七几年,计划生育要任务,队里就把有三个孩子的老党报了上去,不由分说给老党结了扎,于是老党就成了东寨村第一个"大善(骗)人"。不知是技术不好,还是老党感觉受了侮辱,回到家就倒下了。牲口也不喂了,地也不犁了,一天到晚吃饱等饿。家里实在揭不开锅了,就去北门口倒弄点粮票和布票。结果,又被管委会抓住关了三天,老党这回是彻底地毁了。你看他俩眼睁得忽灵里,但人了、物了、庄稼了,啥也不入眼了。一个小地锅支到外边,连个棚都不搭。一下雨饭都没法做,两个大人还好将就,仨小孩经常饿得哇哇乱叫。更家败的是,一下雨老党解手都不出屋了,在床上一翻身就尿墙上。一间屋子臊气难闻,没有人愿意上他家串门。

有一年,又下大雨,老杜杜兰英得了急病,邻居借给他架车子,帮着把老杜弄上去,老党就把她拉到了卫生院,医生说:败血症。老党嗯了声:没有病。没有病在医院干啥,就又把老杜拉了回来。当夜,老杜就死了。村里人去看时,老党蹲在门口抠鼻子,大闺女刘霞、二闺女小香抱住老杜的脚大哭,留根还小不懂事,正趴在老杜胸脯上吃奶。人们把三个孩子拽下来,有人拿两个大碗,把老杜两只奶子扣住,说是给留根断了想头。

老杜死后第四天,老党把三个孩子都送了人。老大给了本村的二宝家,小香送给了西乡的啥人,留根被城里修洋车子的两口领了去。老党又成了孤家寡人。

慢慢地,屋子破了,老党也不问,就睡在露着天的屋子里。后来,山墙也到了,老党拎着铺盖住到了食品站一间空房子里。

在一个下着大雪的冬天,老党就死在那里,等人看见,已经僵硬了。

青鸡老甘

　　"甘东(干冬)湿年下啊——"一看到老甘,调皮的孩子就学着大人的腔调叫起来。老甘就瞪着眼,一跺脚,骂句:打你个小妻子货。说罢,又伸着头继续走他的路,胳肢窝里夹着那只大青鸡。

　　老甘,小名叫东,大号甘要诚。到东寨村你要是打听甘要诚,恐怕人们得眨巴着眼儿想半天,你若是问青鸡老甘,三尺高的小孩都能在前边噔噔噔跑着,把你领到他家门口。

　　青鸡是老甘的命,老甘懂青鸡的语子。老甘训练出来的青鸡,那不是吹,那叫镇西关。每年一开春儿,老甘就买回了青鸡娃子,先是给它们吃两天素食儿,接着就是苍蝇、蛐蜒、屎壳郎,到了夏天,鸡了狗、蝼蛄、青蛙、癞蛤蟆……那些小活物都成了青鸡的口中食儿。有谁家的猫狗被药死了,也送到老甘家来,老甘把死猫死狗开膛破肚后,把肉剁成粗大的肉块,往每只鸡罩里一倒,你看那些青鸡,都是直着脖子吞。因而,老甘喂的青鸡都是异常健壮,打小就带着一股子杀气。

　　很快,那些鸡娃子就长成了个。老甘就开始对它们进行训练。每天天一拢明,老甘就在每只鸡的腿上绑好了小沙袋子,把它们从鸡罩里放出来,手里拿着个小条子,在后面撵着,嘴里喊着:欧——跑跑跑,欧——跑跑跑,一会儿也不叫它们停下来,这叫遛鸡。每次要遛个把小时,锻炼鸡的耐性。后晌,老甘又开始蹾鸡。他先从一个鸡罩里拿出一只青鸡,俩手掐住鸡膀子下面,把鸡往上一举,再往下一蹾,一举一蹾,每只鸡每次要蹾三四十下,这是训练鸡的腿部力量。日子久了,那些青鸡,个个不俗。

　　一进八月就是斗鸡的好时候,那些好这一口的闲员,城西关的海民、老李、张大高子,都抱着青鸡来东寨村找老甘斗鸡,斗月饼的。他们一到老甘的当院儿,就看到一拉溜的鸡罩,每个鸡罩里的青鸡都是瞪着眼,立着一条腿儿,一副挑衅的样子。海民一眼就相中了老甘的"大黑",老甘就把"大黑"从鸡罩里放出来,拍拍它的头,蹾两下,嘴里说着:好好斗,你别给我丢人行,然后一撒手,"大黑"就瞪着眼直奔过去。人群自觉向后一退,围成一个圆圈,两只鸡就在场地中间斯杀起来。

你看"大黑"一个飞扑,跳起二三尺高,一嘴拧着了对方的鸡冠子,生生拽下一块肉来,一仰脖儿吞了下去。昂着头,瞪着两只黄亮的眼珠子,斜视着那只鸡。那鸡慌了神,惊慌逃窜。村民端来一盆清水,海民心疼地用水给他的鸡清洗,蘸血,休息一会儿后,再把鸡放到场中间,没想到它一看到"大黑"腿就打起战来,直往人缝里钻,再也不肯打斗。老甘就大笑:赀(音 zi)撑一盆儿水,真撒气。老甘就赢了两块月饼。张大高子不服气:青鸡老甘,你别吹,让我的"威豹"给它杀一局。老甘就说:管,那你得再加两块月饼,俺家"大黑"已经斗过一场了。张大高子说:加四块,来吧。说着就放出一只乌黑中闪着青光的大鸡——"威豹",这"威豹"比上只要凶猛得多,爪子粗壮,个头也不小,奔着老甘的鸡——"大黑"就扑了过去。"大黑"一条腿站着,鹰一样的目光直盯着"威豹",眼看"威豹"就扑到了跟前,"大黑"单腿一蹬,腾空跳起,一下叼住了"威豹"的头,两只翅膀扑打着向后拽,"威豹"被大黑牵制着紧贴左右,两只鸡像打场似的圆圈磨起来。张大高子到底心疼:算了算了,俺认输,快叫它松嘴儿。老甘笑眯眯地走到场子里,拍拍"大黑"的背,"大黑"这才住了嘴。大伙一看"威豹"连皮带毛被撕下一大块,整个头都是血糊流拉里。

老甘的青鸡"大黑"就出了名,人送外号"镇西关"。慢慢地青鸡老甘也随着"镇西关"出名了。

甭看老甘对青鸡恁舍得,对人抠着呢。人都说他家锅台上不能搁俩碗儿,多一个人吃饭他都心疼。早年,老甘娶一媳妇叫大辫子,高高大大的,挺好一个人,老甘嫌人家能吃,嫌人家不疼他的青鸡,大辫子给老甘过了三年,就气回了娘家,再也没有回来。老甘一个人可自在死了,睁开眼儿没有二事儿,天天侍弄他的鸡,就靠青鸡斗架吃饭。

时间长了,有人就说:恁看老甘,咋看咋像只青鸡。赤红长脸儿,戴着古铜色破毡帽,那俩眼常年盯着鸡看,黑眼珠都斗到大眼角了,鼻子也是又长又尖的。

正说着,就看见老甘,胳肢窝里夹着大青鸡,头一伸一伸地走了过来。

老猴子

　　老猴子不姓猴,姓王,大号王长印。但叫他老猴子却一点都不亏。老猴子瘦高个,常年弯着腰,驼着背,细长的脖子上顶着个小疙瘩头,头把子往后杵多远。尖脸,撅嘴儿,大牙,再配上俩小圆眼儿,你说不是老猴子还能是啥?

　　老猴子这个人很有意思。还没有本事,还好逞能,总喜欢拿着鸡毛当令箭。队长叫他发工分,可不得了喽,他不知道是自己多大的官了。往地头一站,腰一掐,尖着嗓子喊开了:逗逗逗,来到的社员上上上我这领工分,来晚里不能领满分,得得扣除一分。年轻人就学着他的调:逗逗逗,发给我一张。老猴子气得瞪圆了眼,扔一张过去,人家还没接住,他又逗开了:逗逗逗甭慌,还没没盖章来。然后从口袋里摸出三个刻着"上中下"仨字的小公章,开始往工分上盖。往往一急,就把上午的章盖成下午的了,脸面前挤了一群人。队长就说:先干活儿,回头再领。人群都散开了。队长就对老猴子说:你没事的时候不能先把章盖好吗?看你弄得乱里。老猴子挨了吵,一屁股坐在地上,开始往工分上盖章,等他盖好了人们也收工了,就都来领工分。这个"中"字还好分,"上"和"下"老猴子得颠倒过来看、颠倒过去看,社员就大声发牢骚:累了一晌午,领个工分还得搁这耽误空,老猴子你弄啥吃里,连个"上""下"都分不清。老猴子连气带急,逗逗逗半天也没说出来一个小老鼠。

　　队长就让他给老党一块喂牛。这下可热闹了,两个结巴嘴子,一个"是是是",一个"逗逗逗",一天到晚吵成一窝家。一天,他俩铡草,老党铡,老猴子续。开始还好,老猴子把一大掐子草挤得紧紧的,续到铡跟前,老党一掀铡,老猴子就把草续进去,老猴子续得快,老党铡得快,老猴子续得慢,老党铡得慢,配合得还不错,铡着铡着,不知道因为啥说岔气了,老猴子还没续好,老党的铡"咣当"一下就下来了,咯嚓一下,把老猴子的大拇手指头齐齐地铡了下来,大拇指戴着盖仰着脸儿在地上躺着,惨白惨白的。这下把两个结巴嘴子都吓坏了,老猴子疼得脸色煞白:逗逗逗,逗你能,快给我瞧手。老党这会儿只会说:是是是了。

　　队长就气得骂:老猴子娘你真笨蛋,干啥啥不管。你上城拉粪去吧,光拉马场口那条街,往那去不拐多少弯,粪再拉不好,你就别回来了。

　　老猴子心里挺高兴。上街拉粪,工分不少,还管野眼儿。每天早上老猴子拉着大粪车子,哼着小曲就走了,把架车子停到街尾,就拎着粪桶,拿着粪勺子挨家挖粪,等把每家都挖好了,就把粪车子远远地停好,在小水沟里洗洗手,往街头一坐,吃两根油馍,喝一大碗热茶,打着油嗝,心满意足地拉着粪车子往回走了。

　　他媳妇瞎老婆子看老猴子天天回来笑眯眯,就吵着要跟老猴子一块儿去,说给他帮着拉车子。老猴子就在架车子横梁上拴一根绳,每天回来瞎老婆子拉着绳,感到轻省多了。

　　有一次瞎老婆子有事没跟着去,那街上的人见了就问:老猴子今个咋就你自己,恁娘咋没来?老猴子顿时气红了脸:逗逗逗,不知道。

　　村里人看他俩没有孩子,也没有个纠撮,就给他们要了个一岁多女孩,因为是端午节送来的,老猴子就给孩子起名叫艾叶儿。小丫头黑灿里,细眉秀目的挺可爱。自从艾叶儿到这个家,老猴子每天拉了粪就往家赶,也不坐在街头吃油馍喝茶了,而是把两根油馍用草纸一包,麻绳一系,挂到车把上,回家给艾叶儿吃。瞎老婆子也不吵着跟老猴子一块儿上城了,每天挟着艾叶儿得得得串到这家,得得得串到那家。

　　时间一天天地过去,老猴子也一天天地快乐着。转眼,艾叶儿三四岁了。一天,村里来了个摇不棱鼓里,瞎老婆子领着艾叶儿出来换花蜜团、换针,货郎说:这点头发不够,得再加上两个塑料鞋底儿。瞎老婆子就让艾叶儿在那等着,自己回家找鞋底儿,等她找到鞋底儿往外赶,不见了摇不棱鼓里,也不见了艾叶儿。老猴子从城里拉粪回来,离多远就看到坐在大路上拍着大腿号哭的瞎老婆子。知道了缘由不由得俩眼冒火,指这瞎老婆子逗逗半天也没逗出一句话,随手脱掉破鞋,没头盖脸向她打去。

　　从那以后,老猴子说啥也不叫瞎老婆子帮着拉粪了,也不再往家里带油馍了。

老 鸡

老鸡留给东寨人的记忆有两点:一是在月光如水的夜晚,从泛着白光的盆场里传出的古老的嗡嗡声。二是在生长着三棵老柿树、一棵腊梅树、一棵茶树和两棵苏铁的小岛上,那两间斑驳的小红房子。

老鸡原名叫白志邦。据说是从西北乡为投活来到东寨村的。刚到东寨村时,才三十来岁。一个外乡人能在陌生的村子里落下脚不容易,老鸡谨记东寨村收留的恩情,见人不笑不说话,只知道勤勤恳恳地干活儿。

那时候的东寨村,住着三十多户人家,是一个有一二百人口的小村子。虽说紧挨涡河,土地肥沃,但土里刨食儿,靠天吃饭,日子过得依然很苦。一年到头吃不上好面,平日里只能吃红片子面、豆面和棒子面,就是过年,也很少有人家能吃上净好面的。

不知道老鸡竟是个有本事的人,他有会做盆的手艺。一天,他找到队长刘现天,先递上一根烟,咧嘴笑了笑,才吭吭哧哧地说:队长,我看咱村紧靠涡河,使水方便,河坡土质我也看过了,一寸深的土层下都是胶泥瓣子,这上岗的麦场也光溜,咱弄个盆场做盆吧,大黄盆、小二盆儿都管做。给村里人弄俩零花钱儿,只要垒口窑就行,水土都是现成的。

刘队长睁圆眼,直直地盯了老鸡好一会儿:你说啥?你会做盆?

会,在老家时做过。你看一进腊月上咱这游乡的,架车上拉的那些盆,我都能做。这挨边十里八乡我都溜过,还真没有一家做盆的,庄户人家和个面、淘个菜、盛个粮食啥的,还真离不了盆。弄个盆场吧,保管好卖。老鸡一口气说了这么多,好像身上猛一轻松,直起了弯着的腰,给披着小褂子、叉着腰的刘队长又递了根烟。

那管,我说了算,就弄一盆场。你只管指挥干活,卖盆的事由我安排。刘队长终于吐了口。

东寨村有的是壮劳力。大家和泥的和泥,拖胚的拖胚,经过十几天的忙活,河坡上就有了一口大蒸馍形状的土窑。顶上开着三尺见方的圆圆的洞口,朝东留着拱形的小窑门。

麦场稍作处理就做了盆场。紧挨着盆场的三间西屋,把耕牛拉出来,用湿泥填平,用石磙轧结实,靠门里安上一个两层的轮子(底下一层是木制的,用粗绳攀紧,就像古代战车的轮子。中间有一大轴,连接着上面一层小圆桌式的面),砌一个土台子(土台子一定要足够高,以方便在桌面上操作),就成了散发着湿漉漉气味的轮子屋。

打这起,老鸡从天明到天黑基本上都在轮子屋里忙活。甭管你上工来多早,老鸡都已是满头大汗地在侍弄泥块了。村子人都说,这家伙起得比鸡还早。慢慢地就称他为老鸡,他也答应。日子久了,人们竟把白志邦这个名字忘了个干净,都是老鸡、老鸡地叫。

这做盆说着简单,实际上非常复杂,有很大学问。先说取土这一关。老鸡指挥着村里的年轻人在河坡上取土,一点沙土、黏土都不能要。只能用胶泥瓣子。一次拉五到十架车,堆在轮子屋里,再用河水一点点洇,老鸡用他特制的洋槐木棍从不同方向往土堆里一插,见洇透了,方能进行下一个环节。

接下来是一个力气活儿,非年轻力壮的劳力不能完成。得有专门的人,用一把连头带把七八十斤的大木榔头,一遍遍地砸,俗称"打泥"。这打泥也不能使蛮劲,不然的话一会儿就累坏。打铁讲究重一下轻一下,而打泥始终要轻抡重砸,动作开阔,幅度大。这时候,那些大力气的年轻人,光着膀子,抡着大榔头,宽宽的肩膀,结实的肌肉,背上的汗珠像小河水突突往下淌。引得村里大闺女小媳妇,拿着鞋底子,择着菜叶子,在轮子屋里嘻哈一片。年轻人也就越干越有劲。打一遍用泥铲翻一遍,连打三遍,翻三遍,这时的胶泥瓣子,就像被抽去了筋骨,真的变成了一摊泥。但这泥它不同于一般的泥,它筋道、悠转。

然后再根据做盆的大小,用泥铲切下适当的泥块,用脚一遍遍地蹬。蹬一遍,卷成一条筒,再从头蹬,直至把生泥全部变成熟泥。这就是所说的"蹬泥"了。这个环节也不可小瞧,由于老鸡指挥有方,不少人掌握了蹬泥的窍门,村里出现了不少蹬泥能手。

接着就看老鸡的表演了。他先把一块蹬熟的泥坨坨,放到轮子上层圆形桌面上,就稳稳当当地坐在高高的泥台子上。又开双腿,把脚踏踏实实地放好,拿起特制的洋槐木棍,在下层硕大的木轮的槽眼里,拼命地搅动,轮子就飞一样转动起来。木轮和轴通过机油的润滑,发出令人陶醉的嗡嗡声,像是千百只蜜蜂扇动着翅膀。这时候,老鸡抽出木棍放好。一双柔长的手就搁在了泥坨上。你眼看着那泥坨坨,在老鸡的手下变成了凸形的巨大算盘子,他的两只手往中间一插,再同时向上一揪,转眼间算盘子就变成了圆筒筒。老鸡不慌不忙在水盆中沾一下手,往圆筒底部那么一划,瘦高的圆筒筒就有了矮胖的盆的模样,再用两手把盆边向外一卷,饱鼓鼓的盆沿儿就出来了。然后用"弓子"刷地快速一勒,一只漂亮的二盆儿就架在了老鸡的两只胳膊上。这时木轮戛然而止,桌面上干净如新。

下面的工作相对来说就比较悠闲了。等盆场一排排泥盆晾个半干,老鸡用特制的小刀修去盆上多余的部分,再把熬好的铅和黑火药汁液,倒入盆中,让汁水在盆里旋转一圈,挂满釉,再倒入另一只盆中。接下来就要把它们请到轮子屋的木架上花开,阴干。千万不能暴晒,不然的话,会炸缝的。

等泥盆干透了,就进入最后的时刻,老鸡指挥着人们小心翼翼地把盆放到土窑里瓦好,窑门和窑顶一封,就开始架大火烧起来。大火直烧两天两夜,老鸡也在河坡上睁着眼盯两天两夜。等第三天熄了火,扒开窑门,揭开窑顶,看见满窑红通通、发着金光的盆烧成了,老鸡一头栽倒在地上:我睡会儿。话没说完,就打起了鼾声。

一窑窑瓦盆,让队长的脸越来越滋润,也让东寨村的人们都用上了向往已久的瓦盆。不知怎么回事,老鸡却带着他的媳妇和一双儿女走了。

如今,在东寨村河坡上,只留下一口坍塌的土窑,还有小岛上颜色剥落的两间小红房子,在默默地诉说着当年老鸡的故事。

李文大爷

　　李文大爷是个船拐子。早年经常把渔船停在东寨村的涡河边,慢慢就上了岸,在东寨村住下了。

　　搭眼一看,就知道李文大爷跟一般的庄稼人不一样。腰里扎个网衣子,露着的胸脯子和脸一样紫溜溜得红。一双大脚伸开了像两只船划子,五个脚趾头,八下不挨边儿,这一双脚常年四季不沾布丝,用李文大爷自己的话说,这俩家伙自在惯了,可不能让鞋捆住喽。

　　说起来你可能不信,割麦砍秫秫,李文大爷赤巴着脚走在麦茬子、秫茬子地里,如履平地。不小心踩着蒺藜狗子、玻璃碴子,驱驱脚,照走不误。

　　每天早上,天还不亮,李文大爷就和李大娘划着小船捞鱼了。先把坠着小铅坠儿的丝绺子,找一僻静的河面下好,李大娘就棹着小船在那一片来回磨,李文大爷就拿着一口破钟,一把小铁锤儿一下一下地敲:"咣嗡——咣嗡——",沉闷的钟声随着温温的水汽,一圈圈向远处扩散,也随着水波一层层传到水下。河里的小鱼儿惊慌慌地向没有声音的水域游动,却刚好中了李文大爷的计。个儿小的刺溜一下直接钻了出去讨个活命,个头稍大的都卡着头挂在了丝绺子的网眼上,再怎么拼命甩尾巴也挣脱不掉。个把小时后,李文大爷就开始拔掉竹竿,收丝绺子了。你看吧,鲫鱼、鲤鱼、草鱼、小窜条儿,啥都有。从丝绺子上捺下来,撂到了船舱里,它们还在那玩着"鲤鱼打挺"的游戏,闪闪地发着白光。

　　除了拿去卖的,剩下的那些小鱼儿、小虾,东寨村的人也都没少吃。哪家的小孩子嘴馋了,牵着大人的手往李文大爷家门口一站,李文大爷和李大娘就慌忙拿东西给小孩拾鱼、拿虾,所以村里的小孩子没事都爱到李大爷家玩。

　　别看李文大爷粗粗笨笨,一脸憨相,他会吓神! 会给小孩叫吓着。哪家的小孩子要是俩眼无神,眼之毛打绺,去医院打针后不退热,他爹娘就把孩子抱到李文大爷儿这来了。李文大爷就让大人抱着孩子在堂屋当门坐好,洗手净面后,点上三炷香,舀半盆清水往月亮地里一放,就取出一枚磨得发亮的铜钱,绕着孩子的头磨起来。此时的李文大爷,好像有神人附体,根根头发都向上竖起,表情严肃,双目微闭,口中念念有词:南海边上一棵草,此草乃是松柏苗,葡萄(菩萨)洒下甘露水,百年长青兴旺草。回来回来回来——。磨了三圈后,李文大爷慢慢睁开眼,收起铜钱,噘着嘴在小孩子头上吹三口气,用中指蘸清水对小孩子的面门轻轻一弹,粗喝一声:有神——,孩子就会激灵一下来了精神。直到这会儿,屋里的大人小孩也才敢喘口气,活动一下手脚。李文大爷就说:别抱着他了,让他下地自己跑。说来也怪,小孩子下地后,摸摸渔网,抓抓铅坠子,又玩儿又笑了。于是,大人牵着孩子,欢天喜地地走了。

李文大爷除了打鱼,叫吓着,还肯喝酒。人们经常看到李文大爷勾着头,背着手,扑挞着两只大脚板子去家后小卖铺打酒,两毛钱一斤的老白干。卖酒的大老陈刚用酒提子把酒打出来,倒在李文大爷的茶缸里,弯腰拿盖子,一起身就见李文大爷一仰脖子"咕咚"一下,半茶缸子酒已经被李文大爷一口抽干了,柜台上一把花生还没有动。"再打一提儿。"转眼间李文大爷说话舌头就不随活了。大老陈摇摇头,又打一提儿,"你坐这,就着花生慢慢喝……"大老陈的话没落音,半茶缸子酒又"咕咚"一声下肚了。然后,丢下两毛钱,拎着空茶缸子,歪歪拽拽地走了。

终于,在又一次一气抽干一斤老白干后,李文大爷大口吐起血来,直着脖子倒,先是鲜血,后来是血沫子,足足有半洗脸盆子。

等儿子石头把他从县医院拉回来,李文大爷就软塌塌的像换了一个人儿,眼里没有了精气神儿。不打鱼了,不叫吓着了,也不喝酒了。不过,赤巴脚走路的习惯,一直没有变。

毛嫂子

人常说:薄嘴唇儿,说死个人儿,这话也不全对。你看毛嫂子的一对薄嘴唇却像是被焊在了一起,一天到晚严肃地紧闭着。加上又高又挺的鼻子,深深的眼窝,自然卷的头发,难怪东寨村的人都拉长了音地叫:(杨)洋毛嫂子——

毛嫂子天生一副弱不禁风的样子,一年到头都是病快快的。农活是一点也干不动,只能帮杨毛夹夹油馍、递递东西啥的,一天两顿饭也都是她大闺女、二闺女做。可能是因着身体瓢的缘故吧,毛嫂子特别爱得邪病。经常看见人们"噔噔噔"往杨毛家跑,边跑边喊:快去看看毛嫂子又犯病了,说是白鱼精附身上了。大人小孩就都跑去看热闹,挤满了杨毛家的院子。

毛嫂子被人从身后抽着,半坐在地上,脸色乌紫,嘴唇发青,上下牙齿以最快的速度打着架,不停地发出"得得得,得得得"的声音。花脸就用大拇指盖掐着毛嫂子的人中,大声问:你是谁? 赶快走! 离她远远的。再不走,我就用针扎你! 是神我叫她给你上香,是鬼我叫她给你送钱。别再缠她了。毛嫂子发青的嘴唇慢慢吐出了这样的话:我是涡河里的白鱼精,二月十九逢老会,我套八匹白马佩戴着金鞍子去赶会,恁都给我远远地避开……说会子,掐会子,愿议会子,毛嫂子长长出了口气,渐渐睁开了眼。看着满院子的人,一脸茫然。

你又犯病了。

这回是白鱼精,要来赶会呢。看毛嫂子缓过了神,人们争着抢着说。

我正收小鸡儿,刚端起盛小鸡的草筐子,胳膊一瓢,浑身四两劲都没有了。毛嫂子像是说给别人,又像是说给自己。人们慢慢地都散了。

村里有人说,毛嫂子领孩子太稠、太多,身上的血脉不旺了,神鬼才老是附她身上。毛嫂子就睁圆一双大眼:那咋弄,听人说喝绿豆汤能不怀孕,小高一落草,我就喝了两大碗,咋还是有了银环和玉环儿?

这一拉一擦十个孩子,像是飞鸟嘴里不经意间衔丢的种子,一接着地气就生龙活虎地长开了。而毛嫂子却像是熬油的灯,一天天人影子似的在村子里晃悠。

不知道这半条命似的毛嫂子,竟也有让人眼热的绝活儿,就是饺花子。所以不管谁家嫁闺女,娶媳妇,都让毛嫂子帮着剪。这边煤油灯一点着,红纸和剪子往手里一拿,毛嫂子的俩眼立刻活泛了起来,两颊也呈现出少有的红色,脸上也露出了喜气。一张张大红纸,根据需要先裁成大小不同的片片,这些个片片,在毛嫂子手里三折两折,就变成了不同的形状。而后毛嫂子左手拿着剪子(她是左撇子),右手送着红纸,俩眼随着剪尖地开开合合不停地移动。"咯吱,咯吱"大黑剪子发出欢快的叫声,像是条灵巧的蛇愉快地在红纸间游走,多窄的缝都不能挡住它前行的脚步。不一会儿,那贴在大站柜上四四方方、笨笨拙拙的双喜,那放在脸盆和茶盘里圆圆的拉花,那贴在盆架上的喜鹊闹梅,那放在被子上的龙凤呈祥、百子合欢,无不充满灵气,惟妙惟肖地跳了出来。

　　……

　　天黑了又明,月落了又升。这日子虽然苦多甜少,毛嫂子到底熬了过来。应了人们常说的那句话:三年药罐子,摞死个壮汉子。没想到杨毛倒先走了。毛嫂子这根像要枯死的草却慢慢地返醒了过来,越活越精神了。

　　十个孩子成家后,毛嫂子就跟着小儿子老高子过。看看小孩,铰铰花,信信主,很滋润也很舒坦。

磨动天

磨动天的娘家在小鳖庄。那是一个小得不能再小的庄子，只有三户人家，几亩薄地。日子过得很是凄惶，三天两头揭不开锅。磨动天的爹就把十五岁的磨动天（那时还叫四丫头）送给东寨村的朱老五当丫鬟。

朱老五是个大地主，恶不恶霸不好说，整日里穿着褐色带团花的长袍，外面罩着绲边马甲，戴着瓜皮帽，拄着个文明棍。走一步摇三摇，一到人多的地方，就把个文明棍支到身后，斜着身子站在那，就像一个人长了三条腿。

没过多久，朱老五就把四丫头收了房，做了小老婆。四丫头娘家姓李，人们当着她的面叫她朱李氏，背了脸就叫她地主小老婆。这时候的朱李氏穿着桃红大襟棉袄，扎着黑棉裤腿儿，成天天吸着纸烟，烧包得很。一年后，朱李氏生了一个男娃叫铁孩。俩大眼儿随她。但黑得三把挖不出一个白印子仿朱老五。铁孩长到两三岁儿，朱老五就被枪毙了，家产也都充了公，朱李氏也开始遭殃了。大队天天斗她。每一次朱李氏的脖子上都挂两双破鞋，绑着俩手，由一个人用麻绳牵着游街。一边走，朱李氏一边说：都甭给我学习，我好吃懒做，我欺压人。说里俩嘴角子都是白沫子。披头散发的，从这个庄游到那个庄，一连得走几个大队。慢慢地，这个俩大眼穿桃红袄的地主小老婆，就瘦成了一把干柴，俩大眼也掉到了坑里。

不得已，朱李氏开始一边招呼铁孩儿，一边干活儿。但她总是不能安心，就张罗着给人说媒。看别人不信任她，就把胸脯子拍得啪啪响。说，俺孩子他二爷在北京做大官哩，马上就回来接俺娘俩，恁还有啥不放心的。有人就逗她：游街的时候你咋不说恁孩他二爷？朱李氏就住了口。但过两天，她还去说，说动男方说女方，鞋都磨烂，就为了吃人家几包果子、一条大鱼。时间长了，朱李氏说媒就出了名，十里八乡，只要她想说，甭管多不般配，她都能说成。大伙就给她起个名字叫"磨动天"。

有一回，城西北乡有一家姓包的，托磨动天给他儿说个俊媳妇。但包家儿子有一只眼小时候给人玩耍叫竹竿尖儿扎瞎了。怕说不成，就给磨动天多封了四色礼。磨动天拍着胸脯子把事揽了下来。她在村上转了三圈，看中了张老八的二闺女,就到张家闲拉呱。先是说这城边子地合得少,庄稼见得少,常年吃不上白馍。又说西北乡里地合得多,一个人五六亩,一年到头粮食是大囤尖小囤流,吃喝不愁。张八婶动了心。就问:你可是有啥双巧的了想给二妮说? 磨动天说:正是哩。男方家有五六十亩的好田地,一大片老宅子,我不就是想让二妹妹去享福么。男方啥都好,就是有一个眼不得劲儿,但这人再俊你也不能晦他不是? 千里做官还为了吃穿呢,人这一辈子不就图个吃好喝好么? 磨动天直说得嘴冒白沫,张八婶点了头才罢休。

那时候,说媳妇不兴见面。俊闺女二妮就这样稀里糊涂地嫁了过去,结婚才知道那男的瞎了一只眼。家里有五六十亩地不假,一天到晚死到地里,累得要命。西北乡的人又会过,还不如在家吃得好。结婚一个月回娘家,二妮就瘦得脱了形,哭着不愿再回去。张八婶心疼闺女,就去找磨动天。磨动天高门大嗓地说:我说人家有五六十亩地可假? 人家眼有毛病可瞒你么? 你自己吐的口,咋还能怨着我? 张八婶干气说不出话。

还有一回,小余庄余兴发的三儿想说媳妇,但余家穷,拿不出四色礼。正好城南有一家,也叫磨动天查听着给闺女说婆家。磨动天看一眼那闺女,又矬又矮,像个枣胡子丁,还长一脸雀子。但她贪人家一条大鱼,就把她说给余家三小子。这余家三小子初中毕业,长得有个、样有样,不知道磨动天用的是啥法,竟然说成了。结婚当天,小余庄的人都去看,说磨动天造孽,只图吃喝,胡乱配对子。结果三小子气得喝了个大醉,抹磨动天一嘴的屎。

磨动天也咬牙跺脚发厉誓,不再给人说媒了。但才过几天,有人看见她拖拖地又出庄了。就说:真是个媒婆子,记吃不记打。

就在这东跑西颠中,磨动天慢慢地老了。她像是深秋里的玉米秆,在风雨里飘摇。现在都时兴自谈了,磨动天的大鱼也吃不上了,但她成天挂到嘴边上的话是:这仨俩五个庄,哪家的媳妇不是我说的?

骑兵老王

恁不知道,那枪子打得是嗖嗖叫,慢一点都得死。马一跑起来,四蹄翻开,肚皮都能贴地,比电影里快得多。能不能活命,都看你的马撑不撑劲了。老王吧嗒吧嗒吸了两口烟,按了按烟窝,眼里的火星比烟窝还要亮。

大伙知道老王又想起了他的红马,想起了那场战役,都闭了嘴,等着听下文。

果然,老王静了一会儿,又开了腔。我在三野骑兵团的时候,张震是团长,那会儿没正规整编,团大,人多,都说是团长顶司令。打碾庄那回,整整十一天,一个碾庄黑烟弥漫,大白天都看不见日头,土都打焦了,地里头、河坡子上,死的人给谷个子样,成堆成摞的。那边的人死得多,咱的人死得也不少,一百个人不能剩十了个。后来接到命令叫撤退,骑兵团得断后。有些马都炸惊了,一听炮响咴咴直叫,满地乱窜,那个骑兵肯定得死,这马就是打个愣,人马都没命。我骑的是一匹叫"单刀"的蒙古红马,那是训练出来的,一点也不惊慌。我紧贴着马背,趴低身子,搂着马脖子,从远处看,根本看不着人。我的红马是匹母马,快生马羔子了。没办法,马少。我给马说:红马红马,你可得争气行,跑慢一点,咱这三条命都得搁这。我那红马"单刀",真是好样的,四蹄翻开,比电带得还快,直跑得浑身滴水,毛都打绺。刚拐过一个坡,马驹子都露头了……后来,我牵着红马,抱着小马驹直撵了一整天,擦黑才撵上宿营的骑兵团。

说到这,老王用手抹了一下脸,一会儿又有眼泪出出叫流下来,顺着鼻洼子往下淌。大伙都知道老王是个寡言的人,但一讲起打仗,讲起他的红马,就像换了一个人。

马给人一样啥都知道,就是不会说话。俺团里有个叫王顺当的,给我一样也是十六岁当的兵,他当时骑一匹叫"独眼"里青马,打徐州的时候,顺当叫子弹打出了脑子,给死人都摞一块了。那个"独眼"给疯的样,满人缝里钻,闻闻这个人的裤腿,拽拽那个人的褂子,找顺当——死人看多了,不知道心疼了,看马这样受不了。找不着顺当,"独眼"一脸里张皇,就像小孩找不着了娘。

说着这些话,老王又用大手抹了一下脸,慢慢念叨一声:我哩"单刀"样——

　　老王念念不忘的"单刀"，1950年和老王随慰问团去了越南。当时骑兵团去了六十人，跟韦国清团长一块，在越南待了三年，老王回来了，"单刀"留在了那里。自老王十六岁当兵，"单刀"就跟着他。那时候，老王是个孩子，"单刀"是个小马驹子。打碾庄，打徐州，去越南，"单刀"和老王风风雨雨十年整。他俩之间比父子、兄弟、夫妻都亲，"单刀"就像是老王身体里长出来的一部分。没了"单刀"，老王就没了魂儿。

　　1953年回国后，老王就复了员，回到了东寨村。因为没文化，也没给安排个工作，一个月就领九块钱的补助。生产队知道老王当过骑兵，就让他给队里喂牲口。一见到马，老王才算有了魂儿，他把军用被往牛屋里一放，吃住都不离牛屋了。生产队从新疆进一匹虎斑野马，眼圆润有光，尖耳阔鼻，前蹄圆，后蹄略尖，老王搭眼一看就知道是匹好马，但这马太烈，没人能驾驭得住。村上的二愣子仗着年轻，有把子蛮劲，不知道天高地厚地指着枣红野马说：甭管它是啥马，不出三天，我保管叫它服服帖帖哩。二愣子把牛鞭炸得啪啪响，把马身上都打宣了，也不管经。二愣子伸手还没挨着马鬃，枣红马一尥蹶子，二愣子就挺在一丈外叫唤了。

　　老王看见了，不声不响地从地上拾起几块碎砖头，慢慢走到枣红马跟前，抓住马耳朵轻轻一拧，就见那马浑身一激灵，大伙还没看明白咋回事，那虎斑枣红马就忽打着眼之毛，打着响鼻儿，俩前蹄儿一扒一扒的，像是遇到了亲人。老王把碎砖头一撂，伸手抓着马鬃，腿儿一偏就跨了上去，在众人惊愕的目光中，飞奔而去。

　　从那以后，枣红马就成了老王的命。没事就给它刷毛、剪鬃、修蹄子。夏天热，老王就在马槽里放一大块石膏（石膏是凉性的），从家里偷来绿豆成捧地喂马。老王的媳妇小二姐气得哭，说：一年分这半小笆斗绿豆，平时都不舍得熬个绿豆茶，你都给马吃完，这日子还过不过了？老王勾着个头，也不言语。枣红马犁地回来，热得不想动，老王又跑回家，把二姐攒的鸡蛋偷出来，一下子打十来个，给枣红马喝鸡蛋清子。二姐知道了，免不了又哭一场，到底也没别过老王，就由他去了。家里的东西，只要马能吃的，慢慢地都成了它口中的食儿。

　　……

　　就在这铡草喂马犁地的琐琐碎碎里，老王就老了。他从一个瘦高、清秀的骑兵，变成了一个弯腰驼背的农村老头。

　　一次，老王正端碗吃面条子，电视上放《亮剑》，铁团长的骑兵连给鬼子肉搏。老人看着看着，把碗一丢，说了句："单刀"，我的红马——泪水就顺着他的鼻洼子往下淌。

如意儿

如意儿这名字跟他本人好像很不配套。挺斯文的名字,而它的主人却是一个又黑又胖、满脸冻疮的家伙。一年到头干的是白刀子进去红刀子出来的杀猪营生。

早年,在韩桥北头有个食品站。有一亩多地,前面是卖肉的铺面,从南角门往里去是开阔的后院,是卖猪和杀猪的地儿。四周打着高高的围墙。

一入冬,人们把养了年把二年的猪送到食品店来了。他们有的把猪捆了四条腿儿,用架车子拉来,有的用小条子轻轻赶着猪像遛弯儿一样走来。不管咋样来的猪,都有一个共同特点,肚子都吃得圆鼓鼓的像气吹的一样。这样做的目的有两点:一是猪要卖了,庄户人家心疼,再让猪吃顿饱饭;二来过秤的时候能增加些斤两。

每逢如意儿磅猪,只要领导不在身边,他总是睁只眼、闭只眼,把秤称得高高的,不像食品站里那些吃商品粮的人,刻刻薄薄,去掉几斤水食啥的。人们都乐意瞅如意儿当班去。

根据猪的肥瘦,如意儿在磅好的猪屁股上打上"甲"或"乙"的字样,再把它们分别赶到不同的圈里去。收了几天,猪满圈了,就开始杀猪了。你看如意儿手拿套杆就进了猪圈,只要指好哪只,迎头一套,保管一套一个准。不像别的人,举着套杆,攮得鸡飞狗跳的,也套不住一个。

套住的猪被两三个大汉牢牢地按在特制的木案上,不停地挣扎,嘴里发出骇人的嚎叫。如意儿口咬漆猪刀背,手握粗粗的木棍,稳稳地在猪前站定,劈头一棍,直打在猪的耳后根上,那猪还没来得及哼一声,尺把长的漆猪刀就从喉头下面的窝窑里,"嗖"的一下刺进心脏,接着如意儿手腕一抖,猪的心脏就被豁成了两半。"刷"的一声拔出漆刀,那鲜血就像喷泉似的直往外涌。再剽悍的猪到了如意儿的手里,也只有抽搐的份儿。

等那猪放净了血,如意儿把猪的一条后腿划开一个口子,用拇指粗的探条,从口子插入直通到猪的耳后根,然后就抱着猪后腿吹起来。这给猪吹气,也不是一般人能干的活儿。你若只会吹气不会换气,那猪的身子就鼓鼓瘪瘪,啥时候也起不来。你看如意儿,一口长气均匀着吹,直吹得满脸涨红,双目突出,接着捏紧口子,凝神换气,再一阵长吹,只需吹三口气,然后用麻绳把猪后腿扎紧。再看那猪,四腿朝天,腰圆肚鼓,用小棍轻轻一敲,"砰砰"直响。

待大铁锅里水烧到六七十度,就把这大肥猪往锅里一攒,翻两下身子,三五分钟后,拽到特制的锅台上。如意儿脚蹬锅台,双手拿着刨刀,一刮一溜,随着刨刀的移动,发出咯吱咯吱的脆响,又粗又黑的猪毛,呼呼往下掉。几根烟的工夫,一头大黑猪就变成了大白猪。而后,两个身穿土蓝色厂工作装、脚穿高腰靴子的小伙子,架着猪的后腿,几步就走到挂猪的横木下,如意儿俩手一托,那猪就被稳稳地挂住千金骨,头朝下荡起了秋千。如意儿习惯性拍了拍猪的肥肚皮,嘴里念叨:猪猪你别怪,你是人们一道菜。言毕手起刀落,"哗"的一声,猪被开膛破肚,心肺连肝如石委地,"扑扑通通"落在早已准备好的大盆里。如意儿照例伸手揭下一块冒着腾腾热气的隔间油,往嘴里一丢,三口两口就吞了下去。

然后,猪头放一块,前后腿放一块……一个时辰后,一头肥猪,都归落得干干净净。这时,如意儿在又脏又长的褂子上搓下手,抽出一根毫芍烟,点燃了,眯着眼,长长吐口烟气,过起烟瘾来。

如意儿除杀猪外,还喜欢给人家当大总。但他有个特点,只当红事的大总,白事不干。用他自己的话说每天干的是伤害性命的营生,要多见喜事,积积阴德,甭管是娶媳妇还是嫁闺女,只要把事安排给如意儿,你就啥心不要操了。你看如意儿肩膀上搭着条毛巾,背着手,不停地走来走去。从安排人支锅和煤,到埋桩子搭棚,到租赁瓷器,到端菜上饭,到刷碟子洗碗……无一不妥妥当当。几盘凉菜一上,客人喝了前三杯酒,如意儿便带领着东家去各桌敬酒,哑哑的喉咙放出了声:各位亲朋好友,多谢大家赏光费礼,东家敬酒了,大家吃好喝好——东家跟在如意儿后憨憨地笑着,双手举杯:大家吃好喝好! 人们都应和着,站起身子,仰脸儿把酒喝了。

等抹了桌子,扫了地,一切都拾掇利亮,如意儿就脸红扑扑地哼着小曲回家了。

如今,食品站也扒了,七十多岁的如意儿也杀不动猪了,可他还喜欢一天到晚坐在儿子的肉摊子前,一边招呼着帮儿子卖肉,一边嘟囔:这机器杀猪不放血,不吹气,肉松松塌塌的啥吃头,唉!

三姑娘

　　小姐讲究的是行不动裙、笑不露齿,你这倒好,见天地甩着俩大脚片子,一头东一头西的,生就丫头命,屯田的料。老夫人见不得三姑娘那双大脚,遇到了免不了冷言相向。

　　也难怪,像他们那样乡下有田庄、县城有生意的,哪一户人家的姑娘不是尖尖小脚似椿叶,走起路来风摆柳的。偏偏这三丫头,又黑又瘦不说,还长了双大得出奇的脚。身子却娇贵,自幼一裹脚就高烧不退,彻夜啼哭。如今,眼看十七八岁了,还没有人前来提亲,真是让人头疼。

　　终于,城西南五十里有一破落大户,不在意三姑娘天足,托媒人前来提亲。老夫人总算了了一块心病。

　　到底让老夫人说中。三姑娘真就屯了田,成了一个庄稼人。男方家道虽已落魄,但还算过得去。从男人耳朵扎的偏坠、头上梳着小辫子来看,他在家也相当娇惯。成家后,三姑娘一颗心也安稳了下来。不再想着把那双大脚掖着藏着了,也不要整日里再拿着,端着了。

　　仿佛要证明什么,三姑娘每天下田劳作,风来雨去,晨昏不止。很快的,三姑娘就成了一个黑红脸膛、身材健壮的女子。但她心里敞亮极了。每当夜晚来临,燃起灯火,那是三姑娘最幸福的时刻。罩子灯被丈夫用绵软的纱布擦拭得如同真空一般,整个房间一片明净雪亮。三姑娘坐在灯下纳鞋底,丈夫拿出厚厚的大书,端端正正地坐好。一顿一挫、一抑一扬拉着长秧子唱读:你跟秦琼姑表弟,传枪递铜后花园,他的铜法教给你,你的枪法未传完——。丈夫两眼明光,陶醉其中,不时以书为中心,头晃圆圈。左耳的金圈子也跟着不停地摇摆。三姑娘眯着眼儿听一阵,嘶楞嘶楞拽会子线绳,一脸的满足。

　　日子,若这样一直向前多好。但很多局势是三姑娘这样的小人物所无法预料的,虽然嫁过来家道已经中落,他们仍然被定为破落地主,何况,她娘家是地地道道的大地主加资本家呢。在那种轰轰烈烈的局势下,斗地主成了这偏远乡村的件大事。每天吃了早饭,队里就派人叫三姑娘和她的丈夫。三姑娘似乎是早就准备好,或者说把这当成了上工。她抻抻衣襟,放开卷起的袖口,把头发拢拢,吩咐大女儿照顾好弟、妹,就踏着有力的步子一脚一脚地向外走去。丈夫拢着手,缩着头,满脸晦气地相跟着。人们把写着"打倒地主分子×××"的纸糊高帽子戴到他们头上,用绳子反绑了手,脖子上拴着个绳子由一个人牵着,另一个人手里敲着烂犁铧,"哐哐哐"一路开道。一天下来得走几个大队,嘴里还得不停地说:我是地主分子,都别给我学习。临近结束,三姑娘嘴唇灰白,连干沫也没有了,头发也凌乱起来。可是第二天,她又面容平和、头脸光光地来了。这倒让那些蓬头垢面、衣衫不整撵着看热闹的闺女媳妇面皮发红。

这日子一半是熬,一般是盼,总算有了尽头。三姑娘家终于摘了帽,有了自己的土地。她似乎是发了狠,农忙的时候几乎吃住都在地里。丈夫一辈子懦弱,批斗时又落下一身毛病,不能指望;儿女都上学,功课不敢耽误,也不敢指望。但她的身子好像也不太听自己的指挥了,各个关节都突出膨大,一天吃一把止疼片也不顶事,三姑娘咬牙不说,不说。几亩地的玉米苗子,眼看让草给吃了,她心里已经着了火。趁着两腿露水,三姑娘就开始下地锄草。到了中午,太阳发了威,像要把人烤干,她也舍不得回家。腰疼得像是断了,三姑娘就慢慢躺下来,睡在地上用手薅。薅完这边翻个身薅那边。等这一小片薅完了,就往前爬几步,再薅……饿极了,打开毛巾包着的死面饼子,一掰才发现,扯的都是黏丝,这是让大太阳晒毁了。咬牙吃上几口,喝点凉水,休息会儿再干。一日复一日,直到倦鸟归林,月上蓝天,才拖着一身的泥水,往家走。

三姑娘的辛苦,有了收获。几年后四个孩子先后考上学,成了吃商品粮的人。那个在当初指着三姑娘的二小子说"扫帚戴个帽,都管说上媳妇,你都不管"的队长,找到家门口,想让二小子给自家当女婿。三姑娘递过一杯茶,平静地开了口:他伯,二小子丑,不配哩。队长听了,满脸羞赧。

只说是,从此之后,三姑娘苦尽甘来,谁知不久竟查出了食道癌。三姑娘知道自己大限已到,却也十分从容。她言:我死后只有一事相求,悄悄地埋了,别火烧。我想睡在土地里。儿女们含泪点头。那一年,一入冬大雪就纷落而下啊,滴水成冰。腊月初十,三姑娘让女儿给自己换上一套干净的衣裳,洗净头脸,长长出了口气,就过了世。一家人围在三姑娘床前,压低喉咙,把来自胸腔的痛哭挤碎,压榨,拉长——(那时候刚实行火葬,发现偷埋的举报可得到五百元)。是夜,他们打开烟炕的小门,用锛斧刨开冻土,挖了块两米见方的深坑。没有棺椁,卸下门板,铺上厚厚的麦草,把三姑娘端端正正地放好,再以被遮蔽,盖上冻土与麦草。三姑娘算是闻着麦香,像睡在田地里一般了。村里人出来进去不见了三姑娘,竟如冥冥之中互通了,只字不提。

五年后,政策稍松,儿女们打开小门,为三姑娘起坟。待轻轻掀去身上的棉被,发现三姑娘肤发如生,衣衫整洁。旋即,哭声若山洪奔突,冲破狭窄的门脸,泄将而出……

天才儿

　　天才儿娘给她儿子起名叫天才儿,那真是没叫错。这家伙真是心灵,搁这时候百分之百能考上清华大学。只要一提起天才儿,东寨村的人都会这样说。

　　还有人说:天才儿生就毒害,老早就把他爹妨害死了,他娘寡妇熬儿,把他拉巴大,可没少作难。

　　不管咋说,大伙就觉着天才儿给一般人不一样。天才儿家里穷,喜喝酒,见天三四两老白干,雷打不动。但他喝酒给李文大爷一口抽不一样,他很雅。每日里喝酒前,他总要把家里唯一的大方桌再抹一遍,直到桌面露出清晰的木纹。然后把个板凳端端正正放好,天才儿才摽着腿儿往板凳上一坐,叫媳妇炒一把麦籽籽(因为穷得没有下酒菜),炒好的麦籽又黄又焦,往白瓷碟里一放,真是赏心悦目啊。天才儿抿口酒,就一颗麦籽,不紧不慢,优哉游哉,享受得很。

　　对于这个二十世纪三四十年代出生的天才儿,一天的学校都没进过,鬼知道他是咋识的字。村里人就知道天才儿家的大方桌上,有一半地方搁里都是书。又是《内经》、又是《神经学》、又是《中医理论》,反正都是些大部头的医书。天才儿没事就坐在那拿个大部书看,自己瞎捣鼓着配药。山猫去拾粪,走天才儿家门口过,看见天才儿在看书,就熬糟(音)他说:天才儿,书上的字能认几个?可认得"大小""男女"?天才儿看一眼山猫,并不生气,赶紧给山猫招手。山猫把粪箕子一放就进了屋。山猫是村里唯一上过高中的,因为穷没上完就回家打坷垃了。天才儿对山猫很佩服。天才儿说:山猫,正有几个穴位我拿不准,你坐这,我搁你身上比画比画,你看可对?天才儿从头顶的百会穴开始,到四神聪学,到头维穴,到风池穴,到睛明穴,到肩井穴,一直到脚侧的至阴穴和脚底的涌泉穴,全身四百零九个穴位,不但说得一字不差,就连穴位的位置也准确无误(只要能用手摸得着的)。直说得山猫圆着眼,张着口,就像被人施了定身法。半晌,山猫自语道:我里个乖乖,你不是个凡人哩。

　　慢慢地,村里人都知道天才儿懂医了。那时候人不金贵,有个头疼脑热的就叫天才儿给瞧瞧。甭管用土方子还是配药,经天才儿的眼一瞧,就好起来。天才的名气就大了。

有一回,后庄有个小女孩生了白喉,一个嘴烂里给血瓢样,声都不出了。抱到天才儿家,天才儿用双筷子一压孩子的舌头,看见喉咙眼里长满了白蛾子,知道这孩子得了毒症。就对她爹娘说:这个白喉厉害得很,这会儿要不瞧,抱不到一地身子远,小孩子就没命。瞧,我也只能试试,不敢保证瞧好。那孩子的爹说:死马当个活马医呗,好不好看她的命。天才儿就叫大人抱好孩子,让她脸儿朝上,自己用书纸折成一个凹槽,从瓶子里把配好的药面子倒到纸槽里,轻轻一吹,药面子都撒到了孩子的喉咙眼儿里。然后安置大人说:叫孩子勾着头,淌淌水儿。不一会儿,从孩子嘴里淌出尺把长的黏条子,足足淌了一根烟的工夫。天才儿又把一包药面子递给孩子的爹,说:明个还是这时候给她吹一回,如果见轻就再来一趟,不见轻就不要来了。

隔了一天,那两口子抱着孩子又来了,进门就说:先生,你可行了好了。这妮娃燕(音)黑了就吵吵饿,知道要吃的了。今个再叫你看看。天才儿让小妮子"啊"张了嘴,对着光一看,白蛾子基本上没有了,露出红红的肉,就放了心。又给吹上药面子,不过量少了一半。然后又给包了一包,说:管了,明再吹一回药,就不要来了。天才儿收了他们五毛钱。那孩子的爹娘千恩万谢,抱着孩子走了。

天才儿的名气愈发大了。有一回,鹿邑县的一对老夫妻用架车子拉来一个犯羊角疯的姑娘。因为犯病太勤,这姑娘已经不能正常走路了。天才儿看了看,叫人拿东西把车子垫平,让姑娘躺好,把随身盖的薄被虚虚地往她身上一蒙。天才儿在架车旁坐定,左手攥着一把长长短短连有金线的银针,微微闭了眼,从左手拿过一根根银针,隔了薄被,轻轻扎下去,慢慢捻一捻,然后用两节电池一连,银针就开始缓缓地颤动。姑娘就像一只顶着盖地的大刺猬,慢慢发出了均匀的鼾声。两个时辰后,收起银针,掀开被头,姑娘露出了明亮的眼神。

这一家三口,在天才儿家住了七天,天才儿收了十块钱。姑娘用架车子拉着她的爹娘欢欢喜喜地走了。

有个山西运城的富人,听说天才儿的名,开着车拉着他的傻儿子来了。那时候,自行车都很少见,别说汽车了。一个村的人都围着看,他们说:这一回天才儿该发财了,看这家多阔气。结果,天才儿硬是手一背出去了。那山东人从大早上等到天黑,也不见医生回来,只好又开车走了。

村里的人不理解,就问:天才儿,多好的机会,人家把钱送上门,你都不要,为啥啊?

不为啥,那狗日里看我的眼神不得劲,怀疑我,轻视我,提防我,我给他瞧干啥,反正他有的是钱。

大伙摇摇头,都说天才儿傻透了。

这个个色的天才儿,就这样随心、随性、随缘地生活着,快乐着,成为东寨村的一大传奇。让人想不到的是,一次夜归,天才儿竟失足掉到村后的北河里,淹死了。这让十里八村的人心痛不已。他们都跑到河沿去祭奠他,九十七岁的王老太太流着泪向着河,说:天才儿啊,可是老龙王不得劲,叫你请去了。你往龙宫里一住怪得,俺要有个头疼脑热里,还指望谁啊——

甜的姐

哎,真没想到,甜的姐孙子都有了几个又找了个老头。

就是,大半辈子都过来了,俩小的也都考上大学了,到底还没熬住。

人们七嘴八舌地议论,像根根银针,戳破了甜的姐包装完美的外壳,更让她那千疮百孔的心血流不止。

自从十八岁嫁到东寨村,甜的姐就和花脸一样,是数得着的能干的女人。头两年,丈夫佟天江在部队,她一个人在家拉巴个孩子,还得下地干活儿,还得照顾家里。往往是干了一上午的活儿,到家做好饭刚端起碗儿,上工铃又响了。碗一丢,扛着锄又下地了。小孩子就随便在地头爬,几头大黑猪经常饿得蹿出圈,满院子乱拱。甜的姐不急也不躁,到家后把抽空割的马蜂菜,用刀切切剁剁,拌上麦麸子、红芋渣,让猪扎扎实实地吃顿饱饭,安生下来。再烧一大锅热水把已经睡熟的儿子洗巴干净,把屋里屋外打扫一遍,换下的衣服洗洗,才上床睡觉,天天如此。

好容易盼到佟天江转了业,有了个帮手。接连又生了三个孩子,日子依旧是忙碌。不过甜的姐已经很开心了,再苦再累丈夫在家,心里就有了着落,有了依靠。所以,不管你啥时候看见甜的姐,都是脸红扑里,沾着汗湿的头发,咧着嘴儿笑着,手里也肯定在忙着。

这日子就像平静的小河,缓缓地向前流淌,没有波涛汹涌,也没有暗流旋涡。甜的姐一家六口快快乐乐地生活着。不知道从哪一天开始,佟天江感觉浑身没有一点劲。甜的姐说:八成是这几天出花子(刨白芍)累的,你歇着,我干。歇了十几天,还不见好,脸和腿倒是肿了起来,一按一个坑。上医院查查说是慢性肾炎,得调养,还不能干重活儿。这下担子又落到甜的姐身上了。

眼看着孩子都大了,上初中的上初中,上小学的上小学。这花钱得从哪出啊。经过几天的思考,甜的姐决定开一个饭店。一是自家的房子靠着大官路,赶集的上店的都爱在这歇歇脚。二是她大姐家就在城里开饭馆,管免费取经。三是佟天江身体不好,天天收个钱就行了,不会太劳累。说干就干,把三间大堂屋用石灰一刷,摆上几张桌子,靠西旁支几个灶台,一家干干净净的小饭店就落成了,起名叫天江饭馆,主打招牌:羊肉汤。

大冬天里,一口大锅在灶台上冒着腾腾的热气,大块的羊骨头在锅里发着白亮亮、油晃晃的光,乳白色的汤汁咕嘟嘟地开着,上面漂着肥肥的羊油,几个大红辣椒欢喜地上下翻滚。竹罩子里放满了煮熟的羊肉和羊下水,还有整个整个的羊头。切好的芫荽点缀似的发着俏皮的香味。啊,那些南来北往的人呀,谁也经受不了它的诱惑。车子一支,要碗羊肉汤,泡上俩烙馍,连辣带热,攥得是满头大汗。帽子一甩,汗珠子乱掉,那个痛快!再加上甜的姐干净能干,眼皮子活,生意是越做越红火。

村里的邻居早晚来盛碗汤,甜的姐从来不要钱,实心实意地把碗盛得满满的,抓一大把羊肉,撒一撮芫荽,若邻居执意给钱,甜的姐就生气,说:这都是赚的,这些年天江的身体不好,大家没少帮衬,喝碗汤再要钱就太外气了。有时候羊肉汤没卖完,甜的姐就用大碗盛好,给村里的老人端去。如此种种,甜的姐在东寨村口碑极好。人们一说起她,都竖起大拇指,夸她能干、懂事。

饭馆的生意是越来越好,佟天江的身体却是越来越差了,全靠药保命。慢慢地佟天江的肾炎转成了尿毒症,尽管甜的姐花了一大笔钱,想尽了法子,还是没有留住他的命。这期间,甜的姐操心盖了两处房子,给大儿子和二儿子娶了媳妇。但人多了这事也就多了,两个媳妇暗地里上别劲,天天你分的钱多,我分的钱少,我操的心多,你操的心少的。甜的姐就把饭馆关了门,给两个儿子分了家,自己领着两个上高中的孩子过。

因为给佟天江看病花了一大些的钱,再加上两个儿子的婚事,甜的姐现在手里已经没有任何积蓄了。为了俩孩子,她砸过煤球,卖过馍,上窑厂搬过砖。俩孩子也争气,过了两年,双双考上了大学。看这俩孩子的通知书,甜的姐大哭一场。连吃住带学费俩孩子将近七万块,这钱上哪儿弄啊?

亲戚朋友都借个遍也没凑够,但孩子不能耽误。甜的姐想了三天三夜,做出一个决定:把自己嫁了,不管人长得啥样,只要能把两个孩子供养出来就行!

秃 子

人都说要是叫秃子演奸贼，不要化妆。奸白脸，俩细眼儿，一咧嘴，一嘴里黄牙，一脸里奸相。最要命的是他那头，一头的散花秃，头发这儿一撮、那儿一绺，要多难看有多难看。

别看就这么个人物，早年却掌握着东寨村十里八乡村民的命运，祸害了不少人。有顺口溜说得好：进了郑店子往西看，三里桥有个阎王殿。阎王爷是陆中海（秃子），小鬼儿、小判儿是苟金山。

吃大锅饭那会儿，秃子是大公社的头头，成天天掐着腰，对人呼来唤去，像使唤狗一样。秃子给人说话前，总是先咧嘴一笑，刺哼一下鼻子，眼扑打扑打挤几下，才开口。往往到他扑打眼儿的时候，人们都不知道弄啥好了。人们都说秃子是属猫儿头里，一对谁叫唤，准没好事。大伙心里有气，就背地里叫他秃子，又不敢明叫，就说他是"一路明月照九州"。

村东头大黎明、二黎明弟兄俩，年轻气盛，一有气就背地里叫秃子"一路明月照九州"，叫秃子"天女散花"，这话传到了秃子耳朵眼里，就触犯了龙威。以后他们兄弟俩去食堂领饭，非得等所有的人都吃过了才给他兄弟俩打，就连早上"洋火盒"大的馍，人家摸俩，他们只能摸一个。"四个眼儿里"稀饭，也只能摊一勺。你说两个大小伙子咋能撑住，几天工夫，就像是干面条儿浸了水，又瘪又软，说话的劲都没有了。秃子就问："还'一路明月照九州'不？还'天女散花'不？""不说了，书记，再也不敢胡说了。"兄弟俩倚着墙角，软绵绵地说。"哼，不说，不说也不管，这一回我就叫你知道马王爷到底长几只眼，不是不服气么，成天天给我叫叫叫……"说罢，秃子俩眼儿一眯，咧嘴一笑，扭头走了。

到了第五天头上，大黎明就饿死过去了。有好心人端来半碗面糊子水，把大黎明轴（音，扶的意思）起来，撬开嘴，把面糊子水灌进去，大黎明又睁开了眼儿，活了半日。后响，又死了过去，再拿水灌，又睁开了眼儿。挨黑儿，又闭了眼，再灌水已经灌不进去了。第二天，人们再去他们家，发现二黎明也死了。坐个墙角子里，手里抱着半块砖头，嘴角子上都是砖末子、血沫子。

打那以后,别说"秃""一路明月照九州""天女散花",就连"光""亮",人们也不敢再说了。

后来,家家分了地,不归队里管了,也不吃食堂了,人们才慢慢直起了腰,透口气。谁知道秃子的媳妇"大耳垂儿"却作下了病。好好地挎着个篮子下地,只要一去东地,路过大黎明、二黎明的坟头,就"忽通"一下子,一头倒在地上,俩眼往上一翻,口吐白沫,一会儿全身都僵硬了。把她抬到一边,掐掐人中,灌口水儿,一会儿就过来。再上那去,还是那样,立刻一头倒地,昏死过去。后来,"大耳垂儿"就不敢下东地,上大桥北头打洋油都得绕到北地,再往东拐。东寨村里的人就说:大黎明、二黎明死时太年轻,死得冤,阴魂不散呢。

日子就像是涡河里的水,一天天向东流去。慢慢地,人们忘掉了饥饿的滋味儿,也忘记了大黎明、二黎明。秃子也被岁月打磨成一个满脸皱纹的老人。不再一天到晚儿掐着腰了,也不再对人呼来唤去的了,天天扛着个锄,在地里溜来走去,精心侍弄着他的一地庄稼。邻里间有个啥事,也都去帮忙,不论给谁,一碰面,都是先扑嗒着嘴儿,好像要说些啥,不过每回都是笑笑,头一勾就走了过去。

一天,秃子在北地一家饭店门口坐着给人拉呱,一辆汽车突然从门口的马路上冲到了院子里,把秃子碾到了车下,人们慌忙往外拽,拽出来才发现,秃子的俩腿齐刷刷地轧断了,像是两堆肉上搁着两只脚,落在院子里。值得庆幸的是虽然轧断了腿却保住了命,司机还包了不少钱。人们都说秃子命怪大来,有福。

第二年,秃子的小儿子查出了肝癌,八个月后就死了。过了仨月,大儿子卖馍回来,掉到了河里,也淹死了。白发人送黑发人啊,"大耳垂儿"哭得没人腔:我里乖样,我里儿样,恁都走了,叫我指望谁呀!我到底儿作啥恶了,老天爷要恁里命啊!

秃子威喝一声:别嚎了!"大耳垂儿"就住了腔。

歪嘴子大娘

据说,当年苗翠儿嫁到东寨村曾引起过不小的轰动。

哎,没想到宝德这榆木疙瘩恁有福,娶恁好一个媳妇。

真是,要是在古代穿上凤凰霞帔,那就是正宫娘娘。

你看新娘子银盆大脸,高高搭搭的个,一看就是干活的好手。对于宝德娶的这新娘子苗翠儿,着实让东寨村的男人想望、女人嫉妒。

正如人们想象的那样。第二天,苗翠儿就脱下新衣裳换上家常服,长围裙一系,干起了活儿。她把院子里里外外打扫一遍,炮皮、菜叶、废纸统统扫到粪坑里。条几、方桌抹得一趟亮,就像是刚刚刮了胡子的宝德,从里到外都露出一种清爽。

因着苗翠儿的缘故,宝德家那破旧的大院子竟比平常热闹了许多,村子里一些年轻人有事没事都到宝德家拐拐,或讨口水喝,或找个火吸烟,或拉拉呱,眼珠却总随着苗翠儿转动。对于他们这些做法,苗翠儿轻轻一笑从来不放在心上,仍然是该干啥干啥。

过了一年,苗翠儿生了个白胖的小丫头,大鼻子大眼的,随宝德。宝德心里却不高兴,说:跟咱们前后结婚的石柱,宝粮他们都生了儿,你咋给我生个闺女,这不是让我在他们面前抬不起头吗?结果三天没搭理苗翠儿,苗翠儿委屈得不能行,偷偷地掉眼泪,也怪自己不争气,人家头生都是个儿,为咋自己偏偏生个闺女呢?就暗暗下决心,下一个咋也得生个儿来。

可生孩子不是争气的事,接下来苗翠儿一连又生了四个闺女,一个儿毛也没有。那些想望苗翠儿的人就说风凉话,说苗翠儿白长了一个大屁股,竟然没生一个儿,还说再加俩闺女,宝德就变成七仙女他爹了。这一下榆木疙瘩发怒了,气咻咻跑到家,拽住苗翠儿的头发就打起来,把苗翠儿从厨房一直拖到院子里,连打带踩,嘴里还不住地骂:妈的×!白披张女人皮,光生点子赔钱货,还不如母鸡媲个蛋管用!五个闺女吓得是齐哭乱叫。

光明挑着水正从门口经过,看到这情景,撂下担子,飞快跑了进来,拽着宝德胳膊像掐小鸡似的把他拽出了院子。光明当过兵,力气很大,宝德挣扎了几下就只剩嘴上的劲儿了。光明脸气得通红,大声斥责宝德:有你这样打人的吗? 你这叫家庭暴力,虐待妇女,懂不懂! 生男生女问题不在苗翠儿,在你,知道不? 宝德眼瞪多大,不吭声了。

那晚,苗翠儿搂着五个闺女在屋檐下坐了一夜。第二天一早,苗翠儿想叫大丫,结果嘴不听使唤,右半边脸紧绷绷地发麻,拿个镜子一照,去发现原来灵活的细眉大眼一夜之间挪动了位置,嘴歪眼斜的了。

苗翠儿的嘴歪以后,宝德是越发生厌,天天动手打她。光明看不过,他懂得一些常识,常从河里摸来黄鳝,剁掉头,黏在苗翠儿的右半边脸上,用手使劲拽。他告诉宝德,苗翠儿这是受风了,用银针扎几个疗程就能好,宝德不理会,苗翠儿也不敢扎,虽然光明用黄鳝给扳了几回,稍微好了些,但给正常人比起来还是有点歪,加上苗翠儿当时已经三十多岁了,人们就不再叫她苗翠儿,而叫她歪嘴子大娘了。

眼看这苗翠儿从一个鲜活的美人变成一个歪嘴子大娘,这让见过世面的光明很是痛惜,就悄悄地在暗中帮衬着她。

有一天,歪嘴子大娘领着几个女孩在地里掰棒子,从吃过早饭一直干到太阳西斜,宝德头都没露。几个孩子饿得乱叫,歪嘴子大娘就打发她们去奶奶家,自己准备把棒子扛出去,再拉回家。等扛到一半连累带饿,一头就栽倒在地上。待歪嘴子大娘睁开眼,看见光明正拿着军用水壶往自己嘴里灌水,眼睛一热就流下泪来,光明怜惜地把她脸上汗湿的头发拨开,重重地叹了口气。苗翠儿火辣辣的眼睛直直盯着光明,轻声地说:光明兄弟,嫂子不是一个不要脸的人,可没有个儿子,我真是没有一点奔头。兄弟,给我一个儿子吧,说完又呼啦啦淌了一脸的眼泪。光明没说什么,只是把苗翠儿抱得更紧了。

出了玉米地,歪嘴子大娘用手拢拢头发,整整衣衫,她想起了宝德的嘴脸不由得从心底发出轻蔑的微笑。西斜的太阳光打在她的脸上,忽然就有一种说不出的圣洁。想想刚刚发生的事,她不感到一丝龌龊,就像是口渴了到邻家地里摘了一个脆甜的小瓜一样美好。

夏末,歪嘴子大娘生了一个眉清目秀的男娃,起名叫玉生。宝德喜欢得一蹦老高,大声喊:老子高低有儿子了!

玉生一天天地长大,他像一颗生错了地方的种子,处处都与别人不同。聪明伶俐不说,遇事有主见,办事有条理。人们都说那个半吊子榆木疙瘩,咋弄恁好个儿。

歪嘴子大娘呢,只要扫见玉生的影子,就觉得空气中都能飘下糖粒儿来。她像一张涨满了风的帆,一天到晚忙碌着快乐着。

说话的工夫,玉生就长成了一个大孩子,考上了师范,成了一个吃皇粮的人,这在东寨村又引起了轰动。因为从开始到现在全村只有三个城里人,玉生就是其中的一个。歪嘴子大娘更觉得生活有了奔头。可这人生,谁也无法预料,就在歪嘴子大娘一天天快乐起来的时候,却被查出了乳腺癌,玉生就把她送到蚌埠肿瘤医院开了刀。

如今,歪嘴子大娘已经七十五岁了,常用手掩着空了一半的身子,在河坡上放羊。她现在真成了一个满头白发的歪嘴子大娘了,不过,老大娘神色安详,歪嘴子上常挂着一丝微笑,好像有无限的满足。

王笆斗

早些年,涡河南北两岸,挤挤挨挨的芦苇几乎长对头。狭长碧绿的苇叶、如花似雪的苇缨,风一吹,如过电一般,从东到西一波赶着一波地起伏动荡,很有八百里洞庭的浩瀚。

这些在文人眼中的《诗经》,在东寨村的人眼里,却是脚上的鞋、身上的衣、厨房里的柴米油盐。他们用苇篾子编席打篓,用苇毛缨子拧鞋织帽。因而,村里出了不少这方面的高手。其中,王笆斗是翘楚。

王笆斗大号王殿奎。王笆斗这个名字源于他娘的一声叹息:唉,又添了一张嘴,指啥吃啊,家里啥时候能有成笆斗的粮食就好了。这个孩子随口就叫笆斗了。

笆斗虽说名字村里村气的,但人长得真是没说的。瘦高高的个,白净子,单眼皮的大眼,又黑又亮。挺直的鼻子,嘴巴和脸型也出奇的好看。

一年又一年,这个好看的笆斗和村里的男人女人们,每到芦花吐絮的日子,拉着车拿着镰,把芦苇割下后,铰掉苇毛缨子,再把芦苇打成捆,一冬都有事干了。

每天起了床,王笆斗就用大扫帚呼呼啦啦把当院扫干净,把劈好砸软的苇毛缨子、麻绳和选好的木底抱出来,往小木墩上一坐就忙开了。这一日,王笆斗照例先用锯子把一块长形紫楸木板(或洋槐木的),锯成鞋底的模样。与往日不同的是,今儿锯成的鞋底,头尖尖的,又小又窄,如女人的小手一般。鞋底下的木块,竟是前面一块略高,后面的略低,都宽宽的、平平的。村里人看了不解,就问:笆斗叔,你这是弄啥?这恁小恁尖的底子,啥人管穿?王笆斗一边用砂纸打磨鞋底,一边笑眯眯说:给俺娘拧双龙窝子。啥?老太太都七八十了,那小脚裹里给椿叶样,穿了龙窝子可能走路?王笆斗笑笑没吭声。

打磨好了鞋底,王笆斗用钻子沿鞋底打了一圈眼儿,然后用长长的麻绳,每两个眼穿一根。这时候的鞋底,就好像一只长了一圈长发的草履虫,毛茸茸的可爱。接着,他就把准备好的苇毛缨子和鞋底左侧的一根麻绳随在一起,就开始拧了。一边拧着,一边续着缨子,一边拽着下根麻绳。从左到右,眼看着鞋底上就有了一圈毛沿沿儿,像是盖房子摆的一层砖碱。这样拧了三圈后,在前头打个回脸儿,只来回拧,等感觉能盖着了脚面子,又开始打圈拧。不想穿高腰的,就拧浅的;想暖和,就拧深一点。最后再用麻绳加上红毛线收了口,用剪子铰去龙窝子上的枝枝杈杈,一个秀气、刮净、精巧而又拙朴的小脚龙窝子就拧好了。

老奶奶把它拿在手里,脸笑得像朵大菊花,说:活了这七八十,人老几辈子没见过小脚龙窝子。

王笆斗说:赶明我拧好了那一只,你穿穿看。

次日,又一只小龙窝子拧好了。两只小巧的龙窝子并排放在小板凳上,竟像是精美的工艺品,又像是精致的玩具,让人看一眼就忍不住想用手摸摸。龙窝子隐隐散发出干草的清气,闻着也让人欢喜。王笆斗用鞋楦把龙窝子楦了楦,在里面放了把软软的麦秸,让老娘在椅子上坐好,当老太太裹着白麻布的小脚往鞋旮旯里一插,真是又温暖又快活。趁着下面两块宽宽的木块,老太太陡然高了许多,慢慢走一走,手里甩着条汗巾子,一走三摇的,竟像清朝的太后一样美。

王笆斗悠然吸了口烟,看着满脸欢喜的老娘,咧嘴笑了。

……

后来,有个新加坡的商人,给村里的长水合作种植玫瑰园,偶然看到挂在墙上早已破旧的小龙窝子,竟然直了眼,连呼了不起,要出一百块钱买走它。

喜欢就拿去,一双旧草窝子要啥钱。王笆斗说着,随手摘下来给了他。

王娘娘

一百零六岁的王娘娘,穿着一身桃红的绸缎棉衣,头戴一顶靛蓝绸缎圆棉帽,面带微笑地走了。她留给儿孙最后一句话是:"别叫了,我睡会儿。"

东寨村的人都说,这老婆好积行啊,一辈子行好,得好。

关于王娘娘的真实姓名,全村没有一个人知道,包括王娘娘的子孙。只知道王娘娘娘家姓王,夫家也姓王,当家的做得一手的好木工,人称"木匠王"。日子久了,人们半是尊敬半是戏谑,就称木匠王的妻子为王娘娘了。

早年,王娘娘的娘家住在门头沟。两河口一带的人都称之为北集,那里是一个富饶的地方。而王娘娘家更是北集数得着的殷实人家,家里不光有百亩良田,更有家畜、家禽无数。但王娘娘并不娇贵,踮着小脚里里外外忙活,四季不闲。

这一天,门头沟来了一位游乡的小木匠,王员外眼瞅着王娘娘也十七八了,就让小木匠家去打一套嫁妆备用。小木匠就在王员外家住下了。这小木匠虽说只是十六七岁的年纪,但高高的个儿、白净的面皮,清秀中透着憨厚的眉眼,很是让人喜欢。更重要的是,小木匠干活踏实认真,虽说年纪轻轻,但打眼、刻榫、雕花,一点也不含糊。锯子、刨子、凿子,在他手中仿佛有了灵性一般。那些或长或短或方或圆的木料,好像都是他最喜欢的人儿,他在努力地装扮它们,使每一个独立的部件都恰到好处的完美……

这样,小木匠在王员外家住了仨月,给王娘娘打了七七四十九件家具。老式条几、老式方桌、两把太师椅、四把灯挂椅、一口长寿柜,还有盆架、小饭桌、小椅子……竟然没用一根钉子,全部刻榫子合缝。老式的威严厚重,新式的调皮活泼,亮堂堂地发出檀紫色的光。三间西屋搁的是满满腾腾。

王员外看在眼里,喜在心里,有心招小木匠为婿。这小木匠虽然孤身一人,但很是硬性,虽然答应了婚事,却不愿住在北集沾王员外的光。于是,就带着王娘娘和他亲手打制的四十九件家具,来到了东寨村,并在那安了家。

两间堂屋,一间厨房,屋前屋后栽满紫楸、梨树、柿树,再杀一个围墙,就有了一个得得发发的小院落。王木匠农忙时干活,农闲时游乡打嫁妆,他们的小日子过得有滋有味。

梨花开了又谢，草儿青了又黄，这日子说慢也快。说话间，几十年就过去了。"木匠王"的名号是越叫越响，王娘娘的称呼是越叫越顺，其实，人们都愿意称之为王娘娘，是因为他们认为王娘娘就像西天的王母，不同于众人。

其一：王娘娘对金钱的淡然令人惊讶。虽然王木匠的木工手艺堪称一绝，十里八乡嫁闺女、娶媳妇都是请他打嫁妆，但工钱却很少，不少户人家，当初的新嫁娘，女儿又出嫁了，娘儿俩的打嫁妆钱，一直都没给。王娘娘淡淡一笑，若这家再请帮忙，仍然让王木匠欣然前往，从来不像别的农村妇女，把一分钱都看成大骡子大马。

说来你可能不信，王娘娘一生不曾接触过金钱，不管是大面值的，还是分壳钢镚。她对金钱的消费意识，一直停留在用头发和塑料鞋底淘换些针头线脑上，她甚至不认识这些新版的贰拾元、伍拾元、壹佰元的钞票。在她眼里，这些花花绿绿的纸远没有几根柴火、两棵白菜实用。

其二：王娘娘一生性格平和。从不和任何人拌嘴吵架，从来不说别人一个"不"字。在她眼里，亲友也好，邻居也好，儿孙、媳妇都好。晚年，每逢王娘娘过生日，她的几个孙子、孙女，从城里买上大蛋糕以及王娘娘喜欢吃的绿豆糕、汤圆之类的东西回去看她，这让王娘娘很是欢喜。但也有几个子孙一天到晚过得糊糊涂涂的，从来想不起王娘娘的生日。若有人问，你过生日来，小啥咋不来啊？王娘娘总是说，地里活多，没有城里人得闲，如此种种，从没有半句怨言。

其三：王娘娘一生勤劳。东寨村的人都说，没见过王娘娘在哪儿站着或坐着过，无论啥时候见她，总是在劳碌，剥棒子，掰玄参，摘花生，刷锅，做饭，喂猪……她的一个孙女说，我一闭眼就看见奶奶穿着洗得透亮的月白大襟小褂，系着拖地蓝围裙，拿着耙子，颤颤巍巍地从老梨树下走过，去大门口晒柴火……

可能因为以上原因吧。王娘娘平平安安、快快乐乐地活到一百零六岁，在2013年腊月二十，面带微笑地走了。

不知咋地，院子里王娘娘亲手栽的老梨树，今春却一朵花都没开。

大　文

　　大文长着一张圆圆的大盘子脸,像是细杆子上挑着一顶子葵果。眉眼嘴鼻却很小,这张大盘子脸上就显得更空旷。头发却多得出奇,一大把子都攥不过来。她妈顾不上问她,自己又梳不通,所以常年四季,甭管散着头还是扎辫子,都乱得给鸡窝样。

　　这个大文确实有点文。动不动就脸一红,头一勾,俩眼看着地,害羞了。但这个好害羞的大文却干了件让全村妇女都生气的事。

　　有一回,大文和几个小孩给队里看麦,临走的时候,队长说,恁几个就坐在这树底下看着,甭让人进地,外庄的更不能进去。几个小孩子都点点头。

　　队长拉着一车麦子就走了。结果,等啊等啊,眼看着树凉影悄悄挪走了,队长还不见影。小伙伴都撵着凉影坐。大文还坐那不动,红菊就叫她:大文往这挪挪。大文扭头看看大伙,说了一句话:队长让坐这甭动。几个人就笑,你可是个傻子,队长又没在这,队长也没说不能挪挪地方啊。可大文就坐在那不动,毒花花的太阳劈头盖脸地晒着,坐在凉影里的孩子都热得红头酱脸的,你说说大文吧,脸先是闷红后来发白,汗珠子给小河样,突突叫地淌,整个头脸就像个蒸馍锅,热得腾人。

　　不知道队长和拉麦的是不是睡着了,反正从上午顶一直到太阳偏西都没再来。水葫芦的水也喝完了,大伙又渴又饿又困,还不敢睡着,等急烧了就骂队长,你一言、我一语的。红菊说:队长就是一个大老鳖,爬得慢。景春说:队长是个孬孙,马上叫咱饿死啦。巧芝说:队长可是叫车压死了,到这会还不来……大文瞅瞅这个,看看那个,不吭声。

　　谁知道大文回到家,就把小伙伴说的话一五一十学给了队长媳妇。队长媳妇一听就火啦,拽着大文搁村里就骂了起来:恁养里小爹,恁养里小娘,恁不好好管教,叫他背地里骂人。俺当个队长咋啦,又骂俺孬孙,又是叫车压死,恁咋恨俺恁狠……

　　结果,那几个多嘴的孩子都挨了打。妇女碰了面都说,大文老实怪老实来,咋恁肯学话呢? 小孩子嘴贱胡说,到头来学的都是气。从那以后,村里的小伙伴都不好好给大文玩了,怕不小心说错了话再挨骂。大文呢,也不找人家,整天一个人,阴阴毒毒里扛着个篮子,割草,搂柴火。

　　日子似乎在这有意无意的对抗中,慢慢过去了。大文和那几个看麦的小孩子都长成了大闺女。这时候村里在东地种了一大片西瓜。这是一件开天辟地的大事。东寨村的祖祖辈辈,没有种西瓜的。所以,队里就从外边请来了师傅,就住在地头瓜庵子里。西瓜地里杂草又多又嫩,村里的大闺女小媳妇都喜欢上那去割草,大文也去。那个看瓜师傅叫小胡,三十多岁。长着高高的鹰鼻子,天天吸着烟,叉着腰站在瓜地里,很神气。突然有一天,再去瓜地割草,不见了叉着腰的小胡师傅,大文也没有了踪影。人们悄悄议论,说大文给小胡早就好上了,他们一块儿跑了。

　　大文妈咬着牙说,全当大文死了,没领这个闺女。

　　大文这一走就是七年。七年后的一个夏天,天刚扫黑儿,人们都坐在东场里凉快,就看见一个妇女抱着个小孩儿,扯着个大孩儿,胆胆怵怵地往前走。走近一看,天!是大文,又不像大文。快嘴玉兰就试探着问:可是大文?那妇女"哇"的一声就哭了。玉兰嫂子,是我!玉兰就咋咋呼呼地去叫大文妈。大文妈脸阴得能滴水,骂道:你还有脸回来?咋不死在外头。大家就劝:孬好回来了,快别说赌气的话了。

　　后来才知道,大文跟着小胡去了他南边子的老家,寨子四圈都是海子。刚开始小胡对她还不错。后来大文怀孕了,小胡一出去就把大文锁在屋子里,大文就闹,小胡就对脸打她。过了几个月,大文生了个闺女,小胡很生气,一下子把她娘俩都拽到外边,六月的天,屋外的蚊子能吃人,大文刚生过小孩不能动,大文身上、小孩肚脐眼里生的都是蛆。娘俩命真大,慢慢都好了。以后挨打挨骂就成了家常便饭,小胡一高兴就骂大文:贱,给个糖果就能给男人跑。大文自是有苦说不出来。稍一反抗,小胡就像拎着个小鸡,一下子把她扔到海子里。大文吓破了胆,直到生了第三个孩子,小胡才不锁她。

　　大家听了,是一起长吁短叹:唉,知人知面不知心呐——没想到小胡这么恶毒,都怪大文瞎了眼。

　　大文妈骂了一通后,让大文在家住了一个多月,然后给她拿些东西,又让她回到南边子婆家。

　　嫁出去的闺女,泼出去的水。大文妈说。

小　臭

如果把东寨村的人们看作一片森林的话,那小臭就是大树底下又黄又赖的软藤条了,他还没有见到一点光亮,就枯死了。

接生婆老魔气把小臭拾起来就说:这孩子哪儿招往哪儿去,咋给一摊泥样?大家听了也没往心里去,寻思着才落草的孩子,能有多硬邦啊。

一转眼儿,这小孩子一岁多了。村里人从没见他妈陈二婶把孩子抱出来过,只知道是个男孩,叫小臭。

二婶子家门口有棵大槐树,那是个饭场。每天晌午,村里人都端着饭到那吃。见到二婶子就问:咋不叫小臭抱出来玩玩? 二婶子就说:不叫他起恁早,捞捞人。小臭的奶奶也说:孩子多,罪孽大,都是讨债鬼。

槐花白了又谢,人群聚了又散,说话间就过了四五年。这一天二婶子把小臭抱出来了,坐到当院里晒暖。人们看见小臭脸白得给雪样,俩眼不小。脖子和胳膊腿儿都细长细长的,软面条子样耷拉着,这会儿正扛着个头。这时候大家才想起老魔气的话,感到小臭给别的孩子就是不一样。小臭搁小椅子上坐不住,一会儿栽下来,一会儿栽下来,他奶奶陈老婆就用布条子把小臭绑到椅背子上。

从这以后,小臭就成了院子里给大黄狗一样的活物,一天到晚儿都在当院里。大黄狗有四条腿儿能到处跑跑,小臭天天都绑在小椅子上,闭着眼儿,攥着小捶头不停地捣着太阳穴,嘴里发出"咦、咦"的叫声。一段时间后,他奶奶说椅面子屙的不好冲,就把小臭挪到小木墩上,小臭坐不住,就把他给身后的小臭椿树绑一块儿。春天,臭椿花开了又落下,小臭头顶上一头里小黄花子;夏天,椿树凉影从小臭身上慢慢挪开脚步,把小臭晾到太阳地里;秋日里,椿叶落光了,早晚儿有马蹄似的叶柄掉下来,敲打着小臭的头脸儿;冬天,北风从西边过道里打着旋过来,把小臭刮成了一个白胡子小老头。小臭就这样天天背着椿树,用小捶头重复着捣太阳穴的动作,嘴里"咦咦"叫个不停,不知道是哭是笑,是难受还是悲伤。

小臭的爹娘忙着下地挣工分,小臭的奶奶忙着照护那五六个孙男娣女,忙着养鸭喂猪,小臭就成了一个包袱、一个累赘。村里人看了,觉得怪心疼,谁走门口过,就给小臭喂几口馍,喝两口水儿。小臭个子是见长了,就是软面条似的不立堆。俩大眼天天泪汪汪里,看了叫人难过。有人就问小臭妈咋不给小臭瞧瞧,他妈说:软骨病,就是砸锅卖铁也瞧不好,再说家里还有这恁些嘴等着吃来。人们也就不再问了。小臭早晚屙了屎,他奶奶端着盆去冲小木墩,一边冲一边骂:罪孽,不如早死,早死早托生啊。

但,小臭就像鸡窝旁边砖头缝里的草,一年到头,风吹雨淋,赖巴巴的不死也不病。一天到晚,背着椿树。椿树长高了,他也长大了。小臭就这样长到了十几岁。有一年夏天,雷冒轰子大雨,兜头盖脸往下砸,小臭奶奶坐在门旁里,看小臭可怜,伸手把小臭抱了回来,刚坐定,"咔嚓"一个响雷,一直打到小臭家堂屋里。陈老太一头头发都烧焦了,死得透透的。可怀里的小臭"咦咦"的,用捶头捣着耳门子,一点事都没有。

这件事以后,二婶子也再不绑小臭了,天天把他放到小软床上。奇怪的是,不再受罪的小臭,半年后却死了。他爹就用烂席卷着扔到了乱葬岗子上,连个棺材也没买。

……

一直到了今天,村里人啥时候一说起那个整天背着椿树的小臭,心里还酸酸的。那小臭也好像又被绑在椿树上,捶着耳门子,嘴里"咦咦呀呀"地叫着。

小　高

　　小高长得随他妈——毛嫂子。白皮肤、深眼窝、高鼻梁。说起小高,东寨村的人都会竖起大拇指,说:小高真不瓢,你看人家这会儿混得多拽。

　　村里人都知道原先小高家穷得很。毛嫂子一擦一拉生了七个孩子,再加上上面撇下的三个,这十张嘴光吃都是问题,别说穿衣睡觉了。

　　小高的四个姐妹金环、银环、玉环和老妮子,夜里把门板一卸,凳上俩大板凳,冲着门一放就当床。大冬天,各人铺各人的袄,上面顶个盖地,大窟窿连小窟窿,但孬好还能睡在家里。小高和几个哥弟,夏天睡场里,冬天拱麦秸窝,连个袄也没有。有一年,村上的张大孩当兵,部队上去村里带兵,小高姊妹几个也出来看热闹。一群小光腚猴,鼻子淌多长,顶一头里麦秸。带兵的看着可怜,给他们一些棉花和布。毛嫂子倒是手巧,连天加夜给他们套出棉袄棉裤,结果,第二天全都捂病了。村里人就说:唉,真是小光腚猴的命。

　　虽说每日里挨冻受饿的,小高还是长成了一个大高小伙子。白白净净的,有点像外国人。邻村王花园有个闺女叫燕蝶的,相中了他,不顾死活要嫁给他。燕蝶的爹老王说:你看整个东寨村可能找出第二家,穷里东旮儿打西旮儿,除了老鼠洞还有啥? 你要敢给小高好,从今儿起就不能进我王家的门。燕蝶是个硬性子,抹了抹眼泪,夹个小盖地就出来了。这时候,小高的三个姐姐、两个哥哥都已结了婚,他爹杨毛在老屋旁边又搭了个庵子,挪了出来。小高把满是老鼠洞的两间堂屋泥泥,刷刷,把地上的大疙瘩铲铲,又拉几车新土用石碌压平,靠里间北墙,用坯支了个床,放上燕蝶拿来的小盖地,就算结了婚。

　　对于小高这样的家庭,能娶上燕蝶做媳妇,小高说是他家八辈子烧了高香。婚后第二天,小高说:燕蝶,既然你能看起我,这一辈子都不能让你跟着我受罪,我一定得让你过上好日子。说完,就找村里包工头小胜,要给他一块拎泥兜子。小高不惜力,能吃苦,又能看出个眉眼高低,很快就从拎泥兜子的小工子,升到垒垛子的线头,人称二把刀,工钱相对就高出许多。每天下班后,小高把工钱一把交给燕蝶,燕蝶就把钱存放在小木匣子里,小两口省吃俭用,两年后在东地盖起三间大瓦房还有两间厨房,外带脊架门楼。

过年的时候,割了肉,买上酒,两人抱了儿子小柏,去给燕蝶的爹娘拜年。老两口很是惭愧。燕蝶妈说:人心都是肉长的,俺知道小高是个好孩子,但俩庄离恁近,家里情况又都知道,谁舍得让孩子往火坑里跳啊。小高说:婶子,您老人家说得对,我一点也不怨您,搁谁都得这样。小蝶的父母越发感到羞愧。

又干了几年,小高存下了一些钱,他把俩孩子放到燕蝶爹娘那,领着燕蝶去了温州。在那的一个小镇子上开了个火锅店,起名叫"杨老三养生火锅"。他把亳州的药材按照不同的属性,分成滋补、养颜、活血、乌发等不同类型。小高为人大方,做生意活到,火锅的分量总比一般人给得多,价钱又公道。碰上有人少个块儿八角的,哈哈一笑。时间长了,周围的人都认他,不管跑多远,专门点名到杨老三火锅店吃,小高的生意自然好得不得了。每逢过年,小高带上亳州的特产,到小镇上有头有脸的人家串串。因而,尽管温州很乱,别的饭店经常有人打架闹事,但小高的火锅店一直都安安稳稳的。

几年后,小高又在老家盖起了三层小楼,还配有车库和花园。这期间,儿子小柏考上了大学,在北京一家公司供职,找了一个合肥的媳妇,在北京安了家。闺女小寒卫校毕业后进了一家医院。小高就不在外打拼了,他在一楼弄了个小超市,卖一些日杂百货。有人来买东西了就卖卖东西,不忙了就给人拉拉呱,早晚儿手一背,下地遛一遛,真像神仙一样快活啊。

小根儿

对于小根儿的死,村里有两种传闻。

一说小根儿在行刑时就被打死了,尸体就埋在他家西地里。一说小根儿在终审时,遇到了他爹的老战友被弄出去了,现在新疆生活。不管咋说,那个高个子、白净子、俩眼很大、眼珠很黄的小根儿,自八几年严打后,就没有在东寨村出现过。

按说,小根儿的家境比一般农村人家都富裕。小根的母亲是集上油坊的闺女,自小吃穿不愁。他爹当兵转业,据说曾参加过台儿庄战役,是一个勤劳能干、少言寡语的厚道人。姊妹五个,上面四个姐姐,小根儿是个老疙瘩,从小好吃好喝没断过。

小根儿的变化好像从他爹腿瘫以后开始的。有一年夏天,小根儿的爹下地回来,热了一身的汗,回家拽了条毛巾就一头扎到了河里。从河里出来后俩腿就不当家了,两个膝盖针扎一样疼,到医院看看,医生说凉水激着了,弄不好双腿得锯掉。住了仨月的院,花了一大笔钱,腿虽然没锯掉,但从那以后就不会走路了,只能坐在小木墩上,用手挪着往前去。

老爹瘫了,家里天就塌了。几个女人不顶事,日子过得慢慢就不如从前了。偏偏小根儿小时候是吃惯了的。有时候,村上来个摇不棱鼓的、卖小吃喝的,小根儿就多拿人家一个花米团儿,捏碎一个焦麻花装兜里。他娘看见了,就叹了口气,心里感觉亏了孩子,也就舍不得吵了。这样,小根儿慢慢就养成了爱吃喝、占小便宜的坏毛病。

有一次,他跟挨边庄上的几个孩子又在外面瞎溜,看见一个中年汉子骑着洋车子从地头过,就突发奇想,拦着那汉子要钱。那人看几个十六七岁的毛孩子,并不害怕,拿着新买的井把子乱打一气,结果一下子打到小孬的头上,小孬"扑通"一声就倒在地上。他们几个吓得赶紧去拽小孬,那赶集的汉子慌得丢下洋车子钻进了玉米地。小根儿他们也没有心思再撵人家要钱了,七手八脚地把小孬抬到凉影里守了大半夜，也没醒过来，几个人就把小孬抬到他家的院子外面，放在那里，走开了。没想到小孬命真大，后半夜竟然醒了过来，自己摸回家了。过了几天，几个人又在一起游逛了。

那过路人丢的洋车子和井把子，被他们几个三十四块钱卖给了村里的山猫。然后几个人拿着这三十四块钱往村东高老头小摊子上一坐，一把花生、几根麻花、几个变蛋，再弄一小瓶酒，吃了好几顿，怪得。

这时候，村里半大的孩子有点事也都好找小根儿。翟庄有几个孩子出了名的坏，东寨村的小孩去上学得从翟庄过，他们就想着点子欺负。有一回，小娃和小义他们天朦胧明去上学，走到翟庄南头西大沟，两人正因为沟里黑一片、白一片吓得伸头缩脑的，突然从沟南沿传出"嗷——"的一声怪叫，像野狗，像猫头鹰，又像是狼，反正很瘆人。小义伸把就拽住了小娃，结结巴巴地说："不会是小鬼吧。"小娃给自己打气："老师不是说没有鬼吗，再说天马上就明了，小鬼都是半夜才出来呢。"小义就不再说话，拽紧小娃，两人哆哆嗦嗦往前走，这时，又从沟南沿传出"嗷——"的一声号叫，比上一声更瘆人，小义一扭头，看见一个大白脑袋，支把着两只大蒲扇一样的手，小义"哇"地叫一声，尿了一裤子，掉头就跑。一口气跑到家爬到床上用被子蒙住头，一个劲地和萨（音），嘴里不停地嘟囔："鬼鬼鬼，有鬼!"一下子病了半个月，发了十五天的热。

小根儿听说了这事，也不叫别人，一个人跑到翟庄，找到那个孩子头规划，手指头一摅，说："走，上西大沟，问你个事。"

规划认为在自个庄上，小根儿再能敢咋咋他。吹着小响跟着去了，到了沟底，小根儿问："俺庄小义和小娃是谁吓的?"小根儿话没说完，规划"噗"的一下就笑出了声："哈哈，你说那俩胆小鬼啊，哈哈——，我的孩来，真不搁吓，一个白塑料袋子，俩大泡桐树叶子就能吓得鬼号。"小根儿攥紧拳头，对着规划龇着牙的嘴捶了下去，一捶把规划打得满嘴是血，嘴唇子肿得跟猪嘴样。规划一愣神，就扑上来拽小根儿，小根儿"扑哧"一脚，踩在了规划的腰窝上，规划一弯腰，小根儿又是两拳两脚，打得规划一个劲儿求饶。小根儿就说："从今儿起，你再敢欺负俺村的小孩，我见你一回打你一回，听见吗!"规划除了"嗯，嗯"一点嘴也不敢还了。

村里人都说，小根儿这孩子虽然有点流水，但还是蛮仁义的。

但这个仁义的小根儿就是不能管住自己。又一回，他们几个在庄西地拦住一个卖菜的，翻出了二块八毛钱，卖菜的出了庄就咋呼，碰上了派出所的人，很容易就把小根儿他们几个抓住了，一审，这一两年竟然抢了七八回，最多的就是那回卖洋车子，最少就是这次二块八，一共抢了八十多块钱，碰上最后一次严打，拉网，小根儿就被判了死刑。开宣判会时说，虽然小根儿他们抢的钱不多，但是性质恶劣，影响极坏,要严惩。

　　但不知道为什么,小根儿家里人去收尸的时候,竟然没找到小根儿,他大姐说有个人脸被打花了,认不出是不是,没敢拉,所以一直到现在,都不知道小根儿是死是活。

小 贤

此刻,涡河正笼罩在静谧与美丽的夕阳之下。狭长的苇叶依然青绿着,芦花还没有完全绽开,落日的余晖打在芦苇上,就有了一种明晦交织的斑驳。

南岸临水有一小片空地,三面被芦苇严严实实地围着,是一处难得的清幽之所。小贤正站在水边大声读着英语。a friend in need is a friend indeed(患难的朋友才是真正的朋友), nothing is difficult if one put his heart into it(世上无难事,只怕有心人)。动词过去式的变化:一直接在词尾 + ed、二……小贤读得很投入。她时而大声读着名言警句,时而小声念着单词和语法。身后芦苇丛中,一个男人蹲在苇棵中,俩眼紧盯着小贤。终于,他像拿定了什么主意,手拨苇叶,探出头脑,左张右望了一番,又退了回去。似乎犹豫了片刻,又蹑手蹑脚摸了过来。芦苇在他的手中发出窸窸窣窣的声响。而此刻的小贤,正面向着河水专心背着她的单词,丝毫没有察觉。

太阳已经隐没,只留下苍茫的紫雾浮在上面,而水天相接的地方,慢慢正被深深的瓦灰色代替。这让初秋的傍晚陡然冷了许多。小贤终于感到了凉意,她把书本抱在胸前,准备回家。一转身,一张邪恶的脸淫笑着凑了上来,小贤大睁双眼,发出骇人的尖叫,惊飞了栖息在芦苇丛中的水鸟。

已经是夜晚十二点了,小贤还不见回来。母亲有点儿沉不住气,就念叨:这孩子,天天都是擦黑就来家了,今儿这是上哪儿去了。她爸接着说:今儿不是星期六吗?兴许念了书去小梅家了。你放心,咱贤儿出不了事。走,咱去小梅家叫她回来。

说着,小贤的父亲就拿着手电和老伴一块出了门。今儿是七月十五,俗称鬼节。月亮又大又圆,明晃晃地挂在正南方,地上几乎和白天一样亮,似乎更美一些。小贤的父亲就熄了电筒。

一会就到了小梅家门口。她家那五间大平房,正安静地沐浴在皎洁的月光里,沉睡着。显然,小贤没在这。这下,老两口着了慌,掉头向河底跑去。

月光下的芦苇,泛着一层朦胧的白光。秋风一吹,一起一伏地赶向远方。秋虫在长草里"嘀儿、嘀儿、嘀儿"地叫着,更衬托出一种无边的寂静。

她爸,这哪里像有人哪?贤儿能去哪里?小贤的父亲感到老伴紧攥着自己的俩手,像秋水一样凉,他心里也突然害怕起来。拧亮了手电筒,顺着踩出的小路在芦苇丛里寻找。

贤儿……

贤儿啊……

老两口深一声、浅一声地呼唤。

我的贤儿啊……小贤的妈妈忽然大叫一声扑了过去。

眼前的小贤,仰面躺在地上,下半身被涨潮的河水浸泡着,俩眼黑漆漆地瞪着,头脸乌紫。父亲以最快的速度把手放在小贤的鼻下,惊喜地说:还有气。便脱下褂子把小贤包裹着抱在怀里。

灌了大半碗姜糖茶,小贤身上总算有了温气。老母亲心像刀绞一样疼,她用最恶毒的话咒骂着那个祸害了她命根子的人。

二哥把方桌拍得啪啪直响。他咬牙切齿地说:要是知道谁祸害了小贤,我非劈了他不可。

三哥瞪圆双眼,攥着拳头叫道:报案,报案,不能便宜了那畜生。

三嫂撇了撇嘴,说:唉,你说小贤为啥非得天天到河底下去念书,这下弄的。

闭上你的臭嘴。三哥吼道。

哧,吵我弄啥?又不是我干的坏事。三嫂一扭身,离开床边。

都别说了,要是报了案,那咱小贤这一辈子都毁了。就是查出了是谁,小贤也抬不起头了,恁想到没有?大哥吐了几口烟,不紧不慢地说。

小贤的父亲不说话,他吧嗒吧嗒地抽着烟。自家种的烟草劲大,冒出的浓烟让人看不到老人脸上的表情。半晌,丢下一句:就按老大说的办。

学是自然没法上了。小贤带着满头满脸的乌紫,昏昏迷迷地睡了近半个月。她那张白皙干净的脸成了猪肝色,眼白成了红色,黑眼珠发着混浊的紫色,就连耳朵后面也是成块成块的紫斑。老母亲每次给小贤擦脸都止不住眼泪。一个月后,小贤头脸上的瘀紫总算消下去了。但她一天到晚安静得像一滴水,不说也不动。就那样静静地坐着,手里捧着一本书,眼睛盯着页面,却不见眼珠移动。而自然生成的上挑的嘴角,似乎总带着浅浅的笑意。对于小贤的突然辍学,引发了村人种种猜疑和议论,最后,竟传成小贤生了私孩子,被学校开除了。

老母亲整日以泪洗面,父亲似乎也更沉默了。家人也尝试着把小贤带出去,但一迈出家门,小贤就浑身僵直,没有了一丝生机。母亲心疼女儿,只好作罢。

　　八年的时光,小贤就在自家的小院子里,从一个豆蔻少女成了安静美丽的姑娘,而母亲,却在一日日揪心中走了。小贤就轮流着由三个哥哥家照顾。哥哥们倒没说啥,三个嫂子却发了话:这老头眼看也不能动了,伺候着老的拉巴着小的,再弄个憨子,啥时候是个头? 有人来给小贤说媒,嫂子们爽快地答应了。老父亲心里不愿意,也当不了什么家。这样,小贤就嫁到了四十里开外的湖地——大郢庄。

　　四年后,一个三岁的男童入了大郢幼儿园。那孩子可以用"獐头鼠目"这个词来形容,只是白皙的皮肤给他增添了些许可爱。一同去的,还有一位年轻的妈妈,手里捧一本发黄的旧书,上挑的嘴角微微地笑着,终日坐在幼儿园的滑梯里,目不错行地盯着书本,似乎很投入。

秀　娥

提起秀娥,东寨村的人都会说:多好一个闺女,生生毁在她爹娘手里。

秀娥的爹娘爱财,眼窝子浅,大家都知道。因而,秀娥小学没上完,只读了三年级就辍了学。她的老爹说:上啥,闺女就是赔钱的货,早晚是人家的人,认俩字儿知道男女厕所就管了。

辍学后的秀娥夏天背着个大冰棒箱子从城里批发来冰棒,到处叫卖,那么小的个子,背恁大一个箱子,腰弯着,头勾着,沿着人家屋檐下一点凉影走,边走边吆唤:冰棒凉甜里,凉甜里冰棒——再热的天儿,再毒的太阳地儿,秀娥连一根冰棒也舍不得吃。冬天,端着个棍子糖筐子,守在小学校门口,眼巴巴地等着小孩子下了课,去买她的棍子糖。

不卖东西的时候,秀娥就搂柴火,割草,看她的小弟小妹。秀娥能干得很,给小伙伴一块去割草,别的孩子都是割着玩着,秀娥一会儿也不时闲儿,一只手抓住青草,另一只手拿着镰,"唰唰唰"一个劲儿地砍,像是鸡叨米似的又快又准。那拖秧的葛八草、嫩嫩的发发草、柔长的梭梭草、粗壮的毛毛草,一转眼的工夫,都成了秀娥手中的俘虏。秀娥闷着头在前面割,身后就逶迤着一小堆儿,一小堆儿割好的青草,延伸到好远。等割得差不多了,秀娥就把它们一一拾起来,扎篮嘴儿,扎篮帮,等到背着篮子回家的时候,不要问就知道哪一个是秀娥,人家背的是篮子,秀娥背的是草垛,看不到人影,只看到两只脚往前移动。

人常说:野百合也有自己的春天。这秀娥在风里来雨里去,一晃就到了十八岁,出落成一个满头乌发、黑红圆脸儿、身材高挑的健壮姑娘。她跟村东头的小红好上了。小红上到高二时,害了一场大病,等病好了,功课拉下来了,没有继续读书。就在家做个小买卖,捣鼓着把地锅改进,支了省柴灶,还弄了沼气池啥的。他的这些做法,让秀娥感到很是稀奇,只上了小学三年级的秀娥,对小红佩服得是五体投地,就经常上小红家去玩。小红的老爹韩广年也看出了秀娥的心思,相中了秀娥的能干,默许了他们的恋爱。秀娥就感觉同样是卖冰棒、同样是割草,她的心里无端就生出了甜滋滋的味道,她知道在这块土地上,她又多出了一些想头,因而,那些冰棒啊、棍子糖啊、草啊、柴火啊,看着就亲切了许多。小红呢,也很务实,在乡里能找啥样的,秀娥又能干,模样又周正,也觉着称心。

不料,秀娥的老爹老聂却坚决反对。他说:就韩广年那样只能占便宜不能吃一点亏,精里跟猴样,给他儿结婚你能摸到啥好处,除了给他家当长工。秀娥哭了几场,也反了几回,但到底没别过她爹娘,就跟小红断了联系。

过了几年,有人给秀娥介绍对象,说是罗园里,叫罗正斌。罗园正在搞开发,多一个人多分一份地,嫁过去就能包房子住大楼。她爹娘一听满心欢喜,给媒人说秀娥今年二十了(其实秀娥已经二十三了),也该说婆家了。媒人就说男方也正好二十岁,年龄相当。匆匆见了一面,过了十七天就结了婚。秀娥打的嫁妆都没有干,拿嫁妆的人说,没抬过这么重的嫁妆,死沉死沉的。

结了婚以后,秀娥看男方又矮又小,细问才知道,她这个对象才十七,为了说媳妇虚报了三岁。想想自己又瞒了三岁,里外里比人家大了六岁,觉得心虚,因此,啥活儿也不攀他。但罗正斌毕竟是十七岁的小孩子,没有一点心眼儿,啥都听他娘的。拉个三轮弄点钱都给他娘,这让秀娥很生气,后来地是卖了,钱也给了,但被她婆婆一手攥了去,说是预备着给老二说媳妇,秀娥更是恼火,跟罗正斌说,他啥也不懂,还向着他娘,秀娥这一口气窝在心里,就有点神神经经的,婆家人也不问她,凭她上哪儿去。过了几个月,秀娥生了一个男孩,但病情并没好转,还是一个人到处瞎逛。她娘有心把她接回来,但她嫂子说,秀娥正是月子地里,没满月住娘家要妨害人。她娘就把秀娥安置到村东头的烟炕里,天天给她送饭。烟炕离河底近,大伏天儿,秀娥一嫌热就一个人下河了,在水里头露个头,一坐一晌午。她娘就吓个半死,这空身子人哪能蹲到水里头啊。老聂气不过,到罗园找秀娥的公婆,人家说得好:恁闺女瞒俺六七岁,过来三天就神经了,俺不找恁的事就算了,恁还有脸来说。老聂的别脾气上来了,就用架车子把秀娥送回了罗园,说:秀娥是恁家媳妇,咋弄你看着办。说完扭头走了。

又过了二十多天,热天还没过完,罗家来人通知老聂,说秀娥死了。老聂就带着俩儿子去看究竟,到了罗园才知道,秀娥已经死好几天了。

秀娥死时,不满二十四岁,距结婚还不到一周年。

燕子王

乡下人把风筝叫作燕子。

春暖花开的日子,东寨村的年轻人喜欢大呼小叫地带着小孩子,跑到野外放燕子。那些燕子式样真多:蜜蜂、蝴蝶子、大白鹅、梅花、九莲灯……啥样的都有。若是很多人一起把燕子放起来,天哪——那情景,就好似半空中开了个动物乐园。

而这些燕子,都不是花钱买来的,它们都出自"燕子王"之手。"燕子王"是东寨村的人送给老罗罗树彬的雅号。这三个字可不是一般人能享受得起的。

早年,村里有个一百零二岁的老木匠,特别喜欢扎燕子。他扎成的燕子,就像张僧繇画在墙壁上的龙,但等点上眼睛,就能破壁而出。因而惹得村里的男男女女几十个跟他学。但一般人只学会蜜蜂、蝴蝶子这些简单小巧的式样,至于九莲灯,只有老罗一个人掌握了诀窍。

老罗是个仔细人,他学东西眼里出。日里干完了农活儿,村里的男人都喜欢坐到一片,吸个烟,骂个大会,侃个大岔。老罗不好这套,他一门心思只想着扎燕子。匆匆地进了大院,轻轻地掩了门,这门外的打闹和喊叫仿佛也一并被关在了门外,老罗的心也随着大门的"吱扭"声慢慢安静了下来。他从老屋抱出扎燕子的家伙什,靠着老梨树,默默抽了几口烟,扎起燕子来。

先是扎框子,这倒没什么特别的。只需选好牢固而有韧性的竹篾子,再用尼龙绳子绑牢即可。就这,一般人只能扎好"米"字架,再绑两个斜对角四方框,这才算是里八角外梅花。至于九莲灯,那外围还得再扎一个等边八角形。村里人就没有能扎好的了,不管怎样用劲,那八角总是斜南吊北垮的,不成个样子。这点老罗心里明白,村里人心静不下来呢。想到这里,他在心里笑了笑,又点支烟。

快吃饭吧,多会儿都好了,看你扎得那魔怔样,叫几回你都没入耳。你说你扎它有啥用,不当吃不当喝的。老伴李婶不满地说。

老罗也不计较,把他的一套宝贝,一样一样收回老屋。

又几日,农闲。老罗打好糨糊子,开始给燕子框穿衣裳。老伴也来帮忙。他们用红的、绿的、蓝的纸,铰成各样的花子。牡丹花、白芍花、葵果花……啥样的都行,都是眼里看、心里想的。老罗分别把花子扎到八个角上,中间再扎上一朵大大的红牡丹,就成了九莲灯。(这里的灯就是花的意思)这时候的燕子就有了些意思,它就像是被凤姐和鸳鸯插了满头鲜花的刘姥姥,傻乎乎、憨乎乎得可爱。

扎框子,铰花子,这都不算啥稀罕。老罗的燕子亮点在催子和响篾上。他想点子用木片子做了个小蜜蜂式样,有翅膀子有须的。肚皮上安着滑轮,脊背上装着小弩,弩上插着个大雷子炮,用棉花捻成长长的捻子。

这催子好是好,但若是想听响,得有人不停地点火。咋样才能让燕子一直叫呢?老罗瞅着这半扇墙大的燕子,又琢磨上了。他把两根铜丝子拧到一块,拿鸡蛋清子刷了几遍,等到不黏手了,把它们分别扯在较近和较远的两盏灯上,并给这玩意儿起了个名字叫响篾。

能想到的都备齐了,老罗这才起身,打开大门,喊来三四个年轻人,一同去放燕子。他们有架燕子的,有扶催子的,有托尾巴的,有拿线拐子的,后边妇女小孩儿呼啦啦跟了一大群,叫着喊着,像赶庙会似的,一起往外拥。

来到野外,就着风势,两个架燕子的紧跑几步,拿线拐子的则慌忙忙地撒线。眼看着大燕子像喝醉了酒似的摇摇晃晃往上升,一会儿工夫,二里地长的尼龙绳子都撒完了,大燕子稳稳当当站到了空中,睁着九只大眼看着地上的小人儿。那用铜丝子做的响篾,遇着了风浪子,快活地打着尖厉的口哨。另一根则像是村里的老牛"哞——哞——哞——"地叫个不停。

人群疯了。他们仰着脸,拍着手,不停地喊:老天爷,这恁大的燕子,真上去了。

还会吹小响,还会学牛叫。

跟过飞机的样。

还有催子来,快点捻子。早有人用烟头一戳,那催子驮着大雷子炮,随了绳,出出叫爬上去,到了半空,"啪——"一声脆响,从天空兜头而下——小孩子兴奋地直往上蹦,人们因激动而涨红了脸,拿眼去寻老罗,嘴里不停地说:真不得了!真不得了!老罗的燕子全国第一。

累了,人就把绳子往老柳树上一系。那燕子就整日整夜地在空中叫着"揉欧——揉欧——","哞——哞——"

而人们也在这或尖厉或粗犷的叫声里,安然入梦了。

杨心衮

　　杨心衮,字寅,号润石。祖居神庙街。少时,家甚富。开有药铺、学堂及浴池。人称大公子。

　　润石相清奇,才出众。能写会画,尤善珠算。后,父食大烟,家渐败。润石亦为贫人。

　　都说瘦死的骆驼比马大。何况,杨心衮成日里长袍马褂的。二十岁上,有人给杨心衮说下门亲事,南关董大小姐。董家开着甜食店,日子过得很殷实。

　　殊不知,彼时属于杨家的整条街——神庙街,已经被吸食大烟的父亲全都抵押了出去,伙计仆人也已散去,仅剩本家人居住的一所空院落而已。婚后,日子过得越发难挨。杨心衮从提笼架鸟的公子哥,沦为恒盛店的学徒,心理的落差,可想而知。而平时所学——写和画,又无实用,杨心衮天天愁眉不展。他爱上了酒。一醉解百愁。

　　董小姐原来只听说杨家的富裕,不曾想婚后竟是如此光景。加上杨心衮每日里烂醉如泥,也早已心冷。

　　一日,天降大雪。杨心衮喝到掌灯时分方踉跄而归。董氏看了,悲从心起。给杨心衮倒了一盏热茶,加上一床棉被,然后走到院中井边,以袖蒙面投入井中。

　　次日,杨心衮醒来,不见董氏。出门看见一行深深浅浅的脚印直通井沿,遂大声呼救。这时,雪已将井口旋得仅剩一孔,有热气丝丝外冒。邻居忙用钩担打捞,董氏已死去多时矣。杨心衮“扑通”一声,瘫倒在地,木坐无语,双眼空洞。

　　又几年,杨心衮续娶了陈氏女,添了两个儿子,实在无法维持生计,就带着妻儿下放到了东寨村。东寨村原是杨家祖上置办的坡地,村民多靠租地过日。现在地已归公,人也转换,踏上这块土地,杨心衮心里泛起酸楚。

　　因了杨心衮能写会算,到了东寨村后,当了个会计。每日里除了干农活儿,杨心衮最大的快乐就是把家里唯一的罩子灯,用嘴哈了又哈,拿软布擦了再擦,直至明净如真空一般。然后,把村里几十户人家户主的姓名,一一用正楷字按顺序写在账本上,再按他们所得工分多少,算出他们是使钱还是拔钱。每逢算账之前,杨心衷总是很潇洒地先把算盘"哗"地一抖,细长的手指灵活地把珠子拨打得上下翻飞。"三一三剩一,三下五去二"。那神情严肃而美好,仿佛他正干着一件伟大而神圣的事。

年终结算,在牛屋里开会。杨心衷拿着账本子,清清嗓子开口说:今年,咱庄各户的工分和提留款,我已经算出,根据各家出工多少……

你就直接说,张三使多少钱,李四拔多少钱。拽恁些洋文弄啥。队长有点不耐烦。

好像一记耳光,把杨心衷清亮的嗓音一下打暗了下去。杨心衷尴尬地笑了笑,低下了头,按队长的意思念出张家使钱多少、李家拔钱多少后,就默默退到角落,想起心事来。自己家里,年年都是往外拔钱的。孩子小,没有壮劳力。妻子也不谙农事。用陈氏的话说,原指望能分几个钱儿过年,谁道是"今年巴着来年好,来年袍子改个袄"。杨心衷听了,一阵羞愧。扭头去了北地小卖铺,叫大老陈打半斤老白干,一仰头就灌了下去。那个穿长袍马褂的公子,不见了。

杨心衷学会了低眉顺眼,学会了看人脸色。一日,杨心衷刚走出院子,就看见队长披着褂子,背着手从东边走来。急忙忙迎上去,掏出纸烟,弯着腰,递了上去。队长瞟一眼,并不接,继续走。一边走一边吆喝:今个天黑都到牛屋开会行——杨心衷就那样弯着腰,拿着烟,呈递的姿势,撺了半个村子。

杨心衷虽然识文断字,但他在村里说话不顶事。这点,他心里清楚。村子里除去几个杂姓,多半都是队长的亲友,啥事他们一说就齐,包括账上的事。他这个会计只是个摆设。

没办法,那就醉吧。糊糊涂涂地过。杨心衷像是黏在网上的昆虫,没有了挣扎的欲望。他越来越喜欢沉浸在酒的世界里。

后来,地分了。谁也不当谁的家了。但杨心衷就像是在小方框里蹲惯了的人,屋子大了,也不敢伸开手脚了。再说,长期酗酒,身体也早已垮了下来。

而这一切,都没有人知道。他们只会说:那个老会计,一辈子不干正事,是个酒晕子。

杨　毛

　　穿着耍筒袄,腰里扎个大带子,露着通红的胸脯子。下身穿着膏刀布一样的大裆棉裤,留着几根焦黄的噘嘴胡。杨毛留给东寨人的印象,似乎五冬四夏都是这个样子。

　　看着没有任钱出息的杨毛,竟有几点过人之处。一是炸油馍的高手,二是说书讲古老行家,三是爱烟如命。

　　那时候的人好像都特别的勤利,天刚朦胧明赶城的上店的,就走到了大桥北头。这杨毛的油馍摊子呢,也就得早早支上。卫岗、张沃、牛集,这些离城较远的,走到桥北头刚好够一歇儿,一毛钱吃两根油馍,喝一大碗热茶,通身都是暖的呢。

　　所以,每夜两点钟的光景,杨毛就得起床了。和面前必先拿出大铁桥牌香烟,眯着眼儿,撮着嘴儿,连吸三根儿,等过足了烟瘾后,才将胳膊卷袖子开始干活儿。先用温水在大黄盆里和好面胎子,饧个二三十分钟,再用白矾、盐、碱化水打花。打花要技术:碱太多花沫不退,炸出的油馍有涩又硬;碱太少花沫不起,炸出的油馍死挺挺的没吃头。你看杨毛打花,眼不瞅,手不抖,伸手分别抓了三把,往大粗碴子碗里一放,倒上半碗温水,你看看那碗里的花沫咕嘟咕嘟往上冒,一眨眼,就退得平平整整的。然后随手在面胎子上压个凹坑,把半碗水往里一栽,就舞动着两只大手,像是练太极似的推拿起来,几根烟的工夫,大黄盆里的面胎子就光溜溜地发着微黄的柔光,安静温顺地蜷曲在盆里,单等饧着了。

　　做好了这些,杨毛再抽出两根大铁桥,往大板凳上一坐,眯了眼儿,撮了嘴儿,吸起烟来。约莫着时间差不多了,就喊醒老婆和大儿子,把盆、罐儿、炉子等装上架车子,三口子就咣当咣当出发了。

　　等支好了摊儿,引着了炉子,路上就有了行人,杨毛一天的买卖就开始了。"老哥,歇歇脚,喝碗热茶再走。"杨毛一边用走锤推擀着面,一边大声跟过路的人打招呼,嘴里说着,手里并不停下来,"嗒嗒嗒嗒"手起刀落,粗细均匀的面条子就在说话间产生了。然后把面条子两两上下叠放,两头一捏,用压棍子轻轻一按,俩手像撑绞似的拽两拽,在案板上甩一甩,一抬手就把面条子续到了油锅里,面条儿就在锅里打起滚来。杨毛嫂子用长长的油馍筷子,轻轻挑一挑、翻一翻,黄澄澄、金灿灿的油馍就出锅了。咬一口又焦又酥,满嘴生香,再配上热腾腾的大碗茶,啧!那感觉如同升天一样美。

按理说杨毛起早摸黑地干活儿,日子应该过得很滋润,但架不住孩子太多。大强、小强,大高、小高、老高子,金环、银环、玉环,老妮子,老十,一拉溜十个孩子,把杨毛啃得急烧。每逢阴天下雨,不能出摊儿,这吸烟就成了问题。杨毛就讲古,满屋挤的都是小孩子,杨毛讲古有个条件,凡来听古的小孩,一个人一根儿烟,等每个孩子都把烟一溜摆在桌子上,杨毛就开了腔:话说追风燕子陈六迈开两条长腿,噔噔噔往前走,只觉耳旁呼呼风声刮过。黏面窝窝头刘蛟,一点脚尖使起轻功,眨眼工夫就追上了陈六。"笃,毛贼陈六且吃我一剑——"说着,一偏头,伸手向后背拔起剑来。"吱吱吱吱"好像是黏面粘住了宝剑,杨毛说着比画着,嘴里吱吱乱叫,一边用手拔剑,一边单腿独立。小孩子个个眼瞪得像铜铃,努着劲儿,单等刘蛟把宝剑拔出来,杨毛却突然来一句:要知后事如何,且听下回分解。小孩子就嘟嘟囔囔不肯走,说今儿这支烟听得不值。第二天,天儿不黑又都挤来了。

说起杨毛吸烟这事,能把你笑出个眼泪。杨毛吸烟给别人不一样,显得特别没出息。吸溜一口,烟能吸掉大半截,剩下的烟屁股,手指夹不住了,就捏着一点点,直到烧着嘴唇子,才不得不吐掉。村里有调皮的年轻人,知道杨毛没烟吸一急烧就好到轮子屋(东寨村做盆的屋子)找烟吸,他们就把烟丝掸掉一小半,往烟筒里装上兔子屎或小麦王炮,上头再用烟丝封好,连烟盒子一起搁到轮子屋的墙洞里。杨毛看着了烟,俩眼儿都放了光,哪里还顾得上仔细瞧,慌忙点上火,闭了眼长长狠狠吸一口,还没等吐出烟气,就被尿骚味熏得大骂起来,或者被小麦王炮"啪"的一声,炸得一愣神,嘴唇一阵发麻,说不出话来。躲在泥堆后边的人,就笑得要死要活的,捂着肚子走了出来。十回里头,总得炸个两三回。不过,杨毛一急烧仍旧忘事,还是照找,照吸。

一年又一年,这日子苦也往前走,甜也往前行。好容易努到第八个孩子老妮子出了嫁,杨毛就像被抽了筋骨一般,"忽通"就倒下了,大量脑出血要了他的命。一天的福都没享过。

杨西禄

　　不知啥时候,东寨村西南地多出了一间庵子。一个矮矮个头、浑身精瘦、黑头出脸的老头和一个头戴勒子、吃得圆滚滚的老婆,就在那庵子里进进出出了。

　　通过东寨村大喇叭红兰的口,不几天,人们就知道了黑老头和胖老婆的来历儿。老头名叫杨西禄,字鹏达。城里贵人巷鹏昌甜食店的掌柜。其妻吕氏,城南十里铺人氏。两个光杆老人,没有儿女。

　　乡下人虽不常进城,但对鹏昌甜食店多少还是知道的。一过腊八,城里就乱了市,庄户人家也歇下忙了一年的手脚,赶城买些过年的东西。其中这果子是过年走亲戚必备的,因而家家户户都要买上几斤。一进鹏昌甜食店,几个手脚麻利的小伙计,早就满脸堆笑地迎上来了,对于那个终日坐在柜台里边,吸着旱烟戴着圆眼镜的掌柜的,确实印象不深。但经大喇叭一说,想一想,好像有那么个人。对于他们为什么放着好好的掌柜不干,两口子只身来到这乡下,人们就不知道了。

　　反正,杨西禄和他的胖老婆就这样在东寨村住下了。一个当了半辈子掌柜的人,来到乡里肩不能挑,手不能提,地不会犁,场不会翻,只能扛个粪箕子,拾点粪,挣几个工分。日子过得不能再苦了。就有人亲眼看见,杨西禄把一块豆腐乳用小勺子分成四瓣,一天两口子只吃一小瓣。来到东寨村的第二年春上,胖老婆就得了病,因没钱瞧,耽误了。从那,杨西禄就一个人在那小庵子里过活了。

　　那时候,人们的日子都不好过,一分钱都得掰成两半花。就说这过年买果子吧,人们从城里买来小蜜角、方酥、蜜食或麻片,就径直走到杨西禄小庵子来了。大家都想通过杨西禄的手,把六包果子变成八包或九包,杨西禄也不推辞,把庵子里唯一的小饭桌搬出来,往小马扎上一坐,找一张大纸把其中一家的果子都倒出来,再从床底下拿出一卷细绳子,一把黄草纸,一张张摆好了,就开始重新包了。只见杨西禄麻利地从大堆中分别抓一大把,放到摊好的纸上,看看大堆(这时候已经变成小堆了),再各抓一小把一一放好。好事的人查了查,神了,每一张纸上的果子竟然一般多。然后杨西禄把两边的纸往中间一兜,下面的堵头往上一折,上面的纸用手一撑再折过来,顶面上放上张油渍渍的红果笺子,用细绳子三绕两绕,有模有样,高高垄垄的一包果子就出来了。与来的时候瘪瘪塌塌地相比,真是又鲜亮又好看,还能多出两三包来。一家一家,欢欢喜喜地来了又走了,杨西禄也不言语,也不急躁,包好这家包那家,一直包到点灯。有的人看他一直忙乎,心里过意不去,就让小孩子给他送来俩馍、仁团子啥的,杨西禄也不拒绝。

因为一个人的缘故,不知从哪天起,杨西禄开始了巡夜。一手拿着半块烂犁铧,一手拿着小铁棍儿,每天半夜,沿着东寨村遛三圈,边走边用小铁棍轻轻敲犁铧:铛——铛——铛——,家家户户都在悦耳的犁铧声中,做着踏踏实实的梦。有一冬,天儿冷得出奇,雪下得没过膝盖儿,人们早早地爬上铺满麦秆儿或豆秸的床上,睡下了。大家都寻思着,雪下这么大,杨西禄今夜是不会起来了。夜半,熟悉的犁铧声按时响起,只不过传来的响声仿佛也冻裂了一般,让人揪心。

除拾粪、巡夜、包果子外,杨西禄最喜欢做的事就是看书了。拿一本发黄的厚书,往小马扎上一坐,书往腿上一摊,戴上老花眼镜儿,就一动不动了。杨西禄看的书真多。什么《三国演义》《水浒传》《三侠五义》《封神榜》,什么易经、风水、八卦,啥书都看。也就因着这书,给杨西禄带来了致命的灾难。

人们又从杨西禄的床底下,搜出了几十本子书,这下有了证据,说他是现行反革命分子。每天起来吃过早饭,东寨村的人就有了事干,倒一堆煤渣,让头戴高帽子,反绑着两手的杨西禄跪在上面。一天又一天,杨西禄那条黑破棉裤,两个膝盖都跪烂了,露着破棉花套子。后来,膝盖也跪烂了,大冬天乌紫烂青的,往外渗着血。

每天傍晚,杨西禄被放回家,就坐在那破马扎上发呆,第二天接着斗。这样过了十几天,杨西禄回到家,开始揭庵子上的茅草烤火。又两天,庵子揭到顶够不着了,杨西禄在自家的门框上上吊死了。他做的最后一件事,是把一直戴着的"狗套头"线帽子,拉到脖子下边。他怕上吊的样子难看,吓坏了看热闹的小孩子。

把杨西禄卸下来,放到门板上的那一刻,东寨村的人,心里忽然就"疼"了一下,老老少少都哭了。

殷　果

　　月亮也真会作精，今个细明个粗后个鼓，胎儿似的，在天空这个大子宫里一日日翻转变化。一月一成熟，不知道这天空咋受得了。

　　殷果倚着张老瓜家的秫秸垛，仰头瞅着眉毛似的细月和蓝得发黑的天空，有点幸灾乐祸。今儿是初几？谁知道，反正不超过初五，看月牙那细条条弯弓弓的样就知道。这回月胎应该是男的。张老瓜的老婆不是说男胎是长条，女胎像个饼吗？那，到了十五，天空会生下一个完整的胎儿，不会到了十四五日，"呼"，天阴了，"哗"，雨下了。那些刚一成形的月亮女胎，就纷纷坠了下去，就像投胎到东寨村的那些女娃，被 B 超一照，都变成了一堆血肉。

　　风很大，一个秫秸个子被风吹倒了，"噗哒"一声横在殷果面前，吓了他一跳。殷果吐掉嘴里的干草，裹了裹棉袄，感觉头脸被风吹得一阵阵发紧。他不想回家。这样挺好。外皮冷了，内心里的火才能消停些。

　　殷果知道，今晚最少得有十几双饿狼一样的眼盯着满意家的窗户看。欢欢、心愿、得义、老满儿、乐意……这几个傻帽儿碰到结婚的，比打鸡血都兴奋，也不怕冻死。殷果，你个孬种，你装啥正经？你不想去听房？殷果在心里骂了自己一句，随手打了自己一个耳刮子。今儿满意结婚，殷果看到那一大帮年轻孩子，眼珠子都是红的，每个人眼里都能伸出个小钩钩来，小钩钩一点点伸长，一点点活动，能一层层剥掉新娘子还有来宾身上的大厚袄红内衣和花裤衩。殷果还知道，自己的眼珠子也肯定通红。但他得克制，他毕竟读过高中，在村里算是有学问的人。

　　心愿和老满儿胆真大。一边叫新娘子点烟，一边搂着满意和新娘子的头，叫他们亲嘴儿。满意像是被灌多了酒，头脸通红，使劲往外挣着身子。一帮子人就丢了满意，把新娘子架到了里屋。这个说，嫂子，给我点根烟吧。那个说，嫂子，叫我亲一口吧。说着说着，就听谁高喊：反新娘子了——三天不论大小啊！这话像是口令，那些俩眼像红灯笼的人，一拥而上，把新娘子按倒在了床上。有几个婶子、大娘大声叫嚷：别乱来，恁点子孩子，光动嘴说说，不兴动手的。哪里还有人听得进去，连推带搡把几个老婆子弄出屋，关了门。他们疯了似的从动嘴到动手到全民齐上阵，这个掐一下，那个捞一把，这个摸一会儿，那个揉一阵……直到新娘子放声大哭，房门被擂得“哐哐哐”响，也不肯罢休。

后来，听山炮的媳妇说，新娘子一个脸被咬得都是牙印子，胸脯和下身都被掐肿了。几个老婆子拍着大腿说：造孽啊！造孽啊！

殷果想得心里又是一阵冲动。老满儿他们几个，虽然被骂一通，到底是亲了、摸了。不像自己心里油煎得翻花，还他妈的抄着手装正经。说句实话，这能怪老满儿他们吗？小公鸡还能找小母鸡压群，小伢狗也能找小母狗示爱，可这一大帮子人，老满儿、得义、乐意、心愿、欢欢、老转……这，这四五十口子，从二十三四岁到二十八九岁的年轻孩子，急得到处乱窜，看见老母猪都感觉是双眼皮的，他们如何控制得了。

这两年行情又涨了。说什么“移动不动”（一辆汽车，一座楼）“万紫千红一片绿”（一万张五元紫，一千张一百红，一片五十的绿），另外，结婚当天还得拉六十六只鸡、六十六条鱼、六十六个肘子、六十六箱酒，外加干礼十万块。就是把爹娘砸砸卖了，可值恁些钱。想到爹娘，殷果又气又恨又可怜，娘成天天说：果果，为了要你和你弟，妈流掉了四个女娃，花了几百块钱 B 超费，你可得有良心行。殷果心里一阵泛酸。

前两天张老瓜还说，给欢欢介绍一个，见一面女方就没了影，他还落了几千块。这是规矩，百分之十的提成。像这样夭折的叫“娃娃亲”提成也有百分之五呢。而像自己这样有兄弟两个的，求着媒人，人家都不理你，更何况娘又得了长远子病。

殷果感觉人生真没意思。按说，这里的酥梨全国有名，一到花开，东寨村美得像天堂，前来赏花的小汽车停满地头。可说个媳妇咋就那么难呢？他想起了高中的女友红雁，倒是一心对自己，但最终还不是飞到了南方。若是娘不生病，自己读到毕业考上学，或许还有一成希望，现在……

殷果仰面躺到地上，望着深邃的天空。农村夜的黑没被偷走，黑中透着清亮，像是谁用雪擦净了似的。如果不是这些躁动不安的灵魂，这儿可算得上寂静、幽美。可女人都去了哪里？三百多口人，五十多个光棍，想想就让人害怕。过了年，自己就二十八了，对于早婚的农村人来说，二十八岁就意味着一辈子光棍了。殷果闭了眼，两行热泪顺着眼角流进耳朵里，变凉了。

风似乎又紧了，刮得干瘦的梨树枝“哗哗”作响。殷果用手捋了捋额前结了霜雪的乱发，爬起来，吐一口恶气，拍拍身上的泥土，向前走去。

争 艳

有些女人是天生要招惹男人的,比如争艳。

这一天,没有一丝风,满院的紫楸都垂着深绿的叶。争艳在家烧茶,家里的人都下了地。她听见有人"踏踏"地进了院子,问:可买烟叶? 有没有烟叶要卖?

争艳用衣袖擦着脸上的汗,从厨房伸出头。看见院子里站着一个高高大大的年轻人,穿着干净的白褂子,下摆束在军绿的裤腰里。不像以往浑身发着汗臭的烟叶贩子,倒像个退伍的兵。争艳看得眼中发热,径直走到那男子身边,不说话,只撩起褂襟子擦汗。那缺了一粒扣子的衣衫被撩起一片,另一片就如翻飞的蝶翅,忽忽闪闪,胸前那对微黑饱胀的馒头,就若隐若现了。男子不再提买烟的话,站在院子里发愣,争艳斜了那男人一眼,走进了西屋,那一顿,旋即跟了去。

那一天,争艳刚过十六岁。

从那时起,争艳心里就长了草。经常一个人赶集上店,买东卖西。小河边、烟叶棵里、秫秫地里、麦秸垛旁……争艳与那男子卧床打铺,滚作一团。有一次亲热后,争艳说:我得跟着你。男子捏掉争艳头发上的几根麦草,点点头,说:嗯,回到家我就给她离婚,你等着。

三天后,坟地里,争艳摸着男人的耳垂儿,又问起离婚的事。男人低着头长长吸口烟,缓缓地吐着,说:臭女人死活不离,打也打了,骂也骂了,死活不吐口。这样说咱俩不能在一块了? 天天都得偷偷摸摸? 争艳盯着男人的眼。不能结婚,咱就一块死,你也不能跟她在一起。争艳噘着嘴说。

又一日,烟叶地深处,争艳和那男子爱怜地搂在一起。手里举着装有3911的药瓶,脸上的表情庄严而神圣。他们把药瓶子缓缓地碰了碰,彼此深深地看了一会儿,又碰了碰,而后,男子一咬牙,"咕咚咕咚"喝了下去。争艳喝了一口,太难喝,"哇"的一下吐了。一个小时后,人们从烟地里抬出两个人——一死一活。有人说,烟叶地好大一片都碾成了场,是药性发作难受时碾的,还是……这些只有争艳知道。

男人死后二十天,争艳去了城市。一年后,家里盖上了两层小楼,还有高高的院墙。小楼四周贴了雪白的瓷砖,太阳一照,发出耀眼的光。争艳的妈妈白雀说:争艳在外做生意,赚了钱。村里人说,争艳在外做鸡,发了财。做鸡不做鸡,没有人亲见,但争艳却日渐妖冶了,偶尔回村,嘴唇血红挺胸翘臀地踩着高跟鞋,在村里扭来扭去,骚情得不得了。那些锃亮的小汽车,黑的白的蓝的红的,一辆一辆,停在她家门口排多远,引得村里的男女老少都去看景。每晚都有留宿的男子,村里人撞见了,她妈就说是争艳家的,不过,这争艳家的总不是同一个人。

又半年,争艳出嫁了,嫁给了后庄的蔡保。月余,却离了。争艳又回到了小村子里,每天跷着个二郎腿,嗑着瓜子,眯着个眼,坐在大门口晒太阳。前后仨俩村的年轻人都盯到那,像是一窝蜂,赶也赶不走。

几天后,争艳和一个养蜂人住到了一起。过了几个月争艳产下一男娃,养蜂人说不是他的种,就把争艳赶了出来。白雀和争艳的一个近门嫂子把孩子抱到集上卖了。讲好了一万块,人家刚递上一沓,两人只顾着数,孩子被抱走了也没发觉,钱也只摸到五千,回头去找,哪里还有人影。骂骂咧咧回了村,逢人就说被骗了。

这时候,村子里有人结婚,请了戏班子。戏班子不唱老戏,只唱流行歌曲,大部分时间是一男一女对说对骂,还夹杂些下流动作。台上的女人几乎全裸,有时骂到高潮竟连胸衣也退下来,一对大白奶子就在那晃晃晃。台下尖叫一片,争艳眼热心跳不能自持。

第二天,戏班子走了,争艳也不见了踪影。

张秀礼笔下的乡村人物

徐老喜

出颍州东门，沿官道东北行四十五里，有村曰"井沿"。村中有一大户人家，户主徐老喜。徐家祖上曾三代为官，颇有名望。至老喜父，因其生性耿直，不为官场所容，遂弃官归乡，置田百多亩，过上乡隐生活，倒也逍遥自在。

徐老喜身出宦门，却无官习；虽家道殷实，却从不显摆。老喜为人厚道，常仗义疏财，周济乡邻。谁家有难，或钱或物，上自白发老叟，下到黄嘴小儿，但凡开口，老喜断无推托。老喜对下人也随和，家中长工十数人，皆视之若兄弟。

老喜膝下无子，仅有一女凤英，视若明珠，悉心调教。那凤英不仅貌美，更是知书达理，颇有大家闺秀之风范。

男大当婚，女大当嫁。凤英二八之年，老喜妻子做媒，将女儿许配给五里外姜楼姜守珍独子姜子承。姜守珍，中医世家出身，医术医德俱佳。姜家在当地也属名望之族，口碑甚好。当年守珍曾救治过老喜之妻一命，两家由此交好。如此联姻，郎才女貌，门当户对，一时被传为佳话。

凤英出嫁之日，场面自是非常隆重。徐家陪嫁之物，穿的用的，大小什物，样样俱全，无一短缺，乡人大饱眼福。前边花轿已到姜家门外，这边送嫁者才出徐家村口。迎送队伍长达五里许，吹吹打打好不热闹，羡煞众多前来观睹者。

徐家妆奁之丰，惊动城中一伙暴徒。凤英成婚第二日夜，姜家即惨遭洗劫，子承在反抗中亦死于非命。

姜家遣人报丧，老喜只一句话打发了来人，"凤英生是姜家人，死是姜家鬼！"

凤英闻知父言，清泪飞洒，遂在子承三七之日，遥拜爹娘后吞金而殒。

一对佳人，不日竟成亡魂，乡人无不扼腕摇头。

凤英生是淑女,死且贞烈。乡人念此,遂捐钱物若干,为其建造牌坊一座,兼彰老喜教女有方。

牌坊落成之日,徐老喜殁于家中。

时民国十二年(1923)秋八月。

李桂枝

李桂枝,井沿村徐福宝之妻。人美嘴巧,有心计,接物待人有板有眼,口碑极佳。村人艳羡福宝,皆曰:"有好汉无好妻,赖汉娶个花枝枝。"

邻村一屠夫,状如恶煞,性亦恶,颇无赖,为霸一方,乡人惧之如虎。屠夫常强行购猪,赊欠成性,为乡人所恶。

一日,娘家有事,桂枝前往料理。那屠夫三言两语,便唬得福宝将家养肥猪卖与他。屠夫夸下海口,让福宝三日后取钱,村人皆为其担心。果不出所料,三日后福宝挨骂之外,空手而归。

福宝怕媳妇埋怨,日日前去催要,惹得屠夫性起,操刀大骂:福宝你狗日的再来,让你横着回去! 福宝噤若寒蝉,再不敢言钱事。

半月后,桂枝自娘家返回,骂福宝一声"熊样",说:"俺来要!"

次日一早,桂枝便赶至屠夫家,"大哥大嫂"打过招呼,即坐下帮屠夫夫妇烧水褪猪。忙毕,桂枝于拉家常中说手紧。屠夫媳妇心如明镜,知其此行目之意,即从屠夫口袋中掏出一张百元大钞递给桂枝。

桂枝收下又找其十块:"大家手头都不宽,有钱匀着花!"

临走,屠夫割下一块肉,扔给桂枝:"拿回去给孩子解馋!"

打那后,月把半月,桂枝就去一次,照例先帮忙,再说钱,三十也要,五十也拿,从不言少。每次都要找回屠夫十块,"有钱匀着花!"

如此半年后,桂枝不仅悉数讨回卖猪钱,还赚了两个猪头、十几斤肉。

村人以为奇,皆夸桂枝讨债有方。桂枝说:"拿他当人,给他脸,他就不能往畜生堆里钻!"

徐老奎

徐老奎,井沿村人,木匠,善做寿活。

老奎承业祖上,做寿活儿业已三十年,手艺精湛。十里八乡家有老人者,多让老奎做寿活儿,以备老人百年之用。老奎乃以此养家小。

某冬日,有家老人行将驾鹤,遂请老奎做寿活儿以冲喜。毕,天已晚,且落雪。老奎惦念家小,谢绝主人盛挽,连夜回赶。有雪映照,乡路并不难辨。

四野茫茫,路上更无他人,唯朔风呼啸,冷雪扫面。老奎以两米木尺肩挑工具箱,脚下生风,行色匆匆。

正行间,忽闻身后有异声尾随,沙沙作响,回头看时,却无他物,老奎大惊,脚下不由放快,岂料那声音亦骤急起来。老奎慢则声顿缓,老奎停则声立消。老奎惧极,发上竖,冷汗出,以为有鬼,遂撒腿狂奔。

至家,老奎失声喊门。妻开门见老奎极骇状,问何事至此? 老奎只言有鬼,彼时内衣皆湿透……

次日晨,雪止。奎妻扫雪,于门口清出一墨斗,细看,乃老奎常用之物。

原来老奎昨夜行路急,在换肩时颠掉墨斗而不知,那墨线仍旋绕木尺上,沙沙声即墨斗划过雪地发出。

老奎于雪地试之再三,果发声如昨。

事明,老奎抚额大笑道:"鬼,乃人心中所想之物耳!"

心中无鬼鬼自无。此后夜行,老奎坦然。

二愣子

二愣子是条汉子。棺下地那天,井沿村村口黑压压一片,哭声大作,男女老幼皆为其送行。

二愣子自幼父母双亡,也无兄弟姐妹,穿百家衣,吃百家饭长大。及至成人,性如烈火,疾恶如仇,对不平事常挥拳相向。村人取"愣头青"之意,呼之"二愣子",久之成俗,大号徐福田渐为人忘。

二愣子行事敢作敢为,仗义执言,又古道心肠。村人凡有事,无论红白,奔前跑后,忙上慌下,指挥井然,因此颇受人敬。

时至今九十年代初,伟人南巡,号召国人胆大步快。深化改革之风,再吹神州大地。井沿村村支书,一方土皇,在位近四十年,遂以发展乡企为旗号,在井沿村强圈良田百亩,毁苗破土建砖窑,并放言:阻止立窑,便是破坏改革大业。

村人敢怒不敢言,老少齐下泪,寝食皆难安。一亩田地一亩天,田是农人命根,一旦被毁,将来子孙何以为食?村人先叹后恨,几个后生要拼命死争,宁为玉碎,不为瓦全。眼看要出人命,二愣子挺身而出,代表村民前去交涉。孰料支书见之不理,他披衣腆肚叉腰,"若有闹事者,以破坏社会主义罪论处!"那口气做派俨然"文革"中人。见二愣子抱憾而归,井沿村人如冰水浇头。

目睹村人哀叹状,二愣子牛脾气上来,"天下之大,乾坤朗朗,不信就无说理之处!"遂悉数变卖家养猪娃,带着村人兑款,自镇而县而省,踏上信访之路,发誓要为村人讨回公道。

一年零俩月,他六上省城,食生饮凉,露宿街头,终于引起省厅领导重视,责令县土地部门限期强行拆除支书违法所建轮窑,兼补偿村民青苗损失若干。

轮窑既拆,耕地复原,村人雀跃,喜极而泣。二愣子未及歇息,欲趁热打铁,为村人争讨补偿费。那支书恼羞成怒,竟纵四恶子行凶,棍棒之下,可怜二愣子一条硬汉殒于非命,时年三十有六。

行凶者被绳之以法,然人死不能复生,村人大恸,葬二愣子于所争回土地上,并立碑纪之。

二疯子

二疯子死了,没有人守在身旁。

二疯子是跟着哥嫂但吃百家饭长大的。

二疯子有四个侄子、两个侄女,死了却没有一个哭的,他们说哭也不能哭活。

二疯子是有名有号的,但从没有人叫过他徐福贵,大人小孩都习惯叫他二疯子。二疯子其实并不疯,就是人很实诚,能干活儿,勤快,大人小孩都使得动他。谁家有活儿需要帮忙,喊一声"二疯子",他一准过去,干好为止。为这,二疯子不知挨了哥嫂多少白眼。人们知道这些后,就不再喊他,但他还是去帮忙,没有闲下来的时候。

因为心眼实,又有这么一个绰号,家里穷,一直没有人给二疯子提亲,一来二去终身大事就给耽误了。生产队时,就给队里喂牲口,多半时间就吃住在牛屋。土地承包后,牛屋没了,他就住回了老屋,自己燎着吃,平时给侄子们帮忙也能吃顿饭。

二疯子身体很壮,衣着也简单,冬天一身烂袄子,还是他爹留下的;夏天就打赤膊。耐冻,耐热,耐饥,耐劳,二疯子就像铁打的,很少生病。

一天,村里来个算命的,在村口看了二疯子一眼,便对人说二疯子有富贵相却没有享福命。听的人都没有在意,一个鳏汉,能有啥福! 二疯子死后,人们才想起算命先生这话。

话说这一天都后晌了,二疯子还在庄后地里给大侄子犁地。猛然一声脆响,犁头就跳出了地沟。二疯子喝住了牲口,想看看怎么回事儿,他一弯腰,地沟里一个小东西就入了眼,在日头下闪着光。捡起一看,是一只拳头大小的金属样的马。老辈人的传言,说这庄后地原来是一个地主老财家的墓地,所以地势高,下面有个金马驹,但从没有人见过。二疯子想起了这话,忙把小马掖进裤腰,赶着牲口回家,把东西交给了侄子,说了经过,侄子嘱咐他不要对外人说这事。

没有不透风的墙,后来村人还是都知道了二疯子捡了金马驹的事儿,都想开开眼界,侄子便很生气,说没有的事,哄走了大家。村人就问二疯子,二疯子嗫嗫嚅嚅,被问急了,便闭上厚嘴,脸憋得像紫茄子。大家都说他是个石碌子压不出屁的主儿,但人们仍相信他捡了金马驹是真的。

后来二疯子就住到了大侄子家,不用再吃半生不熟的饭了。村人说二疯子也该享两天的福了。但二疯子好像没有以前一个人过活那样自在了,半年没到,人就瘦了下去。医生一查,说二疯子得了食道癌,侄子苦着脸说,这病治也治不好,白花钱。后来侄媳妇嫌他脏,于是二疯子又回到了他那间结满了蜘蛛网的破屋。

二疯子吃不下饭,吃了就吐。大侄子有时过来看看,也是坐一会儿就走,很发愁的样子。其他侄子说叔把金马驹给了大哥,该大哥侍候,都很少过来看。

二疯子干耗着,越来越瘦,只剩下皮包骨了,熬得像是一盏没了油的灯。

二疯子终于在这天夜里死了,没有人守在他身旁,脸被老鼠啃掉了半拉,眼球在外面耷拉着。去看的人都说惨。

二疯子死后,四个侄子打了一架,听说是为了那只金马驹。

徐高升

徐高升终于如愿以偿地当上了镇长。

当了镇长的高升就鸟枪换炮,丢掉了摩托车,换了一辆乌黑锃亮的小轿车。不久他又在城里弄了套小别墅,把老婆孩子接了去,完成了由农村包围城市的转移。

但高升爹还在井沿村生活,老爷子嫌城里闹腾得厉害,死活不肯和儿子一块生活。高升还算孝顺,月把半月的也坐上小车常回家看看,"桑塔纳"行在乡村路上,屁股后面扬起多高的尘土,于是村人就知道是高升回来看爹了。明明是铁做的玩意儿,高升咋就得意地叫它"三坷垃"呢?村人不懂,有的人嫌拗口,干脆就叫"鳖车",这玩意儿形状特像王八。

儿子一回来,高升爹脸上就特有光彩,看着左邻右舍羡慕的目光,老爷子感觉儿子没白养,有出息,一种光宗耀祖的心理油然而生,那感觉,特受用。

高升有时候也把爹接到城里小住两天,开始老爷子死活不肯坐他的"鳖车",怕颠怕闷,可坐了两回后,就慢慢找到感觉了。

一来二去,老爷子就坐车上瘾了,十天半月的,就想坐一次镇长儿子的"鳖车",他喜欢人家指指点点的感觉,"看,这车里头坐的是镇长的爹。""瞧人家高升爹多享福啊!"……再后来,老爷子赶个集、上个店,都让儿子开车接来送往,车瘾越来越大,村人都说老爷子也弄了部"专车"。高升怕老爷子上火,就嘱咐司机尽量满足爹的要求。

一年后,和高升关系很铁的县里的一个局长犯了事儿,检察院一查,就牵连到了高升。行贿、索贿、挪用侵吞村扶贫款、村小学危房改造款……无论哪一条,都够高升喝一壶的,那"鳖车"自然是坐不成了。

高升要去坐牢了,想再见爹一面,不明底细的老爷子非让儿媳通知高升把车开回来。眼瞅着老爷子要骂起来,儿媳只好从镇上拦了一辆出租车,桑塔纳的。老爷子这才消了气,放下脸色去看儿子……

大　鸟

大鸟不是鸟，是人，大鸟是绰号。因其好吟庄子的《逍遥游》："北冥有鱼，其名为鲲，鲲之大，不知其几千里也；化而为鸟，其名为鹏……"并常以鹏鸟自命；又因其个子瘦高，走路两肩晃动，大脑袋一伸一缩，上学时大家都管他叫大鸟。

在井沿村，大鸟家境不好，父亲早亡，是母亲寡妇熬儿，含辛茹苦把他拉扯大，又靠捡废品供大鸟来城里读书，非常不容易。

在学校，大鸟吃穿都最简朴，他深知自己在吃穿上不能和任何人比。大鸟因贫寒就有些底气不足和与生俱来的自卑，但他又是极自尊的，是那种因自尊而产生的自卑，很强烈。他拒绝别人在物质上给他的任何帮助，哪怕是诚心诚意的。但在学习上，大鸟绝对是村里最用功的孩子，也是他班最死用功的一个，走着坐着手里都捧着书，口中有时还念念有词，如和尚做功课，有时则旁若无人地哇哇出声，毫无顾忌，即便是蹲厕所时也如此。大鸟坚信自己能成为鹏鸟，他要改变自己甚至是母亲的命运。

高考之后，大鸟就离开了井沿村。听说他考上了省城一所不太出名的高校。后来又听说他在大学里疯狂地爱上某局长的千金，并用痴情感动了女孩，一如当年痴情读书。但在去那女孩家时，他却遭遇白眼，被女孩父母拒之门外，后来这段爱情终于无可奈何花落去，大鸟却发了狠，一定要在省城混出个样子来，一定要娶那女孩，心中那自卑与自尊交错的性格再次让大鸟痛苦与升华。

毕业后大鸟就留在省城，在一家外企打工，但天生的性格，他受不了别人的颐指气使，便撂挑子走人，自个儿单干。吃苦受累对大鸟来说是小菜一碟，他先摆地摊，再搞复印社，又经营电脑。闹腾了几年，大鸟终得发迹，腰缠数十万贯。手头有钱，身边自然美女如云，真心爱大鸟者也不乏有之，但大鸟却时刻不忘那初恋情人，怎奈局长女儿早已嫁作人妇。大鸟由凄苦至愤恨到绝望，生活逐渐放浪起来……

忽一日，村人惊闻大鸟已不在人世。原来大鸟终于解不开心结，生起非念。夏日某晚，大鸟身揣利刃，隐于局长家附近暗处，乘局长下车之机，猛然跃出，捅倒局长。手握滴血刃,大鸟哈哈大笑,束手就擒。在接受法官审判时,大鸟面无表情,一言不发,直到在原告席上看到早为人妇的局长女儿时方放声大号,其声之凄厉,令闻者动容。此后大鸟复归沉默,直至被押赴刑场。

大鸟行刑前,给老母留下十万块钱,托朋友连同骨灰送回村里。老人尽焚百元大钞。村头,自此多了一个疯婆婆。

后　记

掩卷沉思，一些遗憾情绪油然而生。

编一套《谯城文艺丛书》，虽蕴酿已久，但进入操作阶段的节奏，却骤然而至，匆匆而就，不容精雕细琢。

原因是多方面的。

技术层面的问题不说，时间的紧迫性是主因。真的来不及反复推敲文字，甚至来不及设想一些与文字匹配而生美感的图画。

当然，学识不足，是主要原因。

编一套文艺丛书，需要深厚的学养，需要从矿山里慢慢掘采，需要广征博引，需要披金捡沙，需要才华，需要大团队互相支撑——这一切，都受限制。

所以，只能含着深深的歉意，在书后表示愧报之情，尤其欢迎批评指谬，或者在将来的类似工作中可以作为路标，少走一些弯路。

这，也许是有益的经验。

张超凡

于丙申年小寒节后